BASTEI
LÜBBE

Ian Irvine im Bastei Lübbe
Taschenbuchprogramm:

DIE DREI WELTEN:

20 569 Bd. 1: Der Spiegel der Erinnerung
20 576 Bd. 2: Das Magische Relikt
20 581 Bd. 3: Der Turm von Katazza

Weitere Bände in Vorbereitung

Über den Autor:

Ian Irvine, geboren 1950, ist Meeresbiologe und zählt inzwischen zu den absoluten Top-Autoren aus Australien. Mit der Arbeit am Zyklus DIE DREI WELTEN begann er schon während seiner Studienzeit. Nach dem Studium arbeitete er als Berater für Umweltfragen, ehe er sich ganz dem Schreiben widmete.

Ian Irvine

DER TURM VON KATAZZA

Aus dem australischen Englisch von
Rainer Schumacher

BASTEI LÜBBE

BASTEI LÜBBE TASCHENBUCH
Band 20 581

1. Auflage: November 2007

Vollständige Taschenbuchausgabe

Bastei Lübbe Taschenbücher in der Verlagsgruppe Lübbe

Deutsche Erstausgabe

Titel der australischen Originalausgabe:
»The Tower on the Rift« (Teil 1)
Originalverlag: Penguin Books, Australia

Titelillustration: Sergey Musin/Agentur Uwe Luserke
Umschlaggestaltung: Bettina Reubelt
Satz: Urban SatzKonzept, Düsseldorf
Druck und Verarbeitung: Ebner & Spiegel, Ulm
Printed in Germany
ISBN 978-3-404-20581-3

Sie finden uns im Internet unter
www.luebbe.de
www.bastei.de

Der Preis dieses Bandes versteht sich einschließlich
der gesetzlichen Mehrwertsteuer.

»Die Ironie der Geschichte ist unerbittlich.«
Barbara Tuchman: *Die Torheit der Regierenden*

Teil Eins

Kapitel eins

Die Herrenlose

Die Große Halle war dunkel. Das Glühen der brennenden Stadt drang nicht durch die Samtvorhänge. Die Rufe, die Schreie, das Klirren der Waffen den Hügel hinauf ... all das war nur ein Murmeln in weiter Ferne. Im Raum befand sich kein Lebewesen mit Bewusstsein, kein intelligentes Leben. Die zerbrochene Tür schlug im Wind, und die Scharniere knarrten – ein schreckliches Klagelied, das die Toten anflehte aufzustehen. Die Mitglieder des Konklaves rührten sich nicht mehr.

Stunden vergingen. In der Dunkelheit träumte ein Mann. Er träumte, dass er niedergestreckt dalag, während die Armee seines Todfeindes durch die Tore von Thurkad strömte. *Steh auf!*, schrie er. *Nur du kannst deine Stadt retten.* Aber er konnte nicht aufwachen.

Das Hämmern marschierender Füße hallte in seinen Träumen wider – sie jagten ihn! Er stieß ein schmerzhaftes Stöhnen aus, das den Nebel in seinem Geist zerriss, wachte auf und setzte sich in der Dunkelheit kerzengerade hin. Sein Herz raste. Wo war er? Er konnte sich kaum an seinen eigenen Namen erinnern und war sich nur des wachsenden Schreckens in seinem Inneren bewusst. Er tastete um sich. Die Dinge, die er berührte, waren leer für ihn. Er konnte nicht einem von ihnen einen Namen geben.

Ein Horn ertönte, nicht weit entfernt. Panisch rappelte der Mann sich selbst auf alle viere auf und kroch wie eine Krabbe mit weichen Knien durch den Raum. Er stolperte über Leichen und stieß sich den Kopf an einem Tischbein. Irgendetwas zerbrach unter seinem Gewicht, und Splitter bohrten sich in seine Handfläche. Er zog Glassplitter heraus und spürte Blut seinen Arm hinunterrinnen. Als er verschüttetes Öl auf dem Boden roch, tastete er nach der Laterne, doch seine tauben Finger zerbrachen den Feuerstein ein Dutzend Mal, bevor sie sich entzündete. Er taumelte wie ein Volltrunkener zwischen den Bankreihen hindurch und fiel dann vor eine große Frau, die wie eine umgestürzte Statue auf dem Boden lag. Gelbes Licht fiel auf lange Glieder, dunkles Haar und Haut so glatt wie Schokolade. Sie hatte die Augen geöffnet, und ihre Lippen waren feucht, doch die Frau gab kein Geräusch von sich; nichts deutete darauf hin, dass sie etwas sah.

Mit zitternden Händen hielt er die Lampe an ihre Augen. Nichts. Im Licht war auch er selbst deutlich zu sehen: ein schlanker Mann von durchschnittlicher Größe und unbestimmbarem Alter, mit blauen Augen und dünnem, wildem Haar. Seine gelbliche Haut war eingefallen, und sein spärlicher Bart hing schlaff herab.

Das Gesicht des Mannes sah schwer mitgenommen aus. »Tallia!«, heulte er voll Schmerz. »Um Himmels willen, wach auf!« Überwältigt vom Ausmaß der Katastrophe schaukelte er auf seinen Fersen vor und zurück; dann schauderte er und beugte sich wieder vor. Er legte der Frau die blutigen Hände um den Kopf, eine vorne und eine hinten, und versuchte, die blockierten Kanäle in ihrem Geist aufzubrechen. Er bemühte sich so sehr, dass sein Atem nur noch als Ächzen herauskam.

In seinem Kopf wurden die Marschschritte so laut, dass sie alle anderen Gedanken verdrängten. Er schloss die Augen, doch da wurden die Bilder sogar noch deutlicher als zuvor, Reihe um Reihe von Soldaten. Der Geist, der sie lenkte – sein Feind –, war so kalt und unaufhaltsam wie eine Maschine.

»Tallia!«, schrie er. »Hilfe! Yggur kommt mich holen.«

Tallias Pupillen, die sich unmerklich zu kleinen, dunklen Punkten zusammengezogen hatten, weiteten sich mit einem Schlag wieder, und sie erkannte ihn. »Mendark!«, flüsterte sie.

Mendark schlang die Arme um sie. Tränen glitzerten in seinen Wimpern. Gemeinsam rappelten sie sich auf und standen schwankend da. Dann rollte Tallia mit den Augen, und der Raum versank in einem sich langsam drehenden Wirbel. Mendark hielt sie fest, bis sie das Gleichgewicht wiedergefunden hatte.

»Was ist passiert?«, fragte sie. »Ich kann mich an nichts erinnern.«

Mendark hielt die Laterne in die Höhe. Das Licht enthüllte das Chaos in der Halle: Tische und Bänke waren umgestürzt, Lampen zerschlagen, und Papiere und Menschen lagen überall verstreut.

»Tensor hat den Frieden des Großen Konklaves gebrochen«, erklärte Mendark mit grimmigem Gesicht.

»Des Konklaves?« Tallia rieb sich die Stirn, als könne sie so ihr Gehirn wieder zum Leben erwecken.

»Ich habe ein Großes Konklave einberufen«, erwiderte Mendark, »um den Spiegel von Thyllan dem Usurpator zurückzuholen und Karan zu befreien.«

»Ich kann mich nicht erinnern«, sagte Tallia und schüttelte den Kopf.

»Yggur ist ganz nah. Ich kann den Hass in ihm *fühlen.*«

Tallia fragte nicht nach. Mendark war ein Empfindsamer. Er *wusste* es. Sie hockte sich hin und schaukelte auf den Fersen vor und zurück.

»Tensor hat das Konklave mit geistzerschmetternder Macht niedergestreckt«, fuhr Mendark fort. »Es war ein furchtbarer Zauber.«

»Tensor hat uns verraten?«, flüsterte Tallia.

»Ja, und er ist mit dem Spiegel geflohen. Was wird er damit tun? Tallia, ich habe Angst.«

»Langsam kommt alles wieder zurück.« Tallia ließ sich auf

einen der wenigen stehengebliebenen Stühle sinken. »Oh, mir platzt gleich der Kopf!«

»Mir auch, aber wir müssen weg von hier.«

Mendark gab ihr einen Krug, ein großes, schlankes Gefäß aus blauem Porzellan. Tallia trank gierig daraus, sodass ihr Wasser über Kinn und Hemd lief. Sie wischte sich das Gesicht mit dem Handrücken ab und nickte, was sie unwillkürlich zusammenzucken ließ; dann sagte sie: »Was tun wir jetzt?«

»Ich kann nicht denken. Der Rat ist zerschlagen.«

Der Große Rat war eine Allianz von Zauberern und Gelehrten, dem Mendark bis zu seinem Sturz vor kurzem als Magister vorgestanden hatte. Er zählte die Mitglieder an den Fingern ab. »Tensor ist weg. Nelissa ist tot. Thyllan ist mein Feind und wird es auch immer bleiben. Der alte Nadiril ist weit weg in Zile; er ist schon seit Jahren zu keinem Treffen mehr gekommen. Wistan ist ebenfalls außer Reichweite in Chanthed. Damit stehen nur noch ich, Hennia die Zain und Orstand zwischen uns und dem Untergang. Wo ist Orstand überhaupt?«

Tallia schaute sich um. »Ich kann sie nicht sehen.«

»Finde sie und Hennia. Beschütze sie um jeden Preis! Ich muss in die Zitadelle. Wenn Yggur erfährt, dass sie hier hilflos liegen … aaah!«, heulte er. »Wir haben keine Zeit!«

Mendark sah genauso schlecht aus, wie er sich fühlte. Sie litten beide unter den Nachwirkungen der Zauberei, der Geheimen Kunst, die sich jedes Mal einstellten, wenn man sie selbst anwandte oder in unmittelbarer Nähe war, sobald jemand anders das tat.

Draußen, wo alles still gewesen war, hörten sie nun Rufen und Schreien. Mendark wankte zur Tür. Die Straßenlaternen brannten noch. Die Straße war noch immer feucht, obwohl es schon längst nicht mehr regnete. Menschen strömten vorbei und drückten sich ihre Habseligkeiten an die Brust.

»Was gibt es Neues?«, rief Mendark, doch niemand achtete auf ihn. Er nahm sich einen Speer, der auf dem Boden lag, und versperrte den Fliehenden damit den Weg. »Ich bin Mendark!«, donnerte er, und das kostete ihn nahezu all seine Kraft. »*Was gibt es Neues?*«

»Der Feind ist am Nordtor durchgebrochen«, sagte ein bärtiger Mann, dessen graues Haar ihm am Gesicht klebte. Er hielt ein wimmerndes Baby in der Armbeuge. Winzige blaue Zehen ragten aus einer durchnässten Decke. »Es heißt, Thyllan sei tot. Wer führt uns jetzt?«

»*Ich führe euch!*«, schrie Mendark. »Ich bin Mendark, und ich bin wieder Magister! Geht und sagt allen, dass der wahre Magister wieder zurückgekehrt ist. Wir werden die Mauern der Altstadt verteidigen und Ausfälle machen, bis ganz Thurkad wieder frei ist.«

Die Menge, die sich inzwischen versammelt hatte, starrte ihn stumm an. Er hob den Speer über den Kopf. »Geht, ihr Narren!«, brüllte er. »Ich bin eure einzige Hoffnung.«

Als die Menschen sich wieder zerstreuten, hörte er ein paar zaghafte Rufe, »Mendark! Mendark ist wieder zurückgekehrt!«; aber ob sie nun der Hoffnung oder der Angst entsprangen, das vermochte er nicht zu sagen.

»Diese armen Narren«, murmelte er vor sich hin. »Welche Hoffnung hat Thurkad noch?« Schwerfällig stapfte er wieder die Stufen hinauf.

»Tallia!«, rief er, und sie eilte unbeholfen herbei, als wären ihre Knie gefroren.

»Da sind …«, begann sie.

»Keine Zeit!«, schnappte Mendark. »Du musst tun, was du kannst. Ich werde unsere Armee aufstellen – oder zumindest das, was von ihr übrig ist. Bring den Rat in die Zitadelle und auch jeden anderen, der uns helfen kann. Ich werde versuchen, Hilfe zu schicken, aber warte nicht darauf.«

»Aber Mendark …«

»Was auch immer es sein mag, du musst allein damit fertig werden.« Einen Augenblick lang stand er einfach nur da, mit ausgemergeltem Gesicht; dann lief er davon. Seine unsicheren Schritte hallten über die Steine.

»Aber die meisten Leute hier können noch nicht einmal mehr gehen«, sagte Tallia leise. »Wichtige Leute, lebenswichtig für unsere Verteidigung. Wie soll ich mich allein um sie kümmern?« Thurkad war die größte und älteste Stadt von ganz Meldorin. Wenn sie schon so rasch gefallen war, wo sollten sie dann Zuflucht finden?

Tallia ging zur Tür und schaute hinaus, doch nun war die Straße leer, still. Es nieselte wieder. Was sollte sie jetzt tun? Während sie in der Tür zögerte, bemerkte Tallia eine Bewegung in der Gasse auf der anderen Seite der Straße. Irgendjemand hatte den Kopf um die Ecke gesteckt und ihn rasch wieder zurückgezogen. Das kleine, schmale Gesicht kam ihr seltsam vertraut vor.

Es war das Straßenkind, dass Llian vor mehreren Wochen zu Mendarks Villa geführt hatte. Llian hatte sie so bezaubert, dass sie sogar einen Silbertar als Bezahlung abgelehnt hatte, ein Vermögen für ein Straßenkind. Wie war ihr Name noch?

»Lilis«, rief Tallia leise. »Lilis, komm her.«

Der Kopf spähte wieder um die Ecke. Er gehörte einem halb verhungert aussehenden Mädchen von vielleicht zehn Jahren, ein verlassenes Kind mit langem Gesicht und platinblondem Haar. Ihre verlausten Kleider waren bis zur Hüfte mit Schlamm bespritzt.

»Komm her, Lilis. Ich brauche dich.«

Lilis trat auf die Straße, lief hierhin und dorthin und huschte schließlich zu Tallia. Im Licht der Tür sah sie sogar noch schäbiger aus als von weitem.

»Was willst du?«, quiekte sie und zitterte.

»Komm rein.«

»In die Große Halle?« Aus dem Quieken wurde ein ängstliches Flüstern. »Dafür kann man mich auspeitschen.«

»Unsinn. Der alte Magister ist wieder zurück, und ich bin seine rechte Hand.« Tallia nahm Lilis' dünnes Handgelenk und führte sie hinein. »Schau.« Viele der reichsten und mächtigsten Einwohner von Thurkad – Richter, Gesetzgeber und wohlhabende Kaufleute – lagen wie Kadaver auf einem Schlachthof überall verstreut. »Wir müssen sie in die Zitadelle bringen.«

Nicht weit entfernt zuckte und schauderte ein großer Mann. Er hatte ein gemeines Gesicht, einen wahren Knüppel als Nase und einen geschwollenen Schnitt auf der Wange. Seine blassen, fast farblosen Augen starrten blind nach vorne. Es war Thyllan, der nicht lange vor dem Konklave Mendarks Amtszeit als Magister beendet hatte.

Lilis' Augen quollen aus den Höhlen. »*Der Magister!*«, keuchte sie.

»Nicht mehr! Der Usurpator ist gestürzt. Mendark ist wieder zurückgekehrt – der wahre Magister. Hilf mir.«

Tallia eilte durch den Raum und suchte nach Lebenszeichen. Die Wachen hatten sich wieder erholt und waren geflohen mit Ausnahme von einer, die in einer Blutpfütze am anderen Ende der Halle lag. Der Mann war tot. Wie es aussah, war er in sein Schwert gefallen und verblutet.

Als sie sich von ihm abwandte, sah Lilis einen kleinen, nackten Fuß, der unter dem aufgeblähten Mantel der Wache hervorlugte. Sie hob das Tuch hoch, und eine kleine Frau mit blassem Gesicht und wildem feuerrotem Haar kam zum Vorschein.

»Das ist Karan«, sagte Tallia. »Llians Freundin.«

Die unterschiedlichsten Gefühle huschten über Lilis' Gesicht: Sorge, Neid. »Ist sie tot?«

Tallia bückte sich. »Nein, aber ohne Hilfe könnte sie sterben.«

Karans Gesicht war in einem derart traurigen Ausdruck erstarrt, dass Tallia die Tränen in die Augen traten. *Wenn ich ihr doch nur geholfen hätte*, dachte sie, *dann wäre es nie so weit gekommen*. Sie rollte Karan herum. Ihr Hemd war von der Brust bis zur Hüfte voller Blut. Tallia riss das Hemd auf und erwartete, eine tödliche Wunde zu sehen, doch da war keine. Es war das Blut der Wache.

Tallia schaute sich um. »Das ist seltsam«, sagte sie und runzelte die Stirn.

»Was?«

Es waren viele Leute beim Konklave gewesen, doch eine Menge von ihnen war verschwunden, einschließlich mehrerer Gesichter, die Tallia suchte: Faelamor, Maigraith, Llian ... »Wo ist Llian? Er hätte Karan nie im Stich gelassen!«

»Llian ist weg«, antwortete Lilis. »Der große Mann hat ihn mitgenommen.«

»Der große Mann?«, fragte Tallia nach und überprüfte Karans Lebenszeichen. Der Puls war unregelmäßig, die Haut klamm, und ihre Augen zuckten unter den Lidern hin und her. Tallia hob eines der Augenlider. Karans Augen waren dunkelgrün und reagierten kaum auf Licht. Allerdings schwebte sie wohl nicht in tödlicher Gefahr, wenn man sie warm und trocken hielt. Tallia riss der Wache den Mantel herunter, wickelte Karan darin ein und schob sie aus dem Weg und an die Wand. Im Augenblick konnte sie nicht mehr für sie tun. Tallia wandte sich dem nächsten Opfer zu.

Unter einem Fenster lag ein Haufen herabgefallener Wandbehänge. Halb bedeckten sie eine fette Frau im scharlach- und purpurroten Gewand des Hohen Rats. Die Würde ihres Amtes wurde durch einen weit offenstehenden Mund und ein heraushängendes Gebiss beeinträchtigt. Ihr Gesicht war so rund wie der Mond mit Augen, die in dem umliegenden Fett geradezu winzig wirkten. Ihr gelb-graues Haar war in Ohrenhöhe gerade abgeschnitten.

»Wer ist *sie*?«, fragte Lilis.

»Richterin Orstand«, antwortete Tallia erleichtert. Mit Orstand auf ihrer Seite bestand immer Hoffnung. Sie war eine der mächtigsten Gelehrten im Rat, eine Freundin, auf die Mendark sich stets verlassen konnte. »Wasser! Rasch!«

Lilis eilte davon und kehrte mit einem großen blauen Krug wieder zurück, den sie der Richterin prompt ins Gesicht schüttete. Orstand schauderte und versuchte aufzustehen, aber ihre Knie gaben nach. Tallia schob ihr schnell einen Stuhl unter.

Orstand schaute sich um. »Ist Nelissa …?«

»Tot!«, erklärte Tallia in hartem Ton. Sie erklärte die Situation.

»Oh!«, sagte Orstand. »Aber Mendark hat recht … Die Altstadt ist unsere einzige Zuflucht.« Die Mauern der Altstadt waren hoch und die der Zitadelle sogar noch stärker, obwohl auch das wahrscheinlich nicht reichen würde, um Yggur standzuhalten.

»Könnt Ihr laufen, Orstand?«

Orstand schenkte ihr eine Art Lächeln. »Kümmere dich um die anderen, meine Liebe. Wenn sie zum Gehen bereit sind, werde ich es auch sein.«

Tallia umarmte die alte Frau und machte mit ihrer Arbeit weiter. Es gab noch weitere Tote, tatsächlich sogar eine ganze Menge, meist die Alten und Schwachen. Für sie kam jede Hilfe zu spät, doch mehrere Leute waren bereits wieder auf den Beinen, nachdem Lilis sich mit einem Wasserkrug und einem feuchten Tuch um sie gekümmert hatte.

Tallia erinnerte sich an etwas, das Lilis vorhin gesagt hatte. »Was hast du noch mal über Llian gesagt?«, fragte sie; doch bevor das Mädchen antworten konnte, ertönten draußen Geschrei und Kampfgeräusche. Die Schlacht kam immer näher. Angst jagte Tallia einen Schauder über den Rücken. Nicht mehr lange, und sie würden in der Falle sitzen!

»Lilis!«, rief sie. In den Augen des Kindes spiegelte sich die Furcht, die sie beide empfanden. »Geh und sieh nach, was los ist. Schau nach, wie nahe der Feind ist.«

Das Mädchen zögerte und starrte Tallia mit großen Augen an. Tallia, die glaubte, das Straßenkind wolle bezahlt werden, tastete nach der Börse an ihrer Hüfte. Lilis schlug ihr die Hand weg. Als ihr dann bewusst wurde, dass sie die rechte Hand des

Magisters geschlagen hatte, sprang sie rasch zurück und rief: »Ich gehe schon! Ich gehe schon!«

»Lilis!«, rief Tallia ihr hinterher. Misstrauisch kam das Mädchen wieder zurück. »Sei vorsichtig.« Tallia umarmte das verdreckte, kleine Straßenkind. Lilis schaute sie erstaunt an, und ein winziges Lächeln erschien auf ihrem Gesicht. »Du *kommst* doch zurück, oder?«, fragte Tallia. Normalerweise war sie ruhig und entschlossen, fühlte sich im Augenblick aber schlicht überwältigt.

»Ich komme zurück«, sagte Lilis mit leuchtenden Augen; dann war sie weg.

Tallia eilte wieder zu Orstand, die zu einem weiteren Bewusstlosen gegangen war und versuchte, ihn ins Leben zurückzuholen. Dabei sah sie aus, als würde sie selbst jeden Augenblick wieder zusammenbrechen. Jeder Atemzug kam nur rasselnd aus ihrer mächtigen Brust.

»Ich kann mich nicht entscheiden, wen wir hierlassen und wen wir mitnehmen sollen«, sagte Tallia gequält. »Ist ein Richter wichtiger als ein Arzt? Ist ein wohlhabender Kaufmann wertvoller als eine junge Frau?«

»So kannst du nicht aussuchen«, sagte Orstand und hob den Blick. Das Fleisch hing von ihrem Gesicht wie zu nasser Teig. »Die Gruppe kommt vor dem Einzelnen. Wer nicht gehen kann oder nach ein paar Schritten wieder zusammenbricht, muss zurückgelassen werden ... und das schließt mich mit ein.«

»*Dich* könnte ich nie zurücklassen«, sagte Tallia und starrte die alte Frau an.

Orstand schnaufte vor Lachen. »Ich würde ja gern mal sehen, wie du mich trägst!«

Tallia lächelte bei dem Gedanken. Kurz darauf waren sieben Leute mehr oder weniger in der Lage zu gehen. Dazu gehörten Thyllan, dessen Haar in alle Richtungen abstand, als wäre es statisch aufgeladen, und Hennia die Zain, ein weiteres Ratsmitglied, eine alte, verbraucht aussehende Frau, deren Augen leer wirkten. Sie hatte sich hart auf die Zunge gebissen, und nun hing sie blutig aus dem Mund heraus. Auch waren da noch zwei Mitglieder der Versammlung, der Marionettenregierung von Thurkad, die lange Zeit einerseits von der Statthalterin und andererseits vom Magister beherrscht worden war. Die letzten beiden waren Tallia fremd, obwohl auch sie wichtig aussahen.

Sie befanden sich ungefähr im gleichen Zustand wie sie, bevor Mendark sie geweckt hatte, doch Tallia wusste nicht, wie sie das Gleiche für sie hätte tun sollen. Andere waren weit schlimmer dran; wie weggeworfene Puppen hingen sie über Stühlen und Bänken. Wenn es ihnen gelang, sie zu wecken, würde sie vielleicht auch einige von ihnen in Sicherheit bringen können. Und einer ganzen Reihe erging es wie Karan: Sie schwebten zwischen Leben und Tod und würden getragen werden müssen ... und allesamt waren sie der Mühe wert.

Abgesehen von Orstand hätten Tallias sieben genauso gut senil sein können. Thyllan wanderte ziellos durch den Raum, doch die anderen starrten schlicht an die Wand und murmelten vor sich hin. Hennia sagte immer wieder: »Ich will nicht gehen. Mendark ist am Ende!« Tallia war der Verzweiflung nahe, als Lilis wieder zurückgerannt kam.

»Die Soldaten kommen!«, schrie sie. »Wir müssen jetzt gehen!« Lilis packte Tallias Hand und versuchte, sie zur Tür zu ziehen.

Tallia widersetzte sich. »Wir müssen sie mitnehmen. Komm. Hilf mir.«

Gemeinsam gelang es ihnen, eine wankende Reihe an der Tür aufzustellen; doch es sah so aus, als koste es Lilis all ihre Kraft, sie dort zu halten, während Tallia versuchte, eine weitere Gruppe zu wecken. Draußen wurden das Schreien und der Schlachtenlärm immer lauter.

»Wir müssen *jetzt* gehen!«, kreischte Lilis.

Tallia schaute zu Karan zurück, hin- und hergerissen zwischen ihren Gefühlen und ihrer Verantwortung. Es war nicht nur, dass sie Karan mochte. Die junge Frau war auch eine Empfindsame, ein unbezahlbares Talent, besonders in Kriegszeiten. Jeder, den sie zurückließen, war vermutlich zum Tod verdammt, doch es konnte einfach nicht jeder gerettet werden. Sie lief zu Karan, nahm ihre Hand, ließ sie aber wieder fallen; sie konnte sich einfach nicht entscheiden.

»Geh, Lilis. Ich hole euch schon wieder ein.«

Karan stöhnte und warf den Kopf von einer Seite zur anderen. Tallia traf eine Entscheidung. Sie bückte sich, um sie aufzuheben, da setzte sich plötzlich einer der Bewusstlosen auf, ein kleiner, recht stämmiger Mann mit Namen Prathitt, ein wohlhabender Kaufmann und Gesetzgeber. Ein schlecht gestutzter Spitzbart lenkte die Aufmerksamkeit von seinem zurückweichenden Haar ab. Er taumelte in Richtung Tür, wedelte mit den Armen und schrie irgendwelches unverständliches Zeug.

Tallia bekam ihn zu fassen, als er gerade zur Tür raus war, und drückte ihm die Hand auf Mund und Nase, um dem Geschrei ein Ende zu bereiten. Ein kleines Häuflein Menschen rannte stöhnend und kreischend an ihr vorbei; dann ertönte ein Signalhorn weiter die Straße hinunter. Ein anderes antwortete von der Rückseite der Großen Halle. Tallia schaute sich panisch um und sah, wie Lilis ihre Gruppe in eine düstere Gasse scheuchte. Orstand, die die Nachhut bildete, ging wie ein Kleinkind, das gerade erst gelernt hatte zu laufen.

»Beeil dich!«, schrie Lilis.

Tallia stand gequält in der Tür. In der Halle waren noch gut ein Dutzend Menschen, und sie kannte die meisten von ihnen. Ein paar würden ohne Hilfe sterben – vielleicht sogar alle, wenn der Feind sie fand. Tallias Patient begann wieder, um sich zu schlagen. Wenn sie auch noch Karan tragen musste, würde er sie verraten. Dann griff jemand die Hintertür des Gebäudes an, und Hammerschläge hallten durch die Halle. Zu spät! Tallia hatte keine Zeit mehr, sich auch um Karan zu kümmern. Sie zog die Tür hinter sich zu und wuchtete Prathitt auf die Straße hinaus.

Inzwischen war der Regen stärker geworden. In der Gasse war es fast vollkommen finster und der Boden rutschig. Eine weitere Gruppe Flüchtlinge rannte die Straße hinunter. Hinter ihnen hörte Tallia den rhythmischen Marschtritt von Soldaten. Rasch ging sie die Gasse hinauf, wobei sie immer wieder auf etwas ausrutschte, das verfaulende Blätter zu sein schienen. Überall roch es nach verrottenden Pflanzen, und je weiter Tallia lief, desto schlimmer wurde der Gestank.

»Lilis«, flüsterte sie heiser.

Keine Antwort. Tallia hörte das Geräusch von fallendem Wasser, und eine Sekunde später ging sie unter einem Wasserfall hindurch, der von einem Häuserdach herabstürzte. Sie wischte sich die Augen ab und starrte in die Dunkelheit hinein, sah aber nichts. Der Eingang der Gasse war ein erhelltes Rechteck, teilweise von Dunst verborgen. Die Marschtritte wurden lauter.

Prathitt, den der Wasserfall geweckt hatte, fluchte laut und warf die Arme in die Höhe. Dabei traf er mit der Faust Tallia schmerzhaft an der Wange. Sie kämpfte mit ihm und verursachte dabei mehr Lärm, als ihr lieb war. Prathitt war sehr stark, und als es ihr schließlich gelang, ihm die Hand auf den Mund zu drücken, biss er so fest hinein, dass Blut hervorquoll. Fluchend schlug Tallia ihm auf die Schläfe und streckte ihn so zu Boden.

Irgendjemand brüllte hinter ihr. Yggurs Soldaten marschierten auf der Straße auf und ab. Einer näherte sich der Gasse und hielt eine brennende Fackel in die Höhe. Prathitt rührte sich schon wieder. Tallia stellte ihm den Fuß auf den Rücken und drückte ihn in den Dreck hinunter. Die Fackel verschwand, obwohl man die Soldaten noch immer im Licht der Straßenlaternen sehen konnte. Der Rest des Trupps überprüfte vermutlich die Große Halle, nahm Tallia an, und ihr Versagen war ihr nur allzu bewusst. Wo war Lilis mit ihrer Gruppe hingegangen? Wahrscheinlich hatte sie sie im Stich gelassen, kaum dass die ersten Soldaten aufgetaucht waren. Und wer konnte ihr das schon zum Vorwurf machen? Es kümmerte sich sonst auch keiner um sie.

Tallia zog Prathitt wieder in die Höhe und schob ihn rückwärts weiter in die Gasse hinein, als er ihr ohne Vorwarnung die verschlammten Hände ins Gesicht drückte und einen Stoß versetzte. Tallia verlor das Gleichgewicht, fiel gegen ein Wasserfass und schlug sich den Kopf an. Einen Augenblick lang drehte sich alles vor ihren Augen wie zuvor in der Großen Halle; dann klärte sich ihr Blick wieder, und sie setzte sich auf und versuchte, den Schlamm aus ihren Augen zu bekommen. Taumelnde Schritte entfernten sich die Gasse hinauf.

Das Licht tauchte erneut auf und mit ihm die Umrisse eines Soldaten. Tallia duckte sich und betete, dass er nicht nachsehen kommen würde. Erst nach geraumer Zeit verschwand das Licht wieder. Tallia kroch erneut zum Eingang der Gasse zurück und sah einen Trupp Soldaten weiter die Straße hinauf Wache stehen. Keine Chance mehr, Karan jetzt noch holen zu gehen. Tallia rieb sich die schmerzenden Gliedmaßen und machte sich wieder auf den Weg die Gasse hinauf, um ihren Verletzten zu finden.

Zwei Stunden später regnete es in Strömen, und Tallia erreichte vollkommen durchnässt die Tore der Altstadt, nachdem sie sich zwischenzeitlich im Gewirr der Nebenstraßen hoffnungslos verlaufen hatte. Dabei war es ihr weder gelungen, Prathitt zu finden, noch war sie auf Lilis oder einen der sieben aus deren Gruppe gestoßen. Tallia kam sich wie eine Närrin vor und war versucht, wieder zur Großen Halle zurückzugehen, doch Mendarks Wachen riefen sie in den Audienzsaal

In dem großen Raum wimmelte es nur so von prachtvoll gewandeten Offizieren und Ratgebern, während zwanzig Schreiber an Tischen vor der Wand eilig Befehle schrieben und sie Boten in die Hand drückten, die ständig rein und raus liefen. Mendark stand vor einer großen, auf Tuch gemalten Karte der Stadt und diskutierte mit einem Offizier, der ein prächtiges Gewand in den Farben des Magisters trug, Scharlachrot und Blau. Als Tallia den Offizier sah, verschlechterte sich ihre Laune noch.

Der Offizier war Berenet der Geck, der eine ähnliche Rolle in Mendarks Diensten bekleidete wie Tallia. Sein prachtvoller Schnurrbart war frisch gezwirbelt und gewachst. Seine Kleider bestanden aus Samt und Seide, und er trug einen großen Spitzenkragen, der seine eingefallene Brust verbarg. Tallia fragte sich, wo Berenet in letzter Zeit gewesen war. Da sie beide nahezu ständig unterwegs waren, hatte sie ihn seit gut einem halben Jahr nicht mehr gesehen. Sie nickte ihm höflich zu. Grinsend musterte Berenet sie von Kopf bis Fuß.

Mendark wirkte noch immer ausgemergelt; allerdings fiel Tallia auf, dass er Zeit gefunden hatte, zu baden und die Kleider zu wechseln. »Was ist denn mit dir passiert?«, fragte er in barscherem Ton als üblich. »Tropf nicht den ganzen Teppich mit Schlamm voll. Ach ... auch egal.« Tallia trat zur Seite.

»Ich habe sie verloren«, sagte sie und fühlte sich wie ein Schulmädchen, das man bei irgendeiner Nachlässigkeit ertappt hatte. Berenets Grinsen wurde breiter.

»Von was redest du da?«, fragte Mendark und zog die Augenbrauen zusammen. Er war über irgendetwas wütend.

»Die Überlebenden des Konklaves. Ich habe ein paar von ihnen rausgebracht, sie aber in den Gassen verloren.«

»Die sind schon seit einer Stunde hier!«, erwiderte Mendark. »Irgend so ein Straßengör hat sieben von ihnen zum Tor gebracht, aneinandergebunden wie eine Kamelkarawane.«

»Lilis hat sie hierher gebracht?« Tallia staunte. »Wie geht es Orstand?«

»Nicht allzu gut.« Er winkte ab.

Tallia entdeckte die große Frau zusammengesackt an einem Tisch auf der anderen Seite des Raums. »Und Hennia die Zain?«

Mendark senkte die Stimme. »Ich glaube, sie hat den Verstand verloren. Wenn das hier vorbei ist, werden wir sie im Rat wohl ersetzen müssen. Was hast du mir sonst noch zu berichten?«

»Den Rest habe ich zurücklassen müssen. Ich kann von Glück sagen, dass ich selbst entkommen bin. Ich habe Prathitt verloren. Er hat mich geschlagen und ist in die Dunkelheit davongerannt.«

»Das war ja nicht gerade einer deiner größten Erfolge«, bemerkte Mendark säuerlich. »Aber dem Himmel sei Dank für Berenet. Er ist mit äußerst wichtigen Informationen über Yggur zurückgekommen.« Ein Gehilfe zupfte an Mendarks Ärmel. »Nur eine Minute!«, schnappte der Magister.

»Ich habe Karan zurückgelassen«, sagte Tallia. »Die Soldaten kamen, bevor ich sie rausbringen konnte und ...«

Mendark fluchte. »Eine Empfindsame wie sie wäre sehr nützlich gewesen.«

Tallia fasste das als weitere Kritik auf. Empfindsame konnten unbezahlbar sein. Sie vermochten Gefahr zu spüren und Ratschläge zu erteilen, was der Feind als Nächstes tun würde. Einige konnten sogar Nachrichten über eine Verbindung von Geist zu Geist übermitteln. Und Karan verfügte über dieses seltene Talent. Aber die Empfindsamkeit barg auch ihre Schrecken, und die gefühlsmäßige Belastung war sehr groß.

»Ich nehme an, am Morgen wird sie tot sein«, sagte Tallia unglücklich. Was sie an diesem Tag auch getan hatte, sie war mit allem gescheitert.

»Das werden wir vielleicht alle sein! Warum hast du Thyllan wieder zurückgeschickt?«

Das war also das Problem! »Wie hätte ich ihn zurücklassen können? Er gehört zum Rat.«

»Wie hast du dir nur die Gelegenheit entgehen lassen können, meinen Feind loszuwerden?«, tobte Mendark. »Niemand hätte dir einen Vorwurf daraus gemacht. Nun weiß jedoch jeder, dass er hier ist, und ich wage nicht, ihn anzufassen.«

»Befolgen wir das Gesetz oder nicht?«

»In diesem Fall ist dein Urteil unzutreffend. Berenet hätte keine derartigen Skrupel gehabt.«

»Dessen bin ich sicher!«, entgegnete Tallia bissig.

»Aaah! Geh und hol dir etwas zu essen. Dann möchte ich, dass du dir mal die Lage auf der Nordseite anschaust.« Der Gehilfe zupfte Mendark wieder am Ärmel, und der Magister wandte sich dem neuen Problem zu.

Tallia blieb, wo sie war. »Ich würde gerne mit einem Trupp zur Halle zurückgehen und den Rest holen.«

»Unmöglich!«, bellte Mendark über die Schulter zurück. »Ich brauche dich hier. Außerdem kontrolliert Yggur inzwischen diesen Teil der Stadt. Vergiss sie!«

Tallia wusste, dass er recht hatte, doch es tat ihr trotzdem weh. Sie wandte sich ab, drehte sich dann aber noch einmal um. »Was ist mit Lilis passiert? Ich habe sie noch nicht einmal bezahlt.«

»Meinst du das Gör?«, antwortete Mendark. »Die Wachen haben ihr ein paar Kupferstücke gegeben, bevor sie sie weggejagt haben. Und jetzt hör auf, mich zu belästigen!«

Wieder erschien dieses schmierige Grinsen auf Berenets Gesicht. Tallia biss die Zähne zusammen und ignorierte ihn, auch wenn sie das all ihre Kraft kostete.

Bei Orstands Tisch angekommen, blieb sie kurz stehen, um sich nach der Gesundheit der alten Frau zu erkundigen.

»Ich glaube, ich habe mich in meinem ganzen Leben noch nie so schlecht gefühlt«, sagte die alte Frau. Dann fragte sie nach jedem Einzelnen, der in der Großen Halle gewesen war, und zeigte sich entsetzt ob der schäbigen Art, auf die Lilis behandelt worden war.

Tallia schnappte sich etwas zu essen und zu trinken von einem Tablett und eilte hinaus, um die nächsten Stunden damit zu verbringen, eingehende Berichte durchzugehen, ihre Runden auf den Mauern zu gehen und Befehle für die verzweifelte Verteidigung während der Nacht zu erteilen.

Am frühen Morgen des bittersten aller Tage für Thurkad – es war das erste Mal seit tausend Jahren, dass der Feind die Mauern durchbrochen hatte – erfuhr Tallia, dass Yggurs Erste Armee aus dem Stadtviertel zurückgeschlagen worden war, in dem die Große Halle lag. Mehrere kleine Siege weckten die Hoffnung auf größere, die noch kommen mochten. Anstatt sich also ein paar Stunden Schlaf zu gönnen, führte Tallia einen kleinen Trupp zur Großen Halle, um Karan und die anderen zu suchen und in Sicherheit zu bringen.

Sie marschierten durch Straßen voller Wertgegenstände, die entweder von den Flüchtlingen in ihrer Panik weggeworfen oder von Yggurs Truppen noch nicht geplündert worden waren – hier ein aufgeplatztes rotes Stoffbündel, aus dem Silberbesteck quoll, da ein Holzesel mit abgebrochenem Ohr, ein mit Seide besticktes Wams oder ein zusammengerollter Wandteppich, so bunt, dass er vermutlich aus einem Freudenhaus stammte. Tiefer im Stadtinneren fanden sich Leichen und weitere Spuren des Krieges – Blut und zerbrochene Waffen; Menschen und Tiere, Frauen und Kinder, die an furchtbaren Wunden gestorben waren oder manchmal überhaupt keine äußeren Verletzungen aufwiesen. Und überall sah Tallia ausgebrannte Häuser, die einmal jemandes Heim gewesen waren. In der Nähe der Großen Halle waren jedoch keine Kampfspuren zu sehen; vielleicht war der Krieg hier ja einfach vorbeigezogen.

Als sie schließlich ankam, war es bereits spät am Morgen. Tallia bereute bitterlich ihr Versagen von vergangener Nacht, besonders in Bezug auf Karan. Sie hatte das Gefühl, als hätte sie die junge Frau persönlich verraten. Als sie sich der Halle näherte, roch sie Rauch und verbranntes Holz und schließlich auch verkohltes Fleisch. Schwarzer Rauch quoll in den Himmel. Tallia rannte zu dem Scheiterhaufen.

»Wir können nichts anderes tun, Mädel«, sagte ein großer, schlanker Mann mit einem kleinen, runden Bierbauch, der an seiner Person vollkommen fehl am Platze wirkte. Sein graues

Haar war zu Stoppeln geschnitten. Er trug die Lederschürze eines Schlachters, und Blut war darauf gespritzt. »Wenn wir sie liegen lassen, bricht die Pest aus.«

Eine Menge Leichen brannten auf dem Scheiterhaufen. Während Tallia sie anstarrte, kamen zwei Männer mit einer weiteren und warfen sie ins Feuer wie einen Sack Kohle auf einen Wagen. Die Flammen waren zu heiß, als dass Tallia hätte näher herangehen können, um Gesichter zu erkennen, und sie wollte sich das nicht länger anschauen oder den Gestank ertragen. Sie ging in die Halle. Sie war noch nicht geplündert worden; tatsächlich war das Chaos noch dasselbe wie vergangene Nacht, nur dass die Toten und Sterbenden fort waren.

Dort wo die tote Wache gelegen hatte, war eine große Blutlache zu sehen, und Schleifspuren führten davon weg. An der Wand, an der sie Karan in den blutigen Mantel eingewickelt zurückgelassen hatte, fand sie einen kleinen Blutfleck, und an der gegenüberliegenden Wand lag Nelissas entzweigebrochener Stock. Tallia rannte wieder hinaus zu dem Scheiterhaufen und rief nach dem Schlachter mit dem grauen Haar.

»Was ist mit den Toten aus der Halle? Sind sie auch verbrannt worden?«

Der Mann dachte einen Augenblick lang nach und kratzte sich die Nase mit einem blutigen Fingernagel – eine Eigenart, die Tallia als besonders ungehörig empfand.

»Wir haben fünf, vielleicht sechs von dort geholt«, sagte der Mann und runzelte die Stirn. »Ich kann mich nicht mehr genau erinnern. Hier sind so viele Tote! Wir sind schon vor Stunden durch die Halle gegangen. Ich kann mich noch an die Alte erinnern … Wir haben sie natürlich erkannt; selbst wenn sie nicht ihre Robe getragen hätte, hätten wir das. Nelissa die Säuerliche! Ich frage mich, wer *sie* wohl betrauern wird.«

»War da auch eine junge Frau mit rotem Haar?«

»Daran kann ich mich nicht erinnern, Mädel. Da waren mehrere Frauen, die ich gekannt habe, und eine ziemlich gutaussehende; aber mit der Zeit schaut man sie sich nicht mehr genauer an, außer um sich zu vergewissern, dass sie wirklich tot sind. Egal wie schön sie auch sein mögen, wenn sie erst einmal hinüber sind, hat es sich mit ihren Träumen erledigt. Also gibt es auch keinen Grund, sich selbst irgendwelchen Fantasien in Bezug auf sie hinzugeben.« Offenbar musste er über seine Erfahrungen reden. »Es ist schon bemerkenswert, diese Kluft zwischen Leben und Tod: Zuerst kann man sie kaum erkennen, doch je weiter der Tag voranschreitet ...«

Tallia war an seiner Philosophie nicht interessiert. »Bist du sicher, dass ihr sie nicht verbrannt habt? Sie war klein – ungefähr so groß –, rotes Haar, bleiche Haut, und überall war Blut auf ihrem Hemd, aber nicht ihr eigenes. Ihr Haar wäre dir mit Sicherheit aufgefallen; es ist wirklich feuerrot. Vergangene Nacht hat sie noch gelebt.«

»Dann hättest du sie vergangene Nacht auch mitnehmen sollen«, sagte der Mann und kratzte sich wieder die Nase. »Das war eine üble Nacht, um allein zu sterben. Aber soweit ich mich erinnern kann, hatten die Frauen von dort, die wir verbrannt haben, kein Blut an sich, und auch nicht die Männer, mit Ausnahme von einem. Eine Frau war groß und dunkel – dir sehr ähnlich. An die andere erinnere ich mich nicht. Aber wir haben keine Lebenden verbrannt. Heute Morgen haben nur noch zwei geatmet, beides Männer, und wir haben sie in ein Lazarett geschickt. Mehr weiß ich nicht.«

Die anderen mussten sich erholt haben oder des Nachts gefangen genommen worden sein, dachte Tallia. *Wenn ich sie doch nur mitgenommen hätte ... aber das habe ich nicht getan, und nun ist es zu spät.*

Kapitel zwei

Das Labyrinth von Thurkad

Als Tallia auf abenteuerlichen Wegen wieder in die Zitadelle zurückgekehrt war, musste sie feststellen, dass die Verteidigung bereits zusammenzubrechen drohte. Yggurs Streitkräfte hatten die Armeen der Stadt bereits von allen Seiten umzingelt und zwangen sie zu ihrer letzten Bastion zurück: der ummauerten Altstadt, die noch nicht einmal ein Zehntel von Thurkad darstellte. Tallia rannte in den Audienzsaal, doch Mendark war nicht dort. Auch seine Offiziere wussten nicht, wo er war, und erst nach langer Suche fand Tallia ihn auf einem der Türme, von wo aus er die Verteidigung der Südmauer leitete.

»Es ist hoffnungslos«, sagte er müde. Rußverschmiert und über und über mit Blut und Schlamm bedeckt, wirkte er genauso erschöpft wie Tallia. Berenet stand neben ihm, gestriegelt wie eh und je. Weinend deutete Mendark auf den verrauchten Horizont. »Sieh dir nur einmal all die Zerstörung an. Die Galerie brennt von einem Ende zum anderen, und von der Alten Palisade ist nur noch Asche übrig. Viertausend Jahre Geschichte – einfach weg! Je länger wir kämpfen, desto mehr werden sterben, und die Niederlage ist unvermeidlich. Aber wie könnte ich Thurkad aufgeben? Ich liebe meine Stadt von ganzem Herzen.«

»Wo ist die Vorsteherin der Versammlung?«

Ein Bote eilte mit den neuesten Depeschen herbei, und Mendark brach die Siegel.

»Diese verräterische Kuh!«, spie Berenet. »Sie hat ihre Barken bis zur Wasserlinie vollladen lassen und ist geflohen.«

»Die gesamte Versammlung befindet sich in Chaos«, fügte Mendark hinzu »Die könnten noch nicht einmal mehr einen Spielplatz regieren! Es gibt nur noch mich!« Er beugte sich über die Papiere.

»Dann ist Eure Pflicht klar«, sagte Tallia. »Ihr müsst Thurkad verteidigen und für das Volk tun, was Ihr könnt, solange noch Hoffnung besteht.«

»Das werde ich auch tun, nur dass eine höhere Pflicht immer drängender wird: Es gilt, den Zweck des Rates aufrechtzuerhalten. Nie war das dringender denn jetzt, da Tensor mit dem Spiegel Amok läuft.« Er starrte in die Stadt hinunter, wo Yggurs Flagge – ein schwarzer Tiegel in einem weißen Kreis – bereits auf Hunderten von Gebäuden wehte. Der Tiegel sah jedoch mehr wie eine erhobene Faust aus, sodass die Stadtbewohner Yggurs Männer ›Schwarzfäuste‹ nannten.

»Ich habe einen Plan, an dem Ihr vielleicht interessiert sein könntet«, sagte Berenet und polierte seine Silberknöpfe.

Er sah ausgesprochen elegant aus, während Tallia sich nur allzu bewusst war, dass sie nach wie vor mit Schlamm bedeckt war.

»Dann muss es aber ein guter sein«, knurrte Mendark, ohne den Blick von den Depeschen zu heben.

»Das ist er auch«, erwiderte Berenet selbstgefällig. »Schaut.«

Er entrollte einen Stadtplan auf dem Boden und fuhr mit dem manikürten Fingernagel die unregelmäßige Linie der Stadtmauern nach. »Laut unseren letzten Informationen hält Yggur inzwischen fünf der acht Hügel von Thurkad – alle Distrikte im Süden und Westen und die meisten im Norden. Jetzt rückt er gegen uns im Osten vor.« Berenet markierte jene Gebiete, die noch immer von Mendarks Streitkräften gehalten wurden: die östlichen Hügel und, in der Mitte, die ummauerte Altstadt. »Aber er ist äußerst verwundbar!«

»Wie das?«, murmelte Mendark.

Berenet wischte sich eine Haarsträhne aus den Augen und

legte eine Reihe aus Goldmünzen auf die Karte – eine Zurschaustellung von Wohlstand, die Tallia als ungehörig empfand.

»Seine Erste Armee unter Führung von Drossim, seinem fähigsten General, hält das Stadtzentrum. Die Vierte Armee ist im Süden stationiert, hier. Sie kontrolliert die Tore im Westen und Süden. Die Moral ist nicht sonderlich gut in der Vierten Armee. Yggur hat die Front überdehnt. Seine restlichen drei Armeen haben alle Hände voll zu tun, die eroberten Gebiete zu halten, und können ihm daher nicht zu Hilfe kommen.«

»Hmmm!«, machte Mendark gleichgültig.

»Er ist ein brillanter Heerführer im Feld – daran besteht kein Zweifel –, aber er hat nie um so eine große Stadt gekämpft. Seht her!«, rief Berenet und verschob seine Goldmarkierungen. »Die Vierte Armee hat in diesem Gebiet hier Quartier bezogen.« Er markierte ein Areal von Wohnhäusern und labyrinthartigen Gassen. »Und die Erste Armee schläft hier, ebenfalls in einem Labyrinth.«

»Komm auf den Punkt!«, befahl Mendark und schrieb weiter Befehle.

»Seht Ihr die schmalen Straßen hier, hier und hier? Wenn die voller Menschen sind und es zu einem Notfall kommt, bekommt er seine Truppen nie im Leben da durch.«

Mendark hob den Blick. »Sprich weiter.«

»Eine halbe Million Menschen leben in den Armenvierteln und weitere fünfzigtausend in der Kaistadt. Nehmen wir einmal an, wir würden das Labyrinth hier, hier und hier anzünden ...« Sein Finger beschrieb eine Linie vom Nordtor bis zur Kaistadt. »Panik würde ausbrechen, und die Straßen wären blockiert. Alles in diesem Gebiet besteht aus Holz – Wände, Böden, Dächer. Seine Truppen würden da nie rauskommen.«

»Selbst bei diesem Wetter würde das Feuer sich bis zur Westmauer fressen!«, rief Tallia.

»Genau«, bestätigte Berenet fröhlich. »Und niemand könnte es aufhalten! Und es wären so viele Menschen auf den Straßen, dass er seine Armee nicht bewegen könnte. Der einzige Weg hinaus wäre das Westtor. Wenn wir also eine Abteilung Bogenschützen des Nachts hinausschmuggeln und unsere anderen Einheiten hier, hier und hier positionieren könnten …«, weitere Goldmünzen wurden auf der Karte ausgelegt, »… dann könnten wir ihn mit einem Schlag erledigen. In diesem Fall wäre seine zahlenmäßige Überlegenheit eher eine Schwäche denn eine Stärke.«

»Er *könnte* sich in die Kaistadt zurückziehen«, sagte Mendark und begann, auf und ab zu laufen.

»Diese Einheit würde ihn aufhalten, sollte er tatsächlich so weit gelangen«, entgegnete Berenet und strich über das entsprechende Goldstück. »Außerdem sind die Hlune wilde Kämpfer, wenn es darum geht, die ihren zu verteidigen.«

»Das könnte funktionieren«, sagte Mendark. »Obwohl es mir nicht sonderlich gefällt.«

»Das ist schiere Verzweiflung!«, rief Tallia. »Sollte der Wind drehen, verbrennen wir anstelle von ihm.«

»Das wäre auch nicht schlimmer als das, dem wir uns jetzt gegenübersehen«, erwiderte Berenet. »Vollkommene Vernichtung!«

Tallia konnte kaum glauben, was sie da hörte. »Wenn wir das Labyrinth niederbrennen, werden Tausende sterben. *Zehn*tausende!«

»Es ist das Opfer wert«, sagte Berenet. »Wenn wir den Krieg verlieren – was so gut wie sicher ist –, werden sie ohnehin sterben.«

»Ich kann einfach nicht glauben, dass Ihr ernsthaft darüber nachdenkt«, wandte Tallia sich an den Magister. »Das ist ein furchtbarer Vertrauensbruch.«

»Sie hat recht, Berenet«, sagte Mendark und schüttelte den Kopf.

»Wie kann ich nur einem Narren dienen, der einfach nicht gewinnen *will*!«, schrie Berenet aufgebracht.

Mendark wurde vollkommen ruhig. »Wenn du das nicht länger willst, weißt du ja, wo du hingehen kannst.«

Berenet ballte die Fäuste, bis sie zitterten. »Verdammt sollt Ihr sein!«, zischte er. »Ihr stellt *meine* Loyalität in Frage?«

»Nicht deine Loyalität, nur dein Urteilsvermögen.«

»Ich biete Euch eine Gelegenheit zum Sieg an, und Ihr wählt die sichere Niederlage.«

»Es reicht«, sagte Mendark. Inzwischen zitterte er am ganzen Leib. »Ich kann das meiner Stadt nicht antun.«

Berenet nahm sein Gold, rollte die Karte wieder zusammen und ging ohne ein weiteres Wort davon.

»Ihr habt die richtige Entscheidung getroffen«, sagte Tallia.

Mendarks Stift zerbrach mit einem lauten Knacken. Er schaute zu Tallia, und seine Augen waren wie Fenster in eine Folterkammer.

»*Habe ich das?* Ich habe gerade meine Stadt und mein Volk aufgegeben, und vielleicht werden jetzt noch mehr leiden müssen, als wenn ich Yggur tatsächlich ausgeräuchert hätte. Und wofür?«

Für den Feind deutlich sichtbar, stapfte er über die Mauer und bemerkte noch nicht einmal, als ein Pfeil seinen Mantel durchbohrte. Tallia lief ihm hinterher und drängte ihn, in Deckung zu gehen.

In eine Nische geduckt, sprach sie ein weiteres Thema an. »Der Spiegel ist vielleicht wichtiger als das Schicksal von Thurkad. Und er hat Tensor ursprünglich ja auch gehört.«

Mendark vergrub sein Gesicht in den Händen. »Ja, aber was wird er damit tun?« Pfeile zischten über ihre Köpfe hinweg, doch Mendark ignorierte sie. »Ich habe sogar ein-, zweimal mit Tensor über seine Queste gesprochen, als wir noch Freunde waren und ein gemeinsames Ziel verfolgt haben. Aber der Untergang von Shazmak hat ihn in die Verzweiflung getrieben. Was hat er denn noch zu verlieren? Er glaubt, dass er keine Ehre mehr hat.«

»Was ihn nur umso gefährlicher macht«, bemerkte Tallia.

»Und wo kann er hin?«, fuhr Mendark nach kurzem Schweigen fort. »Meine Spione haben nichts über ihn in Erfahrung bringen können. Wie sollen wir ihn in alldem Chaos finden? Nur ich stehe noch zwischen ihm und dem Untergang.«

Tallia legte Mendark in ungewohnter Vertrautheit den Arm um die Schulter. »Da *Ihr* jetzt der Rat seid und Thurkad am Ende ist, sollten wir uns besser an die Verfolgung machen.«

»Ja, das müssen wir. Aber er war so lange mein Freund ... Ich spüre noch immer das Band zwischen uns, Tallia.«

Tallia kam ein Gedanke. »Llian war auch verschwunden.«

»Was?« Nur langsam löste Mendark sich von seinen Gedanken. »*Was?*«

»Als wir vergangene Nacht wieder zu Bewusstsein gekommen sind, war Llian bereits verschwunden.«

»Und es gibt keine Spur von ihm?«

»Nichts ...«

»Llian hätte Karan niemals im Stich gelassen.« Mendark ging an der Mauer auf und ab; er wirkte äußerst erregt. »Das ist schlecht – sehr schlecht! Hat Tensor ihn mitgenommen? Ich muss das wissen.«

»Was will er denn mit einem Chronisten anfangen?«

»Ich habe nicht die leiseste Ahnung.«

Ein von einem Katapult geschleuderter Stein schlug in die Brüstung ein und bedeckte die beiden mit Steinsplittern. Rasch duckten sie sich. Mendark fasste sich an die Wange, wo Blut aus einer Wunde quoll. Tallia holte ein Stück Stoff aus der Tasche, doch Mendark schob es beiseite. »Es ist nichts! Was wolltest du gerade sagen?«

»Erinnert Ihr Euch noch an die Nacht von Llians Ankunft? Der Führer, der ihn zu uns gebracht hat, das war Lilis, das Straßenmädchen, das Ihr so undankbar wieder hinausgeworfen habt.«

»Es gibt Tausende wie sie in Thurkad. Was ist damit?«

»Llian hat ihr einen Silbertar als Bezahlung angeboten, doch sie hat ihn nicht angenommen. Sie hat gesagt, sie sei schon ausreichend bezahlt worden. Was für ein Straßenkind würde einen Tar ablehnen?«

»Er verfügt zweifellos über genügend Charme«, erwiderte Mendark widerwillig, obwohl ihn die Geschichte durchaus faszinierte.

»Später in jener Nacht habe ich sie draußen auf der Straße gesehen. Und vergangene Nacht hing sie bei der Halle herum, kurz nachdem Ihr gegangen seid. Sie hat gesagt, der ›große Mann‹ habe Llian mitgenommen.«

»*Der große Mann!* Tensor? Du glaubst, sie ist ihnen gefolgt? Dann solltest du sie besser finden. Orstand kennt jeden. Sie wird jemanden für dich ausfindig machen, der sich in den Straßen auskennt. Die gute Orstand! Wo wäre ich nur ohne sie? Ohne sie wäre der Rat nur eine leere Hülle.«

»Da ist auch noch Hennia die Zain«, sagte Tallia vorsichtig.

»Die Zain sind mit ihrer Treue genauso sparsam wie ein Geldverleiher mit seinen Münzen«, spie Mendark. »Und wo wir gerade davon sprechen ... Geh besser in der Schatzkammer vorbei. Die Suche könnte dich eine Hand voll Gold kosten.« Plötzlich fiel ihm noch etwas anderes ein. »Und Tallia ...«

Sie war bereits unterwegs. »Ja?«, fragte sie. In Gedanken war sie schon bei ihrer neuen Aufgabe.

»Als ich heute Morgen all den Plunder durchgegangen bin, den Thyllan in meiner Amtsstube zurückgelassen hat, habe ich ein paar Sachen von Karan gefunden: ein Tagebuch, ein Messer und mehrere Schmuckstücke.«

Tallia kam wieder zurück und hob die Augenbraue. Mendark empfand doch wohl keine Reue?

»Nun ... willst du die Sachen mitnehmen?«, fragte Mendark in rauem Ton.

»Ich habe schon genug zu schleppen. Außerdem ist sie weg.

Was macht das schon?« Dann hakte sie misstrauisch nach: »Was kümmert Euch das überhaupt?«

»Llian wird sie vielleicht haben wollen.«

»Ihr meint, im Austausch dafür wird er tun, was Ihr wollt«, sagte Tallia. »Tut Ihr denn wirklich nie etwas aus Gemeinnutz? Ach, egal ... Wo sind die Sachen?«

Mendark sagte es ihr; dann machte Tallia sich auf die Suche nach Lilis. Man nannte ihr den Namen eines alten Soldaten – Blustard –, eines Halunken und Trunkenboldes, der in einem der armseligen Schuppen hauste, die sich an das westliche Bollwerk der Altstadt schmiegten. Tallia fand ihn schließlich auf der Mauer, denn ihre Not war in der Tat so groß, dass sogar er seine Pflicht erfüllen musste. Nachdem sie mit seinem Offizier gesprochen hatte, nahm Tallia Blustard beiseite.

Blustard gehörte zu jenen Menschen, die alles und jeden kannten, und er erkannte Tallia sofort. Er war natürlich betrunken, doch das war normal für ihn. Sollte er irgendetwas über Lilis wissen, so würde Tallia das schon aus ihm herausbekommen.

Blustard war einst ein gutaussehender Mann gewesen, groß und schlank, mit vollem rotem Mund und hohen Wangenknochen, einer edlen Stirn und wallendem schwarzem Haar. Doch nun waren nur noch die Stirn und sein Haar davon übrig, und Letzteres war bereits grau. Seine Hände und Finger waren verkrümmt und schuppig, seine Nase ein geschwollener knallroter Schrecken, und seine grauen Lippen pellten sich. Sein Atem stank; seine Zähne waren verfault, und sein Arm zitterte, selbst wenn er auf einem Tisch lag. Er hatte Angst vor Tallia, und dazu hatte er auch allen Grund. Tatsächlich hatte er sogar mehr Angst vor ihr als vor dem Feind vor den Toren.

Tallia befragte ihn, doch schon bald musste sie erkennen, dass er ihr nicht antworten würde oder konnte. Er hatte viel zu viel Angst und war bei weitem noch nicht betrunken genug.

»Komm«, sagte sie schließlich. »Hier lässt sich schlecht reden.

Lass uns runter ins ›Fass‹ gehen.« Das war eine Soldatentaverne in der Nähe.

Blustard war glücklich. Als sie die Taverne betraten, war der Schankraum fast völlig leer. Nur ein paar alte Männer, die zu alt für den Dienst auf der Mauer waren, tranken in der Ecke. Die Schankmaid, eine füllige, alte Frau mit der Frisur eines jungen Mädchens, spülte Becher in einem Eimer. Sie stand auf, als die Tür klingelte.

»Geh raus und tu deine Pflicht, du feiger Säufer!«, kreischte sie, als Blustard den Schankraum betrat.

Blustard blieb erschrocken in der Tür stehen, sodass Tallia sich an ihm vorbeidrängen musste. Nachdem sie der alten Frau ein paar Worte ins winzige Ohr geflüstert hatte, knallte diese einen großen Krug Schwarzbier und zwei Becher auf den Tresen und schlurfte davon. Blustard schnappte sich den Krug und die zwei Becher und ging weg, bevor Tallia auch nur ein Kupferstück aus ihrer Börse geholt hatte. Sie drehte sich gerade noch rechtzeitig um, um zu sehen, wie er mit dem Zeh am Teppich hängen blieb und so hart auf den Boden schlug, dass die Fenster klapperten. Langsam rappelte er sich wieder auf. Aus einem der Becher war ein kleiner Splitter herausgebrochen, doch Blustard hatte nicht einen Tropfen aus dem Krug verschüttet.

»Nicht ein Tropfen! Hast du das gesehen?« Blustard grinste Tallia mit seinen schwarzen Zähnen an und wischte sich mit dem Handrücken das Blut von der Nase. »Auf den alten Blessie ist eben Verlass!«

Tallia war in der Tat erstaunt. Der alte Säufer war doch tatsächlich stolz auf sich! »Sehr gut«, sagte sie höflich. »Nein, dieser Tisch.« Sie deutete auf einen Tisch in der dunkelsten Ecke des Raums.

Blustard ließ sich auf einen Stuhl fallen, füllte ihre beiden Becher bis zum Rand und hob seinen fröhlich zum Toast. Tallia stieß so wohlwollend mit ihm an, wie sie konnte, und trank einen kleinen Schluck. Das Bier war stark, aber säuerlich, als wäre das Fass nicht ordentlich gereinigt worden. Blustard leerte seinen Becher in einem Zug, rülpste und schenkte sich einen zweiten ein. Noch immer tropfte aus seiner furchtbaren Nase Blut auf die grauen Stoppeln. Tallia schaute ihm in die Augen.

»Das Straßenkind, Lilis«, erinnerte sie ihn. »Du kennst sie?«

Er murmelte irgendetwas vor sich hin.

»Was?«, fragte Tallia.

»Ich kann mich nicht erinnern!« Blustard starrte auf den Tisch. Er würde die Sache in die Länge ziehen, um so viel aus Tallia herauszuholen, wie er nur konnte.

Er hob den Becher an die Lippen. Tallias Hand schoss vor und packte ihn am Handgelenk. Wie sie herausfand, war er trotz seiner Erscheinung recht stark. Aber Tallia war eine Meisterin der Geheimen Kunst und auch des waffenlosen Kampfes; nur wenige in Thurkad konnten es mit ihrem Willen aufnehmen – oder ihrem Kampfgeschick. Tallia konnte nicht zulassen, dass dieser Raufbold sie besiegte. Die Armen und Schwachen mochte er ja terrorisieren, aber er war durch und durch verdorben, und wenn er es mit einem Stärkeren zu tun bekam, erwies er sich als Feigling.

Blustard setzte sich zur Wehr, und einen Augenblick lang glaubte Tallia, er würde sie überwältigen. Sie stellte sich die kleine Lilis in seinen Händen vor, und das gab ihr die Kraft, die sie brauchte. Tallia drehte einmal kräftig, und nach kurzem Kampf fiel ihm der Becher aus den Fingern. Bier strömte in seinen Schoß. Tallia drehte sein Handgelenk noch weiter herum.

»Ich werde es dir brechen. Treib keine Spielchen mit mir. Lilis?«

Dass seine Hose durchnässt war, kümmerte ihn nicht – das war er so oder so gewöhnt – aber er schaute traurig auf das verschüttete Bier. Tallia drehte noch einmal; die Handgelenksknochen krachten, und Blustards Widerstand war gebrochen. »Ja, ich kenne sie.«

»Wo lebt sie?«

»Leben! Diese Kinder leben nirgendwo. Am einen Tag schlafen sie in einem Fass und am nächsten in der Gosse.« Blustard schaute auf den Krug. »Ich brauche was zu trinken«, jammerte er.

»Das ist mein Bier«, sagte Tallia, verstärkte ihren Druck wieder und fragte sich, ob sie ihm doch noch das Handgelenk würde brechen müssen, um zu bekommen, was sie wollte. »Und du wirst nichts mehr davon bekommen, bevor du mir nicht sagst, was ich wissen will.«

»Wenn hier kein Krieg toben würde, wäre es ein Leichtes, sie zu finden; aber nun versteckt sich jeder.«

»Du musst doch wissen, wen man fragen kann.«

»Sie verschwinden ständig. Werden entführt. *Verkauft*!« Blustard spie auf den Boden.

Verkauft ... und ich dachte, ich würde Thurkad kennen. »Finde es heraus«, sagte sie in höflichem Ton.

»Wenn man nach ihnen fragt, verschwinden sie.«

Das war sogar verständlich; aber Tallia wusste, dass Blustard Lilis finden konnte, wenn er wollte. Er mochte ja ein Trunkenbold sein, aber in den Gassen war er auch ein mächtiger Mann. Wie konnte sie ihn motivieren? Welches Versprechen würde er nicht brechen, kaum dass er sie verlassen hatte?

Tallia verstärkte ihren Griff noch einmal und blickte ihm kalt in die blutunterlaufenen Augen. »Sag mir genau, was ich tun muss, um sie zu finden«, sagte sie und betonte jedes einzelne Wort. »Mit wem ich reden und was ich sagen muss. Dann wirst du ins Verlies gehen und nur Wasser zu trinken bekommen, bis ich wieder zurück bin. Und sollte ich nicht oder ohne Lilis zurückkommen, wird Mendark vergessen, dass du in einer Zelle sitzt. Du weißt ja, was für ein rachsüchtiger Mann er sein kann.«

Ja, das wusste Blustard. Er schaute ihr ebenfalls in die Augen und sah dort ihre Entschlossenheit. Sein Blick wanderte wieder zum Krug.

»*Nachdem* du es mir gesagt hast«, sagte Tallia.

Wieder zögerte er. Er gierte nach dem Bier und schaute auf sein eingeklemmtes Handgelenk; nur in die Augen wollte er Tallia nicht sehen. Abermals wischte er sich die Nase mit dem Handrücken ab und verschmierte das Blut auf seiner Wange; dann platzte es förmlich aus ihm heraus.

»Ich kann sie nicht finden!«, stöhnte er. »Es gibt nur einen Menschen, der das im Krieg kann: S'Courcy!«

Tallia schauderte. S'Courcy war eine kranke Spinne inmitten des Netzes aus Bosheit und Verdorbenheit, das die Unterwelt von Thurkad bildete. Nur selten bekam ihn jemand zu Gesicht – wenn überhaupt –, doch jeder wusste, dass er da war. Damit hatte Tallia nicht gerechnet. Doch wenn man in Mendarks Diensten stand, dann tat man, was nötig war. Mendark akzeptierte keine Entschuldigungen, und Tallia würde ihm auch keine anbieten.

»Sag mir, wie ich eine Audienz bei S'Courcy bekomme«, forderte sie Blustard auf, »und anschließend wieder sicher verschwinden kann, sonst wirst du als trauriger und nüchterner Mann in Mendarks tiefstem Verlies sterben.«

Blustard würde alles tun, um das zu vermeiden. Tallia hörte ihm zu und fragte immer wieder nach, bis sie zufrieden war. Dann ließ sie sein Handgelenk los und schenkte ihm einen Becher Bier ein. Blustard leerte ihn in einem Zug. Dann stand Tallia auf, packte ihn wieder am Handgelenk und führte ihn zur Tür. Auf der Schwelle stieß sie einen Pfiff aus, ein Geräusch, das ihn sich die Ohren zuhalten ließ. Weiter die Straße hinauf hoben zwei von Mendarks Gardisten die Köpfe. Einen von ihnen kannte Tallia; er war ausgesprochen zuverlässig und zutiefst loyal.

»Torgsted!«, rief sie.

Torgsted war ein kleiner Mann mit lockigem Haar und einem Lächeln, das selbst die verstockteste Schankmaid zum Schmelzen brachte. Tatsächlich wandte er diese Fähigkeit im Augenblick sogar eifrigst bei einem hübschen Mädchen an, das gut einen Kopf größer war als er. Bei Tallias Ruf ließ er sie jedoch sofort stehen, eilte herbei und salutierte.

»Bring diesen Mann ins tiefste Verlies, und stell ihn dort unter Bewachung. Bis zu meiner Rückkehr bekommt er nur Wasser zu trinken. Und haltet ihn auf dem Weg gut fest.«

Torgsted salutierte erneut; dann traten die beiden Gardisten vor, packten Blustard und führten den jammernden Mann zur Zitadelle.

Vor Einbruch der Nacht war es unmöglich, die Altstadt unbemerkt zu verlassen; also kümmerte sich Tallia erst einmal um ihre eigenen Angelegenheiten. Sie gönnte sich sogar ein wenig Schlaf – knapp eine Stunde –; dann tauschte sie ihre feine Kleidung gegen Straßenkleider und einen Ölmantel mit Kapuze. Da sie das Risiko nicht eingehen wollte, dass einer der Geheimwege entdeckt wurde, ließ sie sich an einem Seil die Mauer in die unbeleuchteten Gassen hinunter. Von dort aus suchte sie sich anhand der Karte, die sie sich eingeprägt hatte, einen Weg durch das schmutzige Labyrinth ungepflasterter Straßen und Gassen, vorbei an wahren Bruchbuden und über winzige Marktplätze – eine Welt, in der gut die Hälfte der Einwohner von Thurkad lebte. Es war ein Ort, den zu kontrollieren man eine wahrhaft gewaltige Armee brauchte, und Yggurs Truppen hielten sich klugerweise an die breiteren, gut beleuchteten Straßen. Zwar kontrollierten sie, wer in das Labyrinth hinein- oder hinausging, aber sie mischten sich nicht in dessen innere Angelegenheiten ... noch nicht.

Tallia ging zu dem Ort, den Blustard ihr genannt hatte, und sprach dort mit einem Mann, wobei sie wortgetreu wiederholte, was der alte Trunkenbold ihr beigebracht hatte. Dann zahlte sie den korrekten Tribut: einen Silbertar. Der Mann führte sie durch die Straßen zu einem anderen Ort, wo sie einer Frau einen weiteren Tar gab. Die Frau schaute Tallia mit glasigen Augen an, nickte und warf dem Mann einen kurzen Blick zu, der Tallia daraufhin weiter durch die Gassen führte. *Er nimmt den direkten Weg,* dachte Tallia, *um S'Courcy damit zu sagen, dass ich komme.*

Dieser Prozess wurde noch mehrmals wiederholt. Schließlich gingen sie in ein Steingebäude, sechs Treppen hinauf, einen Gang hinunter und in einen großen, ungeschmückten Raum, der jedoch mit Wandschirmen aufgeteilt war. Wasserflecken bedeckten die Wand, und da es keine Fenster gab, war die Luft verraucht und schal. Tallia wurde um einen Wandschirm herum in einen Teil des Raums geführt, wo Teppiche auf dem Boden lagen, und in der Mitte stand ein großes, quadratisches Bett mit vergoldeten Pfosten und einem Himmel aus bemalter Seide. Es war ebenfalls fleckig und hatte einen Riss in der Mitte. Und in dem Bett lag der Mann, den zu sehen Tallia gekommen war.

Er war ungewöhnlich fett und hatte eine blasse Haut, aber bemerkenswert dünne Arme und Beine sowie einen kleinen Kopf. Seine dünnen Lippen waren geschürzt. Hätte er die doppelte Anzahl an Gliedern gehabt, er hätte wahrlich einer Spinne geähnelt, dachte Tallia. Aber nein, er war nicht fett; sein Leib war durch eine Krankheit aufgequollen. Langsam richtete er die glänzenden Augen auf sie.

»Tallia bel Soon! Rechte Hand von Mendark. Willkommen. Zeig dich mir. Ich bin S'Courcy.«

Seine Stimme klang sanft und voll, konnte aber vermutlich rasch giftig werden, wenn man ihm in die Quere kam. S'Courcy winkte mit der dürren Hand, und ein Diener nahm Tallia den Mantel ab. Sie warf ihr langes schwarzes Haar zurück, trat näher an S'Courcy heran und streckte die Hand aus. Er verzog die Lippen. Sofort blieb sie stehen.

»Ich berühre niemanden«, sagte er. »Ah, aber du bist in der Tat noch weit schöner, als man dir nachsagt.« Tallia neigte den Kopf. »Und wie ich höre, verstehst du auch hervorragend mit Waffen umzugehen. Bitte, fühle dich nicht beleidigt, aber bleib zurück.« S'Courcys Stimme wurde heiser, und er bekam einen Hustenanfall, der nicht enden wollte. Schließlich sagte er: »Ich glaube, das ist das Ende des Magisters von Thurkad. Da müssen wir alle sehen, wo wir bleiben.«

»Die Situation ist in der Tat angespannt«, erwiderte Tallia.

»Aber du bist nicht hierhergekommen, um mit mir über den Krieg zu reden. Wie kann ich dem Magister zu Diensten sein? Ich soll etwas für euch finden, nicht wahr?«

»Ein Straßenkind. Ihr Name ist Lilis. Sie verdingt sich als Führer am Ostufer.«

S'Courcy winkte einem Gehilfen. »Finde alles über dieses Kind heraus«, sagte er, und der Mann verneigte sich und lief hinaus.

»Und warum wollt ihr sie?«

»Wie glauben, dass sie vergangene Nacht etwas gesehen hat.«

»Etwas gesehen?« Er schloss kurz die Augen, dann blickte er auf seine Hände.

Tallia wusste, was er dachte. Vielleicht war das etwas, wofür Yggur gutes Geld bezahlen würde. Vielleicht würde er sogar mehr bezahlen als Mendark. Und vielleicht war es in Zeiten wie diesen besser, dem Eroberer einen Gefallen zu tun. Mendarks Situation schien hoffnungslos zu sein. Doch andererseits *war* er nahezu ein ganzes Zeitalter lang Magister gewesen und schier unglaublich listig. Und es hieß, dass Yggur sich Recht und Ordnung verschrieben habe, ein aufrechter Mann. Also würde er vielleicht gar keine Geschäfte mit der Unterwelt machen.

Der Gehilfe kam wieder herein, verneigte sich und wartete. S'Courcy hob den Blick.

»Das Kind, das gestern vor Sonnenaufgang aus der Zitadelle gekommen ist«, sagte der Gehilfe.

»Ah! Das Kind, das den Rat nach dem Konklave in Sicherheit gebracht hat. Der Preis ist soeben gestiegen.«

»Wo ist sie? Und wie hoch ist der Preis?«

»Der Preis ... nun, darüber muss erst verhandelt werden. Ah!« Er musterte Tallia mit funkelnden Augen.

Er fragt sich, wie verzweifelt wir sind. Er weiß, dass wir keine Zeit haben. Der Preis wird unverschämt sein.

»Mein Preis sind einhundert Goldtell.«

Das war sogar noch unverschämter, als Tallia erwartet hatte. Das war ein Vermögen! Doch sie zuckte noch nicht einmal mit den Wimpern. »*Einhundert*! Damit könnte ich einhundert Spione ein Jahr lang bezahlen. Lilis war nicht die Einzige, die vergangene Nacht die Augen aufgehabt hat.«

»Ah, das ist wahr. Aber einhundert Spione können dir nicht sagen, was du heute wissen willst.«

»Zehn Tell«, schnappte Tallia, »und ich will sie sofort. Wo ist sie?«

»Nicht weit weg von hier. Wir haben sie ihrer Pflichten unterwiesen. Vielleicht können wir uns ja auf einen Kompromiss einigen. Fünfzig Tell.«

Tallia kniff die Augen zusammen. Seine Worte jagten ihr einen kalten Schauder über den Rücken. »Zwanzig Tell, solange sie bei guter Gesundheit ist. Ansonsten ist sie für mich ohne Wert.«

»Du wirst ein wenig warten müssen. Nimm diesen Stuhl, und lass mich dir eine Erfrischung anbieten.« Er winkte einem Diener, doch Tallia schüttelte den Kopf.

»Ich bleibe lieber stehen, danke.« Sie wich ein wenig zurück und drehte sich leicht, sodass niemand sich von hinten an sie anschleichen konnte. Zwei Wachen standen an der Tür. Sie wirkten entspannt; dennoch ließen sie Tallia nicht einen Augenblick aus den Augen.

»Wie du willst.« Gehilfen liefen rein und raus. S'Courcy beschäftigte sich mit seinen Papieren, häufig unterbrochen von einem Hustenanfall, der ihn bleich und heiser zurückließ. Schließlich kehrte der erste Gehilfe wieder zurück und sprach kurz mit der Spinne.

»Sie bringen sie«, sagte S'Courcy. »Sie ist . . . ein wenig beschädigt. Vielleicht kann ich dir ja noch ein wenig entgegenkommen. Fünfundzwanzig Tell.« Er verzog die Lippen zu einem Spottbild von einem Lächeln. »Sollen wir das jetzt als abgemacht betrachten?«

»Erst will ich sie sehen«, entgegnete Tallia kalt. Sie überlegte bereits, welche Möglichkeiten sie hatte und ob sie je wieder lebend hier herauskommen würde.

Ein weiterer Mann erschien. Er trug ein Bündel blutiger Lumpen, aus dem dünne Arme und Beine schlaff heraushingen. Er warf Tallia das Bündel vor die Füße. Sie kniete sich nieder und strich das Haar aus dem verkniffenen Gesicht, ohne jedoch die Wachen hinter ihr zu vergessen. Es war Lilis, und sie war erst vor kurzem aufs Übelste verprügelt worden, denn ihre blauen Flecken und Schwellungen hatten noch nicht die Farbe geändert. Vor allem auf ihren Beinen fanden sich frische Schwellungen. Ein Auge war schwarz. Sie war bewusstlos.

Tallia stand auf, und ihr Gesicht war kalt wie Stein. »*Sie ihrer Pflichten unterwiesen?*«

»Jede Münze, die auf der Straße verdient wird, kommt hierher«, erklärte S'Courcy mit einem Übelkeit erregenden Lächeln. »Für ihre Taten muss sie großzügig belohnt worden sein, und doch hat sie nichts davon abgegeben. Also haben wir sie ihre Pflichten gelehrt, wie wir es bei jedem tun würden, der so versagt.«

»Sie ist nie bezahlt worden, außer mit ein paar Kupferstücken von den Wachen, bevor die sie verjagt haben. Und sie ist nur ein Kind.«

»*Nie bezahlt?* Ist das der Charakter des Rats, der uns beschützt? Selbst auf der Straße bezahlen wir unsere Schulden. Und was ist schon ein Kind unter all den Tausenden, von denen es in dieser Stadt nur so wimmelt? Der Preis für ihr Leben ist nur ein halber Tar.«

Tallia hätte ihn am liebsten durch die Wand geprügelt, und das hätte sie auch tun können – trotz der Wachen. Aber was hätte das genützt?

»Und das ist, was ich bezahlen sollte«, sagte sie. »Doch auch ich begleiche meine Schulden. Aber sie *ist* beschädigt und auch noch verprügelt worden, als ich schon hier war. Also werde ich nur die Hälfte meines ursprünglichen Angebots zahlen.«

Tallia holte eine Hand voll Münzen aus ihrer Börse, zählte zehn Tell ab und warf sie aufs Bett. Dann riss sie dem wartenden Diener ihren Mantel aus den Händen, wickelte Lilis darin ein und warf sie sich über die Schulter. Sie blickte S'Courcy in die Augen. »Lass mich dir folgende Warnung geben: Mendark ist geschlagen, aber noch immer mächtig, und er vergisst niemals eine Kränkung. Sorg dafür, dass wir sicher wieder zur Zitadelle zurückkehren können, oder eines Tages, wenn du es am wenigsten erwartest, wird er das Labyrinth zu Asche verbrennen.«

Sie wirbelte auf dem Absatz herum und stapfte aus dem Raum. *Mendark weiß noch nicht einmal, wo ich hingegangen bin,* fiel ihr auf dem Weg nach unten ein. Sie fürchtete, dass bereits ein Messer auf ihren Rücken gerichtet war oder dass sie jeden Augenblick ein Stein von oben treffen würde. Doch als sie schließlich den Fuß der Treppe erreichte, war einer von S'Courcys Gehilfen bei ihr, um sie zu führen. Auf der Straße war Pragmatismus alles. S'Courcy hatte zehn Tell für nichts bekommen. Warum sollte er sich unnötigerweise einen Feind machen? Und er *war* äußerst verwundbar.

Doch erst als Tallia an einem der Ausfalltore der Zitadelle stand und das Passwort rief, konnte sie sich entspannen. Das Tor öffnete sich knarrend, und eine Laterne leuchtete ihr ins Gesicht und die Straße hinunter. Dann schlüpfte sie hinein.

Kurz darauf stieg sie die Stufen zur Zitadelle hinauf und fand Mendark erneut im Audienzsaal, wo er genauso fanatisch arbeitete wie zuvor. Die Atmosphäre war allerdings nicht mehr so düster, wie sie es noch am Vortag gewesen war. Offensichtlich hatte Yggur einen Rückschlag erlitten. Das erklärte auch, warum Tallia einen so leichten Heimweg gehabt hatte.

»Sie ist geschlagen worden«, sagte sie erregt ob Mendarks fragendem Blick, »weil sie die *Belohnung* für die Rettung des Rates nicht abgegeben hat.« Mendark wich ihrem Blick aus. »Ich werde sie mit in meine Kammer nehmen. Ihr könnt sie später befragen ... *falls sie denn überlebt.*« Sie stapfte davon, stieß jeden Entgegenkommenden grob beiseite und rief nach einem Bader.

Oben angekommen, schnitten Tallia und die Baderin dem Kind die Lumpen vom Leib, badeten ihren dünnen, kleinen Leib, wuschen ihr das Haar und säuberten und verbanden ihre Wunden. Wie sie feststellten, war Lilis' linke Schulter ausgekugelt und ein paar Rippen gebrochen. Basia, die Baderin, die verschrumpeltste alte Frau der Welt, war noch sehr geschickt und hatte die Verletzungen alsbald versorgt. Schließlich steckten sie Lilis in ein Nachthemd und legten sie in Tallias Bett. Das Mädchen atmete flach, und ihre Haut war kalt.

»Was denkst du, Basia?«, fragte Tallia, und ihr Herz flog dem Straßenkind zu. »Wird sie leben?«

Die Baderin, die ihren warmen Herd verlassen hatte, um im Krieg zu helfen, antwortete: »Oh, ich glaube schon – wenn sie die Nacht überlebt. Die Verletzungen würden rasch verheilen, wenn sie gesund wäre, aber sie ist sehr abgemagert und zerbrechlich. Hör nur einmal, wie ihr Atem rasselt. Das sind die Gefahren des Lebens auf der Straße. Ich habe allerdings ein paar Kräuter, die ihr helfen werden.«

»Sag mir, was du brauchst, und ich werde es sofort holen gehen«, bot Tallia an, lockerte ihre Faust und massierte sich die angespannten Sehnen.

»Ich muss die Medizin erst machen«, erklärte Basia. »Ich gehe selbst. Warum machst du dir solche Sorgen?«

»Sie ist nur ein Kind!« Tallia verstand nicht, worauf Basia hinauswollte.

»Das sehe ich auch. Ich mache mir Gedanken um sie, wie ich es bei allen meinen Patienten mache. Aber du gehörst zu den Mächtigen und hast große Verantwortung. Warum kümmert sie *dich* so sehr?«

»Vielleicht versuche ich damit, vergangene Nachlässigkeiten wiedergutzumachen«, murmelte Tallia. »Geh deine Medizin holen. Ich werde sie im Auge behalten.«

Tallia zog sich einen Stuhl heran und setzte sich neben das Bett. Sie fühlte sich so müde. Die Zeit verging träge. Tallia nahm Lilis' Hand und berührte ihre Füße. Das Straßenkind war kalt, zu kalt. Tallia streifte ihre Kleider ab und kroch ins Bett. Sie nahm Lilis in die Arme, um sie zu wärmen und zu trösten, und auch sie bekam ein wenig Trost dadurch. Schließlich schlief sie so gut wie schon seit mehr als einer Woche nicht mehr.

Als Basia am frühen Morgen wieder zurückkehrte, schlief Lilis friedlich in Tallias Armen. Basia schaute lächelnd auf die beiden herab; dann berührte sie Tallia sanft an der Schulter. Tallia wachte sofort auf. »Es ist Morgen«, sagte Basia. »Dem Kind geht es bereits besser.«

Tallia war sofort aus dem Bett, eilte ins Nebenzimmer und spritzte sich Wasser ins Gesicht. Dann kam sie wieder zurück und zog sich rasch an. Schließlich setzte sie sich neben das Bett, um die Stiefel anzuziehen, und beim Knarren des Stuhls öffnete Lilis die Augen. Das schönste goldene Lächeln, das Tallia je gesehen hatte, erschien auf dem schmalen Gesicht.

»Ich habe von dir geträumt«, sagte Lilis mit kratziger Stimme. »Du hast mich in deinen Armen gehalten, und alle Schmerzen waren wie weggeblasen. Es war so warm, so wunderbar, dass ich schon Angst hatte aufzuwachen. Wo bin ich?«

»Du bist in der Zitadelle, Kind«, antwortete das runzelige, alte Weib. »Tallia ist ins Labyrinth gegangen und hat dich von dieser bösen Spinne befreit und hierher gebracht. Du verdankst ihr dein Leben.«

»Ja, das habe ich getan«, sagte Tallia, »aber du hast mir auch geholfen, Lilis, und dafür bist du auch noch grausam geschlagen worden. Lass uns also nicht von Schuld sprechen.«

Lilis starrte Tallia scheinbar eine Ewigkeit lang an. »T... Tallia«, sagte sie schließlich. »Wo kommst du her?«

Tallia lächelte. »Warum fragst du?«

»Du siehst anders aus, und du sprichst auch anders als alle anderen in Thurkad. Und du bist netter.«

Lachend küsste Tallia sie auf die Nase. »Ich stamme aus Crandor, das auf der anderen Seite der Welt liegt. Als ich in deinem Alter war, hat der alte Mendark herausgefunden, dass ich ... dass ich Dinge tun konnte. Er hat mich auf eine besondere Schule geschickt und mich dann nach Thurkad gebracht, um meine Schuld abzuarbeiten.«

»Hast du eine Mutter und einen Vater?«

»Die habe ich, in Crandor; aber ich sehe sie heutzutage nicht allzu oft.«

Lilis stieß einen lauten Seufzer aus und legte sich wieder hin. »Jetzt«, sagte Tallia, »möchte ich, dass du dich erst einmal ausruhst und wieder zu Kräften kommst. Danach wird dann der Magister persönlich dir ein paar Fragen stellen.«

Tallia ging in Mendarks Amtsstube hinauf und holte das Bündel mit Karans Sachen. Es war nicht viel. Ein kleines Messer mit einem Heft aus Seifenstein, die Klinge war gut, recht dunkler Stahl mit hineingeritzten Mustern. Bei dem Schmuckstück, wie Mendark es genannt hatte, handelte es sich um einen Stein in der Größe und Form einer Pflaume. Er bestand aus irgendeinem polierten grauen Mineral, und Silberblätter zierten das dicke Ende. Es war ein seltsames Schmuckstück, eigentlich zu groß, um an einer Kette getragen zu werden.

Als Tallia es sich genauer betrachtete, stellte sie fest, dass auch keinerlei Vorrichtungen vorhanden waren, um es irgendwo anzuhängen. Dann fiel ihr etwas recht Bemerkenswertes auf: In dem dunklen Zimmer hinterließen ihre Finger glühende Abdrücke auf der Oberfläche des Steins, schwache Flecken, die langsam verblassten. *Das muss eine Leuchtkugel sein!* Tallia hatte von solchen Dingen schon gehört, aber nur als alte Artefakte, die schon lange nicht mehr funktionierten. Mendark hatte eine solche Kugel, auch wenn sie vollkommen anders aussah und fünfhundert Jahre vergangen waren, seit sie zum letzten Mal geleuchtet hatte. Es war ein Wunder, dass er diese hier nicht sofort erkannt hatte. Woher hatte Karan solch ein Ding?

Der andere Gegenstand war ein Buch mit vielen Seiten, sorgfältig eingepackt. Es war ein wunderschöner, teurer Band mit weichem Reispapier. Die Handschrift war winzig. Hier und da fand sich ein Datum; das älteste reichte mehr als sechs Jahre zurück. Es war ein Tagebuch, obwohl die Einträge in unregelmäßigen Abständen verfasst worden waren; bisweilen lagen sie gar Wochen auseinander. Der letzte stammte von vor zwei Wochen, kurz nachdem Karan in Thurkad angekommen war.

Tallia wollte Karans private Gedanken nicht lesen. Auf der Innenseite des Einbands befand sich eine Inschrift, doch Tallia konnte die Sprache nicht lesen. Sie endete mit einem einzigen Wort: Rael. Das Tagebuch war ein Geschenk, ein wertvolles Buch und Quelle wichtiger Aufzeichnungen. Karans Familie würde es sicher haben wollen. Karan stammte aus Gothryme, einem armen Ort in den Bergen von Bannador. Tallia erinnerte sich. Auch Llian würde das Buch sehen wollen – falls er denn je wieder zurückkehren sollte. Sorgfältig packte Tallia alles ein und ging wieder nach unten, um sich an ihre nächste Aufgabe zu machen.

Von jedem der sieben, die Lilis gerettet hatte, forderte Tallia einen angemessenen Preis für ihr Leben ein (in einem Fall nur unter Drohungen). Nachdem sie dann alles in Gold gewechselt hatte, legte sie das Geld für Lilis beiseite. Das Kind würde es brauchen, um weiterleben zu können ... vorausgesetzt natürlich, sie überlebten das hier, und so wie der Krieg verlief, wurde das von Tag zu Tag immer unwahrscheinlicher.

Kapitel drei

Nachwirkungen

Faelamor versuchte, sich aufzusetzen, musste aber feststellen, dass ihr das nicht gelingen wollte. Ihre Arme hatten all ihre Kraft verloren. Tensors Macht hatte sie auf grausame Art ausgelaugt. Trotzdem musste sie Maigraith finden. Faelamor war körperlich nie sonderlich stark gewesen, doch nun erschöpfte es sie schon, sich die Stufen zum Balkon hinaufzuziehen. Eine Stunde lang lag sie am Boden, bis sie wieder die Kraft aufbrachte, den Kopf zu heben. In dem Augenblick flammte eine Laterne auf, und sie hörte Stimmen.

Maigraith hatte sich nicht gerührt. Ein Arm hing durch das Balkongeländer, und sie hielt noch immer die Brille in der Hand. Faelamor zog den Arm herein, damit keiner sie sah und man sich an sie erinnerte. Das tat jedoch ohnehin niemand bei alldem Chaos unten und dem Geschrei und dem Lärm draußen. Irgendjemand schlug an die Hintertür; dann herrschte Stille.

Noch immer flackerte unten eine Lampe. Faelamor kroch die Stufen wieder hinunter und stellte fest, dass noch eine ganze Reihe von Leuten lebten, obwohl keiner von ihnen sich bewegte, als sie sie berührte. Und sie war ja so müde. Faelamor legte sich kurz auf den Boden und riss sich fast sofort wieder aus dem Schlaf. Inmitten der wabernden Schatten sah sie ein Bündel an der Wand. Es stellte sich als Karan heraus, eingewickelt in einen Mantel und mit hin und her zuckenden Augen hinter den Lidern. Vor noch gar nicht so langer Zeit hatte Faelamor ein Geheimnis entdeckt, das noch nicht einmal Karan selbst kannte:

Karan war ein Mischling aller drei menschlichen Völker, eine Triune. Triune waren schier unglaublich selten, und die meisten wurden wahnsinnig; aber sie konnten auch bemerkenswerte Talente entwickeln. Zu was war diese hier wohl fähig? *Diese tödliche, tückische Kreatur!*, dachte Faelamor. Sie legte die Hand um Karans Hals, doch es mangelte ihr an der Kraft zuzudrücken.

Plötzlich stöhnte Karan, gefolgt von einem schier endlosen, schrecklichen Heulen des Entsetzens, das in einem schaudernden Keuchen endete, und sie warf ihren Kopf hin und her. Faelamor sträubten sich die Nackenhaare. Unwillkürlich wich sie zurück und brachte vor lauter Schrecken die Kraft nicht mehr auf, wieder näher an Karan heranzukriechen. Faelamor fühlte sich so schwach, als hätte sie keine Knochen mehr. *Aaah, ich werde hier sterben und mit mir die Hoffnungen der Faellem,* dachte sie verzweifelt.

Die Faellem waren eines der drei Völker von einer anderen Welt, die im Gefolge der Düsternis auf Santhenar gestrandet waren; doch im Gegensatz zu den Aachim und den Charon hatten sie sich hier nie ein neues Leben aufgebaut. Sie waren noch so sehr mit ihrer alten Welt verbunden, dem geliebten Tallallame, dass jede andere Welt ihnen nur wie ein Schatten der alten Heimat erschien. Hier lebten sie und starben auch manchmal; aber sie errichteten sich hier nie ein Heim. Das konnten sie einfach nicht. Sie wussten, dass sie das größte und edelste der menschlichen Völker waren, und nur Tallallame war gut genug für sie.

Die zerborstene Vordertür öffnete sich knarrend. Ein Offizier und ein paar von Yggurs Soldaten steckten vorsichtig den Kopf herein. Faelamor versuchte, eine verbergende Illusion zu wirken, musste jedoch feststellen, dass ihre geistigen Kräfte so gut wie verschwunden waren. Also spielte sie schlicht eine Leiche. Die Soldaten hielten die Waffen bereit, während der Offizier den Raum inspizierte und anschließend ein paar Notizen auf ein Papier schrieb.

»Hier droht keine Gefahr«, sagte er mit abgehacktem Akzent.

»Aber irgendetwas stimmt hier nicht. Sobald das Viertel gesichert ist, kommen wir wieder zurück.« Sie gingen hinaus. Irgendjemand rief etwas draußen; dann kehrte wieder Stille auf der Straße ein.

Ich muss Hilfe holen!, dachte Faelamor. Sie kroch hinaus auf die nassen Stufen. Es war niemand zu sehen. Die Luft war verraucht, und Flammen waren hinter den Häuserdächern zu sehen. Kurz darauf waren schnelle Schritte zu hören. Zwei Männer erschienen: ein großer, ungewöhnlich fetter, dessen Bauch und Schenkel beim Laufen wabbelten, und ein anderer mit kurzen Beinen und einer Brust wie ein Fass.

»Hilfe!«, schrie Faelamor und lag hilflos im Regen.

Die Männer wurden noch nicht einmal langsamer. »Hilf dir selbst«, sagte der große Mann. Brüste so groß wie die einer Frau tanzten unter seinem durchnässten Hemd. Der Stummelbeinige sagte nichts und schaute auch nicht in Faelamors Richtung.

Faelamor versuchte, ihnen kraft ihres Willens die Füße unter dem Leib wegzureißen, doch nichts geschah. Ihre holzbesohlten Sandalen klapperten auf den Pflastersteinen, und sie waren verschwunden.

Ich bin die Faellem!, sagte Faelamor sich selbst. *Ich habe den Willen!*

Kurz darauf erschien ein weiterer Mann, der furchtbar humpelte. »Hilfe!«, rief Faelamor erneut.

»Ich bin nutzlos«, jammerte der Mann.

»Du *wirst* mir helfen«, keuchte Faelamor und versuchte, Kraft aus dem Nichts zu schöpfen.

Der Mann blieb stehen. Er war ein kleiner Kerl, jung und schlank, und er hatte einen blutigen Lumpen um den rechten Fuß gewickelt. Sein halbes Ohr fehlte, und sein Mantel war voller Blut.

»Ich habe Gold«, flüsterte Faelamor. Oh, so hilflos zu sein, dass sie schon einen *Gah* anbetteln musste, wie die Faellem die Altmenschen verächtlich nannten.

»Gold!«, krächzte er. »Kann ich das essen? Bringt das meinen Vater wieder zurück? Wird das jetzt meiner Mutter helfen?«

»Du lebst!«, entgegnete Faelamor. »Gold wird deine Verletzungen heilen, dir Essen kaufen und für ein Zimmer bezahlen.«

»Das habe ich alles«, entgegnete der Mann gleichgültig und starrte durch sie hindurch. Sein Haar war eine grobe schwarze Matte, sein Gesicht breit und seine Wangenknochen hoch und vorstehend. Auf seinem Kinn war ein leichter Flaum zu erkennen. Zur Gänze war er noch kein Mann – ein anziehender Jüngling, wäre da nicht die Leere in seinen Augen gewesen.

»Ich bin älter als deine Mutter«, sagte Faelamor, und so fühlte sie sich auch. Im Regen, auf dem Boden, die Hand einem Fremden entgegengestreckt, fühlte sie sich wie ein altes Weib.

Die grauen Augen schauten sie an. »Ja, das bist du«, erwiderte er respektvoll, und das traf Faelamor sogar noch härter. »Ich werde dich ins Haus meiner Mutter bringen.« Er griff nach unten und zog sie hoch, sodass sie sitzen konnte.

»Meine Freundin braucht deine Hilfe dringender als ich«, sagte Faelamor und hielt sich mit den Armen aufrecht. »Sie ist drinnen, oben auf dem Balkon.«

»Ist sie älter als meine Mutter?«

»Das ist sie, auch wenn sie nicht so aussieht. Bring auch ihre Brille mit. Geh bitte. Rasch.«

Der Jüngling humpelte hinein und hinterließ bei jedem Schritt Blut auf den Steinen. Der Regen wusch es rasch weg.

»Ist das deine Freundin?«, fragte der Jüngling, als er mit Maigraith über der Schulter wieder zur Tür herausschlurfte. Er rutschte aus und fiel hart hin. Maigraith' Kopf fiel zurück. Regentropfen prasselten auf ihre Wange, die so glatt wie Marmor war. Ihre Augenlider flatterten, aber sie wachte nicht auf.

»Das ist sie.« Faelamor fühlte sich inzwischen schon ein wenig stärker, obwohl ihr allmählich kalt wurde.

»Sie sieht aber nicht so alt aus wie meine Mutter«, sagte der Jüngling traurig und starrte Maigraith an.

»Sie *ist* alt, Junge. Und jetzt tu, was ich dir sage. Bring sie ins Haus deiner Mutter, und komm mich dann holen.« Sie sprach wie eine Frau zu einem Kind.

»*Na gut!*«, erwiderte er wie ein Kind zu seinen nervenden Eltern. Er rappelte sich wieder auf, wuchtete Maigraith unbeholfen in die Höhe und humpelte davon. Faelamor schaute ihm hinterher, bis er nicht mehr zu sehen war.

»Was habe ich getan?«, sagte sie laut. »Der Junge hat den Verstand verloren, und ich bin nicht besser dran.«

Der Regen wurde immer stärker. Marschtritte hallten die Straße herauf. Mehr Soldaten! Faelamor fühlte sich inzwischen kräftig genug, um aufzustehen; doch kaum hatte sie das getan, da musste sie feststellen, dass ihre Knie sie nicht tragen wollten. Sie wankte in die Halle zurück und kroch hinter die Tür. Dort lag sie benommen und ohne auf die Zeit zu achten, bis sie schließlich von einer klagenden Stimme draußen wieder aus ihrer Trance gerissen wurde.

»Alte Mutter? Wo bist du hin, alte Mutter?«

»Hier drinnen!«, keuchte sie.

Der Jüngling, ein Schatten inmitten der Dunkelheit, tastete umher, bis seine Hand Faelamors Schulter berührte.

»Bist du das, alte Mutter?«

»Ja, das bin ich. Bring mich ins Haus deiner Mutter, Junge, und mach schnell.«

Der Jüngling hob sie mit Leichtigkeit hoch und trug sie in den Regen hinaus. Es war ein gutes Stück bis zum Haus seiner Mutter, und sein Gang wurde mit jedem Schritt unsicherer. Faelamor verlor die Zeit aus den Augen. Einmal rutschte der Jüngling aus, fiel hin und ließ sie hart auf den Hintern fallen, doch selbst das riss sie nicht aus ihrer Lethargie.

»Tut mir leid, alte Mutter. Tut mir sehr leid.« Das war das Letzte, woran sie sich erinnerte.

Maigraith' Augen öffneten sich flatternd. Sie war erschöpft und benommen, als hätte sie eine Woche lang geschlafen. Ihre Wange fühlte sich auch empfindlich an; da war eine Schwellung von einem Sturz, an den sie sich nicht erinnern konnte. Sie konzentrierte sich auf die bemalte Stuckdecke, die hier und da auch mit Blattgold verziert war. Maigraith lag in einem großen Zedernbett, in cremefarbenen Leinenlaken. Die Laken waren sehr feucht wie auch ihre Kleidung. Der Raum war lang, hoch und rechteckig, mit Vorhängen aus blauem Samt und einem prasselnden Feuer am anderen Ende. Neben dem Bett stand ein Tisch mit Brot, Obst und einer Flasche gelben Weins.

Langsam kam Maigraith wieder zu Sinnen. Sie war verwirrt von den Lücken in ihrer Erinnerung. Das Schicksal hatte sich verschworen, grausame Scherze mit ihr zu spielen. Es hatte sie von einem Schrecken in den nächsten gejagt, ihr Freunde genommen, kaum dass sie sie kennen gelernt hatte, und ihr nie gestattet zu wissen, was gerade geschah, oder ihr die Kontrolle über ihr Leben gelassen. Jedes Mal wenn sie glaubte, die Welt zu verstehen, wurde sie wieder auf den Kopf gestellt.

Maigraith griff nach einem Stück Brot. Ihr Kopf pochte, und sie stöhnte. Die sich bewegende Hand schien nicht zu ihr zu gehören. Ein Antwortstöhnen kam aus dem Sessel neben dem Feuer.

»Faelamor!«, rief Maigraith. »Hast du mich hierher gebracht?«

»In einer gewissen Weise.« Die Stimmung klang sogar noch lethargischer, als Maigraith sich fühlte. »Wie geht es dir?«

Maigraith setzte sich auf. »Mir tun alle Knochen weh, und mein Kopf ist ganz schwammig. Wenn das Nachwirkungen eines Wirkens sind, dann sind das die schlimmsten, die ich je gehabt habe. Ich kann mich noch nicht einmal erinnern ...«

»Dann haben wir so ziemlich die gleichen Probleme.«

Maigraith schaute zu ihrer Herrin. Faelamor hatte die Faellem vor langer Zeit auf der Jagd nach der goldenen Flöte nach Santhenar geführt. Die Faellem waren kleiner als die Altmenschen und hatten eine durchschimmernde Haut, sodass das rosa Fleisch darunter und das blaue Netz der Adern zu sehen waren. Normalerweise verbargen sie diese Unterschiede hinter Kosmetika oder Illusionen, doch nun konnte Maigraith Faelamors Blut unter der Haut fließen sehen. Selbst Maigraith, die ihr schon seit vielen Jahren diente, hatte sie nie so deutlich als Faellem gesehen. Faelamor war die größte Illusionistin von ganz Santhenar. Ihre Stimme konnte sein, was immer sie wollte; doch nun war sie nur ein ersticktes, heiseres Flüstern.

Ihr farbloses Haar leuchtete normalerweise aus sich heraus und wirbelte um sie herum wie eine ruhelose Wolke aus Statik, aber heute lag es auf der Lehne wie nasse Nudeln.

Maigraith unterschied sich deutlich von ihrer Herrin. Sie war von durchschnittlicher Größe, aber gertenschlank und hatte vollkommen glattes haselnussbraunes Haar, das ihr über die Schulter fiel; ihre Haut war glatt und honigfarben. Sie hätte durchaus schön sein können, wäre da nicht ihre Melancholie gewesen sowie die Augen mit ihrer an den Nerven zehrenden Farbe irgendwo zwischen Indigoblau und Karmesinrot, je nachdem, wie das Licht auf sie fiel. Seit kurzem verbarg sie ihre Augenfarbe hinter einer getönten Brille.

Wie sie es oft zu tun pflegte, dachte Maigraith über die Unterschiede zwischen sich und den Faellem nach. Natürlich wusste sie, das sie anders war; mit Ausnahme von ihren Augen sah sie wie ein Altmensch aus. Doch woher sie kam, wer sie wirklich war, all das war ihr unbekannt. Dieses Rätsel war die größte Qual in ihrem Leben, und sie vermochte es nicht zu lösen. Ihre Eltern waren tot, und ihren Tod umgab ein derart beschämendes und entsetzliches Geheimnis, dass Faelamor nicht darüber reden wollte.

Nun sprach Faelamor erneut. »Tensor hat den Spiegel an sich genommen. Erinnerst du dich noch daran?«

»Ich erinnere mich daran, dass du meinen Namen im Konklave gerufen hast. Ich bin auf den Balkon gegangen, und danach ist mein Geist leer.«

»Thurkad ist erobert worden!«, sagte Faelamor. »Yggurs Truppen sind überall. Wir schweben in großer Gefahr. Besonders ich, besonders *so*.« Sie meinte damit ihre Unfähigkeit, sich zu verbergen.

»Was ist mit Karan?«, fragte Maigraith. Karan war der einzige Mensch, der sie je als Freund behandelt hatte. Sie wünschte sich nur, sie hätte sich genauso verhalten. Maigraith hatte Karan überhaupt erst in diese Sache mit reingezogen, und sie würde sich stets schuldig deswegen fühlen.

»Inzwischen ist sie wohl tot, würde ich sagen«, antwortete Faelamor kalt.

Maigraith sagte kein Wort. Sie starrte einfach nur mit leeren Augen an die Decke, wohl wissend, dass sie auch daran die Schuld trug. Ihre Augen füllten sich mit Tränen, die ihr schließlich über die Wangen rannen. Da sie nicht wollte, dass Faelamor sie in ihrem Elend sah, rollte sie sich herum und zog sich das Laken übers Gesicht. Das Kissen wurde nass.

Nach einer Weile zwang ihr leerer Magen sie, wieder aufzustehen, und sie nahm ein kleines Stück Brot, das sie zuvor in den Wein getunkt hatte. Faelamor saß noch immer in ihrem Sessel. »Und wo sind wir jetzt?«, fragte Maigraith.

»Ein junger Kerl hat uns mit in sein Haus genommen, aber er ist schon recht seltsam.«

»Wo ist er?«

»Ich weiß es nicht. Ich bin gestern im Nebenraum aufgewacht. Alles war so, wie du es jetzt siehst – das Feuer, das Essen –, und ich habe ihn kommen und gehen hören, aber ich hatte nicht die Kraft aufzustehen. Die Ereignisse beim Konklave haben mich vollkommen ausgelaugt. Ich habe den ganzen Tag und die ganze Nacht lang geschlafen.«

»Was wirst du jetzt tun?«

»Ich kann nicht denken. Wir sitzen in der Falle. Meine Macht ist verschwunden.«

Die Faellem, in deren Kultur Maschinen mit Verachtung betrachtet wurden und der Gebrauch magischer Geräte strikt verboten war, hatten die geistigen Kräfte der Täuschung, Verwirrung und des Verbergens zu einer Kunstform entwickelt. Diese Kräfte zu verlieren war für einen Faellem schlimmer als zu erblinden

»Du kannst überhaupt nichts mehr tun?«

»Nichts. Ich habe gegenüber meinem Volk versagt. Ich will sterben.«

Das war eine neue Erfahrung für Maigraith. Faelamor war normalerweise so dominant, jede ihrer Aktionen bis ins Kleinste geplant. Jetzt fühlte Maigraith jedoch, wie ihre Bindungen an die Frau sich nach und nach lösten. Ganz neue Möglichkeiten taten sich für sie auf, und die interessanteste davon war Yggur. Er hatte sie vergangenen Herbst in Fiz Gorgo gefangen gehalten, und nach Wochen des Redens hatte sich eine Art Freundschaft zwischen ihnen entwickelt, da sie beide den Schmerz des jeweils anderen erkannt hatten. Dann waren jedoch Yggurs Furcht erregende Diener gekommen, die Whelm, hatten Maigraith aus ihrer Zelle geholt und sie gefoltert. Hatten sie das auf Yggurs Befehl hin getan, oder war das ihre eigene Idee gewesen? Maigraith quälte sich noch immer deswegen. Sie konnte einfach nicht glauben, dass er ihr so etwas antun würde – nicht nach allem, was zwischen ihnen herangewachsen war. Doch andererseits hatte er wirklich verzweifelt versucht, den Spiegel zurückzubekommen.

Nicht lange vor dem Großen Konklave war Maigraith in Yggurs Lager gegangen, um sich mit ihm zu treffen und den Dämon zur Ruhe zu betten, doch er war nicht dort gewesen. Nun reichte allein die Erwähnung seines Namens aus, um eine große Sehnsucht in ihr zu wecken. Sie hatte Angst vor Yggur, aber sie sehnte sich auch nach ihm. Natürlich sagte sie Faelamor nichts davon.

Just in diesem Augenblick humpelte der junge Mann herein. Die verdreckten und zerrissenen Kleider der vergangenen Nacht hatte er abgelegt. Nun trug er einen feinen Stoff in schlichtem Braun. Die blutigen Überreste des Ohrs waren gesäubert und verbunden; ein schwarzer Strohhut saß auf formelle Thurkadart auf seinem Kopf, und seine Stiefel waren blank poliert. Seine Augen waren fiebrig, und er sprach ausgesprochen höflich.

»Guten Morgen, alte Mutter, junge Mutter.« Er verneigte sich nacheinander vor seinen beiden Gästen. »Habt ihr gut geschlafen? Wenn ihr bereit seid, kommt bitte hinunter. Ich habe ein Bad für euch vorbereitet. Danach erwartet euch ein Frühstück. Für gewöhnlich werden unsere verehrten Gäste auf die Jadeterrasse geladen, doch heute ist es dort kalt und nass. Allerdings werdet ihr auch unseren alten Salon sehr bequem finden.«

Maigraith und Faelamor schauten einander an und fragten sich, ob das ein Scherz sein sollte.

Der Junge wurde nervös.

»Ich hoffe, es ist alles zu eurer Zufriedenheit. Meine Mutter … Sie betrachtet Gastfreundschaft als ihre heilige Pflicht. Es würde sie wahrhaft traurig machen, wenn ich es ihr nicht gleichtun würde.«

»Danke«, sagten die beiden Frauen im Chor.

»Wir kommen sofort«, fuhr Faelamor fort. »Wir sind sehr müde.«

»Ich könnte euer Bad …«

»Nicht nötig«, unterbrach ihn Maigraith. Der Jüngling verbeugte sich noch einmal und verschwand.

»Das ist nicht richtig«, sagte Faelamor. »Das macht mich nervös. Doch ich fühle keine Gewalt in ihm.«

»Dann lass uns ihm den Gefallen tun und nach unten gehen. Von einem Bad habe ich noch nicht einmal zu träumen gewagt.«

Das Badezimmer lag einen ermüdenden Marsch einen langen Gang hinunter. Es war prachtvoller, als Maigraith es sich je hätte erträumen können: ein riesiger Raum mit Wänden und Boden aus schwarzem Kalzit und einer eckigen Wanne so groß wie ein Karren, die zur Hälfte mit dampfendem Wasser gefüllt war.

»Das sind in der Tat wohlhabende Leute«, bemerkte Maigraith, während sie sich mit Rosenblütenseife abschrubbte. »Trotzdem muss er den halben Morgen damit zugebracht haben, das vorzubereiten.«

Kurz darauf saßen sie sauber und erfrischt im Salon und aßen ein wunderbares Frühstück. Normalerweise kümmerte es Maigraith nicht, was sie aß; aber sie hatte eine Leidenschaft für Schokolade, und vor ihr stand ein großer Krug davon.

Nachdem sie fertig und selbst der Krug geleert war, kehrte der Jüngling wieder zurück. »Seid ihr zufrieden?«, fragte er. Er schien unter Anspannung zu stehen.

»Ja, danke. Wir hätten uns nicht mehr Gastfreundschaft wünschen können.«

»Dann kommt bitte mit mir.«

Schweigend folgten sie ihm einen anderen Gang in einen Raum hinunter, der Maigraith' sehr ähnlich war und ein ebenso prachtvolles Bett besaß, wenn auch noch größer. Ein Feuer prasselte nahe der Tür, und daneben stand ein Fass.

»Kommt herein«, sagte der Jüngling mit brechender Stimme. »Bitte, erweist meiner Mutter euren Respekt.«

Maigraith trat ein und wäre fast gestürzt. Selbst Faelamor bekam einen Stich ins Herz.

Eine Frau mittleren Alters, klein und schlank, lag in einem Kleid aus rosenroter Seide auf dem Bett. Bestickte Hausschuhe zierten ihre winzigen Füße, und ihr schwarzes Haar war gebürstet, bis es glänzte, und in mehrere Zöpfe geflochten, die wiederum fächerförmig auf dem Kissen ausgebreitet lagen. Die Wunde an ihrer Seite war sorgfältig verbunden worden; dennoch war die Wölbung durch die Seide noch gut zu sehen. In einem Arm hielt sie die Leichen ihrer Söhne, Zwillinge von ungefähr neun Jahren, und sie waren genauso sorgfältig gekleidet wie ihre Mutter, das schwarze Haar geölt, die Augen geschlossen.

»Kommt und erweist euren Respekt, alte Mutter, junge Mutter. Dankt ihr für ihren Schutz und ihre Gastfreundschaft.«

Maigraith hatte es die Sprache verschlagen. Sie trat vor, berührte die Hand der Frau, die eine einzelne schwarze Mondblume hielt, und dankte ihr. Selbst Faelamor setzte sich trotz ihres harten Herzens und ihres mangelnden Mitgefühls für alle anderen Völker außer ihrem eigenen in Bewegung, dankte der Toten ebenfalls und legte ihr die Hand auf die Stirn.

»Sie wäre sehr stolz«, sagte der Jüngling, und Tränen schimmerten in seinen Wimpern. »Oh, was war meine Mutter schön.«

»Wie ist sie gestorben?«

»Mein Vater ist vor sieben Tagen in den Krieg gezogen. Ich habe ihm versprochen, dass ich auf meine Mutter und Brüder Acht geben würde. Er zog tapfer in die Schlacht und ist schon in der ersten Stunde gefallen.«

Sie starrten auf das Bett.

»Ich habe es versprochen, und nun seht, wie ich mein Versprechen gehalten habe!«, heulte er und riss an seinem verletzten Ohr, bis Blut hervorquoll. »Geliebter Vater, ich habe versagt. Die Soldaten sind gekommen und haben meine Mutter und meine Brüder erschlagen. Es tut mir leid, Vater. Es tut mir leid, Mutter. Es tut mir ja so leid, Tasie und Ben.«

Er drehte sich zu Maigraith und Faelamor um. Plötzlich war er vollkommen ruhig. Die Tränen waren verschwunden. Maigraith hatte noch nie so viel Würde bei einem so jungen Menschen gesehen.

»Geht jetzt«, sagte er schlicht.

Da sie nicht wussten, was sie tun sollten, beschlossen die beiden Frauen, ihn in seiner Trauer allein zu lassen, doch kaum hatten sie Maigraith' Zimmer erreicht, da hallte ein hoher Schrei durch das ganze Haus. Die darauffolgende Stille wurde rasch von einem Brüllen und Knistern abgelöst.

Maigraith rannte auf steifen Beinen wieder zum Schlafzimmer der Mutter zurück, konnte aber nicht hineingelangen. Das

Fass lag umgekippt in der Mitte des Teppichs, und daneben brannte es lichterloh. Der Raum stank nach brennendem Öl, und das gesamte Bett war bereits von gelben Flammen umhüllt, die bis zur Decke zuckten. Der Jüngling lag auf den Leichen seiner Mutter und Brüder und umarmte sie, als wolle er sie mit seinem Leib schützen.

Maigraith wandte sich ab. Faelamor trat einen Schritt durch die Tür, doch die Hitze trieb sie wieder zurück. Sie senkte den Kopf. »Ich habe ihn nie nach seinem Namen gefragt«, sagte sie.

Sie suchten Zuflucht in einem verrottenden Schuppen am anderen Ende des Gartens, während das große Haus brannte, bis nur noch ein paar Steinwände übrig waren. Niemand kam, um sich das Feuer anzusehen oder gar seine Hilfe anzubieten, mit Ausnahme von zwei Soldaten, und die gingen rasch weiter. Weder Faelamor noch Maigraith konnten es ertragen zu bleiben, doch sie wussten nicht wohin, und Faelamor, die sich noch nicht einmal mehr gegen den elendsten Straßenschläger zur Wehr setzen konnte, wagte es nicht, nach einem besseren Platz zu suchen.

So verbrachten sie den Rest des Tages im Schuppen. Sie kauerten sich zwischen die Spinnweben und suchten Schutz vor Wind und Regen, denn das Dach war löchrig, und ständig troff und pfiff es herein. Der Schuppen war klein, vier mal drei Schritt, und sein irdener Boden war der reinste Sumpf. An einem Ende war Feuerholz gestapelt, während am anderen zerbrochene Möbelstücke und andere Dinge lagen, wie sie sich im Leben eines Hauses nun einmal ansammeln: ein kleiner Tisch mit einem zerbrochenen Topf, Teile eines Rosenholzbettes, dessen Duft noch immer in der feuchten Luft zu riechen war, ein Schrank voller kaputten Geschirrs und ein Spielzeugholzpferd mit der Inschrift ›Lieber Ben‹.

Am nächsten Tag gingen die beiden Frauen wieder auf die

Straße hinaus und klammerten sich wie zwei alte Weiber aneinander, denn wie der Jüngling gesagt hatte, konnten sie ihr Gold nicht essen. Maigraith hatte eine Art Illusion gewirkt, um sich und Faelamor zu tarnen; aber es war nur ein armseliger Zauber, den selbst ein Wirkerlehrling hätte durchschauen können.

Sie kamen nicht weit. In diesem Teil der Stadt war tagelang gekämpft worden, doch schließlich hatte Yggur die Oberhand gewonnen. Seine Soldaten waren an jeder Straßenecke.

»Name?«, verlangte eine schlaksige Wache zwei Blocks von dem ausgebrannten Haus entfernt zu wissen. Der Wind trieb ihm ständig die Tränen in die blauen Augen, sodass seine Wangen mit Eis verkrustet waren.

»Telliuliolellillallamammamor«, antwortete Faelamor, was natürlich nicht stimmte, aber durchaus hätte stimmen können, denn so lauteten die Namen nun in dem Teil der Welt, in dem ihr Volk lebte. Sie musste dem Mann den Namen aufschreiben.

»Und von wo kommst du?« Er rieb sich das Eis von der Wange.

»Mirrilladell.« Das war korrekt. Die Faellem lebten in diesem riesigen Land voller Seen und Sümpfe südlich der Großen Berge. Es lag eine Monatsreise östlich des Meers von Thurkad.

Der Soldat zitterte und stampfte in dem erfolglosen Versuch mit den Füßen, sich aufzuwärmen. »Wo ist dein Pass?«

»Ich habe keinen gebraucht, als ich vor Wochen nach Thurkad gekommen bin.«

»Und wo lebst du jetzt?«

Faelamor nannte willkürlich eine Straße.

»Und was treibt dich heute auf die Straße?«

»Ich suche etwas zu essen«, antwortete Faelamor gereizt.

Nach ein paar weiteren Fragen schaute der Soldat schließlich auf eine Liste, musterte Faelamor von Kopf bis Fuß und machte sich Notizen auf einer Schieferplatte. Dann winkte er sie durch. Faelamor wartete, während Maigraith das gleiche Verhör über sich ergehen lassen musste. Schließlich wurde auch sie durchgewunken.

Zwei Häuserblocks weiter mussten sie die gleiche Prozedur noch einmal ertragen und später erneut, doch für kein Geld fanden sie ein Haus, das sie aufgenommen hätte, oder irgendwo etwas zu essen. Die Marktstände und Läden waren allesamt geschlossen und verbarrikadiert, wie auch die Tavernen und Privathäuser, und wo sie auch klopften, niemand antwortete ihnen. Auch konnten sie das Stadtviertel nicht verlassen, denn die Soldaten ließen niemanden hinein oder hinaus.

»Ich kann das nicht«, keuchte Faelamor. »Ich bin schwächer denn je. Wir müssen wieder zurückgehen.«

Es war schon später Nachmittag, als sie wieder zurückkamen. Faelamor wankte nur noch, und Maigraith musste sie stützen. Sie platschten durch die verkohlten Haustrümmer zu ihrem Schuppen.

»Schau«, sagte Maigraith und deutete nach vorne. In dem vom Winter heimgesuchten Gemüsegarten hatte der Regen ein paar übrig gebliebene Steckrüben freigespült.

»Ich hasse Rüben«, erwiderte Faelamor, und während Maigraith drei, vier davon ausgrub, setzte Faelamor sich auf einen Holzstumpf, der durch das Dach des Schuppens vor Regen geschützt war, und weinte. Ihr Scheitern schien vollkommen zu sein, ihr Machtverlust permanent, ihre Entdeckung unvermeidlich. Für jemanden, der sein ganzes langes Leben lang ein Anführer gewesen war, war diese Unfähigkeit, das eigene Schicksal zu beherrschen, ein vernichtender Schlag.

Es wurde dunkel, und der Regen prasselte heftiger denn je herab. Maigraith wusch die Rüben unter einem Sturzbach vom Dach. Sie hatten schon lange Sprösslinge getrieben, waren verschrumpelt und wurmzerfressen. Maigraith reichte Faelamor die größte.

»Genieße dein Abendessen«, sagte Maigraith und schenkte ihrer Herrin eines ihrer seltenen Lächeln.

Die Rüben waren faserig und fast so scharf wie Radieschen. Nachdenklich kaute Maigraith an ihrer. Sie erholte sich allmählich. Den größten Teil ihres Lebens hatte sie sich so machtlos gefühlt wie Faelamor jetzt. Sie war nicht glücklich, aber sie war auch nicht verzweifelt.

Faelamor nahm nichts zu sich außer Wasser, und sie verlor sichtlich weiter an Kraft. Maigraith ertrug den Schuppen einen weiteren Tag, aß Rüben und ein paar andere Wurzeln, die sie aus dem Garten grub, und sie wusste, dass Yggur die Stadt mit jedem Tag weiter unter seine Kontrolle brachte. Die Gelegenheit zur Flucht war bereits verstrichen. Hunger schwächte sie. Noch ein Tag, und sie würde noch nicht einmal mehr die Kraft haben, sich selbst zu helfen.

Am Morgen lag Faelamor in ihren Mantel gewickelt in der einzigen trockenen Ecke und wollte nicht aufstehen. Sie sah sehr, sehr schwach aus und verweigerte erneut die ihr angebotene Rübe. Sie trank nur ein wenig Wasser, als Maigraith ihr einen kaputten Becher an die Lippen hielt.

Maigraith hatte eine Entscheidung getroffen. Ihr blieb nur eine Möglichkeit, wenn sie den Mut dazu aufbrachte. Und selbst wenn sie scheitern sollte, wäre das besser, als nichts zu tun.

»Das ist nicht mehr auszuhalten«, sagte sie. »Ich gehe raus. Kommst du mit?«

Faelamor winkte mit ihrer durchscheinenden Hand ab. »Tu, was du willst. Jetzt ist eh alles egal.«

Kapitel vier

Eine Art von Versöhnung

Maigraith legte Faelamor Essen und Trinken in die Hand und deckte sie dann mit einem ausgefransten Stück Teppich zu. Dann setzte sie die Brille auf, die ihre Augen aussehen ließ, als wären sie von einem ausgewaschenen Blau, und ging hinaus. Sie ging nicht weit, nur bis zum nächsten Wachposten. »Ich bin Maigraith«, sagte sie schlicht. »Du wirst mich auf deiner Liste finden. Ich soll zu Yggur persönlich gebracht werden.«

Der Soldat war zwar gut ausgebildet; dennoch schien ihn ihr Auftauchen zu erschrecken. Er musterte sie von Kopf bis Fuß, konsultierte seine Liste und schickte sofort einen Boten los, eine kleine, schüchterne, schwarzhaarige Frau mit Namen Dolodha. Maigraith erinnerte sich an sie aus der Zeit ihrer Gefangenschaft in Fiz Gorgo. Nach nur wenigen Minuten kehrte Dolodha mit einem Offizier, zwei Soldaten und einem Whelm wieder zurück, den Maigraith ebenfalls kannte, denn er war derjenige, den sie bei ihrem allerersten Verhör in Fiz Gorgo niedergestreckt hatte. Sein Name war Japhit. Er war selbst für einen Whelm ungewöhnlich hager, hatte langes graues Haar und ein Gesicht voller Ecken und Kanten, ein Spiegelbild seiner Seele.

Die Angehörigen dieses Volkes, Yggurs Schreckensgarde, waren oft so dünn, dass sie nur aus grauer Haut über verdrehten Knochen zu bestehen schienen. Solange sie sich nicht einem Herrn verschworen, betrachteten sie ihr Leben als unerfüllt. Hatten sie es aber erst einmal getan – so wie im Fall von Yggur –, dann taten sie alles, um sicherzustellen, dass ihr Herr seine Ziele erreichte. Doch vor kurzem hatten viele von Yggurs Whelm diesen Eid gebrochen, ihren alten Namen wieder angenommen, Ghâshâd, und waren nach Shazmak gegangen. In alter Zeit hatten die Ghâshâd dem Charonfürsten Rulke gedient.

Der Offizier überprüfte die Liste, musterte Maigraith aufmerksam und nahm dann Japhit beiseite. »Ja, sie ist es«, sagte er. Die Soldaten traten vor, um sie zu ergreifen.

Maigraith hob die Hand. »Packt die Ketten weg«, warnte sie. »Ich werde aus freien Stücken mit euch gehen. Dieser Whelm dort hat meine Fähigkeiten bereits zu spüren bekommen.«

Die Soldaten zögerten. Der Offizier schaute noch einmal zu dem Whelm. »Lasst sie«, krächzte Japhit und vermochte ein Schaudern nicht zu unterdrücken.

Maigraith entspannte sich wieder ein wenig. Ihr Bluff war nicht auf die Probe gestellt worden. Selbst wenn sie in bester Verfassung war, setzte sie ihre Kräfte nur selten ein, denn nie vergaß sie die Warnung, die Faelamor ihr ein ganzes Leben lang eingebläut hatte: »Die Geheime Kunst darf nur sparsam eingesetzt werden; je mehr sie gebraucht wird, desto stumpfer wird sie.« Maigraith hatte sie stets nur befangen eingesetzt und nie im richtigen Augenblick. Trotz ihrer Stärke war es immer nicht schnell genug gewesen oder viel zu spät.

Nach einer Reihe immer größer werdender Posten und nachdem immer mehr Nachrichten hin und her gegangen und die sie begleitenden Soldaten mehrmals ausgetauscht worden waren, stand Maigraith nach Stunden endlich vor Yggurs Hauptquartier, einer alten, grimmigen Bastion aus grauem Stein, von wo aus man auf die ummauerte Altstadt und die Zitadelle des Magisters blicken konnte. Inzwischen war es fast vollkommen dunkel. Die Soldaten scheuchten Maigraith hinein. Ein anderer Whelm beging den Fehler, sie am Arm zu packen. Maigraith hob die Faust. Der erste Whelm schnippte mit den Fingern, und der zweite ließ los. Sie gingen weiter.

Dann standen sie vor einer großen Doppeltür. Maigraith bekam eine Gänsehaut. Ihr Herz schlug so heftig, dass sie fest davon überzeugt war, *er* würde es hämmern hören. Schließlich kam der Ruf. Sie führten Maigraith durch einen langen Raum zu einem Tisch auf einem Podest. Papiere und Karten stapelten sich darauf, und dahinter saß Yggur.

Yggur stand auf. Er wirkte größer, als Maigraith ihn in Erinnerung hatte, während er um den Tisch herumhumpelte. Sein rabenschwarzes Haar war ebenfalls länger geworden. Die eisigen grauen Augen lagen tief in ihren dunklen Höhlen. Er wirkte streng und gebieterisch, wie eine erbarmungslose Maschine. Maigraith bekam Angst. Tausende waren auf seinem Marsch durch Iagador gestorben und wieder Tausende bei seinem Sturm auf Thurkad. Maigraith hatte sich freiwillig in seine Hände begeben, und er würde sich ihr gegenüber nicht gnädiger zeigen als jedem anderen Gefangenen gegenüber auch.

Was machte sie überhaupt hier? Wie hatte sie sich nur solch ein Traumschloss aus den paar kleinen Freundlichkeiten bauen können, die er ihr in Fiz Gorgo erwiesen hatte? Damals schienen sie beide das Gegenstück zu ihrer eigenen verkrüppelten Persönlichkeit gefunden zu haben. Yggur war wie besessen von seiner Furcht vor Rulke, der ihn in den Wahnsinn getrieben hatte, bevor er im Nachtland weggesperrt worden war. Maigraith wiederum war eine Kreatur, geformt von Faelamors Willen, doch gefangen in ihrem Verlangen, sich selbst zu entdecken. Sicherlich war seine Freundlichkeit nur ein Trick gewesen. Wie hätte er auch jemanden mögen können, der so unsympathisch war wie sie?

»Warum bist du gekommen?«, fragte er. Seine weiche Stimme war vollkommen beherrscht.

»Weil ich es so gewollt habe.«

»Warum dann nicht schon früher? Warum erst jetzt, wo ich nur Stunden davon entfernt bin, dass ich dich ohnehin bekommen hätte?«

Maigraith wollte ihn fragen, wie er wirklich für sie empfand. Die Worte über ihre Lippen zu bekommen war, als versuchte sie über einen Abgrund zu springen. Am Rand erstarrte sie jedoch, und die Worte gefroren ihr im Mund.

»*Mich* bekommen?«, erwiderte sie mit gespieltem Spott. »Das glaube ich nicht! Ich habe versucht, noch vor den Kämpfen mit dir zu sprechen. Ich bin mitten in dein Lager gegangen, verkleidet als ... Marketenderin.« Maigraith war eine sittsame, zurückhaltende Frau, erzogen von der prüden Faelamor. Selbst solch ein Euphemismus machte sie schon verlegen. »Das war schwer. Dein Lager war gut bewacht und auch gegen Zauber geschützt. Aber als ich an deinem Zelt ankam, warst du nicht dort, und die Whelm haben mich beäugt. Da bin ich wieder gegangen, und ...«

Sie hielt unvermittelt inne, als sie sich an die Folgen dieses Ausflugs erinnerte. Karan hatte Maigraith angefleht, ihr den Spiegel abzunehmen; doch Maigraith hatte es nicht gewagt, ihn in Yggurs Lager mitzunehmen. Sie hatte ihr Versprechen gebrochen, war nicht da gewesen, als ein verrückter, degenerierter Emmant Karan angegriffen hatte. *Und das hier ist daraus geworden,* dachte Maigraith.

»Das ist jetzt schon lange her«, sagte Yggur.

»Nach dem Konklave wollte ich mich nicht gegen Faelamor stellen.«

»Und nun?«

»Nun ist sie im Herzen krank.«

Dolodha eilte herein, um Yggur etwas ins Ohr zu flüstern. Forschend schaute er Maigraith in die Augen. »Wohlan, wir werden ja bald wissen, was da dran ist«, sagte er kalt. »Bringt sie rein!«

Maigraith konnte ihr Entsetzen nicht verbergen. »Wie hast du sie gefunden?«

»Meine Liebe!«, erwiderte Yggur und lächelte falsch. »Wissen ist mein Geschäft.«

Kurz darauf wurde Faelamor in einer Sänfte hereingetragen. Nur mit Mühe konnte sie den Kopf heben, und ihr Blick zuckte an Yggur vorbei zu Maigraith. »Du hast mich verraten«, sagte Faelamor verbittert. »Das werde ich dir nie verzeihen!«

Maigraith hatte zwar mit solch einer Reaktion gerechnet, aber es tat ihr trotzdem weh. »Du lebst. Mehr konnte ich nicht für dich tun.«

»Yggur und ich sind Rivalen, was den Spiegel betrifft«, sagte Faelamor. Sie war leichenblass. »Das werden wir auch immer sein. Und du hast mich seiner Macht ausgeliefert. *Wie lange noch, bis du auch das Bett mit ihm teilst?*«

»Ich habe nur getan, was unvermeidbar war«, rechtfertigte sich Maigraith. Sie war so entsetzt, dass sie Yggur nicht anzuschauen wagte.

Faelamor ließ den Kopf wieder sinken, und die Sänfte wurde von zwei Whelm hinausgetragen. Maigraith schickte sich an, ihr zu folgen, doch Yggur knurrte: »Bleib! Wir beide sind noch nicht miteinander fertig. Man wird sich um deine Herrin kümmern, und ihr wird kein Leid geschehen, solange du mir entgegenkommst.«

Maigraith konnte nicht anders, als sich zu fragen, was genau sich hinter seinen sorgfältig gewählten Worten verbarg. Was wollte er von ihr? Allein darüber nachzudenken war schon unerträglich. Ihre Träume kamen ihr nun nur noch lächerlich vor.

»Faelamor behauptet, dass Karan tot sei«, sagte Maigraith, die verzweifelt auf sichereres Gebiet wollte. »Aber das kann ich nicht glauben. Weißt du irgendetwas über sie?«

»Ich habe ebenfalls nach Karan gesucht«, antwortete Yggur und lächelte geheimnisvoll. »Chaike!«

Chaike war ein dünner, nervöser Mann, der augenblicklich rasch zu blinzeln begann, wann immer sich die Aufmerksamkeit auf ihn richtete, die Stirn in Falten legte und seine Augenbrauen tanzen ließ.

»Was weißt du über Karan Fyrn?«, verlangte Yggur zu erfahren.

Chaike blinzelte nervös.

»Die Empfindsame!«, brüllte Yggur. »Wo hast du nur deinen Verstand, Mann?«

»Ich habe mit diesen G... G... Gefangenen gesprochen, die das Große Konklave überlebt haben«, stotterte Chaike. »Einer von ihnen erinnert sich daran, sie lebend gesehen zu haben. Ich habe auch die Männer verhört, die die Toten am nächsten Morgen verbrannt haben. Es hat noch jemand an diesem Tag nach ihr gefragt; aber sie hatten die Leiche nicht verbrannt.«

»*Wer* hat noch nach ihr gefragt?«

»Es war T... Tallia bel Soon.«

»Mendark will Karan also auch«, sagte Yggur und entließ Chaike wieder. »Ich erinnere mich gut an sie – eine bemerkenswert kluge, junge Frau. Noch nicht einmal meine Whelm vermochten sie zu fangen.« Er sprach in bewunderndem Tonfall von ihr. »Ich kann sie gut gebrauchen. Empfindsame überdauern leider nicht lange. Ich habe allein diese Woche ein halbes Dutzend von ihnen verbrannt. Aber andererseits ... vielleicht ist sie ja doch gestorben, und ihre Freunde haben sie begraben.«

Yggurs Worte jagten Maigraith einen kalten Schauder über den Rücken, und sie wandte sich ab. *Aber Karan hatte nur einen Freund in Thurkad,* dachte sie, *und der wird auch vermisst. Nein, ich werde sie noch nicht aufgeben.*

»Wenn sie tot wäre, würde ich davon wissen, glaube ich«, sagte Maigraith, »denn unsere Gedanken waren einst miteinander verbunden. Ich muss herausfinden, was mit ihr geschehen ist, egal ob sie nun lebt oder tot ist. Wenn irgendjemand sie finden kann, dann du. Was weißt du über ihren Freund, Llian von Chanthed?«

»Für eine Gefangene verhörst du mich recht kühn«, entgegnete Yggur, antwortete ihr aber trotzdem. »Der Geschichtenerzähler? Gerüchten zufolge haben ihn die Aachim. Wir verfolgen sie just in diesem Augenblick. Sobald wir sie haben, werde ich ihn hierher bringen lassen. Aber was Karan betrifft ...« Yggur dachte kurz darüber nach, welche Möglichkeiten ihm zur Verfügung standen. »Wenn man ihr Schicksal erfahren kann, dann werde ich es auch erfahren. Doch wen soll ich schicken?«

»Keinen Whelm!«

»Nein, sie haben beim letzten Mal schon versagt. Dafür bedarf es einer besonderen Art von Person. Sitala? Nein, sie ist nach Bannador gegangen. Pran hat einen Pfeil ins Auge bekommen. Selbst wenn er überlebt, wird er vermutlich nie mehr sehen können. Ah, Zareth der Hlune! Er ist verlässlich und hartnäckig. Nachdem wir die Zitadelle eingenommen haben, werde ich ihm einen uneingeschränkten Haftbefehl geben.«

Maigraith hatte alles getan, was sie tun konnte. Was würde nun geschehen? Sie hob den Kopf und schaute Yggur in die Augen. Sie waren so hart wie Achatsplitter. Es war ihr unmöglich, die Frage zu stellen, die ihr auf dem Herzen lag. Aber vielleicht quälte diese Frage ihn ja genauso sehr wie sie. *Mach schon*, ermahnte sie sich. *Wenn du es nicht tust, wirst du es für immer bereuen.*

»Yggur«, begann sie, doch genau in diesem Augenblick stürmten zwei Boten herein, ohne anzuklopfen. Ihre Gesichter strahlten vor Eifer.

»Sei so gut und geh da rüber«, sagte Yggur und deutete auf einen Tisch und einen Stuhl am anderen Ende des Raums.

Maigraith tat, wie ihr geheißen. Sie setzte sich an den Tisch und fragte sich, was da wohl vor sich ging, denn sie konnte nicht mehr als ein Murmeln hören. Es sprudelte nur so aus den Boten heraus, und zu guter Letzt stieß Yggur einen Freudenschrei aus und schlug die Faust in die Hand. Gute Neuigkeiten über den Kriegsverlauf, nahm Maigraith an.

Es folgte eine lange Diskussion. Am Ende sah sie nur breites Grinsen auf den Gesichtern der Männer. Die Boten umarmten einander, verneigten sich tief und rannten wieder hinaus. *Die Menschen lieben ihn wirklich*, dachte Maigraith. *Er ist gar nicht so schwarz, wie es überall von ihm heißt. Vielleicht habe ich ja doch die richtige Entscheidung getroffen.*

Yggur rief sie nicht wieder zu sich zurück, sodass sie an ihrem Tisch sitzen blieb und ihm bei der Arbeit zuschaute. Er nahm Berichte von Spionen, Kundschaftern und Generälen entgegen, beriet sich mit seinen Ratgebern und gab dann Befehle aus.

Maigraith hatte Hunger und Durst, denn bis jetzt hatte niemand ihr eine Erfrischung angeboten. Tatsächlich schien Yggur sie vor lauter Aufregung schlicht vergessen zu haben. Dann, Stunden später, hob er den Blick, sah sie und winkte sie zu sich. Langsam folgte Maigraith der Aufforderung. Sie war sich ihrer Stellung als Gefangene nur allzu bewusst.

»Lasst uns allein«, sagte Yggur zu den Wachen, den Whelm, den Schreibern und Boten, und stumm gingen sie hinaus und schlossen die Tür hinter sich.

»Was soll ich nur mit dir tun?«, fragte Yggur in sanftem Ton. Ein Muskel zuckte auf seiner Wange. »Sag mir die Wahrheit: Warum bist du gekommen?«

»Du hast mich in Fiz Gorgo freundlich behandelt«, antwortete sie. »Ich hatte das Gefühl, dass du ... dass du ein wenig für mich übrig hast.«

»Das hatte ich – *damals*!«

Warum hilfst du mir nicht?, fragte sich Maigraith gequält. *Muss ich mich denn derart selbst demütigen?* »Und ich habe ... hatte etwas für dich übrig – *damals*. Es gibt da jedoch eine Sache, die ich einfach wissen *muss* ...« Ängstlich zögerte sie. »Warum hast du in jener letzten Nacht in Fiz Gorgo die Whelm geschickt, um mich zu foltern? Das passte nicht zu dem Yggur, den ich gekannt habe.«

»Ich habe dich gewarnt – ich muss den Spiegel haben!« Yggur starrte von oben auf sie herab und schüchterte sie so ein. »Daran hat sich nichts geändert!«

»Ich habe nicht gedacht, dass du mir das antun würdest.«

Er bückte sich, sodass er mit ihr auf Augenhöhe war. »Und das habe ich auch nie getan. Ich kann hart sein, wenn ich muss, aber nicht gegen *dich*.« Seine Augen glänzten, als er das sagte. Sein Blick wanderte über ihren Mund zum Kinn und von dort zur Brust und zur Hüfte, und vor lauter Schrecken schlug sein

Herz immer schneller. Frauen ... so geheimnisvoll, dass sie genauso gut eine vollkommen andere Spezies hätten sein können. Oh, wie sie ihn verletzen könnte, wenn sie nur wollte.

»Ich habe weggemusst«, fuhr er fort. »Während meiner Abwesenheit haben die Whelm dann meinen Befehlen zuwidergehandelt und dich grausam gefoltert!«

»Ja, sie haben mir wehgetan«, bestätigte Maigraith.

»Als ich zurückgekehrt bin, warst du schon fort.« Er ging auf und ab. Sein Humpeln war noch schlimmer geworden. »Faelamor hatte dich weggebracht. Danach habe ich versucht, dich zu vergessen, doch jede Nacht und jeden Morgen warst du wieder in meinem Geist.«

»Bei mir war es genauso«, entgegnete Maigraith, »und ich konnte nichts dagegen tun. Doch die Ketten der Pflicht, die mich gebunden haben, sind nun zerbrochen. *Ich habe mich zwischen zwei Welten verirrt.*«

»Aaah! Dieses Gespräch dreht sich im Kreis«, rief Yggur. Er wich von ihr zurück und wirkte unsicher, ja sogar verängstigt. Dann verhärtete sich seine eine Gesichtshälfte, und seine Rede wurde stockend, wie bei ihrem ersten Aufeinandertreffen. Er ging in dem riesigen Raum herum, und mit jedem Schritt wurde sein Humpeln schlimmer. Am Tisch angelangt, wirbelte er herum, wäre fast gestürzt und musste sich auf dem Tisch abstützen. Er verzog das Gesicht, versuchte, einen weiteren Schritt zu gehen, doch sein Bein war nun vollkommen steif wie ein Stück Holz. »Ich kann ... kann es nicht ertragen«, sagte er mit belegter Stimme.

Maigraith fühlte seinen Schmerz nun, und er war schlimmer als ihr eigener. Sie bemitleidete ihn. Dann ging sie auf ihn zu, den Blick auf den Boden gerichtet, denn sie vermochte dem Druck seiner starrenden Augen nicht standzuhalten. Den Blick weiter auf seine Füße gerichtet, überbrückte sie rasch die Distanz zwischen ihnen. Schließlich blieb sie stehen, nur zwei Schritte von Yggur entfernt; den Blick hielt sie nach wie vor gesenkt.

»Maigraith«, sagte er heiser. »Schau mich an.« Sie hob den Blick. »Wirst du ...?«

Sie war genauso nervös wie er. Was wollte er wirklich? Das würde sie nie wissen; für sie waren die Gefühle anderer Menschen vollkommen unverständlich. »Ich werde bleiben«, sagte sie, »... wenn es das ist, was du willst.«

Sie streckte die Hand aus, und nach kurzem Zögern ergriff er sie.

Kapitel fünf

Der Fall der Altstadt

Mendark hatte Mut aus Tallias vorherigem Ratschlag gewonnen und die Reste der Stadttruppen zusammengetrommelt. Selbst jene, die sich vor dem Großen Konklave gegen ihn gestellt hatten, waren nun froh, ihn zu sehen. Im Laufe der Nacht hatte es mehrere kleine Siege gegeben. Teile der Stadt waren zurückerobert worden, und es wurde sogar schon davon geredet, Yggur ganz aus Thurkad zu vertreiben. Mendark wusste jedoch, dass dies nur eine Atempause war. Vielleicht hatte Yggur sich sogar absichtlich teilweise zurückgezogen, um seinen Gegner in falscher Sicherheit zu wiegen, doch diese Gedanken sprach Mendark nur Tallia gegenüber offen aus.

»Ist es hoffnungslos, Mendark?« Sie stiegen die Treppe zu ihrem Zimmer hinauf, um mit Lilis zu sprechen.

»Vollkommen hoffnungslos! Yggur wartet nur ab, bis alles bereit ist. Er will keine guten Soldaten, keine wertvollen Leben verschwenden. Uns bleiben höchstens noch Tage. Glücklicherweise habe ich die Geheimnisse des Rats bereits in Sicherheit gebracht – jedenfalls die, die wir unklugerweise zu Papier gebracht haben –, wie auch meine armselige Kriegskasse.«

Tallia wusste, dass das geheuchelt war. Schon lange vor seinem Sturz hatte Mendark Wissen und Vermögen des Rates aus der Stadt gebracht – von seinen eigenen ganz zu schweigen –, mittels ihm treu ergebener Helfer, aber auch selbst. Hatte er vergessen, dass auch sie an einigen dieser Reisen teilgenommen hatte? Das, was ihm jetzt noch als Kriegskasse zur Verfügung stand, konnte nicht mehr als ein Bruchteil seines Vermögens sein.

Lilis saß in Tallias Bett und plapperte munter mit Basia, doch als Mendark den Raum betrat, verstummte sie sofort. Es war ein Ding der Unmöglichkeit, dass der Magister sich dazu herabließ, ein Straßenkind auch nur zu bemerken.

Doch wenn es ihm gefiel, war Mendark sehr wohl dazu in der Lage; er konnte sogar richtig klein und bescheiden wirken, wenn er jemanden nicht einschüchtern wollte. Basia stand auf, und Mendark nahm sich ihren Stuhl. Dann legte er den Kopf in die Hände und sah ganz wie ein netter, alter Herr aus. Lilis war entwaffnet.

»Ich freue mich, dass es dir schon besser geht«, sagte Mendark in seinem freundlichsten Tonfall. »Ich fürchte, dass man dich verprügelt hat, ist zumindest zum Teil mir zuzuschreiben. Ich hätte dich schon beim ersten Mal aufnehmen sollen. Aber der Krieg, weißt du ...? Ich muss mich um so viele Dinge kümmern, dass ich schon nicht mehr weiß, wo mir der Kopf steht.«

Er berührte ihre Wange unmittelbar unter dem blauen Auge. Sie zuckte zusammen.

»So schlimm war das gar nicht«, sagte sie. »Außerdem war das gestern. Auf der Straße denken wir nur an heute.«

»Das ist das Problem, wenn man Magister ist«, erklärte Mendark in vertrauensseligem Tonfall. »Ich muss an gestern denken, an heute und vor allem an morgen. Und genau dafür brauche ich deine Hilfe.«

»Meine Hilfe!«

»Ja. Ich muss wissen, was du bei der Großen Halle gesehen hast, bevor Tallia dich getroffen hat.«

»Ich habe den ganzen Tag über viele Menschen kommen und gehen sehen. Wichtige Leute: Ratsherren, Richter, reiche Kaufleute.«

»Nein, ich meine, unmittelbar bevor du Tallia gesehen hast.«

»Da war nichts. Ich war gerade erst zurückgekommen.«

»Aber Lilis, was hast du gesehen, bevor du *gegangen* bist?«

»Ein Soldat ist hineingerannt, ein Bote. Es hat geregnet. Dann wurde da drinnen geschrien, und schließlich wurde es wieder still. Anschließend habe ich dann einen furchtbaren Krach gehört und ein helles Licht gesehen ... und es wurde sehr, sehr still.«

»Was ist danach geschehen? Das ist, was ich wissen muss.«

»Ein großer Mann ist herausgekommen. Sein Bart war schwarz. Er hatte Blut auf dem Gesicht. Und er hielt meinen Freund Llian am Arm ... meinen anderen Freund«, fügte sie mit einem Blick auf Tallia hinzu. »Er hat ihn die Stufen hinuntergezogen. Ich hatte ja solche Angst.«

»Aaah!«, sagte Mendark. »Genau wie ich mir gedacht habe. Und dann? Bist du ihnen gefolgt?«

»Ich habe es versucht. Am Fuß der Treppe ist Llian hingefallen, aber der Schwarzbart hat ihn hochgezogen und weggeschleppt. Sie sind die Glockenmacherstraße hinaufgegangen, erst nach Norden, dann nach Westen. Auf dem Weg hat der Mann mich gesehen. Danach sind sie schneller gegangen, und ich habe sie verloren.«

»Und wo hast du sie verloren? In welcher Straße?«

Lilis nannte eine Straße und eine weitere, die diese kreuzte.

»Ja«, sagte Mendark. »Tensor hatte mal eine Villa in dieser Gegend. Du warst mir eine große Hilfe, Lilis. Eine große Hilfe«, wiederholte er und ergriff die Hand des Mädchens. »Du bist ein sehr kluges Kind.«

Er stand auf und winkte Tallia. Gemeinsam gingen sie zur Tür. »Aber es ist nicht genug«, sagte er. »Inzwischen sind sie bestimmt wieder weg, und du hast sie nun am Hals.« Er sah alt und übellaunig aus.

»Manchmal beschämt Ihr mich wirklich!«, erwiderte Tallia. Mendark grunzte, und sie wechselte das Thema. »Was wollt Ihr, dass ich tue, Magister?«

»Kümmere dich um unsere Flucht. Sorg dafür, dass morgen früh alles bereit ist.«

»Schon erledigt«, sagte Tallia.

»Und das Boot?«

Tallia wusste, dass das seine größte Sorge war. »Es liegt bereits da. Was ist mit der Versammlung?«

Mendark spie aus dem Fenster. »Dieser elende Haufen! Ich nehme an, wir werden auch ihnen die Gelegenheit zur Flucht geben müssen. Wenigstens werden die Menschen dann wissen, dass *ich* zumindest versucht habe, meine Pflicht zu erfüllen – im Gegensatz zu unserer armseligen Statthalterin.«

»Und Thyllan?«, fragte Tallia vorsichtig nach.

»Erinnere mich ja nicht an deine Dummheit!« Mendark stieß einen lauten Seufzer aus. »Selbst Thyllan müssen wir mitnehmen, auch wenn mir das zutiefst zuwiderläuft. Behalte ihn im Auge. Er wird mir den größten Ärger bereiten.«

Beinahe sofort erlitten sie eine Reihe von massiven Rückschlägen. Tallia war mit Mendark im Kriegsraum, als ein Bote hereingepoltert kam: eine winzige Frau in schwarzer Tunika und mit lächerlich großen Stiefeln, die ihr fast bei jedem Schritt von den Füßen zu rutschen drohten.

»Ich bin Dabys, Magister«, keuchte sie und versuchte zu salutieren, war jedoch kaum in der Lage, den Arm zu heben. »Wir haben das Osthügelviertel verloren!« Sie fiel aufs Gesicht.

Tallia rannte zu ihr hinunter und hob sie hoch. Dabys stöhnte, denn sie hatte eine tiefe Wunde in der Achselhöhle, die so schlecht verbunden war, dass die Bandage bereits abfiel. Tallia rief nach einem Bader. »Was ist passiert?«, fragte sie.

»Sie kannten unseren Schlachtplan«, antwortete Dabys mit zusammengebissenen Zähnen. »Sie müssen ihn gekannt haben, denn sie haben auf uns gewartet und waren auf alles vorbereitet, was wir unternommen haben.«

Mendark war erschüttert. »Ich habe zwar damit gerechnet, das Hügelviertel zu verlieren«, sagte er, »aber nicht so schnell.«

Er beugte sich über Dabys. »Wie schlimm sind wir geschlagen worden?«

»Die ganze Armee ist verloren«, antwortete die junge Frau. »Ich bin die Einzige, die entkommen ist.« Sie sackte in sich zusammen und atmete geräuschvoll durch die Nase.

Es dauerte nicht lange, da erfolgte der nächste Schlag. Ein Dutzend Soldaten erschienen in der Tür, zerschunden und blutig. Sie waren alles, was noch von der Armee übrig geblieben war, die den Südostsektor gehalten hatte, und auch sie mussten von einer unerwarteten Niederlage berichten und einem Feind, der jede Einzelheit ihres Schlachtplans zu kennen schien.

Ein unangenehmer Verdacht nahm in Tallias Geist Gestalt an. Wie viele Menschen kannten diese Details? Nur die Überreste des Rates – Mendark, Orstand und Hennia die Zain – sowie sie selbst und Berenet. Noch nicht einmal Mendarks Truppenkommandeure kannten die Befehle der anderen.

Tallia hatte Berenet ob seines prahlerischen Gehabes noch nie gemocht, ob seiner Angst und der Art, wie er seinen Reichtum zur Schau trug; allerdings hatte sie bis jetzt nie Grund gehabt, seine Loyalität in Frage zu stellen. Aber wer hätte es sonst sein können? Nur Orstand oder Hennia. Dass eine von diesen beiden die Verräterin sein sollte, war jedoch lächerlich.

Tallia erinnerte sich an Berenets Gesicht, nachdem Mendark seinen Plan abgelehnt hatte. Oh, diese Wut, die sie in seinen Augen gesehen hatte! Er musste der Verräter sein. Sie sagte jedoch nichts dergleichen, denn sie hatte keine Beweise; aber sie wurde wachsamer denn je.

Am Ende des Tages hatten sie alles außerhalb der Altstadt verloren. Diesen Rest hielten sie jedoch die Nacht über, denn die Mauern waren stark. Andererseits hatte es den Anschein, als würde Yggur nur mit ihnen spielen, um ihre Verteidigungsfähigkeit und Entschlossenheit zu erkunden. Er schickte je einen Trupp erst gegen einen, dann gegen einen anderen Mauerabschnitt, und während diese Angriffe zwar leicht zurückgeschlagen wurden, so blieben doch alle Tag und Nacht auf ihren Posten.

Am folgenden Abend hatte sich Tallia gerade erst in ihr Bett gelegt, in der Hoffnung, ein paar Stunden Schlaf zu finden, als eine Explosion die Nacht erhellte wie eine blau-weiße Sonne. Sofort rannte Tallia zur Mauer und hörte Schwerter klirren. Als sie die steile Treppe zur Brüstung hinauflief, zischte ein weiterer Funken gen Himmel, dann noch einer, und jeder explodierte in einem strahlenden Licht, bevor der andere wieder langsam zu Boden gesegelt war.

Als sie die Brüstung erreichte, sah sie, dass es am Eckwachhaus zum Nahkampf gekommen war: vier Verteidiger gegen zwei von Yggurs Soldaten, doch Thurkads Männer wurden zurückgedrängt. Auf der ganzen Mauer starrten Männer wie Holzsoldaten zu den langsam herabsegelnden Leuchtfeuern hinauf. Tallia schaute über die Brüstung hinweg. Sturmleitern wurden zu Dutzenden an die Mauern gelegt, und der Feind schwärmte hinauf. Allein an diesem Mauerabschnitt mussten es Tausende sein, die gegen weniger als hundert auf den Zinnen vorrückten. Sie waren hoffnungslos in der Unterzahl. Wo war Mendark? Und wo war Berenet? Früher am Abend hatte er das Kommando über diesen Abschnitt übernommen, doch nun war er nirgends zu sehen.

Ein Pfeilhagel zischte über Tallias Schulter hinweg. Sie duckte sich, schnappte sich einen runden Stein von einem Vorrat an der Mauer und warf ihn auf die Schatten unter ihr. Sie sah nicht nach, ob sie etwas getroffen hatte, sondern rannte mit dem Schwert in der Hand die Mauer entlang und sammelte so viele Soldaten um sich, wie sie konnte. Die Männer hatten sich bereits mit ihrer Niederlage abgefunden. Tallia sah das an der Art, wie sie zu den unheimlichen Leuchtfeuern hinaufstarrten, und an der Lustlosigkeit, mit der sie kämpften und fielen.

Ein behelmter Kopf erschien weiter die Mauer hinunter. Tallia hieb im Laufen zu, doch der Mann duckte sich schlicht und erhob sich wieder, als sie vorbei war. Tallia brüllte Befehle und bekam schließlich einen mit Steinen bewaffneten Trupp an jede Leiter. Die herabfallenden Geschosse minderten den Druck ein wenig. Am Wachhaus waren drei Verteidiger den beiden Eindringlingen zum Opfer gefallen. *Das ist unser Los,* dachte Tallia. *In fünf Minuten werden wir alle tot sein. Was wird dann wohl mit der kleinen Lilis geschehen?*

Sie sprang in die Luft und landete krachend im Rücken eines der Angreifer. Sein Kopf schlug gegen die Wand, und er rührte sich nicht mehr. Gleichzeitig schlitzte der Verteidiger dem zweiten Angreifer das Bein auf, der daraufhin zusammenbrach; Blut strömte sein Bein hinunter.

»Wo ist Mendark?«, schrie Tallia über den Lärm der explodierenden Leuchtfeuer, das Waffengeklirr und das Heulen der Verwundeten hinweg.

Der Soldat deutete mit dem blutigen Schwert die Mauer hinunter. Er atmete schwer und hatte die Zähne gefletscht wie ein Rennpferd. »Turm!«, keuchte er.

Tallia kletterte in den Unterstand und versuchte, etwas durch das Chaos der Schlacht hindurch zu erkennen. Unmittelbar hinter der Ostmauer erhob sich ein uralter Wachturm, rußverschmiert und schmutzig, eines der ältesten Gebäude in Thurkad. Er war höher als die höchste Kuppel der Zitadelle, und von ihm aus konnte man den größten Teil der Stadt überblicken. Mendark benutzte ihn gelegentlich als Zuflucht, wenn er ungestört nachdenken wollte. Eine Hängebrücke verband ihn mit der Altstadtmauer. Noch während Tallia hinsah, strömten ein Dutzend Feinde über die Mauer und rannten zur Brücke.

Weitere Leuchtfeuer stiegen in den Himmel. Eines zündete nicht und fiel als glühender Funke auf den Wehrgang hinab. Zu ihrem Entsetzen sah Tallia Mendarks weißes Gesicht in der Tür des Turms. Er schien irgendeine Verteidigung mit den Händen wirken zu wollen, doch was auch immer das sein mochte, seine Angreifer mussten dagegen geschützt sein. Er duckte sich wieder hinein.

»Mendark, geh nach unten!«, brüllte Tallia, obwohl er sie unmöglich hätte hören können. Dann sah sie, dass der Feind bereits innerhalb der Mauern war und eine Verteidigungsformation am Fuß des Turms einnahm, während andere die untere Tür attackierten. Es waren Yggurs Beste, und sie kämpften mit tödlicher Entschlossenheit. *Sie* wussten, *dass er dort ist,* erkannte Tallia. *Wir sind verraten worden!* Und Berenet war nicht auf seinem Posten.

Tallia stieg nach unten und lehnte sich kurz mit geschlossenen Augen an die Leiter. Sie versuchte, darüber nachzudenken, was sie als Nächstes tun sollte. Vor ihr wurde der Weg zur Brücke verzweifelt verteidigt, doch die Verteidiger drohten unter der großen Überlegenheit des Feindes zusammenzubrechen. Mendark schwebte in tödlicher Gefahr. Das taten sie alle, denn wenn er fiel, musste auch die Stadt fallen, und keiner von ihnen würde noch lebend hier herauskommen. Und schlimmer noch: Mendark kannte die Geheimnisse des Rates, die Yggur schier unermessliche Macht verleihen würden.

»Was ist los?«, rief jemand und schüttelte Tallia am Arm. Es war der lockenköpfige Torgsted, der Wachsoldat, der Blustard weggebracht hatte. Er war einer von Mendarks treuesten Soldaten.

»Torgsted!«, keuchte Tallia. »Mendark sitzt im Turm in der Falle.«

»Dann solltest du besser einen deiner Tricks wirken, sonst sind wir alle tot.«

»Ich brauche Hilfe!«

»Osseion war vor kurzem noch hinter dem Wachposten.«

Tallia gewann wieder ein wenig von ihrem Mut zurück. Osseion war der Hauptmann von Mendarks Leibwache, ein großer, dunkelhäutiger Mann und ein unermüdlicher Kämpfer, auf den man sich stets verlassen konnte. »Bring ihn her ... falls er noch lebt!«

Torgsted rannte davon. Tallia quälte sich weiter mit der Frage, was sie tun sollte. Sie besaß nur wenige Fähigkeiten in der Geheimen Kunst; mit Sicherheit wusste sie nicht, wie man Menschen mit einem Fingerschnippen hinwegfegen oder Geister aus dem Äther herbeirufen konnte. Ihr verzweifelter Blick wanderte zu der Hängebrücke. Bis jetzt war noch niemand auf ihr. Die Verteidiger kämpften noch auf der Mauer davor. Tallia konzentrierte sich, beschwor eine Illusion in ihrem Geist herauf, ein Bild von der Brücke, wie die Halteseile rissen und sie gegen den Turm knallte.

Der kleine Torgsted kam wieder zurück. Osseion stapfte hinter ihm her; der kräftige Kämpfer war an der Schulter verletzt.

»Sieh zu, dass ihr diese verdammten Leitern loswerdet, Osseion!«, schnappte Tallia.

Sie ließ die Illusion los. Nichts geschah. Seltsame Dinge passierten in ihrem Geist – das Bild der Brücke dehnte sich wie Gummi und zerbrach. Sie vermochte es nicht mehr heraufzubeschwören. Auch Yggur setzte offensichtlich die Geheime Kunst ein. Natürlich tat er das.

»Ich kann es nicht«, keuchte Tallia und stützte sich an der Wand ab. Sie hatte das Gefühl, als würden die Leuchtfeuer in ihrem Kopf zünden.

Torgsted tauchte aus dem Rauch und der Dunkelheit mit einem herabgefallenen Leuchtgeschoss in der Hand auf. Es war ein dicker Zylinder, ungefähr so lang wie sein Unterarm und mit rotem und goldenem Stoff umwickelt. Ein winziges Stück noch nicht abgebrannter Zündschnur hing aus ihm heraus. Beim Gehen wickelte er eine Kordel darum. Tallia beobachtete ihn amüsiert.

Er beendete sein Werk. »Zünde sie an«, sagte er und hielt das Geschoss über den Kopf.

»Es wird dir den Arm abbrennen«, erwiderte Tallia voller Angst.

Osseion hatte ein paar Steinwerfertrupps zusammengezogen und kurzfristig den Strom der Feinde über die Leitern unterbrochen, doch an der Brücke fielen die letzten Verteidiger. Yggurs Soldaten schwärmten auf sie zu.

»Tu es!«, knurrte Torgsted entschlossen.

Tallia nahm eine Laterne von der Wand, schob das Schutzglas beiseite und hielt die Flamme an die Zündschnur. Sie zündete sofort, und das Geschoss raste auf die Feinde zu. »Schau weg!«, brüllte Torgsted und ließ sich flach auf den Boden fallen.

Das Leuchtgeschoss prallte an der Brüstung ab und rutschte über den Wehrgang mitten in die Gruppe am Ende der Brücke. Tallia spähte zwischen ihren Fingern hindurch. Der Treibsatz verlosch. Dann explodierte das Geschoss mit solch einem gleißenden Licht, dass die Soldaten sich in schwarze Strichmännchen verwandelten, die durch die Luft flogen. Der Knall ließ Tallias Ohren klingeln.

»Vorwärts!«, rief Torgsted und zog Tallia am Arm. Tallia hatte noch immer dieses seltsame Gefühl im Kopf. Im Augenblick war sie froh, dass jemand ihr sagte, was sie tun sollte.

Die feindlichen Soldaten waren allesamt niedergestreckt, obwohl einige noch blind umherkrochen. Ein Teil des Geschosses drehte sich nach wie vor auf dem Wehrgang und verströmte ein strahlendes Licht sowie Rauch. Mendark lehnte schlaff an der Tür des Wachturms. Er machte noch nicht einmal Anstalten, sich zu verteidigen. Was war nur mit ihm los?

Als Tallia näher kam, sah sie eine lange, blutige Wunde an seiner Schläfe. Sein Haar und sein Nacken waren feucht von Blut. Tallia riss den Mantel von einem gefallenen Soldaten, warf ihn sich über die Schulter und schnappte sich noch einen. Er war zwar versengt, aber wenigstens waren Yggurs Farben noch zu erkennen. Mehrere Feinde standen inzwischen wieder und wankten auf sie zu. »Halt sie auf!«, schrie Tallia und rannte auf die Brücke.

Mendark erkannte sie noch nicht einmal, als sie seine Hand ergriff. Er hatte auch Blut auf der Hose.

»Mendark!«, schrie Tallia ihm mitten ins Gesicht. Seine

Pupillen reagierten kaum. Weitere Soldaten kamen über die Mauer. Es war hoffnungslos.

Tallia wickelte Mendark in den Mantel. Er war benommen und griff kraftlos nach dem Stoff. Tallia wuchtete ihn sich über die Schulter. Ihr Kopf, der noch immer von der Explosion dröhnte, drohte vor Anstrengung zu platzen. Sie wankte über die Brücke und schaute sich nach dem besten Fluchtweg um.

Osseion und Torgsted kämpften Rücken an Rücken wie die Berserker. Plötzlich rutschte Osseion auf einem blutigen Stein aus und landete hart auf dem Knie. Unbeholfen versuchte er, sich mit erhobenem Schwert zu verteidigen. Er wurde wild angegriffen, und das Schwert flog ihm aus der Hand. Der große Mann krabbelte vorwärts und stürzte sich mit bloßen Händen auf seinen Gegner. Tallia hielt den Atem an – Osseion war verloren. Doch irgendwie duckte er sich unter dem herabsausenden Schwert hindurch und packte das Bein des Feindes. Der Mann drehte das Schwert, um nach unten zu stechen. Verzweifelt versuchte Osseion, die Klinge mit bloßen Händen abzuwehren.

Torgsted, der seinen Gegner erledigt hatte, warf sich auf den anderen Soldaten. Der Mann drehte sich um, um sich zu verteidigen, doch Osseion riss ihm das Bein weg, und er fiel zur Seite.

Tallia stand auf der Brücke und schaute nach unten. Die Schlacht war bei weitem noch nicht vorbei. Der Hof unter ihr wimmelte von Yggurs Truppen, die in Dutzende kleine Nahkämpfe verstrickt waren. Torgsted wankte, und Osseion ging es nicht viel besser.

»Kommt schon!«, brüllte Tallia und riss zwei weiteren toten Feinden die Mäntel weg.

Tallias Stimme hallte durch eine plötzliche Stille. Die beiden Männer zogen die Mäntel an. Osseion nahm Tallia Mendark ab und warf ihn sich selbst über die Schulter; dann rannte er zur Treppe. Der Feind flutete über das gegenüberliegende Ende der Mauer. Tallia konnte es nicht ertragen zuzusehen, wie Leben sinnlos geopfert wurden. »Ich werde das Signal zur Kapitulation geben«, rief sie und schnappte sich das Horn eines toten Trompeters.

Sie blies drei hohe und drei niedrige Töne, das Zeichen für das, was bis jetzt undenkbar gewesen war. Dann rannte sie die Treppe hinunter. Im Hof wimmelte es bereits von Yggurs Soldaten. Vor ihnen lag das Tor der Zitadelle.

Die Mäntel tarnten sie gerade gut genug, um ein paar Schritte vor den anderen zum Tor zu gelangen. Torgsted musste irgendwo noch einen Funken Kraft gefunden haben, denn er ließ sein Schwert hin und her fliegen wie ein Webschiffchen. Sie sprangen hindurch; Torgsted folgte ihnen, und das Tor fiel krachend hinter ihnen zu. Sie waren in Sicherheit ... bis Yggur wieder angriff. Die endgültige Niederlage war unvermeidlich. In nur zwanzig Minuten Blutvergießen und Schrecken waren die Verteidigungsanlagen der Altstadt überwältigt worden.

Und Tallia wurde das Gefühl einfach nicht los, dass sie verraten worden waren – dass der Feind genau gewusst hatte, wo Mendark zu finden gewesen war. Und sie wusste wiederum, wer der Verräter war.

Kapitel sechs

Verrat

»Mendark, Ihr müsst mir zuhören!«, schrie Tallia. »Wir haben einen Verräter unter uns!«

Mendark litt noch immer unter den Folgen des Schlags gegen den Kopf, während sich in der Zitadelle um ihn herum mehr und mehr Panik breitmachte. Yggurs Belagerungsmaschinen schossen die Mauern systematisch in Trümmer.

Mendark drehte den Kopf weg. Tallia schüttelte ihn. »Schaut doch! Yggur kannte die Schlachtpläne beider Armeen. Und er wusste, dass Ihr allein im Turm sein würdet. Sagt mir jetzt nicht, das sei alles Zufall. Nur fünf Menschen wussten all das: Ihr, ich, Orstand, Hennia *und Berenet!*«

»Nein!«, widersprach er. »Es kann nicht Berenet sein.«

»Seht Euch doch schlicht die Beweise an.«

»Nein!«

»Wer dann? *Ich?* Orstand …?«

Draußen ertönte ein weiteres furchtbares Krachen. Die Mauern der Zitadelle erbebten. Einen weiteren Tag würden sie nicht standhalten.

Berenet humpelte herein. Seine Kleider waren zerfetzt, und er war über und über mit Blut bedeckt, aber er schien keinerlei Wunden davongetragen zu haben.

»Wo zur Hölle warst du?«, fragte Tallia wütend. Sie war fest davon überzeugt, dass er das alles nur spielte. »Mendark ist fast gefangen genommen worden. Du hättest die Südmauer befehligen sollen.«

Er ignorierte sie. »Ich war an der Ostmauer, Magister«, sagte er zu Mendark und keuchte dabei schwer. »Ich musste dort das Kommando übernehmen. Alle anderen Offiziere waren tot.«

»Ja, ja?«, rief Mendark. »Wie ist es euch ergangen?«

»Wir haben hart gekämpft, doch es war hoffnungslos. Außer mir hat niemand überlebt. Es tut mir leid.«

»Wie angenehm«, murmelte Tallia vor sich hin.

»Nun denn.« Mendark winkte müde. »Mach dich bereit. Wir brechen noch diese Stunde auf.«

Berenet nickte höflich und schlurfte in seinen Lumpen hinaus. Mendark stöhnte. Dass er fast gefangen genommen worden wäre und was das implizierte, hatte ihn demoralisiert. »Es schmerzt so sehr, meine Stadt derart im Stich lassen zu müssen. Du wirst nie verstehen können, wie weh das tut.«

Tallia verstand sehr wohl, was er gerade durchmachte. Mendark war seit tausend Jahren der Magister des Rates, und die ganze Zeit über hatte er in Thurkad gelebt. Sie ließ ihm eine Minute Zeit und begann dann von neuem: »Wir müssen fliehen, damit wir für die Stadt weiterkämpfen können.«

»Gib mir noch ein wenig Zeit. Ich muss noch ein paar Dinge erledigen, bevor wir gehen.«

»Was für Dinge?«

»Dinge, die in der Verantwortung des Magisters liegen!«, schnappte er. »Sorg dafür, dass Orstand und Hennia bereit sind. Der Rat muss entkommen, egal was das auch kosten mag. Und jetzt geh!«

Tallia machte sich an ihre eigenen Vorbereitungen. Ein paar Mal sah sie Mendark, wie er auf einen Stock gestützt durch die Zitadelle humpelte. Er sah aus wie der lebende Tod. Gegen Mitternacht trafen sie sich erneut in der Bibliothek.

»Wir müssen gehen. *Jetzt!*«, drängte Tallia. »Die Soldaten fangen schon an, Thyllans Lügen zu glauben. Er sagt, Thurkads Untergang sei Eure Schuld. Er muss ausgeschaltet werden.«

»Ja, er *muss* ausgeschaltet werden«, entgegnete Mendark verbittert, »doch ich darf nicht derjenige sein, der das tut. Ich werde ihn und die anderen bis zum Kai mitnehmen. Dort können sie dann sehen, wie sie weiterkommen. Ist das Boot bereit?«

»Es wartet. Aber ...« Tallia ballte die Fäuste. Sie zögerte. »Ich weiß nicht, was ich mit Lilis tun soll.«

»Lilis?«

»Das Straßenkind. Ihr könnt sie doch nicht schon vergessen haben.«

Mendark drückte die Hand auf den Verband um seinen Kopf. Blut färbte das Tuch unmittelbar über seinem Ohr rot. Er betrachtete seine blutige Fingerspitze. »Mein Kopf schmerzt furchtbar!«, sagte er. »Was hast du gesagt? Oh, *die!* Lass sie hier. Sie wird schon zurechtkommen.«

»Lilis kommt mit mir.«

Mendark kniff vor Schmerz die Augen zusammen. »Bist du jetzt verrückt geworden?«

Tallia errötete. »Ich kann sie nicht hierlassen. Schließlich ward Ihr es, der mich den Preis der Treue gelehrt hat.«

»Ich habe eine Stadt mit einer Million Menschen, die es zu beschützen gilt. Vermutlich wird sie hier sicherer sein, als wenn sie mit uns kommt.«

»Vielleicht, aber das macht auch keinen Unterschied.«

»Nun, dann bring das kleine Gör her, aber sorg dafür, dass sie mir nicht im Weg steht«, sagte Mendark gereizt. »Und jetzt lass uns gehen, solange wir noch können.«

Tallia wusste, dass Mendark keineswegs so hartherzig war, wie er gerne tat – oder zumindest hoffte sie das.

»Bei Sonnenaufgang werde ich den Befehl zur Kapitulation geben«, sagte er. »Das wird uns ein paar Stunden Zeit geben. Und jetzt ab mit dir.«

Tallia rannte los und kehrte kurz darauf wieder zurück, gefolgt von Thyllan. Thyllans Gesicht war düster, doch von Wahnsinn war keine Spur mehr zu sehen. Hände und Füße waren mit Ketten gebunden. Mendark befahl, ihm die Fußfesseln abzunehmen. Thyllan wurde von sechs Zitadellenwachen begleitet.

Hinter ihm schlurften die restlichen Flüchtlinge: Kaufleute, Advokaten, Gesetzgeber. Männer und Frauen, dick und dünn, aber sie alle beweinten den Verlust von allem, was sie besaßen.

Hennia die Zain ging wie immer allein. Sie war eine untersetzte, schlaffe, großbusige Frau fortgeschrittenen Alters, voller Groll auf die Welt und auf Mendark, weil sie hier mit ihm in der Falle saß. Ihre Füße waren so winzig, als hätte man sie ihr als Kind gebunden. Berenet, der sich inzwischen wieder in edle Kleider gehüllt hatte, äffte ihren schlurfenden Schritt nach. Mendark warf ihm düstere Blicke zu, sagte aber nichts.

»Kommst du jetzt, oder nicht?«, brüllte Mendark Hennia an, die sich über ihren Rucksack gebeugt hatte, Sachen herausnahm und wieder hineinstopfte.

»Oh, in was für ein Schlamassel du uns jetzt wieder gebracht hast.« Hennia verzog das Gesicht.

»Ich wäre vielleicht besser zurechtgekommen, wenn ich ein wenig Unterstützung gehabt hätte.«

»Ich habe dich genauso unterstützt wie alle anderen auch«, entgegnete sie.

»Ich weiß!«, knurrte Mendark kalt. Hennia verdrehte einem stets die Worte im Mund, wie es ihr gerade passte.

Osseion, der Hauptmann von Mendarks Leibwache, war groß und breit wie ein Baum und so schwarz wie Kohle. Eine seiner vielen Narben zog ständig seinen Mundwinkel hoch, sodass die großen weißen Zähne zu sehen waren. Der hässliche, Furcht erregende Osseion war sanft wie ein Kätzchen.

Lilis, die dicht hinter Tallia ging, war zwar noch immer so dürr wie eh und je, aber frisch gewaschen, und sie folgte ihrer neuen Freundin wie ein Schatten. Sie hatte sich rasch erholt, obwohl ihr Auge noch immer schwarz-gelb war, und die wieder eingerenkte Schulter wurde von einer Schlinge gestützt. Sie trug eine neue Hose aus gutem Stoff, einen Mantel, der ihr ein wenig zu groß war, und – der Art, wie sie ging, nach zu urteilen – das erste Paar Stiefel, das sie je besessen hatte. Lilis schaute immer wieder auf ihre Stiefel, als könne sie gar nicht glauben, was ihr widerfahren war. Ihr platinblondes Haar schimmerte im Lampenlicht. Der kleine Stoffrucksack auf ihrem Rücken enthielt Besitztümer, von denen sie bis jetzt noch nicht einmal zu träumen gewagt hatte: zwei weitere Sätze Kleidung, Unterwäsche, Socken, Seife, eine Bürste und sogar ein Messer!

Hennia bog um die Ecke und stolperte im Zwielicht über Lilis. »Pass doch auf, wo du hingehst, du dummes Gör!«, sagte sie und schlug nach Lilis' Kopf.

Lilis wich dem Schlag geübt aus und zog sich unter Tallias Fittiche zurück.

Ein weiteres riesiges Geschoss schlug in die Mauer. Das Glas eines Leuchters klirrte aneinander. Torgsted rannte herbei und rutschte über die Fliesen. »Sie sind drin!«, rief er.

Mendark wirbelte herum und ließ seinen Rucksack fallen. Sein Gesicht nahm einen teigigen Ton an. »Das kann nicht sein! Orstand, kann es sein, dass sie unseren Schutz durchbrochen haben, ohne dass wir es bemerkt hätten?« Er wankte, als würde er gleich in Ohnmacht fallen.

Orstand schnüffelte die Luft wie ein Bluthund, und mit ihren herabhängenden Wangen sah sie auch wie einer aus. »Das müssen sie wohl, wenn sie drin sind, obwohl ich mir nicht vorstellen kann, wie sie das geschafft haben sollen. Wo sind sie, Torgsted?«

»Der Stoßtrupp kam durch die Keller. Sie müssen sich hineingegraben haben.«

»Oh, jetzt kann ich es fühlen«, sagte Orstand. »Mendark, bist du in Ordnung?« Sie fing ihn auf, als er fiel, und ließ ihn sanft auf den Boden hinab. »Osseion, versiegele alle Gänge und Treppenhäuser in diesen Teil der Zitadelle. Stell dich dann draußen auf der Treppe zum Kampf. Tallia, Wasser!«

Tallia tupfte Mendarks Stirn mit einem feuchten Tuch ab, und kurz darauf erwachte er wieder zum Leben. »Mein Kopf«, sagte er.

»Vielleicht ist unser Fluchtweg jetzt auch schon entdeckt worden«, sagte Tallia und half ihm auf.

»Unmöglich!«, schnappte Mendark. »Nur der Rat und ich kennen ihn.«

»Sonst niemand?«

»Und Berenet«, räumte er widerwillig ein. »Übernimm das Kommando, Orstand.« Er hatte offenbar nicht mitbekommen, dass sie das bereits getan hatte. »Tallia, komm mit mir.« Er humpelte in die entgegengesetzte Richtung.

»Wenn sie Tunnel gegraben haben«, sagte Tallia, »dann haben ihre Seher unsere vielleicht gefunden.«

»Nicht diesen! Er ist geschützt! Alle Seher in ganz Iagador zusammen könnten ihn nicht aufspüren.«

»Die Zitadelle ist auch geschützt, und doch sind sie hineingelangt.«

Mendark starrte sie an. Schweiß glitzerte auf seiner Stirn. »Ich nehme an, wir sollten das lieber überprüfen.« Er drückte einen Knopf an der Wand neben einem Bücherregal. »Halt den gedrückt.«

Tallia legte den Finger darauf. Mendark ging hinter ein anderes Bücherregal. Tallia hörte, wie er mit den Fingernägeln über das Holz kratzte; dann folgte ein Geräusch wie Stahlmurmeln, die übereinanderrollen. Die Wandpaneele bewegten sich auseinander, und dahinter kam eine verschlossene Metalltür zum Vorschein. Mendark öffnete sie und ging in den dunklen Gang dahinter.

»Mach die Tür hinter dir zu. Wir dürfen kein Licht machen.« Er legte das Ohr auf eine identische Metalltür vor sich.

Tallia schloss die Tür. Es wurde vollkommen dunkel. »Ich kann nichts hören«, flüsterte Mendark. »Zieh dein Messer, und halte dich mit der Laterne bereit.«

Das Schloss klickte, und die Tür wurde aufgeschoben. Tallia fühlte, wie Mendark sich bewegte. Seine Hand tastete im Dunkeln, fand ihren Arm und bewegte sich bis zu ihrem Ohr hinauf.

»Vorsichtig«, flüsterte er, und sein Atem kitzelte sie im Ohr. »Vor uns ist eine steile Treppe.« Er schob sich weiter vor, um in die Dunkelheit hinunterzuspähen.

»Es ist sicher«, erklärte er leise. »Ich kann nichts *fühlen.* Gehen wir wieder zurück.«

Als Tallia sich umwandte, hörte sie ein leises Klappern tief unten, als hätte jemand einen Kiesel losgetreten. Mendark stieß Tallia mit dem Stab an. Sie gingen wieder durch die Türen und verriegelten sie sorgfältig. In der Bibliothek angekommen, fluchte Mendark gotteslästerlich. »Wie hat Yggur den nur finden können?« Er schlug mit der Faust gegen die Wand. »*Wie?*«

Durch Verrat, dachte Tallia. »Können wir es mit ihnen aufnehmen?«

»Yggur kennt mich zu gut. Er wird Hunderte da unten haben. Wir sitzen in der Falle.«

Tallia fühlte, wie Panik in ihr hochkochte. »Habt Ihr keinen anderen Weg hinaus?«

»Nicht von hier aus. Der andere Weg liegt genau auf der anderen Seite der Zitadelle, oben an der Osttreppe. Ich habe keine Ahnung, wie wir jetzt noch dorthin gelangen sollen.«

Yggur hatte gerade Maigraith' Hand ergriffen, als ein hartnäckiges Klopfen an der Tür ertönte. »Tut mir leid«, sagte er verärgert. »Der Krieg ist an einem kritischen Punkt angelangt.«

»Kann Mendark ihn noch gewinnen?«

Yggurs Lächeln war beinahe ein verächtliches Grinsen. »Gewinnen! Er hat sich mit nur noch ein paar hundert Soldaten in der Zitadelle verkrochen. Sobald wir Nachricht von meinen Mineuren erhalten, gehen wir rein.«

Yggur öffnete die Tür. Ein ganzer Schwarm von Boten wartete davor. Yggur hörte sie sich der Reihe nach an und bellte Befehle. Maigraith saß schweigend da, beobachtete ihn, hörte zu und erinnerte sich an sein militärisches Können.

Die Nachricht kam kurz vor Mitternacht. »Alles ist bereit«, verkündete der Bote.

Yggur lächelte und entblößte seine gefletschten Zähne. »Komm, Maigraith. Ich möchte, dass du dir das anschaust.«

»Wo gehen wir hin?«

»Meinen Feind holen.«

Maigraith stand hinter der Frontlinie und wartete mit Yggur auf den letzten Angriff gegen die Mauer. Sie war ganz schwach vor Hunger; in den letzten Tagen hatte sie nur eine Hand voll alter Rüben gegessen. Das Kettenhemd, das man ihr gegeben hatte, war schier unglaublich schwer. Sie wollte einfach nur ins Bett. Wenn sie wieder aufwachte, würde sie noch genug Gelegenheit haben, über ihr fortgesetztes Versagen nachzudenken.

Faelamor hatte von ihr verlangt, den Spiegel zu stehlen; doch ihr hatte es an Mut gemangelt, das alleine zu tun, und so hatte sie Karan gezwungen, sie zu begleiten, um ihre Talente als Empfindsame zu nutzen. Das war Maigraith' erster Fehler gewesen. Hätte sie ihre Aufgabe ordentlich erfüllt, hätte Faelamor den Spiegel schon seit Monaten gehabt, und zu all den anderen Katastrophen wäre es gar nicht erst gekommen. Aber Maigraith hatte in den Spiegel geblickt und war von ihm verzaubert worden, als wäre er das Tor zu einem vollkommen neuen Leben für sie. So hatte Yggur sie dann auch gefangen.

Vor ihnen ertönte Lärm. Der Angriff begann. »Oh, wie ich auf diesen Tag gewartet habe!«, sagte Yggur und knirschte mit den Zähnen.

Kurz darauf eilte ein großer, dunkelhaariger Mann herbei. Er war schlank und hatte große Füße und Hände; sein Kinnbart war zu Zöpfen geflochten.

»Ich bin Zareth, Herr!«, sagte er forsch und salutierte mit vier Fingern.

Yggur hob eine Augenbraue.

»Wir sind bereit. Die Zitadellenmauer ist an drei Stellen durchbrochen.«

»Und alle möglichen Fluchtwege werden überwacht?«

»Jene, die wir haben identifizieren können«, antwortete Zareth. »Jeder wird von jeweils zwei Illusionisten beobachtet, und die Seher spüren die geheimen Fluchtwege aus. Wo auch immer er hingeht, wir werden ihn finden.«

»Das will ich doch hoffen«, erwiderte Yggur grimmig.

Maigraith wusste, warum Yggur und Mendark miteinander verfeindet waren. Yggur hatte ihr die Geschichte in Fiz Gorgo erzählt. Yggur gab Mendark die Schuld für sein Versagen bei den Geächteten Experimenten vor langer Zeit, dem Plan des Rates, Rulke den Charon gefangen zu setzen. Obwohl die Experimente in einem katastrophalen Misserfolg geendet hatten, war Rulke schlussendlich in ein eigens für ihn geschaffenes Gefängnis geworfen worden, das Nachtland, einen Ort, losgelöst von der Realität dieser Welt. Doch zuvor war Yggur von Rulke besessen gewesen. Der Charon hatte Yggurs Geist kontrolliert und ihn verkrüppelt und wahnsinnig zurückgelassen. Selbst jetzt noch, Jahrhunderte nachdem Yggur sich erholt hatte, litt er noch immer unter der Erinnerung an Rulke; sie war wie der Stich eines gewaltigen Skorpions für ihn.

»Los!«, befahl Yggur. Die Soldaten stürmten vor. »Diesen Ort sollte man Rattenstadt nennen«, murmelte er zu Maigraith, die laufen musste, um mit seinen langen Schritten mitzuhalten. »Es gibt Tausende von Löchern und Höhlen unter der Altstadt. Ich habe in den letzten Tagen mehr Zeit damit verbracht, sie alle zu finden, als Krieg zu führen. Und noch immer entkommen mir meine Feinde. Aber nicht der hier!«

Sie liefen durchs Haupttor der Zitadelle und über einen Hof, auf dem es von Yggurs Soldaten nur so wimmelte.

»Wo ist er, Zareth?«, fragte Yggur den Offizier, der neben ihm lief.

»In der Südwestecke, hoch oben«, antwortete Zareth, »jedenfalls soweit unsere Seher das sagen können. Es ist keine ... Es ist keine exakte Kunst.«

»Das weiß ich!«, schnappte Yggur. Er blieb mitten im Hof stehen, um sich mit seinen Offizieren zu besprechen.

Ein Bote kam aus der Tür der Zitadelle gerannt, dieselbe junge Frau, die auch an dem Straßenposten gewesen war, als Maigraith sich ergeben hatte. Sie trug eine dunkle Kapuze und ein gelbbraunes Gewand, und ihr schmales Gesicht machte einen verkniffenen, unterernährten Eindruck.

»Was gibt es, Dolodha?«, rief Yggur. »Ist Mendark gefangen genommen worden?«

Dolodha kam rutschend zum Stehen; fast wäre sie über ihr langes Gewand gestolpert. Sie verneigte sich vor Yggur und rückte von der Whelm zu seiner Rechten ab, einer knochigen Frau mit Namen Vartila. Sie war ebenfalls in Fiz Gorgo gewesen. Maigraith hatte Angst vor ihr.

»Wir sind in sein Arbeitszimmer eingebrochen, aber er war verschwunden. Allerdings ist er noch nicht lange fort.«

Vartila stieß ein drohendes Knurren aus. Dolodha glitt zur Seite und aus dem Weg.

»Ich glaube nicht, dass er schon entkommen ist«, sagte Yggur. »Lauf, Dolodha. Lauf zu jedem Truppführer, und erstatte mir dann wieder Bericht.«

Dolodha wirkte nervös, aber sie rannte wieder hinein. Kurz darauf folgten ihr Yggur und Maigraith. Weitere Boten erstatteten Bericht, während sie durch den Hauptgang der Zitadelle gingen. Sie kamen an zwei Whelm vorbei, die mit ihren knotigen Stäben auf Gefangene eindroschen.

»Genug!«, brüllte Yggur. Sie stürmten breite Stufen hinauf. Maigraith hatte bereits Seitenstiche. »Ich kann nicht mehr«, keuchte sie, doch Yggur hörte sie nicht.

»Die Bibliothek«, sagte der nächste Bote. »Hier entlang!«

Oben an der Treppe wandten sie sich nach rechts, liefen einen weiteren Gang hinunter und kamen schließlich in einen großen, mit seltenen Hölzern getäfelten Raum voller großer Bücherregale. Es war ein wunderschöner Raum, gebaut in Kreuzform. In der Mitte stand ein langer Tisch. Die Decke bildete ein zwölfseitiges Spitzdach, das mit hellem Holz verkleidet war. Der ganze Raum roch nach Büchern und Holz.

Überall wimmelte es nur so von Soldaten, die Schlamm und Blut auf dem teuren Seidenteppich hinterließen. In einer Ecke kauerten drei in Schwarz oder Weiß gekleidete Illusionisten; die Anstrengung hatte sie zusammenbrechen lassen. Eine Empfindsame – ein hübsches Mädchen von vielleicht fünfzehn Jahren mit violetten Augen – weinte neben ihnen. »Ich will nach Hause«, jammerte sie. Sie war erst vor ein paar Tagen aus den Armen ihrer Familie gerissen worden und recht verwirrt. »Bitte, lasst mich gehen.«

»*Wo ist er?*«, schrie Yggur wütend.

Niemand sagte ein Wort. Niemand wusste es. Maigraith empfand Mitleid für das Mädchen. In Yggurs Reich war also doch nicht alles perfekt. Monatelang hatte sein Plan wie ein Uhrwerk funktioniert, doch nun war etwas schiefgelaufen, und er vermochte nicht zu sagen, was.

Schließlich kam Zareth wieder zurückgerannt. Seine Bartzöpfe schlugen hin und her. »Er war hier, in diesem Raum«, sagte er. »Er kann noch nicht weit gekommen sein.«

»Schafft meinen Obersten Seher hier rauf!«, befahl Yggur.

Zareth steckte den Kopf aus der Tür und bellte. Ein kleiner, runder Ball von einem Mann rollte keuchend herein. Er hielt eine grüne Ledertasche in der Hand.

»Verdammt sollst du sein!«, donnerte Yggur. »Finde ihn, oder das ist dein Ende!« Einer der Whelm zog eine krumme Klinge. Das Geräusch jagte Maigraith einen Schauder über den Rücken.

Der Seher kramte ein rundes Glas aus seiner Tasche und hätte es vor lauter Aufregung fast fallen lassen. Es war konkav wie ein Teleskopspiegel. Der Mann stellte es auf einem Messingständer auf den Tisch, erhitzte ein kleines Fläschchen an einer Kerze, öffnete es und goss dann ein paar Tropfen Quecksilber in die Wölbung. Aus einem anderen Fläschchen goss er dann Alkohol zu dem Quecksilber, und schließlich hielt er die Kerze daran. Eine blassblaue Flamme zuckte über die Oberfläche, brannte für eine Minute und verlosch dann wieder. Der Seher warf sich ein Tuch über den Kopf und begann, hin und her zu wanken und vor sich hin zu murmeln.

Nach kurzer Zeit schaute er verwirrt zu Yggur. »Das ist seltsam«, sagte er. »Es ist, als wäre er hier und doch nicht hier. Seine Aura ist sehr schwach.«

»Natürlich ist sie schwach«, schnappte Yggur. »Er benutzt einen Tarnzauber, doch der ist nicht stark genug, ihn vor mir zu verbergen. Rasch, Mann, oder du wirst *ihr* Schicksal teilen!«

Der Seher warf einen Blick in die Ecke, wo die Illusionisten und die Empfindsame kauerten; dann beugte er sich wieder über das Glas. Nach langem Schweigen sagte er: »Er ist ganz in der Nähe ... kein Dutzend Schritt von uns entfernt! Da entlang!«

»Endlich!«, freute sich Yggur. »Nehmt alles hier auseinander.«

»Führt denn keine Geheimtreppe von hier aus ins Obergeschoss?«, rief Tallia.

»Doch«, antwortete Mendark, »aber wenn wir sie benutzen, werden seine Seher mich finden, und er wird oben auf mich warten.«

»Ich habe eine Idee«, sagte Orstand. »Was, wenn wir ein Simulacrum von dir erschaffen und es hier verstecken? Das würde sie verwirren. Dann wüssten sie nicht mehr, wo sie suchen sollen.«

»Er kann höchstens nur noch einige Minuten entfernt sein. Er würde es zerstören, kaum dass er hier ist.«

»Aber mit etwas Glück haben wir in ein paar Minuten schon den anderen Fluchtweg genommen.«

»Und wie willst du das machen?«

»Mit Hilfe des Prinzips der Gleichheit«, erklärte Orstand. »Was ist eigentlich mit dem Bild von dir passiert, das in der Bibliothek gehangen hat?«

»Das ist in einem Lagerraum neben dem Abort«, knurrte Mendark, »wo ich es mir nicht anschauen muss.«

Tallia rannte los und holte es. Es war eine wenig schmeichelhafte Miniatur in nüchternen Brauntönen, die Mendark mit einem schmierigen, rattenhaften Gesicht zeigte. Je nach Lichteinfall sah es so aus, als würde er in die eine oder die andere Richtung blicken.

»Ich verstehe, was Ihr meint«, bemerkte Tallia und lächelte. »Der doppelgesichtige Magister.«

»Aber für meinen Zweck ist es ideal«, sagte Orstand.

Gemeinsam wirkten sie einen Zauber auf das Bild, um ihm die schwache Aura eines lebenden Mendark zu verleihen; dann legten sie es zwischen zwei verschlossene Türen. Anschließend eilten sie sofort zu dem zweiten Geheimgang. Zuerst ging es eine Stahlleiter bis ins Obergeschoss hinauf, für viele ein furchtbarer Aufstieg.

Tallia war auf grimmige Art amüsiert, als sie sah, wie unterschiedlich die Leute den Aufstieg angingen. Die Flüchtlinge kamen ganz und gar nicht damit zurecht, waren sie doch eher ihre Amtsstühle und Salonsofas gewöhnt. So musste der schlaffe Malkin, der nach der Flucht der Statthalterin zum Oberhaupt der Versammlung gewählt worden war, für jede einzelne Sprosse neu überredet werden. Hennia wiederum wirkte eher wütend denn verängstigt. Ihr folgte der noch immer zornige Thyllan, und tatsächlich kletterte er trotz der ihn behindernden Ketten schneller als die meisten anderen. Oben angelangt, rief er den anderen unten zu, sie sollten sich beeilen, als hätte noch immer er das Kommando ... oder als würde er es bald wieder haben.

Berenet kam als Nächster. Sein Selbstvertrauen war fast schon übertrieben, aber schließlich wollte er damit auch beeindrucken. Mendark beobachtete ihn mit zusammengekniffenen Augen und wandte ihm nicht den Rücken zu. Dann folgten die Zitadellenwachen, einige selbstsicher, andere nervös; aber sie waren hervorragend ausgebildet, und was auch immer sie fühlten, es zeigte sich nicht auf ihrem Gesicht. Ihnen wiederum folgte Osseion, ein hervorragender Kletterer; dann kam Lilis, die durch ihre Armschlinge behindert war. Zu guter Letzt machte sich dann Tallia auf den Weg hinauf. Dank des schweren Rucksacks auf ihrem Rücken und der Laterne in ihrer Hand kam sie nur langsam voran, und das lange schwarze Haar verbarg ihr Gesicht.

Schließlich erreichte sie die letzte Sprosse und hob den Kopf. Mendarks Blick ruhte auf ihrem im goldenen Lampenlicht roten Gesicht.

Als alle da waren, zog er an einem Hebel, und knarrend setzte sich ein Gegengewicht in Bewegung, um den Leiterschacht zu verschließen.

Sie kamen an einer Treppe heraus. Nun mussten sie sich nach rechts wenden und weiter ins Obergeschoss hinaufsteigen, das sich auf eine beachtliche Länge erstreckte.

»Rasch, Tallia, such uns den besten Weg.«

Tallia lief los und war eine Minute später wieder zurück. »Der Gang an der Südseite.«

Ein Krachen hallte die Treppe herauf; offenbar wurden Hämmer gegen die Geheimtür unten zum Einsatz gebracht. Die Flüchtlinge machten sich wieder auf den Weg, wohl wissend, dass eine Minute den Unterschied zwischen Flucht und Gefangennahme bedeuten konnte. An der ersten Kreuzung liefen sie in zwei von Yggurs Soldaten. Es kam zu einem kurzen, erbitterten Nahkampf, doch Berenet führte gekonnt sein Schwert und erledigte alle beide. So brachen sie durch und rutschten über das vergossene Blut, als sie weitereilten.

Auf halbem Weg den langen Gang hinunter begann Hennia

plötzlich, auf ihren winzigen Füßen zu wanken. »Mir reicht's!«, keuchte sie und setzte sich einfach hin.

»Du musst weiter!«, schrie Mendark und packte sie am Arm. »Der Rat …«

Sie riss sich von ihm los. »Der Rat ist am Ende«, erwiderte Hennia schlaff, »und das ist alles deine Schuld, Mendark.« Sie stand auf und humpelte wieder zurück.

»Nutzlose Zain!«, verfluchte Mendark sie und ging dann weiter. Kurz darauf schloss er zu Orstand auf, die kaum noch die Füße vom Boden heben konnte. Jeder Teil ihres gewaltigen Leibes war in Bewegung. Ihr Gesicht war scharlachrot, und obwohl sie sich größte Mühe gab, wurde sie mit jedem Schritt langsamer.

»Komm, alte Freundin«, sagte Mendark und nahm sanft ihren Arm. »Hennia hat uns im Stich gelassen. Wir brauchen dich.«

»Ich werde dich nicht im Stich lassen«, erwiderte Orstand und versuchte sich an einem Lächeln, »aber dieser misshandelte, alte Leib vielleicht. Meine Brust brennt, und ich bekomme kaum noch Luft.«

Osseion lief wieder zurück und bot Orstand seine Schulter an, damit sie sich darauf stützen konnte. Mit Mendark als Stütze auf der anderen Seite wankten sie dann zum Ende des Gangs. Irgendjemand brüllte hinter ihnen. Ein Feuerball raste über ihre Köpfe hinweg und zerbarst in bunte Funken, die an der Wand herunterfielen. »Das ist Yggur!«, stöhnte Mendark.

Sie stürmten durch eine Schwingtür und erschlugen eine Wache auf der anderen Seite. Schließlich kam die Treppe in Sicht. Dort sammelten sie sich, während Mendark nach den verborgenen Knöpfen an einer massiven Steinsäule tastete, die durch ganze neun Stockwerke der Zitadelle reichte. Erneut ertönte das Brüllen hinter ihnen, und weitere Feuerbälle zerstieben an der Wand und setzten die unbezahlbaren Wandteppiche in Brand. Flammen troffen vom Stoff herab. Nun konnten sie auch schnelle Schritte hinter ihnen hören, und weitere kamen die Treppe herauf. Lilis schrie auf.

Tallia schaute sich panisch um. Die Soldaten nahmen Verteidigungshaltung ein, obwohl sie keine Hoffnung hatten, gegen so viele standzuhalten. »Wo ist Hennia?«, rief Tallia.

»Die hat aufgegeben!«, spie Berenet.

»Ich hab's!«, rief Mendark. Er riss eine Tür auf, wo vorher nur massiver Stein gewesen zu sein schien. Dahinter erwartete sie ein schweres Gittertor. Mendark stieß auch das auf, sodass sie einen dunklen Metallkäfig mit einem Laufrad dahinter sehen konnten. »Rein da!«, kreischte er. Und als die anderen zögerten: »Oder bleibt zurück!«

Sie quetschten sich in den Käfig. Das Ding schaukelte gefährlich. »Kommt schon!«, rief Mendark den Soldaten zu. Sie kämpften sich hinein. Der riesige Osseion kam als Letzter. Sein Gewicht ließ den Käfig noch heftiger schaukeln denn zuvor, und er bahnte sich einen Weg durch die anderen hindurch zum Rad.

Just in diesem Augenblick stürzte ein Dutzend Soldaten die Treppe herauf, und doppelt so viele bogen um die Ecke des Gangs, durch den die Flüchtlinge gerade erst gekommen waren, Yggur vorneweg. Mendark warf das Gittertor zu. »Dreh das Rad, Osseion!«, befahl er. Fast hätte ihm die Stimme vor Angst versagt.

Das Rad setzte sich knarrend in Bewegung. Der Käfig rührte sich nicht. Mendark und Yggur schauten einander an; dann lächelte Yggur und hob langsam die Hand. »Kommt da raus«, sagte er, »oder ich werde euch bei lebendigem Leib verbrennen.«

Mendark hielt seinem Blick stand. »Andersherum, Osseion, du verdammter Idiot«, flüsterte er aus dem Mundwinkel heraus. »Mach einfach die Bremse los.«

Das Rad klackte, aber sie bewegten sich noch immer nicht. Yggurs Gesicht verhärtete sich. »Gibt es denn dort niemanden, der dir etwas wert ist, Mendark? Das Kind vielleicht oder die treue Tallia? Ich werde ein Exempel an ihnen statuieren, das du niemals vergessen wirst.«

Tallia schob Lilis hinter sich, und Orstand nahm das Kind in die Arme. »Das wird dir auch nichts nützen, Tallia«, sagte Yggur. »Ich kann euch alle von hier aus verbrennen. Kommt raus!«

Noch immer passierte nichts. Langsam hob Yggur die Hand. Mendark seufzte. »Also gut«, sagte er und griff nach dem Tor. Just in diesem Augenblick brach irgendetwas hinter Tallia, und der Käfig raste so plötzlich nach unten, dass ihr das Abendessen wieder hochkam. Blindlings stürzten sie einen schwarzen Schacht hinunter.

»Nicht so schnell!«, brüllte Mendark.

»Die Bremse ist gebrochen!«, schrie Osseion zurück und drückte den Stiefel auf das sich rasend schnell drehende Rad.

Seine Sohle begann zu qualmen, und sie wurden ein wenig langsamer. Die Laufseile quietschten, und der Käfig schwang in dem Schacht von einer Seite zur anderen. Durch das Gitterdach sahen sie einen Feuerball hoch über sich, und Funken regneten auf sie herab. »Wenn er das Seil durchbrennt, sind wir erledigt«, murmelte Mendark.

»Wie weit noch?«, rief Osseion.

»Ein paar Stockwerke«, antwortete Mendark. »Nur langsamer, bitte.«

Feuer leckte an Osseions Stiefelsohle, und sie wurden auch tatsächlich langsamer. Dann regneten Feuerbälle überall um sie herum herab, und der Käfig riss sich los und beschleunigte wieder. In einem Funkenregen schabte er an der Schachtwand entlang, prallte ab und schlug gegen die andere Seite. Lilis, die erst einen Augenblick zuvor die Finger vom Gitter genommen hatte, stieß einen entsetzten Schrei aus. Tallia drückte sie an sich.

»Brems ab!«, brüllte Mendark.

»Ich kann nicht! Das Seil ist gerissen!«

Über ihnen ertönte ein Knall, gefolgt von einem Schauer glühender Metallfunken. Irgendetwas schlug auf das Dach des

Käfigs. In dem merkwürdigen Licht von Osseions Stiefel sah Tallia Mendarks Gesicht. Es war vollkommen erstarrt. »Wir werden auf dem Boden ...«

Sie schlugen hart auf, umd alle wurden von den Beinen gerissen. Eine donnernde Korona aus Wasser schoss die Wände hinauf und ergoss sich durch die Seiten in den Käfig hinein. Das Feuer an Osseions Stiefel wurde gelöscht, und sofort wurden die Flüchtlinge von Dunkelheit umschlungen. Dann stieg ihnen das Wasser bis über den Kopf.

»Licht!«, schrie Tallia, nachdem sie sich wieder aufgerappelt hatte. Tatsächlich war das Wasser nur brusttief. Sie tastete in dem Gedränge nach Lilis herum. »Lilis, wo bist du? Licht, verdammt noch mal!«

Ein schwaches Licht erschien an der Spitze von Mendarks Stab. Es reichte kaum, um etwas erkennen zu können. Tallia griff nach unten und zog hoch, was sie zu packen bekam: Haare, Hemden und in einem Fall sogar eine Nase. »Lilis!«

Ihre tastenden Finger fanden ein winziges Handgelenk. Tallia zog Lilis unter jemandem hervor und drückte sie an sich, als wäre sie ihre Tochter. »Mendark!«, sagte Tallia drängend. Er hing an dem Gittertor und wirkte benommen. »Mendark, ich weiß nicht, wo wir von hier aus hinmüssen.« Sie schlug ihm ins Gesicht. Mit dem formellen Respekt vor dem Magister war es nun ein für alle Mal zu Ende. »Rasch! Wie kommen wir hier raus?«

Mendark wankte kurz und straffte dann die Schultern. »Da ist eine Tür, die aus dem Schacht hinausführt«, sagte er und riss das Gitter auf. »Hier irgendwo ... Orstand, wo bist du?«

Tallia tastete wieder herum. Die fette, alte Orstand trieb mit dem Gesicht nach unten. Sie war tot. Ihr Herz hatte aufgegeben. »Mendark ...«, begann Tallia; dann fielen wieder Feuerbälle um sie herum herab und verloschen zischend im Wasser. Irgendjemand schrie. Die Flüchtlinge drängten in Panik durch das offene Tor, und Tallia konnte Mendark nicht mehr finden.

Inmitten des Chaos dauerte es eine Ewigkeit, bis sie die Türe fanden, und noch länger, sie gegen das Wasser aufzustemmen. Tallia sah die Schatten von Soldaten, die sich an Seilen den Schacht hinunterließen. Sie und Osseion zogen die letzten durchnässten, zerschundenen und benommenen Menschen aus dem Käfig, der sich nun fast vollkommen unter Wasser befand, und kaum waren sie durch die Tür, da landete der erste Soldat auf dem Dach des Aufzugs. Orstands Leiche ließen sie zurück, zusammen mit der eines Advokaten, dessen Namen Tallia vergessen hatte. Osseion warf die Tür hinter ihnen wieder zu; dann zog Mendark an einem Hebel, woraufhin ein Stein aus der Decke glitt und den Tunnel versiegelte.

Mendark ließ seinen Blick über die Flüchtlinge schweifen und zählte leise vor sich hin. Schließlich runzelte er die Stirn. »Wo ist Orstand?«

»Sie ist tot«, antwortete Tallia leise. »Ihr Herz hat nicht mehr mitgemacht. Es tut mir leid.«

Mendark legte den Kopf in die Hände und weinte. Verlegen schauten sie ihm zu.

»Wir müssen gehen«, sagte Tallia nach einer Weile.

»Ich weiß, ich weiß. Aber warum mussten wir ausgerechnet sie verlieren? Wie sollen wir ohne sie zurechtkommen? Sie war der klügste Kopf im Rat ... und meine älteste Freundin.«

Niemand erwiderte etwas darauf. Sie gingen zu einem weiteren offenen Schacht. Messingstufen führten nach unten, fünf auf eine Spanne. Das Licht reichte nicht bis zum Fuß der Leiter. Mendark entzündete eine Laterne, die in seinem Rucksack weitgehend trocken geblieben war, und ging als Erster. Vorsichtig arbeitete er sich nach unten vor, denn er hatte schweres Gepäck dabei und litt noch immer unter seinen Verletzungen. Als er gut zwanzig Spannen tiefer den Boden erreichte, stellte er die Laterne beiseite und trat rasch von der Leiter weg, als hätte er Angst, dass jemand auf ihn fallen könnte.

»Was ist mit dem Gold?«, fragte Tallia.

»Es ist weiter unten versteckt. Ich hatte so ein Gefühl, dass wir überstürzt würden aufbrechen müssen. Von hier aus ist es allerdings ein gutes Stück bis dorthin.«

Sie gingen durch ein wahres Labyrinth von Tunneln, und ständig hatten sie Angst, in Yggurs Männer zu rennen. Doch das taten sie nicht, und schließlich fanden sie das Gold dort, wo Mendark es versteckt hatte. Die Soldaten nahmen die Truhen zwischen sich. Mit steinernem Gesicht ging Mendark durch den Tunnel voran.

»Dieser Tunnel endet in den Abwasserkanälen, glaube ich, obwohl er während meiner Amtszeit nie benutzt worden ist«, sagte er über die Schulter hinweg. »Was die Gezeiten betrifft, so bin ich nicht sicher. Sollten wir Flut haben, werden wir warten müssen. Lasst uns hoffen, dass Yggur eine Weile braucht, um durchzubrechen und uns zu folgen.«

»Die Flut geht gerade zurück«, sagte Tallia. »Wir werden schon lange weg sein, bevor er hier ist.«

Mehr als eine Stunde lang gingen sie in gleichmäßigem Tempo weiter. Schließlich platschte Mendark in tiefes, faulig stinkendes Wasser.

»Wir müssen in der Nähe des Alten Ufers sein«, sagte er und ging um das Wasser herum. Kurz darauf erreichten sie den Ausgang: eine dicke, runde Eisentür mit einer Doppelreihe von Bolzen, die in der Mitte jedoch verrostet waren. Sie zogen an der Tür, aber die Scharniere wollten nicht nachgeben. Osseion schlug die Mitte mit einem Hammer heraus, und sie kletterten hindurch.

Draußen fanden sie sich in einem riesigen Tunnel wieder, einem der Hauptabwasserkanäle von Thurkad. Wasser floss schnell durch ihn hindurch; die Gezeiten hatten ihren niedrigsten Stand erreicht. Vorsichtig gingen sie am Rand des Kanals weiter. Dann rutschte Malkin auf den schlüpfrigen Steinen aus und stürzte ins Wasser. Und er wäre sicherlich in der ekelhaften Strömung ertrunken, hätte Thyllan, der ein Stück weiter vorausging, ihn nicht an der Tunika gepackt, als er vorbeitrieb, und herausgezogen.

Malkin bot in dem gelben Licht und dem Dunst, der vom Meer hereinwehte, einen ziemlich jämmerlichen Anblick. Sein edles Amtsgewand hing schlaff und verdreckt an ihm herunter; der einst weiße Pelz an seinem Kragen war strähnig und tropfte, und Blut lief ihm aus der Nase und übers Gesicht. Der Mann brach in Tränen aus; von seiner Würde war nichts mehr übrig geblieben.

Thyllan starrte ihn einen Augenblick lang schweigend an; dann wandte er sich ab und ging weiter vorsichtig am Kanal entlang. Für einige sah es sicher so aus, als hätte er gerade das Kommando ihrer kleinen Gruppe übernommen.

Sie setzten ihren Weg ohne weitere Zwischenfälle fort, bis sie schließlich eine Stelle erreichten, wo Eisensprossen zu einem runden Ausgang an der Tunneldecke führten. Jenseits dieses Einstiegspunkts führte der Tunnel steil nach unten und war vollständig überflutet. Ein Soldat stieg nach oben, zog an dem gut geschmierten Hebel, und der Deckel ging auf.

»Nur noch ein paar Minuten!«, sagte Mendark. »Oh, Orstand, wenn du doch nur hier wärst.«

Tallia empfand eine geradezu überwältigende Erleichterung. Die letzten fünf Tage hatte sie in ständiger Angst vor Gefangennahme und Folter verbracht. Und sie durfte Lilis nicht vergessen. Da sie selbst ein Einzelkind war, vermochte Tallia ihre Gefühle für das Straßenkind kaum zu beschreiben. Sie liebte Lilis mehr, als sie je jemanden geliebt hatte, und sie wusste, was für ein gefährliches Gefühl das war. Wenn sie jedoch aus Thurkad herauskommen konnten, hatten sie eine Chance.

Sie kamen auf einer steinernen Landungsbrücke in einer winzigen Bucht zwischen zwei Teilen der riesigen Kaistadt heraus, deren Gebäude sich hier mehr als drei Stockwerke hoch erhoben. Sie standen auf Plattformen aus geteertem Holz, die auf vollkommen mit Muscheln verkrusteten Pfeilern ruhten.

Niemand konnte in Thurkad ein Boot entladen, ohne die Erlaubnis der Kaistadt zu haben – das war ein Recht, über das das Hafenvolk, die Hlune, eifersüchtig wachte.

Die Landungsbrücke war leer.

»Wo ist das Boot?«, rief Mendark verzweifelt.

Hinter ihnen bellte Thyllan vor Lachen.

Kapitel sieben

Die Torheit der Herrschenden

»*Karaaan!*«, heulte Llian und schaute zurück, während Tensor ihn zur Tür zerrte. Karan war nur ein trauriges, kleines Bündel auf dem Boden zwischen den Wachen. Blut hatte sich auf den Fliesen neben ihr gesammelt.

»Ich werde nicht gehen«, murmelte Llian. »*Ich werde nicht gehen!*«, kreischte er Tensor ins Gesicht, aber er hätte genauso gut einen Felsen anbrüllen können. Die Hand, die seine hielt, war wie Stein, und Tensors Gesicht war so dunkel und hart wie Obsidian.

Llian sackte in sich zusammen, und als Tensor an seinem Arm riss, flog er wie eine Sprungfeder in die Höhe und stieß dabei dem Aachim so hart unters Kinn, dass dessen Zähne aufeinanderschlugen. Als Tensor rückwärts taumelte, rannte Llian los. Er sprang über Leiber und Bänke und fiel neben Karan auf die Knie. Er ergriff ihre Hand. Sie war eiskalt, doch unter den Augenlidern zuckten ihre Augen hin und her. Sie lebte! Llian nahm sie in die Arme und küsste ihre Augen so sanft wie ein Schmetterling eine Blume.

Tensor zog Llian am Kragen hoch und schüttelte ihn. Die Machtentfaltung hatte auch den Aachim furchtbar mitgenommen. Sein Leib wurde immer wieder von Zittern heimgesucht, das er nicht zu kontrollieren vermochte, während Blut ihm aus dem Mund und in den schwarzen Bart troff. Dann schloss sich seine granitene Faust wieder um Llians Handgelenk, und Tensors Blick bohrte sich durch Llians Augen in dessen Schädel und zermalmte alles darin zu Brei.

Die Türen der Großen Halle flogen mit einem Knall ins Schloss. Tensor schaute sich auf der Straße um, doch sie war leer. Wieder einmal stand Llian unter seinem Joch, denn gegen die Macht des Aachim vermochte er sich nicht zu widersetzen. Sie gingen die Stufen in die Dunkelheit und den Regen hinunter, und die wenigen Menschen, die ihnen begegneten, eilten mit gesenkten Köpfen an ihnen vorbei. Sie waren viel zu sehr mit ihren eigenen Sorgen beschäftigt, als dass sie auch nur einen Blick an Llian und Tensor verschwendet hätten. So liefen sie in aller Eile durch die Straßen von Thurkad, ohne auch nur einmal angerufen zu werden, denn Tod und Verderben standen Tensor ins Gesicht geschrieben.

Es war eine hässliche Nacht, eine der schlimmsten, und es war das erste Mal, dass Llian sich mit den Schrecken des Krieges konfrontiert sah. Das erschütterte die romantische Sicht zutiefst, die ihm die Historien vermittelt hatten.

Nur ein paar Häuserblocks von der Großen Halle entfernt war in den Straßen gekämpft worden, und die Toten begrüßten sie allüberall. Unmittelbar vor Llian schleppte sich stöhnend ein großer, junger Mann durch die Gosse. Irgendetwas schleifte hinter ihm her und blieb immer wieder an den Pflastersteinen hängen. Es war sein Bein, vollständig abgetrennt, nur noch gehalten vom Stoff der Hose. Sein Blut strömte in den ohnehin schon vom Regen überfluteten Rinnstein.

»Helft mir«, rief der Mann mitleiderregend, als sie an ihm vorüberkamen. Sein einst gutaussehendes Gesicht war eine Maske des Schmerzes.

Llian blieb stehen. Er wusste zwar nicht, was er tun sollte, aber er konnte an einer solchen Tragödie auch nicht einfach so vorbeigehen.

Tensor blieb hingegen ungerührt. »In fünf Minuten wird er ohnehin tot sein, Chronist«, erklärte er grob. »Und wir auch, wenn Yggur uns in die Finger bekommt.«

Noch während er sprach, fiel der junge Mann mit dem Gesicht

voran in die Gosse, und der Blutstrom aus seinem Stumpf verebbte zu einem Rinnsal. Tensor riss an Llians Arm und trieb ihn zur Eile an, doch nach nur acht, zehn Schritten fiel der große Aachim unvermittelt auf die Knie und schrie: »Shazmak! Shazmak!«

Llian stand neben ihm, die Hand noch immer in Tensors eisernem Griff gefangen. Das ruhmreiche, wunderschöne Shazmak lag in Trümmern, die Bewohner abgeschlachtet. Tränen rannen Tensor über die Wangen. Was für eine Verschwendung! »Karan! Karan!«, schrie er.

Dann gewann Tensor die Fassung zurück und eilte weiter. »Vergiss sie, Chronist! Sie kann das nicht überleben.«

Kurz darauf kamen sie an Reihenhäusern vorbei, die allesamt in Flammen standen, und zu Llians Entsetzen sprang jemand aus einem der oberen Fenster. Schreiend zog der Springende ein Feuerband hinter sich her wie die Hochzeitsschleppe einer Prinzessin und schlug in einem gut gepflegten Rosenbeet auf. Der Schrei verhallte; die Flammen züngelten weiter. Llian schaute nach oben und sah weitere schemenhafte Gestalten vor dem gelben Licht der Flammen hinter den Fenstern; dann zerrte Tensor ihn weiter. Selbst als Llian die Augen schloss, konnte er noch immer die brennenden Büsche sehen.

»Wir werden verfolgt«, bemerkte Tensor einige Zeit später. Llian war das gleichgültig; er war wie betäubt. Tensor riss ihn um eine Ecke herum und drückte sich mit ihm gegen die Wand. Ein Straßenkind ging vorbei, schaute sich um und starrte dann die Gasse hinauf. Tensor hob die Faust. Llian wurde aus seiner Trägheit gerissen. Die Art, wie das Kind sich bewegte, hatte etwas Vertrautes an sich.

Das Kind blieb stehen und ging dann vorsichtig auf die Gasse zu. Llian spürte den Druck in seinem Kopf, als würde Tensor das Kind kraft seines Willens zwingen, zu ihm zu kommen. Der gleiche Drang erfasste auch Llian – noch so ein Aspekt der Macht, die Tensor über ihn besaß. Nun erkannte er das

Kind. Noch ein paar Schritte, und Tensor würde es niederstrecken.

»Lilis!«, schrie Llian. »Lauf! Lauf zurück!«

Er stürzte sich so heftig auf Tensor, dass der Kopf des Aachim mit einem dumpfen Schlag gegen die Wand prallte. Ein Zittern fuhr durch Tensors Leib. Er rutschte an der Wand herunter, und Lilis rannte davon. Auch Llian rannte, doch er war noch keine zehn Schritt weit gekommen, als ihn etwas am Hinterkopf traf und er der Länge nach auf das feuchte Pflaster fiel.

»Wie ehrenhaft«, schnaubte Llian verächtlich und richtete sich wieder auf alle viere auf, »einem Kind an der Straßenecke aufzulauern.« Er spie Tensor auf die Stiefel.

Tensor zerrte ihn mühelos hoch, und Llians Widerstand war erneut gebrochen, die eiserne Kontrolle wiederhergestellt. »Komm«, sagte Tensor und verstärkte seinen Griff.

Im Westteil der Stadt hielten sie bei einer Villa an, die ein Stück von der Straße zurück lag. Sie war von einem Eisenzaun umgeben und einer dichten Dornenhecke voller roter Winterbeeren. Tensor drückte mit der flachen Hand gegen das große Tor; der Riegel klickte zweimal, und das Tor schwang auf. Dann klopfte er einmal kurz an die Tür, die daraufhin von einer rothaarigen Frau geöffnet wurde; sie war ungefähr so groß wie Llian. Hinter ihr standen weitere Aachim. Llian sackte auf der Veranda zusammen. Er war einfach zu benommen, zu entsetzt und zu müde, um noch einen klaren Gedanken fassen zu können. Wann immer er die Augen schloss, sah er jene letzte Szene wieder: Karan, den Mund vor Entsetzen weit aufgerissen und das rote Haar wie ein Heiligenschein um den Kopf, während Tensor seine Magie wirkte und Nelissa an Ort und Stelle erschlug.

»Malien ...«, begann Tensor, und zum ersten Mal war ihm seine Not anzumerken. »Ich hätte nie gedacht, *dich* hier zu sehen.« Er breitete die Arme aus.

»Ich bin nach Westen gekommen, um meinen Sohn zu besuchen«, sagte die Frau und wich von Tensor zurück. »Erst heute habe ich erfahren, dass ich zu spät gekommen bin.«

»Zu spät!«, echote Tensor mit hohler Stimme. »Mein Sohn, mein Sohn! Ah, Malien, seit dem Fall von Tar Gaarn habe ich keine solch schreckliche Kunde mehr ertragen müssen.« Er wankte in der Tür, und das Licht fing sich in den Tränen auf seinen Wimpern.

Malien, eine reife Frau von strenger Schönheit, schaute zu Tensor hinauf. Etwas an ihr erinnerte Llian an Rael, der auf der Flucht von Shazmak in den Fluten ertrunken war. Und sie ähnelte auch Karan. Llian hatte den Namen Malien auch schon einmal gehört – in Shazmak, nahm er an. Ihre Gesichtszüge waren Karans nicht unähnlich: blasse Haut, recht rundes Gesicht, graugrüne Augen; nur war sie älter. Das rief wieder ein Bild von Karan in Llians Gedächtnis zurück, wie sie blass und kalt zwischen den Wachen lag, ihren Möchtegernhenkern. Llian schluckte.

Malien schaute ihn an. Ihr Gesicht war wie erstarrt und vollkommen ausdruckslos. Sie legte eine schmale Hand mit wunderschönen Fingern auf Tensors Arm und zog ihn zu sich heran.

»Komm rein«, sagte sie mit leiser Stimme. »Es gilt, üble Dinge zu berichten.« Sie musterte Llian. »Aber was ist *das*?«

Llian zuckte unwillkürlich zusammen. Dann erinnerte er sich an die Gewohnheit der Aachim, alle anderen Menschenvölker als Dinge zu bezeichnen, zumindest bis irgendeine Art von Beziehung zu dem jeweiligen Individuum hergestellt war.

»Das ist ein verräterischer Zain«, antwortete Tensor. »Ich werde ihn vielleicht noch brauchen können, sollten die Dinge sich auf bestimmte Art entwickeln. Ich glaube nicht, dass es uns jetzt irgendwelchen Ärger bereiten wird.«

Irgendjemand eskortierte Llian in ein kleines Zimmer im hinteren Teil der Villa und schloss die Tür, allerdings höflich. Es gab kein Licht. Llian legte sich in seinen nassen Kleidern auf den Boden. Das erwies sich jedoch als äußerst unangenehm, denn das Haus war kalt. Also stand er wieder auf, probierte die Tür und stellte fest, dass sie unverschlossen war. Leise ging er über den Flur. An dessen Ende, in einem langen, hohen Raum, stand Tensor, Wasser tropfte an ihm herab auf einen Teppich, und er berichtete vom Großen Konklave.

»... Shazmak ist erobert und liegt in Trümmern, hat Faelamor gesagt, und unser ganzes Volk ist tot.«

Die Aachim waren wie Statuen, steif und ausdruckslos, so groß war ihre Trauer. Das gab Llian die Gelegenheit, sie sich einmal genauer anzusehen. Die Aachim, dieses so andere, langlebige menschliche Volk, stammten ursprünglich von der Welt Aachan, waren nach dem Kommen der Düsternis jedoch auf Santhenar gestrandet. Viele von ihnen waren groß und konnten ohne weiteres mit Altmenschen wie Llian verwechselt werden, denn die offensichtlichen Unterschiede wie kleine, runde Ohren, der Knochenkamm auf dem Kopf und die Schwanzreste waren meist von Haaren und Kleidung verborgen. Wenn nötig versteckten sie auch ihre gelben oder grünen Augen mit den ovalen Pupillen hinter Brillengläsern. Ihre ungewöhnlich langen Finger waren jedoch schwieriger zu verbergen.

Llian kannte die meisten der hier Anwesenden von seinem Aufenthalt in Shazmak. Blase war groß mit dunkelgrauem Haar, das ihm in Locken über die Schulter fiel, und hatte eine große Nase wie ein Pflug. Neben ihm standen zwei Frauen: die große Iennis mit kurzgeschorenem Haar und einem Goldring in ihrem kleinen Ohr und Thel, eine kräftig gebaute Ingenieurin. Neben ihr stand ein schlanker, junger Mann von Llians Größe mit struppigem schwarzem Haar. Seine leuchtenden gelben Augen besaßen schmale Pupillen wie Spalten in einer Tür. Llian hatte ihn noch nie gesehen.

Als Nächstes kamen die Zwillinge Xarah und Shalah, zwei recht kleine Frauen, Erstere mit gelbem Haar und blassem, sommersprossigem Gesicht, ihre Schwester eine dunkle Kopie davon. Sie waren die jüngsten aller Aachim. Ein wenig abseits stand ein feinknochiger Mann mit Armen und Beinen so schmal wie die eines Kindes. Er wirkte zerbrechlich, und die Trauer war ihm deutlich anzusehen. Das war Trule. Die Nachricht hatte ihn gebrochen.

Malien brach das Schweigen. »Wie ist das passiert, Tensor? Wie hat Shazmak fallen können?«

»Es waren *Ghâshâd!*«

Selbst Malien stieß einen unwillkürlichen Angstschrei aus, und die anderen Aachim heulten. »Ghâshâd«, wiederholte sie. Sie musste sich setzen. »Wo sind sie nach tausend Jahren hergekommen?«

»Das weiß niemand«, antwortete Tensor. »Ich habe die Neuigkeit erst letzte Nacht erfahren. Yggur hat sie gefunden und zu seinen Dienern gemacht. Man nennt sie die Whelm. Aber jetzt haben sie sich gegen ihn aufgelehnt ... oder sie haben sich wieder in das verwandelt, was sie waren.«

»Wer hat ihnen den Weg hinein gezeigt?« Maliens Stimme war hart wie Metall.

»Das ist eine lange Geschichte, Malien. Karan ist vor zwei Monaten nach Shazmak zurückgekehrt, zusammen mit diesem Chronisten, der uns gerade belauscht.« Er deutete auf Llian. »Dann ist sie mit Raels Hilfe wieder geflohen.«

Bei der Erwähnung von Karans Namen traten Llian die Tränen in die Augen. Er wünschte sich nichts sehnlicher, als zu ihr zurückzulaufen, und er versuchte sogar, zur Tür zu gehen, doch Tensors Kontrolle über ihn war so stark wie eh und je.

»Das habe ich bereits gehört«, sagte Malien. Sie vermochte ihre Wut kaum zu beherrschen. »Und auf der Jagd nach den beiden hast du Faelamor gefangen genommen und nach Shazmak geschickt. Die mächtigste Frau in ganz Santhenar, hinter der alle Faellem stehen! Wie konntest du nur etwas derart Unvernünftiges tun?«

»Wir sind zufällig auf sie gestoßen, als sie Yggurs Whelm dabei beobachtet hat, wie diese unsere Leute getötet haben. Ich war sicher, dass sie mit ihnen im Bunde stand.«

»Eine unwahrscheinlichere Allianz kann man sich kaum vorstellen«, bemerkte Malien mit kalter Wut. »Jetzt verstehe ich ... Faelamor hat Shazmak von innen ausgehöhlt wie eine Termite.«

»Faelamor hat gesagt, Karan hätte uns verraten.«

»Das kann ich nicht glauben«, sagte der junge Mann mit dem struppigen Haar.

»Ich auch nicht, Asper«, erklärte Malien. »Wo ist Karan jetzt, Tensor?«

»Sie ist beim Konklave gefallen«, antwortete Tensor düster.

»Du hast sie einfach liegen lassen!«, schrie Llian. »Sie hat noch gelebt!«

Malien verzog gequält das Gesicht, doch als sie sich wieder Tensor zuwandte, klang ihre Stimme eiskalt. »*Ist das wahr?*«

»Ja«, gestand Tensor, »aber sie hätte niemals überlebt.«

Malien schlug sich mit der Faust auf die Brust, und die Aachim bildeten einen engen Trauerkreis um sie herum, jedoch ohne sich zu berühren, während Tensor mit geballten Fäusten einfach nur dastand. Dann löste sich der Kreis wieder auf.

»Und was hat Karan zu Faelamors Lügen gesagt?«, zischte Malien.

»Sie hat gesagt, dass Faelamor Emmant verführt hätte und dass er den Ghâshâd den Weg nach Shazmak gezeigt habe, nachdem er die Stadt verlassen hatte. Doch dazu hat Faelamor gesagt ...«

»Faelamor hat gesagt, *Faelamor hat gesagt* ...« Malien hob wütend die Stimme. »Du hast *ihrem* Wort mehr geglaubt als Karans? Sag mir, dass das nicht wahr ist.«

»Karan hat den Spiegel vor uns verborgen und sogar die Syndikatoren getäuscht.«

»Bah!«, entgegnete Malien. »Faelamor ist eine notorische Lügnerin. Für die Faellem ist die Lüge die einfachste Illusion von allen.«

Llian war fasziniert von dem, was er hier gerade über die Aachim oder auch Faelamor erfuhr. All das würde er in seiner *Geschichte des Spiegels* verwenden, von der er hoffte, dass sie eines Tages in die Großen Geschichten eingereiht werden würde.

Llian war ein Meisterchronist und auch ein Geschichtenerzähler, seit Jahrhunderten der jüngste, der beide Ehren erlangt hatte. Das war auch ganz gut so, da er bei den meisten anderen Dingen geradezu schrecklich ungeschickt war. Die Historien waren sein Leben, so wie sie lebenswichtig für die gesamte Kultur von Santhenar waren. Jede Familie bewahrte ihre eigenen Aufzeichnungen, und jeder sehnte sich danach, in den Historien der Welt erwähnt zu werden oder sogar – so unmöglich der Traum auch war – in einer der Großen Geschichten. Eine weitere Große Geschichte den zweiundzwanzig bisherigen hinzufügen zu können war ein wunderbarer Traum.

»Da lag Wahrheit in ihren Worten«, rechtfertigte sich Tensor und riss Llian aus seinen romantischen Fantasien, »aber ob *alles* die Wahrheit war, das hätten vielleicht noch nicht einmal die Syndikatoren feststellen können. Nun weiß ich, dass Faelamor mir als Feind überlegen ist.«

Maliens Erwiderung war wie ein Peitschenhieb. »Es war deine Torheit, dass du nicht sehen wolltest, was jeder Aachim weiß. Unsere Torheit war es hingegen, dich machen zu lassen. *Warum* hast du sie dorthin getrieben und all unseren Ratschlägen getrotzt? Du hast unsere Welt zerstört und unser Leben. Du hast uns zu Ausgestoßenen gemacht. Du musst einen neuen Namen annehmen. Von nun an sollst du dich til-Pitlis nennen – niedriger als selbst Pitlis, an den wir uns nur mit Flüchen erinnern.«

Pitlis war einer der größten Anführer der Aachim gewesen, erinnerte sich Llian, und der Architekt, der Tar Gaarn entworfen hatte, ihre größte Stadt. Aber er war so stolz gewesen, dass es schon an Torheit grenzte, und er wollte auf keinen Rat hören. Sein törichtes Bündnis mit Rulke dem Charon führte schließlich zum Fall von Tar Gaarn und dem Sturz der Aachim. Bis heute, tausend Jahre später, hatten sie sich noch nicht davon erholt. Llian kannte die *Geschichte von Tar Gaarn* gut.

»Ich habe schreckliche Angst«, sagte Tensor. »Sieh dir das an!«

Er holte eine schwarze Metallröhre aus der Tasche und zog etwas daraus hervor, das sich von selbst entrollte. Die Aachim drängten heran, um das wertvolle Artefakt zu bestaunen: den Spiegel von Aachan. Sie hatten ihn nicht mehr gesehen, seit Yalkara die Charon ihn ihnen beim Fall von Tar Gaarn gestohlen hatte.

Er bestand aus einem einzelnen Blatt schwarzen Metalls. Auf einer Seite war die Kante leicht gewölbt und bildete so einen Rahmen, in den ein flexibles Material so klar wie Glas eingesetzt war. Dieser Rahmen umschloss ein schimmerndes Metall wie flüssiges Quecksilber, welches das Licht in unzähligen kleinen Wellen spiegelte. Auf dem Rahmen standen feinste Silberbuchstaben – Glyphen, die selbst Llians gelehrtem Auge unvertraut waren. In der oberen rechten Ecke war ein Symbol eingeprägt: drei goldene, zusammengewachsene Blasen umrahmt von einander berührenden Halbmonden in Scharlachrot, alles in einen Kreis eingeschlossen und von feinsten, miteinander verschlungenen Silberfäden durchzogen.

Tensor hielt den Spiegel hoch, sodass sich das Lampenlicht in ihm fing. Irgendjemand schnappte nach Luft – der zerbrechliche Trule, glaubte Llian. Die Aachim starrten den Spiegel an. Die scharlachroten Monde fingen das Licht, und einen Augenblick lang loderten dort Flammen. Die Spiegeloberfläche schimmerte, als würde sie förmlich von Licht platzen. Llian lief ein Schauder über den Rücken.

Tensor fingerte an dem Symbol herum. »Der Spiegel hat sie verwandelt ... Das ist Yalkaras Werk.«

»Mir gefällt das nicht«, flüsterte Asper ehrfürchtig. »Was hat das zu bedeuten?«

»Ich weiß es nicht. Und da ihr ohnehin fragen werdet: Ich habe auch keine Ahnung, was sie damit gemacht haben könnte.«

»In diesem Fall frage ich mich, warum du so viel Zeit darauf verschwendet hast, ihn zu suchen«, bemerkte Malien giftig.

»Ist das das Ende?«, meldete sich ein Mann zu Wort, der in den Schatten stand. Er war glattrasiert, hatte ein faltiges Gesicht und wolliges Haar und war der größte Mensch, den Llian je gesehen hatte, egal ob bei den Aachim oder sonstwo. »Hatte noch nicht einmal das Konklave eine Antwort darauf?«

Es dauerte eine Weile, bis Tensor antwortete: »Er ist entweiht, Hintis. Faelamor hatte auch noch eine weitere böse Überraschung für mich. Sicherlich hat sie das geplant.«

»Ja, sie steckt voller Hinterlist«, bestätigte Hintis und schüttelte den Kopf.

»Ihre rechte Hand, Maigraith, erschien plötzlich auf dem Balkon«, berichtete Tensor. Sein Gesicht erstarrte ob der Erinnerung, und er fletschte die Zähne. »Oh, wie arrogant sie auf mich hinabgestarrt hat. Ich konnte förmlich fühlen, wie sie ob meiner Qual verächtlich schnaubte. Und Maigraith' Augen waren Charonaugen, die wiederzusehen ich nie erwartet hätte. Ich konnte es nicht ertragen. Die ganze Welt war gegen mich.«

»Und da hast du sie niedergestreckt!«, rief Malien. Ihre Augen leuchteten, als sie zu ihm hinaufschaute. »Das war ein kühner Streich!«

»Ach, wenn ich das doch nur getan hätte. Ich war sicher, dass Faelamor und Maigraith sich gegen mich verschworen hatten.«

Niemand sagte ein Wort. Die Augen des gesamten Raums ruhten auf ihm. Llian schlich näher heran. Niemand kümmerte sich um ihn.

»Ich hatte keinen Mut mehr. Ich habe den *hakasha ka-najisska* gegen Nelissa eingesetzt. Sie ist tot, und die gesamte Versammlung lag danieder.« Tensor ließ die mächtigen Schultern hängen. »Es war schrecklich. Ich spüre den Widerhall noch immer in meinem Kopf.«

»*Du hast das Große Konklave entweiht?*«, schrie Malien und zitterte vor Zorn. »Du hast unsere schutzlosen Verbündeten mit einem verbotenen Zauber niedergestreckt, der in seiner Geschichte mehr Aachim vernichtet hat als selbst unsere Feinde? Dieser machtvolle Spruch ist für einen einzigen Zweck erschaffen worden, und er hat versagt.«

Einen Augenblick lang glaubte Llian, sie würde Tensor schlagen; doch dann wirbelte sie einfach herum und rannte aus dem Raum. Einer nach dem anderen folgten ihr ihre Gefährten mit gesenkten Köpfen, bis nur noch Tensor zurückblieb, an dem nach wie vor Wasser auf den Teppich herabtropfte.

Llian stand unbeachtet an der Wand. Er konnte die anderen Aachim im Nachbarraum miteinander sprechen hören, doch er verstand nicht, was sie sagten. Dann kamen sie einer nach dem anderen wieder zurück, Malien als Letzte. Llian hätte genauso gut ein Möbelstück sein können.

Malien trat direkt vor Tensor. »Meine Gefühle für dich sind ausgelöscht!«, verkündete sie verbittert. »Es ist, als wären wir uns nie begegnet. Ich habe dir deine Torheiten immer und immer wieder vergeben, doch diese … diese *Verderbtheit* darf ich nicht zulassen! Du hast alles entweiht, was je zwischen uns war. Ich reiße dich für immer aus meinem Herzen.«

Und mit diesen Worten riss sie sich die Bluse auf, entblößte ihre Brust und warf Tensor die Seidenfetzen vor die Füße. Anschließend strich sie das rote Haar nach vorne, sodass es ihr Gesicht verdeckte, drehte sich um und ging langsam weg.

Tensor stieß ein furchtbares, gequältes Heulen aus. Die Glaslampen an der Wand zerbarsten, und Splitter regneten herab. Er fiel mit dem Gesicht nach vorn zu Boden, zog langsam Arme und Beine an und krallte sich mit einer Hand in die zerrissene Seide. Die anderen Aachim folgten Malien so steif, als würden sie zum Begräbnis eines Kindes gehen.

Der Druck von Tensors Willen, der Llian seit dem Konklave seiner Entscheidungsfreiheit beraubt hatte, war mit einem Schlag verschwunden. Llian war frei. Nun musste er nur noch den Mut zur Flucht aufbringen. Langsam schlich er zur Tür. Es war niemand zu sehen. Niemand würde ihn davon abhalten, einfach hinauszugehen. Die Eingangshalle war nur schwach beleuchtet. Dann öffnete sich die Tür unter seiner Hand. Llian schlüpfte hindurch und stand auf der Veranda. Er suchte nach dem Pfad und dem Tor durch die Hecke, und er fragte sich, wie er den Weg zur Großen Halle zurück finden sollte; schließlich war es Nacht, nebelig, und er befand sich in einer fremden Stadt, in der zudem Krieg herrschte. Er zögerte zu lange.

Klick-klick! Das Geräusch war trotz des prasselnden Regens und des rauschenden Windes deutlich zu hören. Llian sträubten sich die Nackenhaare. Vielleicht war es ja eine Wache am Tor, aber das glaubte er nicht. Ein Schatten schälte sich aus dem Zwielicht. Vor oder zurück? Wohin er sich auch wandte, überall erwartete ihn der Untergang. Der Schatten verschmolz wieder mit der Dunkelheit. *Vor dem Hintergrund der Tür bin ich doch sicher so gut wie unsichtbar,* dachte Llian und wich wieder zurück.

Irgendetwas schlug dumpf in den Türrahmen. Llian versuchte, wieder ins Haus zu springen, doch irgendetwas hielt seinen Ärmel fest. Er wehrte sich, bis er erkannte, dass ein Speer seinen Mantel durchbohrt hatte.

Er riss seinen Ärmel los, doch bevor er sich wieder bewegen konnte, traf ihn etwas hart an der rechten Seite, und er wurde an die Tür genagelt. Das Licht in der Villa verlosch. Llian schrie; dann legte sich eine warme Hand auf seinen Mund, und Malien flüsterte ihm ins Ohr, »Sei still!«, und riss den Speer heraus. Llian schrie erneut. Malien stieß ihn durch die Tür und warf sie zu. Ein weiterer Speer ließ den Rahmen erzittern.

Sein Schrei hatte die Aachim verwandelt. Sie waren so schnell an den Türen und Fenstern, dass Llian es gar nicht gesehen hatte. Rasch schlossen sie die Metallläden und verriegelten sie. Malien, noch immer ohne Bluse, kämpfte noch mit den langen Riegeln der Tür, als irgendetwas so heftig ins Holz schlug, dass die Wände zitterten. Ein weiterer Schlag zwang die Tür gegen

Llians Schulter teilweise auf; dann warf sich Tensor dagegen, und mit einem Krachen flog sie ins Schloss, und die Riegel rasteten ein. Malien packte Llian unter den Armen und zog ihn in den Hauptraum zurück.

Llian schwitzte, obwohl ihm eiskalt war. Irgendjemand hielt ihn aufrecht, während Malien ihm das blutige Hemd vom Leib riss. Plötzlich gaben seine Beine unter ihm nach, und die Aachim ließ ihn vorsichtig auf den Boden sinken. Maliens Brust und Seite waren mit seinem Blut vollgespritzt.

»Sind wir sicher?«, rief sie.

»Fast«, schrie jemand zurück.

Tensor rannte herbei. Der Speer hatte eine tiefe Wunde unter Llians rechtem Arm hinterlassen. Genau zwischen siebter und achter Rippe war er in den Muskel gedrungen und hinten wieder ausgetreten. Blut strömte an seiner Seite hinunter.

»Das ist nur eine üble Fleischwunde, mehr nicht«, sagte Tensor. »Verbinde ihn, und bring ihn dann mit.«

Er verschwand. Llian schloss die Augen und legte benommen den Kopf zurück. Die Wunde pochte. Irgendetwas brannte, und als er die Augen wieder aufriss, sah er, wie Malien ihn mit einem heißen Schwamm abwischte. Die Hitze fühlte sich gut auf seiner Haut an. Erneut schloss er die Augen und verfolgte kaum, wie Malien ihn versorgte: wie sie die Wunde säuberte, Salbe auftrug und eine Kompresse auflegte. Dann hörte er Stoff reißen – sein Hemd –, und sie verband die Wunde so fest, dass er nicht mehr richtig atmen konnte. Dann wurde er in die Höhe gehoben, und man zog ihm ein neues Hemd über den Kopf – es war weich wie Seide; offenbar gehörte es ihr – und darüber eine Wolljacke.

»Wer sind die?«, stöhnte Llian.

»Der Speer trug die Zeichen der Whelm«, knurrte Malien.

Nun wurden die Türen mit Äxten und Hämmern traktiert. Jemand – es war der sehr große Aachim – trug Llian eine lange Treppe hinunter.

»Verbrennt sie!«, hörte er Tensor rufen.

Llians Augen flatterten auf. Er sah, wie eine Fackel in einen Haufen Holz mit ölgetränkten Lumpen geworfen wurde. Gelbe Flammen zuckten in die Höhe.

Sie stiegen weiter die Treppe hinunter und durch eine Falltür in den Keller. Durch den Keller voller Fässer und Käseräder ging es in einen feuchten Tunnel. Die Ingenieurin, Thel, schlug mit einem Beil Käse aus einem Rad und reichte die Stücke herum. Tensor trug einen großen Rucksack auf dem Rücken, und auch die anderen hatten Gepäck dabei. Er zählte durch, zog dann an einem Hebel, und der Schlussstein fiel heraus, sodass die Decke auf drei, vier Spannen Breite einstürzte. Mit Staub und Dreck gefüllte Luft rauschte an ihnen vorbei. Als sie wieder sehen konnten, war dort, wo sich der Eingang befunden hatte, nur noch eine irdene Wand zu erkennen. Nach ein paar Minuten Marsch kamen sie durch eine nichtssagende Tür in einen weiteren Keller und von dort in eine Gasse wie Tausend andere in Thurkad auch. Der Regen hatte inzwischen an Intensität sogar noch zugenommen.

»Xarah!«, sagte Tensor zu der jungen Frau mit dem senffarbenen Haar. »Du gehst zu unserer geheimen Zuflucht und wartest dort. Sollte irgendwer von unseren Leuten kommen ...« Er legte die Lippen an ihr Ohr, und Llian konnte den Rest nicht mehr verstehen.

Xarah schaute zu ihrer Schwester, die ihren Blick mit erstarrtem Gesicht erwiderte. »Ich kann euch nicht beide entbehren«, sagte Tensor. Xarah nickte, umarmte ihre Schwester und machte sich dann widerwillig auf den Weg. Shalah schaute ihr hinterher, bis sie nicht mehr zu sehen war, und wischte sich die Augen.

Llian war mit nichts außer seiner Gürteltasche aus dem Konklave gekommen. Darin befanden sich seine Börse, sein Tagebuch und die Notizen für seine *Geschichte des Spiegels*, die er überallhin mitnahm. Tensor warf Llian einen Mantel über die Schultern. Llian zog ihn mit einer Hand fest; Asper half ihm mit der Kapuze.

Sie gingen in die schwarze Nacht hinaus. Der Wind trieb den Regen noch immer von Süden heran. Von dort erklang auch Kampflärm. Dann traten sie durch eine versteckte Tür in der Stadtmauer hinaus. Sie befanden sich ein gutes Stück landeinwärts vom Hafen entfernt. Doch offensichtlich war die Geheimtür entdeckt worden, denn als zwei weitere auf der anderen Seite waren, wurden sie bereits angerufen:

»Wer da?«

Tensor sprang vor und streckte die Wache nieder. Er bellte einen Befehl, und die Aachim zerstreuten sich. Llian wurde unter Schmerzen in die Dunkelheit davongetragen. Schreie ertönten, und etwas zischte an seinem Ohr vorbei – offenbar ein Pfeil. Sein Träger rutschte im Nassen aus, ließ Llian fallen und landete auf ihm. Schmerz flammte auf und raubte ihm das Bewusstsein.

An den Rest der Nacht erinnerte sich Llian nur in Bruchstücken, zumal er nur ein Gefühl kannte, wann immer er kurz wach wurde: das Feuer in seinen Rippen. Doch nun war es Morgen. Das wusste er, auch ohne die verklebten Augen zu öffnen. Seine Seite pochte. Anhand der Geräusche wusste er, dass derjenige, der ihn trug, fast rannte. Dann hielt der Mann an und ließ Llian auf den kalten Boden fallen.

Llian öffnete die Augen. Der Himmel war schon heller geworden; so gerade eben konnte man ihn durch die Äste und das Laub hindurch sehen. Sie waren ein gutes Stück von Thurkad entfernt. Nun würde er Karan nie mehr finden. Er ergab sich in sein Elend und versank in einem Traum, der auch nicht besser war.

Durst weckte ihn. Seine Hand lag im Schnee. Er nahm ein wenig davon und schob ihn sich in den Mund und auf die trockene Zunge. Dann versuchte er, auch den anderen Arm zu bewegen, doch die Schmerzen waren zu groß. Seine ganze Seite brannte bis zur Schulter hinauf und in den Rücken hinein.

Zu seiner Linken stand der große Aachim und schaute einen schmalen Pfad hinunter. Der Mann atmete noch immer schwer. Llian konnte sich an seinen Namen nicht erinnern.

»Hey!«, rief er. Seine Stimme klang schwach, wie ein Geist im Wind. Nichtsdestotrotz schaute der Mann kurz zu ihm, bevor er wieder den Pfad hinunterblickte.

Llian versuchte, sich aufzusetzen, konnte es aber nicht. Er rollte sich auf seine gesunde Seite und stemmte sich auf die Knie hoch. Dann kämpfte er sich in die Höhe, taumelte zum nächsten Baum und fiel prompt wieder hin.

»Rug!«, sagte der Aachim.

Das verwirrte Llian, als er sich wieder aufrappelte. Vielleicht hatte der Mann ja »Ruhig!« gemeint. Llian ließ sich gegen den Stamm sinken und legte den Kopf aufs Knie. Alles um ihn herum drehte sich. Wo war er? Und wo waren die anderen Aachim?

Im zunehmenden Licht des Tages sah Llian, dass er sich neben einem steilen, größtenteils überwucherten Pfad befand, doch dank der Bäume konnte man nicht darüber hinaus sehen. Genauso regungslos wie zuvor hielt der Aachim weiter Wache. Eine Morgenbrise flüsterte in den Baumwipfeln, und es begann wieder leicht zu schneien. Schließlich schien der Mann zufrieden zu sein und nahm seinen großen Rucksack.

»Du wak?«, sagte er zu Llian.

Llian runzelte die Stirn und ordnete den Akzent dann ein. Der Mann stammte aus dem fernen Osten, vermutlich aus der Aachimstadt Stassor. »Ich glaube, ich kann selber gehen«, sagte er, »wenn du nicht zu schnell läufst.«

Der Aachim wandte sich hangaufwärts. »Komm«, sagte er.

Llian stand mit Hilfe des Baumes auf, tastete nach seiner Tasche, die noch immer an seinem Gürtel hing, und folgte dem Mann. Es dauerte nicht lange, und der Pfad wurde so steil, dass er sich setzen musste, um nicht in Ohnmacht zu fallen. Der Aachim warf ihn sich über die breite Schulter, und sie setzten ihren Weg fort.

In Llians Kopf drehte sich wieder alles, und für den Rest des Tages wippte er entweder auf der Schulter des Mannes schmerzvoll auf und ab, oder sie ruhten sich kurz im Schnee aus, der immer höher lag. Schließlich hielt der Mann an, legte Llian an einen Baum und verschwand.

Llian versuchte erneut, seinen Durst mit einer Hand voll Schnee zu stillen. Seine Zähne schmerzten von der Kälte, doch seinen Durst stillte das nicht. Er lehnte sich zurück und beschloss, einfach nur durchzuhalten. Er konnte ohnehin nichts anderes tun. Es gab hier nichts zu sehen außer Schnee, vom Wind gebeutelte Pinien und mit Flechten überwucherte Felsen.

Sonderlich kalt war es eigentlich nicht – zumindest nicht im Vergleich zu der Reise nach Shazmak –, aber Llians Füße waren die reinsten Eisklumpen. Sein Körper schien einfach keine Wärme produzieren zu können. Es schneite immer noch. Llian hatte keine Ahnung, wo sie waren. Bei Sonnenuntergang – um diese Jahreszeit gegen fünf Uhr – öffnete der Aachim ein Paket und schnitt Scheiben von dem schwarzen Klumpen darin. Die legte er dann auf ein Stück Brot und reichte es Llian.

»Danke, Hintis«, sagte Llian. Der Name war ihm schließlich doch noch eingefallen. Er musste in der Tat unter Schock gestanden haben, dass er einen Namen vergessen hatte, denn es gehörte zur Ausbildung eines Meisterchronisten, sich alles perfekt zu merken, was er las oder hörte. Llian kaute an der schwarzen Scheibe. Es war eine Art eingelegtes Fleisch, hart und scharf, und noch bevor er mit der ersten Scheibe fertig war, spürte er schon, wie ihm der Schweiß auf die Stirn trat. Eine weitere Hand voll Schnee kühlte seinen brennenden Mund. Das Fleisch war köstlich. Er nahm sich ein zweites Stück.

»Wo sind die anderen?«, erkundigte er sich mit vollem Mund.

»Weiß nicht«, antwortete Hintis mit seinem starken Akzent, und in dem Versuch, Llians nächster Frage zuvorzukommen, fügte er hinzu: »Sie werden uns schon finden.« Er schnitt weitere dünne Streifen von dem schwarzen Klumpen und aß sie nacheinander von der Messerspitze. Als zweiten Gang hatten sie bröckeligen Käse. Nachdem sie fertig gegessen hatten, sagte Hintis zu Llian: »Jetzt schlaf. Ich passe auf.« Und er ging weg in die Nacht.

Es war zu kalt, um sich hinzulegen. Llian saß auf einem Haufen Zweige; das war der beste Stuhl, den er hatte machen können. Er lehnte sich gegen den Baum und schloss die Augen. Die Nacht war ruhig, bewölkt und dunkel. Hier, im Schnee, gab es auch keine Insekten, die ihn hätten quälen können. Das einzig Unangenehme war seine improvisierte Sitzgelegenheit.

Seine Seite brannte. Da er den Großteil des Tages über gedöst hatte, konnte er nun nicht einschlafen. Einmal war ein Rascheln im Wald zu hören. Es hätte Hintis sein können oder auch irgendein Tier. Llian sehnte sich nach Karan, doch sie war verloren. Er hatte ihr gegenüber versagt. Diese elende Nacht verging weit langsamer als je eine Nacht in seinem Leben zuvor.

Yggur verfügte nicht über genügend Soldaten, um Thurkad vollständig einzuschließen. Die Stadt war einfach zu groß, und es gab viel zu viele Wege hinaus, besonders durch die zerklüfteten Hügel auf der Nordseite. Aber nicht weit entfernt lag ein Trupp seiner besten Soldaten und wartete auf die Rückkehr der Whelmkundschafter. Sie hatten Signal bekommen, dass irgendjemand Wichtiges durchs Netz geschlüpft war.

Schließlich tauchte einer der Kundschafter auf, eine Frau in grobem grauem Gewand und weiter Kapuze. Die Whelm waren zwar langsam und unbeholfen, aber auch hartnäckig und erbarmungslos. Allerdings besaßen sie auch eine Schwäche – eine Schwäche, die Karan während der langen Verfolgung bei Idlis entdeckt hatte. Da sie aus dem eisigen Süden stammten, reagierten sie empfindlich auf Sonnenlicht und mussten dementsprechend Haut und Augen schützen.

Der Name der Kundschafterin war Yetchah – die Frau, die

Llian vergangenen Herbst von Chanthed aus gefolgt war. Sie war jung, attraktiver als die anderen Whelm, und ihre Augen waren groß, doch schwarz wie die Nacht. Ihr schwarzes Haar hing in unregelmäßigen Strähnen; es war nicht frisiert, sondern einfach mit einer Klinge abgeschnitten worden. Yetchah salutierte vor dem Hauptmann der Hundertschaft. Sie sah sehr zufrieden aus. Der Offizier wartete darauf, dass sie etwas sagte. Er wusste, dass man die Whelm nicht drängen konnte.

»Es ist unser Feind Tensor«, begann sie. »Der Aachim, der in der Nacht vor dieser Nacht aus der Großen Halle von Thurkad geflohen ist. Er hat eine große Beute mitgenommen: nichts anderes als den Spiegel von Aachan. Er wird von weiteren acht oder neun Aachim begleitet, aber sie scheinen nicht sonderlich schwer bewaffnet zu sein. Ihn gefangen zu nehmen wäre fast eine genauso große Tat wie die Gefangennahme von Mendark dem Hexer.« Sie spie den Namen förmlich aus.

»Dann lass uns einen Plan machen. Was weißt du über diese Aachim, Yetchah?«

Sie kauerten sich ans Feuer, sprachen leise miteinander und zogen mit den Fingern Linien auf einer Karte. Schließlich nickte der Hauptmann.

»Signalisiert den anderen Trupps. Wir werden versuchen, sie diesen Felskamm hier hinaufzutreiben, denn auf der anderen Seite erwartet sie ein Abgrund. Wenn wir sie dort in die Enge treiben können, werden sie kämpfen oder sich ergeben müssen. Und wenn sie kämpfen ... dann sind wir ihnen fünf zu eins überlegen und besser bewaffnet!«

Von Stimmen geweckt, sah Llian zwei weitere Aachim: Die große Iennis mit dem kurzen schwarzen Haar sprach mit Hintis, und eine kleinere Frau mit rotem Haar ... sicher Malien.

Sie drehte sich um. Ja, es war Malien. Sie erklärte den anderen irgendetwas mit den Händen und deutete in den Wald. Hintis nickte und machte sich in diese Richtung auf den Weg. Iennis nahm Sachen aus ihrem Rucksack. Der Abend dämmerte.

Malien hockte sich neben Llian und musterte ihn sorgfältig. »Wie fühlst du dich heute Morgen?«, fragte sie ihn mit einem Lächeln, das ihn an Karan erinnerte.

Ihm war kalt; er hatte Hunger und war gereizt. Seine Seite pochte. Dennoch lächelte er sie matt an. »Krank«, sagte er.

Malien öffnete sein grünes Seidenhemd. »Was ist das?«, fragte sie, als sie das Jadeamulett sah, das er um den Hals trug.

»Nur ein Andenken, das mir meine Mutter gegeben hat, bevor ich von zuhause fortgeschickt worden bin.«

»Fortgeschickt!« Sie hob die Augenbrauen. »Warst du ein Unruhestifter?«

Llian brachte ein Lachen zustande. »Eigentlich eher das Gegenteil. Ich war ein kluges Kind und bin Mendark aufgefallen, der mir angeboten hat, meine Studien am Kollegium der Historien zu fördern. Ich war erst zwölf.«

»Chanthed ist weit von Jepperand entfernt, wo die Zain leben«, sagte Malien, setzte sich auf die Fersen zurück und runzelte die Stirn ob des Amuletts.

»Zu weit! Meine Eltern waren arm, und solch eine Gelegenheit wäre niemals wiedergekommen. Ich bin vor sechzehn Jahren nach Chanthed gegangen und war seitdem nicht mehr daheim. Ich wünschte, ich könnte nach Hause gehen.«

Das Amulett schien Malien irgendwie zu faszinieren, obwohl Llian wusste, dass es nur sentimentalen Wert besaß. »Da scheint eine Art Zauber drauf zu liegen«, sagte sie plötzlich. »Ist deine Mutter ...?«

»Nein! Faelamor hat etwas damit gemacht, um Emmant die Möglichkeit zu geben, Karan zu fangen. Es ist nun beschmutzt, doch ich bringe es einfach nicht über mich, es wegzuwerfen.«

»Ich werde es mir einmal ansehen. Den Zauber werde ich wenigstens entfernen können.« Malien zog es ihm über den

Kopf. »Und jetzt lass uns einen Blick auf deine Wunde werfen.« Sie inspizierte den blutigen Verband und die Flecken auf seiner Haut. Der Verband war mit Blut an der Haut festgeklebt.

»Tut das weh?«, fragte sie und berührte die Wunde sowie mehrere Stellen drum herum. Llian musste sich alle Mühe geben, nicht zu schreien. Erneut legte Malien die Stirn in Falten, und ihre Augenbrauen trafen sich fast über der Nase. Wie sehr sie Rael ähnelte!

Das brachte eine wahre Flut von Erinnerungen wieder zurück. Llian fragte sich, ob die beiden wohl verwandt waren. Malien hätte seine ältere Schwester sein können; nur wusste er nicht, wie er das Alter eines Aachim hätte schätzen sollen.

Malien setzte sich abermals auf die Fersen zurück, schürzte die Lippen und sammelte Zweige fürs Feuer. Iennis warnte sie, doch Malien schüttelte nur den Kopf und schlug Funken in den Zunder. Sofort erwachte eine kleine gelbe Flamme zum Leben und wuchs rasch zu einem kleinen, nahezu rauchlosen Feuer an. Kurz darauf quoll Dampf aus einem Topf.

Malien wusch sich die Hände, nahm Llians Verband ab und säuberte die Wunde wieder. »Du hast Glück gehabt«, sagte sie. »Der Speer ist nur ins Fleisch eingedrungen und hat hinten ein kleines Loch hinterlassen. Es ist eine gute, saubere Wunde, ein wenig rot vielleicht, aber nicht vergiftet.«

»Es brennt fürchterlich«, sagte Llian. Er schwitzte.

Malien lachte. »Natürlich tut es das«, erwiderte sie, »allerdings haben viele schon weit Schlimmeres ertragen, ohne sich zu beschweren.«

»Ich kann dir tausend Geschichten von Helden erzählen, die zu dumm waren, um Schmerz zu empfinden«, murmelte Llian, der mehr wie ein schmollender Schuljunge aussah denn wie ein großer Chronist.

Aus einer kleinen Ebenholzphiole schüttete Malien ein rotes Pulver in die Wunde und griff zu Nadel und Faden.

Llian erschrak. »Was hast du damit vor?«

Malien entblößte ihre perfekten Zähne in einem fröhlichen Grinsen. »Ich werde dich wieder zusammennähen, Chronist. Dann kannst du eine neue Geschichte schreiben. Nenn sie: *Der Tausendunderste Held* oder *Der Junge, der schrie.*« Sie lachte.

»Nein!«

»Es muss getan werden.« Malien ging die zwei Schritte zum Feuer und wärmte sich die Hände. Dann hielt sie die Nadel in die Flammen. Ohne hinzuschauen, schob sie den Faden ins Öhr, prüfte die Spitze mit ihrem Finger und hielt die Nadel noch einmal kurz ins Feuer, sorgfältig darauf bedacht, den Faden nicht zu versengen. »Ich könnte das allerdings auch Tensor überlassen, wenn du das vorziehst.«

»Nein ...! Ich meine, dann mach halt!«

Die Wunde brauchte eine Menge Stiche, und es war nicht nur der Schmerz, der Anblick und die Erwartung. Jedes Mal, wenn Malien den blutigen Faden durch sein Fleisch zog, war das schlicht auch noch unangenehm, ein schreckliches Gefühl. Langsam schloss sich die Wunde. Die Haut schwoll um die schwarzen Stiche an, und schließlich schloss Malien noch das kleine Austrittsloch im Rücken, wo der Speer ausgetreten war und ihn an die Tür genagelt hatte, mit zwei raschen Stichen. Dann verband sie alles und half Llian, sich wieder anzuziehen.

»Vielleicht sollte ich dir den Arm an die Seite binden«, sagte sie nachdenklich, »damit du den Faden nicht dummerweise zerreißt.«

»Nein!«, wiederholte Llian. Sie tat es trotzdem.

Just in diesem Augenblick erschien Tensor mit dem Rest der Aachim. Mit ihren schweren Rucksäcken liefen sie den Hügel hinauf.

»Kommt rasch!«, rief er. »Wir werden verfolgt!«

Das Feuer wurde ausgetreten und Schnee darauf geschüttet. Tensor schaute zu Llian, nickte, und sie setzten sich wieder in Marsch. Sie rannten die ganze Nacht hindurch, konnten ihre Verfolger jedoch nicht abschütteln, die sie so unermüdlich jagten wie eine Meute Jagdhunde. Llian behinderte sie stark, egal ob er nun lief oder getragen wurde. Kurz nach Sonnenaufgang befahl Tensor eine kurze Rast zum Frühstücken.

»Wer sind die?«, rief der wollhaarige Hintis in seinem schwierigen Akzent und schlang Wasser und Brot hinunter.

»Ich fürchte, dass Whelm unter ihnen sind«, sagte Tensor. »Sonst hätten sie unsere Spur im Dunkeln nicht so leicht verfolgen können.«

»Whelm oder *Ghâshâd?*« Hintis fletschte die Zähne. »Woher sind die nach all der Zeit gekommen?«

»Das ist die Frage, auf die wir alle gerne eine Antwort hätten«, sagte Malien.

»Dann sage ich, hören wir auf zu laufen und lauern ihnen auf. Lasst uns ihnen die Wahrheit entreißen, als Rache für Shazmak. Es ist wie ein Dorn in meinem Fleisch, vor *denen* wegzulaufen.«

»Ja, wir werden Shazmak rächen«, sagte Tensor leise und legte den Arm um Hintis. »Aber erst der Herr, dann die Diener. Willst du dieses Ziel gefährden?«

»Dein Zain verlangsamt uns unerträglich«, knurrte Hintis, »und er hat einen Gestank an sich, den ich nicht ertragen kann, irgendetwas, das an mir nagt. Was hältst du davon, wenn ich ihm an jenem Felsen dort das Hirn aus dem Kopf schlage? Dann werden die Whelm nur noch eine Staubwolke von uns sehen.«

Llian erbleichte, doch sein Schicksal hatte sich offenbar noch nicht erfüllt, denn Tensor sagte: »Du wirst ihn wohl oder übel ertragen müssen, Hintis, denn ich brauche ihn. Ertrage es, wie wir Aachim es immer getan haben, egal wie lange es dauert.«

Hintis spie genau neben Llians Stiefel, sagte aber nichts mehr. Sie liefen den steilen Hang hinauf, der sogar noch immer steiler wurde, und rechts und links ging es so senkrecht nach unten, dass man hätte klettern müssen. Nur hätte ein Kletterer sich nicht mehr verteidigen können.

»Mir gefällt das nicht«, keuchte Malien, während sie zwischen

Felsbrocken und umgestürzten Bäumen hindurchstiegen. »Sie treiben uns in eine Falle. Wohin führt dieser Weg?«

»Ich weiß es nicht«, antwortete Tensor. »Dieses Land ist mir fremd.«

»Nun, wenn sie genug Soldaten haben, dann haben sie den ganzen Berg umzingelt, bevor wir auch nur den Gipfel erreicht haben.«

»Die paar Trupps, die man vom Krieg abgezogen hat, können uns nicht von unserem Ziel abhalten«, erwiderte Tensor, warf sich Llian über die Schulter und stieg schneller denn je den Hang weiter hinauf.

Kurz darauf erreichten sie die Spitze des Kamms. Sie traten aus dem Wald auf eine mit Heidekraut und spitzem Gras bewachsene Kuppe, und überall lagen Felsbrocken verstreut. Hier gab es keine Zuflucht! Sie liefen über die Lichtung und blieben unvermittelt stehen. Vor ihnen war der Kamm von einer Kluft von mehreren hundert Spannen Breite durchbrochen. Jenseits davon sahen sie eine Felskante aus schwarzem Gestein, gut vier, fünf Spannen hoch, und darunter die Reste des letzten Steinrutsches, die bis zu dem rauschenden Fluss tief unten reichten. Als sie hinunterschauten, sahen sie, dass es auf ihrer Seite ähnlich aussah. Sie saßen in der Falle.

Die Aachim schauten einander an. Niemand sagte ein Wort.

»Sollen wir hier *so* sterben?«, rief Tensor. »Falls ja, dann werden wir viele von ihnen mitnehmen.«

»Das sehe ich nicht so«, erwiderte Malien. »Ich will eher über die Klippe gehen und mein Glück mit dem Steinschlag und dem Fluss versuchen.«

Während sie sprach, erschienen Soldaten auf der anderen Seite der Lichtung. Tensor schaute wieder hinunter. »Wer meldet sich freiwillig für einen Versuch? Du, Chronist! Jetzt kannst du all den Ärger wiedergutmachen, den du uns bereitet hast.«

Und mit diesen Worten durchschnitt er die Schlinge um Llians Arm.

»Was tust du da?«, schrie Llian.

»Ich werfe dich die Klippe hinunter. Wenn du überlebst, dann lauf über den Hang, sonst wird die Lawine dich erwischen. Bereit?«

»*Nein!*«, quiekte Llian. Tensor hielt ihn über die Kante und ließ ihn fallen.

Kapitel acht

Geteilte Träume

Llian fiel wie ein Stein, schrammte an einem schwarzen Felsvorsprung vorbei, landete auf dem Steilhang unten und rutschte weiter hinab, bis er schließlich langsamer wurde. Ein brennender Schmerz verriet ihm, dass die Wunde sich wieder geöffnet hatte; doch schon bald hatte er viel zu viel Angst, um ihn noch zu empfinden, denn der Hang begann sich unter ihm zu bewegen. Llian rappelte sich auf, machte einen Schritt und fiel wieder hin. Er sprang auf, krabbelte auf allen vieren, und überall um ihn herum schlugen Steine ein.

Plötzlich rutschte er wieder in schrecklichem Tempo bergab, ohne auch nur den Hauch von Kontrolle über die Talfahrt zu haben. Er schaute nach oben, und der gesamte Hang schien sich inzwischen in Bewegung gesetzt zu haben, sodass eine Flut von Steinen auf ihn zuraste. Was hatte Tensor noch gesagt? *Lauf über den Hang*. Dann verstand Llian. Die Lawine besaß die Form eines Fächers – wenn es ihm gelang, aufrecht zu bleiben und sich schnell genug zu bewegen, dann würde er ihr vielleicht ausweichen können.

Llian musste feststellen, dass das leichter gesagt als getan war, denn kaum hatte er auch nur ein wenig Gewicht auf das Geröll verlagert, da rutschte es ihm auch schon unter den Füßen weg, sodass er erneut zu Boden geworfen wurde. Immer und immer wieder rappelte er sich auf, und immer und immer wieder fiel er hin. Einmal rollte er herum, purzelte weiter, fiel immer schneller und schneller, und Kies schlug ihm auf Arme, Hände und ins Gesicht. Er wusste, dass sich über ihm bereits größere

Felsen in Bewegung gesetzt hatten, die ihn zu Brei zermalmen würden.

Dann fanden Llians Füße endlich Halt. Er blieb aufrecht und stellte fest, dass es wesentlich leichter war, das Gleichgewicht zu behalten, wenn er rannte. Und so rannte Llian, bis das Seitenstechen links fast genauso schmerzte wie die Speerwunde rechts. Blut lief aus der Wunde und tränkte den Saum seiner Hose. Ein Stein so groß wie ein Apfel traf ihn hinten am Knie, sodass er einknickte und wieder den Hang hinunterrutschte. Erneut zwang sich Llian wieder in die Höhe und sah einen großen Felsen auf sich zuhüpfen. Er warf sich flach hin, und der Fels sprang über ihn hinweg. Dann kroch Llian den folgenden aus dem Weg, hielt den Kopf unten, sprang wieder auf und lief so schnell, wie er noch nie gelaufen war.

Der Steinschlag toste nun in seinen Ohren. Es war, als wäre ihm ein wildes Tier auf den Fersen. Vor sich sah Llian eine kleine Felsspitze aus der Halde ragen und kurz dahinter eine zweite, bis jetzt ruhige Geröllhalde. Er stürzte darauf zu, landete auf seiner verletzten Seite, schrie lautlos und kroch und rutschte auf allen vieren zu dem Fels. Die Lawine drosch auf seine Beine ein und versuchte, ihn unter sich zu begraben. Er schwamm förmlich über das Geröll, erreichte die Felsspitze und warf sich mit dem Kopf voran darüber hinweg und auf die nächste, benachbarte Halde. Auf diesem gefährlichen Sitz ruhte er sich einen Augenblick lang aus. Er hatte Angst, dass auch sie sich in Bewegung setzen würde. Als sie das jedoch nicht tat, machte er sich an den schmerzhaften Abstieg zum Fluss.

Hinter ihm sprang ein Aachim nach dem anderen die Klippe hinunter, landete mit den Füßen voran in dem Fluss aus Geröll und rannte nach unten. Inmitten solch einer Gefahr jauchzten die Aachim vor Freude. Bei ihnen sah das alles so leicht aus … nur nicht bei dem drittletzten, dem zierlichen Trule mit den traurigen Augen. Er landete ungeschickt, und sein Knöchel brach mit einem derart lauten Krachen, dass Llian es sogar über das

Tosen der Lawine hinweg hören konnte. Der Rucksack zog Trule nach unten, und er versank im Geröll und tauchte nicht mehr auf. Nach ihm kam Malien und zum Schluss Tensor. Geschickt lief er nach unten und kam neben Llian rutschend zum Stehen.

»Trule?«, fragte er.

Malien hatte sich so nahe ans Ende der Halde gewagt, wie es ging. »Er ist tot«, sagte sie. Tensor senkte den Kopf. Das taten sie alle eine Minute lang. Ein weiterer Aachim war gefallen.

Die Lawine verstummte. Köpfe erschienen oben an der Klippe. Die Hälfte des Gerölls war inzwischen in den Fluss gefallen, sodass unterhalb der Klippe nur ein kahler Steilhang übrig geblieben war, viel zu gefährlich, als dass ihre Jäger es den Aachim hätten nachmachen können, selbst wenn die Aachim nicht unten auf sie gewartet hätten.

Tensor drehte sich um und ging zum Fluss. Sie hatten höchstens eine halbe Stunde gewonnen.

Ihre Verfolger waren listig und hart wie Stahl. Sie folgten ihnen die ganze Nacht und den darauffolgenden Tag hindurch, doch nie kamen sie ihnen nahe genug, um angreifen zu können; aber sie waren auch nie weit weg. Einmal sah Llian sie sogar: ein schemenhafter Haufen am Fuß des Hügelkamms, über den er gerade kletterte. Das Schneien hatte aufgehört. Dennoch lag der Schnee noch wadentief auf dem Hügel, und es war unmöglich, keine Spuren zu hinterlassen. Doch das war alles, was er sah, denn die wieder aufgerissene Wunde entzündete sich, und er verbrachte den ganzen Tag im Fieber. Ein ständiges Hämmern in seinem Kopf und die besorgten Gesichter von Malien und Asper, die seine Seite versorgten, waren alles, woran er sich aus dieser Zeit noch erinnerte.

Am Spätnachmittag des folgenden Tages hatten die Aachim die Hügelkette überquert und waren zwischen die großen Bäume des

Waldes von Elludore vorgedrungen. Kurz bevor die Bäume ihnen die Sicht versperrten, sahen sie noch einmal ihre Feinde, die erneut deutlich näher gekommen waren.

»Sind sie denn noch unermüdlicher als wir?«, rief Tensor, und ein Schatten legte sich auf sein ohnehin schon dunkles Gesicht. »Weiter!«

Ein Aachim warf Llian einem anderen zu, der ihn nun seinerseits auf die Schulter nahm, und sie rannten weiter. Im Wald war die Schneedecke nur noch sehr dünn. Bei Einbruch der Nacht wurde sie dann löchrig und verschwand schließlich ganz. Sie marschierten die ganze Nacht über weiter und hielten noch nicht einmal an, um etwas zu essen. Sie gingen durch Bäche, liefen wann möglich über felsigen Untergrund und taten auch sonst alles, um ihre Feinde abzuschütteln. Am folgenden Morgen schwangen sie sich zu Llians großem Entsetzen sogar an einer Ranke über einen Abgrund hinweg.

»Keine Angst, Chronist«, trällerte Malien und lachte fröhlich. »Du wirst den leichten Weg hinüber nehmen.«

Und mit diesen Worten schnappte sie sich die Ranke und band ihn daran fest. Dann zog ihn ein weiterer Aachim zurück und versetzte ihm einen kräftigen Stoß in den Rücken. Llian schwang über den Abgrund hinaus, doch unglücklicherweise hatte er nicht genug Schwung, dass man ihn auf der anderen Seite hätte fangen können.

Er stieß ein unwürdiges Quieken aus, während das Pendel hin und her schwang, bevor es wieder zum Stillstand kam und er über dem Abgrund hing. Tief unter ihm wand sich Wasser durch die Kluft, umgeben von Felsbrocken so groß wie Pferde. Er würde zwar nicht sonderlich tief fallen; dennoch hätte er sich mit Sicherheit alle Knochen gebrochen. Die Aachim brüllten vor Lachen, einschließlich Tensor, aber sie warfen ihm auch rasch ein Seil zu für den Fall, dass die Feinde noch immer in der Nähe waren.

»Ah, es tut mir ja so gut, dich quieken zu hören, Chronist«, sagte Tensor und wischte sich die Augen ab, nachdem er ihn aufgefangen hatte.

Im Morgengrauen hielten sie für ein rasches Frühstück aus Fleischscheiben, Käse, hartem Brot, Trockenfrüchten und Wasser an; dann zogen sie rasch weiter.

Bei Einbruch der Nacht waren selbst die Aachim erschöpft und mussten sich ausruhen. Tensor schickte Wachen tief in den Wald hinein. Sie wurden alle paar Stunden abgelöst, aber sie sahen und hörten nichts, sodass die Flüchtlinge sich ein kleines Feuer gönnten, um sich zu wärmen und Wasser zu erhitzen.

Sie marschierten noch einen weiteren Tag und eine weitere Nacht hindurch und auch noch den Morgen danach. Als sie relativ sicher waren, ihre Verfolger abgeschüttelt zu haben, schlugen sie an einem rauschenden Fluss ihr Lager auf, um zu essen, zu baden und zu schlafen. Als man Llian den Verband abnahm, hatte die Wunde endlich zu heilen begonnen, obwohl die Haut um die Naht noch immer rot geschwollen war; aber schließlich hatten sie ja auch noch mal neu nähen müssen, als er im Fieber gelegen hatte. Asper, der Heiler der Truppe, wusch die Wunde, gab noch etwas von dem roten Pulver darauf, verband sie aber nicht wieder neu. Llian war zu müde, als dass ihn das gekümmert hätte. Er wusch sich Füße und Hände, schlang heißen Tee und Brot hinunter, ließ sich auf ein Bett aus Farn fallen und schlief.

Aber er schlief nicht gut. Düstere Vorahnungen plagten ihn in seinen Träumen, ein namen- und körperloses Grauen vor dem herannahenden Kataklysmus. Eine Weile träumte er dann zum Glück gar nichts; doch es dauerte nicht lange, bis er wieder von einem Albtraum heimgesucht wurde. Er träumte von Rael in seinem Zimmer in Shazmak. Er spielte für irgendjemanden auf der Laute, den Llian nicht sehen konnte. Die Szene veränderte sich, und Llian erkannte, dass Rael für Malien spielte. Sein Lied war eine Warnung vor Tensor und erzählte auch von Llian.

Llian sei eine Maschine, warnte der Traum, die den Aachim den Untergang bringe. Dann war Rael tot, ertrunken, kreidebleich und aufgedunsen, aber er spielte noch immer, und wenn er sang, kamen grünes Wasser und Algen aus seinem Mund. Der Traum verblasste. Entsetzt wachte Llian auf und war viel zu verängstigt, als dass er wieder hätte einschlafen können.

Mehrere seiner Gefährten hatten sich in ihre Mäntel gewickelt und schliefen tief und fest. Llian holte sich ein Stück Brot und einen Becher Tee. Der Tee schmeckte stark und bitter, weil er nun schon so lange gezogen war. Dann ging Llian zum Fluss hinunter. Als er sich einen Weg am Ufer entlang und zwischen den großen Bäumen hindurch suchte, von denen einige von irgendeinem Sturm in der Vergangenheit entwurzelt worden waren, hörte er die Stimmen von zwei Leuten, die erregt miteinander diskutierten.

»... nie zustimmen!«, erklärte jemand vehement. Es klang wie Malien.

»Und was würdest *du* dann tun? Lehn meinen Plan nicht ab, solange du nichts Besseres vorzuschlagen hast.« Das Knurren war unverkennbar: Tensor!

»Ich würde nach Stassor zurückkehren. Von dort bin ich auch hergekommen. Ich wünschte, ich hätte dir nie gestattet, mich aus meinem Heim zu holen.«

»Dann geh doch ... auch wenn ich dich sehr vermissen würde.«

»Ha!«, schrie sie. »Unsere Partnerschaft ist schon vor langer Zeit gescheitert. Ich habe dich verlassen. Ich habe dir nie auch nur einen Bruchteil so viel bedeutet wie deine Intrigen und Torheiten. Als ich mich an dich gebunden habe, habe ich Schande über meine Familie und mein Haus gebracht. Oh, wie würde Elienor weinen, wenn sie sehen könnte, wie ihre Linie endet!«

»Ja, Elienor würde weinen«, erwiderte Tensor mit spröder Stimme, »und dann würde sie aufstehen und zurückschlagen, um ihre Familie und ihr Volk zu bewahren.«

»Aaah!«, schrie Malien. »Geh weg von mir! Und komm nie wieder auch nur in meine Nähe!« Sie warf sich auf einen Felsen, schlang die Arme um den glatten Stein und drückte sich dagegen.

Tensor stapfte davon.

Llian stand zwischen den Bäumen und beobachtete Malien. Sie rührte sich nicht. Er schlich die Böschung hinab näher an sie heran und versuchte, kein Geräusch dabei zu machen; doch als er nur noch wenige Schritte entfernt war, rutschte er auf einem kleinen Stein aus, fiel auf die Knie und stöhnte vor Schmerz.

»Was willst du, Geschichtenerzähler?«, fragte Malien, ohne den Blick zu heben.

Llian wusste nicht, was er sagen sollte. »Wer ist Elienor?«, fragte er schließlich.

Malien setzte sich auf. »Das fragst ausgerechnet *du* mich? Ein Meisterchronist?«

»Selbst in unseren Historien gibt es viele Lücken, und dort, wo ich studiert habe, in Chanthed, gab es nichts über die Aachim, das jünger als tausend Jahre gewesen wäre.«

»Elienor …«, sagte Malien in sanftem Ton, und sie blickte in eine unbestimmte Ferne, während sie sich die uralte Geschichte ins Gedächtnis zurückrief. »Sie hat schon lange davor gelebt. Tatsächlich war sie sogar schon lange tot, als meine Vorfahren in deine Welt gekommen sind. Sie war die Begründerin meiner Linie, und auch Karans.« Sie schaute ihm ins Gesicht. »Wir tragen beide … *trugen* beide ihren Namen.«

Ihre Worte trafen Llian wie ein Speer in die Brust. Er hatte das Gefühl, als würde seine Wunde wieder aufreißen. Tränen sammelten sich in seinen Augen, rannen jedoch nicht herab.

»Karan *ist* also tot? Wie hast du davon erfahren?«

»Tensors Worten nach zu urteilen, sah es so aus …« Malien unterbrach sich, als sie seinen Gesichtsausdruck sah. »Halt! Ich war nicht dort, aber du. Du hast sie ebenso gesehen wie er. Doch du hast sie *nicht* sterben sehen, nicht wahr?«

»Nein! Als ich Karan in den Armen gehalten habe, habe ich gesehen, wie sich ihre Augen hinter den Lidern bewegt haben; doch sie lag tatsächlich reglos auf dem Boden und war eiskalt.«

»Das war die Wirkung des machtvollen Zaubers, den Tensor gewirkt hat; aber die meisten deiner Art können ihn überleben, wenn sie gesund sind. Er verletzt uns Aachim mehr als das Volk von Santhenar. Das ist einer der Gründe, warum er verboten ist. Da Karan eine halbe Aachim ist, könnte er sie schwer oder nur leicht betroffen haben.« Ihr kam ein seltsamer Gedanke. »Wie ... Wie kommt es überhaupt, dass du hast sehen können?« Ihre Stimme bekam einen rauen Unterton.

»Ich weiß es nicht. Als Tensor seinen Zauber gewirkt hat, war der Schmerz furchtbar. Ich war blind, aber nur eine Sekunde lang. Ich hatte das Gefühl, als würde sich etwas in meinem Kopf schließen ... wie ein Tor. Dann öffnete es sich wieder; der Schmerz war weg, und ich konnte sehen.«

Malien nahm sein Gesicht in die Hände und schaute ihm lange und eindringlich in die Augen. Als sie ihn wieder losließ, hatte ihre Stimme den rauen Unterton verloren. »Hab Mut. Auch wenn Karan Aachimblut in ihren Adern hat, glaube ich nicht, dass der Zauber sie getötet hätte.«

Das tröstete Llian zwar nur wenig, war aber besser als nichts. »Erzähl mir von Tensors Zauber«, sagte er. »Warum ist er verboten?«

»Wir haben ihn zweimal zuvor verwendet, und jedes Mal hat er uns größeres Leid gebracht als unseren Feinden.«

»Wo kommt er her?«

»Wir haben ihn erschaffen, nachdem die Düsternis uns den Weg zurück in unsere eigene Welt versperrt hat. Als wir erkannten, dass Aachan für uns verloren war, haben wir rebelliert, weil wir nicht länger die Sklaven der Charon sein wollten. Zu diesem Zweck haben wir versucht, eine Waffe zu entwickeln, die gegen sie wirkte. Diese Waffe war ein den Geist zerstörender Machtzauber.

Als er das erste Mal eingesetzt wurde, war das eine Katastrophe. Zehn von uns – ich sagen ›uns‹, Chronist, obwohl du natürlich weißt, dass das zweitausend Jahre vor meiner Geburt war – haben Rulke aufgelauert. Er wollte unseren berechtigten Forderungen nicht entsprechen, und so hat einer von uns ihn mit dem Zauber angegriffen, während die anderen sich für den Fall der Fälle mit ihren eigenen Zaubern im Hintergrund hielten. Rulke wurde schwer verletzt, womit wir jedoch nicht gerechnet hatten, war unsere eigene Anfälligkeit für den Zauber. Der eine ausgelöste Zauber löste eine Kettenreaktion bei den anderen vorbereiteten Zaubern aus, und zu guter Letzt waren vier von uns tot, und die Köpfe der anderen waren wie leergefegt; sie waren vollkommen hilflos. Rulke erholte sich vor uns und statuierte an den Überlebenden ein grausames Exempel.

Aber wir lernen nur langsam, Llian. Wir haben den Machtzauber verbessert, doch da hatte Rulke schon eine Verteidigung dagegen entwickelt: Rulkes Gabe, die er deinen Vorfahren, den Zain, gegeben hat. Die Gabe reflektierte den Zauber auf jene, die ihn gewirkt hatten. Das war viel später, zu Beginn des Kataklysmus. Viele von uns sind an jenem Tag gestorben, und der Zauber ist geächtet worden. Selbst jetzt noch mögen einige von uns die Zain nicht sonderlich«, fügte sie hinzu, lächelte aber zum Zeichen, dass sie dieses Vorurteil nicht teilte.

Ein Geräusch wie ein Hornstoß war schwach im Wind zu hören. Malien sprang auf und packte ihre Sachen in eine Ledertasche.

»Und was ist mit Elienor?«, fragte Llian.

»Für die Geschichte ist jetzt keine Zeit«, erwiderte Malien und zog die Tasche zu.

»Wer war sie? Erzähl mir wenigstens etwas im Gehen.« Bei ihr setzte er seine *Stimme* nur wenig ein, jene magisch wirkende Fähigkeit großer Erzähler, ihre Zuhörer zu rühren – oder, wie in diesem Fall, sie dazu zu bringen, ihm zu sagen, was er wissen wollte. Malien schaute ihn amüsiert an, antwortete ihm aber.

»Sie war diejenige, die uns gewarnt hat, als die Charon aus der Leere gekommen sind und uns unsere Welt genommen haben. Sie erhob sich aus dem Gemetzel als einzige Überlebende ihrer Familie. Wären wir anderen mehr wie sie gewesen, wir hätten die Charon in die Leere zurückgetrieben und unser geliebtes Aachan wäre noch unser.«

Sie suchten sich einen Weg durchs Unterholz und die Wurzeln umgestürzter Bäume. »Sie hat Rulke einen furchtbaren Schlag versetzt, einen Schlag, den niemand sonst hätte überleben können. Kein anderer Aachim hat je gewagt, auch nur die Waffe gegen ihn zu erheben, und Elienor war die kleinste und schüchternste von uns. Oh, wie tief wir doch gesunken sind!«

»Wie haben die Charon Aachan erobert? Und wie sind sie überhaupt in die Leere gelangt und ihr wieder entkommen? Die Historien schweigen zu diesen Fragen.«

»Ein andermal, Chronist. Es bedarf einer ganzen Nacht, um auch nur eine deiner Fragen zu beantworten.«

Zutiefst unzufrieden gab er nach.

»Warum schläfst du eigentlich nicht?«, fragte sie, als sie sich dem Lager näherten. »Der Marsch, den wir hinter uns haben, ist nichts im Vergleich zu dem, der noch vor uns liegt.«

»Meine Träume waren schrecklich. Ich hatte Angst, wieder einzuschlafen.«

»Was für Träume?«

»Furchtbare Träume. Ich kann mich an nichts von ihnen erinnern.« Doch dann fiel ihm ein Bruchstück ein. »Außer ...«

Malien sprang auf einen schulterhohen Sandsteinfels und den Vorsprung darüber. Der Fels war oben mit Flechten und unten mit Moos bewachsen und erhob sich wie eine Wand vor Llian. Wasser rann an ihm herab und sammelte sich um Llians Füße. Er versuchte hinaufzukommen.

Malien reichte ihm die Hand und zog ihn an seinem gesunden Arm herauf. Sie lächelte, als würde sie ihn tatsächlich mögen.

»Außer?«, fragte sie.

»Das Einzige, woran ich mich aus meinem Traum erinnere, ist, dass auch du darin vorgekommen bist.«

Das Lächeln verschwand. »Ich? In *deinem* Traum?«

»Ja, und auch Rael.«

Malien runzelte die Stirn und schaute Llian schief an; dann ging sie weiter. Sie sprachen kein weiteres Wort mehr miteinander. Kurz darauf erreichten sie das Lager und fanden ein rauchloses Feuer und etwas Heißes zu trinken; doch aus welchem Grund auch immer das Horn geblasen worden war, eine Krisensituation fanden sie nicht.

Llian verschlief den gesamten Nachmittag. Er träumte nicht mehr. Und in jener Nacht machten sie sich wieder auf den Weg, und er hatte keine Gelegenheit mehr, Malien zu befragen.

Ihre Verfolger waren wieder näher gekommen; also versteckten sie sich zwei Tage lang in den Wäldern im Norden Iagadors. Dann begünstigte sie das Schicksal mit schlechtem Wetter, Wind und später Regen. In seinem Schutz flohen sie gen Norden. Sie marschierten Tag und Nacht (für Llian rannten sie mehr) durch das raueste Land, das sie finden konnten. Sie wateten hüfttief durch eisige Sümpfe und Flüsse, kletterten zerklüftete Felswände hinauf und hinunter und bahnten sich einen Weg durch dichte Dornenwälder. Zu guter Letzt erreichten sie jene unbewohnte Gegend, wo die Berge bis ins Meer hineinragen.

Eines Tages erreichten sie einen schäumenden Strom, einen Katarakt in einer tiefen Schlucht, ähnlich dem mächtigen Fluss Garr in Shazmak, nur kleiner. Diesen Strom zu überqueren war so schwer und gefährlich, dass sie einen ganzen Tag dafür brauchten. Hinterher stieg Tensor zur höchsten Stelle des Felskamms hinauf und schaute zur Küste hinunter. An der Flussmündung tief unten lag eine recht große Stadt. Nördlich der Stadt zogen die Berge sich wieder vom Meer zurück.

»Dieser Fluss muss der Gannel sein«, erklärte Tensor, »und diese Stadt ist Ganhafen. In diesem Land kommen wir zwar gut voran, aber wir müssen uns trotzdem mehr Mühe geben.«

Sie marschierten in einer Reihe über den gewundenen Bergpfad. Der Letzte zog einen Ast hinter sich her, um ihre Spuren im Schlamm zu verwischen. Es regnete wieder, und je näher sie dem Berggipfel kamen, desto heftiger wurde der Niederschlag und mischte sich mit Nebel.

Auf dem Gipfel hörte es kurz auf zu regnen, doch bleierne Wolken zogen bereits heran und warteten nur darauf, sich über ihnen zu entladen. Die Bäume hier waren vom Sturm zu unheimlichen Formen verdreht, und der Wind sang in ihren blattlosen Ästen. Der Boden wurde immer wieder von rundgeschliffenem grauem Granit durchbrochen. Sie platschten aus den Bäumen heraus und auf eine versumpfte Bergwiese, wo Moos sich zwischen dem pilzförmigen Granit zu riesigen Kissen auftürmte, und das Wasser um ihre Füße hatte die gleiche Farbe wie Bier.

Asper blieb plötzlich stehen. Er war normalerweise der fröhlichste der Aachim, wirkte inzwischen aber auch niedergeschlagen. »Ich habe das Gefühl, als würde ich auf einer Tretmühle ins Nirgendwo laufen«, sagte er und wrang das Wasser aus seinem Hut.

Niemand erwiderte etwas darauf. Nachdem sie seit vierzehn Tagen unterwegs waren, war es um ihre Stimmung genauso schlecht bestellt wie um ihre Kleidung. Selbst Tensor war von dem Aufstieg durch den Schlamm ausgelaugt. Llian ließ sich auf ein Mooskissen fallen.

»Ich sage, wir rasten hier«, wandte Malien sich an Tensor, »es sei denn, du willst deinen Gefangenen umbringen und den Rest von uns gleich mit. Wir können nicht ewig wegrennen.« Sie deutete mit dem Daumen auf Hintis.

Hintis litt schlimmer als alle anderen. Fast schien es, als hätte die Höhe ihm alle Kraft geraubt. Mit dem Kopf zwischen den Beinen saß er auf einem Granitblock und atmete rasselnd. Sein ehemals krauses Haar hing schlaff herab. Tensor schaute ungeduldig drein, doch Hintis ließ sich einfach in den Schlamm gleiten, rollte sich auf die Seite und sagte heiser: »Meine Brust brennt.«

»Nun gut, schlagen wir also ein Lager auf«, gab Tensor nach.

Wieder zurück zwischen den Bäumen, fanden sie auch alsbald einen Lagerplatz, wo eine schwere Granitplatte wie ein Pilzhut auf drei kleineren Felsen ruhte. Darunter fanden sie wenigstens etwas Schutz, auch wenn der Boden nass war und der Wind einfach hindurchpfiff. Malien versorgte Hintis und auch den Rest mit Medizin aus ihrem Rucksack, und in Felsspalten fand sich genug trockenes Holz und Zunder, um ein Feuer zu entzünden. Aber auch nachdem sie es entfacht hatten und Schatten wie Derwische über die Felsen tanzten, wurde Llian einfach nicht warm.

In Mantel und Decke gewickelt, döste er auf dem Boden. Geisterhafte Stimmen suchten ihn in seinen Träumen heim. Sie riefen nach ihm, hielten ihm Willkommenstrünke hin und forderten ihn auf zu trinken; doch jedes Mal, wenn er nach der wohlduftenden Flüssigkeit griff, löste der Becher sich einfach auf. Später träumte er, er wäre wieder in Thurkad. Er zog sein abgetrenntes Bein durch die Gosse und bettelte um Hilfe, doch niemand wollte sie ihm gewähren.

Llian schlug um sich und wachte auf. Das Feuer war heruntergebrannt, und die Aachim schliefen bis auf die Wachen draußen im Wald. Was war das? Aus dem Augenwinkel heraus hatte er irgendetwas vorbeiflattern sehen. Jetzt war es verschwunden ... Nein, da war es erneut: ein weißes Ding, das von Fels zu Fels huschte. Die Haare auf Llians Arm richteten sich auf, doch kaum schaute er das Ding direkt an, da verschwand es schon wieder.

Es war reine Zeitverschwendung, noch einmal zu versuchen

einzuschlafen. Inzwischen war er hellwach, durchgefroren und deprimiert. Llian zog seine durchnässten Stiefel über die tauben Füße, nahm sich einen Becher Pflaumentee aus dem Topf und ging vom Feuer weg in Richtung der Wiese. Die Wolkendecke war aufgerissen, und der Vollmond schien hindurch. Er war gelb und spendete gerade genug Licht, um Llian einen Weg durch die Felsen hindurch zu zeigen. Die Bergluft hatte einen schwachen Branntweingeruch.

Llian setzte sich auf einen Felsen und nippte an seinem süßen Tee. Nebel schlug sich auf seinen Wimpern nieder, und er dachte über sein elendes Leben nach. Er hatte Karan verloren; Tensor schleppte ihn einem schrecklichen Schicksal entgegen, und er konnte nichts dagegen tun. Zwischen den vorbeitreibenden Wolken hindurch erhaschte er einen Blick auf den Skorpionnebel, ein böses Omen, das zum ersten Mal in der Sommernacht erschienen war, da er im Auditorium die *Geschichte der Düsternis* vorgetragen hatte. Llian schauderte; dann verschwand der blutrote Nebel wieder hinter einer Wolke.

Erneut huschte irgendwas am Rand seines Sichtfeldes vorbei. Das war seltsam, denn dank der Wolken war es im Augenblick vollkommen dunkel. Im gleichen Augenblick wurde er von etwas in den Rücken gestupst und sprang erschrocken auf.

»Beruhige dich, Chronist«, sagte Malien amüsiert. »Unsere Feinde sind weit weg.«

»*Eure* Feinde!«, korrigierte er sie verbittert. »Meine sind um mich herum und schleppen mich von allem weg, was ich je geliebt habe, um mich zu gebrauchen und dann wie Abfall wegzuwerfen.«

»Betrachte es als Gelegenheit zu sehen, was kein anderer Chronist je gesehen hat, und Geschichten zu erzählen, die nie erzählt worden sind.«

»Das habe ich auch getan, bis ich erkannt habe, wie nutzlos ich bin. Ich bin ein Versager, und es würde allen besser gehen, wenn ich tot wäre.«

»Pah! Von allen menschlichen Gefühlen ist Selbstmitleid das verachtenswerteste. Steh auf, und mach etwas aus dir.«

Ihre Worte trafen ihn wie ein Schlag ins Gesicht. Zorn flammte in Llian auf. Seine Wut war so groß, dass er Felsen aus der Erde hätte reißen können. In der Absicht, Malien zu verletzen, schlug er zurück: »Dann bin ich eben verachtenswert. Aber ich bin nicht so verachtenswert wie ihr Aachim, die ihr ständig jammert und mit den Händen ringt, weil ihr euer ach so geliebtes Shazmak verloren habt und was für Rückschläge ihr sonst noch erlitten haben mögt. Schaut doch nur einmal in eure eigenen Historien! Überheblichkeit zieht euch an wie Mist die Maden. Ihr gebt Narren Macht und folgt ihnen dann blind in den Abgrund, weil ihr ja so stolz seid; dabei fürchtet ihr euch nur davor, selbst denken zu müssen, wenn ihr ihnen diese Macht wieder abnehmt. Und jetzt macht ihr das Gleiche schon wieder. Erst vor wenigen Tagen hast du geheult und Tensor für seine Torheit verflucht, und schon bist du ihm wieder näher als ein Blutegel den Eiern eines Hundes. Ihr ...« Er hielt unvermittelt inne. Seine eigene Grobheit hatte ihn entsetzt.

»Ja«, sagte Malien, »wir haben zwei tödliche Fehler, und du hast den Finger darauf gelegt. Wir sind übermäßig stolz, und unser Mut vermag diese Hürde nicht zu nehmen. Deshalb haben wir auch Aachan verloren. Und deshalb scheitern wir immer wieder im Angesicht eines Feindes, der niemals aufgibt.«

»Nun, ich werde auch nicht aufgeben. Ich *werde* die Geschichte meines Lebens schreiben, und nichts wird sich mir in den Weg stellen. Alles andere ist unbedeutend.«

»Sag niemals, dass alles andere unbedeutend sei, Chronist. Dein Volk ...«

»Fass dir erst einmal an die eigene Nase, bevor du mir Vorträge hältst! Jetzt zählt nichts mehr außer der Geschichte.« Er schob sich an ihr vorbei, platschte über die Wiese und verschwand in der schwarzen, von Geistern heimgesuchten Nacht.

Malien schaute ihm hinterher und zitterte nervös. Doch andererseits ... Welchen Schaden vermochte ein Chronist schon anzurichten? Ihre Wache war zu Ende; also kehrte sie zum Feuer, dem Pflaumentee und ihren Decken zurück.

Schließlich verebbte Llians Zorn, doch seine Entschlossenheit wuchs sogar noch an. Er hatte sich viel zu lange einfach nur treiben lassen. Er würde diese Gelegenheit nutzen, für die andere Chronisten getötet hätten, und er würde alles tun, was notwendig war, um die Geschichte zu Ende zu bringen.

Das geisterhafte Etwas flatterte wieder am Rand seines Sichtfelds, und plötzlich erkannte er, was das war. Das hier war der Berg Tisane. Hier hatte einst ein Kloster gestanden, das unter anderem für seinen Branntwein berühmt gewesen war, gefiltert durch reinen Torf und Moos. Doch dann war die Pest nach Tisane gekommen, und furchtbare schwarze Beulen, die beim Platzen einen ekelhaften Gestank absonderten, hatten binnen einer Woche über die Hälfte der Brüder und Schwestern niedergestreckt. Die Überlebenden hatten über ihr weiteres Schicksal abgestimmt. Schließlich hatten sie sich in der Destillerie eingeschlossen – selbst die, die dagegen gestimmt hatten – und sich und das Kloster mit Hilfe ihres edelsten Branntweins zu Asche verbrannt. Noch Wochen danach hatte der ganze Ort nach Alkohol gestunken, und seitdem spukte es auch hier.

Ein Geist schwebte an Llian heran: eine hübsche junge Frau in Tunika und Kappe. Sie hielt ihm einen Kelch entgegen. Der Geruch von Kirschbranntwein war überwältigend. Llian streckte die Hand nach dem Pokal aus, und plötzlich wimmelte es um ihn herum von Geistern. Jeder pries die Qualitäten seines eigenen Branntweins an und versuchte verzweifelt, Llians Aufmerksamkeit zu erringen. Seit Jahrhunderten hatten sie keinen Kunden mehr gehabt. Aber sie waren nur Schatten, während durch seine Adern Blut strömte. Jedes Mal, wenn Llian einen Pokal oder Becher berührte, verschwand dieser und der Geist mit ihm. Die wundersamen Tränke waren für immer verschwunden und ihre Kunden mit ihnen. Die Luft stank nach Alkohol und Bedauern.

Harmlose Geister!, dachte Llian und sehnte sich mit einem Seufzen nach echtem Branntwein. Er drehte sich um und ging leichten Schrittes durch die Schatten und Moose zum Lager zurück. Er hatte das Gefühl, sich selbst wiedergefunden zu haben.

Danach rannten sie im wörtlichen Sinne anderthalb Tage. Zu guter Letzt hielten sie für drei, vier Stunden an, um sich auszuruhen, vielleicht ein wenig zu schlafen und ihr weiteres Vorgehen zu besprechen; doch Llian war viel zu müde, um den Aachim zuzuhören. Kaum hatten sie angehalten, da ließ er sich zu Boden fallen, zog den schweren Mantel um die Schultern und schlief an Ort und Stelle ein.

Dann waren sie wieder unterwegs. Sie liefen und liefen, bis Llian das Gefühl hatte, er hätte nie in seinem Leben etwas anderes getan. Das Trommeln geschundener Füße auf der harten Erde, jeder Atemzug ein schweres Keuchen, begleitet von einem Brennen in seiner Seite, und das stete Pochen in der Wunde, obwohl sie gut verheilte – all das kam Llian vollkommen normal vor. Tatsächlich wurde er auch mit jedem Tag stärker, obwohl er ständig erschöpft war, und was die Aachim betraf, so wurden ihre Schritte immer länger; sie schienen ein seltsames Vergnügen ob ihrer Flucht und der damit verbundenen Schmerzen zu empfinden.

Das Wetter war noch immer furchtbar: Regen und Wind, und zu Anfang kamen sie nur langsam voran. An einigen Tagen schafften sie nur zwölf, maximal fünfzehn Meilen, nicht mehr, als eine Armee auf einer guten Straße geschafft hätte – wenn auch nicht in dem rauen Gelände, das sie bereisten. Doch als der Wind schließlich auf Westen drehte und der Himmel klar und die Luft warm wurde, hatten sie ihre Verfolger weit hinter sich gelassen. Vielleicht gab es auch gar keine Verfolger mehr, und in den großen Wäldern am Fuß der Berge schafften sie bisweilen sogar sechsunddreißig Meilen und einmal sogar fünfundvierzig. Wäre Llian nicht gewesen, wären sie sogar noch viel weiter gekommen.

An diesem Tag hielten sie eine Besprechung ab. Es ging darum, ob sie tiefer in die Berge ziehen sollten, um sich zu verstecken, oder ob sie sich nach Osten zum Meer von Lauralin wenden sollten. Tensor sagte kein Wort, doch sah es so aus, als hätte er schon ein Ziel im Sinn. Zu guter Letzt taten sie keines von beidem, sondern zogen einfach weiter.

Bei diesem Rennen nach Norden hatte Llian keine Zeit für etwas anderes außer Laufen und Schlafen, und am Ende eines jeden Tages fiel er einfach auf ein Bett aus Farn oder Zweigen und schlief. Zum Träumen war er inzwischen viel zu erschöpft. Nur einmal hatte er diesen Traum wieder – oder zumindest wusste er beim Aufwachen, dass er ihn gehabt hatte. Das war in der Nacht, bevor sie Siftah erreichten, eine Fischerstadt an der nordöstlichen Spitze von Meldorin. Wohin sollten sie von da aus weiterziehen, wenn nicht übers Meer?

Sie waren wieder an der Küste, und da sie keinen besseren Lagerplatz fanden, ließen sie sich unter einem Felsvorsprung an einer niedrigen Klippe nieder. Dieser Unterschlupf war bis auf hinten nach allen Seiten hin offen, sodass ständig der Wind vom Meer hindurchpfiff. Der feuchte Wind machte die Rast unangenehm, obwohl es nicht wirklich kalt war – jedenfalls nicht für jemanden, der mitten im Winter nach Shazmak gewandert war.

Sie bauten sich einen Windschirm aus Treibholz und hingen ihn vor das Feuer. Das reichte, damit der schwache Lichtschein von ferne nicht zu sehen war. Llian saß regungslos in der Nische, während einige Aachim Essen zubereiteten und andere das Lager aufschlugen. Malien kontrollierte seine Wunde noch ein letztes Mal, denn inzwischen war nur noch eine schorfige Narbe davon übrig.

Llian zog das Hemd hoch, das einst Malien gehört hatte. Inzwischen war die schöne Seide voller Flecken, und an der Schulter fiel es bereits auseinander.

»Und? Bereitet sie dir noch Probleme?«, erkundigte sich Malien.

»Ein wenig, wenn ich mich strecke oder plötzlich bewege – und nach einem langen Tag.«

»Ist das alles? Dann bist du vollständig geheilt. Meine uralten Knochen fühlen sich jeden Tag genauso an.«

»Uralt! Ich dachte, ihr Aachim würdet praktisch ewig leben. Zumindest weiß ich, dass das bei Tensor so ist.«

»Einige tun das, wenn ein Unfall oder Krankheiten das nicht verhindern«, sagte Malien.

»Und warum ist das so?«, fragte Llian.

»Keine Ahnung. Wir leben einfach lange.«

»Wie auch die Charon und die Faellem«, sinnierte Llian, »und Meister der Geheimen Kunst wie Mendark und Yggur, die gelernt haben, das kurze Leben von uns Altmenschen zu verlängern.«

»In der Tat. Aber das Leben *meiner* Linie war nie so lang, und ich habe die Mitte bereits überschritten. Ich kann allerdings nicht behaupten, dass mich das irgendwie stört.«

»Und wie alt bist du?«

Sie starrte ihm so intensiv in die Augen, dass selbst ihn das verlegen machte, und er wandte sich ab.

»In meiner Kultur gilt das wie in deiner als sehr unhöfliche Frage – selbst wenn sie von einem neugierigen Chronisten kommt.«

»Tut mir leid«, sagte Llian. Entsetzt musste er feststellen, dass seine Wangen heiß geworden waren.

»Aber ich werde sie trotzdem beantworten«, sagte Malien, »um für eine Zeit vorbereitet zu sein, da wir Aachim vielleicht nur noch in Geschichten wie den deinen existieren werden. Ich habe mehr als zwei eurer Leben gelebt, und wenn das Schicksal es erlaubt, werde ich auch noch weitere zwei leben. Das reicht mir dann auch.«

»Hast du Kinder?«

Sie schaute zum abnehmenden Mond hinauf. »Nur eines bis jetzt. Ich bezweifele allerdings, dass ich den Mut für ein zweites aufbringen werde.«

»Ich dachte ...« Llian unterbrach sich.

»Hat deine Neugier denn gar kein Ende?«, fragte Malien in tadelndem Ton; aber sie lächelte. »Wir Aachim unterscheiden uns in vielerlei Hinsicht von den Altmenschen, Llian. Auch in unserer Fruchtbarkeit. Sie ist nicht ständig vorhanden wie bei den Frauen eurer Völker. Ich habe drei kurze Fruchtbarkeitsperioden in meinem Leben; die letzte war vor dreißig Jahren. Vielleicht werde ich noch ein, zwei mehr haben. Ach, mein Sohn ...!«

»Was ist mit ihm geschehen?«

»Das sollte ich dich fragen. Du hast ihn sterben sehen.«

»Rael!« Llian bekam eine Gänsehaut.

»Rael«, echote sie.

»Er ... Er hat uns bei der Flucht aus Shazmak geholfen.« Llian musste sich zwingen, nicht zu stottern. »Er hat unsere Verfolger aufgehalten und das Ruder des anderen Bootes zerstört, sodass sie uns nicht hinterher konnten. Dann, als er versucht hat, zu uns ins Boot zu klettern, hat sich die Strömung als zu stark erwiesen. Sie hat ihn nach unten gezogen.«

»Er war ein guter und kräftiger Schwimmer«, sagte Malien. »Vielleicht war das seine Art, einem unmöglichen Dilemma zu entkommen.«

»Ich erinnere mich ... kurz bevor wir geflohen sind ... Er hat so traurig ausgesehen. *Ach!*, hat er zu Karan gesagt. *Du hast noch dein anderes Haus und dein unausgesprochenes Ziel, um dich zu trösten. Für mich wird es jedoch keine Rückkehr mehr geben.* Karan hat ihn sehr gern gehabt.«

»Sie waren enge Freunde.«

»Rael war der edelste Mensch, den ich je kennen gelernt habe«, sagte Llian.

»Oh, welch Leid! Ich kann nicht mit dir über ihn sprechen. Komm mit mir.«

Llian folgte Malien über die Felsen zum Wasser hinunter. Sie stand im kalten Wind am Meeresrand, wo sie dank der Brandung niemand belauschen konnte.

»Erzähl mir von diesem Traum«, bat Malien. »Hast du ihn seit unserem letzten Gespräch noch einmal gehabt?«

»Nur einmal. Es war ein sehr kurzer Traum: Rael war in seinem Zimmer in Shazmak. Er hat dort einmal für mich Musik gemacht. Doch in meinem Traum spielte er ein melancholisches Lied für jemanden, den ich nicht sehen konnte. Dann hat sich das Bild in eine schreckliche Warnung verwandelt. Ich habe dich dort gesehen, und …«

»*Das ist mein Traum!*«, rief Malien und schlug die Hände vors Gesicht.

»Dein Traum?«

Malien nahm die Hände wieder herunter. Sie wirkte plötzlich starr, entrückt, und Llian glaubte, dass er vielleicht ein Tabu berührt hatte. Dann gelangte sie offensichtlich zu der Überzeugung, dass sie ihm eine Erklärung schuldig war. »Ich kann mit einem Fremden kaum darüber sprechen«, flüsterte sie. »Das ist eines unserer größten Geheimnisse, etwas sehr Intimes.« Sie schaute ihn an, und ihre Augen waren feucht.

»Manchmal können wir Aachim noch für eine Weile mit jemandem nach seinem Tod verbunden sein, wenn uns derjenige wirklich nahegestanden hat. *Aber wie kann es sein, dass das auch bei dir passiert?*«

»Er hat dir vorgespielt«, sagte Llian. »Es war eine Warnung. Du warst starr wie der Tod. Ich glaube, du hast geweint. Das ist alles. Es war beide Male gleich.«

Sie schauderte, und ihr Gesicht erstarrte. »*Geteilte Träume!* Untergang! Vernichtung!«, flüsterte sie und ging wieder das Ufer hinauf.

Llian sah sie an diesem Tag nicht wieder, und sie sprach eine Woche lang nicht mehr mit ihm, obwohl er sie mehrmals dabei ertappte, wie sie ihn anstarrte, als suche sie etwas in seinem Gesicht. Und er wusste, wonach sie suchte: nach dem Stigma, das verriet, dass Rulkes Gabe in ihm zu wirken begann. Er bekam furchtbare Angst, und er wusste, wie sehr er geirrt hatte, als er in der Tür von Tensors Villa in Thurkad gezögert hatte. Was würden die Aachim wohl mit jemandem tun, der diese Zeichen trug? Vor allem zu dieser Zeit?

Kapitel neun

In der Kaistadt

Es war der erste Tag der Endre, der Mittwinterwoche, traditionsgemäß eine Zeit der bösen Omen, in der anständige Bürger in ihren Häusern blieben und keine Entscheidungen trafen. Es dauerte nur noch drei Tage bis Hythe, dem Mittwintertag, dem schlimmsten Tag des Jahres.

Mendark und seine Gruppe versteckten sich einige Stunden in dem Tunnel, durch den sie gekommen waren, bis Tallia nach langem Suchen einen Hafenarbeiter auf den Landungsstegen fand, der ihnen sagen konnte, was geschehen war. Ihr Boot, eines von vielen in Thurkad, war in der Nacht von Yggurs Soldaten beschlagnahmt worden. Sie waren einen Tag zu spät gekommen.

Mendark konnte kaum sprechen, so groß waren seine Wut und seine Angst. »So weit ist es nur gekommen, weil ich meine Pflicht erfüllt habe«, knurrte er. »Ich werde die Hlune anbetteln müssen, uns aufzunehmen. Was für eine Demütigung! Und was, wenn sie mir die Bitte verweigern?«

Er lief den Tunnel hinauf und stapfte ziellos durch das stinkende Wasser; dann kam er wieder zu Tallia zurück, die sich gerade mit Torgsted unterhielt. »Tallia, ich brauche ein Boot. *Noch heute Nacht.* Geh und finde eins. Torgsted!« Er senkte die Stimme. »Du warst mir stets treu ergeben. Um was ich dich nun bitten muss, wird diese Treue bis an ihre Grenzen auf die Probe stellen. Behalte Thyllan für mich im Auge. Sollte es zu einem Bruch kommen, wärst du dann bereit, mit ihm zu gehen und weiter für mich aufzupassen? Wärst du bereit, so zu tun, als würdest du mich verraten? Ich weiß, wie viel ich von dir verlange.«

»Ja, ich werde es tun«, erklärte Torgsted entschlossen. »Egal wie lange es auch dauern mag.«

Mendark schüttelte ihm die Hand und drehte sich dann zum Rest der Gruppe um, die elend auf einer schleimbedeckten Mauer weiter hinten hockte. »Wohlan, es kann nicht länger hinausgeschoben werden. Kommt!«

Sie folgten Mendark in das riesige Gebilde hinein, das die Kaistadt darstellte. Sie war genauso groß wie die eigentliche Stadt, drei, vier, manchmal sogar fünf Stockwerke hoch und nirgends schmaler als tausend Schritt. Das Labyrinth der Kaistadt erstreckte sich auf mehr als drei Meilen am Ufer der Bucht von Thurkad. Langsam versank sie im Schlamm des Hafens, und ständig wurde etwas Neues auf das Alte gebaut.

Es war fast Mittag. Mendark führte die Flüchtlinge in einen Irrgarten aus riesigen, geteerten Balken und Brettern, Lagerhäusern und Zellen, und überall troff Wasser herunter. Beinahe sofort wurden sie von zweien der schlaksigen Hlune angerufen, jenem schlammhäutigen Volk mit den scharfkantigen Gesichtszügen, das die Kaistadt beherrschte und alles kontrollierte, was hier ein- oder ausgeladen wurde.

Der erste Hlune, anhand des fehlenden spärlichen Spitzbartes als Frau erkennbar, ergriff Mendarks Arm. Er blieb sofort stehen. Die Frau wirkte zutiefst verunsichert. Sie bewegte den Kopf von einer Seite zur anderen und gluckste wie eine Henne auf ihrem Nest. Die Sprache der Hlune war durchsetzt mit solchen Geräuschen, wodurch sie nur schwer zu verstehen war.

Mendark schaute ihr in die Augen und sprach mit voller, hallender Stimme – das vollkommene Gegenteil der schläfrigen Art und Weise, auf die er sonst redete. »Ehrenwerte Hlune! Im Namen unseres langen Bündnisses und beiderseitiger Interessen erbitte ich von euch Zuflucht für mich und meine Leute. Nur für einen Tag.«

Die Frau starrte die Gruppe an. Sie gluckste noch immer, und ihre Augen wurden vor Sorge groß. Dann stieß sie mit einem Plopp den Atem aus. »Zuflucht? *Jetzt?* Nein, nein, *nein!*«

Sie wirbelte zu dem Mann herum, der nervös mit den Zähnen klapperte. Sein Blick zuckte über Mendarks Schulter hinweg. »Kommt rasch!«, rief er, packte Mendark am Arm und zog ihn in einen kahlen Raum, einen einfachen Würfel aus schwarzem Holz. »Beeilt euch! Ihr alle!«

Die Wände bestanden aus Schieferplatten, die sich kaum berührten, und das Holz bröckelte bereits von Fäule. Auf den Bodenplatten sammelte sich schon das Wasser der nahenden Flut. Dunkles Regenwasser leckte durch die Risse in der Decke und troff auf sie hinab.

»Bleibt hier«, zischte der Mann, als alle drin waren. »Öffnet ja nicht die Tür!«

»Zieht das an, Magister«, sagte die Frau und reichte Mendark ihren Kapuzenumhang. »Kommt mit mir.« Mendark legte den Umhang um die Schultern und folgte ihr hinaus.

Lilis spähte durch die Risse in der Wand und sah, wie Mendark von der Frau davongescheucht wurde, während der Mann draußen Wache stand. »Was passiert da?«, fragte sie Tallia.

»Wir stecken in ernsten Schwierigkeiten, Kind«, antwortete Tallia. »Yggur hat die Stadt abgeriegelt. Wir haben keine Fluchtmöglichkeit mehr. Uns aufzunehmen kann die Lage für sie nur verschlechtern.«

Lilis drückte ihren neuen Rucksack an die Brust aus Angst, er könne konfisziert werden. »Was werden sie tun?«

»Sie könnten uns unsere Bitte verweigern. Mendark kann allerdings sehr überzeugend sein, und er macht schon seit sehr, sehr langer Zeit mit den Hlune Geschäfte. Lass uns einfach abwarten.«

Schließlich wurde Mendark wieder zurückgebracht. »Puh! Ich hatte mir schon Sorgen gemacht. Aber sie haben sich bereit erklärt, uns für einen Tag Zuflucht zu gewähren. Das sollte reichen.«

Tallia glaubte, dass er nur gute Mine zum bösen Spiel machte, aber sie schwieg. Sie wurden in einen besseren Raum gebracht, in eine Kammer hoch oben, die für Hluneverhältnisse geradezu luxuriös ausgestattet war: Sie hatte Betten, auch wenn die furchtbar feucht waren. Nachdem ihre Eskorte gegangen und die Tür geschlossen war, berieten sie sich.

»Die Hlune bieten uns eine kurzfristige Zuflucht an, kein Asyl«, erklärte Mendark. »Wir müssen planen, so weit wir können. Was denkst du, Malkin?«

Malkin war der Anführer der kleinen Gruppe von Kaufleuten und Advokaten; doch seit seinem Sturz in den Kanal war der Mann nur noch ein Häuflein Elend. Seine Kollegen mochten ja nur noch Verachtung für ihn empfinden, doch nun überließen sie ihm das Reden. Malkin schwieg jedoch beharrlich.

Thyllan war nicht so scheu. Er deutete mit ausgestrecktem Arm auf Mendark, und sein Gesicht war rot vor Zorn. »Wie viele Male habe ich euch vor diesem Mann gewarnt? Er ist seit tausend Jahren Magister, und schaut euch das Ergebnis an! Die Stadtkasse ist leer; unsere Armeen sind zerschlagen, und Thurkad hat Yggurs Stiefel im Nacken. Und als wäre das alles noch nicht genug, ist das Große Konklave, unsere geheiligtste Tradition, von *seinem Freund* Tensor entweiht worden.«

Tallia schickte sich an, diese Vorstellung zu unterbrechen, doch Mendark legte ihr die Hand auf den Arm. »Lass ihn sprechen«, sagte er.

Thyllan fuhr mit dröhnender Stimme fort, die besser in die Große Halle als in diesen winzigen Raum gepasst hätte. »Hört mich an! Inmitten der Ruinen sehe ich das Licht der Hoffnung. Wir müssen nur den Mut aufbringen, ihm zu folgen. Die Vergangenheit ist tot, aber ich sehe den Weg in die Zukunft. Der Rat hütet Geheimnisse, die seit tausend Jahren nicht mehr angewandt worden sind – *die Geächteten Experimente!*«

»Der Rat hat geschworen, diese Kräfte nie wieder zu entfesseln!«, rief Mendark besorgt.

»Die Eide des Rates sind nicht bindend. Die Vergangenheit darf der Zukunft keine Fesseln anlegen. In einer Krise wie dieser müssen wir alle Geheimnisse zum Einsatz bringen, die der Rat hütet. Wir haben nichts anderes.«

Tallia beobachtete die restlichen Leute im Raum und versuchte, ihre Reaktionen einzuschätzen. Es sah schlecht aus. So wie Thyllan auch das Konklave umgestimmt und Mendark hatte alt, schwach und selbstsüchtig aussehen lassen, so gelang ihm das auch hier. Er war ein gefährlicher Gegner, und wenn er auch noch die Soldaten auf seine Seite zog, dann schwebten sie in tödlicher Gefahr.

»Der alte Rat ist zerbrochen!«, brüllte Thyllan und schlug mit der Faust gegen die Wand. »Wir müssen den Verräter verstoßen und einen neuen Rat schmieden. Und wir brauchen einen sicheren Zufluchtsort, von wo aus wir unsere Stärke neu aufbauen können. Irgendwo in der Nähe, schwer zu erobern, leicht zu verteidigen. Wir werden nach Nilkerrand gehen, jenseits des Meeres.«

Die Kaufleute rutschten nervös hin und her. Sie hatten sicherlich ihre Schwächen, Narren waren sie jedoch nicht. Ihre Interessen waren die Interessen von Thyllan, ihre Gier Thyllans Gier. Selbst Tallia konnte nicht umhin, einen Hauch von Bewunderung für den Mann zu empfinden. Gerade hatte er noch bewusstlos in einer Ecke gelegen, und in weniger als einem Tag, ohne einen einzigen Gefolgsmann, in einer elenden Zuflucht und unter der Nase seiner Feinde schmiedete er bereits Pläne zur Eroberung seiner Welt.

»*Nilkerrand!*«, sagte Mendark. »Und du nennst *mich* einen Narren.«

Berenet zwirbelte seinen Schnurrbart und schaute Thyllan mit einem rätselhaften Lächeln an. Es war unmöglich zu sagen, was er dachte.

»Aber zuerst«, rief Thyllan, »müssen wir diesen Abschaum der alten Zeit loswerden: den verräterischen Mendark, der fortan als der ›Alte Narr‹ bekannt sein soll. Was sagt ihr?«

»Das ist ungesetzlich«, erwiderte Mendark schwach. »Der Rat kann nicht aufgelöst werden, solange sein Zweck nicht erfüllt ist. Dieser armselige Rest kann dich noch nicht einmal zum Kriegsherrn ausrufen, Thyllan. Aber was weißt *du* schon von Ehre oder unserem alten Kodex? Das einzige Gesetz ...«

»Das Gesetz hat versagt«, unterbrach Thyllan ihn »Wir müssen Kraft aus unseren eigenen Idealen schöpfen, um die Welt neu zu gestalten und schlussendlich solche Gesetze zu erschaffen, die uns Harmonie bringen.«

»Folgt ihm auf eigene Gefahr«, wandte sich Mendark an die Gruppe. »Seine Herrschaft wird so rasch vergehen wie Schnee im Sommer. Unterstützt seine Torheit, und ihr versetzt unserer Sache einen Rückschlag, der ...«

»*Der alte Narr!*«, schnaubte Thyllan verächtlich. »Der Mann, der ein ganzes Zeitalter lang Magister war ... im Zeitalter, da Thurkad fiel. Das ist der Mann, der *nichts* getan hat, der *nichts* weiß und der *nichts* anzubieten hat außer irgendwelchen Fantastereien über die Vergangenheit. Es ist besser, etwas zu versuchen und zu scheitern, als in dem Wissen zu sterben, es noch nicht einmal versucht zu haben.« Seine Stimme troff nur so vor Verachtung, sodass selbst Mendarks Leibwächter besorgt dreinblickten. »Werft ihn hinaus!«

Es wurde abgestimmt, und die Kaufleute schlugen sich auf Thyllans Seite. Tallia und Berenet nahmen an dieser Farce nicht teil, doch Mendarks Leibwache wechselte die Seiten mit Ausnahme von Osseion. Torgsted schloss sich ebenfalls den Rebellen an. Tallia hoffte nur, dass er sich an Mendarks Plan halten würde. So war es also beschlossene Sache. Es mochte zwar illegal sein, aber der Rat wurde aufgelöst und neu gebildet mit Thyllan als Magister.

Mendark wandte sich an seine kleine Gruppe, die verschreckt ob dieser plötzlichen Wendung in der Ecke kauerte. Er war bemerkenswert ruhig. »Nun, da können wir wohl nichts mehr tun. Hast du irgendetwas dagegen einzuwenden, wenn wir unserer Wege ziehen?«, fragte er Thyllan.

»Hinfort!«, antwortete Thyllan. »Oder spüre meinen Zorn!«

Mendark lächelte, und Tallia erkannte plötzlich, dass er etwas im Schilde führte. Berenet und sie nahmen eine der Truhen, Osseion die andere.

»Stellt sie wieder hin!«, befahl Thyllan. »Wachen ...«

Mendark hob die geballte Faust. Thyllan wurde kreidebleich und fasste sich an den Kopf, unfähig, den Satz zu beenden. »Du solltest deine Kräfte lieber erst wieder sammeln, bevor du es mit mir aufnimmst«, knurrte Mendark.

Er führte seine kleine Gruppe hinaus: Berenet und Osseion, Tallia und Lilis. Thyllans Flüche folgten ihnen. »Das hat ja besser funktioniert, als ich gehofft habe«, bemerkte Mendark und lachte leise, kaum dass die Tür sich hinter ihnen geschlossen hatte.

»Du hast den Bruch mit ihnen gewollt?«, fragte Tallia. Dass sie beschlossen hatte, fortan auf das formelle ›Ihr‹ zu verzichten, schien Mendark noch nicht einmal zu bemerken; aber schließlich war er ja auch kein Magister mehr.

»Auf diesen Haufen da aufzupassen war, als hätte ich die ganze Zeit eine Leiche über der Schulter getragen«, erwiderte Mendark voller Verachtung. »Sollen sie doch nach Nilkerrand gehen! Ich habe andere Dinge, worüber ich mir den Kopf zerbrechen muss.«

»Der Rat!«, sagte Tallia.

Seine gute Laune verflog. »Was soll ich nur tun? Orstand wird nie ersetzt werden können. Allein schaffe ich das nicht.«

»Ihr habt doch noch mich«, sagte Berenet mit einem flehentlichen Unterton in der Stimme. »Wir können einen neuen Rat bilden.«

Tallia schnaubte verächtlich. Mendark funkelte sie an und versuchte, die Wogen zwischen den beiden wieder ein wenig zu glätten. »Der Rat ist mehr als nur ein Titel. Die Erfahrung, die in den vergangenen Tagen verloren gegangen ist, kann in fünfhundert Jahren nicht ersetzt werden ...«

Berenet drehte sich unvermittelt um. Eine Hlunewache kam auf sie zu, wieder eine Frau. Sie hörte schweigend zu, während Mendark ihr erklärte, was geschehen war, und ihre Mundwinkel bogen sich mit jedem Wort weiter herab.

»Was willst du?«, schnappte sie zu guter Letzt.

»Ich bitte erneut um Zuflucht für mich und meine Gefährten«, antwortete Mendark geduldig.

Die Frau deutete auf den Raum zurück, den sie gerade erst verlassen hatten. »Da ist eure Zuflucht«, sagte sie.

»Nicht gut«, entgegnete Mendark. »Sie sind jetzt meine Feinde.«

»Du hast uns gebeten, sie aufzunehmen. Du musst bei ihnen bleiben.«

»Das kann ich nicht!«

Ihre braunen Augen schleuderten Funken auf ihn, und sie stampfte mit dem Fuß auf die feuchten Planken. »Geht wieder rein!«, schrie sie, doch Mendark gab nicht nach. Ein Schwarm von Kindern erschien aus dem Zwielicht: dürre, schmuddelige Straßenkinder mit großen Augen. Lilis erkannte sich selbst in ihnen wieder und umklammerte Tallias Hand.

»Werden sie uns rauswerfen?«, flüsterte sie.

»Ich weiß es nicht, Lilis.«

Die Frau funkelte Mendark an. Er ließ sich zu nichts bewegen. Schließlich stieß die Frau ein Trällern aus, und ein weiterer Hlune erschien. Die beiden redeten miteinander. Ihre Sprache wurde von Zungenschnalzen, Ploppgeräuschen und nasalen Schreien begleitet. Der zweite Hlune schüttelte den Kopf; dann zog die Frau Mendark am Ärmel fort, während die anderen warteten.

Es verging eine beunruhigende halbe Stunde, bevor die Frau allein wieder zurückkehrte. »Kommt!«, zischte sie.

Sie wurden auf einen langen, ermüdenden Marsch mitgenommen. Erneut ging es rauf und runter, und dabei mussten sie nicht nur die Truhen, sondern auch ihr Gepäck schleppen. Die neue Unterkunft spiegelte ihren nun niedrigeren Status wider: Es war ein kahler Raum, knapp über der Flutlinie, und das Wasser stank. Mendark wartete dort bereits auf sie.

»Sie sind nicht gerade erfreut«, bemerkte Tallia.

»Während meiner Zeit als Magister herrschte nicht nur eitel Sonnenschein in meinen Beziehungen zu den Hlune«, erklärte Mendark. »Ich musste ihnen drohen. Nun müssen wir wirklich auf der Hut sein. Sie haben Angst, dass Yggur sie ausräuchern wird. Es braucht nicht viel, dass sie uns verraten. Und Thyllan weiß, dass sein Plan ohne Geld zum Scheitern verurteilt ist. Tallia, komm mit.«

Sie folgte ihm nach draußen und außer Hörweite der sie beobachtenden Hlune.

»Was willst du jetzt tun, Mendark?«

»Ich weiß es nicht«, antwortete er. Er sah abgehärmt aus. »Mach du nur *deine* Arbeit – finde uns einen Weg hier raus. Hast du Gold?«

»Etwas«, antwortete sie. Dann fiel ihr ein, dass ein Boot in diesen Zeiten vermutlich das Hundertfache des Normalen kosten würde. »Allerdings wird es vielleicht nicht reichen.«

»Nimm das. Das ist das Einzige, was ich wirklich noch im Überfluss habe.« Er holte eine Börse aus seiner Robe. »Nimm die Schlampe mit, und wenn du eine Gelegenheit dazu hast, lass sie zurück.« Er nickte in Richtung der Hlune.

Tallia ließ die Börse in ihre Tasche gleiten. Sie war fast so schwer wie ein Ziegelstein. »Deine Großzügigkeit erstreckt sich eindeutig nur auf das Gold von Thurkad«, bemerkte sie spöttisch und wandte sich ab.

Sie war noch keine zehn Schritt weit gekommen, als eine wilde Wächterin Tallia die erhobenen Hände vors Gesicht hielt. »Wo gehst du hin?«

»Nach Thurkad«, antwortete Tallia höflich.

»Geh wieder zurück!« Die Frau fummelte an ihrem Messer herum.

Tallia hob die Hände und wich zurück. »Hast du gehört?«, fragte sie Mendark.

Er seufzte. »Ich werde wohl mit ihr reden müssen.«

Es war eine längere Diskussion vonnöten, bis die Hlune davon überzeugt war, dass sie die unwillkommenen Gäste nur loswerden würde, wenn Tallia ein Boot fand. Als es so weit war, neigte sich der Nachmittag bereits dem Ende zu.

Nun wartete Tallia und ihr kleiner Schatten neben einem der Hauptpfeiler von Kaistadt, einem derart dicken Stamm, dass sie ihn selbst zusammen nicht hätten umfassen können. Ohne ihre Eskorte konnten sie nirgends hin, doch die Hlune kam nur langsam hinterher.

»Warst du schon einmal hier?«, fragte Tallia das Straßenmädchen.

Lilis zitterte. »Das ist ein verbotener Ort. Ich bin einmal mit einer Botschaft hierhergekommen, aber nur bis zum Fuß der Treppe.«

»Hast du Angst?«

»Auf der Straße haben wir immer Angst. Aber nicht jetzt, nicht mit dir.«

»Nun, ich habe Angst.«

»Du?« In Lilis' Augen war Tallia allmächtig. »Jeder sagt immer, wie klug du bist.«

»Ach ja? Was sagen sie sonst noch?«

»Dass du die beste Kämpferin auf der ganzen Welt bist und dass du bewaffnete Männer mit bloßen Händen besiegen kannst.«

Tallia lachte leise. »Das ist nur Tavernengerede. Ich kann ein, zwei besiegen, oder vielleicht auch drei, wenn sie betrunken oder ungeschickt sind. Aber bei mehr als dreien wäre ich genauso hilflos wie du.« Lilis erwiderte nichts darauf, sondern drückte Tallias Hand nur noch fester. »Und ich ziehe es vor, überhaupt nicht zu kämpfen, wenn ich es irgendwie vermeiden kann. Was sagen sie sonst noch?«

»Dass du sogar besser Magie wirken kannst als der alte Magister.«

Tallia lachte laut auf. »Ich wette, *das* sagen sie zumindest nicht vor Mendark. Das ist auch ganz und gar nicht wahr.«

»Du kannst nicht zaubern?« Lilis klang ziemlich enttäuscht.

»Ich ... Ich kann, Lilis, und sollten sich die Dinge in die entsprechende Richtung entwickeln, wirst du vielleicht auch etwas davon sehen. Aber wir benutzen die Geheime Kunst nicht, wenn es noch einen anderen Weg gibt, und wir reden überhaupt nicht darüber.«

»Oh!«, sagte Lilis.

»Jetzt müssen wir aber erst einmal ein Boot und einen guten Seemann finden.«

»Ich kenne keine Seemänner«, sagte Lilis und strich mit der Hand über den dicken Pfeiler. »Ich habe mich immer vom Hafen ferngehalten. Seeleute machen mir Angst.« Es folgte ein langes Schweigen. Lilis betrachtete ihre Finger, die braun von Staub waren. »Aber es gibt Leute, die können alles finden, wenn du sie bezahlen kannst.«

»Ich kann bezahlen, aber sind sie auch vertrauenswürdig?«

Lilis zuckte mit den Schultern. »Vielleicht.«

»Hast du je von einem Schiffer namens Pender gehört?«

Lilis schüttelte den Kopf.

Nein, warum solltest du auch?, dachte Tallia. Pender war aus Narne gekommen, und das lag weit, weit weg. Er hatte Karan und Llian hierher gebracht und hatte dabei allen Berichten zufolge hervorragende Arbeit geleistet. *Ein Fremder, ein Aussätziger ... das ist, was wir brauchen.*

Just in diesem Augenblick tauchte die Hlune auf. Sie sah äußerst gereizt aus. »Wohlan«, sagte Tallia laut, »bring mich zu diesen Leuten, von denen du gesprochen hast, Lilis.«

Das Licht wurde allmählich schwächer. Es regnete immer noch. Lilis und Tallia hockten inzwischen am Rand der Kaistadt neben einem alten Steindock, das schon lange aufgegeben und überbaut worden war. Tallia trug eine graue Robe und hatte sich Gesicht und Hände geschminkt, war ansonsten aber unverkleidet.

Sie warteten auf die Dunkelheit. Das Hafengebiet war einer der am gründlichsten beobachteten Orte, und Tallia stand mit Sicherheit auf Yggurs Liste. Sie hätte sich natürlich auch verschleiern können, wie es die Leute aus Faranda taten, aber von denen gab es nur wenige in Thurkad, und in einer Situation wie dieser war der Schleier auch eher eine Einladung, darunter zu schauen. Auch wollte Tallia keine Illusion einsetzen. Yggur war ein berühmter Meister der Geheimen Kunst, und ohne Zweifel hatte er Gehilfen, die in solchen Dingen ausgebildet waren. Falls ja, dann hätte Tallia statt eines Illusionszaubers genauso gut eine Fackel nehmen und wild damit winken können. Besseren Schutz boten ihr da die Dunkelheit, die Gassen und ihre hervorragende Führerin. Und auch das Wetter war günstig für sie. Kälte, Regen und Wind sorgten oftmals dafür, dass Soldaten weniger gründlich waren, als sie es eigentlich hätten sein sollen.

»Ich habe Angst«, sagte Lilis. »Schau, da hinten sind auch Wachen.«

»Ja, jetzt sehe ich sie«, erwiderte Tallia. Zum Glück waren die Augen des Kindes schärfer als ihre eigenen. »Wir sollten es besser auf einem anderen Weg versuchen.«

Wie sie feststellen mussten, war jeder Weg aus der Kaistadt genauso gut bewacht wie der erste. »Yggur muss vermuten, dass wir hier sind«, sagte Tallia. »Kennst du irgendwelche Geheimwege in die Stadt, Lilis? Du kennst die Straßen besser als ich.«

»Da sind die Abwasserkanäle und die alten Schmugglertunnel«, antwortete Lilis.

»Bring mich zu einem davon, der weiter den Hügel hinaufführt. Zu einem, den niemand kennt. Vielleicht sind die Straßen jenseits der Kaistadt ja nicht so gut bewacht.«

Lilis' kleine, kalte Hand ergriff Tallias warme, und gemeinsam gingen sie über verschlungene Wege, bis es vollkommen dunkel war. Schließlich blieb Lilis bei einem stinkenden Abfluss stehen. »Hier geht es rauf. Da kommt man in der Nähe einer Taverne heraus, der ›Mutterperle‹, einer Schmugglerkneipe.«

»Gut. Ich würde mich gerne an die Nebenstraßen halten. Ich glaube nicht, dass Yggurs Soldaten sich da schon reinwagen.«

»Vermutlich haben sie zu viel Angst davor«, sagte Lilis und zitterte.

Der Kanal war niedrig und schon vor langer Zeit weitgehend stillgelegt worden. Dennoch stank es hier nach allem, was in einer Stadt von einer Million Menschen verfaulen konnte. Lilis, die ihre neuen Kleider und Stiefel zurückgelassen hatte, platschte voran. Tallia folgte ihr vorsichtig über zerbrochene, schleimige Steine. Als sie schließlich das Ende erreichten, war sie bis zu den Knien mit stinkendem Wasser voll. Lilis zeigte Tallia, wie sie sich durch das verrostete Gitter winden musste, und legte dann Abfall davor, damit die Lücke nicht sofort zu sehen war.

Ihre Reise durch die Nebenstraßen zur Rückseite des Gasthofs verlief ereignislos, denn es waren genug Menschen auf der Straße, dass sie keine Aufmerksamkeit erregten. Doch als sie die Taverne erreichten, fanden sie keinerlei Lebenszeichen: kein Licht, keine Geräusche, und die Hintertür war verriegelt. Lilis ging vorsichtig zur Vordertür, kam aber beinahe sofort schon wieder zurück.

»Ich habe einen Kundschafter die Straße hinunter gesehen. Die Tür ist mit Brettern vernagelt, und da steht etwas in schwarzer Schrift; aber ich bin nicht nahe genug herangekommen, um es lesen zu können.«

Die Taverne musste geschlossen worden sein. Ohne Zweifel waren die meisten derartigen Etablissements geschlossen worden oder standen unter Beobachtung – jedenfalls alle, die Yggur kannte. Tallia wich in die Gasse zurück. Aber da war noch etwas Seltsames ...

»Du kannst lesen?«, fragte sie Lilis.

»Ein wenig«, antwortete das Kind. »Straßenschilder und Plakate. Manchmal helfe ich auch dabei, wenn ein Buchstabe geschrieben werden muss.«

Sie wanderten durch ein Labyrinth von mit Müll vollgestopften Gassen hinter der Hafenpromenade, ein Umweg zu ihrer nächsten Möglichkeit. Die wenigen brennenden Straßenlampen waren von Dunst umgeben, und die Menschen auf den Straßen sahen halb verhungert aus.

»Ist das üblich bei euch?«, fragte Tallia.

»Was?«

»Lesen zu können?«

»Nein«, antwortete Lilis, »aber ein paar von uns können es trotzdem. Ich bin die Beste. Mein Vater hatte ein Buch. Er hat mir Geschichten daraus vorgelesen, mir die Buchstaben gezeigt und mir gesagt, welche Laute sie machen. Ich träume oft von diesem Buch – fast so oft wie von ihm.« Sie schniefte.

»Was ist mit deinen Eltern passiert?«

»Meine Mutter ist krank geworden und gestorben. Ich erinnere mich nicht an sie. Meinen Vater habe ich verloren. Ich habe ihn *verloren.*« Ihre Stimme war voller Trauer und kindlichen Schuldgefühlen.

»Wie hast du deinen Vater *verlieren* können?«

»Als wir nach Thurkad gekommen sind, war ich fünf. Wir sind am Hafen entlangspaziert und haben uns die Schiffe angeschaut. Ich hatte ein Spielzeug, einen kleinen Holzbären. Ich habe ihn ins Wasser fallen lassen, und er trieb davon. Er ist ihm hinterhergesprungen.«

Tallia konnte sich den Rest denken. Es war einfach nur herzergreifend. »Oh, er ist vor deinen Augen ertrunken!«

»Er war ein sehr guter Schwimmer«, sagte Lilis verächtlich. »Er hat den Bären bekommen, und alle Leute haben über ihn geredet. Dann sind ein paar Männer gekommen, Seeleute oder Schmuggler. Sie haben ihm auf den Kopf gehauen und ihn auf ihr Schiff geschleppt; dann sind sie weggesegelt. Er ist nie wieder zurückgekommen.«

»Sie haben ihn *gepresst*? Hier in Thurkad?« Tallia konnte es nicht glauben. »Und niemand hat etwas dagegen getan?«

»Schschsch!«, machte Lilis, und ihr Kopf flog hierhin und dorthin wie der eines Tiers, das etwas gerochen hat. Sie nahm ihre Stadtführerpflichten sehr ernst. Plötzlich stürzte sie sich auf Tallia und stieß sie in die Schatten. »Runter!«

Sie kauerten sich hin. Eine Ewigkeit lang geschah gar nichts; dann tauchten zwei Wachen auf. Schnellen Schrittes gingen sie mitten über die Straße, und immer wieder schauten sie über die Schulter zurück. Nahe dem anderen Ende der Gasse schlug etwas mit einem Platschen gegen den Helm eines Soldaten. Die Soldaten nahmen Verteidigungshaltung an, die Speere bereit, doch es geschah nichts weiter, und kurz darauf verschwanden sie im Nebel.

»Sie haben genauso viel Angst wie wir«, bemerkte Tallia, als sie sich wieder auf den Weg machten.

»Gut!«, erwiderte Lilis.

»Es hat also niemand etwas getan, nachdem dein Vater entführt worden ist?«, fragte Tallia.

»Ich kannte niemanden. Niemand wollte für mich sprechen. Ich hatte nur meine Kleider und meinen kleinen Bären. Zwei Tage lang habe ich nur geweint. Ich habe in einer Gasse in einem Fass geschlafen.«

»Passiert das oft?«

»Dass Leute gepresst werden? Es passiert. Besonders Seemännern oder Leuten, die schwimmen können. Ich bin sicher, dass er tot ist, sonst wäre er mich schon holen gekommen. Sieben Jahre ist er nun schon weg. Sieben ... Jahre.« Und plötzlich brach sie in Tränen aus. Sie schluchzte und weinte um die Welt, die sie verloren hatte.

Tallia nahm sie in die Arme, setzte sich mit ihr auf das nasse Pflaster und hielt sie fest, während Lilis schluchzte und schluchzte, bis es den Anschein hatte, als würde ihre ganze zerbrechliche Gestalt von den Tränen hinweggespült. Doch schließlich blieb von dem Schluchzen nur ein von Zittern begleitetes Schniefen übrig, und dann stand sie plötzlich wieder auf.

»Ich bin zwölfeinhalb. Ich habe keinen Vater. Es gibt nur mich. Komm. Der ›Studentenprinz‹ ist noch ein gutes Stück entfernt.«

Zwölf!, dachte Tallia. *Ich habe geglaubt, du wärst viel jünger. Nun, du hast mich. Wenn dein Vater gefunden werden kann, dann* wird *er auch gefunden werden.* »Wie hieß dein Vater?«

»Sein Name war Jevander, aber ich habe ihn Jevi genannt. Er hatte auch noch einen anderen Namen, aber an den erinnere ich mich nicht mehr – unser Familienname. Ich habe ihn einfach Jevi genannt und er mich Lilis.«

»Wie war er so?«

»Sanft und freundlich. Er war fast nie wütend auf mich, selbst wenn ich wirklich frech war. Ich erinnere mich an einen Tag ...«

»Nein, ich meinte: Wie hat er ausgesehen? War er groß oder klein? Welche Haarfarbe hatte er? So was eben.«

Lilis sagte eine ganze Weile lang nichts, obwohl die Erinnerungen ihr Gesicht leuchten ließen. »Sein Haar war wie meins«, antwortete sie schließlich. »Und seine Augen auch. Ich kann mich dran erinnern, wie er mich vor einen Spiegel gehoben hat und mein Gesicht neben seinem war. Da hat er gesagt, wie ähnlich wir uns seien und dass wir Glück hätten, einander zu haben. Das hat er oft gesagt. Ich weiß nicht, ob er groß oder klein war. Für mich war er immer groß. Aber er war nicht fett.«

Tallia nahm Lilis' Hand, und schweigend gingen sie weiter. Noch zweimal mussten sie sich vor Patrouillen verstecken. Tallia fühlte sich seltsam unwohl, in ihrer eigenen Stadt herumschleichen zu müssen. Der ›Studentenprinz‹ stellte sich als zweistöckiges Gebäude aus braungrauem Stein heraus. Ein Schild knarrte vor der Tür im Wind. Es zeigte einen androgynen Jüngling mit kurzem Haar, der niedergeschlagen auf einem dicken

Buch saß. Weitere Bücher waren gefährlich vor ihm aufgetürmt, und obenauf balancierte eine Flasche.

Lilis schaute die Straße hinauf und hinunter, doch es war niemand zu sehen. Die Tür war verschlossen, wurde jedoch auf Tallias Klopfen hin geöffnet, und nach einer sorgfältigen Inspektion wurden sie in einen fast leeren, dunklen Schankraum gelassen. Der Raum wurde von einem kleinen Feuer erhellt. Sie setzten sich an einen Tisch direkt daneben. Mit einem Seufzen ließ Tallia sich auf den Stuhl sinken.

»Hast du Hunger, Lilis?«

Das Kind hatte einen verzweifelten Ausdruck in den Augen, als sie den Kopf schüttelte. »Ich habe kein Geld. Wenn man in Thurkad nicht bezahlen kann, kann man auch nicht essen.«

»Unsinn! Du arbeitest jetzt für mich. Du bist meine kleine Führerin, und ein Stadtführer verdient im Krieg das Zehnfache. Bestell, was du willst, denn hiernach werden wir mit weit weniger auskommen müssen.«

Tallia dachte darüber nach, ob sie Lilis von dem Lösegeld erzählen sollte, das sie von den Leuten eingezogen hatte, die das Kind gerettet hatte; doch sie beschloss, sich das für eine sicherere Zeit aufzusparen. Sie aßen gut, fanden aber nicht, was sie suchten, und schließlich gingen sie wieder auf die kalte Straße hinaus.

Als sie um die Ecke bogen, wurde eine Abblendlaterne in einem Fenster gegenüber der Taverne geöffnet. Die Vordertür öffnete sich, und eine Gestalt schlüpfte heraus und folgte ihnen wie ein Geist.

Bis tief in die Nacht hinein suchten sie alle Treffpunkte ab, die Lilis kannte, doch sie fanden niemanden, der sie mit einem Boot hätte versorgen können. Die meisten Tavernen waren überdies geschlossen, vernagelt, während andere sogar bis auf die Grundmauern niedergebrannt worden waren. Alle hatten sich versteckt, und vielleicht hatte inzwischen auch die Information die Runde gemacht, dass Lilis nicht länger eine von ihnen war, dass sie nicht mehr ›zur Straße gehörte‹. Tallia verzweifelte allmählich. Sie würden nie ein Boot finden. Was sollte sie nur Mendark sagen?

Lilis schaute erneut über die Schulter. Das hatte sie in den letzten paar Minuten schon ein Dutzend Mal getan. Sie beschleunigte ihren Schritt und zog an Tallias Hand. Tallia konnte dem Drang nicht widerstehen, ebenfalls nachzuschauen, doch sie sah nichts. Die Unruhe ihrer kleinen Führerin war jedoch ansteckend. Ihre Stadt war nicht länger ihre Stadt, und das gefiel Tallia ganz und gar nicht.

»Was ist das?«, flüsterte Lilis. Sie schlichen gerade durch eine düstere Gasse nicht weit von der Kaistadt entfernt. Sie legte den Kopf zur Seite.

»Ich habe nichts gehört.«

»Ich aber. Da ist jemand hinter dem eingestürzten Torbogen da drüben.«

Tallia tastete nach ihrem Messer. »Lilis«, flüsterte sie. »Mach dich bereit wegzulaufen.«

Lilis schwieg.

»Lilis, hör auf mich. Wenn ich es sage, dann lauf und versteck dich.«

»Ich bin deine *Führerin!*«, entgegnete Lilis entschlossen.

Tallia bedrängte sie nicht. »Also schön. Tu so, als wäre nichts geschehen, aber halte die Augen offen.«

Sie gingen weiter. »Irgendjemand ist hinter uns«, sagte Lilis. Dann, ein paar Minuten später: »Sie sind weg ... glaube ich.«

»Das könnte sogar noch schlimmer sein«, sagte Tallia und blickte über die Schulter zurück. Die Nebelschwaden machten es ihr unmöglich zu sagen, ob wirklich jemand dort war oder nicht. Die Gasse schien sich ewig hinzuziehen. Es gab hier keine Lampen. Die oberen Stockwerke hingen über die Straße, und sämtliche Läden waren verschlossen, sodass kaum mal ein

Lichtstrahl hinausfiel. »Kennst du noch einen anderen Weg hier raus?«

»Nein«, antwortete Lilis so leise, dass sie kaum zu verstehen war.

Ein Schatten kreuzte das Ende der Gasse vor ihnen, dann noch einer.

»Da ist wieder jemand hinter uns«, sagte Lilis.

»Vor uns auch«, murmelte Tallia. »Das könnte auch nichts bedeuten. Andererseits ... Lilis, wenn ich gefangen genommen werde, musst du zu Mendark laufen, denn außer ihm wird niemand mich befreien können.«

Lilis erwiderte nichts darauf, doch auch ohne sie anzuschauen, konnte Tallia sich den Ausdruck auf ihrem Gesicht vorstellen. Wieder auf der Straße, aber ohne dort noch akzeptiert zu werden, erwartete sie ein brutal kurzes Leben.

Sie gingen weiter. Das Ende der Gasse wurde von einer Lampe auf der Straße dahinter erhellt. Plötzlich tauchten zwei Soldaten auf und schauten in ihre Richtung.

»Versteck dich!«, zischte Tallia.

Lilis schlüpfte hinter einen übelriechenden Abfallhaufen. Tallia kauerte sich in die Schatten und betete, dass die Soldaten wieder verschwinden würde, bevor der- oder diejenigen zu ihnen aufgeschlossen hatten, die hinter ihnen waren.

Die Soldaten traten in die Gasse, sprachen leise miteinander und stocherten mit den Speeren in den Schatten herum. Das war eine systematische Suche. Tallia blieb nichts anderes übrig, als zuerst anzugreifen. In der Hoffnung, dass es tatsächlich nur zwei waren, schoss Tallia aus ihrer Deckung. Der erste Soldat stocherte gerade hinter einem Wasserfass herum. Tallia landete hinter ihm, stieß ihm ihr langes Bein zwischen die Beine und warf ihn geschickt kopfüber ins Fass. Er versuchte noch kurz, sich am Rand festzuhalten, doch Tallia riss ihm die Beine hoch und stieß ihn mit voller Wucht ins Wasser.

Dann schnappte sich Tallia den fallengelassenen Speer und

wirbelte gerade noch rechtzeitig herum, als der zweite Soldat blitzschnell mit seiner Waffe nach ihr stieß. Sie duckte sich weg und rammte ihm das stumpfe Ende des Speers in den Bauch. Er stieß einen dumpfen Schrei aus und klappte halb zusammen. Das stellte sich jedoch als Finte heraus, denn beinahe sofort stieß er Tallia seine Waffe in den Schenkel. Tallia schlug verzweifelt mit dem Schaft um sich und traf den Mann am Hals. Er ließ seine Waffe los und taumelte würgend zurück. Tallia riss den Speer aus ihrem Bein und verfluchte sich ob ihrer eigenen Sorglosigkeit. Es war eine tiefe Wunde; Blut strömte hervor. *So viel zu meiner Prahlerei ob meiner Kampfkünste,* dachte sie reumütig. *Ich könnte hier verbluten.* Sie versuchte, den Blutfluss mit der Hand zu stoppen.

Hinter ihr strampelte der andere Soldat noch immer im Wasserfass. Schließlich bekam er einen Fuß an die Wand und stieß das Fass um. Auch der zweite Angreifer erholte sich allmählich wieder und tastete nach seinem Speer. Tallia schaute ihm hilflos zu. Dann schoss irgendetwas durch das Licht und traf ihn an der Schläfe. Bewusstlos fiel er in den Dreck.

Lilis war sofort neben Tallia. »Was war das?«, stöhnte Tallia.

»Ein halber Ziegelstein. Bist du in Ordnung?«

»Nein, bin ich nicht.«

Tallia riss sich das Hosenbein ab und drückte den Stoff auf die Wunde, während Lilis neben den beiden Soldaten stand, bereit, ihre Freundin mit dem Speer zu verteidigen. Der Mann aus dem Fass schlug schlaff mit den Armen. Er war viel zu benommen, als dass er noch eine Gefahr darstellte.

»Komm schon«, sagte Lilis und versuchte, Tallia zu stützen. »Da kommt noch jemand aus der anderen Richtung.«

Das Tuch auf der Wunde war bereits blutdurchtränkt. »Ich brauche schnell einen Verband«, stöhnte Tallia.

»Keine Zeit!«, rief Lilis. »Rasch! Stütz dich auf meine Schulter!«

Lilis führte Tallia auf die Straße hinaus und sofort wieder in die Schatten einer Gasse, die nicht viel breiter war als Tallias Schultern. Tallia spürte, wie mit jedem Schritt Blut aus ihrer Wunde quoll. Irgendjemand schrie hinter ihnen. Als sie sich umdrehte, sah sie eine knochige Ratte das Blut auflecken.

Lilis schleppte Tallia eine weitere Gasse hinauf, nicht breiter als die erste, über einen Hof, durch eine eingefallene Mauer und in eine wuchernde Hecke.

Tallia war bereits recht benommen. »Halt an! Ich kann nicht mehr weitergehen.«

»Ich habe doch angehalten«, sagte Lilis.

Unter der Hecke herrschte vollkommene Dunkelheit. Lilis schnitt Tallias Hosenbein in Streifen, verband die Wunde nach Gefühl und zog den Verband schließlich straff, bis der Blutfluss aufhörte. Tallia lag mit dem Rücken im Dreck und fragte sich, wie sie wieder zu Mendark kommen sollten. Die Endre wurde wirklich ihrem Ruf gerecht.

Der kurze Weg zur Kaistadt zurück war einer der schmerzhaftesten und schrecklichsten, den Tallia je erlebt hatte. Sie taumelte den ganzen Weg über und stützte sich auf Lilis' Schulter, die ihr ungefähr bis zur Hüfte reichte. Nachdem sie wieder durch den alten Abwasserkanal gekrochen waren, erreichten sie endlich die Kaistadt; zu diesem Zeitpunkt war der Sonnenaufgang nicht mehr fern. Lilis war nur noch ein kreidebleicher, rotgesprenkelter Geist, der kaum noch gehen konnte.

Kaum in der Kaistadt angekommen, brach Tallia zusammen. Ein Mob von Hlune tauchte aus der Dunkelheit auf und starrte sie stumm an. Lilis zog Tallias langes Messer, wedelte damit herum und forderte die Hlune heraus, sie sollten es nur wagen, näher zu kommen. »Ruft den Magister!«, schrie sie, und sie wiederholte das immer und immer wieder, bis endlich eine Nachricht geschickt wurde. Danach dauerte es nicht mehr lange, und Mendark und Osseion eilten herbei.

Mendark untersuchte die Wunde; dann hob Osseion Tallia hoch und trug sie in ihre Zelle zurück.

Als Tallia wieder aufwachte, war die Wunde genäht und wurde gerade verbunden. »Wo ist Lilis?«, flüsterte sie und schaute sich aufgeregt um.

»Sie schläft«, antwortete Osseion und zog den Verband fest, während Mendark ihn festhielt. »Was für eine tapfere und treue Freundin du da hast. Niemand ist auch nur in deine Nähe gekommen, bis wir eingetroffen sind.«

»Aber du hast versagt!«, meldete sich Mendark zu Wort. »Was sollen wir jetzt tun? Wir sitzen in der Falle.«

Die Mittwinterwoche zog sich schier endlos hin: furchtbare Tage voll schlechten Wetters, während Tallia hilflos in ihrer Hängematte lag und darauf wartete, dass ihre Wunde weit genug verheilte, sodass sie wieder gehen konnte. In der Nacht nach ihrer Verwundung war Berenet nach Thurkad gegangen, doch er hatte auch nicht mehr Erfolg gehabt als sie. Seitdem war es ihm überhaupt nicht mehr möglich, nach Thurkad hineinzugelangen, denn inzwischen wurden auch alle Geheimwege überwacht. Die Hlune waren ihnen gegenüber schier unglaublich feindlich. Mendark rechnete jeden Augenblick damit, auf die Straße geworfen zu werden.

Drei Tage später konnte Tallia wieder gehen, wenn auch nur unter Schmerzen. »Ich kann nicht einfach nur hier herumsitzen und darauf warten, dass sie uns holen kommen«, sagte sie zu Lilis. »Kennst du denn überhaupt keinen anderen Weg mehr?«

»Heute ist Hythe, Mittwintertag«, sagte Lilis und schauderte. »Das ist der schlimmste Tag des Jahres.«

Tallia war zwar nicht abergläubisch, aber die Vorstellung gefiel ihr auch nicht. »Ich weiß, aber ich muss es versuchen.«

Lilis fielen noch ein, zwei vergessene Schmugglertunnel ein, die vielleicht einen Versuch wert waren, und so unternahm Tallia mit ihrer Führerin einen letzten Versuch. Doch auch dieser Ausflug blieb erfolglos, denn beide Wege wurden ebenfalls von

Yggurs Soldaten überwacht. Nun ja, dachte Tallia, ihr Bein wäre der Aufgabe ohnehin nicht gewachsen gewesen.

Kurz nach Mitternacht machten sie wieder kehrt, doch auf halbem Weg zurück sahen sie ein orangefarbenes Glühen in der Ferne und hörten das Knistern und Brüllen von Feuer. Als Tallia in diese Richtung zu humpeln begann, rannte ein Kind aus einer Zelle und spie Lilis auf die Stiefel. Eine alte Frau verfluchte sie von einer Tür und machte Schutzzeichen mit den Fingern. Die Hlune waren ein zutiefst abergläubisches Volk – ohne Zweifel hatte Yggur deshalb die Brände auch ausgerechnet an diesem Tag legen lassen. Zwei Hlune mit Speeren zwangen Tallia von den Feuern weg.

Sie wurde mit vorgehaltenen Waffen in ihr Zimmer zurück eskortiert, und bei jedem Schritt wurde sie verflucht, angespien oder mit irgendetwas beworfen. Nahe der Tür zu ihrem Unterschlupf traf eine Qualle Lilis am Wams; als sie schließlich in ihrer Zelle waren, zitterte das Mädchen vor Angst am ganzen Leib. Weder Mendark noch Berenet waren da; also wuschen sie sich, und Lilis ging ins Bett. Tallia warf sich eine Decke um die Schultern und setzte sich auf einen Stuhl. Einige Zeit später wurde sie von Mendark geweckt, der sie heftig schüttelte.

»Tallia! Tallia!«

Tallia hätte ihm am liebsten gesagt, er solle sich sonstwohin scheren, doch natürlich tat sie das nicht. Sie zog die Decke wieder hoch. »Ich höre.«

»Da war vorhin ein Feuer«, sagte Mendark aufgeregt.

»Ich habe es gesehen«, erwiderte Tallia. »Hat es viel Schaden angerichtet?«

»Beachtlichen Schaden. Es war eine Warnung! Die Hlune drehen fast durch vor Angst. Yggur weiß, dass wir hier sind!« Er zwirbelte seinen strähnigen Bart.

»Bist du sicher?«

»Ich bin sicher! Er droht, die gesamte Kaistadt niederzubrennen, wenn sie uns nicht ausliefern.«

»Das könnte eine leere Drohung sein. Woher will er das überhaupt so genau wissen?«

»Yggur macht keine leeren Drohungen.«

»Und was haben die Hlune zu ihm gesagt?«

»Sie haben natürlich geleugnet, uns je gesehen zu haben, und im Gegenzug gedroht, Thurkad niederzubrennen.«

»Und? Würden sie das tun?«

»Oh, sie können schon recht erbarmungslos sein. Aber wenn ich an ihrer Stelle wäre, würde ich zuerst nach einer einfacheren Lösung suchen. Ich bin für sie nicht mehr von Nutzen. Also ist es besser, mich zu verraten und weiterzumachen wie bisher.«

»Loyalität muss doch irgendeinen Wert für sie haben.«

»Die haben wir bis an die Grenzen beansprucht. Finde einen Weg für uns hinaus, und zwar verdammt schnell, sonst sind wir erledigt.«

In dieser Nacht wurde Tallia von Stimmen unmittelbar vor ihrer Tür geweckt. Es war Mendark, der mit einem der Hlune sprach, und Mendark zeigte sich ungewohnt demütig.

»Bitte«, sagte er. »Nur noch ein paar Tage.«

»Nein!« Die Stimme des Hlune glich mehr dem Schreien eines Ganters. »Das Schicksal unserer Stadt steht auf Messers Schneide.«

»Nun, vielleicht ...« Mendark senkte die Stimme. »Wenn ich euch für eure Unannehmlichkeiten ein wenig besser entlohnen würde ...«

Es folgte ein langes Schweigen, so lange, dass Tallia sich schon fragte, ob sie vielleicht weggegangen waren. Dann hörte sie ein leises Klimpern, und der Hlune sagte: »Ich werde versuchen, sie umzustimmen. Wir wollen dir helfen, aber Yggur ist unberechenbar. Unsere Stadt darf nicht riskiert werden, nicht für alles Gold in deinen Truhen.«

»*Wie lange?*«, fragte Mendark und bemerkte erst dann, dass er schrie. »Wie lange könnt ihr uns noch geben?«, flüsterte er.

»Noch drei Tage. Wenn ihr bis dahin keinen Weg hinaus gefunden habt, bleibt uns nichts anderes übrig, als euch auf die Straße zu setzen.«

»Drei Tage!« Mendark schrie verzweifelt auf.

Vorsichtig hob Tallia ihr Bein aus der Hängematte. Es schmerzte fürchterlich. Auch wenn es unmöglich war, musste sie es noch einmal versuchen.

Kapitel zehn

Kriegsartikel

Dolodha kletterte den Schacht wieder hinauf. Ihre schäbige Robe war vollkommen durchnässt. Yggur wartete in dem Stockwerk über dem Keller, wo der Käfig zerschellt war, und spähte in die Dunkelheit hinunter.

»Die untere Tür ist blockiert«, berichtete Dolodha. Sie zitterte. »Sie versuchen gerade, sie aufzubrechen.«

»Und Mendark?«, fragte Yggur mit tödlicher Stimme.

»Er ist entkommen.« Dolodha verneigte sich so tief, dass ihr Haar den Boden berührte. »Durch eine Geheimtür. Zwei sind ertrunken, aber der Rest ist entkommen.«

Yggur hob die Faust, und Dolodha sprang instinktiv zur Seite, genau in den Weg von Vartila, die ihr einen kräftigen Schlag mit ihrem Stab hinters Ohr versetzte.

»Das ist schlechte Kunde!«, schnappte Vartila, als das Mädchen mit blutendem Ohr davonkroch.

Maigraith erwartete, dass Yggur die Whelm an die Kandare nehmen würde, doch er schwieg. Sie packte die Botin an der Schulter in der Absicht, ihr zu helfen. Das Mädchen riss jedoch den Kopf zurück, als rechne sie mit weiterer Bestrafung. Ihr dürrer Leib kannte nur Gehorsam. »Stopp!«, schrie Maigraith. Dolodha erstarrte. Sie war benommen, schien unter einer Gehirnerschütterung zu leiden, doch kaum hatte sie sich auch nur ein wenig erholt, da bestand sie darauf, wieder auf ihren Posten zurückzukehren.

Yggur stieg selbst den Schacht hinunter. Kurz darauf kehrte er voll kalten Zorns wieder zurück. »Weg!«, tobte er. »Ein

Geheimtunnel, den wir nicht gefunden haben. Die Seher werden dafür bezahlen!«

»Ich bin sicher, sie haben ihr Bestes getan«, sagte Maigraith in sanftem Tonfall. Nachdem er das Simulacrum von Mendark entdeckt hatte, war Yggurs Zorn furchtbar gewesen. Maigraith wollte das nicht noch einmal sehen.

»Das ist aber nicht gut genug!«

Maigraith wurde allmählich nervös. In was war sie da nur hineingeraten? »Yggur«, sagte sie und lief wieder neben ihm her, »die arme Botin ist ungerecht behandelt worden. Willst du ...?«

»Sie kennt meine Kriegsartikel!«, unterbrach er sie. »Sie werden jede Woche verlesen. Hab Erfolg und du wirst belohnt werden! Versage und du wirst bestraft! Was könnte wohl gerechter sein?«

»Worin hat sie denn versagt?«

»Sie hat schlechte Nachrichten überbracht. Ihre Gruppe hat mich enttäuscht, und dafür müssen sie alle leiden. Beim nächsten Mal werden sie sich dann mehr bemühen.«

Als sie schließlich wieder in Yggurs Festung zurückkehrten, war es bereits Morgen. Maigraith war vollkommen erschöpft. Sie legte sich auf eine Couch, während Yggur auf und ab lief. Sosehr er sich auch bemüht hatte, es war ihm nicht gelungen, Mendarks Fluchtroute zu finden. »Wo kann er nur hingegangen sein?«, rief er erregt. »Ist er vielleicht schon aus Thurkad raus?«

»Ich glaube nicht«, antwortete Zareth und strich sich die Bartzöpfe. »Obwohl ... er könnte irgendwo ein kleines Boot versteckt haben.«

»Finde das heraus!«, tobte Yggur. »Ist er wirklich entkommen? Und wenn ja, über Land oder übers Meer? Oder ist er noch immer in der Stadt und hat sich irgendwo in den Armenvierteln verkrochen – oder der Kaistadt vielleicht? Sollte ich versuchen, ihn auszuräuchern? Was sagst du dazu, Zareth?« Das war eine böswillige Frage, denn Zareth war ein Hlune, ein Angehöriger jenes Volkes, das in der Kaistadt lebte und sämtlichen Warenverkehr von und nach Thurkad kontrollierte.

»Mein Rat wäre nicht unvoreingenommen«, erwiderte Zareth ruhig. »Aber eines müsst Ihr wissen: Wir Hlune sind gut auf Brände vorbereitet, denn das ist unsere größte Angst. Natürlich kann es durchaus sein, dass sämtliche Schutzmaßnahmen versagen; aber seid versichert, wenn die Kaistadt verbrennt, dann wird auch Thurkad dem Erdboden gleichgemacht.«

»Die ganze Stadt ist eine einzige Feuerfalle«, sagte Yggur. »Ich werde Gesandte in die Kaistadt schicken und auch zu diesem Monster S'Courcy, um schönzutun und gleichzeitig zu drohen. Wir werden ihn schon finden!«

»Faelamor ist krank«, sagte Maigraith, die allmählich das Gefühl hatte, ihre Pflicht zu vernachlässigen. »Ich muss zu ihr gehen.«

»Gute Idee.« Yggur brüllte Befehle, und zwei Whelm begleiteten Maigraith die Treppe hinauf. »Lass sie ja nicht sterben«, rief Yggur ihr hinterher. »Es gibt noch viel, was sie mir beibringen kann.«

Maigraith fand Faelamor in nahezu demselben Zustand vor wie zuvor: Sie war recht apathisch, schlief meistens, und wenn sie mal wach war, dann starrte sie nur an die Decke. Gelegentlich stand sie auf, um durch den Raum zu schlurfen, doch nach ein paar Minuten brach sie schon wieder auf dem Bett zusammen.

Als Maigraith wieder in Yggurs Befehlsraum zurückkehrte, arbeitete er noch immer wie ein Wilder. Er hatte seit Tagen nicht mehr geschlafen, und inzwischen bewegte er sich nur noch wie eine Maschine. Er war besessen von der Jagd auf Mendark und der Sicherung der Stadt. Maigraith machte diese Besessenheit nervös. Trotzdem setzte sie sich schweigend neben ihn, während er Befehle zur besseren Kontrolle von Thurkad ausgab und Strafen für jene seiner Untergebenen aussprach, die versagt hatten.

Am Nachmittag hob er dann schließlich den Kopf und bemerkte Maigraith, die auf ihrem Stuhl zusammengesackt war und einfach nur noch schlafen wollte. »Tut mir leid«, sagte er, doch er lächelte noch nicht einmal. »Ich kann nicht ruhen, bevor mein Feind nicht gefasst ist. Dolodha!«

Das Botenmädchen, ein Lumpenbündel auf dem Boden, sprang auf. Ihre Schläfe war geschwollen und das zerrissene Ohr dick mit Blut verkrustet.

»Führ Maigraith in meine Gemächer«, befahl Yggur. »Mach ihr ein Bad und ein Bett, und kümmere dich um sie.«

Dolodha führte Maigraith durch lange Gänge zu einer großen Tür, die von zwei Whelm bewacht wurde. Dolodha übermittelte ihre Befehle, und man ließ sie hinein. Ein Bad wurde eingelassen.

»Es ist kalt!«, rief Maigraith, als sie das Wasser mit den Zehen prüfte. Sie war zwar keinen Luxus gewöhnt, aber ein kaltes Bad im Winter war dann doch des Guten zu viel.

»Ihr wollt ein *heißes* Bad?«, flüsterte Dolodha. Das Mädchen zeigte sich derart erstaunt, dass Maigraith nicht darauf bestand.

»Nein, nein, alles bestens«, erwiderte Maigraith stattdessen höflich und war in Rekordzeit in und wieder aus der Wanne. Ihre schmutzigen Kleider waren bereits verschwunden. Sie zog eine Robe an, die Dolodha ihr hinhielt, und wurde in einen großen, doch nur spärlich eingerichteten Raum geführt, der offenbar Yggurs Privatgemach zu sein schien. Maigraith war bestürzt. Wie auch immer sich ihre Beziehung zu Yggur schlussendlich entwickeln würde, *das* war unmöglich.

»Ich kann hier nicht schlafen!«, erklärte sie.

Dolodha zuckte mit den Schultern und ging zum Bett. Maigraith ging zur Haupttür und öffnete sie. Die Whelm versperrten ihr den Weg.

»Lasst mich durch!«, sagte Maigraith.

Der Mann schüttelte den Kopf. »Laut Befehl darf ich dich nicht vor morgen früh hinauslassen.«

»Dann geh und sag Yggur, dass ich nicht hier zu schlafen wünsche.«

»Ich darf meinen Posten nicht verlassen«, erwiderte er hölzern.

Normalerweise hätte Maigraith ihn und seinen Kameraden schlicht beiseitegefegt, doch die vergangenen Tage hatten sie ausgelaugt. Sie wankte ins Badezimmer zurück und setzte sich auf den Wannenrand.

»Das Bett ist bereit«, sagte Dolodha und stellte sich neben sie.

»Ich kann da nicht schlafen«, wiederholte Maigraith und schaute die anderen Räume durch.

»Der Herr hat es befohlen«, erwiderte Dolodha mürrisch und kratzte ihr schorfiges Ohr.

Maigraith wollte nicht, dass das Mädchen noch einmal bestraft wurde. Also riss sie zu Dolodhas Entsetzen die Laken vom Bett und rollte sich auf dem Boden des Wohnbereichs zusammen. Das Letzte, was sie sah, bevor sie einschlief, war Dolodha, die mit steinernem Gesicht über sie wachte, und das rote, blutige Ohr des Mädchens ... was nur die erste Strafe für das Versagen ihrer ganzen Gruppe war.

Maigraith wachte am Morgen wieder auf und erkannte, dass ihre Sorge unbegründet gewesen war. Yggur war überhaupt nicht heraufgekommen. Dolodha lag schlafend auf dem Boden, doch im selben Augenblick, da Maigraith sich erhob, sprang sie auf, um Frühstück zu machen.

Nach dem Frühstück schaute Maigraith wieder nach Faelamor, die noch nicht einmal mehr sprechen wollte. Den ganzen Morgen saß Maigraith neben Faelamors Bett und sorgte sich ob der sich rasch verschlechternden Gesundheit ihrer Herrin. Was, wenn sie starb? Egal wie sie in Bezug auf Faelamor auch empfand, die Bande der Pflicht und des Gehorsams waren noch stark. Ohne ihre Herrin hätte ihr Leben keine Bedeutung mehr.

Als Folge von Mendarks Flucht aus der Zitadelle war Yggur so beschäftigt, dass Maigraith ihn kaum sah. Eingesperrt in der Festung und umgeben von Whelm, die sie nicht ansehen konnte, ohne sich an die Schrecken der Folter zu erinnern, begann Maigraith zu denken, dass es vielleicht ein fataler Fehler gewesen war, hierherzukommen.

Den Großteil ihrer Zeit verbrachte sie in Yggurs Befehlszentrum und beobachtete ihn. Nur selten sprachen sie miteinander, und wenn, dann auch nur kurz. Was wollte er von ihr? Er war so sehr mit anderen Dingen beschäftigt, so sehr in sich selbst gekehrt, dass Maigraith das unmöglich sagen konnte. Und wenn sie schon dabei war … Was erwartete *sie* eigentlich von ihm? Wollte sie ihn als Gefährten, als Freund, als *Liebhaber?* In all den Jahren, in denen Maigraith Faelamor gedient hatte, hatte diese ihr nie erlaubt, einen Freund zu haben. Die Pflicht war ihr einziger Freund gewesen, und so hatte Maigraith nun keine Ahnung, wo sie bei Yggur anfangen sollte.

»Yggur«, sagte sie am Nachmittag vorsichtig.

Er drehte sich mit leeren Augen zu ihr um. Seine Hände schoben Depeschen auf dem Tisch herum, begierig darauf, schnellstmöglich wieder an die Arbeit zu gehen. Die Offiziere und Diener beobachteten Maigraith so steif und still wie Insekten. Maigraith schaute Yggur in die eingefallenen Augen, und mit jeder Sekunde nahmen ihre Verwirrung und ihre Hemmungen zu. Yggur hatte äußerst wichtige Arbeit zu erledigen, und sie stellte eine unwillkommene Unterbrechung dar.

»Ach, nichts«, sagte sie und schlich zu ihrem Stuhl zurück.

Noch über ein Dutzend Mal versuchte sie, mit ihm zu sprechen, doch nie brachte sie das heraus, was sie eigentlich sagen wollte. Wann immer er sie anschaute, legte sich ein leerer Ausdruck auf sein Gesicht. Sie vermochte noch nicht einmal ansatzweise zu sagen, was er dachte, und das hielt sie davon ab, frei zu sprechen. Sie fürchtete schlicht, dass sie ihn vollkommen missverstanden haben könnte.

Maigraith begann zu brüten, und Groll gärte in ihr. Sie war mit so wenig Hoffnung hierhergekommen. Dann war diese Hoffnung zerschlagen worden, doch nur um gleich darauf von Yggur wieder geweckt zu werden, als er gesagt hatte, er würde sie mögen. Es war ein ständiges Auf und Ab. Die letzten paar Tage waren schlicht furchtbar gewesen. Yggur hatte nicht ein freundliches Wort mehr zu ihr gesagt, aber auch kein hartes; er ignorierte sie völlig. Maigraith neigte eher dazu, ihre Gefühle zu verbergen, als sie auszusprechen, und schließlich kam, was kommen musste: Sie bahnten sich gewaltsam einen Weg nach draußen, getragen von einer Welle des Zorns. Wenn das Freundschaft war, dann war sie allein besser dran.

Und dann will *ich auch allein sein!*, dachte sie wütend. *Ich werde nicht hier herumhängen und betteln wie ein Welpe. Ich werde noch heute gehen, wenn er es mir erlaubt, und sollte er es mir nicht gestatten, dann werde ich solch einen Aufstand machen, dass er sich wünscht, er hätte mich nie kennen gelernt.*

»Verdammt noch mal!«, schrie sie und schüttelte die Faust in seine Richtung, als er zu einem weiteren Treffen mit seinen Generälen gehen wollte. »Was hast du mit mir vor?«

Das Blut stieg Yggur ins Gesicht, und der Stift in seiner Hand bohrte sich durch das Papier. Er wirbelte zu seinen Soldaten und Dienern herum. »Raus!«, brüllte er.

Als der Raum schließlich leer war, sagte er in sanftem Tonfall: »Bitte, sei so nett und behalte deine persönlichen Probleme für dich, wenn ich arbeite.«

»Ja, das wird in Zukunft kein Problem mehr sein«, tobte sie. »Ich gehe nämlich!«

»Gehen?« Er schaute sie verwirrt an.

»Du willst ja doch nicht mit mir reden. Ich fühle mich wie eine Gefangene, der man nicht sagt, warum sie überhaupt gefangen ist. Allein war ich besser dran.«

»Über was willst du denn reden?«

»Über irgendwas!«, schrie sie. »Was hast du für Pläne mit mir?«

»Ich maße mir nicht an, irgendwelche Pläne mit dir zu haben«, antwortete er ruhig. »Deine Gesellschaft ist ... Ich finde sie einfach angenehm. Das ist alles.«

»Und was ist mit *mir?* Ich bin nicht deine Marionette, die grinst, wann immer es dir gefällt, und den Rest der Zeit über schweigt.«

Er starrte sie einfach nur verständnislos an.

»Indem ich mich mit dir verbündet habe, habe ich mich gegen Faelamor gestellt und gegen alles, wofür sie gearbeitet hat. So etwas mache ich nicht einfach aus einer Laune heraus. Ich brauche mehr!«

»Maigraith ...«, begann er und erstarrte dann. »Ich ... Ich kann nicht ...« Er kehrte ihr den Rücken zu und stieß ein ersticktes Stöhnen aus. Als er sich wieder umwandte, war sein Gesicht eine beherrschte Maske. »Komm mit mir«, sagte er und führte sie aufs Dach der alten Festung und raus auf den Wehrgang. Wind schlug ihnen ins Gesicht.

»Ich kann nicht ...«, begann er noch einmal, drehte sich wieder um und ging ein Stück von ihr weg. »Vielleicht solltest du wirklich gehen. Ich habe nichts, was ich dir anbieten könnte. Ich ... Ich kenne mich, Maigraith, und was ich von mir weiß, ist nicht gerade ... liebenswert. Du kennst meine Geschichte.«

Sie folgte ihm. »Du warst jung, brillant«, sagte sie. »Du hattest alles. Und dann hat der Rat – Mendark! – dich gebeten, ihm bei seinem Bestreben zu helfen, Rulke von Santhenar zu verbannen.«

Yggur schauderte ob der Erinnerung. Maigraith streckte ihm die Hand entgegen. »Du hast für sie an den Geächteten Experimenten gearbeitet«, fuhr sie fort, »aber Rulke war zu stark. Der Rat hat dich im Stich gelassen, und dann hat Rulke deinen Geist übernommen und dich in den Wahnsinn getrieben, bevor er schließlich im Nachtland weggesperrt werden konnte.«

»Ich fühle es noch immer«, sagte Yggur, und seine Augen starrten in die Vergangenheit. »Der Schmerz der Besessenheit, die Angst, dass es noch einmal geschehen könnte. Seit ich aus meinem Wahn erwacht bin, hat mich nur eines angetrieben: Rache an diesen beiden, Rulke und Mendark. Ich habe mich in eine Maschine verwandelt. Ich bin innerlich leer, Maigraith. Ich bin nur noch eine Hülle, in der es nichts anderes mehr gibt außer Hass und Furcht.«

Sein Geständnis traf Maigraith tiefer als alles, was er bisher je gesagt hatte. Er zitterte am ganzen Leib. Maigraith spürte es durch seine Hand. »Du bist nicht gefühllos«, sagte sie, »sonst würdest du jetzt nicht solchen Schmerz empfinden. Du sorgst dich, und ich sorge mich um dich, weil du es weißt. Auch ich trage Schmerz in meinem Herzen ... Du weißt warum.«

Er ergriff ihre schmale Hand mit beiden Händen und umschloss sie vollständig. Tränen schimmerten auf seinen Wimpern.

»Maigraith«, sagte er. »Du tust mir gut. Ich weiß nicht, ob ich das Gleiche für dich tun kann, ich ... Ich bin zu Eis erstarrt.«

»Ich brauche nicht viel«, flüsterte sie, »aber ich sehne mich so sehr nach ein wenig Freundlichkeit.«

»Hat dich denn nie wirklich jemand mit Freundlichkeit behandelt?«

»Meine erste Lehrerin«, antwortete Maigraith, »doch das ist schon lange, lange her. Sie ist sicher schon seit Ewigkeiten tot, die arme Hana. Und Karan ... Sie hat ihr Bestes getan, um meine Freundin zu sein, doch ich habe sie vergrault, sie grausam benutzt und just in dem Augenblick im Stich gelassen, da sie eine Freundin am meisten gebraucht hätte.« Durch einen Tränenschleier schaute sie Yggur ins dunkle Gesicht. »Ich passe sehr gut zu dir. Auch ich bin kalt in meinem Inneren und habe Angst. Ich kann es nicht ertragen, wenn Menschen meine Gefühle sehen. Aber vielleicht ...«

Sie gingen den Wehrgang entlang, durch ein leeres Wachhaus und bogen in den nächsten Abschnitt ein. Plötzlich blieb Yggur stehen und packte Maigraith' Arme an den Ellbogen.

»Vielleicht? Machst du mir ein Angebot? Sprich offen ... Ich kann es nicht ertragen, wenn das Gesagte nirgends hinführt.«

»Ich habe Angst, offen zu sprechen, weil ich nicht missverstanden werden will«, erklärte Maigraith. »Aber ich werde es tun! Ich will dir einen Vorschlag machen, der vielleicht wirklich ein Angebot sein könnte ... wenn du denn willst.«

»Vielleicht könnten wir beide ja voneinander lernen.«

»Ja!«, flüsterte sie.

Ein eisiger Wind wehte durch das Wachhaus hindurch. Maigraith zitterte und trat mehr in den Schutz von Yggurs riesigem Leib. Ein Gefühl huschte über sein Gesicht; er trug einen inneren Kampf aus. »Würdest du ...?«, flüsterte er in den Wind hinein und streckte die Hände aus, zog sie aber rasch wieder zurück.

»Würde ich was?«, fragte sie leise.

Er schrie es über den Wehrgang: »Würdest du ... mich umarmen?«

Er breitete die Arme aus. Maigraith rückte auf ihn zu. Sie streckte die Arme aus und schob sie unter seine. In dieser merkwürdigen Pose standen sie eine Minute lang da, nah beieinander, doch ohne sich zu berühren; dann durchbrach irgendetwas Maigraith' Hemmung. Mit einem Seufzen drückte sie ihn an sich, und Yggur schloss sie in die Arme.

Sie redeten miteinander, wann immer Yggur sich ein wenig Zeit vom Krieg und seiner Besessenheit nehmen konnte. Spätnachts, wenn alle Arbeit getan war, wanderten sie übers Dach oder kurz vor Sonnenaufgang, bevor alles wieder von Neuem begann. Sie berührten einander, doch nur an Händen und Armen. Dann und wann umarmten sie sich. Doch das war alles. Ihre Beziehung vermochte nicht, über diesen Punkt hinauszugelangen. Und bei jedem Schritt musste sie ihn locken und überreden, denn er wusste sogar noch weniger von solchen Dingen als sie.

Trotzdem wurde Yggur schon nach ein, zwei Tagen wieder von seiner Besessenheit in Bezug auf Mendark beherrscht. Seit der Einnahme von Thurkad war es nicht gut gelaufen. Überall in Yggurs Reich kam es zu Aufständen, und um die niederzuschlagen, musste er seine Ressourcen und Armeen bis an die Grenzen der Belastbarkeit beanspruchen. Was Mendark betraf, so war er inzwischen sicher, dass dieser sich in der Kaistadt befand; doch er wagte nicht, in diese Falle vorzudringen.

»Tut mir leid, Maigraith«, sagte Yggur. »Ich ... Seit ich hierhergekommen bin, habe ich mehr und mehr die Kontrolle verloren. Meine Kräfte sind nicht mehr so stark, wie sie einmal waren. Meine magischen Werkzeuge funktionieren hier nicht richtig – wie du gesehen hast, als wir versucht haben, Mendark mit Sehern zu finden. Ich muss sie neu machen, damit sie zur Aura dieses seltsamen Ortes passen, aber was dann? Und was wird geschehen, wenn ich wieder gehe?«

Inzwischen war fast eine Woche vergangen, seit Maigraith hierhergekommen war. Plötzlich wusste sie, dass ihre Freundschaft sich nirgendwohin entwickelte, dass ein Teil von ihm zwar mehr wollte, aber es war einfach zu schwer für ihn. Yggur war unfähig weiterzugehen. Da sie selbst jedoch schon so weit gekommen war, konnte Maigraith die Vorstellung schlicht nicht ertragen, die Beziehung an diesem Punkt einzufrieren.

Yggur war zu erstarrt, zu ängstlich, zu narzisstisch auf seine eigenen Qualen fixiert. Wenn Maigraith nicht etwas Dramatisches unternahm, würde ihre Beziehung unweigerlich auseinanderfallen wie Blütenblätter von einer Blume. Und nachdem sie solche Qualen erlitten und endlich einen Freund gefunden hatte – selbst so einen unzulänglichen wie Yggur –, war Maigraith nicht bereit, wieder zu ihrem alten, trostlosen Dasein zurückzukehren.

Sie wünschte, sie hätte jemanden, den sie um Rat fragen könnte, aber die Vorstellung, einen der Whelm zu fragen, war lächerlich, und die arme Dolodha ... Das war genauso absurd.

Es mochte ja viele Wege geben, ihre Beziehung aus dem Abgrund herauszuholen, doch Maigraith fiel nur einer ein.

»Es geht nicht anders«, sagte sie zu sich selbst. »Ich werde ihn zu mir ins Bett nehmen müssen.«

Das war ein undenkbarer Schritt für sie, denn ihr ganzes langes Leben lang hatte Maigraith noch nie bei einem Mann gelegen oder auch nur das Verlangen danach verspürt. Sie wusste nicht mehr über den Akt, als in den Klassikern zu lesen stand oder den Handbüchern für die Tierzucht, die sie während ihrer Ausbildung studiert hatte. Kurz gesagt: Sie wusste alles, was man niederschreiben konnte, und nichts, was man verstehen musste.

Doch selbst nachdem sie sich einmal dazu entschlossen hatte, war ihr Ziel nicht leicht zu erreichen. Maigraith war so unschuldig wie ein Neugeborenes, was die Kunst der Verführung betraf. Außerdem, selbst wenn sie derartige Künste gekannt hätte, allein die Vorstellung, sie anzuwenden, war mehr als beschämend für sie. Tatsächlich prallten ihre indirekten Anspielungen dann auch an Yggur ab wie Papierpfeile an einer Rüstung. Er verstand gar nichts.

So sah sie sich also gezwungen, kühner zu werden. Wiederholt machte sie Andeutungen zum Thema Mann und Frau. Yggur schaute sie daraufhin jedoch nur mit derart leerem Blick an, dass sie sich schon fragte, ob dieser Teil von ihm vielleicht auch in der Vergangenheit zerstört worden war.

Die Mittwinterwoche war endlich vorbei. Heute war der erste Tag des Talmard, des letzten und kältesten Wintermonats. Eine weitere Nacht kam. Sie saßen zusammen beim Abendessen, und Maigraith rief nach Wein. Sie selbst beabsichtigte, so wenig wie möglich zu trinken, denn Wein hatte schon einmal eine verheerende Wirkung auf sie gehabt. Aber sie schenkte Yggur kräftig ein und füllte seinen Becher sofort wieder auf, sobald dieser auch nur halb leer war. Das war allerdings nicht oft der Fall, denn er lebte weitgehend abstinent; doch nachdem er ein paar Becher getrunken hatte, hatte Maigraith das Gefühl, dass sie jetzt sprechen musste oder nie.

Aber die ersten paar Mal, als sie es sagen wollte, blieben ihr die Worte im Hals stecken. Aufgeregt sprang sie auf, um seinen ohnehin schon vollen Becher noch weiter zu füllen, und warf dabei den Stuhl um.

Er hielt die Hand über den Becher. »Es reicht«, sagte er kurz und knapp. »Was willst du von mir?«

Da platzte es aus ihr heraus wie stets, wenn sich die Gefühle in ihr aufgestaut hatten. »Ich will *dich!*«, rief sie, und ihr Gesicht war so rot wie der Wein im Becher. »Willst du mit mir ins Bett gehen?«

Yggur fiel vor Staunen die Kinnlade herunter. »Ins Bett?«

Maigraith war das Ganze schier unglaublich peinlich. Hatte sie gerade vielleicht den größten Fehler ihres Lebens begangen? Aber nun wieder zurückzurudern wäre noch schlimmer als weiterzumachen.

»Bist du nicht ... *fähig?*«, fragte sie so taktvoll, wie es ihr möglich war.

Yggur runzelte die Stirn, als müsse er sich erst ins Gedächtnis zurückrufen, was das Wort bedeutete. »Ich bin ein Mann«, sagte er. »Ich bin durchaus *fähig*. Jedenfalls war ich das einmal.« Er schaute zu ihr hinauf. »Ich habe es jedoch schon sehr, sehr lange nicht mehr gewollt.«

»Oh!«, sagte sie. Sie war nicht ganz sicher, was das zu bedeuten hatte.

»Ist dir das ein Bedürfnis?«, fragte er.

»Ja, ich habe durchaus meine Bedürfnisse«, antwortete sie zweideutig. »Ich dachte nur ... wenn wir einander umarmen ... intim, meine ich ... dann ist das eine Verbindung von Leib und Seele. Es wäre gut für uns beide.«

Yggur dachte darüber nach. »Aber wir haben uns bisher noch nicht einmal geküsst.«

»Nein, das haben wir nicht«, bestätigte Maigraith und starrte auf seinen Mund. »Aber ich würde gerne.«

»Komm her.«

Plötzlich hatten sie die Rollen getauscht. Maigraith wusste noch nicht einmal, wie man küsste. Zaghaft trat sie auf ihn zu und stellte fest, dass der Kuss gar nicht mal so unbefriedigend war, auch wenn seine dünnen Lippen hart und sein Bart kratzig waren. Nach ein paar Sekunden lösten sie sich wieder voneinander. Maigraith rieb sich den Mund mit dem Handballen und schaute Yggur fragend an.

»Wenn du schon mal hinaufgehen willst«, sagte er. »Ich komme gleich nach.«

Maigraith badete, zog sich aus und schlüpfte dann in Yggurs Bett. Die rauen Laken erzeugten ein Brennen auf ihrer nackten Haut. Maigraith hatte sich selbst in seine Macht begeben. Was würde jetzt mit ihr geschehen? Was würde er von ihr verlangen? Und was würde er tun, wenn sie seinen Erwartungen nicht gerecht wurde?

Yggur kam. Auch er roch nach Bad. Er löschte nacheinander die Lichter.

»Lass bitte ein Licht brennen«, flüsterte Maigraith.

»Oh!«, sagte er und ließ die Lampe neben dem Bett an. Einen Augenblick lang stand er einfach nur mit gesenktem Kopf da; dann warf er seinen Mantel ab und schlüpfte unter die Laken.

Er lag so lange still da, dass Maigraith schon fürchtete, er sei eingeschlafen; doch als sie ihn schließlich berührte, rollte er sich herum und umarmte sie unbeholfen und zaghaft.

Das Drahtgestell ihrer Brille bohrte sich in sein Ohr. Maigraith zog sie aus, und das Licht spiegelte sich in ihren karmesinroten Augen. Erschrocken und bestürzt starrte Yggur sie an. Dann klammerte er sich an sie, legte das Kinn auf ihren Kopf, und einen Augenblick lang stand ihm das blanke Entsetzen in den Augen.

Yggur wusste mehr über Maigraith' Erbe als sie selbst, denn

als er sie vergangenen Herbst in Fiz Gorgo gefangen gehalten hatte, hatte sie die ihr von Faelamor verordnete Droge nicht nehmen können, um ihre Augenfarbe zu verbergen. Langsam hatten ihre Augen wieder jene seltsame Farbe angenommen, durch die Yggur sie sofort hatte identifizieren können. Nur Charon – oder jene, die viel Charonblut in sich trugen – besaßen solch eine Augenfarbe.

In Fiz Gorgo war das egal gewesen, doch nun, da der Spiegel weg und die Ghâshâd wieder zurückgekehrt waren und sein ganzes Reich in Rebellion versank, zählte das mehr denn je. Allein Maigraith in die Augen zu schauen erinnerte Yggur an seinen Feind, den größten Charon von allen. Doch er wusste auch, dass die Charonmischlinge nach dem Fall von Rulke gnadenlos gejagt worden waren. *Wer war sie?*

Maigraith lag eine Zeit lang in seinen Armen und wunderte sich über seine unnatürliche Stille. Schließlich legte sie ihre Lippen an sein Ohr. »Yggur«, flüsterte sie. Ihr heißer Atem erregte ihn.

Für Maigraith war das Liebemachen seltsam, denn er bewegte sich stets so, dass sie mit dem Rücken zum Licht lag. Die Angelegenheit war rasch vorbei und für beide nicht sonderlich befriedigend; aber Maigraith hatte sich auch nicht viel davon erwartet. Dennoch war die Umarmung, das Gefühl, in seinen Armen gehalten zu werden und eins mit ihm zu sein, eine neue und wunderbare Erfahrung für sie. Sie drehte sich um, schaute ihm in die Augen, lächelte verträumt und schlief ein.

Doch als sie das tat, fiel das Lampenlicht wieder auf ihre Augen und ließ sie rot glühen. Yggur verkrampfte sich vor Entsetzen. Charonaugen! Am liebsten wäre er aus dem Bett gesprungen und den ganzen weiten Weg zu seiner Festung im Sumpf gerannt, um dort den Spiegel ebenso zu vergessen wie sein Reich und seine lange geplante Rache. Aber er konnte nicht.

Yggur schaute auf ihr Gesicht hinab. Maigraith war in der Tat schön anzuschauen, denn wenn sie schlief, war von dem leidenden Ausdruck nichts mehr zu sehen, der ansonsten ihr Gesicht verunstaltete. Yggur streichelte ihr über den schlanken Hals. Dann kehrte das Bild dieser Augen wieder zurück, und er verspürte das überwältigende Verlangen, seine Daumen in diesen Hals zu drücken und sich dieser Bedrohung ein für alle Mal zu entledigen. Aber das konnte er auch nicht tun.

Mit einem Stöhnen legte er sich auf die Kissen zurück. Im Schlaf streckte Maigraith die Hand aus und hielt ihn fest, doch Yggur machte in dieser Nacht kein Auge zu.

Teil Zwei

Kapitel elf

Ein Fall von Gedächtnisverlust

Sie lag lange dort. Sie war zu schwach, um nervös zu sein, fühlte sich sicher in ihrer Mattigkeit, umschlossen von Wärme, die ungewöhnlich, aber angenehm war. Sie trieb dahin, träumte. Alle Ängste und Schrecken waren weg, aber auch alle Erinnerungen. Es war nichts mehr übrig außer den Geistern aus uralter Zeit. Sie ging durch den Schnee, im Mondschein, und beobachtete die dahinkriechenden Sterne und den blutigen Mond. Aufgeregt schrie sie, als ein Meteor Funken über den Himmel zog. Der Ruf einer Bergkatze hallte im Wind wider. Sie packte die große Hand fester und fühlte sich trotz der Gefahr vollkommen sicher, beschützt, gehalten.

Später sah sie einen vertrauten, alten Raum. Das Feuer knisterte, und ein großer Arm umfing sie. Draußen schluchzte der Wind, pfiff durch den Kamin und trieb Flammen und Rauch herein. Mit geschlossenen Augen kuschelte sie sich an die Brust ihres Vaters und ließ sich von seiner tiefen Stimme umfangen. Sie lebte die Geschichten aus uralter Zeit, stellte sie sich so klar vor, als wären sie auf die Innenseiten ihrer Lider gemalt worden.

Ein rothaariges Mädchen ging durch den Schnee. War sie das oder eine andere seiner Geschichten, die er an Winterabenden erzählte? Sie seufzte innerlich; dann kehrte der Schmerz in ihrem Kopf wieder zurück. Es war ein furchtbarer Schmerz, als würde ihr jemand Stacheldraht über die Stirn ziehen. Schmerz, der das Echo eines früheren Schmerzes war. Vergessen.

Schließlich drang ein leises Knarren bis zu ihrem Unterbewusstsein vor. Sie rührte sich nicht, konnte sich noch nicht einmal dazu zwingen. Die Stille nahm ihren zeitlosen Takt wieder auf. Sie träumte erneut. Oder erlebte erneut. Oder *lebte!*

Knirschen und Knarren ... Da war es wieder! Holz auf Holz, erkannte sie. Es überraschte sie, dass sie so fließend vom Traum zum Gedanken übergegangen war. Sie konnte tatsächlich denken, besaß eine Identität. Knirschen und Knarren. Neugier nagte an ihr, und sie wachte schlussendlich auf. Vorsichtig öffnete sie die Augen, um sich nicht zu verraten, auch wenn sie nicht wusste warum.

Der Raum war klein und dunkel. Die Wand neben ihr bestand aus Stein; die glatten Blöcke glänzten von Feuchtigkeit. Ihr Blick wanderte an der Wand entlang. Der Teil des Raumes, den sie sehen konnte, war leer. Nein ... jenseits des Fußendes ihres Bettes brannte ein rauchiges Feuer in einem kleinen Kamin. Auf dem Sims darüber gab ein dicker gelber Kerzenstumpf zusätzliches Licht ab. Neben der Kerze stand eine große grüne Tonflasche. Auf der anderen Seite des Feuers saß ein alter Mann. Er hatte die Füße an die Wand gelehnt und schaukelte mit seinem Stuhl vor und zurück. Daher kam das Knarren. Der alte Mann trug dunkle, schäbige Kleidung und braune Stiefel. Sein kurzer Bart war grau und sein Haar ebenfalls und dünn. Nur sein Profil war zu sehen.

Knirschen und Knarren. Der alte Mann rührte sich auf seinem Stuhl. Er schien eine Karte zu studieren, die auf Rindenpapier gezeichnet war. Sie schloss die Augen und bewegte sich nicht. Der Stuhl scharrte über den Boden. Der alte Mann grunzte; dann war Flüssigkeit zu hören. Vorsichtig öffnete sie ein Auge. Er goss den Rest aus der Flasche vom Kaminsims in einen Becher, ging wieder zu seinem Stuhl zurück und nippte an dem Getränk.

Sie schloss die Augen wieder. Ein einzelner Tropfen Erinnerung kehrte wieder zurück ... eine große Versammlung! Da waren Ketten an ihren Füßen gewesen. Sie berührte einen Fuß mit dem anderen unter der Decke und zuckte unwillkürlich zusammen. Das Fleisch war noch immer empfindlich von den Ketten. *Karan!*, dachte sie. *Das bin ich!* Dann kam eine wahre Flut von Erinnerungen ... Ein Bote platzte herein. Yggur stand vor den Toren, und die Armeen von Thurkad waren vernichtet. Dann: Tensor, wahnsinnig, verzweifelt, am Boden zerstört; er streckt die Faust aus ... und dann nichts mehr, gar nichts.

Wie war sie in diesen feuchten, schäbigen Raum gelangt? Und wer war der alte Mann, der am Fußende ihres Bettes saß? Ihr Kopf schmerzte fürchterlich. Der Spiegel war weg! Sie hatte so viel dafür gelitten, und so viele Menschen waren dafür gestorben ... alles umsonst.

Nein, das lag nicht mehr in ihrer Verantwortung. *Ich kann nach Hause gehen.* Karan seufzte. Vor ihrem geistigen Auge sah sie ihr geschundenes, altes Gothryme: rosafarbene Granitmauern, die in der Nachmittagssonne leuchteten. Endlich daheim! Erneut stieg Nebel in ihrem Kopf auf. Das Bild verblasste, und dankbar ergab sie sich der Dunkelheit.

In den kurzen Zeitfenstern, während sie bei Bewusstsein war, quälte sie ein Schmerz in ihrem Kopf, wie sie ihn noch nie gefühlt hatte. Es war ein Schmerz ähnlich den Nachwirkungen ihrer Empfindsamkeit, nur weit schlimmer. Zwischen den Schmerzanfällen wurde sie von Albträumen geplagt, die realer als das Leben wirkten, gewalttätiger, schrecklicher. Lieber den Schmerz als die Albträume. Sie schrie auf, kreischte, schwitzte, brannte und versank dann wieder in einem Meer von Schmerz.

Alles, was sie roch, war glühend heißes Eisen. Rot leuchtete es hinter ihren Augen. Blendend rot. Da war Schreien und Krachen. Ihre Finger berührten eine dickflüssige, klebrige Substanz mit einem Film darauf wie bei gekochter Milch. Sie führte sie an die Nase. Blut! Sie lag in einer Pfütze aus gerinnendem

Blut. Ihr sträubten sich die Nackenhaare. Sie hatte das Gefühl, als stünde jemand über ihr und schaue auf sie hinunter. Eisige Finger berührten ihren Hals. Karan nahm ihre letzte Kraft zusammen und schrie all ihre Qual und Angst hinaus.

Später, viel später, tauchte sie wieder aus ihren Träumen auf und fühlte eine Bewegung im Raum. Ein Licht in der Dunkelheit. Kühl auf ihrer Stirn. Kälte auf ihrem Gesicht, ihrem Nacken, ihrem Rücken, auf ihrem ganzen Leib ... Dunkelheit.

Kreischend, schwitzend, brennend. Die Lippen in Flammen, die Kehle verbrannt. Würgend, keuchend. Und wieder Dunkelheit.

Erst sehr viel später wurde Karan von einer Präsenz über sich geweckt. Sie rührte sich nicht, wollte nur, dass er wegging, und tatsächlich setzte sich der alte Mann wieder auf seinen knarrenden Stuhl am Feuer. Karan öffnete die Augen und sah, dass ein neuer Kerzenstumpf in dem zerlaufenen Wachs auf dem Kaminsims flackerte. Sie drehte den Kopf, um sich die andere Seite des Raums anzusehen. Die Bewegung schmerzte sie nur leicht. Die Wand war einst grob verputzt gewesen; inzwischen war ein Großteil davon jedoch schon längst wieder abgebröckelt. Die Tür bestand aus dicken Brettern und war sicher verriegelt.

»Karan! Gestern dachte ich schon, ich hätte dich verloren.«

Karan erschrak. Der Mann nahm die Füße von der Wand herunter und stand auf. Sie wich ins Kissen zurück. Der Mann war alt, aber nicht uralt, etwas kleiner als der Durchschnitt und hatte eine breite Brust und Schultern. Aus der Nähe betrachtet, kam er ihr vage vertraut vor. Er sah recht gewöhnlich aus und klang auch so mit seinem ländlichen Akzent und dem zu Leder gegerbten, breiten Gesicht. Einst hätte sie ihn schlicht übersehen, doch nun fühlte sie sich so schwach und litt unter einem derartigen Mangel an Selbstvertrauen, dass er ein großes Hindernis und eine Bedrohung für sie darstellte. Sie wusste nicht, was sie tun sollte.

»Wer bist du?« Sie konnte nur krächzen, als hätte sie Sand in der Kehle.

»Ich bin dein Heiler. Dein Wächter für einige Zeit«, antwortete er.

»Mein Gefängniswärter!«

Er zuckte mit den Schultern. »Denk, was du willst. Ohne mich wärst du jetzt jedenfalls tot. Ich bin kein Freund von Yggur. Ich habe meine eigenen Ziele. Ich bin Shand.«

Und was hast du mit mir vor, Shand?, fragte sie sich. Sein Name kam ihr irgendwie bekannt vor. Hatte Llian ihn nicht mal erwähnt? *Llian!* Karan schnürte sich die Brust zusammen, dass sie kaum noch atmen konnte. Was war mit Llian geschehen? Sie flog hoch, und sofort fuhr ein stechender Schmerz in ihre Schläfe. Die Welt verschwamm, und nur langsam klärte sich ihr Blick wieder. »Wo ist Llian? Ist er ...? Er ist doch nicht ...?« Sie brachte das Wort nicht über die Lippen.

Shand beugte sich über sie. »Llian?« Seine Stimme hatte einen Unterton angenommen, den sie nicht zuordnen konnte.

Wie strahlend seine grünen Augen waren, wie durchdringend. Nun sah er überhaupt nicht mehr gewöhnlich aus. Plötzlich hatte sie Angst vor diesem Fremden.

»Wir sind zusammen nach Thurkad gekommen«, erklärte sie. »Seit über einem Monat sind wir zusammen gereist. Er hat mir das Leben gerettet. Ich muss wissen, wo er ist. Bitte.« Sie legte Shand die Hand auf den Arm.

Shand richtete sich wieder auf. Er wirkte verärgert. »In Thurkad herrscht Chaos. Im Augenblick ist es vollkommen sinnlos, hier jemanden zu suchen.«

Karan riss die Hand zurück. Das Leben kehrte in ihre grünen Augen zurück und Farbe in ihre Wangen. Abermals beugte sich Shand zu ihr hinab, und was er in ihren Augen sah, schien ihn zu rühren.

»Es ist in der Tat *fast* unmöglich, hier jemanden zu finden«, sagte er in freundlicherem Tonfall. »Es hat viel Blutvergießen und große Zerstörungen gegeben. Yggur hält inzwischen den größten Teil der Stadt. Die Hälfte der Stadtbevölkerung sind Flüchtlinge. Aber ich werde es versuchen.«

Er drückte sie sanft, aber nachdrücklich wieder aufs Kissen zurück. »Aber du musst dich jetzt vor allem ausruhen. Leg dich hin.«

»Irgendjemand muss doch wissen, wo Llian ist.« Karan traten die Tränen in die Augen, und ihr fehlte die Kraft, sie wegzuwischen. »Aber erzähl ihm nicht von mir.«

»Ihm?«

Mendark!, dachte sie und setzte sich wieder auf. Der Name war ihr wieder eingefallen und hatte sie sofort in Panik versetzt. *Ich erinnere mich an ihn.* »Mendark! Sag ihm nichts von mir, auch wenn er fragt. Mendark ist mein Feind.«

Shand seufzte. »Um Mendark musst du dir keine Sorgen machen. Er sitzt in der Altstadt in der Falle.«

»Bitte«, flüsterte sie.

»Ich werde fragen, wo ich kann.«

Der Schmerz in ihrer Schläfe war unerträglich. Denken war ihr unmöglich. Karans Arme zitterten von der Anstrengung, sich aufrecht zu halten. Plötzlich erkannte sie, wie schwach sie wirklich war, und ließ sich wieder zurückfallen.

»Wo …?« Sie hatte kaum Kraft zu sprechen. »Wo bin ich? Was ist mit mir passiert?« Der Raum verschwamm wieder vor ihren Augen. »Und was hast du mit mir vor?«

»Ich weiß nicht, was mit dir geschehen ist«, antwortete Shand mit dieser sanften Stimme, die irgendwie deutlich jünger wirkte als sein wettergegerbtes Gesicht. »Als ich dich gefunden habe, warst du in großer Not. Du warst im Delirium und lagst im Sterben. Ich habe dich hierher in Sicherheit gebracht. Für Fragen und Antworten ist aber später noch Zeit.« Er nahm ihr schlaffes Handgelenk in eine Hand und legte ihr die andere über die Augen. »Und jetzt schlaf!«

Die Wärme und die Dunkelheit waren so tröstlich, dass alle Ängste von Karan abfielen. Mit einem leisen Seufzen schlief Karan ein und träumte noch nicht einmal.

Shand schaute noch einen Augenblick lang auf sie hinab. Als er dann sicher war, dass sie schlief, öffnete er leise die Tür, verschloss sie hinter sich wieder und ging auf die Straße hinaus.

Als Karan wieder aufwachte, war es früh am Morgen, und ein blassgraues Licht fiel durch die Spalten über und unter der Tür in den Raum. Der alte Mann war nicht da. Das Feuer war ausgegangen, und der Raum war eiskalt. Langsam setzte Karan sich auf. Der Raum drehte sich. Nachdem die Benommenheit verflogen war, schob sie die Beine aus dem Bett und stand auf, wobei sie sich an der Bettkante abstützte. Ihre Füße zuckten vor dem kalten Stein zurück. Karan schaute an sich herunter. Ihr einziges Kleidungsstück war ein zerschlissenes graues Hemd. Einst hatte sie mehr zu rundlicheren Formen geneigt, doch nun musste sie entsetzt feststellen, dass sie so ausgemergelt war, als wäre sie in einem anderen Körper erwacht. Die Knochen ragten ihr aus der Hüfte; ihre Beine waren dünn und ihre Rippen deutlich durch das Hemd hindurch zu sehen. Wie lange war sie bewusstlos gewesen?

Karan hatte den letzten Teil ihrer Reise nach Thurkad vergessen, ihn vollkommen aus ihrem Gedächtnis gelöscht. So wusste sie nicht mehr, dass sie schon in Sith allen Appetit verloren hatte, Wochen vor dem Großen Konklave, und seitdem hatte sie gerade genug zu sich genommen, um nicht zu verhungern.

Ihre Kleider waren nirgends zu sehen; also zog sich Karan eine Decke um die Schultern. Vorsichtig, Schritt für Schritt, ging sie am Bett entlang und dann zum Kamin. Dort ließ sie sich zitternd auf den Stuhl sinken und starrte in die Asche. Nach einer Weile verspürte sie einen wahren Heißhunger, sodass ihr fast übel wurde, kaum dass sie sich dessen bewusst geworden war. Sie konnte jedoch nichts zu essen finden. Nur ein halb voller Wasserkrug stand auf einer Truhe neben der Tür.

Nachdem sie das Eis auf der Oberfläche mit dem Finger durchstoßen hatte, trank Karan in kräftigen Schlucken. Das Wasser war so kalt, dass es sie an den Zähnen schmerzte, und als es ihren Magen erreichte, krümmte sie sich vor Krämpfen und sackte würgend und keuchend in sich zusammen. Asche wirbelte auf. Schließlich verebbten die Krämpfe, doch Karan war zu schwach, um sich zu bewegen.

Das Türschloss klackte. Der Riegel wurde gehoben. Shand schob seinen grauen Kopf herein. Sein Rücken war unter der Last eines großen Bündels Feuerholz gekrümmt, den Resten einer ehemaligen Haustür, auf der einen Seite verbrannt, auf der anderen grün lackiert. Auch Teile des Türrahmens waren offensichtlich dabei. Das war einst der Eingang zu irgendjemandes Heim gewesen. Die Vorstellung weckte in Karan wieder das Heimweh nach Gothryme.

Träge hob Karan den Blick. Sie hatte Asche in den Haaren und einen schwarzen Fleck auf der Wange. Shand ergriff ihre kleine Hand. Sie war sehr kalt.

»Warum bist du nicht wieder ins Bett gegangen, mein kleines Kohlenmädchen?«

»Ich konnte nicht«, flüsterte sie. »Ich verhungere! Wie lange hältst du mich hier schon fest?«

»Ich habe dich nicht hier ›festgehalten‹, wie du es nennst«, antwortete Shand mit einem Hauch von Ärger in der Stimme. »Ich habe dich vor drei Tagen in der Großen Halle gefunden.«

»In der Großen Halle? Ich verstehe nicht«, sagte Karan, als Shand die Truhe öffnete und darin herumkramte. Am vorherigen Tag hatte sie sich zwar noch weitgehend erinnert, jetzt aber nicht mehr. »Nein ... Ja ... Nelissa! Sie hat ... geschlichtet. Ist das das richtige Wort? Der Spiegel. Ein Bote ...« Verwirrt hielt Karan inne. Sie hatte das Gefühl, als hätte jemand oder etwas ihre Erinnerung in Bruchstücke zerschlagen und alles durcheinandergemischt. Nichts schien sich mit irgendetwas in Verbindung bringen zu lassen.

Die Truhe knallte wieder zu, und Shand brachte Karan ein altes Graubrot, das aussah, als sei es aus den Mehlresten am Boden einer Mühle gebacken worden. Der Teig war voller Haare und Spelzen, Dreck und kleinen dunklen Kügelchen wie Mausekot. Dazu gab es ein wenig trockenen Käse mit Schimmelflecken in den Rissen, ein paar Zwiebeln und, aus einem beschädigten braunen Krug, eingelegtes Gemüse, das so weich und farblos war, dass es ohne weiteres von den Feiern zum Sturz des letzten Autarchen von Thurkad hätte stammen können. Shand schnitt alles auf einem Metallteller in kleine Stücke und drückte ihn Karan in die Hand. Die Decke war ihr von den Schultern gefallen. Shand bückte sich und packte Karan wieder darin ein. Heute sah er ganz und gar nicht bedrohlich aus, sondern nur besorgt.

»Tut mir leid«, sagte er. »Das kann man zwar kaum essen, aber ich habe nichts anderes bekommen. Ich habe mir eine schlechte Zeit ausgesucht, um nach Thurkad zu kommen. Iss nur wenig auf einmal, sonst wird dir schlecht. Dein Magen ist Essen nicht mehr gewöhnt.«

»Mein Magen ist selbst Wasser nicht mehr gewöhnt«, entgegnete Karan reumütig und nahm sich ein Stück Brot. Misstrauisch beäugte sie das Stück, entfernte die fragwürdigsten Partikel und knabberte am Rest. »Was ist mit mir passiert?«

Shand erzählte ihr das Wenige, was er über das Ende des Konklaves wusste. Karan versuchte krampfhaft, sich zu erinnern, aber da war nichts abgesehen von ein paar Namen – winzige Inseln der Erinnerung in einem unendlichen Meer.

Shand häufte Zunder im Kamin auf, und binnen nur einer Minute flackerte dort ein Feuer und erfüllte den Raum mit dem Geruch von verbranntem Harz.

»Und wie bin ich hierhergekommen?«

»Ich bin in die Große Halle gegangen – ich weiß eigentlich gar nicht warum – und habe dich dort gefunden. Dein Leben hing an einem seidenen Faden. Ich habe dich dann hierher gebracht.«

Karan schaute auf ihren Teller und suchte sich ein Stück Gemüse aus. »Was ist mit den anderen Leuten beim Konklave geschehen?«, fragte sie und kaute auf der geschmacklosen, faserigen Wurzel herum.

»Ich weiß es nicht, und ich kann es auch nicht herausfinden. Yggur hat den größten Teil von Thurkad bereits erobert, und nicht mehr lange, dann hat er auch noch den Rest. Mendark verteidigt noch immer die Zitadelle, aber die wird bald fallen.«

Die Namen sagten ihr gar nichts; sie hatte sie schon wieder vergessen. »Was ist mit ... Maigraith?«

»Die kenne ich nicht. Vielleicht ist sie unter den Toten, die ich nicht habe identifizieren können.«

Karan schüttelte den Kopf, der sie noch immer schmerzte. »Das würde ich wissen.« Und schon bereute sie, überhaupt etwas gesagt zu haben. Das könnte Shand als Hinweis reichen, dass sie eine Empfindsame war, woraufhin er sie problemlos an denjenigen verkaufen könnte, wer auch immer am meisten für ihr Talent bezahlte. Das war das übliche Schicksal von Empfindsamen, besonders in Kriegszeiten.

»Vielleicht ist sie ja vor dem Krieg geflohen«, sagte Shand.

»Vielleicht.« Karan zögerte. »Hast du irgendetwas über Llian in Erfahrung bringen können?«

»Ich habe mit einem der Männer gesprochen, welche die Toten fortgeschafft haben. Er war nicht unter ihnen.« Shand stocherte mit einem Stück Holz im Feuer herum. Funken stoben in seine Richtung.

»Warum hast du dir überhaupt die Mühe mit mir gemacht, Shand? Ich frage immer wieder, aber du antwortest mir nicht. Und wo sind wir überhaupt?«

»Wir sind in einem alten Teil der Stadt«, antwortete Shand. »Die Gassen sind hier so verschlungen und die Behausungen so arm, dass niemand hierherkommt außer jenen, die sonst nirgends einen Platz zum Leben finden können. Selbst Yggurs Armeen halten sich heraus – obwohl sich das rasch ändern wird, sobald die Zitadelle gefallen ist. Du bist hier nicht sicher. Du hast den Spiegel gestohlen!«

»Wie viel Zeit habe ich noch?«

»Das kann man nicht sagen. Vielleicht nur noch Stunden.«

Karan legte den Kopf auf die Arme. Irgendwann bemerkte sie, dass Shand noch eine ganze Weile weitergeredet hatte, doch sie hatte kein Wort davon gehört. Sie schloss die Augen. Shand hob sie mit Leichtigkeit hoch und trug sie zum Bett. Karan kroch sofort hinein, noch immer in ihre Decke gehüllt, und schlief ein.

Shand legte die Karte beiseite und griff nach dem Wein. *Nein!*, sagte er zu sich selbst, doch eine Minute später hatte er ihn schon wieder in der Hand. Er lehnte sich auf seinem Stuhl zurück und führte die Flasche an den Mund. Der Wein war ihm ein Trost, aber es war nicht mehr genug davon da, um ihm zu geben, was er wollte: vergessen und wenigstens eine zeitweise Absolution für seine Sünden.

Du bist ja so ein Narr, Shand! Du hättest besser in Tullin bleiben sollen, wo du niemandem schaden kannst.

Er war einst einer der Großen gewesen und hatte es an Macht und Verstand mit den Anführern der Völker aufnehmen können; doch nach einer persönlichen Tragödie hatte er all das aufgegeben. Vor langer Zeit hatte er sich in das Bergdorf Tullin zurückgezogen, das so weit von der Macht entfernt war wie nur irgend möglich. Dort hatte er viele Jahre lang Holz gehackt und sich seinen Lebensunterhalt mit Gelegenheitsarbeiten im Gasthof verdient. Dann war eines Tages die Welt nach Tullin gekommen.

Vergangenen Herbst war Llian dort aufgetaucht, den man aus Boshaftigkeit mit einem Auftrag betraut hatte, für den er nicht geschaffen war: Er sollte Karan finden und den Spiegel von Aachan und beide sicher zu Mendark bringen. Shand konnte die Welt nicht länger aussperren, doch er stellte fest, dass die Macht, die er einst besessen hatte, verschwunden war – er war schlicht alt geworden.

Und nun steckte er in Schwierigkeiten, war hilflos und hatte Angst. Die Macht, mit der er in jener Nacht die Whelm von Llian weggetrieben hatte, war nur Schau gewesen; er hatte sich einfach aufgeplustert wie ein Hahn, der für seinen Rivalen größer erscheinen wollte, als er in Wirklichkeit war. Alles nur Schau, und sollten seine Feinde das herausfinden, wäre er so hilflos wie Karan in ihrem Krankenbett. Er griff wieder zu der Karte. Shand war schon immer fasziniert von Karten gewesen, und seine freie Zeit verbrachte er damit, sie zu studieren und auch selbst zu zeichnen; doch nun konnte er sich nicht konzentrieren, und so legte er sie beiseite und trank stattdessen seinen Wein.

Während er daran nippte, starrte er in die Flammen und dachte nach. Er hatte Karans Vater, Galliad, gut gekannt. *Kümmere dich um das Kind, falls mir etwas zustoßen sollte,* hatte Galliad vor langer Zeit gesagt.

Shand hatte laut gelacht. Galliad war ein fähiger und kluger Mann gewesen. »Was soll dir denn passieren?«

»Ich habe Feinde, aber nur wenige Freunde. Mich selbst kümmert das nicht sonderlich. Ich hatte ein langes Leben. Aber Karan ist etwas Besonderes.«

Shand hatte gelächelt, und Galliad hatte dieses Lächeln erwidert. »Ja, ich weiß ... jedes Kind ist etwas Besonderes, aber sie ist etwas *ganz* Besonderes. Sie ist empfindsam, doch sie ist mehr als nur ein Mischling aus Altmensch und Aachim, wie du vermutlich glaubst. Irgendwann werde ich dir die Geschichte vielleicht mal erzählen. Hab einfach ein Auge auf sie, falls mir etwas zustoßen sollte. Um mehr bitte ich dich nicht.«

Kurz darauf war Galliad in den Bergen getötet worden, und Shand hatte nie erfahren, was er ihm über Karan hatte sagen wollen. Ihre Mutter nahm sich selbst das Leben, und das Kind zog zu den Verwandten ihrer Mutter. Später war Karan verschwunden. Irgendwann fand Shand dann heraus, dass sie nach Shazmak gegangen war, doch als er sich nach ihr erkundigte, erhielt er lediglich die höfliche Antwort, dass sie in den Schoß ihres Volkes zurückgekehrt sei. Und dabei hatte Shand es dann auch belassen und war nicht ohne Erleichterung zu seinem eigenen Leben zurückgekehrt.

Dann, vor zwei Monaten, war Karan in Tullin aufgetaucht, eine erwachsene Frau, von den Whelm gejagt, und Shand hatte weniger getan, als er hätte tun sollen, um ihr zu helfen. Er schämte sich und fühlte sich dafür verantwortlich, was hinterher geschehen war. Das musste er wiedergutmachen – egal, was ihn das auch kosten mochte.

Im Flur war Lärm zu hören. Shand sprang auf. Ein willkürlicher Gewaltakt in diesem Krieg könnte für sie beide das Ende bedeuten. Karan stöhnte im Schlaf. Shand lief zu ihr, doch es war nur wieder einer ihrer Albträume. Er stellte die Flasche beiseite, setzte sich ans Bett und streichelte ihr über die Stirn, bis sie sich wieder beruhigte und ihre Augen hinter den Lidern nicht länger hin und her zuckten.

Karan, die Frau, war nicht viel anders als das Kind, das er vor so langer Zeit kennen gelernt hatte. Sie war jedoch weder ihrem großen dunklen Vater noch ihrer schönen blonden Mutter ähnlich, die klein und zerbrechlich wie ein Vogel gewesen war. Auch Karan war natürlich schön, aber auf ungewöhnliche Weise, denn sie zeigte Züge eines Zweigs der Aachim aus uralter Zeit. Sie war klein und hatte blasse Haut. Ihre Augen waren so dunkelgrün wie Malachit und ihr Haar so rot wie der Sonnenuntergang. Sie besaß ein rundes Gesicht, hohe Wangenknochen und feine Züge.

Shand ging wieder zu seiner Flasche und dem Feuer zurück und erinnerte sich an das, was er in der Großen Halle gesehen hatte. Die Gewalt, die dort ausgeübt worden war, hatte ihn schockiert, obwohl er ein Veteran so mancher Kriege war. Er war zwischen den Menschen herumgegangen und hatte viele gefunden, die er mit einer einfachen Berührung und einem Schluck aus seiner Flasche hatte wecken können. Taumelnd hatte er sie in den Regen hinausgeschickt. Shand hatte ihnen schon folgen wollen, denn der Kampflärm war immer näher gekommen, doch da hatte er ein Bündel mit unverkennbarem Haar an der Wand gesehen.

Karan! Was machte sie denn hier? Mit einem Mal sah Shand sich den Folgen seiner Nachlässigkeit in Tullin gegenüber – Folgen, die nicht nur Karan, sondern die ganze Welt betrafen. Wenigstens lebte sie, doch für wie lange? Was konnte er tun? Shand war schon seit vielen Jahren nicht mehr in Thurkad gewesen. Die meisten seiner alten Kontaktpersonen waren tot. Und wie sollte er die wenigen Überlebenden in diesem Chaos finden?

Shand warf sich Karan über die Schulter und ging in den Regen hinaus. Stundenlang zog er durch die Gassen und versuchte, ein Versteck zu finden. Alle Türen waren jedoch verschlossen, und niemand wollte ihn hereinlassen, egal, wie viel er auch zu zahlen bereit war. Zu guter Letzt, als er schon Angst hatte, Karan würde sterben, hatte er mit seinem Stab das Schloss einer armseligen Herberge zerschlagen, war einfach reingegangen und hatte sich ein leeres Zimmer gesucht. Der verängstigten Wirtin hatte er die Miete für eine Woche im Voraus bezahlt. Anschließend hatte er sich sofort darangemacht, Karan ins Leben zurückzuholen.

Weiter den Gang hinunter schlug eine Tür zu und brachte Shand in die Gegenwart zurück. Draußen tobte der Krieg noch genauso tödlich wie zuvor. Shand hatte sich schon viel zu lange vor sich selbst versteckt. Er war alt, und nun stand nur noch sein rostiger Verstand zwischen ihnen und ihren Feinden. Allein Karan hierher zu tragen, hatte ihm gezeigt, wie schwach er wirklich war. Er griff wieder nach der Flasche.

Karan wachte mühsam auf. Sie hatte das Gefühl, als würde sie sich durch ein Meer von Schlamm nach oben wühlen. Dann erkannte sie, dass es nicht der Raum war, der so zitterte, sondern ihre Schulter. Irgendjemand rüttelte daran.

»Steh auf! Sie suchen dich. Wir müssen gehen. *Jetzt!*«

Sie setzte sich auf und starrte Shand an, der sich sofort von ihr abwandte und sich mit irgendwas in der anderen Ecke des Raums beschäftigte. Was wollte der alte Mann von ihr? Die Erfahrung hatte Karan gelehrt, dass die meisten Menschen etwas wollten. War vielleicht ein Preis auf sie ausgesetzt, oder wollte er sich irgendwie ihre empfindsamen Talente zunutze machen?

Shand hob den Blick. »Komm! Mach voran!«, sagte er grob. »Wir haben keine Zeit zum Träumen.«

»Wo sind meine Kleider?«, fragte Karan gereizt. »Ich kann doch nicht in eine Decke gehüllt hinausspazieren.«

Shand trat ans Fußende des Bettes, bückte sich und zog ein kleines Kleiderbündel hervor. »Das ist alles, was du dabeigehabt hast. Und jetzt beeil dich!« Er entriegelte die Tür und lauschte in den Flur hinein.

Das Kleiderbündel wurde von einem Knoten zusammengehalten. Karan fummelte mit kraftlosen Fingern daran herum. Die Tür klickte. Shand war weg. Plötzlich bekam Karan schreckliche Angst.

Karan hörte Geschrei den Gang hinunter; dann hämmerten Fäuste gegen eine Tür. Ihr sträubten sich die Nackenhaare. Zu ihrer Überraschung löste sich der Knoten plötzlich; sie hatte gar nicht bemerkt, dass ihre Finger noch immer daran gearbeitet hatten. Sie schüttelte das Bündel, und ihre weite grüne Hose fiel heraus. Karan ließ die Decke fallen, zog sich das dreckige Nachthemd über den Kopf und schlüpfte in die Hose. Allein das erschöpfte sie schon.

Das Geschrei und das Hämmern ertönten erneut. Karan hörte mit offenem Mund, wie eine Tür eingeschlagen wurde, offenbar mit einer Axt. Soldaten durchsuchten das Gebäude.

Die Axt krachte in die Tür, ein, zwei, drei, vier mächtige Schläge. Dann ertönte ein so hoher und durchdringender Schrei, dass es Karan in den Ohren schmerzte. Sie warf sich die Decke über den Kopf, doch nichts vermochte das Geräusch auszusperren.

Kapitel zwölf

Rattenstadt

Draußen war alles wieder ruhig. Karan schaute auf den Lumpen in ihrer Hand: ihr ausgeblichenes grünes Hemd. Keine Stiefel, keine Unterwäsche, kein Hut, kein Mantel. Das Hemd musste ihr vom Leib gerissen worden sein – es war vorne zerfetzt. Wie sollte sie damit rausgehen? Und es war hastig oder sorglos gewaschen worden, denn es war schimmelig und hatte noch immer einen Blutfleck auf einer Seite.

Mit einem Schaudern zog Karan sich das Hemd über. Draußen begann das Schreien erneut. In diesem Augenblick sprang Shand durch die Tür. »Wo sind meine restlichen Kleider?«, verlangte Karan zu wissen.

»Ich weiß es nicht ... Stell keine dummen Fragen! Rasch! Zieh die Stiefel an!« Panisch lief er hin und her, hob Sachen auf und warf sie wieder hin.

Als Karan sich bückte, um nach ihren Stiefeln zu suchen, fühlte sie sich so schwach und benommen, dass sie fast das Bewusstsein verloren hätte. Sie musste sich an der Bettkante festhalten, um nicht zu fallen. »Ich habe keine Stiefel«, sagte sie und erinnerte sich daran, dass man sie barfuß und in Ketten zum Großen Konklave geführt hatte.

Shand fluchte. »Dann wirst du eben ohne gehen müssen!«

Er zerrte sie durch die Tür. Hilflos, wie sie war, trafen seine Kälte und sein Zorn sie wie ein Schlag. Draußen war die Wärme, die sie vom Bett mitgebracht hatte, sofort verflogen. Auf halbem Weg den düsteren Gang hinunter kamen sie an einer zerborstenen Tür vorbei und schauten in ein Zimmer, das genauso schäbig war wie ihres. Eine Frau drückte sich ein totes Kind an die Brust und schrie einfach nur noch. Shand zog die starrende Karan weiter.

An der Ecke angelangt, spähte er vorsichtig herum und duckte sich dann wieder zurück. »Soldaten!«, knurrte er und zog Karan so fest am Arm, dass sich ihr der Kopf drehte.

»Wo ... Wohin gehen ...?«, fragte Karan mit belegter Stimme. Sie spürte, wie ihr Kopf hin und her baumelte; der Wahnsinn war nicht mehr weit entfernt.

Shand zog sie schnellen Schrittes durch den Gang und eine Treppe hinunter. »In den Keller«, sagte er.

Sie gingen durch eine Tür in die Dunkelheit. Shand entzündete einen seiner Kerzenstummel und suchte sich einen Weg durch ein verdrecktes Lager in einen feuchten Kellerraum, der bis auf ein paar Fässer leer zu sein schien. »Häuser wie dieses haben immer irgendwelche Schlupflöcher«, bemerkte er und ging mit erhobener Kerze an der Wand entlang. »In den alten Tagen hat man hier drin Wasser für das ganze Haus gelagert.«

Karan setzte sich auf den Boden, während Shand arbeitete. Sie fühlte sich wieder ein wenig besser. »Wie haben sie es hier reinbekommen?«, fragte sie. Seit ihren Tagen in Shazmak zeigte Karan an allem Interesse, was mit Installationen aller Art zu tun hatte; sie war stets darauf erpicht, Gothryme zu verbessern. *Heimat* ... Sie versank in einem Meer von Einsamkeit und Sehnsucht.

»Ich suche nach einer Falltür, die auf die Gasse hinausführt«, fuhr Shand fort. »Ich habe sie gestern gesehen.« Erneut ertönte Lärm, nicht weit entfernt. »*Farsh!*«, fluchte er. Seine Hand zitterte, und heiße Wachstropfen spritzten auf seine Nase. Er wischte sie weg. »Schnell! Stell dich mit dem Rücken an die Tür!«

Karan tat, wie ihr geheißen, und tastete in dem trüben Licht nach Riegeln oder Schlössern. Es gab keine. Karan ließ sich gegen die Tür fallen und beobachtete Shand dabei, wie er mit dem Licht in der Hand hin und her lief. Wenn man sie hier erwischen würde, wäre das schlimmer, als hätte man sie in ihrem Raum gefunden. Sie waren weggelaufen und mussten somit schuldig sein.

»Hier ist sie«, sagte Shand schließlich und hielt die Kerze an die Wand.

Hoffnung keimte in Karan auf, wurde aber sofort wieder erstickt, als sie spürte, wie sich die Tür hinter ihr bewegte. Sie stemmte sich dagegen; doch ihre Füße rutschten über den schleimigen Boden. Drüben an der Wand kämpfte Shand mit den verrosteten Eisenriegeln.

»Die Tür klemmt«, hörte Karan von der anderen Seite. »Ich glaube, da ist schon seit langem niemand mehr drin gewesen.«

»Willst du das den Whelm erklären?«, knurrte ein anderer Mann. »Brich sie auf.«

Karan fühlte Panik in sich aufsteigen. Am liebsten hätte sie sich einfach auf den Boden geworfen und ihre Angst hinausgeschrien.

»Halt sie zu!«, zischte Shand.

Ein gewaltiger Schlag dröhnte in Karans Ohr, und irgendetwas stach sie in die Wange. Ein Axtblatt ragte unmittelbar neben ihrem Ohr aus der Tür – nur ein Fingerbreit weiter, und sie hätte sich in ihren Hinterkopf gebohrt.

Karan stöhnte und starrte auf das Axtblatt. Shand löschte die Kerze. Die Axt wurde wieder herausgerissen und die Tür derart heftig aufgestoßen, dass Karan durch den Raum flog. Ein wahres Feuerwerk explodierte vor ihren Augen. Irgendjemand sprang durch die Tür, und ein weiterer folgte ihm.

»Da ist jemand hier drin!«, rief der erste Mann. »Schnell! Die Laterne!«

Das Licht blendete sie. Karan blieb liegen, wo sie war; sie war viel zu benommen, um sich zu bewegen.

»Sieht mir nicht wie jemand von der Liste aus«, sagte der erste Mann, »aber wir sollten sie trotzdem mitnehmen. Geh und sieh mal hinter den Fässern da nach.«

Er beugte sich über Karan und hob ihren Kopf hoch. Sie schaute ihn mit leeren Augen an.

»Name?«, verlangte der Mann zu wissen. Er war der haarigste Kerl, den Karan je gesehen hatte. Sein Gesicht war fast vollständig von einem matten braunen Bart verdeckt. Karan hatte schreckliche Angst.

»Mellus«, quiekte sie. Sie hatte tatsächlich einen Mittelnamen, der ähnlich klang.

»Und wo kommst du her?«

»Go... Go...« Fast hätte sie ›Gothryme‹ gesagt.

»Woher?«

»Goss... Gossior«, würgte sie. »Jenseits des Meeres.« Bei ihr mischten sich so viele Akzente, dass sie problemlos von sonstwo her kommen konnte.

Just in diesem Augenblick kam es zu einem Handgemenge an den Fässern. Das Licht verlosch. Der Soldat ließ Karan fallen und rannte in Richtung der Fässer. Ein dumpfer, fleischiger Schlag hallte durch die Dunkelheit. Sie hatten Shand getötet – Karan wusste es. Ein Schatten erschien hinter ihr.

»Komm«, sagte Shand. Er hob sie hoch und trug sie zur Wand. Dort tastete er nach der Falltür und stieß sie auf. Unbeholfen wuchtete er Karan in die Höhe. »Zieh dich hoch, und schau nach, ob jemand da ist. Rasch!«

Karan steckte den Kopf in den Regen hinaus. »Ich kann nichts sehen ...«, sagte sie.

Shand schob sie ganz hindurch, und sie fiel in die nasse Gasse. Der alte Mann folgte ihr stöhnend.

»Was hast du getan?«, fragte Karan und zog sich Holzsplitter aus der Wange.

»Sie mit einer Fassdaube verdroschen. Ich fühle mich schon viel besser. Komm. Sie werden bald hinter uns her sein, und jetzt kennen sie dein Gesicht.«

Sie kamen neben einem unscheinbaren grauen Haus auf die Straße. Schwarze Wolken am Himmel drohten mit weiterem Regen. Der Wind schlug Karan in den Rücken und drang durch ihr Hemd wie durch Spinnweben. Das Pflaster war voller Schneematsch und Eis. Karan taumelte vorwärts, hielt sich das Hemd vorne zu und weinte ob der Kälte und der Schmerzen. Die Straße war nahezu menschenleer. Die wenigen Menschen, die irgendein Grund nach draußen gezwungen hatte, liefen mit gesenkten Köpfen aneinander vorbei: drei Männer mit verkniffenen Gesichtern und kastanienbraunen Kapuzenroben (unwahrscheinlich, dass Yggur *diesen* Kult tolerieren würde), ein Junge mit einem Korb voller schäbigem Gemüse und eine humpelnde, alte Frau.

Karan blieb mit dem Zeh an einem kaputten Pflasterstein hängen, rutschte aus und fiel mit dem Gesicht voran in den eisigen Matsch. Liegen zu bleiben schmerzte weniger, als wieder aufzustehen. Shand zog sie in die Höhe. Wankend sah sie, dass von ihrem Zeh Blut in den grauen Schnee tropfte. Shand lief wieder weiter. Karan stolperte ihm hinterher. Sie hatte sich noch nie so schwach gefühlt.

»Shand!«, rief sie mit kindlich quiekender Stimme.

Er machte kehrt und lief zu ihr zurück. »Ich kann nicht mehr weitergehen«, seufzte sie.

Shand legte ihr den Arm um die Hüfte und hob sie vom Boden hoch. Sie bogen um die Ecke des Gebäudes. Unmittelbar vor ihnen waren vier Soldaten, die einen Mann mittleren Alters verhörten. Shand zögerte eine Sekunde lang. Ein Soldat winkte sie zu sich. Karan hatte keinen Mut mehr.

»Sei einfach du selbst. Das sind nur Soldaten«, sagte Shand leise. »Sag nichts. Tu einfach so, als wärst du taub oder nicht ganz bei Verstand.«

Das dürfte nicht allzu schwer sein, dachte Karan. Aber diese Männer waren Veteranen, alt und zäh. Die würden sich nicht täuschen lassen. Als sie näher kamen, setzte Shand sie wieder ab.

Karan stand mitten in einer Pfütze und zitterte so heftig, als litte sie unter Krämpfen.

Einer der Soldaten, ein unrasierter Riese mit einer verbundenen Schulter, verdrehte dem Mann den Arm hinter dem Rücken und stieß ihn auf die Knie hinunter. Einen furchtbaren Augenblick lang glaubte Karan, sie würden ihn an Ort und Stelle hinrichten. Der Gefangene dachte offenbar dasselbe, denn er warf den freien Arm um den Kopf in dem armseligen Versuch, seinen Nacken vor dem Schwert zu schützen. Sein teurer Mantel riss an der Schulter, und das weiße Futter quoll heraus. Der Mann plapperte irgendwas; einer der Soldaten lachte, und der Gefangene wurde mit vorgehaltenem Speer weggeführt. Der Riese winkte Karan und Shand zu sich.

Shand sprach die Soldaten in ehrerbietigem Tonfall an und zupfte sich am Bart, während er den Weg zurückdeutete, den sie gekommen waren, und kleine Kreisbewegungen mit den Händen machte. Die Soldaten schauten in die entsprechende Richtung und dann zu Karan. Sie trat einen halben Schritt vor, fest davon überzeugt, dass die Soldaten aus dem Keller jeden Augenblick hinter ihnen auftauchen würden. Auch glaubte sie, sich übergeben zu müssen, sollte das hier noch länger dauern. *Wenigstens würde das ihnen zeigen, wie harmlos ich bin,* dachte sie reumütig. Außerdem wäre es ohnehin egal, wenn die Soldaten sie verhörten, denn sie hatte ohnehin alles vergessen.

Shand sagte irgendetwas zu den Soldaten, und sie lachten. Karan beugte sich vor und untersuchte ihren blutigen Zeh. Der vorderste Soldat riss sie wieder hoch und starrte ihr ins Gesicht, als wolle er es sich ganz genau einprägen; dann bemerkte Karan, dass ihr zerrissenes Hemd bis zur Hüfte offen stand. Rasch zog sie es wieder zu. Irgendjemand lachte leise. Karan drehte sich der Magen um, und sie erbrach sich in den Matsch zu ihren Füßen. Der Soldat sprang rasch zurück und winkte sie weiter. Shand legte wieder den Arm um Karans Hüfte und führte sie fort.

»Das war knapp«, sagte er. Er wirkte irgendwie sogar fröhlich. »Sie suchen definitiv nach dir. Aber natürlich haben sie nach einer Frau mit rotem Haar gesucht.«

Karan starrte ihn an, als wäre er verrückt. Dann sah sie eine Strähne ihres eigenen Haars und zog sie sich vors Gesicht. Es war aschgrau. Ihr wunderschönes, rotes, lockiges Haar, ihre einzige Eitelkeit war strähnig und hässlich. Die Tränen brannten ihr in den Augen. Sie begann zu weinen, und nachdem sie einmal angefangen hatte, konnte sie nicht mehr aufhören.

Sie stießen noch mehrmals auf Soldaten und wurden befragt, doch jedes Mal redete Shand sich erfolgreich heraus. Schließlich, nach vielen Zwischenstopps, verließen sie diesen verkommenen Teil der Stadt, dessen Gestank kaum zu ertragen war, und Shand schleppte Karan aus einer Gasse zu einer schmalen, steilen Treppe. Am Fuß der Treppe war Wasser. Ohne ein Wort machte Shand sich auf den Weg hinunter. Wäre er nicht da gewesen, Karan hätte sich einfach in den Matsch gelegt und wäre nie wieder aufgestanden. Ihr Zeh hatte inzwischen aufgehört zu bluten, und sie spürte auch keinen Schmerz mehr; ihr Füße waren schlicht zu kalt.

»Wohin gehen wir?«, keuchte sie und ließ sich auf die oberste Stufe fallen.

»Beeil dich! Wir können später noch reden.«

Ein Ruf ertönte hinter ihnen. Karan drehte sich um und sah Soldaten am Ende der langen Gasse. »Stehen bleiben!«, rief einer von ihnen; dann rannten sie los. Zu Karans Rechter war eine kahle Wand; zu ihrer Linken führte eine Gasse zu einem verfallenen Lagerhaus. Mühsam rappelte sie sich auf, lief ein paar Schritte in die Gasse hinein, zögerte, stieß einen frustrierten Schrei aus und rannte dann wieder zurück. Während sie einst instinktiv die richtige Entscheidung getroffen hätte, war sie nun noch nicht einmal mehr in der Lage, sich überhaupt für etwas zu entscheiden. Ihr Kopf war einfach nur leer.

»Da kommen wir nicht raus!«, schrie Shand. »Schnell! Die Treppe runter!«

Karan erstarrte vor Unentschlossenheit. Shand warf sie sich wieder über die Schulter und lief die Treppe hinunter, wobei er bei jedem Schritt auf den steilen Stufen auszugleiten drohte. Auf der untersten, schleimigen Stufe rutschte er dann auch aus und ließ Karan ins Wasser fallen. Es war furchtbar kalt. Karan hob die Hand. Shand zog sie heraus und legte sie gegen das Steingeländer. Er keuchte schwer.

Sie waren von den riesigen, verfaulenden Trümmerhaufen umgeben, auf denen die große Kaistadt errichtet war; sie erstreckten sich in alle Richtungen, so weit das Auge sehen konnte. Der Anblick jagte Karan einen Schauder über den Leib. Als Kind hatte sie sich einmal am Ufer von Thurkad verirrt. Verloren war sie an den Kais entlanggewandert, und hinter jedem Abfallhaufen hatten die seltsamen Bewohner der Kaistadt gelauert und sie schweigend beäugt. Zwar hatte es nur wenige Stunden gedauert, bis man sie wiedergefunden hatte, doch den Anblick hatte sie ebenso wenig vergessen wie den Gestank oder die wahnsinnige Angst in den Augen ihrer Mutter, als sie ihr Kind wieder in die Arme hatte schließen können.

Die Stufen führten zwischen zwei Strebepfeilern hindurch und gingen auch noch im Wasser weiter. Nur zehn Spannen entfernt, teilweise unter Wasser, befand sich die niedrigste Plattform der Kaistadt, doch unmittelbar vor den beiden Flüchtenden war schlicht nichts; hier waren die Planken entweder verrottet oder im Schlamm versunken. Shand sprang auf und stocherte mit einem Stock in dem dunklen Wasser herum.

»Komm«, sagte er. »Hier kommen wir nicht rüber.«

Er ging ins Wasser und tastete mit dem Stock vor sich wie ein Blinder. Das Wasser reichte ihm bis zum Oberschenkel. Irgendjemand rief etwas hinter ihnen, und Karan erschrak. Ein Soldat stand oben an der Treppe und deutete auf sie hinunter. Shand packte Karan wieder am Arm und zog sie im selben Augenblick außer Sicht, als Pfeile in die Pfeiler über ihren Köpfen einschlugen.

Sorgfältig darauf bedacht, dass sie immer Deckung hinter den Abfall- und Trümmerhaufen hatten, führte Shand Karan in die Kaistadt hinein. Die Planken, über die sie liefen, waren stark verzogen – einmal reichte ihnen das Wasser bis zur Hüfte, dann wieder war das Holz nur von einer dünnen Schicht bedeckt. Unter der Hauptplattform war es dunkel, feucht, und es stank nach Salzwasser und Fäulnis. Nur hier und da fiel ein Lichtstrahl durch Risse in den Planken über ihren Köpfen und lenkte die Aufmerksamkeit auf dichte Teppiche von Algen und braunen Pilzen.

Hinter Shand war ein leises Platschen zu hören. Er rief: »Pass auf! Hier ist alles verrottet und bricht leicht weg.«

Langsam ging er weiter und stocherte in dem dunklen Wasser herum. Das Holz unter seinen Füßen fühlte sich schwammig an. An einer Stelle brach er plötzlich ein und hatte Mühe, noch rechtzeitig in Sicherheit zu springen. Er schaute sich über die Schulter nach Karan um. Sie war nirgends zu sehen. Wo hatte sie zuletzt gestanden? Dort drüben, wo ein Lichtstrahl aufs Wasser fiel. Shand suchte sich einen Weg über das brüchige Holz, konnte sie aber nicht finden. Dann erinnerte er sich an das leise Platschen und schaute nach unten.

Das Wasser war hier klarer. Karan war unter der Oberfläche, trieb mit um den Leib geschlungenen Armen und angezogenen Knien dahin und drehte sich dabei langsam. Ihre Augen waren geöffnet, doch sie machte keinerlei Anstalten, sich selbst zu helfen. Shand stieß sie mit seinem Stab in die Seite. Sie wirkte überrascht, packte den Stab dann aber, und noch nachdem Shand sie herausgezogen hatte und sie keuchend und zitternd auf dem Holz lag, klammerte sie sich daran fest. Shand untersuchte sie sorgfältig, fand aber keinerlei Hinweis auf irgendwelche Verletzungen, und sie sagte auch nichts.

Zunehmend besorgt ob ihres Geisteszustands, ging Shand von nun an vorsichtiger und hielt sie dabei ständig an der Hand. Auf diese Art arbeiteten sie sich langsam ins Herz der Kaistadt vor.

»Wo bringst du mich hin?«, fragte Karan benommen, als sie sich auf einem umgestürzten Balken ausruhten. Sie zitterte krampfhaft. Ihre Hände und Füße waren blutig von den Muscheln, die jede Oberfläche bedeckten. In dem schwachen Licht hatte ihr Gesicht eine gespenstisch grüne Farbe.

»Es gibt Orte in der Kaistadt, an die uns noch nicht einmal Yggur folgen würde, und wenn ich das Volk hier, die Hlune, darum bitte, werden sie uns eine Zeit lang hier dulden.«

»Das müssen sie auch«, sagte Karan mit schwacher Stimme; »ich kann nämlich keinen Schritt mehr weiter.«

»Du musst. Wir sind immer noch tief am sogenannten Inneren Rand der Kaistadt, wo nur die Entarteten leben. Das Wasser hier ist giftig von den Abwässern der Stadt. Bleib hier sitzen. Ich werde ein Versteck für dich suchen, wo du bleiben kannst, während ich mit den Hlune verhandele. Ich werde nicht lange wegbleiben.«

Und mit diesen Worten zog er seinen Rucksack auf und legte ihn ihr vor die Füße aufs Deck, das hier ein Stück über dem Wasser und somit verhältnismäßig trocken war. Dann ging er weg und kam tatsächlich rasch wieder zurück.

»Es gibt einen Ort in der Nähe, der für die Nacht reichen dürfte.«

Karan humpelte hinter ihm her und hinterließ Blutflecken auf dem Holz. Nach einer Minute gelangten sie zu einem leeren Lagerraum, einem Raum von ungefähr vier mal fünf Schritt Größe mit Bretterwänden und einer Tür aus alten Planken. In der Nähe gab es ähnliche Gebäude. Die Kaistadt beherbergte gut die Hälfte aller Lagerhäuser von Thurkad; diese hier waren allerdings schon vor langer Zeit unter die Flutlinie gesunken und wurden nicht länger benutzt.

Sie gingen hinein, und Karan ließ sich auf den nassen Boden sinken. Es war recht dunkel hier drin, sodass Shand nur als Schatten zu erkennen war. Karan döste sofort ein, doch der alte Mann rüttelte sie wieder wach.

»Du kannst noch nicht schlafen, vor allem nicht auf dem Boden. In ein paar Stunden kommt die Flut. Du musst versuchen, das Wasser hier zu meiden. Es ist verseucht.«

Zu spät, dachte Karan. Shand tastete sich an der Wand entlang und fand Regale aus kaum bearbeitetem Holz. Sie waren von einer dicken braunen Schicht bedeckt, die sofort zu Pulver zerfiel, als Shand sie mit der Hand berührte, und die Luft mit erstickendem Staub erfüllte. Auf einem Regalbrett machte er mit den Decken aus seinem Rucksack ein Bett für Karan und hob sie hinauf. Karan wickelte sich in die Decken und atmete flach. Ihr Geist war wie betäubt, ihr Magen leer, und ihre Füße schmerzten fürchterlich. Sie war geschwächt von Hunger. Shand setzte sich den Rucksack erneut auf und wandte sich zur Tür.

»Shand«, quiekte Karan beinahe panisch. Er drehte sich wieder um. »Geh nicht!«

Er stand mit der Hand am Türrahmen. »Ich muss. Ich bleibe nicht lange.«

»Bitte, ich habe das Gefühl, als würde ich sterben. Mir ist so kalt.« Mit klappernden Zähnen glitt sie von dem Brett herunter und brach auf dem Boden zusammen.

Shand rannte sofort zu ihr, überzeugt, dass sie wieder dem Wahnsinn verfallen war. Ihre Hand war eisig. Sie wurde von Zitterkrämpfen geschüttelt und stand am Rand der Unterkühlung. »Shand, du Narr«, tadelte er sich selbst. »Sieh nur, was du ihr angetan hast.«

Er zog ihr die nassen Kleider aus, trocknete sie ab und rieb ihre Glieder, bis das Zittern aufhörte; dann wickelte er sie in sämtliche Decken, die sie dabeihatten. Karan seufzte und öffnete die Augen wieder.

Mit einem Messer so lang wie ihr Unterarm schabte Shand

Holz von einem einigermaßen trockenen Balken in einen Topf. Anschließend schnitt er Essen in einen kleineren Topf, füllte ihn mit Wasser und platzierte ihn mit Hilfe von Löffeln als Ständer über den größeren.

»Mehr!«, kam ein Flüstern aus den Decken, in denen Karan lag, aus denen nur zwei Augen zu sehen waren. »Ich verhungere.«

Shand schnitt noch eine Zwiebel und ein weiteres Stück Brot in den Topf, schlug dann geschickt Funken und blies in die winzige Flamme. Eine Minute später brannte ein kleines Feuer in dem größeren Topf. Das war solch ein erhebender Anblick, dass Karan herbeikroch und sich Hände und Füße an den Flammen wärmte.

»Lass mich einen Blick auf deine Füße werfen.« Shand säuberte den langen Schnitt an Karans Zeh, gab eine wächserne Salbe darauf und verband ihn. »Wie habe ich nur vergessen können, dass du keine Stiefel hast?«, sagte er zu sich selbst und schüttelte den Kopf ob ihrer zerschundenen Füße. »Dich derart durch den Schnee zu jagen … Mein Verstand ist wahrlich nicht mehr das, was er einmal war.«

Sorgfältig versorgte er ihre Füße und übersah dabei noch nicht einmal den geringsten Kratzer. Karan schwieg die ganze Zeit über. Sie war ihm dankbar für seine Aufmerksamkeit, bemerkte aber kaum, was er tat. Sie war in der Vergangenheit verloren und durchlebte noch einmal die Albträume ihrer Kindheit und die Angst, auf ewig in der Kaistadt von Thurkad gefangen zu sein.

Obwohl Shand zweimal Holzspäne in den Feuertopf nachlegte, reichte die Hitze nicht aus, um einen Eintopf zu kochen. Shand hob Karan wieder in ihre Koje, zerdrückte das Essen im Topf, soweit es ging, und gab es ihr.

»Iss, so viel du kannst«, sagte er. Dann warf er die Asche zur Tür hinaus und ins Wasser, wusch den Topf und packte ihn wieder ein.

Der Eintopf – oder besser: der warme Brei – war wässrig und hatte kaum Geschmack, doch Karan kümmerte das nicht. Sie schaufelte das klebrige Zeug in sich hinein, bis ihr Bauch so voll war, dass es schmerzte. Eine wunderbare Wärme breitete sich in ihr aus. Die Hitze des kleinen Feuers hatte zumindest ausgereicht, den Käse am Boden des Topfes zu einem zähen Klumpen schmelzen zu lassen. Er duftete stark und reif.

Während Karan aß, beobachtete Shand sie, bis er schließlich zufrieden und überzeugt war, sie allein lassen zu können. »Jetzt muss ich aber zu den Hlune gehen, sonst gibt es Ärger. Wir haben unerlaubt ein fremdes Gebiet betreten, und die Bewohner hier wachen eifersüchtig über ihre Rechte. Ich hoffe, noch vor morgen früh wieder hier zu sein; trotzdem lasse ich den restlichen Proviant hier – nur für den Fall. Soldaten werden nicht hier runterkommen, *noch nicht.* Bleib aber hier drin! Und schlaf ein wenig.« Er ging hinaus und schloss die Tür hinter sich.

Schon bald war der Topf, in dem genug für zwei gewesen war, leer, und Karan wollte noch immer mehr. Inzwischen wurden selbst ihre Füße wieder wärmer. Karan legte sich auf die Seite, rollte sich zusammen und versuchte erfolglos einzuschlafen. Es gab einfach viel zu viele Ablenkungen. So hatte sie Angst vor der Dunkelheit und dem wilden, seltsamen Volk, das hier lebte. Die groben Planken drückten sich schmerzhaft in ihre Hüfte, zumal sie kein Fleisch mehr auf den Knochen hatte. Mit jeder Bewegung wirbelte sie Staub auf, der dann in der Luft hängen blieb, sie niesen ließ und ihr die Tränen in die Augen trieb. Es war sehr dunkel. Nur ein schwaches blassgrünes Licht fiel durch Risse im Dach hoch oben. Später wurde auch das schwächer, als sich draußen die Nacht herabsenkte. Doch auch des Nachts war es an diesem Ort unerwartet laut.

Karan lag mit geschlossenen Augen da und katalogisierte die Geräusche. Je länger sie lauschte, desto mehr Geräusche hörte sie. So war da das stete Plätschern der Wellen unter ihr, obwohl sie vom eigentlichen Ufer ein gutes Stück entfernt war. Und die

Kaistadt selbst knirschte, knackte und stöhnte in einem Dutzend Variationen, von leisen, kaum wahrnehmbaren Vibrationen bis hin zu kräftigen Beben, die die gesamte Konstruktion zu erschüttern schienen. Sanft stieg und fiel das Wasser unter ihr im Rhythmus des Meeres, und im Laufe der Stunden kam die Flut, bis Wasser von unten durch den Boden ihres kleinen Zimmers drang.

Mehrmals hörte Karan einen schweren Karren über die Plattform hoch über ihr rumpeln. Kinder sprangen spielend von den Balken ins Wasser – sie mussten recht nahe sein –, und das in Thurkad allgegenwärtige Ungeziefer huschte lärmend über Bretter und Planken. Die Ratten waren sogar so kühn, dass Karan sie immer wieder von ihrem Proviantsack verscheuchen musste; zu guter Letzt stopfte sie ihn sich unter die Decke.

Und einmal erbebte die gesamte Konstruktion so heftig, dass das Krachen und Knirschen noch lange nachhallte, nachdem das eigentliche Beben verebbt war. Einer der uralten Stützpfeiler war zusammengebrochen und mit ihm alles, was über ihm war. Doch zu diesem Zeitpunkt war Karan bereits fest eingeschlafen.

Früh am nächsten Morgen wurde sie von einem Gewitter über der Stadt geweckt. Die Finsternis der Nacht wurde von blauweißen Blitzen durchbrochen, die durch jeden Riss und jedes Loch des Gebildes strahlten. In dem Licht sah Karan kranker aus denn je, doch nur die Ratten, die sie hungrig anstarrten, konnten das sehen. Karan trat nach ihnen, um sie zu verscheuchen, träumte später aber, sie würden zu ihr unter die Decke kriechen.

Der Donner jagte Schauder durch die Kaistadt, und die Nägel und Klammern aus Eisenholz, die sie zusammenhielten, knirschten. Dann kam der Regen, und eine wahre Flut ergoss sich über die Stadt. Das Wasser rann an den mächtigen Balken, Pfeilern und Trümmerhaufen herab und floss über alle Plattformen und Böden der Kaistadt, bis es auch durch die Löcher im Dach von

Karans Zelle sickerte, wo es sich schließlich als Wasserfall über eine verdrehte Planke ergoss.

Sich darunter zusammenzukauern ergab keinen Sinn. Karan kam zu dem Schluss, dass sie besser geschlafen haben musste als gedacht, denn sie war überhaupt nicht mehr müde, und das Stehen erschöpfte sie bei weitem nicht mehr so sehr wie noch am vorherigen Tag. Ihr Zeh war wund und rot; die kleineren Wunden und Kratzer heilten jedoch bereits. Karan hatte schon wieder Hunger. Sie aß eine Zwiebel und etwas Brot. An beidem waren verdächtige Bissspuren zu erkennen. Dann suchte sich Karan etwas zu trinken.

In einer Ecke des Raums tropfte Wasser in Wasser, wo ein Rohr den Niederschlag in ein Regenfass leitete. Karan griff hinein, um sich eine Hand voll zu schöpfen, und ihre Finger versanken in Fell, unter dem sich eine aufgeschwemmte, verrottende Masse Fleisch und brüchige Knochen befanden. Ein ekelerregender Gestank stieg ihr entgegen. Karan zog das Ding heraus und hielt es so weit von sich entfernt wie nur irgend möglich. Es war ein Nager, größer als eine Ratte und so verfault, dass das Fleisch schon von den Knochen abfiel. Karan warf das Ding weg und ging hinaus, um die stinkenden, klebrigen Reste abzuwaschen, die an ihren Fingern hängen geblieben waren. Wieder in ihrer Zelle, stank es furchtbar, und der Boden unter ihren Füßen fühlte sich nun so unangenehm schleimig an, dass sie ihre Zuflucht aufgeben musste.

Ihre Kleider, die Shand am vorherigen Abend zum Trocknen ausgelegt hatte, waren noch immer nass und schlammbedeckt – genau wie sie selbst auch. Salz juckte in ihren Achseln. In der Nähe fiel Regenwasser über einen riesigen Balken. Karan stellte sich zum Waschen darunter. Das Wasser war so kalt, dass es ihr den Atem verschlug. Sie schrubbte sich mit ihrem Hemd ab, bis ihre Haut rosa war und kribbelte. Dann wusch sie sich so lange das Haar mit den Fingern, wie sie das kalte Wasser ertragen konnte, und obwohl nur wenig von der Asche herauskam, konnte sie doch erkennen, dass ihre Haarfarbe unverändert geblieben war.

Dann setzte sie sich auf die Planken und wusch die Kleider im dunklen Wasser. Die Blutflecken auf ihrem Hemd waren ein wenig verblasst. Schließlich hing sie die Kleider in breite Risse an den mächtigen Balken, obwohl sie nur wenig Hoffnung hatte, dass sie an einem derart feuchten und kalten Ort trocknen würden.

Die Flut stieg wieder; das Wasser reichte Karan bereits bis zu den Knöcheln. Sie fand einen Sitzplatz über der Flutlinie, der auch noch trocken war. Dort hockte sie dann, vollständig in ihre Decken eingewickelt. Nur ihr Gesicht lugte hervor, während sie am Rest von Shands Brot knabberte. Ihre Haut glühte von der Kälte und dem Schrubben. Die raue Wolle reizte ihre empfindliche Haut, und ihre Füße waren blau. Dennoch fühlte sie sich so gut wie schon seit Sith nicht mehr, wo sie niemanden gefunden hatte, der ihr den Spiegel abgenommen hätte.

Der Spiegel! Das war Vergangenheit, alte Geschichte. Das gehörte zu einer vollkommen anderen Karan. Was hatte sie eigentlich dazu getrieben, ihn so treu ergeben mit sich herumzuschleppen und dann auch noch so lange? Sie hatte keine Ahnung.

Lange Zeit saß sie dort. Langsam wurde ihr immer wärmer, und sie döste sogar ein wenig. Als sie schließlich wieder aufwachte, verriet ihr das schräg einfallende Licht, dass es schon Vormittag war. Shand war nun fast einen Tag lang fort, länger, als er gesagt hatte. Ihm musste etwas passiert sein.

Karan kletterte von ihrer Zuflucht hinab, stapfte über das Deck und spähte in jede Richtung, so weit sie konnte – was nicht sonderlich weit war. Tatsächlich gab es rein gar nichts zu sehen. Sie füllte den Topf mit Wasser, das von einer Planke herabtropfte, und trank. Das Wasser war gut, wenn auch ein wenig teerig.

Und was, wenn Shand nicht mehr zurückkam? Karan hatte kein Geld, nichts zu essen, ja noch nicht einmal Schuhe. Yggur hielt die ganze Stadt, und sie wusste nichts über das Volk der Kaistadt, außer dass sie Angst vor ihm hatte. Was würden sie wohl mit ihr tun, wenn sie sie entdeckten?

Karan empfand eine vage Unruhe, nur einen Hauch von Gefahr. Früher hätte sie dieses Gefühl schlicht ignoriert, doch nun fragte sie sich, was aus ihrer Empfindsamkeit geworden war. Nach den schrecklichen Erfahrungen auf dem Weg von Shazmak nach Narne hatte Karan ihr Talent ausgesperrt und die Erinnerungen unterdrückt, und seitdem hatte sie beides nicht mehr finden können.

Wenn sie solche Gedanken hegte, war es fast so, als würde plötzlich eine Gestalt vor ihr materialisieren. Sie war groß und schlank und trug ein einzelnes Kleidungsstück aus schlichtem braunem Stoff, den sie um die Hüfte geschlungen und an der Schulter zusammengebunden hatte. Das Gesicht war teilweise von einer Kopfbedeckung verdeckt, einem zerknüllten Stück Stoff, das auf beiden Seiten bis zur Schulter reichte. Nur die Spitze einer großen, schmalen Nase war zu sehen, ein buschiger Spitzbart und eine knochige Hand. Die Gestalt streckte den Arm aus, schloss die Hand um Karans Decke und riss. Karan packte die Decke, bevor sie nackt dastand, und zog sie um sich.

Die Gestalt gab einen kehligen Laut von sich und streckte abermals die Hand aus; diesmal packte sie Karan am Arm. Überraschenderweise fühlten sich die harten Finger warm auf ihrer Haut an. Mühelos zog die Gestalt sie davon. Widerstand war zwecklos.

Kapitel dreizehn

Ein Fass voll Quallen

Karan hatte keine Ahnung, wo sie hingebracht wurde, doch es musste in der Nähe des Meeres sein, denn sie spürte, wie sich Wellen an den Stützpfeilern unter ihr brachen. Schließlich wurde sie in einen großen Raum geführt, einen Versammlungsraum von zehn Schritt Durchmesser und sechs Schritt Höhe. Das Licht der Lampen blendete sie einen Augenblick lang, obwohl sie an den Standards der Außenwelt gemessen eigentlich gar nicht mal so hell waren.

Der Raum wurde von Myriaden winziger Lampen erhellt und stank nach verbranntem, ranzigem Fischöl. Menschen wie der Mann, der sie hergebracht hatte – groß und langgliedrig, mit riesigen Händen und Füßen und Haut wie Sand –, drängten sich in der Kammer. Alle redeten aufgeregt über den Krieg und den Sturz von Mendark. Das mussten die Hlune sein, zu denen Shand hatte gehen wollen. Sie hatten sich auf einer großen Eisenholzplattform versammelt, die gut ein Viertel des Raumes einnahm und über der Flutlinie an die hintere Wand gebaut war.

In ihren Togen sahen die Männer und Frauen einander sehr ähnlich. Die Männer waren nur an ihren breiteren Schultern und den dünnen Spitzbärten zu erkennen, wobei die Länge des Bartes den Status des jeweiligen Besitzers anzuzeigen schien. Die Frauen trugen ihr Haar lang und hinten geflochten. Bei ihnen ließ sich der Rang an den kleineren Zöpfen ablesen, die unten herausragten.

In der Mitte der Plattform, auf zwei gleich verzierten Stühlen aus rotem Zedernholz, saßen zwei Älteste, ein Mann und eine

Frau, beide mit nacktem Oberkörper. Sie sahen besser ernährt als der Rest aus, waren aber keinesfalls fett. Die Frau hatte ihren Zopf über die Schulter nach vorne geworfen, und hundert kleinere Zöpfe lagen fächerförmig zwischen ihren Brüsten, während der Spitzbart des Mannes ihm bis zum Bauchnabel reichte.

Der Mann, der Karan gefangen genommen hatte, schaffte sie zum Fuß der Stufen, die auf die Plattform führten. Dort blieb er stehen; ihren Arm hielt er nach wie vor in festem Griff. Das Warten zehrte an Karans Nerven. Einfach nur hier zu stehen erschöpfte sie schon, und ihr Kopf pochte wieder fast so schlimm wie bei ihrem ersten Erwachen.

Einmal kam ein Hlunekurier hereingelaufen und sprang auf die Plattform. Er rutschte über die feuchten Planken und fing wild an zu plappern, wobei Karan mehrmals den Namen Mendark hörte.

Die beiden Ältesten erhoben sich von ihren Zedernstühlen und schauten ernst drein. Die anderen Hlune versammelten sich um sie, und in dem darauf folgenden, chaotischen Gerede konnte Karan gar nichts mehr verstehen. Schließlich wurde der Kurier mit Befehlen wieder fortgeschickt; die Ältesten setzten sich, und der Mann nickte der Frau zu, woraufhin diese die Hand in Karans Richtung ausstreckte.

Karan wurde vor die Ältesten gebracht, doch erneut wurden sie von einem Boten unterbrochen. Die Sprache der Hlune mochte ja die Gemeinsprache von Meldorin sein, aber sie sprachen so schnell und mit solch einem seltsamen Akzent, durchsetzt mit Zungenschnalzen und Ploppgeräuschen, Fingerschnippen und Schlagen auf die Knie, dass Karan kaum ein Wort pro Satz verstehen konnte. Was sie jedoch verstand, war, dass Thurkad endgültig gefallen war und die Hlune Angst hatten, dass Yggur die Kaistadt niederbrennen würde, um seine Feinde auszuräuchern, die hier Zuflucht gefunden haben könnten. Mehrere Male hörte sie die Hlune rufen »*Horesh! Horesh!*«, was sie als »*Feuer! Feuer!*« übersetzte.

Das war ihre größte Angst. Sie lebten schon sehr, sehr lange in der vielstöckigen Kaistadt von Alt-Thurkad und waren mit dem Rest der Stadt eine nervöse Beziehung eingegangen, die in der Vergangenheit jedoch stets beiden zugute gekommen war. Aber noch nie hatten sie erlebt, dass die Stadt erobert worden wäre, und nun wussten sie nicht, was sie zu erwarten hatten.

Während sie wartete, musterte Karan ihre Umgebung. Die Decke wurde von riesigen Balken aus Eisenholz gehalten, dem schier unglaublich harten und dauerhaften Holz, das das Skelett der Kaistadt bildete. Hier war das Eisenholz glatt gehobelt, sodass es im Licht der Lampen wie unbezahlbares rotschwarzes Ebenholz aussah. Das Dach selbst und die Wände waren bis hinunter zur Flutlinie mit rotbraunem Zedernholz verkleidet. Darunter waren die Wände zwar ebenfalls verkleidet, aber mit einfachem hellbraunem Holz, das zum Schutz gegen Fäule geteert war.

Erst jetzt fiel Karan auf, dass noch ein weiteres, kleineres Volk hier war. Sie waren so groß wie sie und hatten blassere Haut und angenehmere Gesichtszüge als die Hlune. Ihre Schultern waren schmal, doch ihre Hinterteile voll und rund. Diese Leute schienen ein Arbeitervolk zu sein, denn sie rannten die ganze Zeit hin und her, brachten Essen und Trinken, überbrachten Botschaften, rückten Möbel oder putzten und reparierten schlicht etwas. Sie waren alle gleich gekleidet, egal ob Mann oder Frau, und zwar in eine Art Wickelrock, der von der Hüfte bis zu den Knien reichte.

Karan hörte die Worte ›rotes Haar‹. Nun war endlich sie an der Reihe. Es folgte eine lange Debatte darüber, ob sie diejenige sei, die Yggur suchte. Die Ältesten musterten sie aufmerksam, besonders ihr aschgraues, fast schwarzes Haar, rieben ein paar Strähnen zwischen den Fingern und machten Bemerkungen zu den Flecken, die zurückblieben. Das hatte weitere Diskussionen zur Folge; dann winkte die Frau, und Karan wurde die Decke abgenommen. Nackt stand Karan vor den Hlune und lief puterrot an. Offensichtlich waren sie zufrieden, was ihre Identität betraf. Karan wurde zur Seite gewinkt, und die Ältesten begannen mit einer langen Diskussion.

»Was ist mit Shand passiert?«, unterbrach Karan sie. Die Ältesten ignorierten sie.

»Shand, ja!«, sagte eine alte Hlunefrau, deren Haar in viele Zöpfe geflochten war. Sie nickte vehement und entblößte ihren zahnlosen Gaumen.

»Wo ist Shand?«, fragte Karan erneut. »Was ist mit ihm passiert?«

»Shand, ja!«, wiederholte die alte Frau. Ansonsten nahm niemand auch nur die geringste Notiz von Karan.

Die Debatte setzte sich fort, schnell und energisch. Karan kümmerte das kaum; die Kälte machte sie träge. Ihre Decke war verschwunden. Sie hockte sich hin und verbarg ihre Nacktheit, so gut sie konnte – nicht dass irgendjemand auch nur einen Hauch von Interesse daran gezeigt hätte. Karan fühlte, wie der Wahnsinn, der in den letzten Wochen nie weit entfernt von ihr gewesen war, langsam wieder an die Oberfläche stieg. Wenn sie noch länger hier blieb, würde er hervorbrechen und sie ertränken; erneut würde er all ihre Erinnerungen hinwegspülen und sie leer und hilflos zurücklassen. Heute war der erste Tag der Endre, fiel ihr plötzlich ein; bis nach Hythe würde es also wohl kaum besser werden.

Karan wollte sich gerade auf den Boden legen und aufgeben, als die Ältesten eine Entscheidung trafen. Befehle wurden geschrien, und der Mann, der Karan hergebracht hatte, packte sie wieder am Arm und führte sie in einen kleinen Nebenraum, wo er sie einer Gruppe des kleineren Volkes vorstellte.

»Du bleibst hier«, sagte er. »Arbeite hart, und die Telt werden dich füttern. Keine Arbeit, kein Essen!« Dann eilte er davon.

Karan wäre am liebsten in Tränen ausgebrochen. Sie fühlte sich so gedemütigt und allein gelassen. Die Arbeiter, die Telt, sammelten sich um sie und starrten sie in dem trüben Licht an. Sie wussten auch nicht, was sie mit ihr anfangen sollten. Körperlich war sie wie sie, und ihr Haar war aufgrund der Asche ähnlich grauschwarz wie ihres. Aber ihre Augen waren grün, ihre Nase schmaler, ihre Hände und Füße kleiner und schlanker und ihre Gesichtszüge feiner. Sie war wie sie ... und doch auch wieder nicht.

»Wo ist Shand?«, flüsterte Karan schwach.

»Chard!«, rief ein junger Mann mit ungewöhnlich schwarzen Augenbrauen. »Kein Chard! Keine Arbeit!«

»Nicht Chard«, sagte Karan. »*Shand!*« Doch der Name schien keine Bedeutung für sie zu haben.

Einer von ihnen berührte sie – seine Hände waren warm – und rief: »*Chaudid!*«

Kalt! Karan fror inzwischen wieder und zitterte krampfhaft. Irgendjemand warf ihr ein Stück Tuch zu. Sie schlang es sich um die Hüfte, so wie auch die Telt es trugen, und damit schien die Frage ihrer Identität für sie erledigt zu sein. Allerdings wärmte das Tuch Karan so gut wie gar nicht; und es roch schimmelig. Nun führte der junge Mann sie in eine Ecke des Raums und gab ihr mit Gesten zu verstehen, dass sie arbeiten solle. *Sie müssen glauben, dass ich ihre Sprache nicht verstehe*, dachte Karan, denn sie hatten außer den paar Worten zu Beginn kein Wort mehr zu ihr gesagt.

Auf der Plattform vor ihr stand ein großes Fass mit etwas, das wie kleine Quallen aussah, nur zäher und ledriger als alle Quallen, die sie je gesehen hatte. Sie waren blassblau und hatten stummelige Tentakel mit winzigen, in Reihen angeordneten purpurnen Punkten daran.

Ihre Arbeit war es nun, eine Qualle aus dem Fass zu holen, die Tentakel abzuschneiden und anschließend den Körper auszuhöhlen und mit aromatischen Kräutern zu füllen. Dann wurden die Kreaturen in ein kleineres Fass geschichtet, und zwischen die einzelnen Lagen kam Salz und ein weiteres, stark riechendes Gewürz. Schließlich wurden die Fässer mit sauberem Meerwasser aufgefüllt, das man in speziellen Fässern von draußen brachte. Das war der leichte Teil der Arbeit.

Wenn ein Fass voll war, begann Karan wieder mit den Tentakeln. Sie musste jedes mit der stumpfen Seite eines Messers abschaben, bis die brennenden Flecken entfernt waren, das Tentakel dann der Länge nach aufschneiden und flachklopfen, denn das Fleisch war zäher, als es aussah. Wenn sich von den platt geschlagenen Tentakeln ein Haufen gebildet hatte, musste Karan sie sorgfältig übereinandergestapelt in eine Presse geben und dann einen Hebel betätigen, bis es nicht mehr ging. Bei diesem Prozess rann eine Art dicker Gelee unten aus der Presse, der in großen, ovalen Blasen gesammelt wurde. Diese wurden anschließend versiegelt und weggeschafft. Das andere Produkt der Presse war ein durchschimmernder, gummiartiger, vielschichtiger Ziegel, der mit einem Messer geglättet und in einer Ecke der Plattform gestapelt wurde.

Kaum hatte Karan sich an die Arbeit mit den Tentakeln gemacht, da wusste sie auch schon, warum das eine Arbeit für die Niedrigsten der Niederen war. Die Tentakel waren zäh wie Gummi, und die Flecken konnte man unmöglich entfernen, ohne sich immer wieder zu verbrennen. Und sie verbrannte sich oft, bis ihre Finger so geschwollen waren und derart schmerzten, dass sie das Messer kaum noch halten konnte.

Nach einigen Stunden dieser Arbeit hörten die anderen plötzlich auf, kletterten auf eine vermodernde Plattform über der Flutlinie und aßen zu Abend. Karan ging nur zögernd zu ihnen, denn sie wusste nicht, was man von ihr erwartete; doch eine der Telt, eine Frau, größer als die anderen, winkte ihr, wieder zu ihrem Tentakelhaufen zurückzugehen.

»Du nicht hart gearbeitet«, rief sie mit dickem Akzent und stieß den Arm so heftig nach vorne, dass ihre Brüste wippten. Ihr Bauch verriet, dass sie schwanger war. »Keine Arbeit, kein Essen!«

Elend platschte Karan wieder in ihre Ecke. Der Tentakelhaufen, den sie noch verarbeiten musste, war riesig, und die Flut war gestiegen, sodass sie inzwischen bis zu den Knien in kaltem

Wasser stand. Ihre Finger waren geschwollen wie fette, kleine Blasen. Sie kletterte aus dem Wasser auf eine Bank, beugte sich vor und griff nach einem weiteren Tentakel. Ihr Gesicht war kreideweiß, und einmal wäre sie fast in Ohnmacht gefallen. Davor konnte sie sich nur retten, indem sie sich rasch genug etwas Meerwasser ins Gesicht spritzte.

Inzwischen war sie geradezu verzweifelt vor Hunger und Durst. Selbst die braunen Schwämme, die an den Balken wucherten, sahen schon appetitlich aus. Und was war mit Shand passiert?

Nun, egal ob Shand jetzt zurückkehrte oder nicht, Karan konnte unmöglich hier bleiben. In dieser Gesellschaft standen die Kleinen ganz unten, und sie, eine absonderliche Fremde, war die Niedrigste der Niederen. Dem würde sie sich nur so lange ergeben, wie sie musste, keinen Augenblick länger.

Stunden später hatte sie ihre Arbeit erledigt. Die Flut hatte ihren höchsten Punkt erreicht und Karans Bank fast überschwemmt. Sie ließ die Füße über die Kante baumeln und wusch sie. Ihr Rücken war vom ständigen Bücken verkrampft, ihre Beine voller Quallenfleisch und ihre Füße von unzähligen Stichen geschwollen. Aber das war noch lange nicht so schlimm wie die Sümpfe und Egel von Orist. Karan konnte es ertragen, denn hier hatte sie zumindest keine Feinde. Diese Leute wollten nichts von ihr außer harter Arbeit, und daran war Karan von Gothryme gewöhnt.

Karan bemerkte, dass die anderen ihre Arbeit ebenfalls erledigt hatten und sich wieder auf der Plattform sammelten. Ein Öfchen glühte unter einer Teekanne. Das Öfchen qualmte und erfüllte die Luft mit dem Gestank von verbranntem Fischöl. Kurz bevor das Wasser jedoch kochte, löschte jemand die kleine Flamme. Die schwangere Frau streute getrocknete Kräuter von der großen, großblättrigen Art, die auch in den Quallenfässern Verwendung fand, auf das Wasser und rührte vorsichtig darin herum, bis es die Farbe von totem Gras annahm. Hölzerne Teebecher wurden herumgereicht. Karan wagte sich zaghaft vor, und nach kurzem Zögern gab man auch ihr einen Becher. Oh, wie dankbar sie dafür war!

Karan nahm den Becher mit tauben Fingern und führte ihn sich an die Lippen, sodass der Dampf über ihre geschlossenen Augenlider zog. Der Tee roch ranzig. Der Becher wurde in ihren Fingern immer wärmer. Karan trank einen winzigen Schluck. Das Gefühl der heißen Flüssigkeit in ihrem Mund war einfach nur wunderbar. Es war die einzige Wärme, die sie den ganzen Tag über bekommen hatte; da machte es auch nichts, dass das Zeug eher leidlich schmeckte, wie nasses Stroh. Karan trank langsam und genoss die Wärme.

Die anderen aßen dünne Scheiben, die sie sich von den Quallenziegeln abgeschnitten hatten; gekocht oder irgendwie sonst zubereitet wurden sie nicht. Alleine die Vorstellung weckte schon Übelkeit in ihr, aber sie musste essen. Karan griff nach einer Scheibe *Pan*, wie die Telt die Quallenziegel nannten. Doch der Mann mit dem Messer winkte ihr, das zu lassen, und deutete stattdessen auf den Stapel, den sie gemacht hatte. Sie durfte also nur von ihrem eigenen Vorrat nehmen.

Karan setzte sich alleine hin, schnitt sich mit ihrem Messer eine Scheibe ab und knabberte daran. Das Zeug war schleimig und sah aus wie verfaulter Käse gemischt mit Gummi, aber wenigstens war es geschmacklos. Mechanisch kaute sie ihr Pan, schluckte es herunter und nahm einen weiteren Bissen. Plötzlich fuhr ein brennender Schmerz in ihre Zungenspitze. Sie spie das Zeug auf den Boden, stocherte mit einem Finger darin herum, und mittendrin fand sie einen der purpurnen Flecken, den sie offenbar übersehen hatte. Tatsächlich waren noch mehr in der Scheibe, die sie sich gerade abgeschnitten hatte. Als sie sie ins Licht hielt, waren sie deutlich zu sehen. Alle Blicke richteten sich auf sie, doch die Telt wandten sich schon bald wieder ihrem eigenen Essen zu.

Karan schnitt sich eine Scheibe vom anderen Ende des Ziegels, untersuchte sie sorgfältig und steckte sie sich in den Mund. Sie kaute und biss in etwas derart Ekelhaftes, dass sie sich sofort übergab.

Eine junge Frau mit so stark schimmerndem Haar, dass es frisch geölt sein musste, nahm ihr den Rest der Scheibe aus der Hand. Sie redete rasch auf Karan ein, doch das Einzige, was Karan verstand, war irgendwas von ›fauler Qualle‹. Karan schaute sie verständnislos an. Die Frau ging durch den Raum und kehrte mit irgendwas in ihrer Hand wieder zurück: einer kleinen Qualle, die beiseitegelegt worden war. Die zeigte sie Karan und schüttelte die glänzende Mähne, die stark nach Fischöl roch. Die Qualle sah fast genauso aus wie die anderen, nur dass sie blassgrau und nicht blassblau war. Die junge Frau hielt Karan das tote Tier unter die Nase. Es war zwar nicht verfault, dennoch sonderte es einen starken Gestank ab.

»Faule Qualle«, sagte die junge Frau erneut und legte das Ding wieder weg.

Karan warf den Rest des Ziegels ins Wasser. Die Frau schaute sich einen anderen von Karans Ziegeln an, schnüffelte daran und gab ihn ihr. Karan dankte ihr mit den Augen, doch inzwischen hatte sie jeglichen Appetit verloren.

»Ich bin Karan«, sagte sie. »Wie heißt du?«

»Karan!«, sagte die junge Frau und lachte. »Ich bin Cluffer.«

Cluffer berührte Karans Nasenspitze mit ihrer eigenen Nase, nahm ihr den Becher aus der Hand und füllte ihn wieder aus der Teekanne. Damit ging Karan dann wieder zu ihrem Arbeitsplatz zurück und genoss die warme Flüssigkeit und die Ruhe, solange es anhielt.

Einige Zeit später war das Tagwerk vollbracht. Drüben in der Ecke umarmte der Mann mit den schwarzen Augenbrauen Cluffer mit einer Leidenschaft, die Karan nur selten in der Öffentlichkeit gesehen hatte. Er vergrub das Gesicht in ihren Haaren und schnüffelte daran, als hätte sie ein seltenes Parfüm aufgelegt, während sie ihn von Kopf bis Fuß streichelte. Die anderen schauten ihnen lächelnd zu und sprachen ermutigende Worte.

Es musste schon weit nach Mitternacht sein. »Komm!«, sagte ein anderer junger Mann zu Karan. »Zeit zu schlafen.«

Die Telt – insgesamt ungefähr zehn – gingen als Gruppe hinaus. Karan folgte ihnen in ihr nahegelegenes Quartier. Der Raum war ausgesprochen spärlich eingerichtet: ein schlichter Kasten mit einem erhöhten Gemeinschaftsschlafplatz an einem Ende. Die Plattform diente zugleich zum Arbeiten und Essen. Möbel gab es nicht, bis auf ein paar Holzblöcke als Stühle und ein Regal mit Eisenholzschnitzereien.

Sie wuschen sich mit Meerwasser, hingen ihre Lendentücher auf, kletterten auf die Plattform und legten sich zusammen hin. Als Decken benutzten sie Tücher aus geflochtenem und geöltem Seetang. Karan schlängelte sich vorsichtig dazu, doch man machte ihr rasch klar, dass sie eine Außenseiterin war, mit der man keine Wärme teilte. Cluffer, die ihr vorhin noch geholfen hatte, nahm eine Decke und trug sie demonstrativ in die äußerste Ecke der Plattform.

Karan rollte sich auf der kalten Plattform zusammen und wickelte sich ein, so gut es ging. Trotzdem zitterte sie die ganze Nacht hindurch. Tatsächlich war diese Nacht eine der elendsten in ihrem ganzen Leben. Sie wäre geflohen, hätte sie gewusst, wohin, doch in ihrem gegenwärtigen Zustand hätte sie keine fünf Minuten auf den Straßen von Thurkad überlebt; das wusste sie. Wie tief war sie doch gesunken, wenn man bedachte, wie stark und unabhängig sie noch vor einigen Monaten gewesen war! Nein, sie konnte nichts anderes tun, als hier zu bleiben und zu hoffen, Shand wiederzufinden. Vielleicht würde sie dann ja einen Ort finden, an dem sie Zuflucht finden konnte.

In den frühen Morgenstunden erklang ein gedämpftes Kichern von der anderen Seite des Raums. Der Seetang raschelte; dann hörte Karan weiteres Kichern und alle möglichen Arten von Bewegung. Irgendjemand lachte laut, und in ihrem Elend war

Karan sicher, dass sie über sie lachten. Sie stöhnte. Das Kichern hörte sofort auf, und Stille kehrte wieder ein.

Bis zu diesem Punkt war in Karans Kopf nur Platz für sie selbst gewesen. Nun jedoch, während sie in eine Tangdecke gewickelt auf den feuchten Brettern lag, schmerzte ihr Herz vor Sehnsucht nach Llian. In den vergangenen Tagen hatte sie kaum an ihn gedacht, abgesehen von den kurzen Gesprächen über ihn mit Shand. War er wirklich mit Tensor gegangen? Und war er freiwillig gegangen oder als Gefangener? Und falls Letzteres der Fall sein sollte, was wollte Tensor dann von ihm, und wohin hatte er ihn gebracht?

Die Seetangdecke wärmte sie nicht im Mindesten. Karan brütete über Llian und erinnerte sich an die vielen Nächte, die sie auf dem Weg durch die Berge nach Shazmak miteinander verbracht hatten, und an die Flucht danach. Jene Nächte waren viel kälter gewesen als diese hier, und Karan erinnerte sich daran, dass sie einmal sogar fast erfroren wären. Allerdings hatten sie damals auch warme Kleider gehabt und sich gegenseitig wärmen können.

Und ich hatte damals noch Fleisch auf den Knochen. Du hast mich verdorben, Llian, hast mich schwach gemacht. Ich bin abhängig davon geworden, dass du in der Nähe bist. Oh, wie sehr ich mich nach dir sehne, nach deiner Wärme. Einst hätte ich einfach hier gelegen, die Kälte verflucht und sie herausgefordert, nur zu versuchen, mich zu bedrängen. Oh, wie sehr ich mich nach deiner wunderbaren Stimme sehne, dem besten Teil von dir. Was bin ich doch für eine Närrin, dass ich mich auf einen Narren wie dich eingelassen habe.

Und doch hast du mir viel über Loyalität beigebracht. Zuletzt warst du der Einzige, der noch an mich geglaubt hat. Ich habe gesehen, wie du versucht hast, mich zu verteidigen. Was für ein Anblick … ein Schwert in deiner Hand. Es hätte genauso gut eine dieser Quallen sein können. Sie lachte ob ihres eigenen, verdrehten Scherzes.

Nun, Llian, wo auch immer du sein magst, ich werde dich finden und dich aus dem retten, wo auch immer du jetzt schon wieder hinein-

geraten sein magst. Und dann werde ich dich heim nach Gothryme bringen. Dort kannst du den Rest deiner Geschichte schreiben. Das wird mein einziges Ziel sein, und nichts soll mich davon ablenken.

Dieser Entschluss markierte den Anfang der Erholung ihres Geistes. Die Nacht verging, wie es selbst solche Nächte irgendwann tun, und die tiefe Dunkelheit wich dem blassgrünen Schein des Tages. Karan wachte verwirrt auf. Sie hatte keine Ahnung, wo sie war und warum sie nackt in einem Bett aus Seetang lag. Erst als auch die Telt sich rührten, kehrte die Erinnerung wieder zurück. Eine Zeit lang fragte sich Karan, ob sie wohl wieder den Verstand verlor.

Zum Frühstück aßen sie Quallenkuchen und auf verschiedene Arten gekochten Seetang. Die eine war weich und grau wie ihre Decke, die andere fleischig und braun wie Leder; eine dritte wiederum glich Salat, nur mit kleinen Bläschen, die im Mund platzten.

Karan erwartete, wieder zu ihrem Fass gerufen zu werden; doch stattdessen tranken sie erst noch etwas Seetangtee. Dann gingen ein paar Telt davon, während die anderen auf der Plattform liegen blieben und an die Decke oder runter ins dunkle Wasser starrten. Zwei spielten auf kleinen Holzflöten. Des Öfteren ertappte Karan die Telt dabei, wie sie sie anschauten. Einmal, als sie mit dem Kopf in den Händen zitterte, hungrig und von Magenkrämpfen geschüttelt, als ihre Finger, Zehen und auch ihr Kopf pochten und sie so bleich wirkte, dass ihre Haut durchzuschimmern schien, da setzte sich Cluffer zu ihr und legte ihr den Arm um die Schultern. Wieder schien sie überrascht davon zu sein, wie kalt Karan war, und rasch holte sie einen großen Becher Tee, obwohl nun nicht die Zeit dafür war. Karan war dankbar für die Wärme von Schulter, Hüfte und Schenkel, aber noch dankbarer war sie für den Tee.

Die restliche Zeit über nahmen sich drei Telt halb fertige Holzfiguren und arbeiteten weiter daran. Die Schnitzereien zeigten zumeist Meeresgetier, aber nur von der kleinen, harmlosen Sorte wie die Putzerfische, die die Grundfesten der Kaistadt säuberten. Die Telt fertigten auch Figuren von sich selbst in allen Altersstufen an, vom Neugeborenen bis hin zu alten Weibern, aber keine von den Hlune.

Mehrere Tage vergingen, und jeder Tag war wie der andere. Karan stand kurz nach Sonnenaufgang auf, manchmal ohne Erinnerung an den vorherigen Tag, aß Quallenkuchen und Seetang, trank nach Stroh schmeckenden Tee, saß eine Weile da und dachte nach oder lief herum – aber nicht weit, sonst hätten die Hlune sie auch wieder zurückgeschickt. Dann ging es weiter mit dem Säubern von Quallen von Mittag bis Mitternacht, bis ihr Rücken pochte und ihre Finger taub waren. Das war der Preis für Essen und Unterkunft, den sie zu zahlen hatte, egal wie sehr sie das auch schmerzte. Sie konnte sich nicht davor drücken, obwohl sie die ganze Zeit über von Krämpfen geschüttelt wurde.

Am Ende eines jeden Tages wusch sie sich und ihr Lendentuch im kalten Meer; sonst wäre der Gestank am nächsten Morgen unerträglich gewesen. Sie aß noch mehr Quallenkuchen und trank noch mehr Tee, legte sich in ihr Nest aus Seetang und zitterte sich bis zum Sonnenaufgang. Und oft in der Nacht und manchmal auch am Tag hörte sie dieses Kichern, und dann stellte sie sich vor, dass sie über sie lachten.

Der Hythe kam und ging unbemerkt vorüber. Er war nicht schlimmer gewesen als die vorherigen Tage, aber auch nicht besser. Karan unternahm mehrere Versuche, ihr Talent zurückzugewinnen; aber während sie einst in der Lage gewesen war, nahezu jede Gefahr zu spüren, Verbindungen herzustellen und bisweilen sogar mit dem Geist anderer zu reden, war nun rein gar nichts mehr in ihrem Kopf. Ihr Talent war noch nie sonderlich zuverlässig gewesen, und wann immer sie es benutzt hatte, hatte sie unter erheblichen Nachwirkungen gelitten, aber das war immer noch besser, als ohne es zu sein.

Vier Tage nach ihrer Ankunft, am Nachmittag des Tages nach dem Hythe, arbeitete Karan schweigend an ihrem Fass. Sie fühlte sich furchtbar elend, als sie plötzlich bemerkte, dass das stete Plappern der Telt verstummt war. Sie schaute sich um und sah eine Abordnung Hlune, die sie anstarrten. Sie riefen Cluffers Liebhaber zu sich und redeten lang und erregt auf ihn ein. Stimmen wurden erhoben, und der junge Mann schrie zurück. Dann wirbelte er zu seinen Leuten herum und spulte eine wahre Flut von Fragen so schnell herunter, dass Karan kein Wort verstand.

»Nein!«, erklärte Cluffer plötzlich.

Der junge Mann drehte sich wieder zu den Hlune um und riss die Arme hoch. Zu Karans Überraschung breiteten auch die anderen Telt die Arme aus und bildeten eine Linie quer durch den Raum zwischen ihr und den Hlune. Ein wilder Streit entbrannte. Es ging offensichtlich um sie. Der Anführer der Hlune stampfte mit dem großen Fuß.

»Morgen!«, sagte er in drohendem Tonfall. Dann wirbelte er herum und verschwand; die anderen folgten ihm.

Die Telt schauten einander an und immer wieder zu Karan, gingen aber nicht wieder an die Arbeit. Stattdessen entzündeten sie das Öfchen für eine außerplanmäßige Teepause, und als der Tee fertig war, riefen sie Karan zu sich, obwohl sie ihre Arbeit noch nicht einmal halb erledigt hatte.

»Was war da denn los?«, fragte Karan den Mann neben ihr.

»Gastrecht!«, erwiderte er. Mehr wollte er nicht sagen.

Karan trank schweigend ihren Tee. Das war eine besorgniserregende Entwicklung. Den Rest des Tages und die ganze Nacht über rechnete sie damit, dass die Hlune plötzlich mit mehr Leuten wieder auftauchten, um sie auf die Straßen von Thurkad zu werfen oder an Yggur zu verraten.

Kapitel vierzehn

Der Lohn des Eiferers

Über hundert Meilen entfernt fand ein Treffen in Shazmak statt, der prachtvollen Stadt der Aachim, die nun von den ehemaligen Whelm besetzt war, die nun wieder die Ghâshâd geworden waren. In uralter Zeit waren sie die Diener von Rulke gewesen, bis der Rat ihn gefangen genommen und in das Gefängnis des Nachtlands verbannt hatte.

Die Ghâshâd liefen in der riesigen Versammlungshalle herum wie mechanische Schafe, einer Höhle, deren ovale Kuppel von gewölbten Wänden getragen wurde. Die großen Eisentüren an beiden Enden waren fest verschlossen. Die Wände waren mit Wandgemälden verziert, welche die Welt von Aachan zeigten: eiserne Türme auf eisigen Klippen; mit Schwefel bedeckte Berge, gelb und rot; schwarzblättrige, gequälte Dschungel. Die Kuppel zeigte einen fremdartigen grünen Himmel mit einem düsteren orangefarbenen Mond, der wütend auf den Betrachter herunterleuchtete.

Der Boden fiel ab wie in einem Theater. Unten befand sich ein Podium mit im Halbkreis aufgestellten, hohen Eisenstühlen, von denen die meisten nun von Ghâshâd besetzt waren. Just außerhalb der Mitte des Halbkreises gab es ein Steinpodest, zu dem eine schwarze eiserne Wendeltreppe mit zwanzig Stufen hinaufführte. Oben wurde das Podest von einem Geländer aus Eisen und rotem Marmor gesichert. Karan hatte dort während ihres Prozesses vor ein paar Monaten gestanden.

Ein untersetzter, kräftiger Mann sprach zu den Ghâshâd. Sein Name war Jark-un. »Thassel ist mit Nachrichten über den Krieg aus Thurkad gekommen«, sagte er. »Mit beunruhigenden Nachrichten.«

Thassel, ein Mann, der selbst zwischen den anderen dürren Gestalten wirkte, als bestünde er nur aus Haut und Knochen, trat vor. »Thurkad muss inzwischen gefallen sein«, begann er mit rauer Stimme.

»Vor drei Tagen«, sagte ein anderer Ghâshâd, eine alte Frau mit Namen Quissan. »Ein Skeet hat uns just gestern die Nachricht gebracht. Mehr wissen wir jedoch nicht; daher erwarten wir gespannt deine Geschichte.«

»Unser Feind Tensor ist vor neun Tagen von Thurkad aus nach Norden geflohen. Er hat den Spiegel von Aachan. Er hat einen schrecklichen Spruch der Macht eingesetzt und viele Menschen getötet.«

»Das weckt beunruhigende Erinnerungen«, sagte Jark-un. »Das ist eine Gefahr für unseren Herrn.«

»In der Tat.« Sie hörten schweigend zu, während Thassel seine Geschichte beendete.

»So«, sagte Jark-un schließlich. »Es war eine wunderbare Tat von uns, Shazmak für unseren Herrn einzunehmen. Aber was sollen wir jetzt tun?«

»Auch ich bin verwirrt«, sagte ein anderer.

»Unser Herr braucht uns«, sagte ein kleinerer, jüngerer Ghâshâd, ein Albino mit rosafarbenen Augen. »Ich kann seine Sorge *fühlen.*«

»Aber wir können ihn nicht erreichen, Rebban!«, rief die alte Frau, Quissan, voller Leidenschaft. Sie ballte die Fäuste und schlug sich auf die Brust. »Was verlangt er von uns?«

»Das wissen wir nicht«, sagte Jark-un. »Wir wissen es einfach nicht.«

»Wir wissen noch nicht einmal, ob es richtig war, hierherzukommen«, bemerkte eine andere, eine junge Frau mit kurzgeschorenem Haar und einem wilden Blick in den Augen. »Haben wir recht daran getan, uns von Yggur loszusagen? Vielleicht war es unsere Aufgabe, unserem wahren Herrn durch Yggur zu dienen.«

Das war eine Diskussion, die sie fast jeden Tag seit der Eroberung von Shazmak führten; nur gab es keine Möglichkeit, die Frage abschließend zu beantworten.

Ein großer Mann mit vernarbtem Gesicht meldete sich zu Wort. »Ich würde gerne noch einmal vom *Erwachen* hören«, sagte er. »Ich wünschte, ich wäre dabei gewesen.«

Jark-un seufzte. »Manchmal frage ich mich, ob du wirklich dazu bestimmt warst, mit uns zu kommen, Idlis. Erzähl es erneut, Rebban.«

»Wir haben unsere Arbeit gut getan«, begann Rebban, »in jener Nacht im Wald nahe der Stadt Narne. Karan hatte solche Angst, dass sie ihre Furcht gesendet hat, ohne es überhaupt zu bemerken. Doch als sie eine Verbindung zu Maigraith hergestellt hat ... und was muss das für eine machtvolle Verbindung gewesen sein, dass der Herr sie sogar im Nachtland hat aufgreifen können. Oh, was für ein wunderbarer Augenblick! Alle riefen wir mit einer Stimme: ›Oh, du, unser vollkommener Herr! Endlich! Endlich!‹«

Er sprach wie ein Geschichtenerzähler und verwendete genau die Worte und den Tonfall aus jener Nacht. »Und dann hat *er* gerufen. Seit tausend Jahren hat der Herr zum ersten Mal wieder zu uns gesprochen.

›*Oh, ihr, meine treuen Diener*‹.« Rebbans Stimme schwoll zu einem gewaltigen, bedrohlichen Dröhnen an. »›*Die Krise naht, und es gibt so viel zu tun. Hört zu, und gehorcht. Die Verbindung wird bereits schwächer. Erinnert ihr euch eurer selbst?*‹

›*Nun erinnern wir uns, Herr. Wir sind Ghâshâd.*‹

›*Ich habe einen Feind, Ghâshâd!*‹

›*Wir kennen ihn nun.*‹

›*Quält ihn. Treibt ihn an. Treibt ihn zu einer Torheit. Aber fügt ihm kein Leid zu. Ruft alle Ghâshâd zusammen, und wenn die Gelegenheit günstig ist ... ergreift sie!*‹

Das ist alles«, keuchte Rebban und sackte erschöpft in sich zusammen. Seine Haut war über und über mit roten Flecken überzogen; die Farbe war sogar durch seine Haare hindurch zu erkennen.

Idlis' Augen waren feucht geworden, während er zugehört hatte, und ihm hatten sich die Haare gesträubt. »Ich weine, wenn ich die Stimme unseres Herrn höre«, rief er und senkte den Kopf, »obwohl ich sie nun schon viele Male gehört habe. Oh, vollkommener Herr!«

»Wir haben die Gelegenheit ergriffen, aber haben wir auch das Richtige getan?«, fragte Quissan irritiert von Idlis' Fanatismus.

»Ich glaube nicht, dass wir das getan haben«, sagte die junge Frau mit dem kurzgeschorenen Haar. »Was nützt Shazmak unserem Herrn? Es ist ein Versteck, keine Festung, von wo aus er seine Feinde angreifen kann. Shazmak liegt viel zu weit weg vom Rest der Welt. Der Herr würde sich hier niemals verkriechen wie die feigen Aachim.«

»Wir müssen mehrere Dinge tun«, sagte wieder jemand anders. »Zuerst müssen wir versuchen, Tensors Pfad und sein Ziel zu sehen. Vermutlich werden wir scheitern, aber wir dürfen nicht wanken, denn mit seinem Machtzauber hat er unseren Herrn in alter Zeit schwer verletzt. Wir müssen einen Schutz dagegen finden.«

»Das ist tatsächlich etwas, was wir tun können«, stimmte ihm Jark-un zu. »Lasst uns den *Kreis* bilden und sofort mit dem Sehen beginnen, auch wenn ich fürchte, dass die Entfernung zu groß ist.«

»Da ist noch etwas«, sagte Idlis.

Sie schenkten ihm nicht viel Aufmerksamkeit, denn Idlis war der Niederste von ihnen und als Eiferer bekannt, doch nachdem sie mit ihren Bemühungen gescheitert waren, kam Jark-un wieder auf ihn zurück.

»Was für eine Idee hast du?«, fragte er.

»Ich denke an die Frau, Karan von Bannador, die ich zuvor gejagt habe«, antwortete Idlis. »Ist bekannt, was mit ihr geschehen ist?«

»Darüber habe ich nichts gehört«, sagte Thassel.

»Sie ist ein Mischling von Mensch und Aachim«, fuhr Idlis fort. »Dadurch haben wir auch früher schon Macht über sie gewonnen. Und sie ist auch eine Empfindsame, denn wir haben sie über ihre Träume verfolgt. *Und sie kann eine Verbindung aufbauen* ... so hat unser vollkommener Herr uns gefunden. Wir müssen sie wiederfinden, unsere Macht über sie gebrauchen und ihr eine Verbindung aufzwingen, damit wir wieder mit unserem Herrn reden können. Nur so können wir herausfinden, was er von uns verlangt.«

Schweigen senkte sich über den Raum; dann stießen die Ghâshâd einen rauen Schrei aus, wie von einer Krähenschar, und Idlis wurde auf die Empore gehoben. »Der Niederste von uns wird der Größte!«, rief Jark-un. »Wir werden Karan jagen und ihr unseren Willen aufzwingen, und Idlis soll uns zu ihr führen.«

Von neuem Mut beseelt, bildeten die Ghâshâd erneut einen Seherkreis.

Kapitel fünfzehn

Kein Zutritt

Nachdem Shand Karan verlassen hatte, ging er auf direktem Weg zu den Hlune, die er sich in der Vergangenheit zu Freunden gemacht hatte. Doch trotz seiner Worte zu Karan fürchtete er, dass die Hlune sich nicht mehr an ihn erinnern würden. Er wurde in einen großen Versammlungsraum und vor zwei Älteste gebracht. Shand versuchte, sich daran zu erinnern, wie man ihre Namen aussprach, da jeder Fehler als Beleidigung aufgefasst werden würde. Der Mann war Chraif, was man mit einem Husten aussprach. Die Frau hießt Isout, gesprochen als zwei, deutlich voneinander getrennte Silben mit einer kurzen Pause dazwischen, und die zweite Silbe wurde von einem Nasalton begleitet.

Der Mann mit dem langen, geflochtenen Spitzbart erhob sich von seinem Zedernstuhl. »Shand!«, sagte er und streckte die Hand aus.

»Es tut mir leid, dass ich in eure Stadt eingedrungen bin, Chraif«, begann Shand unsicher. Er legte ein wenig zu viel Husten in die Aussprache des Namens. »Der Krieg hat mich hierher gezwungen.«

»Der Krieg!«, rief Chraif gereizt und setzte sich wieder. »Alles ist jetzt anders. Wie können wir dir helfen?«

»Wenn ihr einer Freundin für ein, zwei Tage Zuflucht gewähren könntet«, sagte Shand, »dann hättet ihr mir schon sehr geholfen.« Zurückhaltend erklärte er Karans Situation, soweit er es wagte.

»Das ist eine schwere Zeit, um solche Gefallen einzufordern«, erwiderte Isout kalt.

»Das hätte ich auch nicht getan, *I'sout*«, erwiderte Shand und betonte den Namen perfekt, »aber mir ist nichts anderes übrig geblieben.«

Isout lächelte, nickte Chraif zu und lehnte sich wieder zurück.

»Andererseits«, sagte Chraif, »hast du uns damals auch geholfen, und wir vergessen unsere Freunde nicht. Deine Gefährtin mag vier Tage hier in Sicherheit bleiben, aber nicht länger.«

»Wo ist sie jetzt«, fragte Isout. »Durch den Krieg stehen wir arg unter Druck.«

Shand sagte es ihnen.

»Wir werden über sie wachen«, erklärte Chraif.

Nachdem er dieses Problem geklärt hatte, ging Shand nicht wieder zurück, um nach Karan zu sehen. Die Kaistadt war voll von Gerüchten. Unter anderem hieß es auch, dass Yggur nach einer Empfindsamen mit rotem Haar suche. Außerdem musste Karan lernen, sich wieder auf sich selbst zu verlassen, und je schneller sie das tat, desto besser. Shand eilte wieder nach Thurkad hinein, um einen Weg aus der Stadt zu suchen.

Das bedurfte eines beachtlichen Aufwands an Organisation. Jeden Tag sah er, wie Menschen von den Soldaten verschleppt wurden. Thurkad wurde von Yggur mit eiserner Hand regiert, und was vor dem Krieg nur ein paar Silbertar gekostet hatte, musste nun in Goldtell bezahlt werden. Die Preise waren um gut das Zwanzigfache gestiegen ... falls das Gewünschte denn überhaupt machbar war. Shand verfügte zwar über Gold, aber nicht unbegrenzt. Er machte sich auf den Weg, seine Kontakte von früher wieder aufzufrischen.

Nachdem er tagelang durch die Stadt gezogen und an jeder Ecke von Yggurs Schwarzfäusten verhört worden war, war er der Verzweiflung nahe. Seine alten Kontaktpersonen waren entweder tot oder hatten sich versteckt. Schließlich, als Karans vier Tage fast um waren, gab er auf und ging in die Kaistadt zurück. Er wollte die Freundschaft der Hlune nicht überstrapazieren.

Er konnte jedoch nicht hineingelangen. Sämtliche Wege wurden von Yggurs Soldaten überwacht, und sie waren die diensteifrigsten Männer, die Shand je erlebt hatte. Natürlich gab es noch andere Wege, und nach einigem Suchen fand er auch einen: einen zugemauerten Abflusskanal, der allerdings eine gute halbe Meile von der Stelle entfernt lag, wo er Karan zurückgelassen hatte.

Shand kroch eine halbe Stunde lang durch den stinkenden Abfluss, doch nur um festzustellen, dass der Ausgang von den ebenso wachsamen Hlune bewacht wurde. Im selben Augenblick, da er herauskroch, richteten sie ihre Speere auf seine Brust. Sie funkelten ihn feindlich an.

»Mein Name ist Shand«, sagte er. »Ich habe freies Geleit von Chraif.« Vor lauter Aufregung sprach er den Namen falsch aus.

Der vorderste Hlune verzog das Gesicht, streckte aber die Hand aus. »Zeig mir den Passierschein«, sagte er höflich.

»Ich habe kein Papier«, erwiderte Shand. »Es war eine mündliche Vereinbarung.«

»Alle Vereinbarungen sind aufgehoben«, erklärte der Hlune und stieß Shand mit dem Speer vor die Brust. Die Waffe war ungewöhnlich spitz, und Shand spürte, wie sie mit Leichtigkeit durch seinen Mantel drang.

»Aber du kannst fragen, und ...«, begann er.

»Raus!«, sagte der Anführer der Hlune. Die Soldaten hinter ihm knurrten drohend. Sie sahen so angespannt aus, dass Shand es nicht wagte, sie weiter unter Druck zu setzen. Er wich zurück und kroch wieder in den Abfluss. Auf halbem Weg setzte er sich in der Dunkelheit hin und überlegte, was schiefgelaufen war. Warum hatten sie sich so verändert? Und wichtiger noch ... Ging es Karan gut?

Er versuchte es über einen anderen Weg, doch da begegnete man ihm sogar noch aggressiver, und ihm blieb wieder nichts anderes übrig, als zurückzugehen. Heute war Hythe, der Mittwintertag, ein verregneter, windiger und absolut deprimierender Tag. Inzwischen geradezu verzweifelt vor Sorge, ging Shand zu seinem letzten Kontakt auf der Liste. Er war niedergeschlagen und fühlte sich alt und nutzlos. Es war eine Kellertaverne, die stets von einer fülligen Frau mit Namen Ulice geführt worden war; doch selbst vor zwanzig Jahren war sie schon nicht mehr jung gewesen.

Shand warf einen prüfenden Blick die Gasse hinauf und hinunter und machte das geheime Klopfzeichen. Nichts passierte, aber er bemerkte, dass er durch ein Guckloch beobachtet wurde. Kurz darauf klapperten die Türriegel dann auch, und Shand wurde von einem Kind hinein – und in einen Salon geführt, wo ein runder Tisch mit einer blau-weißen Tischdecke stand. Shand nahm den ihm angebotenen Stuhl und wartete.

Nach gut einer Minute steckte eine Frau den Kopf zur Tür herein. Sie musterte ihn und duckte sich dann wieder hinaus. Schließlich erschien eine fette, weißhaarige alte Frau, die bei jedem Schritt nach Luft schnappte.

Die alte Frau erkannte ihn sofort. »Shand!« Ulice strahlte und breitete die Arme aus. Shand sank in sie hinein wie die Faust eines Bäckers in Teig.

»Setz dich, setz dich«, sagte Ulice und warf ihn fast auf den Stuhl. Dann holte sie Becher aus einem Schrank und eine Flasche von einer Art, die Shand nur allzu gut kannte.

»Das ist der allerletzte!« Ulice brach das Wachs. »Der beste Gellonlikör, der je gemacht wurde. Ich habe ihn die vergangenen fünf Jahre in der Hoffnung aufgespart, dass du vorbeikommen würdest. Du warst doch sicher nicht in Thurkad, ohne mich zu besuchen, oder?«

»Ich werde dir eine neue Kiste schicken, sobald ich wieder in Tullin bin«, erwiderte Shand. »Um die Wahrheit zu sagen, bin ich schon seit vielen Jahren nicht mehr hier gewesen. Meine Knochen sind inzwischen alt geworden.«

»Sie sehen aber nicht so aus«, sagte Ulice. »Doch lass uns trinken, denn wenn du das nächste Mal kommst, werde ich nicht mehr da sein. Das ist meine Tochter, Asrail. Erinnerst du dich an sie?«

Shand erinnerte sich vage an das lärmende Mädchen mit den aufgeschürften Knien und ohne Schneidezähne. Diese ruhige, braunhaarige, üppige Schönheit war ganz und gar nicht wie sie, sondern mehr, wie ihre Mutter vor dreißig Jahren gewesen war. Das sagte er auch.

Ulice lachte. »Zum Glück hat sie rausgeschaut und geglaubt, dich zu erkennen. Dieses Klopfzeichen ist schon seit Jahren nicht mehr gültig. Hier ist das neue.« Während Shand die neue Klopfzeichenfolge auf dem Tisch übte, fuhr sie fort: »Asrail ist schöner, als ich je war, und sie kann auch besser mit den Kunden umgehen. Aber ich sehe harten Zeiten entgegen. Dieser Yggur ist ein moralischer Mann. Und der Krieg ... schrecklich!«

Shand nippte an seinem Likör und pflichtete ihr bei, dass der Krieg in der Tat ein Schrecken sei.

»Aber du bist sicher nicht von so weit hergekommen, um mit mir zu trinken, alter Freund. Was kann ich für dich tun? Was auch immer in meiner Macht steht.« Sie sprach nur die Wahrheit. Ulices Macht war beachtlich, und sie konnte fast alles arrangieren ... für einen gewissen Preis.

»Ich brauche ein Boot und einen der seltenen, guten Seeleute für ein, zwei Tage. Lässt sich das einrichten?«

»Natürlich, obwohl das wirklich der schlechtmöglichste Zeitpunkt ist, um danach zu fragen. Jede Planke im Hafen ist beschlagnahmt worden, um den Magister von der Flucht abzuhalten; doch Mendark ist zu gerissen für sie. Sie werden ihn nie bekommen! Wie lange kannst du warten?«

»Nur ein paar Tage.«

Ulice runzelte die Stirn. »Dann musst du morgen wiederkommen. Ich verspreche nichts, aber ich glaube, ich kann dich zufrieden stellen.«

Shand war zutiefst erleichtert, denn Ulice versprach nie etwas. »Und wie teuer wird das?«

»Ein paar Tell, würde ich sagen, aber du hast hier Kredit, wenn du knapp bei Kasse bist.«

»Ein paar Tell bekomme ich schon zusammen.« Er zögerte.

»Da ist doch noch etwas. Spuck es aus, mein Freund.«

»Da sind sogar noch mehrere Sachen. Ich habe ... Ich habe jemanden in der Obhut der Hlune zurückgelassen, und jetzt komme ich nicht mehr in die Kaistadt hinein.«

»Jemanden?«, fragte sie in scharfem Ton. »Doch nicht Mendark, oder?«

»Nein, nicht Mendark!«, antwortete Shand lachend. »Also, *da* versteckt er sich also.«

»Darüber kann ich nicht sprechen, noch nicht einmal mit dir. Interessenkonflikt ... du verstehst.«

»Egal. Ich muss wieder rein und mich mit den Ältesten treffen. Und ich sollte auch besser zu Mendark gehen.«

»Ich werde schon einen Weg finden, dass du beides erledigen kannst. Sonst noch etwas?«

»Eines noch, aber das nur ganz im Vertrauen.« Dazu sagte sie nichts. Alle Angelegenheiten ihrer Kunden wurden vertraulich behandelt. »Eine Frau wird seit dem Konklave vermisst. Ihr Name ist Karan Fyrn.« Er zögerte; doch Ulice musste alles wissen, und so fuhr er fort: »Sie ist eine Empfindsame, wirklich etwas Besonderes.« Er beschrieb Karan. »Es ist von außerordentlicher Wichtigkeit, dass ich weiß, wer sie sucht.«

»Bring sie sofort raus! Yggur hat sich schon eine ganze Menge Empfindsame in der Stadt geschnappt und die Hälfte von ihnen gebrochen.«

»Es könnten auch noch andere nach ihr suchen.«

Ulices alte Augen musterten ihn aufmerksam und lasen all seine Geheimnisse. »Ich werde mich erkundigen«, sagte sie. »Und nun, wenn das Geschäftliche erledigt ist ...«

»Das ist es«, sagte Shand. »Ah, es tut gut, wieder einen Freund zu sehen. Die ganze Woche über war ich verzweifelt, doch du hast mir neue Hoffnung gegeben.«

»Das ist auch gut so, denn du warst mein erster Kunde, Shand. Du hast mich ernst genommen, als niemand sonst es getan hat, und so etwas vergesse ich nicht!« Sie hatte Tränen in den Augen.

»Ja, die gute alte Zeit«, sagte Shand. Auch er wurde sentimental.

»Komm näher ans Feuer, und bring deinen Becher mit. Das soll mein Lebewohl sein, alter Freund; denn mein Herz versagt mir den Dienst, und es ist an der Zeit, das Geschäft weiterzugeben. Lass uns die Flasche leer machen und hinterher die Becher ins Feuer werfen.«

In den frühen Morgenstunden drängte sich ein Hlune an Osseion vorbei und schüttelte Mendark wach. »Komm. Ein Besucher!«

»Wer ist es?«, fragte Mendark verärgert, denn in Verzweiflung und Hoffnungslosigkeit hatte er stundenlang wach gelegen und war erst vor kurzem eingeschlafen. Der Hlune antwortete nicht darauf, sondern zupfte ihn nur am Arm – eine ärgerliche Angewohnheit, die er aber wohl erdulden musste.

»Nun, dann bring ihn rein«, sagte Mendark und verzog das Gesicht.

Der Hlune zupfte ihn weiter am Ärmel, bis Mendark nachgab und ihm aufs dunkle Kai hinaus folgte. Mehrmals trafen sie auf andere Hlune, die Mendark böse Blicke zuwarfen. Einmal flog eine faule Zwiebel aus der Dunkelheit und schlug mit einem Platschen gegen die Wand rechts von ihm. Sie gingen zehn Minuten lang über einen öffentlichen Weg durch die Kaistadt, den normalerweise Schiffsmannschaften benutzten. Plötzlich kamen sie auf einen freien Platz am äußersten Rand des Gebildes. Das nächste Navigationsfeuer war allerdings noch ein gutes Stück entfernt, sodass sein Licht nicht bis hierher fiel. Es war windig, und Regen schlug Mendark ins Gesicht. Auf einer Bank aus Planken saß eine schattenhafte Gestalt, die dank Mantel und Hut kaum zu erkennen war.

Der Mann stand auf und nahm den Hut ab. Er war klein, aber kräftig gebaut, mit grauem Haar und einem grauen, mehrere Wochen alten Bart. Nun war Mendark wirklich überrascht.

»Shand!«, rief er. »Die Dinge müssen schlimmer stehen, als ich gedacht habe, wenn der Krieg dich schon in dem Dorf erreicht hat, wo du Zuflucht gesucht hast. Was hat dich an deine Versäumnisse erinnert? Wirst du nicht gut versorgt?«

Shand ignorierte den Sarkasmus, das Gift. »Kein Wunder, dass du nun schon zum zweiten Mal innerhalb weniger Wochen gestürzt worden bist, wenn du deine Verbündeten immer so behandelst. Wie es das Schicksal will, habe ich Tallia gesagt, dass ich nach Thurkad kommen würde, als sie mich in deinem Namen vor ein paar Monaten in Tullin um Hilfe gebeten hat. Nun ... hier bin ich.«

»Wenn du gekommen bist, um mir Ratschläge zu erteilen, dann bin ich nicht interessiert. Dafür ist es jetzt viel zu spät.«

»Das will ich auch nicht. Ich bin nur gekommen, um zu reden und dir zu sagen, was ich weiß, und um zu erfahren, was du zu sagen hast – oder auch nicht. Wie es dir beliebt.«

Der Hlune tauchte wieder auf. Er hatte eine kleine Messingteekanne und einen Brenner auf einem Tablett dabei und alles, was man sonst noch zum Teekochen brauchte. Er stellte alles neben Shand und trat dann in die Schatten zurück. Shand nässte den Docht mit Alkohol, schlug Zunder, bis eine kleine Flamme zu sehen war, und drehte dann das Öl auf. Die blaue Flamme verwandelte sich in ein rauchiges Gelb. Schattenfinger tanzten über die Wand, und Shand kehrte wieder zu seiner Bank zurück.

»Woher wusstest du, dass ich hier bin?«, fragte Mendark und schaute sich ängstlich um, als wäre sein Geheimnis enthüllt worden.

Shand lachte leise. »Ich werde meine Quellen bestimmt nicht preisgeben. Abgesehen davon, wo hättest du sonst hingehen sollen? Ohne Boot?« Er war ganz anders als der ängstliche, alte

Mann, der er vor ein paar Tagen noch war. Er hatte die Kontrolle wieder.

»Nun gut«, sagte Mendark. »Dann werde ich mich selbst demütigen. Ich brauche in der Tat deinen Rat, wenn es das ist, was du mir anbietest. Kurz gesagt, das ist die Situation, und sie ist in jeder Hinsicht eine Katastrophe.« Er erzählte die unglückliche Geschichte des Konklaves, berichtete vom Krieg und erklärte die Schwierigkeiten, in denen er seitdem steckte. Shand hörte ihm schweigend zu.

Die Flamme flackerte im Wind. Der Gestank des verbrennenden Fischöls war sehr stark. Mendark hockte sich auf die Planken, schaute aufs Meer hinaus und wartete darauf, dass es in der Teekanne zu kochen begann. Schließlich blubberte es, und er warf eine großzügige Hand voll Tang hinein. Dann rührte er das Ganze um und schenkte einen Becher für Shand und einen für sich ein.

»Ich weiß nicht, was ich tun soll«, rief Mendark plötzlich. »Ich kann kein Boot finden, und morgen werden die Hlune uns auf die Straße setzen. Shand, ich weiß nicht, an wen ich mich noch wenden soll!«

Shand trank einen kleinen Schluck. Der Tee war ihm zu heiß und zu stark. Vorsichtig stellte er den Becher auf die Planken. Er schwieg. All dieser Ärger hätte vermieden werden können, wenn er gehandelt hätte, als Llian ihn in Tullin zum ersten Mal um Hilfe gebeten hatte. Shand konnte sich denken, warum alle den Spiegel von Aachan haben wollten. Es war nicht Apathie, die ihn vom Helfen abgehalten hatte, oder Weltschmerz oder Müdigkeit oder die Erkenntnis, wie sinnlos es war, gegen die Mühlen des Schicksals anzukämpfen. All dies bedeutete ihm weniger als das Wiedererwachen von Erinnerungen, die er vor Urzeiten begraben hatte.

»Ich frage mich, ob Tensor wohl nach Norden gegangen ist«, sagte er.

»Nach Norden?«, bellte Mendark. »Ihre anderen Städte liegen im Osten.«

»Würden die anderen Aachim jemanden willkommen heißen, der ihnen bisher nur Streit gebracht hat und Tod und Zerstörung an sich zieht? Nein, Tensor ist jetzt ein Ausgestoßener ohne Pflicht oder Ehre. Erzähl mir mehr über Llian.«

»Was hat das denn mit meinem Problem zu tun?«, fragte Mendark und ballte die Fäuste.

»Tu mir einfach den Gefallen«, entgegnete Shand. »Zu dir kommen wir schon noch.«

»Nun, an einem einzigen Tag hat er all seine gute Arbeit der letzten Monate zerstört.« Mendark erzählte von Llians unglücklichen Abenteuern in den Kellern der Zitadelle, von seiner ergebnislosen Suche in den alten Dokumenten nach irgendetwas, das Licht auf die Ereignisse der Düsternis werfen konnte. Dann berichtete er von der gescheiterten Rettungsaktion für Karan und wie sie von Thyllan wieder gefangen genommen worden war.

»Unglücklicherweise ist Karan nach dem Konklave verschwunden«, sagte Mendark. »Ich hätte sie gut gebrauchen können.«

Eingedenk Karans Angst vor Mendark klärte Shand ihn nicht auf. »Warum sollte Llian mit Tensor gehen?«, fragte er stattdessen.

»Mit ihm gehen! Llian hatte panische Angst vor ihm, und das aus gutem Grund.« Mendark erzählte, wie Llian Tensor bei dem Prozess in Shazmak getrotzt und ihn gedemütigt hatte.

Shand staunte nicht schlecht. »Dann steckt also mehr in ihm, als ich gedacht habe.«

»Ja, er ist ein noch größerer Narr, als jemals jemand vermutet hätte! Aber wie auch immer ... wenden wir uns der wichtigeren Frage zu: Warum sollte Tensor nach Norden gehen? Und falls er das wirklich tut, wo will er hin?«

»Überall ist gut genug, wenn man mit dem Nachtland spielen will, denn es grenzt an jeden Ort.«

»Ich kann nicht die halbe Welt absuchen.«

»Dann geh nach Zile, zur Großen Bibliothek, und sprich mit Nadiril dem Weisen.«

»Du hast recht. Darüber habe ich auch schon nachgedacht. Wo sonst könnte ich finden, was ich suche? Und wer sollte es besser wissen als Nadiril? Ich werde nach Zile gehen ... falls ich denn je hier rauskommen sollte.«

Mendarks Tee war kalt geworden, während er geredet hatte. Er schüttete ihn aufs Deck und goss sich neuen ein. Der vorherige war strohfarben gewesen, doch nun war er rot und sehr stark. Mendark nippte daran, verzog das Gesicht und nippte erneut.

»Erzähl mir von Faelamor«, sagte Shand. »Ihr Wiederauftauchen bereitet mir große Sorgen.«

»Was sie beim Konklave gesagt hat, klang zumindest wahr«, sagte Mendark und starrte in seinen Becher. Er erzählte die Geschichte vom Fall von Shazmak und was Faelamor in Bezug auf den Spiegel gesagt hatte: dass er keine Macht besäße, nur Geheimnisse. »Ich war vollkommen davon überzeugt.« Er blickte zu Shand und kratzte sich das zerzauste Haar. »Aber sie ist eine Meisterin jeglicher Form der Illusion. Die Geschichte, die sie uns über den Fall von Shazmak aufgetischt hat, war schlicht eine Lüge. Sie war es, die Shazmak verraten hat, nicht Karan. Ich habe die Einzelheiten beider Geschichten überprüft.«

»Der Spiegel beunruhigt mich ebenfalls«, bemerkte Shand. »Als er verloren gegangen ist, habe ich gehofft, er würde für immer verloren bleiben.«

»Du weißt von ihm?«, fragte Mendark fasziniert.

»In der Tat«, antwortete Shand, »obwohl ich *dir* bestimmt nicht davon erzähle; also frag gar nicht erst.«

»Etwas anderes hätte ich von dir auch nicht erwartet«, schnaubte Mendark verächtlich, aber nur halbherzig. Seine eigenen Probleme waren viel zu drängend. »Es ist wirklich hart, so tief gesunken zu sein, Shand: in diesem stinkenden Loch um Zuflucht betteln zu müssen.« Er wirkte abgehärmt und alt.

Shand schaute ihn sich an. *So haben deine Untertanen schon immer überlebt,* dachte er. *Und du hast ein Vermögen, um deine Reise zu erleichtern. Aber was du auch sein magst, du bist besser als die Alternative, und so werde ich dir helfen, wenn ich kann.* »Wie hat es so weit kommen können? Du hattest doch immer irgendeinen Fluchtweg.«

»Schuld daran ist einer meiner Fehler: meine Blindheit. Was auch immer du über mich denken magst, ich liebe Thurkad. Ich würde meine Stadt nie im Stich lassen, solange noch die Möglichkeit besteht, sie zu retten. Aber ich habe einen Tag zu lange gekämpft, und mein Boot ist beschlagnahmt worden. Tallia und Berenet nehmen schreckliche Risiken auf sich, um ein neues Boot und einen verlässlichen Seemann zu finden. Jedes Mal, wenn sie losziehen, habe ich Angst, dass sie nicht mehr zurückkommen werden. *Ich bin verzweifelt!*«

»Nun, vielleicht kann ich dir in diesem Punkt helfen. Aber jetzt muss ich erst einmal wieder gehen.« Shand warf den Bodensatz ins Wasser, stellte den Becher neben die Teekanne und ging weg. Der Himmel hellte sich im Osten gerade auf.

»Shand!«, rief Mendark mit unsicherer Stimme und lief ihm ein paar Schritt hinterher. »Ich brauche ein Boot. Kannst du da wirklich irgendwas tun?«

Shand blieb stehen. Auf grimmige Art war er amüsiert. Das war mal eine Wendung: Der große Magister lief einem Holzhacker aus einem Bergdorf hinterher. »Ich werde es versuchen«, sagte er.

»Wo kann ich dich finden?«

»Sollte es notwendig sein, werde ich dich finden«, antwortete Shand über die Schulter hinweg. Er ging weiter.

Hinter ihm kehrte Mendark langsam in die Kaistadt zurück.

Shand war allerdings nicht ganz so sorglos, wie er sich gegeben hatte. Anderthalb Tage waren seit seinem ersten Treffen mit Ulice vergangen, und er hatte noch immer keine Ahnung, was mit Karan geschehen war. Er hatte drei Botschaften an die

Ältesten der Hlune geschickt, doch keine war beantwortet worden. Vermutlich waren sie gar nicht angekommen. Die Hlune gewährten ihm Zugang zu den öffentlichen Wegen durch die Kaistadt, ließen ihn aber nicht ins Innere, und keine der Wachen hatte irgendein Interesse an seinen Problemen. Die Neuigkeit, dass Yggur alle Empfindsamen jagte, empfand Shand als besonders beunruhigend.

Es wurde zunehmend heller, als Tallia und Lilis wieder zurückkehrten. Wieder einmal waren sie daran gescheitert, aus der Kaistadt herauszukommen. Lilis war zu müde zum Essen, aber sie wusch sich sorgfältig mit einer kleinen Menge Frischwasser und kletterte in ihre Hängematte. Sie schaukelte ein paar Mal hin und her, zog dann die Decke bis zu den Ohren, lächelte Tallia verschlafen an und war sofort eingeschlafen.

Tallia löschte das Licht und ließ Lilis schlafen. Schlafmangel hatte ihr die Gedanken vernebelt. Sie musste mit irgendjemandem reden, um wieder einen klaren Kopf zu bekommen. Osseion, fröhlich wie immer, stand vor ihrem Zimmer Wache. Seine Schultern waren breiter als die Tür, und er musste sich bücken, um hineinzugelangen. Tallia fragte ihn, wo Mendark sei.

»Er ist gerufen worden, um sich mit einem Besucher zu treffen. Vor ein paar Stunden ist er Richtung Südwesten gegangen. Hattest du Glück mit dem Boot?«

»Nein! Ich werde gehen und ihn suchen.« Sie ging los und sagte zu dem ersten Hlune, den sie sah: »Bring mich zu Mendark, bitte.«

Die Frau erzitterte vor Wut. »Geh wieder rein«, zischte sie.

Tallias Bein schmerzte furchtbar. Sie war nicht in der Stimmung für diese Spielchen. »*Bring mich zu Mendark!*«, brüllte sie und schüttelte die Faust vor dem Gesicht der Frau.

Die Wache winkte einem anderen Hlune. Leise sprachen die beiden miteinander. Dann nahm die Frau Tallia am Ärmel und führte sie auf verschlungenen Wegen durch die Kaistadt, bis sie schließlich auf einem verregneten Deck direkt am Meer herauskamen. Es war hier sehr windig, und es gab kaum Schutz vor dem Regen. Plötzlich sah Tallia eine vage vertraute Gestalt vor ihr um die Ecke biegen. In dem trüben Licht glaubte sie mehr, Haltung und Gang als sonst etwas zu erkennen.

»Shand?«, rief sie und humpelte ihm hinterher.

Die Gestalt drehte sich um, und es *war* der alte Shand, den sie seit Tullin nicht mehr gesehen hatte. Er lachte und breitete die Arme aus.

»Was für eine freudige Überraschung, dich wiederzusehen«, sagte Tallia. »Ich dachte schon, du hättest dich entschieden, doch nicht zu kommen.«

»Fast hätte ich das auch nicht getan, obwohl ich es versprochen habe. Aber hier bin ich! Was für eine Katastrophe!«

»Ja, Mendark verliert wohl allmählich den Verstand. Wann kann ich mit dir reden?«

»Jetzt, wenn du willst. Hast du schon gefrühstückt?«

Tallia hatte nicht, und sie war halb verhungert.

»Es gibt da einen Ort oben am Hügel, wo es noch immer etwas Gutes zu essen gibt, wenn du dich so weit zu gehen traust.«

Tallia wirkte nervös. »Alle Wege werden beobachtet.«

»Ich kenne einen Geheimweg«, sagte Shand. »Suchst du ein Boot?«

»Verzweifelt!«

»Nun, dann kann ich dir vielleicht helfen. In diesem Krieg kann man ein Vermögen machen, wenn man nur mutig genug ist. Ich habe in den vergangenen Tagen auch nach einem Boot gesucht, und was soll ich sagen? Ich habe auch eins gefunden. Ich wollte mich gerade mit dem Kerl treffen. Komm mit.«

»Wie bist du hier hereingekommen?«

»Über einen Kontakt.«

»Darf ich dir eine persönliche Frage stellen, Shand?«, fragte sie beim Gehen.

»Sicher … obwohl ich dir nicht garantieren kann, dass ich sie auch beantworten werde.«

»Als wir uns in Tullin begegnet sind, habe ich dich gefragt, warum du Karan nicht geholfen hast. Du hast dich damit entschuldigt, dass du zu alt seist. Und doch bist du jetzt hier, mitten in einem Krieg.«

Er ging gleichmäßig neben ihr her. »Ich bin ein Narr!«, sagte er nach solch einer langen Pause, dass Tallia schon Angst gehabt hatte, er würde ihr überhaupt nicht antworten. »Ich hätte das alles verhindern können, doch ich hatte Angst, die Vergangenheit zu wecken. Ich liebe mein Leben in Tullin, das Holzhacken und die Arbeit im Gasthof, und wenn alle Arbeit getan ist, liebe ich es, mich mit einem Becher in der Hand auf der Veranda zu sonnen. Ich bin wirklich sehr alt, weißt du? Viel zu alt für das hier.«

Nahe dem Rand der Kaistadt verließen sie den öffentlichen Weg und stiegen die Stufen zum Wasser hinunter. Sie erreichten eine geschickt verborgene Tür, und nach einem längeren Marsch unter der Erde kamen sie in einer Gasse von Alt-Thurkad heraus. Kurz darauf blieb Shand vor einer braunen Tür stehen. Niemand beobachtete sie. Er klopfte erst drei-, dann viermal, und die Tür öffnete sich knarrend. Ein hagerer, alter Mann musterte sie sorgfältig, besonders Tallia, und ließ sie schließlich hinein. Treppen führten rauf und runter. Sie wurden in einen Kellergang geführt, durch zwei weitere Türen und in einen großen, niedrigen Raum mit einem Feuer in der Ecke. Der Raum war verraucht, dunkel und warm. Es gab viele kleine Tische, doch nur wenige waren besetzt. Shand sprach mit dem Schankwirt, einem Säufer mit scharlachrotem Gesicht, der den Kopf schüttelte.

»Er ist noch nicht hier«, sagte Shand. Dann wandte er sich wieder an den Wirt. »Was steht heute auf der Speisekarte?«

»*Horlash!*«, antwortete der Wirt. »Horlash heute, Horlash morgen, Horlash bis zum Ende der Zeit.« Horlash war ein roter, würziger Eintopf aus Meeresfrüchten und Gemüse. Die Zutaten variierten je nachdem, was auf dem Markt am billigsten war.

»Dann bring uns zwei Portionen mit Brot und warmem Wein«, sagte Shand. Er ging zum Feuer und hielt die Hände an die Flammen.

Tallia setzte sich an den Tisch neben dem Feuer. Der Horlash kam in großen, fast vollen Schüsseln. Er roch wunderbar, obwohl Tallia alles aß, ohne es wirklich zu schmecken; sie hatte einfach zu viele Probleme im Kopf.

»Der Krieg hat Thurkad auf den Kopf gestellt; aber wie du siehst, sind wenigstens einige Leute wieder im Geschäft«, sagte Shand mit vollem Mund. »Hier kann man alles bekommen, wenn man nur den Preis dafür bezahlen kann.«

»Was ist das für ein Ort?«

»Namenlos.«

»Wie bitte?«

»Er heißt ›Namenlos‹. So hat er schon immer geheißen. Seit Generationen gibt es ihn schon hier.«

»Was hast du nur für Kontakte?«, bemerkte Tallia bewundernd. »Ich bin seit zehn Jahren in Thurkad und habe noch nie von ihm gehört.«

»*Hatte*«, korrigierte Shand sie. »Die meisten gibt es nicht mehr. Ich bin einfach schon zu lange aus dem Geschäft.«

Tallia wischte sich die Stirn ab, zog sich den Mantel aus und warf ihn über die Stuhllehne. Zwei Steinpokale mit dampfendem Wein wurden vor sie hingestellt. Der Wein war dunkel, süß und mit aromatischen Gewürzen veredelt.

»Wenn ihr davon erst mal einen im Bauch habt, wird euch eine Woche lang nicht mehr kalt«, sagte der Wirt und warf einen lüsternen Blick auf Tallias Busen. Sie starrte ihn kalt an, und er wurde sogar noch röter. Rasch wischte er den Tisch mit einem Lappen ab und schlurfte zum Tresen zurück.

Selbst Shands Krug war noch halb voll, als ein fetter Mann hereinkam, sich etwas zu trinken bestellte und dem ausgestreckten Arm des Wirts zu ihrem Tisch folgte. Misstrauisch musterte er sie, bevor er sich einen Stuhl heranzog.

»Pender ist mein Name«, sagte er, starrte Tallia an und runzelte die Stirn. »Dein Gesicht kenne ich doch.« Sie schwieg. Shand nippte an seinem Wein.

»Das muss jetzt zwei Jahre her sein, äh! Du bist mit dem Magister nach Sith gekommen. Ich habe gerade am Passagierdock Ladung gelöscht. Man hat mir gesagt, ich solle dir aus dem Weg gehen. Du hast Karmesinrot und Schwarz getragen. Ich dachte, du seist seine *dolicha*, seine Konkubine.«

»Das ist Tallia bel Soon, einst aus Crandor, jetzt Mendarks rechte Hand«, sagte Shand in strengem Ton.

Pender ließ sich jedoch nicht so leicht in Verlegenheit bringen. »Crandor! Das ist mal ein Ort! Es würde euch Eimerweise Gold kosten, dahin zu kommen, äh!« Er rieb sich das stoppelige Kinn und lächelte mit der Art von verträumter Gier, die man normalerweise mit dem Gewinn der Lotterie von Thurkad in Verbindung brachte.

»Ich bin Shand«, stellte sich auch Shand vor. »Zuerst einmal mein Auftrag! Er wird zwei Tage dauern, beginnend heute Abend. Schaffst du das?«

»Sicher«, antwortete Pender.

»Und unmittelbar danach hat Tallia einen Auftrag für dich, der dir ein Vermögen einbringen wird.«

Nun glühte Pender förmlich vor freudiger Erwartung. »Wo willst du hin?«

»Ich ...«, begann Shand, änderte seine Meinung dann aber. »Nein, hör dir erst Tallias Auftrag an. Sie muss wieder zurück.«

Tallia hatte es nicht eilig, wieder zurückzukehren; aber offensichtlich waren Shands Angelegenheiten privater Natur.

»Wo kann ich dich hinbringen?«, fragte Pender.

»Nach Zile und wenn möglich auch ein wenig weiter«, antwortete sie.

Pender grunzte und kniff die Augen zusammen. »Nur du?«

»Da sind noch andere.«

»Der Magister vielleicht?« Trotz seines Sturzes vor kurzem

hatte Mendark diesen Titel schon so lange innegehabt, dass man ihn nicht so einfach auf jemand anders übertrug.

»Vielleicht«, antwortete sie.

Pender rechnete. »Einen Monat hin, einen Monat zurück. Ohne Zweifel wird da auch noch viel Warterei dazukommen, während der ich nichts verdiene. Und Vorräte für ... wie viel Leute genau?«

»Sagen wir fünf oder sechs.«

»Sechs, dazu ich und die Mannschaft. Im Augenblick muss ich mindestens das Zehnfache für alles bezahlen. Allein die Vorräte werden schon zehn Tell kosten.«

»Ohne Zweifel wirst du das meiste davon weit weg von Thurkad kaufen, wo du es wieder zum normalen Preis bekommst.«

»Einen Teil vielleicht, aber wer weiß schon, wo der Krieg in einem Monat toben wird, äh! Und dann noch zusätzliches Segeltuch, Taue, Holme ...«

»Ich verstehe«, sagte Tallia und trommelte ungeduldig auf den Tisch. »Nenn eine Zahl!«

»Zweihundert nach Zile«, sprudelte es aus Pender heraus, als würde es nicht so unverschämt klingen, wenn er schneller sprach. »Tell, heißt das.« Tallias Mangel an Reaktion machte ihn kühner. »Und das Doppelte, wenn der Magister mitkommt. Plus alle Schäden, Zölle, Liegegebühren, Bestechungsgelder und sonstige Ausgaben, die anfallen. Nach Zile werden wir dann neu verhandeln.«

»Dafür könnten wir uns ja ein eigenes Schiff kaufen«, sagte Tallia. Die Zahl war höher, als sie es sich in ihren schlimmsten Träumen vorgestellt hatte.

»Ja, vor dem Krieg hättest du das vielleicht gekonnt, wenn es alt und halb verrottet gewesen wäre«, übertrieb Pender, »aber jetzt würde mein kleines Boot sogar diesen Preis bringen. Und mit wem würdet ihr es bemannen? Ich gebe euch das beste. Außerdem würde ich meinen äußerst wertvollen Kopf verlieren, sollten wir erwischt werden, äh!«

»Bemerkenswert!«, sagte Shand spöttisch.

Pender funkelte ihn an. »Außerdem werde ich unterwegs ein größeres Boot finden müssen. Meins ist zu klein für den stürmischen Golf. Allein das wird eure ganze Passage und jedes Kupferstück meiner Ersparnisse aufbrauchen.«

»Lass mich darüber nachdenken«, sagte Tallia. »Fünf Minuten, bitte.«

Pender nahm seinen Becher und ging zum Tresen zurück.

»Ist er zuverlässig?«

»Er ist alles, was wir haben«, antwortete Shand. »Aber soviel ich herausgefunden habe, ist er zuverlässiger als die meisten und tatsächlich einer der besten Seeleute.«

»Das habe ich auch gehört. Und der Preis?«

»Der ist ein Skandal, aber ihr habt keine andere Wahl. Im Augenblick sind Boote genauso selten wie Eseleier. Außerdem würde Mendark selbst tausend Tell kaum bemerken angesichts der Reichtümer, die er für genau solch einen Fall in ganz Meldorin verteilt hat. Yggur wird in den Truhen des Magisters nur Staub finden.«

»Ich weiß. In den vergangenen Jahren habe ich eine Menge davon selbst versteckt.«

»Nicht eine Menge, nur ein wenig. Seit über hundert Jahren schafft er schon Geld beiseite.«

»Oh!« Tallia sah ehrlich überrascht aus. »Eines noch: Wir haben die Freundlichkeit unserer Gastgeber ein wenig überstrapaziert. Ich nehme an, du könntest nicht darüber nachdenken, uns zuerst gehen zu lassen, oder?«

»Nein, das könnte ich nicht«, sagte Shand. »Meine Angelegenheit ist dringend. Ich wage zu behaupten, dass die Hlune euch freundlicher behandeln werden, wenn sie wissen, dass ihr geht.«

»Nun, danke für deine Hilfe.« Tallia winkte Pender und leerte ihren Pokal.

»Einverstanden«, sagte sie zu dem fetten Seemann. »Wir werden uns an der Nordostecke der Kaistadt treffen, eine Stunde vor Sonnenaufgang in von jetzt an drei Tagen. Dann gibt es die Hälfte des Geldes, den Rest in Zile.«

»Ein Viertel jetzt, ein Viertel in drei Tagen und den Rest in Zile«, erwiderte Pender. »Ich werde eine Menge Ausgaben haben.«

»Also schön.«

Er streckte die Hand aus, die sie ihm kräftig drückte, um den Handel abzuschließen. Pender zuckte unwillkürlich zusammen. Tallia zählte ein Viertel des Geldes in ihren Schoß und gab es ihm. Shand stand auf, und sie umarmte ihn. »Ich hoffe, wir treffen uns wieder«, sagte sie. »Danke.«

»Das werden wir«, erwiderte Shand. »Geh auf dem gleichen Weg wieder zurück, den wir gekommen sind.«

Nachdem sie gegangen war, setzten Shand und Pender sich wieder. Der Wirt schenkte ihnen nach.

»Du kannst ihr vertrauen«, sagte Shand.

»Und Mendark?«

»Sorg dafür, dass ihr stets die gleichen Interessen habt.«

Pender grunzte. »Nun, was kann ich für dich tun?«

»Ich will noch heute Nacht nach Norden, sobald es dunkel ist.« Shand holte eine Karte aus der Tasche, und sie beugten sich darüber und sprachen über Winde, Strömungen und Tiden und wo man im Krieg Vorräte finden konnte und noch über viele andere Dinge. Schließlich waren ihre Becher wieder leer. Shand nickte, und sie schüttelten sich die Hände. Auch das war abgemacht.

»Und dein Preis?«, fragte Shand.

»Zwei Tell«, antwortete Pender gedankenverloren.

Shand gab ihm das Vermögen sofort. Er hatte mit mehr gerechnet. Nun musste er nur noch zurück in die Kaistadt und Karan finden. Aber Shand hatte sein Selbstvertrauen zurückgewonnen. Jetzt wusste er, dass er es schaffen würde. Zuerst sollte er aber noch ein letztes Mal bei Ulice vorbeischauen.

Kapitel sechzehn

Ein Meer voll Ärger

Berenet ölte seinen Wetzstein und ließ ihn noch einmal über die Schwertklinge gleiten. Die Warterei hatte arg an seinen Nerven gezehrt, zumal die Hlune inzwischen so feindselig waren, dass Mendark jeden Augenblick mit Verrat rechnete. Schon seit Tagen war niemand mehr aus dem feuchten Raum herausgelassen worden. Mendark zuckte schon bei jedem Knarren und Stöhnen des Holzes zusammen, bei jedem Schritt vor der Tür.

»Und was, wenn Pender nicht kommt?«, murmelte er und zog sich am Haar. »Was, wenn das eine Falle ist?«

»Dann werden wir eine Menge von ihnen mitnehmen«, sagte Berenet. Elegant wie eh und je schien ihm die Woche des Eingesperrtseins nichts ausgemacht zu haben, nur dass er ständig sein Schwert schärfte.

»Würdest du jetzt endlich das verdammte Ding weglegen!«, schrie Tallia.

Berenet schaute sie unter den schwarzen Augenbrauen hervor an und fuhr mit dem Stein über die andere Seite.

Am dritten Morgen nach Tallias Treffen mit Pender wurde die Tür vor Sonnenaufgang aufgeworfen, und sechs grimmig dreinblickende Hlune befahlen sie nach draußen. Auf verschlungenen Wegen wurden sie durch das Labyrinth der Kaistadt geführt.

»Wo bringen sie uns hin?«, flüsterte Lilis.

»Zu einem Boot, hoffe ich«, antwortete Tallia, obwohl sie eher glaubte, dass man sie in den Tod führte. Schließlich erreichten sie die Seeseite der Kaistadt, wo ihnen der Wind ins Gesicht heulte. Es wurde gerade erst hell.

»Geht runter!«, befahl einer der Hlune.

Tief unter ihnen brandeten mit lautem Getöse die Wellen an.

»Runter?«, fragte Mendark wie ein Mann, den man über die Planke jagte.

Lilis spähte über den Rand. Eine nicht sonderlich sicher wirkende Holzleiter führte mehrere Stockwerke nach unten zu einem kleinen Landungssteg.

»Bewegt euch! Das Boot kommt!«

Mendark schaute sich um. Auf den schaumgekrönten Wellen war keine Spur von einem Gefährt zu sehen. Eine große Gruppe von Hlune hatte sich im Zwielicht versammelt und hielt ein Dickicht von Speeren in den Händen. Mendark verbeugte sich vor dem Hlune und streckte die Hand aus, doch die in eine Toga gehüllte Gestalt schlug seinen Arm beiseite. Das Gesicht des Mannes war so dunkel wie die stürmische See.

In diesem Augenblick erschien eine Galeere und fuhr am Rand der Kaistadt entlang. Sie zogen sich in die Schatten zurück, bis sie vorüber war. *Sie haben uns verraten,* dachte Tallia. Sie schaute zu Mendark. Er reagierte schon gar nicht mehr.

»Die Leiter sieht nicht gerade vertrauenswürdig aus«, bemerkte Tallia. »Lasst mich zuerst gehen.«

Vorsichtig stieg sie hinunter. Ihr Mantel flatterte im Wind, und ihr kleiner Schatten folgte ihr. Just als sie den Boden erreichte, brach sich eine Welle am Landungssteg und riss Lilis von den Beinen und zum Rand. Tallia schnappte sie sich gerade noch rechtzeitig, wobei sie sich mit einem Fuß an der untersten Sprosse festhielt. Sie hielten sich an der Leiter fest, während die anderen ebenfalls herunterstiegen.

Lilis stemmte sich gegen den Wind, zog die Kapuze über die Ohren und blinzelte in die Gischt. Noch immer war kein Boot zu sehen! Tallia war sicher, dass Pender das Geld genommen und sie verraten hatte. Das war eine Falle.

Hinter ihnen erstreckten sich die gewaltigen Trümmerhaufen, auf denen die Kaistadt ruhte, wie Tempelsäulen. Hier, auf der dem Meer zugewandten Seite, war selbst die niedrigste Plattform hoch über dem Wasser. Ein eisiger, mit Regen beladener Südwind heulte zwischen den Trümmern hindurch und überzog alles mit einer Eiskruste. Seit Tagen blies er schon über das gesamte Meer von Thurkad und türmte das Wasser zu wilden Wellen auf, so hoch wie die Masten eines kleinen Schiffs. Eine weitere Welle brach sich am Landungssteg und durchnässte sie bis zu den Knien.

Eine zweite Galeere tauchte auf. Sie kreuzte am Rand ihres Sichtfelds und verschwand dann im Nebel.

»Sie haben uns uns selbst überlassen«, sagte Berenet und wischte sich das Waser aus dem Gesicht. Sein ansonsten so kecker Schnurrbart hing schlaff herunter.

Lilis war diejenige, die sich am wenigsten Sorgen machte. Sie hatte ihre neuen Stiefel, ihre warmen Kleider und einen vollen Bauch. Das war mehr, als sie sich in den letzten sieben Jahren auch nur hätte erträumen können. Morgen war viel zu weit entfernt, als dass sie sich darüber den Kopf zerbrochen hätte.

Ein komisch aussehendes, schäbiges Boot tauchte aus dem Regen auf. »Ist es das?«, fragte Mendark ungläubig. Es war nicht viel größer als ein Ruderboot und hatte einen kleinen, dicken Mast. Pender stand aufrecht am Ruder und rief in Richtung der Kaistadt; doch der Wind trug seine Worte davon.

»*Darin* sollen wir nach Zile fahren?«, fragte Mendark angewidert. Er schaute nach oben. Speere waren nach unten gerichtet. Er winkte seinen Gefährten, und sie gingen zum Rand.

Lilis, die eine gesunde Furcht vor Booten hatte, bekam schreckliche Angst. Das Boot kam näher, und Riemen wurden ins Wasser gelassen. Die zwei auf der Pierseite wurden gerade noch rechtzeitig eingezogen, bevor das Boot gegen den Steg krachte. Im Licht der Laterne sahen sie den Namen, der auf den Bug gemalt war, *Tanzende Gans*, und eine grob geschnitzte Galionsfigur, die vielleicht sogar ebenjenes Tier darstellen sollte.

Die Gestalt am Bug warf ihnen ein Tau zu. Osseion fing es auf, zog es halb um einen Polder und versuchte, die Spannung zu halten, während das Boot auf den Wellen tanzte. Ein weiteres Tau wurde vom Heck aus geworfen. Berenet schlang es zweimal um einen Polder und vertäute es, während Mendark, Tallia und Lilis bereits an Bord kletterten. Berenet sprang und landete auf den gestapelten Taschen. Irgendetwas zerbarst in ihnen. Als Letzter sprang Osseion hinein. Die Ruderer griffen wieder zu den Riemen und stießen das Boot vom Steg.

Ein Seemann zog an Berenets Tau, glaubte, es hätte sich verhakt, doch es war schlicht zu fest verknotet. Plötzlich schwebten sie in tödlicher Gefahr. Das Wasser fiel in Vorbereitung auf eine riesige Welle, und das Tau hob das Heck aus dem Wasser heraus. Der Bug wiederum sank daraufhin noch tiefer. Selbst Lilis wusste, dass die folgende Welle sie entweder ersäufen oder am Landungssteg zerschmettern würde.

Pender sprang mit dem Messer in der Hand auf, um das Tau zu zerschneiden. Das Heck krachte nach unten, und die Welle warf sie gegen die Seite des Stegs. Irgendjemand kreischte. Sie hörten ein Knarren und Krachen von Holz, bis es so aussah, als müsse das Boot kentern. Wasser brach durch die Seite; dann wurden sie herumgerissen und an dem Landungssteg vorbei und in die ruhigeren Gewässer unter der Kaistadt getrieben. Der Mast schabte unter dem Deck über ihnen entlang.

Die Reihen von großen Trümmerhaufen, die sich im Zwielicht vor dem phosphoreszierenden Tang abzeichneten, erstreckten sich weiter, als sie sehen konnten. Das ölige Wasser stieg und fiel, und über ihnen tropfte Wasser in Kaskaden herab. Mit Hilfe der Riemen und jeder Menge Kraft lenkte die Mannschaft das Boot weiter unter die Kaistadt. Als sie schließlich im Schutz mächtiger Trümmerhaufen und Stützpfeiler angelangt waren, schöpften die Männer das Wasser hinaus. Pender entzündete in aller Ruhe eine Laterne, ging in die Mitte des Boots und packte Berenet am Kragen.

»Du unfähiger Narr!«, schrie er und schüttelte ihn. »Du hättest uns fast alle umgebracht.«

Berenet versuchte, ihn wegzustoßen. Dabei riss der schöne Mantel vorne. »Verdammt sollst du sein!«, kreischte Berenet. »Den wirst du bezahlen.«

»*Du* wirst bezahlen! Schau dir nur einmal an, was du mit meinem neuen Boot gemacht hast!«

»Das nennst du ein Boot?«, schnaubte Berenet verächtlich. »Damit könnte man ja noch nicht einmal durch eine Badewanne segeln.«

Pender war Beleidigungen gewöhnt, aber auf sein neues Gefährt war er schon übertrieben stolz. »Es hat einfach zu viel Ballast!«, brüllte er, und als das Boot von einer Welle hochgehoben wurde, stieß er Berenet einfach über die Seite.

»Was zur Hölle tust du da?«, schrie Mendark.

Berenet versank im öligen Wasser, kam dann wieder an die Oberfläche, spie, prustete und fluchte.

»Der verdammte Narr«, sagte Pender. »Den will ich nicht an Bord haben. Schwimm zu der Leiter da!«, rief er Berenet zu und deutete in die entsprechende Richtung. Berenet kraulte auf den nächsten Trümmerhaufen zu.

Mendark schlurfte nach vorne. Auf seiner Stirn war ein tiefer, langer Schnitt zu sehen, der heftig blutete.

»Willst du nach Zile segeln *oder laufen*?«, fragte Pender eisig.

»Das wirst du noch bereuen!«, schrie Berenet, als er sich an die verrottende Leiter klammerte, die noch nahe genug war, dass er sich jederzeit ins Boot hätte hangeln können.

»Lass ihn wieder an Bord!«, befahl Mendark. Er war außer sich.

»Verdammt, das werde ich *nicht!*«, schrie Pender und starrte Mendark wütend an.

»Entweder gehen wir alle oder keiner von uns«, sagte Mendark, doch ihm drohte die Stimme zu brechen.

»Wie du willst«, erwiderte Pender. »Ich werde euch natürlich zurückerstatten, was von dem Vorschuss übrig geblieben ist. Chert, hol meine Truhe.«

»Vielleicht«, sagte Mendark mit leiser Stimme, »können wir ja verhandeln.«

»Ich bestimme, wer auf meinem Boot mitfährt und wer nicht«, erklärte Pender, »und *er* kommt nicht mit!«

Mendark wischte sich das Blut aus den Augen. Nun war er gezwungen, Farbe zu bekennen. Er war nicht bereit, alles aufzugeben – besonders nicht für jemanden, der unter dem dringenden Verdacht stand, ein Verräter zu sein. Er griff nach der Leiter.

»Zieh mich rüber«, sagte er.

Er klammerte sich kurz an die Leiter und sprach leise mit Berenet. Plötzlich stieß Berenet ihn von sich und schrie: »Hennia war die Verräterin, du Narr! Das werde ich dir nie verzeihen.«

Mendark erstarrte. »Hennia? Warum hast du mir das nicht schon früher gesagt?«

»Ich war nicht sicher, bis sie uns verlassen hat, und danach war es sinnlos, noch etwas zu sagen. Ich klage niemanden ohne Beweise an – *im Gegensatz zu einigen anderen!*«

Mendark funkelte Tallia an, doch die lag rücklings auf dem Deck, und Blut rann aus ihrer Nase. Abermals versuchte er, die Leiter zu fassen zu kriegen, und redete drängend auf Berenet ein. Berenet stieß ihn mit dem Fuß weg.

»Es ist zu spät, Mendark! Ich habe dir treu gedient, und du hast mich nur wegen ein paar Gerüchten verurteilt – und wegen *ihr!*« Er spie in Tallias Richtung. »Von nun an werde ich alles in meiner Macht Stehende tun, um dich zu Fall zu bringen.« Er zog sich die Leiter hinauf und machte ein Gesicht, das die Milch hätte sauer werden lassen.

Mendark ließ sich wieder ins Boot zurückfallen. Mit dem verschmierten Blut auf seinen Wangen sah er aus, als hätte er Kriegsbemalung angelegt. »Du solltest dein Geld besser wert sein«, sagte er kalt zu Pender.

»Das bin ich«, entgegnete Pender in ebenso kühlem Tonfall. »Setz dich, äh! Hey, Chert, verstau das Zeug hier.«

Der kleinere der beiden Seeleute, ein kräftiger, kurzbeiniger Mann, dessen Muskeln selbst durch das Wams deutlich zu sehen waren, machte seinem Kameraden mit den Fingern Zeichen. Gemeinsam verstauten sie das Gepäck der Flüchtlinge mitsamt den Schatztruhen. Die Passagiere kauerten sich unter eine Überdachung im Bug und schauten sich erst einmal an, wie schlimm wer verletzt war. Osseion hatte sich drei Finger böse aufgerissen und noch dazu gequetscht, als sie zwischen die Anlegestelle und das Boot gekommen waren. Tallia war benommen. Sie hatte eine Schwellung auf der Schläfe und Blut im Gesicht. Lilis war unter Tallia gefallen, doch abgesehen von einem blauen Fleck auf dem Kinn war sie unverletzt geblieben.

Mendark hob Tallia unbeholfen hoch. Ihr Kopf fiel zurück, und ein gurgelndes Geräusch drang aus ihrer Kehle. Lilis sprang auf und ab. Sie hatte Tränen auf den Wangen und war fest davon überzeugt, dass ihre Freundin im Sterben lag.

»Sie erstickt, du Narr!« Pender stieß Mendark grob aus dem Weg und zog Tallia zu sich heran. Dann steckte er ihr die Finger in den Mund, um ihre Zunge freizubekommen. Sie begann zu würgen und hustete Blut.

»Wasser!«, rief Pender. Osseion reichte ihm eine volle Schöpfkelle. Pender drehte Tallias Kopf auf die Seite und wusch ihr vorsichtig das Gesicht mit den dicken Fingern. Dann hob er sie wieder auf den Sitz zurück und untersuchte sie im Licht einer Laterne.

Nun, da sie sauber war, sah sie schon nicht mehr ganz so schwer verletzt aus. Ihre Nase war geschwollen und vermutlich gebrochen, und ihre linke Schläfe war blau und blutete an zwei Stellen. Tallia öffnete die Augen. Lilis schrie ihre Erleichterung hinaus.

»Oh!«, sagte Tallia mit belegter Stimme. »Was ist passiert?«

»Ruh dich aus«, sagte Pender.

Mendark half ihr, sich auf ein zusammengefaltetes Segel zu legen. Pender wandte sich Osseion zu, der gleichmütig auf einer Ruderbank saß und auf seine aufgerissenen Finger starrte.

»Hey, wie heißt du?«, fragte Pender Lilis.

»Lilis.«

»Nun, Lilis, nimm dir die Schöpfkelle, und hol etwas Wasser aus dem Fass. Nein, schau ... da ist ein Hahn. Gut. Wasch ihm die Hände und den Dreck aus den Wunden. Kannst du das?«

Lilis hatte Angst vor Osseion, denn er sah so groß und wild aus, und seine nackten Arme waren bis zu den Schultern mit rituellen Clannarben überzogen. »Ja«, antwortete sie mit schüchterner Piepsstimme und machte sich an die Arbeit, wobei sie die ganze Zeit über immer wieder zu Tallia blickte. Die Finger waren von den Muscheln teils bis auf den Knochen eingeschnitten, aber nicht gebrochen, sodass sie rasch mit Salbe versorgt und verbunden waren. Gleiches galt für Mendarks Kopf.

»Und jetzt lasst uns einmal nachsehen, welche Schäden die *Gans* davongetragen hat«, sagte Pender. »Hey!«, rief er der Mannschaft zu. »Zieht sie an dem Balken da hoch, damit ich mal einen Blick darunter werfen kann.«

Sie ruderten an einen aus dem Wasser ragenden Balken, warfen ein Tau über einen der Trümmerhaufen, auf denen die Stadt ruhte, und zogen, bis fast der Kiel zu sehen war. Pender zog sich bis auf die verdreckte Unterwäsche aus und ließ sich in das ölige Wasser gleiten, um sich die Schäden genauer anzusehen. Lilis beugte sich über die Seite und starrte in ehrfürchtigem Staunen über Penders gewaltigen, runden Bauch und seine mächtigen Schenkel.

Die Seite des Boots war nahe dem Dollbord gesplittert. Weiter unten, unterhalb der Wasserlinie, schien jedoch alles weitgehend in Ordnung zu sein, auch wenn hier und da ein feiner Riss zu sehen war, durch den selbst unter diesen ruhigen Bedingungen Wasser sickerte. Pender runzelte die Stirn.

»Chert! Schneid ein Stück Segeltuch ab, ungefähr so groß.« Er zeigte es ihm entsprechend mit den Händen.

Während Chert das erledigte, machte Pender sich von innen

mit Hammer und Meißel an den Planken zu schaffen und drückte sie so gut es ging wieder zusammen. Mendark stand mindestens ein Dutzend Mal auf und setzte sich wieder hin. Immer wieder schaute er sich um und wurde mit jeder Minute nervöser, die sie durch die Reparaturen aufgehalten wurden. Schließlich war das Segeltuch geteert und von außen an die Planken genagelt, und auch von innen waren die Risse mit Teer abgedichtet worden.

»Das wird eine Weile halten«, verkündete Pender und rieb sich die Barstoppeln. »Trotzdem wird es bei diesem Wetter ein ziemliches Risiko auf dem offenen Meer sein ...«

»Komm schon!«, unterbrach ihn Mendark und schaute sich wieder einmal panisch um. »Mit jeder Minute schweben wir in immer größerer Gefahr.«

»Dann los!«, rief Pender. »Passagiere nach vorne!«

Kaum hatten sie sich in Bewegung gesetzt, da erschien eine Gestalt oben an der Leiter, über die Berenet nach oben geklettert war.

»Bleibt, wo ihr seid!« Thyllans Stimme klang seltsam gedämpft.

Mendark stand auf. Seine ehemalige Leibgarde stand mit Speeren bewaffnet hinter Thyllan, und dahinter wiederum noch jemand – Berenet?

»Du da! Fettsack!«, schrie Thyllan. »Rudere sofort hierher!«

Pender starrte zu ihm hinauf, rührte sich aber nicht. Die Soldaten hoben die Speere.

»Tu das nicht«, wandte sich Mendark an Thyllan, »sonst verwandele ich dein Gehirn wieder in den Brei, den Tensor daraus gemacht hat.«

Thyllan hob die Hände. »Lass uns vernünftig sein. Ich will nur das Boot und das Gold. Du hast doch ohnehin genug davon überall im Land versteckt.«

Mendark schaute hilfesuchend zu Tallia, doch die war immer noch so benommen, dass sie kaum etwas wahrnahm. »Nur das Boot und das Gold ... und mich tot sehen«, sagte er.

Pender, der unmittelbar hinter Mendark stand, flüsterte ihm etwas ins Ohr. Mendark zuckte zusammen.

»Beeil dich!«, rief Thyllan. »Sonst werde ich einen Speer durch das Kind jagen!«

»Sie bedeutet mir nichts«, rief Mendark zurück.

Lilis erstarrte. »Geh hinter mich, Lilis«, sagte Osseion. Rasch kroch sie in seinen Schutz und spähte zwischen seinem Leib und dem Arm hindurch.

»Rudert rüber«, sagte Pender zu seinen Seeleuten.

»Lasst die Riemen, wo sie sind!«, schrie Mendark, aber sie bewegten sich bereits vorwärts.

Als sie an der Anlegestelle anlangten, hielt der Seemann mit Namen Chert das Boot daran fest, während Thyllan vorsichtig auf die wurmzerfressene Leiter trat.

»Mach ein Tau an der Leiter fest«, sagte Pender leise zu Chert. »Du, Riese, nimm sein Ruder, und mach dich bereit loszulegen, so kräftig du kannst.« Osseion setzte sich auf die Ruderbank und schloss die bandagierten Finger um den Riemen.

»Gebt die Truhen rauf«, befahl Thyllan und schaute besorgt die Leiter hinunter.

»Komm es dir doch selber holen. Lieber werfe ich das Gold über Bord, bevor ich es dir gebe«, sagte Mendark.

Thyllan rief seinen Soldaten zu. Sie bildeten eine Kette die Leiter hinunter, und der sechste Soldat kletterte ins Boot.

»Kommt schon! Beeilt euch!«

Der Soldat wuchtete die erste Truhe in die Höhe. Sie war unglaublich schwer. Als er sie ungefähr auf Kniehöhe angehoben hatte, versetzte Chert, der das Boot noch immer am Steg festhielt, dem Gefährt einen kräftigen Stoß und ließ es schaukeln. Der Mann verlor das Gleichgewicht, ließ die Truhe los, und eine Ecke des schweren Behälters krachte ihm auf den Fuß. Er schrie.

»An die Ruder! *Pullt!*«, brüllte Pender, und auf beiden Seiten schlugen die Riemen ins Wasser. Das Boot flog zurück; das Tau spannte sich und riss den unteren Teil der Leiter aus der Halterung. »Stärker!«, röhrte Pender. Das wurmstichige, verfaulte Holz brach in Höhe von Thyllans Füßen. Die Soldaten fielen ins Wasser und schlugen hilflos mit den Armen um sich, vom Gewicht ihrer Lederrüstungen hinuntergezogen.

Chert warf den verletzten Soldaten über Bord, kappte das Tau, und das Boot flog davon. Als Thyllan schließlich wieder nach oben geklettert war und sich einen Speer geschnappt hatte, waren sie schon in Sicherheit.

Die *Tanzende Gans* hatte gerade die Deckung der Kaistadt verlassen, als ein Schrei vom Bug ertönte, »Schwarzfäuste!«, und ein Armbrustbolzen schlug neben Pender ins Holz.

Eine Galeere raste aus dem Regen auf sie zu, angetrieben von ihren langen Ruderbänken. Pender zögerte keine Sekunde. »Zurück!«, schrie er.

Das Boot wirbelte auf einer Wellenkrone herum und schoss wieder unter die Kaistadt, in die Stille und Dunkelheit.

»Und was jetzt?«, stöhnte Mendark.

»Wir werden versuchen müssen, ihnen davonzusegeln«, antwortete Pender.

»Einer Galeere davonsegeln?«

»Bei diesem Wind ist das durchaus möglich. Außerdem bleibt uns ohnehin nichts anderes übrig. Wenn wir nicht innerhalb der nächsten zehn Minuten weg sind, kommen wir hier niemals weg. Bereit?«

Mendark nickte zweifelnd, obwohl er wusste, dass ihnen keine andere Wahl blieb. Pender lenkte das Boot auf einem Zickzackkurs unter der Kaistadt entlang, um an einer anderen Stelle wieder hinauszufahren. Inzwischen war es schon recht hell geworden. Von einer patrouillierenden Galeere war nichts zu sehen. Die beiden Seeleute stellten stumm den Mast auf. Dann setzten sie sich wieder an ihre Riemen. Langsam lenkte Pender das Boot hinaus. Nichts zu sehen.

»Los!«, rief er.

Die Männer legten sich in die Riemen. Träge setzte das Boot sich in Bewegung und schob sich über die hohen Wellen. Flatternd entfaltete sich das Segel. Just in diesem Augenblick bog eine Galeere um die Ecke der Kaistadt, ein paar hundert Spannen entfernt; Wasser schäumte an ihrem spitzen Bug. Der Ausguck deutete auf Penders Boot, und die Galeere änderte leicht den Kurs.

Mendark schrie auf. Lilis kroch unter Tallias langen Arm. Pender hatte das Segel endlich vollständig gesetzt. Das Tuch blähte sich im wilden Wind und warf das Boot gefährlich herum. Die Ruderer zogen die Riemen ein; das Steuerruder wurde ins Wasser gelassen, und mit dem Wind im Rücken nahmen sie rasch Fahrt auf. Sie hielten genau auf die Galeere zu, die sich am Rand der Kaistadt entlangschob.

»Köpfe runter!«, brüllte Pender.

»Es ist sinnlos«, sagte Mendark in Erwartung dessen, was der Feind tun würde. »Wenn wir vor ihnen kreuzen, werden sie herumkommen und uns breitseitig rammen.«

Pender löste sich ein wenig von der Kaistadt, und die Galeere änderte ebenfalls leicht den Kurs.

»Das schaffen wir nie!«, rief Mendark.

Es war offensichtlich, dass sie das nicht schaffen würden; dennoch behielt Pender seinen Kurs bei.

»*Köpfe runter!*«, brüllte er erneut.

Im letzten möglichen Augenblick riss er das Ruder herum, und das Boot schoss in den schmalen Raum zwischen dem anderen Schiff und der Kaistadt. Mit lautem Krachen zerbrach die *Gans* die Ruder der Galeere, und Holzsplitter regneten auf die Insassen herab. Dann schrammten sie am Heck der Galeere vorbei, prallten auf der anderen Seite gegen einen Stützpfeiler der Kaistadt, und plötzlich waren sie frei und flohen gen Osten die Hafenbucht hinunter. Das kleine Boot fuhr so schnell wie noch nie in seinem Leben.

Hinter ihnen bekam die Galeere Schlagseite. Ein ganzes Heer von Händen griff nach dem Kai. Dann kam das Dollbord unter Wasser. Die Galeere wurde geflutet und verschwand unter einer Welle.

Danke, Shand, dachte Tallia und schaute zu ihrem fetten Kapitän hinauf. *Ich hätte von Anfang an darauf vertrauen sollen, dass du den Besten finden würdest.*

»Sie haben auf euch gewartet«, sagte Pender. »Hätte ich das gewusst, hätte ich mehr als nur das Doppelte von euch genommen.«

»Nun, du hast in den Handel eingewilligt, und jetzt bist du verpflichtet, uns zu fahren. Aber ich verstehe, was du meinst. Bring uns sicher nach Zile, und ich werde dir das Doppelte bezahlen«, sagte Mendark, der nun zu schätzen wusste, was ihr Kapitän wert war. »Ach, der arme Berenet«, seufzte er mitfühlend, was ganz untypisch für ihn war. »Das war wirklich eine schlimme Sache.«

Lilis setzte sich auf und klopfte sich Holzsplitter von den Kleidern. Tallia rührte sich auf ihrem Bett aus Segeltuch. »Wo … Wo ist Berenet?«

»Pender hat ihn über Bord geworfen«, antwortete Osseion in sachlichem Ton.

»Umso besser«, sagte Tallia. »Ich könnte schwören, dass ich ihn vergangene Nacht mit einem von Thyllans Männern habe reden sehen.«

»Er hat für mich spioniert!«, rief Mendark, der seinen Zorn kaum beherrschen konnte. »Ich habe sogar einmal geglaubt, er würde nach mir das Amt des Magisters übernehmen. Er war so vielversprechend.«

»Davon habe ich nie was gesehen«, murmelte Tallia vor sich hin.

»Halt einfach den Mund, Tallia!«, schrie Mendark. »Er hat

gesagt, Hennia sei die Verräterin gewesen, und ich glaube ihm. Wegen dir habe ich mir einen Freund zum Feind gemacht.«

»Das war er, oben an der Leiter«, sagte Lilis.

»Dann ist er ja in guter Gesellschaft. *Und* er weiß, wo ein Teil deiner Schätze versteckt ist, Mendark«, fuhr Tallia fort.

»Es reicht!«, brüllte Mendark. Er holte etwas Weidenrinde aus der Medizintasche und reichte sie Tallia. »Kau das. Dann bist du vielleicht nicht mehr so zänkisch.«

Schweigend nahm Tallia die Medizin und zog das Segeltuch hoch, um sich vor dem Wind und der Gischt zu schützen. Ihre Nase war so geschwollen, dass sie kaum durch sie atmen konnte. Sie schloss die Augen und versuchte zu schlafen, doch sie konnte nicht. Mendarks Worte mussten überdacht werden. Hennia? Die Verräterin? Tallia ging im Kopf noch einmal die Beweise durch, und tatsächlich passten sie besser zu Hennia als zu Berenet. Hatte sie ihn wirklich falsch eingeschätzt? Sich von seiner Kleidung und seinem Benehmen blenden lassen? Inzwischen sah es zumindest so aus. Was würden die Folgen davon sein?

Lilis stand auf und ging nach vorne. »Wir sind noch nicht in Sicherheit«, sagte Pender. »Bei diesem Wind können sie uns noch immer vor der Landspitze abfangen. Hey, komm weg da!«, rief er Lilis zu, die sich über den Bug zur Galionsfigur gebeugt hatte.

»Die *Tan-zen-de Gans*«, las sie laut vor und glitt lächelnd und mit den Füßen voran wieder ins Boot zurück.

»Mendark kann es sich nicht leisten, noch jemanden zu verlieren«, sagte Pender streng und deutete auf eine der Ruderbänke.

Sie brachen durch steile, hässliche Wellen oder fuhren darüber hinweg. Erst ging es nach Süden, dann nach Osten und schließlich wieder nach Süden auf die Hafenausfahrt und die vermeintliche Sicherheit der großen Bucht von Thurkad und des offenen Meeres dahinter zu. Auf der offenen See angelangt, setzte Pender schließlich direkten Kurs nach Osten. Es war bewölkt, ein grauer Tag mit wildem Wind. Manchmal drohten die Wellen über die Seite zu brechen und das Boot zu überschwemmen. Doch irgendwie sah Pender das stets voraus, und wann immer sie in ein Wellental tauchten, schlug ihnen Gischt ins Gesicht. Der Wind heulte in den Leinen. Wasser sammelte sich auf jeder Oberfläche und gefror den Gefährten in Bart und Haaren.

»Wir nehmen Wasser auf!«, rief Chert und machte sich hektisch daran, es mit einem Eimer aus dem Boot zu schöpfen.

»Wie schlimm?«, rief Pender zurück.

»Kann ich bei der Gischt nicht sagen!«

»Dann halt ein Auge drauf!«

Die Dünung änderte die Richtung, als sie um eine Landspitze kamen, und eine heftige Bö raubte ihnen die Sicht. Gut eine Minute lang wurden sie mit Regen eingedeckt, dann war die Bö vorüber. Der Tag schien sich zu verdunkeln. Plötzlich blitzte ein Licht hoch über ihnen auf. Mendark stöhnte.

»Was war das?«, rief er.

»Der Leuchtturm der Nordspitze!«, schrie Pender über den Wind hinweg zurück. »Sie geben Signale!«

»Und was sagen diese Signale?«

»Kann ich nicht sagen; aber wir können es uns wohl beide denken, äh!«

»Ja«, erwiderte Mendark düster.

»Mit ein wenig Glück hat er bei diesem Wetter keine Boote draußen. Hey, du!«, rief Pender Osseion zu.

»Ich heiße Osseion. Was soll ich tun?«

»Osseion, äh!«, sagte Pender. »Halt nach hinten Ausschau.«

Osseion stand auf, hielt sich mit der gesunden Hand fest und spähte ins Zwielicht hinaus. »Noch nichts«, verkündete er.

»Die Scheißkerle! Beobachte weiter! Und pass auf!«

Die Minuten vergingen. Je weiter sie sich aus der Bucht hinausbewegten, desto häufiger änderten Dünung und Strömung die Richtung. Schließlich segelten sie direkt in die Wellen hinein.

»Da, die Landspitzen! Das ist die Ausfahrt«, sagte Mendark, als sie sich auf einer hohen Welle befanden.

Als sie sich dem offenen Meer näherten, kam die Dünung direkt von Osten. Die Wellen wurden höher und länger, sodass in den Wellentälern nahezu Windstille herrschte. Langsam arbeiteten sie sich immer weiter vor und fuhren die Wellen hinauf und hinunter, wobei sie bei der Abfahrt mehr und mehr schräg an der Welle hinuntersegeln mussten, um unten nicht zu zerschellen. Oben auf der Welle riss der Wind ihnen fast das Segel weg, und im Tal herrschte eine geradezu unheimliche Stille.

»Hinter uns blinkt ein Licht«, berichtete Osseion, als sie wieder ins Tal einer riesigen Welle eintauchten. »Jetzt ist es weg.«

»Kannst du schon ein Boot oder Schiff sehen?«

»Nein.«

»Dann können sie uns vielleicht auch nicht sehen.« Pender schaute zu dem grauen Segel hinauf; es hatte die gleiche Farbe wie das Wasser. »Lange wird das allerdings nicht so bleiben.«

Vom Leuchtturm wurden wieder Zeichen gegeben, vielleicht eine Wiederholung der Nachricht. Dann teilten sich die Wolken zum Entsetzen der Flüchtlinge, und eine diesige Sonne schien auf die beiden vereisten Landspitzen im Norden und Süden des Ausgangs der Bucht, die stürmische See und den grauen Leuchtturm.

»Jetzt *werden* sie uns sehen«, sagte Pender, und als sie wieder einen Wellenkamm erreichten, rief Osseion vom Heck:

»Ich sehe sie! Eins, zwei, drei!«

Sie schauten in die Richtung, in die er deutete. Dort, hoch auf einer Welle, war eine schwarze Galeere zu sehen, ähnlich jener, die sie vor der Kaistadt angegriffen hatte. Ihr folgten zwei weitere. Sie waren noch nicht einmal eine Seemeile weit entfernt.

»Drei!«, keuchte Pender. »Und sie sind so schnell wie der Wind.«

Das Boot krachte in ein Wellental, und die Planken stöhnten.

Tallias Kopf fühlte sich wie ein fallen gelassener Kürbis an. Sie schwankte.

»Pass auf!«, rief Mendark in scharfem Ton.

Tallia setzte sich wieder hin und hielt sich den Kopf.

»Tut es sehr weh?«, fragte Lilis und legte die kalte Hand auf Tallias Stirn.

Tallia wischte sich ein paar Tränen von der Wange. »Ja, sehr«, antwortete sie. »Aber gleich wird es mir schon besser gehen.«

Sie fuhren die nächste Welle hinauf. Auf dem Kamm warf der Wind sie so hart herum, dass das Gepäck in die inzwischen mit Wasser gefüllte Bilge fiel. »Es steigt immer schneller!«, schrie Chert, während die anderen ihre Rucksäcke wieder aus dem Wasser fischten. »Fast zu schnell für mich!«

»Tallia, geh und hilf Chert beim Schöpfen! Osseion, schau mal, was du damit anfangen kannst!« Pender warf ihm eine große Kelle zu. »Unter der Bank ist ein Topf, Lilis. Und für was bist du gut, Mendark? Ein wenig Dunst oder Nebel wäre ganz nett, äh!«

»Das bringt niemand bei diesem Wind zustande«, erwiderte Mendark. Er sah genauso trüb aus wie das Wasser. »Wie weit noch bis zum offenen Meer?«

»Fast drei Meilen. Wohl ein bisschen zu weit, äh! Nun, kannst du sie nicht mit Feuerstrahlen aus deinen Fingern verbrennen oder einen Leviathan aus den Tiefen heraufbeschwören, um sie zu zerschmettern? Irgendeine der Geschichten *muss* doch wahr sein!«

»Ein Leviathan müsste schon in der Nähe sein. Ich kann keinen aus einer Sardine machen«, sagte Mendark.

Pender gab nicht so leicht auf. »Ich habe Geschichten von Magiern gehört, die ein Schiff einfach so aus dem Wasser geblasen haben.«

»Und das sind auch nur Geschichten, weiter nichts«, entgegnete Mendark. »Mit *was* sollte ich ein Schiff denn aus dem Wasser blasen? Auch für die Geheime Kunst gelten die Gesetze von Materie und Energie. Ein Schiff ist klug gebaut, um selbst den wildesten Stürmen des Großen Meers zu widerstehen. Wie sollte mein Geist eine größere Kraft heraufbeschwören als das? Wie sie formen und fokussieren? Dafür müsste mein Kopf so groß sein wie dein Leviathan. Du weißt nicht, wovon du sprichst.«

»Und was *kannst* du tun?«

»Das ist die Grenze meiner Macht, und niemand von uns verfügt über eine größere, so wie kein Mann schneller rennen kann als ein Pferd. Wenn diese Schiffe eine tödliche Schwäche hätten – sagen wir eine Niete, die, wenn gelöst, alles in sich zusammenfallen ließe – und wenn ich von dieser Schwäche wüsste, dann ... ja, dann wäre ich vielleicht in der Lage, das Schiff zu versenken, auch wenn mir das schreckliche Schmerzen bereiten und schwere Nachwirkungen zur Folge haben würde. Mehr kann ich nicht tun, und wäre es anders, dann hätten wir Meister der Geheimen Kunst uns schon vor langer Zeit alles Leben auf Santhenar unterworfen, wenn uns der Sinn danach gestanden hätte. Außerdem ist es weit leichter für den Geist, eine ...«

Das Boot löste sich auf einem Wellenkamm für eine Sekunde aus dem Wasser, schlug dann wieder auf und warf Mendark von seiner Bank. Er kletterte wieder darauf und wischte sich das Gesicht ab.

»Wie wäre es mit einem Feuerstoß? Selbst *du* kannst doch sicher Feuer machen und sie verbrennen.«

Mendark versuchte, Sarkasmus mit Sarkasmus zu begegnen. »Die meisten magischen Wunder, die du am Boden deiner Bierbecher bestaunt hast, waren nur Illusionen. Es hat stets nur so *ausgesehen.* Es war nicht *real.* Um *echte* Dinge zu bewegen, zu verändern oder zu zerstören, bedarf es harter Arbeit – *viel* harter Arbeit. Ja, ich kann Feuer aus meinen Fingerspitzen heraufbeschwören, aber damit könnte ich noch nicht einmal feuchtes Holz verbrennen. Wenn ich allerdings ein Fass Naphta an Bord hätte, dann würdest du einen Flammenschlag sehen, der ganz

Thurkad erhellt.« Und mit diesen Worten blickte Mendark sehnsüchtig in Richtung der Stadt zurück.

»Ein Scharlatan und ein Schwindler!«, knurrte Pender vor sich hin. »Ich habe es die ganze Zeit gewusst.«

»Ich brauche etwas, womit ich arbeiten kann«, fuhr Mendark unglücklich fort. »Außerdem sind sie noch viel zu weit weg, um irgendetwas zu unternehmen. Ich muss sie sehen, *sie kennen,* bevor ich etwas tun kann. Tallia ist vielleicht in der Lage, sie zu verwirren. Mit Illusionen kennt sie sich besser aus als ich.«

»Nun, dann geh eben nach vorne, und schnapp dir was zum Schöpfen!«, bellte Pender, als Mendark nach vorne wankte. »Du verdammter pockenverseuchter Bastard, du bist ja genauso nutzlos wie Llian von Chanthed. Tallia!«

Osseion schöpfte wild mit seiner Kelle. Weiße Zähne blitzten in seinem dunklen Gesicht auf, als Tallia auf allen vieren an ihm vorbeikroch. Sie staunte nicht schlecht, mit was Pender selbst in dieser verzweifelten Situation bei Mendark durchkam. Lilis funkelte Pender an. Sie war wütend, weil er Llian beleidigt hatte, doch Pender war sich seines Verbrechens noch nicht einmal bewusst.

»Was kann ich tun?«, fragte Tallia und klammerte sich unsicher an die Seite. Die Wunden in ihrem Gesicht hatten wieder zu bluten begonnen. Sie wischte sich das Blut mit der Hand weg.

»Mach einfach irgendwas, worin wir uns verstecken können oder was sie verwirrt, auch wenn es nur ein paar Minuten anhalten sollte«, sagte Pender. »Sie kommen uns zu schnell näher. Ich dachte, der Seegang hier draußen würde sie mehr verlangsamen.«

»Lilis«, sagte Tallia. »Komm her. Halt mich aufrecht.«

Sie stand auf und versuchte, etwas mit den Fingern zu tun. Eine Doppelwelle riss das Boot herum und warf Tallia und Lilis in die Bilge.

»Kannst du das nicht im Sitzen?«, wunderte sich Pender.

»Ich muss sie klar und deutlich sehen können.«

»Dann lass es. Ich will nicht, dass du über Bord fällst.«

Sie kämpften sich durch die Dünung, die stetig höher und höher wurde, auch wenn die Wellen nicht mehr so steil waren und in größeren Abständen aufeinander folgten.

»Was ist das?«, schrie Lilis, die beim Schöpfen nach Süden schaute. »Noch mehr Schiffe, Pender! Noch zwei!«

»Farsh!«, fluchte Pender. »Farsh! Farsh! *Farsh!*«

»Sie sind uns näher als die anderen«, fuhr Lilis fort.

»Und mit dem Wind im Rücken sind sie auch schneller«, sagte Pender und richtete sich am Ruder auf. »Aber die Wellen werden sie ausbremsen, wenn sie aufs offene Meer hinausfahren. Wenn sie nicht aufpassen, laufen sie voll Wasser. Wie sieht's mit dem Wasser aus?«, rief er nach vorne, obwohl er eigentlich gar nicht fragen musste.

»Es steigt«, lautete die Antwort. »Ich spüre, wie der Riss sich mit jeder Welle öffnet und wieder schließt.«

»Nun, dann schöpf eben schneller!« Pender drehte sich wieder zu Tallia um, die ebenfalls gedankenverloren schöpfte, die Stirn in Falten gelegt und die Augen zum Schutz vor der Gischt zusammengekniffen.

»Ich glaube, sie haben uns«, sagte er in nahezu beiläufigem Tonfall. »Sie werden die Ausfahrt vor uns erreichen.«

»Kannst du nicht einfach zwischen ihnen hindurchfahren wie beim letzten Mal?«, fragte Lilis. Gischt schlug ihr ins Gesicht, und sie schloss die Augen, hörte aber nicht auf, Wasser zu schöpfen. Ihr bleiches Haar war vollkommen durchnässt.

»Sie werden jetzt mit solchen Tricks rechnen. Mendark und Tallia werden sie zwar ohne Zweifel lebend haben wollen; aber uns andere werden sie sofort mit Pfeilen spicken, sollten wir auch nur versuchen durchzubrechen. Es sind einfach zu viele, Kind.«

»Fahr einfach weiter«, sagte Tallia und biss die Zähne zusammen. »Vielleicht werde ich doch noch etwas tun können.«

Der Wind kam inzwischen in Böen aus Westen und glättete die Wellen ein wenig, was den Flüchtlingen mehr half als den Galeeren. Inzwischen befanden sie sich gut eine halbe Seemeile in der Ausfahrt. Die beiden Schiffe aus Süden kämpften sich durch die Wellen, um ihnen noch vor Ende der Ausfahrt den Weg abzuschneiden. Die anderen drei holten weiter auf.

»Was ist damit?«, fragte Tallia und deutete auf einen schmalen Kanal zwischen der nördlichen Landspitze und dem Felsen dahinter, ein winziger Spalt, in dem die Brandung rauschte.

»Die ›Gasse‹? Nicht bei diesem Wetter. Von hier aus sieht sie ja breit genug aus, aber das Riff versperrt sie fast vollständig. Es gibt nur eine ganz schmale Durchfahrt direkt an der Klippe, wo das Wasser tief genug ist. Die Gezeiten rasen förmlich da durch, äh! Wenn man die Durchfahrt nicht absolut perfekt anfährt, werfen einen Strömung und Wellen gegen die Felsen.«

»Kannst du schwimmen, Lilis, Liebes?«, fragte Tallia und legte dem Kind die Hand auf die Schulter.

»Natürlich. Mein Vater hat es mir beigebracht«, antwortete das Mädchen.

»Ich kann mich zumindest über Wasser halten«, grunzte Osseion, »wenn es nicht allzu rau zugeht.«

»Ich kann nicht einen Zug weit schwimmen«, sagte Pender. Alle schauten ihn überrascht an. »Deshalb bin ich ja auch so ein guter Seemann, äh!«

Er schaute nach hinten. Die Galeeren waren bereits nahe genug herangekommen, um sie mit Pfeilen unter Beschuss zu nehmen. Die Schiffe im Norden hielten auf die Landspitze zu. Pender schaute zu Tallia.

»Das Riff kommt aus der Nordspitze und berührt an zwei Stellen fast den Felsen dort«, sagte er und deutete nach vorne. »Siehst du? Da! An der ersten Stelle erzeugen die Gezeiten bisweilen einen Strudel, und dahinter ragt die zweite Spitze aus dem Riff heraus. Da ist der Kanal breiter, äh! Jenseits davon gibt es eine Lagune, die von einem äußeren Riff begrenzt wird, das vom Mittelfelsen bis zur Nordspitze reicht. Die einzige Durchfahrt ist noch schmaler als dieses Boot. Wir können also nur am Außenriff vorbei, wenn wir uns von der Dünung hinübertragen lassen. Das ist vielleicht möglich, aber Anfahrt, Winkel, einfach alles muss perfekt sein, äh!«

»Und du kennst das Riff gut?«

»Als ich jung war, bin ich immer durch die Gasse gesegelt, wenn mich die Tollkühnheit überkommen hat, aber auch dann nie bei solch einer rauen See.« Er hielt kurz inne. »Oder in so einem großen Boot.«

»Wie kommt es, dass du nie schwimmen gelernt hast, wo du doch mit Booten aufgewachsen bist?«

»Das ist halt so. Natürlich hat man versucht, es mir beizubringen, aber kaum war ich im Wasser, da bin ich in Panik geraten. Trotzdem habe ich schon zweimal Schiffbruch erlitten und es überlebt.«

»Könntest du uns anhand der Klippen hindurchlenken, ohne aufs Meer zu achten?«

»Hm? Ja, vielleicht, mit ein wenig Glück. Warum? Kannst du das Meer verändern?«

»Natürlich nicht! Aber ich bin vielleicht in der Lage, es einen Augenblick lang anders aussehen zu lassen – anders genug, um sie zu verwirren. Aber wie Mendark gesagt hat, man muss sehr nahe am Ziel sein, wenn man eine Illusion wirken will.«

»Das Wasser steigt nicht mehr!«, rief Chert vom Bug.

Der Feind hinter ihnen war mittlerweile noch näher herangekommen, doch bei diesem Seegang war das Risiko sehr gering, dass ein Pfeil tatsächlich sein Ziel traf. Auch die anderen beiden Schiffe rückten immer näher heran. In wenigen Minuten würde alles vorbei sein.

Pender blinzelte nach Süden. »Sie sind verflucht schnell. Auf eure Köpfe muss ein verdammt hoher Preis ausgesetzt sein.« Er blickte zu Mendark, während er das sagte.

»Er *ist* hoch!«, bestätigte Mendark.

»Wie werden volllaufen«, sagte Pender und stand wieder auf. Kaum hatte er das gesagt, da neigte das vordere, schnellere Schiff sich auf die Seite; die Ruder schlugen hilflos in der Luft, und die Galeere rührte sich nicht mehr. Das zweite Schiff wurde langsamer und fuhr um das erste herum. Die Mannschaft ruderte kurz rückwärts, um weiter abzubremsen, dann setzte es seine Fahrt fort. »Nein, sie sind sicher. Der Kapitän mag ja kühn sei, aber er ist auch verdammt geschickt. Einen Moment habe ich geglaubt, wir könnten vielleicht hindurchschlüpfen, wenn es nur eines gewesen wäre. Aber da kommen sie wieder.«

»Wir haben also keine Möglichkeit mehr, an ihnen vorbei aufs offene Meer zu kommen?«

»Nein. Jetzt können wir nirgends mehr hin. Die anderen haben sich verteilt, um uns den Weg nach Nordwesten abzuschneiden – nicht dass wir da eine Chance gehabt hätten. Entweder geben wir auf, oder wir versuchen es durch die Gasse und durchs Riff.«

»Dann die Gasse«, sagte Mendark mit belegter Stimme und schaute zu den anderen. »Die Gasse«, sagten sie.

»Lilis«, fragte Tallia, »kannst du hundert Spannen weit schwimmen?«

»Leicht«, antwortete sie stolz. »Ich habe immer im Meer gebadet.«

»Was ist mit deiner Schulter?«

Lilis trug noch immer den Arm in der Schlinge. »Die tut nicht mehr weh.«

»Gut. Hier sind zwei Tell. Verstau sie irgendwo, wo sie nicht verloren gehen können. Ich möchte, dass du über Bord springst und zum Ufer schwimmst. Jetzt. Schwimm zu dem kleinen Strand, und geh ...«

Lilis schob Tallias Hand weg. »Du hast mich auch nicht im Stich gelassen. Ich fahre mit dir durch die Gasse.«

Sie widmeten sich wieder ihrer Arbeit. Mit Ausnahme von Pender schöpften alle eifrig Wasser, und tatsächlich gelang es ihnen sogar, den Wasserstand zu verringern. Der Wind hatte weiter auf Westen gedreht; dennoch kamen die Schiffe von hinten nach wie vor näher. Die Schiffe weiter draußen fuhren nun deutlich langsamer. Sie kämpften sich durch die Wellen, hielten aber weiter auf die Felsen zu.

Als sie sich der Gasse näherten, wies Pender Tallia auf die Formen hin.

»Shags Felsen, so nennt man das hier, ist überall von Klippen umgeben und mit Ausnahme der Gasse auch von einer Felsplattform. Siehst du? Da ist das innere Riff, das von der Nordspitze kommt – dort, wo sich die Wellen brechen. Da müssen wir durch, direkt an der Klippe entlang.«

Er deutete nach vorne, doch Tallia sah nur Schaumkronen und keinen Kanal. Der Regen gefror auf ihrem Rücken zu Eis.

»Und da hinten kannst du die Lagune sehen und das Außenriff, das bis zur Landspitze im Süden reicht. Die Lücke im Außenriff können wir von hier aus allerdings nicht sehen; die Brecher sind zu hoch. Ah, sie gehen direkt über das Riff hinweg. Das ist eine bösartige Passage.«

»Aber du wirst uns doch durchbekommen, oder?«, piepste Lilis verängstigt.

»Ich weiß es nicht, Kind«, antwortete Pender ernst. »In fünf Minuten sind wir vielleicht schon alle tot.«

Sie passierten die Gasse in gut hundert Spannen Entfernung und hielten direkt auf die beiden Schiffe zu, die ihnen den Weg aufs offene Meer versperrten. Die sie verfolgenden Galeeren waren nicht mehr weit entfernt.

»Lasst sie glauben, dass wir das gleiche Manöver wie in Thurkad noch einmal versuchen!«, rief Pender.

Irgendetwas schlug in den Mast des Bootes, zitterte dort einen Augenblick lang und fiel in die Bilge. Es war ein langer Pfeil. Weitere Geschosse sirrten über die Köpfe der Flüchtlinge hinweg.

»Haltet an, oder ihr habt euer Leben verwirkt!«, ertönte ein Ruf von hinten.

Kapitel siebzehn

Alle Mann von Bord

Die große Schöpfkelle fiel klappernd ins Boot.

»Hört auf zu schöpfen!«, schrie Pender. »Köpfe runter!«

Tallia hielt den Atem an. Sie waren an der Gasse vorbei; Pender hatte den Zeitpunkt zur Durchfahrt offenbar verpasst.

»Jetzt!«, rief er und riss das Ruder herum. »Festhalten!«

Was auch immer in der Nähe war, sie hielten sich daran fest. Der Mastbaum flog herum, und das Segel füllte sich mit einem Knall. Sie trieben näher an die Felsen heran. Näher … näher … Lilis stieß einen leisen Schrei aus. In nur wenigen Sekunden würden sie an den Felsen zerschellen. Dann versetzte ihnen der Wind einen mächtigen Stoß in den Rücken, und sie schossen im rechten Winkel genau auf die Gasse zu.

Tallia griff in ihren Geist, um die Illusion freizusetzen, die sie erschaffen hatte. Ihr Kopf fühlte sich an, als würde er auseinanderbrechen. Plötzlich versank die ganze Welt in Nebel, und das schäumende Meer verschwamm. Pender zuckte unwillkürlich zusammen und starrte mit wilden Blicken um sich. Tallia packte ihn mit eisernem Griff am Arm. »Du *wusstest,* dass es so sein würde«, sagte sie ihm ins Ohr.

Das Boot flog so dicht an der Klippe vorbei, dass der Mastbaum sie fast berührt hätte. Immer schneller und schneller jagte der Wind sie durch die Gasse. Ein vom Wind abgelenkter Pfeilhagel schlug über ihnen gegen die Felsen. Tallia warf einen kurzen Blick über die Schulter. Die Galeeren wendeten bereits und fuhren auf sie zu, und sie waren keine hundert Spannen mehr von ihnen entfernt.

Sie näherten sich dem ersten Riff und stürzten in ein Wellental. Rechts von ihnen erhoben sich die Klippen, und links ragten schwarze Felsen wie Zähne aus der schäumenden Brandung. Tallia schnappte nach Luft, fiel hin, und die Illusion verblasste für eine Sekunde, sodass die tobenden Wellen um sie herum wieder zu sehen waren. Die Illusion war jedoch schon wieder da, als sie in das wirbelnde Wasser eintauchten; die Strömung zog sie in eine, die Gezeiten in eine andere Richtung. Sie rasten am Rand des Strudels entlang. Mit übelkeiterregender Wucht warf er sie zur Seite, über die Felsen und in die verhältnismäßige Ruhe der Lagune dahinter. Dort hielten sie dann geradewegs auf die unsichtbare Lücke im äußeren Riff zu, an dem sich die bösartige Dünung brach.

»Ihr solltet besser zu beten beginnen!«, rief Pender und versuchte, so in den Wind zu drehen, dass sie im Rhythmus der Wellen segelten.

Hinter ihnen näherten sich die drei Galeeren in Reihe dem ersten Kanal. Die anderen beiden waren nicht länger zu sehen.

»Runter! Sie schießen wieder!«, rief Osseion, der wieder den Ausguck übernommen hatte.

Sie duckten sich, und ein weiterer Pfeilhagel surrte an ihnen vorbei. Ein Pfeil schlug geradewegs durch das Segel und fiel vor ihnen ins Wasser. Hinter ihnen versuchte die erste Galeere, ihnen auf dem Weg zu folgen, den sie genommen hatten, aber aufgrund der mächtigen Ruder mussten sie sich weiter weg von der Klippe halten. Mit voller Wucht lief das Schiff auf die unter den Wellen verborgenen Felsen. Planken und Ruder brachen, und das Schreien der verzweifelten Seeleute ging alsbald im Toben des Meeres unter.

Tallias Illusion löste sich auf. Die zweite Galeere, die der ersten dichtauf folgte, wich dem havarierten Schiff zwar noch aus, prallte aber dennoch mit der Breitseite gegen die Felsen, kenterte und sank binnen Sekunden. Der dritten gelang dank ihrer Ruder noch eine schnelle Wende, doch Wind und Gezeiten trieben sie quer in die Gasse hinein. Der Bug schlug gegen die Klippe und das Heck gegen das Riff. Das Schiff brach entzwei und verschwand. Ein einsames Ruder drehte sich noch im Strudel, dann war keine Spur mehr von der Katastrophe zu sehen.

»Da!«, rief Pender. »Seht ihr? Die Lücke!« Das war die Stelle, durch die er als Kind sein kleines Bötchen gesteuert hatte. Vor ihnen tobten die Wellen. Die Flüchtlinge stürzten in ein Wellental hinab, bis es den Anschein hatte, als würde das Riff wie eine Wand vor ihnen aufragen. Pender korrigierte Ruder und Leinen ein letztes Mal; dann schrie er: »*Oh, nein!*«

Eine gewaltige Welle raste in einem Meer von Schaum das Riff entlang. Sie kam genau auf sie zu und mit exakt der richtigen Geschwindigkeit, um sie zur Seite und auf die Felsen zu werfen. Pender riss an den Leinen, nahm ein wenig Wind aus den Segeln und korrigierte das Ruder noch einmal. Das Meer schien sie förmlich nach unten zu ziehen. Links und rechts glitten Felsen an ihnen vorbei. Das Boot stieg erneut in die Höhe; dann waren sie durch die Lücke hindurch.

Nun ... nicht ganz! Mit einem gewaltigen Schlag, der alle zu Boden warf, schrammte der Kiel über das Riff. Holz kreischte, und das Boot wirbelte herum, genau in eine brechende Welle. Schaum explodierte über dem Bug. Einen Moment lang sah es so aus, als würden sie geradewegs zum Meeresboden hinabrasen; dann wurde der Bug mit einem gewaltigen Ruck nach oben gerissen, und der Wind blähte das Segel wieder. Das Boot ritt über die Dünung und trieb auf die dem Wind abgewandte Seite von Shags Felsen. Dann riss eine Bö das beschädigte Segel vom Mast und wehte es aufs Meer hinaus.

Pender setzte rasch ein kleineres Segel, und sie arbeiteten sich über die Wellen nach Norden vor, während sie wieder um ihr Leben Wasser schöpften. »Es ist noch nicht vorbei«, sagte Pender, als sie den Wasserspiegel im Boot ein wenig gesenkt hatten und sich daranmachten, ihr verstreutes Gepäck wieder einzusammeln. »Ich würde sagen, wir haben einen Teil des Kiels verloren, obwohl die *Gans* im letzten Moment wieder hochgehoben wurde; das hat uns zumindest das Ruder gerettet. Chert, übernimm das Ruder. Ich werde mir dieses Leck mal ansehen. Hey, du! Komm her!«

Chert stapfte zum Heck. Er hatte mächtige Schenkel, und seine weite Segeltuchhose rieb beim Gehen geräuschvoll aneinander. Er ließ sich auf die Steuerbank fallen und legte die Füße hoch, direkt neben Lilis. Seine Stummelzehen schienen Schwimmhäute zu besitzen, und seine Füße waren so rot und verhornt wie die eines Bauern. Lilis musterte sie nervös, aber fasziniert. Chert grinste und stupste sie mit dem Zeh in den Bauch. Sofort rutschte Lilis von ihm weg, und er lachte laut auf.

Der namenlose Seemann, den Pender nur mit »Hey, du!« ansprach, beugte sich über den Riss in den Planken. Er war ein ungewöhnlich hässlicher Man mit einer leeren Augenhöhle und einem Ohr, das nur noch ein winziger Hautlappen über dem Ohrloch war. Er lachte viel und entblößte dabei gelbe Zähne so groß wie Daumennägel, aber er sprach nie. Man hatte ihm die Zunge rausgeschnitten.

»Die Planken sind arg mitgenommen«, verkündete Pender und richtete sich wieder auf. »Hier kann ich nicht viel dagegen tun. Aber den Riss hier kann ich stopfen. Hey, du, steck deinen hässlichen Fuß genau hier rein! Jetzt ist sie wohl eher die *Lahme Gans*, äh!«

Pender machte sich mit seinen Werkzeugen und dem Teertopf an die Arbeit, und nach einer halben Stunde hatte er den Schaden zumindest provisorisch repariert. Kurz darauf spürten sie wieder die Kraft des Windes. Pender stand auf, wischte sich die Hände ab und drehte sich wieder zum Steuer um. »Das reicht nicht«, sagte er und ließ die Mundwinkel hängen. »Wir werden uns ein neues Boot suchen müssen, und zwar verdammt schnell. Natürlich geht das auf eure Rechnung.«

»Natürlich«, sagte Mendark, der einfach viel zu mitgenommen war, als dass er darüber diskutiert hätte.

»Ganhafen ist der beste Anlaufpunkt für uns, und das liegt über hundert Meilen entfernt. Bei der Geschwindigkeit, mit der die *Gans* jetzt fährt, dauert das gut einen ganzen Tag, selbst wenn der Wind so bleiben sollte. Das Problem ist nur: Ich glaube nicht, dass sie noch so lange halten wird.«

»Was ist denn mit ihr los?«, fragte Lilis.

»Wir haben zu viele Dinge zu hart getroffen. Jedes Mal, wenn wir über eine Welle fahren ... so ... dann bedeutet das einen weiteren Schlag für die Planken. Die arme, alte *Gans* fällt schlicht auseinander, Kind.«

»Vielleicht werden wir ja doch noch schwimmen müssen«, warf Osseion ein.

»Aber nicht so hart wie die da hinten, hoffe ich«, bemerkte Tallia. »Da waren mindestens ein Dutzend Männer auf jeder dieser Galeeren.«

»Sind sie alle ertrunken?«, fragte Lilis.

»Ertrunken!« Pender lächelte. »Vermutlich nicht. Jene, die in die Lagune hinausgetrieben wurden – was wohl die meisten gewesen sein dürften –, haben mit Sicherheit leicht an der Felsplattform rausklettern können. Und Hilfe ist nicht weit entfernt. Schau! Der Leuchtturm gibt bereits Signal.«

»Sie signalisieren Yggur«, unterbrach ihn Mendark. »Noch sind wir nicht in Sicherheit.«

»Noch nicht einmal annähernd«, stimmte Pender ihm zu, »aber wir haben ein paar Stunden Vorsprung gewonnen.«

»Nun, ich würde gerne ein wenig schlafen, wenn wir nicht mehr Wasser schöpfen müssen«, sagte Tallia. »Vergangene Nacht habe ich kein Auge zugemacht.«

»Wenn nur einer schöpft, sollte das im Augenblick reichen«, sagte Pender. »Ich sollte besser ein größeres Segel setzen. Sollen die im Leuchtturm wenigstens glauben, dass wir in bestem Zustand sind.«

Sie setzten ein Segel, das fast so groß war wie das, das sie verloren hatten. Das Boot nahm sofort Fahrt auf. Allerdings hatten sie ein wenig Schlagseite und bewegten sich träger als zuvor, als würde irgendwas sie nach unten ziehen. Außer ihnen waren keine anderen Boote mehr zu sehen. Der Wind drehte wieder auf Süden und brachte erneut Regen mit. Sie pflügten sich durch die Wellen, bis das blinkende Licht des Leuchtturms im Regen nicht mehr zu sehen war; dann refften sie das Segel wieder.

Die Passagiere kauerten sich unter das Überdach. Sie waren alle vollkommen durchnässt, und nun, da die Aufregung vorüber war, spürten sie auch ihre Verletzungen deutlich. »Tut mir leid, dass die Illusion nicht länger angehalten hat«, sagte Tallia. »Ich konnte sie nicht aufrechterhalten. Mein Kopf drohte zu platzen.«

»Das musstest du auch nicht. Ich hatte gar nicht daran gedacht, dass sie mit ihren Rudern gar nicht haben durchkommen können. Aber ich bin sicher, dass sie uns vor diesem ersten Pfeilhagel gerettet hat. Glücklicherweise hat keiner von ihnen je dort als Kind gespielt.«

»Glücklicherweise«, sagte Tallia melancholisch. Lilis kuschelte sich an sie, den Kopf auf Tallias Brust. »Ich wusste, dass wir durchkommen würden«, sagte das Mädchen müde und schlief ein.

Tallia schlief nicht, und nach den ersten paar Minuten wusste sie, dass sie das auch nicht mehr tun würde. Ihr Kopf fühlte sich an, als hätte sie damit wiederholt auf einen Stein geschlagen, und mit jedem Schaukeln des Bootes wurde das Gefühl schlimmer. Sie ertrug es für ein paar Stunden; dann löste sie sich schließlich von Lilis, schlang das Segeltuch um die Schultern und stand auf. Die anderen schliefen alle, selbst Mendark.

»Ich brauche etwas zu tun«, sagte sie zu dem Schatten, der Pender war.

»Es gibt aber nichts zu tun«, erwiderte er, »außer zu segeln und zu essen.«

»Dann lass uns essen.« Sie teilten sich Brot, Käse und eingelegtes Fleisch mit starkem Senf und ein wenig Wasser aus dem Fass, das in der Mitte des Bootes festgebunden war. Inzwischen regnete es wieder in Strömen.

»Wo sind wir jetzt?«, erkundigte sich Tallia ein wenig später.

Pender schaute zu der Stelle hinauf, an der die Sonne sein musste. »Wir haben vielleicht dreißig Seemeilen hinter uns gebracht. Mit einem halben Boot ist das gar nicht mal schlecht, aber der Weg ist noch lang, äh!«

»Können sie uns wieder einholen?«

»Mit einem schnellen Boot, ja.«

»Gibt es irgendetwas, das wir tun könnten?«

»Nein. Aber solange sie uns nicht vor Einbruch der Nacht erwischen, werden sie glauben, dass wir einen großen Vorsprung haben. Sie wissen nicht, dass wir nur langsam vorwärtskommen.«

»Es hilft uns auch nicht gerade, wenn sie vor uns sind«, meldete sich Mendark von seinem Schlafplatz. Das Gespräch hatte ihn wieder geweckt.

»Wir nehmen wieder Wasser auf«, sagte Pender. »Jetzt wäre es wieder besser, wenn zwei Wasser schöpfen.«

Das Meer von Thurkad war an dieser Stelle gut einhundertzwanzig Meilen breit, und sie segelten knapp drei Meilen von der Küste entfernt. Pender lenkte das Boot näher ans Ufer heran, da dort der Wind schwächer war, und nahm dann wieder Kurs nach Norden. »So müssen wir im Notfall nicht so weit schwimmen, und für die *Gans* ist es auch leichter«, bemerkte er.

»Ich mache mich dann mal ans Schöpfen«, sagte Tallia, die einfach etwas tun wollte, um sich abzulenken. Sie war nie ein guter Seemann gewesen, und nun war sie seekrank. Sie ging in die Mitte des Boots und machte sich methodisch an die Arbeit; selbst nach einer Stunde wollte sie noch keine Pause machen.

So vergingen die Stunden. Der Wind flaute ab. Pender fühlte sich kühn genug, ein größeres Segel zu setzen – wieder ein graues, das perfekt mit dem Meer und dem Regen verschmolz.

Eine Möwe setzte sich auf die Mastspitze und rief ihren Gefährten zu. Sie fuhren weiter.

»Wie weit noch?«, fragte Mendark Pender in der Nacht. Inzwischen schöpften sie wieder zu dritt Wasser, doch es gelang ihnen nur noch so viel Wasser hinauszubefördern, wie hereinlief. Immer wieder war der Vollmond zwischen den Wolken zu sehen.

»Zwölf Meilen, würde ich schätzen. Wir sind besser vorangekommen, als ich gehofft habe.«

Just in diesem Augenblick stieß das Boot gegen irgendetwas im Meer, kippte zur Seite, und das Wasser lief hinein.

»Was war das?«, schrie Lilis und wachte erschrocken auf.

»Ein Baumstamm«, sagte Pender. »Sie ist am Ende! Ich werde versuchen, sie auf die Felsen zu setzen.«

Er wendete das Boot in Richtung des düsteren Ufers, das gut hundert Spannen weit entfernt lag. Ein Felskamm mit einer schmalen Plattform am Ende ragte ins Meer hinein. »Nein! Schöpft weiter Wasser, ihr Narren!«, schrie Pender, als die anderen sich ihr Gepäck schnappten. »Das wird euch im Wasser nichts mehr nützen.«

Sie schöpften Wasser, und Osseion drückte seinen großen Fuß auf das Leck. Das Ufer kam immer näher. Sie quälten sich um die Landspitze herum und in eine Rinne zwischen zwei Felsen; dann spürten sie, wie der Kiel über Grund scharrte.

»Jetzt schnell raus mit eurem Gepäck!«, rief Pender und versuchte, das Boot mit dem Ruder ruhig am Ufer zu halten. An dieser Stelle war es verhältnismäßig windgeschützt, doch die Brandung, die sich an der Landspitze brach, entwickelte einen beachtlichen Sog. Chert sprang hinaus und packte das Bugtau. Dann kletterten die anderen ins Wasser und bildeten eine Kette auf dem glatten Schieferfels, um ihr Gepäck ans Ufer weiterzureichen. Schon bald war alles an Land mit Ausnahme von zwei wirklich schweren Truhen.

»Wie wollt ihr die nach Ganhafen tragen?«, fragte Pender.

»Wie sollen wir ein Boot ohne Geld kaufen?«, entgegnete Mendark.

Gemeinsam schleppten Mendark und Chert die Truhen über die Felsen, die gefährlich mit Muscheln bewachsen waren, zum Fuß des Felskamms. In der Zwischenzeit holte Pender eine Axt hervor und fällte rasch den Mast. »Und jetzt ziehen!«, rief er, und alle zogen. Doch das Boot steckte fest. Dann wurde es von einer Welle hochgehoben und glitt wieder nach unten. Die Galionsfigur verschwand unter der Wasseroberfläche.

»Die *Tanzende Gans* ist tot«, sagte Pender traurig. »Ich hatte sie nur drei Tage.«

Es regnete noch immer. »Wir sollten uns besser einen Lagerplatz suchen«, knurrte Osseion.

Sie kletterten den Kamm hinauf bis zu einer Stelle, die vom Meer aus nicht einsehbar war. Lilis und Tallia sammelten Feuerholz, während Chert und der stumme Seemann die Truhen hinaufwuchteten und Mendark, Osseion und Pender das Lager aufschlugen. Sie hatten kein Zelt, aber es dauerte nicht lange, und Pender hatte mit Segeltuch und Seilen einen Unterstand gebaut. Dann brannte endlich das Feuer, und sie legten Brennholz nach, bis die Flammen hell genug waren, dass sich sogar Mendarks Laune besserte.

Tallia ließ ihren Blick über die kleine Gruppe schweifen: Lilis war über und über mit blauen Flecken bedeckt und hatte den Arm wieder in der Schlinge. Die Verbände um Osseions Finger waren blutdurchtränkt. Mendark hatte einen tiefen Schnitt auf der Stirn, und Tallias eigenes Gesicht war schwarz von Blutergüssen, und ihre Nase pochte.

»Lasst uns essen«, sagte Pender. »Morgen könnte es schlimmer werden.«

Kapitel achtzehn

Schlamm und Blut

Nach dem Abendessen entfernten sich Mendark und Tallia vom Feuer, um einen Plan zu schmieden.

»Du und Pender, ihr müsst nach Ganhafen gehen«, sagte Mendark. »Geht noch vor Sonnenaufgang, und beeilt euch. Könnt ihr morgen Abend wieder zurück sein?«

»Ich denke ja«, antwortete Tallia. »Er hat gesagt, dass es gut zwölf Meilen entfernt sei.«

»Aber das war zur See – zu Fuß wird es ein gutes Stück weiter sein.«

»Trotzdem ist es möglich, es sei denn, die Brücke ist zerstört worden – was im Krieg wahrscheinlich ist. Für Pender ist das allerdings ein verdammt langer Marsch.«

»Wenn er sein neues Boot wirklich haben will, wird er es schon schaffen«, sagte Mendark. »Und falls nicht, dann wage ich zu behaupten, dass du in Ganhafen jemand anderen finden kannst.«

»Wir werden schon hinkommen«, sagte Tallia. »Und du? Bleibst du hier?«

»Ja, mein Bein schmerzt noch immer. Wie geht es deinem?«

»Im Augenblick bereitet es mir kaum Probleme, obwohl ich in letzter Zeit auch nicht viel gelaufen bin.«

»Dann gibt es also keine Möglichkeit, dass du morgen Abend wieder zurück bist?« Auf ihren ungläubigen Blick hin fügte er hinzu: »Etwas später vielleicht?«

»Kaum. Verlange nicht das Unmögliche, Mendark.«

»Also gut, aber wir werden morgen Nacht nach dir Ausschau

halten und auch in den Nächten danach. Nun, einigen wir uns auf folgendes Signal ...«

Sie besprachen noch ein paar andere Dinge, dann fuhr Mendark fort: »Wenn du in der dritten Nacht noch nicht wieder da bist, werde ich wissen, dass etwas furchtbar schiefgelaufen ist. Dann werde ich die Truhen verstecken und nachkommen. Was sonst noch ...? Hast du mein Siegel?«

Tallia nickte.

»Setz es nur vorsichtig ein«, mahnte Mendark, »am besten gar nicht. Ach ja, das Boot ... Stell sicher, dass es stabil und schnell ist. Er wird irgendeine alte Schaluppe kaufen wollen, um damit Fracht den Kanal rauf und runter zu fahren. Für unsere Zwecke muss es aber vor allem *schnell* sein.«

»Vermutlich werden nicht viele Boote zum Verkauf stehen, auch nicht in einer Fischerstadt wie Ganhafen.«

»Wenn du genug bietest, wirst du auch genug finden. So viel Geld bekommen die meisten höchstens einmal in ihrem Leben zu sehen.«

Damit zeigte sich ein Aspekt von Mendarks Charakter, der Tallia nicht sonderlich gefiel, aber sie schwieg. Nachdem Tallia dann alles mit Pender besprochen hatte, nahm sie ein wenig Weidenrinde gegen ihre Kopfschmerzen, und alle legten sich schlafen.

Tallia und Pender brachen noch vor Sonnenaufgang am nächsten Morgen auf. Lilis winkte ihnen zum Abschied und ging dann traurig zum Feuer zurück.

»Was ist los, Kind?«, fragte Mendark. Nicht, dass ihn das wirklich interessiert hätte.

Lilis straffte die Schultern und wischte sich die Tränen aus den Augen. »Nichts«, schniefte sie.

»Gut! Setz etwas Wasser auf. Ich brauche einen heißen Tee.« Mendark rieb sich die Hände über den Flammen. Es war noch immer windig und kalt.

Lilis schüttete den Bodensatz vom Vorabend aus dem großen Wasserkocher und stand verunsichert am Rand des Feuerscheins.

»Was ist denn jetzt schon wieder los?«

»Ich weiß nicht, wo das Wasser ist.«

»Dann *frag!* Osseion hat es gestern Abend geholt.«

In all den Tagen, seit sie zusammen unterwegs waren, hatte Lilis kein einziges Mal mit Osseion gesprochen. Mit seinem vernarbten Gesicht und den ebenso vernarbten Armen sah er in ihren Augen viel zu gefährlich aus. Doch in diesem Augenblick wirkte er weit weniger bösartig als Mendark.

»Beeil dich!« Morgens war Mendark besonders gereizt.

Stumm ging Lilis zu ihrem Unterstand und spähte hinein. Der Feuerschein warf tanzende Schatten ins Innere. »Äh …«, sagte sie. Osseion hatte sich noch nicht einmal gerührt, als Tallia und Pender aufgebrochen waren, aber nun hatte er sich aufgesetzt und kratzte sich den Kopf. Er lächelte. »Ich muss Wasser holen, aber ich weiß nicht, wo ich welches finden kann«, sagte Lilis.

»Ich werde es dir zeigen.« Osseion griff mit der verbundenen Hand nach seinen Stiefeln. »Aaah!«, schrie er und starrte auf seine Finger.

»Was ist los?«, flüsterte Lilis.

»Der Schmerz!« Osseion saß einen Augenblick lang wie erstarrt da; dann sagte er: »Hilf mir mit den Stiefeln.«

Lilis war froh, etwas zu tun zu haben. Die riesigen Stiefel waren nass und schwer. Es war harte Arbeit, sie über die großen, breiten Füße zu ziehen. Schließlich band sie sie zu, und Osseion rappelte sich auf. Lilis reichte ihm noch nicht einmal bis über die Hüfte.

»Da runter. Es war nicht weit weg vom Meer, wo ich Wasser gefunden habe.«

Der Himmel hellte sich gerade erst auf, doch das Licht war ihnen keine große Hilfe, und weiter unten war es nach wie vor stockfinster. Sie fanden den Teich, indem sie fast hineingefallen wären: eine zerklüftete Schieferkuhle am Fuß eines Steilhangs, gespeist von kleinen Rinnsalen, die über die Felsen nach unten liefen. Es gab noch mehrere andere solcher Mulden, oben wie unten, doch die meisten waren mit Eis bedeckt.

Lilis füllte Töpfe und Eimer; dann wusch sie sich Gesicht und Hände in dem eisigen Wasser. Osseion nahm die schwersten Gefäße, und gemeinsam machten sie sich wieder auf den Weg nach oben. Als sie wieder im Lager waren, setzte sich Osseion und begann unbeholfen, den Verband von seinen Fingern zu nehmen. Sie waren stark geschwollen, und einer, der Mittelfinger, war fast purpurn.

Mendark kam herbei. »Das sieht nicht gut aus«, sagte er nach kurzer Untersuchung. »Ich hätte mich schon letzte Nacht darum kümmern müssen. Hoffentlich wird es nicht noch schlimmer.«

Pender und Tallia waren gut vorangekommen, auch wenn der Pfad steil und schlammig war. Pender jammerte dauernd über seine wunden Füße und erklärte, wie dumm es doch war zu laufen, wenn man auch segeln konnte – all das ertrug Tallia mit einer gehörigen Portion Fatalismus.

Es war fast Vormittag, als sie kurz anhielten, um etwas zu trinken und sich auszuruhen. Obwohl es kalt war, triefte Pender vor Schweiß.

»Wenn wir ankommen, wirst du ein schlanker, harter Schatten deiner selbst sein«, bemerkte Tallia und kicherte. Ihr war fröhlich zumute, obwohl ihr Kopf noch immer schmerzte und ihr Bein pochte.

»Das werde ich schon wieder ausgleichen«, grunzte Pender. »In Ganhafen gibt es genug Orte, wo man gut essen kann.«

»Kennst du die Stadt gut?«, fragte sie.

Er lachte rau. »Hast du es nicht gehört?«

»Was gehört?«

»Ich hatte einmal mein eigenes, kleines Schiff. Damit habe ich alle mögliche Fracht das Meer rauf und runter transportiert, äh! Und manchmal auch weiter – bis hinauf in den großen Ozean nach Faranda und sogar zum Nebelmeer hinunter.« Er trank den letzten Schluck.

»Lass uns weitergehen«, sagte Tallia.

»Dabei habe ich mir eine Menge Feinde gemacht. Hauptsächlich die Gilden in Thurkad und hier. Sie mögen es nicht, wenn Fremde ihnen den Gewinn streitig machen, äh! Ich hatte zwar alle notwendigen Papiere, habe aber nur die Ladungen bekommen, die niemand sonst haben wollte: stinkende Gerberware, einmal sogar Leichen, giftiges Quecksilber ... Ich habe zwar nicht in Saus und Braus gelebt, aber ich habe überlebt, äh!«

Er hielt kurz inne, während sie sich auf einer schmalen Brücke über einen Wildbach hangelten. Die einzelne Planke gab stark nach und hätte sie fast ins Wasser rutschen lassen.

»Ich war *besser* und billiger, und manchmal hatte ich auch gute Ladungen wie Wolle und Öl. Einmal habe ich sogar Gewürze befördert.«

Inzwischen trotteten sie einen steilen Pfad durch graue Pinien hinauf. Pender atmete schwer; der tiefe Schlamm machte ihm schwer zu schaffen. Als sie den Gipfel erreichten, ließ er sich auf einen behauenen Stein sinken. »Meine Füße tun weh«, sagte er und zog die Stiefel aus, um sich die wunden Zehen zu reiben.

Tallia schaute sich um. Um sie herum lagen noch weitere behauene, viereckige Steine und dahinter eine zerbrochene Säule. Es waren die Überreste eines Wegtempels oder einer Pferdestation, die in glücklicheren Zeiten gebaut worden war.

»Du solltest dir die Füße lieber verbinden, sonst wirst du bald nicht mehr gehen können«, bemerkte Tallia. »Warum essen wir nicht einfach früher etwas zu Mittag? Ich bereite alles vor.«

Sie schnitt ein paar Scheiben Brot ab, packte eingelegtes Fleisch und Käse dazwischen, schmierte Senf darauf und reichte Pender eines der Brote. »Das Gleiche wie gestern.«

Pender aß es in wenigen großen Bissen und verlangte dann nach mehr. Tallia gab ihm gleich den ganzen Laib. »Ich war gerade in Ganhafen«, fuhr er fort, »um eine Ladung Öl von einem Schiff zu übernehmen, das wegen eines defekten Ruders im Hafen lag. Eine Ladung für meinen besten Kunden. An jenem Abend ging ich in die Taverne, um zu feiern, und als ich wieder zurückkam, waren die Wachen weg, und mein Schiff brannte lichterloh. In nur wenigen Minuten ist es vollständig zu Asche verbrannt.

Ich wusste, dass die Gilde dafür verantwortlich war, aber ich konnte nichts deswegen tun. Der Eigentümer der Ladung kam, mich zu suchen. Da bin ich einfach weggerannt und nie wieder zurückgekehrt. Schließlich bin ich dann den Garr hinaufgepaddelt und habe mich im stinkenden Narne niedergelassen; dort habe ich dann schon wieder gemacht, was niemand sonst tun wollte. *Aber jetzt nicht mehr!* Ich werde alles tun, um wieder ein eigenes Schiff zu bekommen. *Alles!*«, sagte er und stopfte sich den letzten Rest Brot hinein.

»Der Eigentümer hat sein Geld doch sicher vom Makler wiederbekommen, oder?«

»Das mag ja sein. Ich konnte es mir nur nicht leisten, darauf zu warten.«

Schweigend gingen sie den Großteil des Nachmittags weiter, und bei Sonnenuntergang erreichten sie einen breiten Fluss: den Gannel. Dort gingen sie zur Hütte eines Fährmanns und wurden hinübergerudert. Am anderen Ufer führte der Weg weiter flussabwärts, und ein paar Stunden später erreichten sie Ganhafen.

Während sie durch die schwach beleuchteten Straßen trotteten, überlegte sich Tallia, welche Optionen sie hatten. Mendark hatte ihr aufgetragen, Pender im Auge zu behalten, doch gleichzeitig wollte er auch nicht, dass jemand – auch nicht Pender – die Identität seines Repräsentanten in der Stadt erfuhr.

»Warum gehst du nicht zum Ufer runter?«, sagte sie zu Pender. »Ich werde meine eigenen Erkundigungen einziehen. Nachher können wir uns dann ja zu einem späten Abendessen treffen. Was schlägst du vor?«

Ein heruntergekommener Gasthof, *Die Vier Fische*, lag ein kurzes Stück die Straße hinunter. Ein weiterer, *Der Gannel*, nicht weit davon entfernt.

»Jedenfalls keinen von denen«, antwortete Pender sofort. »Da hängt nur Stadtvolk rum. Seeleute würden da nie reingehen. Das Essen ist kein Kupfer wert, und auch ansonsten ist da nicht viel los. Unten am Hafen jedoch ... « Er deutete in die entsprechende Richtung. »*Der Fliegende Bamundi* war früher eine der besten Tavernen, und sie hat stets geöffnet. Mit ein wenig Glück werde ich dich dort in ein paar Stunden treffen.«

In seinem typischen Seemannsgang stapfte er in Richtung Hafen. Tallia zog die Kapuze über den Kopf und ging in die andere Richtung, um sich um ihre eigenen Angelegenheiten zu kümmern.

Im Lager begann der nächste Morgen schlecht. Lilis wurde von Keuchen und Schmerzensschreien geweckt.

»Was ist?«, rief sie, sprang auf und stolperte im Dunkeln herum.

»Meine Hand!«, schrie Osseion. »Sie fühlt sich an, als würde sie zerplatzen.« Er schlurfte aus dem Zelt zum Feuer und riss sich den Verband herunter.

Der Mittelfinger war fast auf doppelte Größe angeschwollen; die Haut glänzte, war schwarz und zum Zerreißen gespannt. Mendark trat blinzelnd ins Licht. Er warf nur einen Blick auf den Finger und sagte: »Er wird amputiert werden müssen.«

»Nein!«, schrie Osseion voller Angst.

»Jetzt komm schon, Osseion! Ich kann mich noch gut an den Tag erinnern, als du den Sturm auf die Mauern von Tarjidd geführt hast. Nachdem die Schlacht gewonnen war, bist du mit einem abgebrochenen Pfeil in der Schulter zurückgekommen, den du noch nicht einmal bemerkt hast, ganz zu schweigen von dem Dutzend anderer Wunden. Es hat sechs Stunden gedauert, bis du wieder zusammengeflickt warst.«

»Ich ... Aaah!«

»Entweder jetzt den Finger oder in zwei Tagen die Hand«, sagte Mendark mit stahlharter Stimme. »Ein Finger mehr oder weniger ist nichts, aber eine Hand ...« Die Pause ließ seine Worte umso bedrohlicher wirken. »Mit nur noch einer Hand bist du für mich nicht mehr von Nutzen. Lilis, weck die Seeleute. Sie sollen ihn festhalten.«

Lilis ging zu dem anderen Unterstand. Er war leer.

»Sie sind weg!«, rief sie aufgeregt über die Lichtung hinweg.

Mendark fluchte lang und ausgiebig.

»Nicht vor dem Kind«, sagte Osseion und starrte auf seinen Finger.

»Lilis, halte seinen Arm hier fest.« Mendark deutete mit seinem langen Messer auf einen Baumstamm und stieß die Klinge dann in die Glut.

Lilis packte Osseions Handgelenk mit ihren kleinen Händen und drückte es mit ihrem ganzen Gewicht hinunter. Im Feuerschein sah der Finger wie schwarzer Pudding aus. Mendark zog die Klinge wieder aus der Glut, schlug die Asche ab und stieß sie noch einmal hinein, nachdem er sie begutachtet hatte. Schließlich zog er einen Lappen aus der Tasche, wickelte ihn ums Heft und zog das Messer erneut heraus. Nun glühte die Klinge orange. Er hielt es über den verletzten Finger und suchte nach einer geeigneten Stelle für den Schnitt.

»Nun mach schon, verdammt noch mal!«, würgte Osseion.

Lilis schaute entsetzt, aber fasziniert zu. Das Messer schwebte über dem Finger, bewegte sich kaum merklich; dann schlug Mendark mit aller Kraft zu.

Osseion schrie auf und riss so heftig an seinem Arm, dass Lilis durch die Luft geschleudert wurde und eine Spanne entfernt auf dem Hintern landete. Osseion taumelte herum, tanzte und schüttelte die Hand in der Luft. Mendark stand ein wenig zurück, die qualmende Klinge neben sich.

Zögernd ging Lilis wieder zu dem Baumstamm zurück. Alle schauten sie auf den Finger hinab. In der Luft hing der Gestank von verbranntem und verfaultem Fleisch. Mendark griff nach unten und warf den Finger mit einer raschen Bewegung ins Feuer. Osseion streckte die Hand aus, die Mendark gründlich untersuchte. Der Finger war sauber abgetrennt und der Stumpf ordentlich ausgebrannt; es blutete kaum.

»Ich glaube, wir haben die Hand gerettet«, sagte Mendark. »Lass den Verband erst einmal ab. Ich habe leider nur Weidenrinde gegen die Schmerzen; in dem Fall wird sie wohl nicht viel helfen.«

»Ehrlich gesagt wäre mir auch der Branntwein aus deiner Truhe lieber«, sagte Osseion, dessen Gesicht fast so blass war wie das von Lilis.

»Ich werde Frühstück machen«, sagte Lilis und machte sich auf der anderen Seite des Feuers zu schaffen.

»Diese andere Neuigkeit ist schlecht«, sagte Mendark, als sie Teller voll mit Honig gesüßtem Haferbrei auf den Knien hatten und neben sich Becher mit heißem Tee.

Osseion sagte nichts dazu. Unbeholfen aß er seinen Brei, wobei er den Löffel zwischen Daumen und Zeigefinger hielt und immer wieder auf die Lücke zwischen seinen Fingern schaute. Er schauderte gelegentlich. Als er dann fertig gegessen hatte, schnappte er sich seinen Becher, ging in den Unterstand und legte sich wieder hin.

Mendark blieb mit Lilis allein zurück. Er funkelte sie über das Feuer hinweg an, dieses winzige, dürre, strohblonde Straßenkind mit den großen, intelligenten Augen. Er schien reden zu wollen. Lilis hob den Blick, bemerkte, wie er sie anschaute, und senkte den Kopf rasch wieder. Sie wollte nichts mit ihm zu tun haben. Er war allmächtig, und sie war nichts.

»Schlechte Nachrichten«, wiederholte er und räusperte sich. »Was sollen wir jetzt tun?« Er erwartete keine Antwort, sondern wollte nur ein Publikum für seine Gedanken.

Lilis hob drei Finger. »Erstens: Gold verstecken. Zweitens: neues Lager suchen. Drittens: Wache halten für den Fall, dass sie wieder zurückkommen. Viertens ...«, sagte sie, hob den nächsten Finger und hielt dann inne. Sie sah verzweifelt aus. »Vielleicht gehen sie ja in die Stadt und erzählen dem Feind alles. Vielleicht ist Tallia in eine Falle geraten. Vielleicht kommen Schiffe.«

Mendark war beeindruckt, aber das half ihm auch nicht sehr viel. »Was auch immer geschieht, wir sind nur zu dritt – und noch dazu ein recht armseliges Trio mit einem Krüppel und so.«

»Du bist ein Wirker«, sagte Lilis kühner, als sie sich fühlte. Vor einem Monat hätte sie es noch nicht einmal gewagt, ihn anzuschauen. »Ich bin gut als Führer und im Verstecken und ...« Wieder hielt sie unvermittelt inne. »Er ist groß und stark«, sagte sie und deutete zum Unterstand. »Wir sind nicht hilflos.«

Mendark schaute sie scharf an. »Sprich weiter! Worin bist du sonst noch gut, was du mir nicht sagen willst?«

»Nichts.« Sie hatten versucht, sie zur Taschendiebin auszubilden, aber ihre Finger war zwar geschickt genug dafür, doch es mangelte ihr am Willen. »Mein Vater hat mich gelehrt, dass Stehlen falsch ist.«

»Normalerweise ist es das auch, aber nicht, wenn du verhungerst. Nicht, wenn du vom Feind stiehlst.«

Lilis erwiderte nichts darauf. Sie wollte überhaupt nicht mit ihm reden; sie hatte Angst, dass er sie mit Worten in eine Falle locken würde. Doch ihr ganzes Leben lang hatte sie stets getan, was andere Leute von ihr gewollt hatten, und so schaute sie auf ihre verdreckten Füße und hörte zu. Lieber wäre sie jedoch zu dem Felsteich hinuntergegangen, um sich zu baden und ihre neuen Kleider zu waschen, die sie nun schon seit Tagen trug.

Und immer wieder sah sie den schwarzen Finger, der im Feuer verkohlte, und die Qual auf Osseions Gesicht. Osseion war sehr nett zu ihr gewesen.

Dann bemerkte Lilis, dass eine ganze Weile vergangen war, ohne dass Mendark etwas gesagt hätte. »Ich muss mich waschen gehen«, sagte sie. Mendark schwieg.

Lilis schnappte sich ihren Rucksack und ging barfuß den Hang hinunter. Auf dem Weg zurück fand sie Osseion, der auf einem Felsvorsprung stand. Er blickte aufs Meer hinaus. Die beiden Truhen standen offen, und Mendark schleppte zwei schwere Ledertaschen zwischen die Bäume. Lilis wollte ihm helfen.

»Nein!«, sagte Mendark in scharfem Ton. »Das mache ich.«

Lilis zuckte mit den Schultern. Es war sein Gold. Sie schaute in die Truhen. Eine war bereits leer; in der anderen lagen noch drei Taschen. Lilis hing ihre Kleider zum Trocknen über einen Busch und setzte sich wieder ans Feuer.

In der vorangegangenen Nacht hatte Tallia am *Fliegenden Bamundi* gewartet, doch Pender war nicht gekommen. Das beunruhigte sie jedoch nicht übermäßig. Sie aß ein herzhaftes Mal aus gegrilltem Bamundi, kräftig gewürzt mit teurem Pfeffer und Limonensaft, und trank einen halben Becher eines mittelprächtigen Weißweins. Dann ging sie zu Bett, schlief lang und fest, und als sie wieder aufwachte, stellte sie fest, dass ihre Kopfschmerzen verschwunden waren. Sie ging in den Schankraum hinunter und fand dort Pender. Seine Augen waren blutunterlaufen, und er war kreidebleich von einer ganzen Nacht in den unterschiedlichsten Tavernen. Gierig schlang er ein riesiges Frühstück hinunter.

»Ich habe mit Mendarks Repräsentanten gesprochen«, sagte sie leise. »Er wird sofort Kontakt zu mir aufnehmen, sobald er etwas von einem Boot erfährt. Aber wir müssen sehr vorsichtig sein. Yggur hat Spione hier, und vor zwei Nächten ist eines seiner Schiffe hier eingelaufen; inzwischen ist es jedoch schon wieder weg.«

»Ja, das habe ich auch gehört. Aber sie lieben ihn hier nicht sonderlich, und ich glaube, unser Gold ist besser als seine Versprechen oder Drohungen. Es gibt gleich mehrere Fahrzeuge, die zum Verkauf stehen – allerdings für ein Vermögen.«

»Was verstehst du unter ›Vermögen‹?«

»Mehrere hundert Tell.«

»Erzähl mir von ihnen.«

»Das erste ist ein Fischerboot, recht groß, aber sehr alt. Ich kenne den Kapitän. Vor knapp zwei Monaten hat er sich das Bein bei einem Unfall zertrümmert. Er kann nicht mehr als Fischer arbeiten, und weder seine Söhne noch seine Töchter haben ein Interesse am Meer. Er hat schon vor dem Krieg einen Käufer gesucht, aber er ist gierig.«

»Wie gierig?«

»Siebenhundert. Das ist viel zu viel für solch ein Boot, selbst in Zeiten wie diesen, denn es hat Würmer.«

»Und weiter?«

»Das zweite ist ein alter Frachtkahn, ähnlich dem, den ich einmal hatte, nur größer. Er ist langsam, aber solide, sehr gut gebaut. Damit könnten wir überall hin, sogar nach Crandor.« Seine Augen funkelten bei dem Gedanken.

»Warum wird er verkauft?«

»Der Eigentümer ist bei Beginn des Krieges in Thurkad getötet worden. Die Familie muss verkaufen.«

»Hm. Und dir gefällt er wohl, äh?«

»Ja, obwohl der Preis horrend ist: neunhundertfünfzig.«

Tallia rieb sich nachdenklich das Kinn. Ganhafen war nicht Thurkad, doch Pender verstand es noch immer, Mendark das Geld aus der Tasche zu ziehen. »Teuer und langsam. Beides ist nicht wirklich das, was wir wollen. Sonst noch was?«

»Nichts, was ich anfassen würde.«

Tallia ließ es dabei bewenden und verbrachte den Tag in der

Taverne. Sie blieb weitgehend unsichtbar, und als sie doch einmal kurz hinausging, verwendete sie eine Illusion, um sich älter, kleiner und schäbiger aussehen zu lassen.

An diesem Abend besuchte Mendarks Repräsentant sie, ein großer, schlanker Mann mit kurzem schwarzem Bart und stark behaarten Armen. Er trug eine dunkelbraune Robe mit Ledergürtel und hatte die Ärmel bis über die Ellbogen aufgerollt. Die Absätze seiner Sandalen waren auffallend schief abgelaufen.

»Ich habe eins, das für eure Zwecke hervorragend geeignet wäre, wenn ihr denn wollt«, sagte er mit leiser Stimme, obwohl die Tür geschlossen war. Er beugte sich über den Tisch, und Gold blitzte an seinem Schneidezahn auf. »Es ist ein Schmugglerboot: hervorragend gebaut, geräumig und schnell. Und der Preis ist auch gut – sehr gut sogar.«

»Und was stimmt damit nicht?«, fragte Tallia.

»Es ist zum Schmuggeln eingesetzt worden ... bestimmte Öle und, äh, Gewürze. Ungesetzliche Dinge eben. Der Kapitän und die Mannschaft sind hingerichtet worden; den Eigentümer hat man aus der Gilde ausgeschlossen, und das Boot ist vom Zoll konfisziert worden. Sein Name steht in jedem Hafen Meldorins auf der schwarzen Liste, und selbst jenseits davon. In der Vergangenheit hätte man auch das Boot verbrannt.«

»Das klingt ideal.«

»Ihr werdet allerdings überall Ärger bekommen, egal wo ihr hinfahrt: Verzögerungen, Entschuldigungen, endlose Verhöre.«

»Solange es uns nach Zile bringt, ist der Rest egal. Wer verkauft es?«

»Der Hafenmeister im Namen des Zolls.«

»Dann können sie dem Boot auch neue Papiere ausstellen, um den Ärger zu minimieren. Wann kann ich es mir ansehen?«

»Am Morgen. Geh zur Hafenmeisterei.«

Als Pender wieder zurückkehrte und Tallias Neuigkeit hörte, zeigte er sich nicht gerade erfreut. »Die *Schwarze Opal!* Ich weiß alles über sie. Nein!«

»Ist sie nicht genau das, was wir brauchen?«

»Oh, das ist ein wunderbares Boot, heißt es, aber es ist den Ärger nicht wert.«

»Ich werde es mir morgen früh um sieben anschauen.«

»Dann solltest du dir auch besser gleich einen neuen Kapitän und eine neue Mannschaft suchen«, verkündete Pender ungnädig.

»Komm einfach mit, und schau sie dir an, Pender.«

»Ihr könnt den Namen ändern, aber den Ruf werdet ihr nie loswerden. In jedem Hafen, wo ihr anlegt, wird man euch mit Schikanen geradezu überhäufen. Man wird das Boot durchsuchen, die Abfahrt hinauszögern, und vielleicht wird man euch auch für ein, zwei Wochen wegsperren, nur um euch zu zeigen, dass man das Boot nicht mag.«

»Nun, dann werden wir eben keinen Zwischenhalt mehr einlegen. Wir fahren direkt nach Zile.«

Pender rollte mit den Augen, als wolle er sagen: ›Wie blöd kann man eigentlich sein?‹

Trotz all ihrer Argumente wollte er nicht nachgeben. »In dem Fall wirst du den größten Teil deiner Bezahlung wieder zurückgeben müssen«, sagte Tallia schließlich kalt und wandte sich ab. Sie schlief sehr schlecht in jener Nacht.

Es regnete noch immer, als sie am Morgen zum Hafen hinunterging. Die *Schwarze Opal* war an einer Landungsbrücke hinter dem Zollhaus vertäut. Sie war schwarz gestrichen, abgesetzt mit Blau, Rot und Gold. Die *Opal* war ein schönes Boot von gut sieben, acht Spannen Länge. Tallia sprach mit dem Hafenmeister und ging an Bord, und just in diesem Augenblick tauchte Pender auf. Er war knallrot angelaufen und atmete schwer. Tallia winkte ihm, und er stieg ebenfalls an Bord.

»Wenn ich schon einmal hier bin, kann ich ja auch einen

Blick drauf werfen«, sagte er; überzeugt klang er jedoch noch immer nicht. Tallia überließ das Urteil ihm, und er untersuchte das Boot gründlich, wenn auch widerwillig. Als sie schließlich fertig waren und wieder im strömenden Regen auf dem Kai standen, sah sie ihm an den Augen an, dass die *Schwarze Opal* ein gutes Boot war.

Tallia ging in die Amtsstube des Hafenmeisters. Sie war eine kleine dunkle Frau mit zurückgekämmtem und so fest gebundenem schwarzem Haar, dass es aussah, als würde sich eine schwarze Welle an ihrem Kopf brechen.

»Der Preis beträgt sechshundert Tell«, sagte der Hafenmeister, schlug eine Kladde auf und machte sie wieder zu, ohne einen Blick hineingeworfen zu haben. »Der Preis ist vom Zoll festgelegt worden, und ich habe keinen Verhandlungsspielraum. In Anbetracht ihres Rufs ist das auch durchaus angemessen. Die *Schwarze Opal* ist ein gutes Boot, das ohne diesen Makel glatt das Doppelte wert wäre. Bist du interessiert? Ich sollte dich allerdings warnen, dass ein Repräsentant Yggurs sich bereits nach ihr erkundigt hat.«

»Nur erkundigt?«

»Vielleicht verfügte er nicht über die Autorität, eine solche Summe auszugeben; aber in ein paar Tagen wird er sicher ...«

»Wie lange dauert es, bis die Papiere fertig sind?«

»Nach dem Mittagessen könnten sie bereits unterschriftsreif sein.«

Tallia dankte ihr und ging hinaus. Pender saß mürrisch auf der Veranda und schaute in den Regen hinaus. »Du würdest das Boot nicht kaufen?«, fragte Tallia.

»Nein, die *Opal* ist zwar ein wunderbares Boot, das Zehntausende wert wäre, wenn da nicht der Name wäre. Auch ohne diesen Nachteil wird es mir schwer genug fallen, einen Neuanfang zu machen. Außerdem habe ich ohnehin nicht das Geld dafür.«

»Wie wäre es dann mit einem Kompromiss? Mendark wird

das Boot kaufen, und du wirst es nach Zile fahren. Wenn es danach zu viel Ärger wegen der *Opal* gibt, werden wir sie abstoßen, und Mendark wird die Differenz ausgleichen.«

»Und mein Lohn?«

»Der wäre natürlich geringer, da du nicht länger der Eigentümer bist. Aber du hast uns bis jetzt gute Dienste geleistet und bereits ein Boot verloren. Deshalb sage ich, er bleibt gleich. Bist du damit einverstanden?«

Pender streckte die Hand aus. Er wirkte erleichtert. »Aber sie wird uns wirklich eine *Menge* Ärger machen.«

»Dann lass uns die Sache abschließen.« Sie gingen hinein.

»Ich nehme sie«, sagte sie zu der Schreiberin.

»Und auf welchen Namen?«

»Ich ... auf welchen *Boots*namen?«

»Welchen Namen soll ich auf die Papiere schreiben? Bist du die Käuferin, oder agierst du im Auftrag von jemand anderem? Falls Letzteres der Fall sein sollte, brauche ich ein Beglaubigungsschreiben. Sei aber gewarnt, dass auf Meineid und Urkundenfälschung strenge Strafen stehen.«

»Stell die Papiere auf mich aus«, sagte Tallia. »Ich bin Jalis Besune, ehemals aus Thurkad.«

»Hast du Papiere?«

»Im Gasthof.«

»Dann bring sie zur Unterschrift mit.«

»Sicher«, sagte Tallia, und erst jetzt kam ihr so richtig zu Bewusstsein, dass sie sie zuerst noch würde fälschen müssen.

Tallia zahlte die sechshundert Tell, und Pender schaute unauffällig zu ihr hinüber, um zu sehen, wie viel sie noch in der Börse hatte. Tallia erhielt daraufhin eine versiegelte und geprägte Empfangsbescheinigung, und sie versprachen, am Nachmittag wieder zurückzukommen.

»Und jetzt«, sagte Tallia, als sie wieder die Stufen hinaufgingen, »lass diesen Namen überpinseln. Nenn es ... *Die Heimatlose.* Das ist ein bescheidenerer Name. Und kauf gleich genug Farbe, um sie komplett neu zu streichen. Wie lange wird es dauern, bis wir alle Vorräte beisammenhaben?«

»Bis Zile?«

»Ja.«

»Das Boot hat gar nichts mehr an Bord: keine Taue, keine Werkzeuge, nichts. Und die Segel ... Sie sind vollkommen durchlöchert! Mit ein wenig Glück, morgen Abend.«

Tallia schürzte die Lippen. »So lange?« Mendark war bestimmt schon außer sich. »Dann also morgen. Sorg dafür, dass sie bei Sonnenuntergang bereit zum Auslaufen ist.«

Sie gingen gerade die Straße zum Gasthof hinunter, als Tallia eine vertraute Gestalt entdeckte, die in eine Gasse einbog. Der untersetzte Körper und der hölzerne Gang waren unverwechselbar. »Hey, ist das nicht Chert?«

»Farsh!«, fluchte Pender und rief: »Hoy!«

Der Kopf flog herum, dann jagte er in die Gasse hinein.

Als sie sie jedoch erreichten, war keine Spur mehr von ihm zu sehen.

»Das gefällt mir ganz und gar nicht! Wer waren deine Männer, Pender?«

»Hart arbeitende Leute, aber nicht ehrlicher, als sie sein mussten. Wenn du mich fragst, ob ich ihnen vertraue? Nein. Nicht im Mindesten.«

»Sie haben vermutlich bereits Yggurs Agenten informiert«, stöhnte sie.

»Bei alldem Gold im Lager? Ich halte es für wahrscheinlicher, dass sie eine Bande Halsabschneider um sich scharen, hochsegeln und es sich nehmen.«

»Mendark kann schon auf sich aufpassen«, sagte Tallia. Sie klang jedoch nicht sehr überzeugt. »Na ja, ich sollte wohl besser wieder zurückgehen.«

»Du kannst nicht gehen, bevor die Papiere nicht unterzeichnet sind. Unten am Hafen wirst du sicher jemanden finden, der dich fährt, aber der Preis ...«

»... wird hoch sein«, beendete sie den Satz für ihn. »Ich sehe dich dann wieder beim Hafenmeister zur Unterschrift. Du musst morgen Nacht bei uns am Lager sein – egal, wie es dann um die Vorräte bestellt ist.«

Tallia kehrte wieder in ihren Gasthof zurück und schickte eine Nachricht an Mendarks Repräsentanten; er war jedoch nicht da, und so war sie gezwungen, selbst loszuziehen und sich Tinte, Feder und Papier in angemessener Qualität zu kaufen. Die nächsten drei Stunden verbrachte sie damit, sorgfältig die Papiere zu fälschen, auf denen erklärt wurde, dass sie Jalis Besune sei, ursprünglich aus Roros im fernen Crandor (denn ihr Akzent und Aussehen waren nicht vollständig zu verbergen). Die letzten fünf Jahre habe sie dann in Thurkad als Gewürzhändlerin verbracht, schrieb sie (ein Gewerbe, von dem sie nicht die geringste Ahnung hatte), und das Ganze unterschrieb sie im Namen des Magisters. Sie prägte das Papier mit der Hand oder genauer gesagt mit der stumpfen Seite einer Nadel. Natürlich war das Papier alles andere als perfekt – das wusste sie –, aber schlussendlich versiegelte sie alles mit schwarzem Wachs und dem Siegel des Magisters. Dann verbrachte sie eine weitere wertvolle Stunde damit, die Dokumente mit Staub von der Fensterbank zu altern, und schließlich steckte sie sie zusammen mit einer Nelke und einer Muskatblüte in die Tasche.

Die Papiere des Bootes waren noch nicht fertig, als Tallia wieder zur Hafenmeisterei zurückkehrte, und als sie schließlich vollständig, unterschrieben und besiegelt waren, ging die Sonne bereits unter. Tallia hätte schon vor Stunden unten am Ufer bei ihrem Boot sein müssen.

»Deine Papiere, bitte«, sagte der Hafenmeister.

Tallia reichte sie ihm, und die Frau prüfte sie sorgfältig. Sie hielt sie sogar ins Licht, um die Prägung besser sehen zu können. Sie rümpfte die Nase und schnüffelte. »Nelken!«, sagte sie.

Sie strich mit dem Finger über das schwarze Wachssiegel. »Du hast wirklich wichtige Freunde«, bemerkte sie; dann nickte sie und gab Tallia die Papiere wieder zurück. Anschließend rollte sie die Schiffsdokumente zusammen, steckte sie in ein Wachstuch, band alles zusammen und reichte Tallia das Paket, ohne zu lächeln. »Leb wohl«, sagte sie.

Tallia holte ihr Gepäck aus dem Gasthof. Am liebsten wäre sie gerannt, aber sie wusste, dass sie keine Aufmerksamkeit erregen durfte. Als sie das Ufer schließlich erreichte, war es bereits vollkommen dunkel.

Der Bootsführer streckte die Hände aus, die Handflächen nach oben. »Zu spät«, sagte er. »Die Ausfahrt ist sehr gefährlich bei dieser See. Im Dunkeln wage ich das nicht.«

»*Dann lass es!*«, knurrte Tallia wütend, wohl wissend, dass Cherts Bande mit Sicherheit schon auf dem Weg war.

Sie ging wieder in den Gasthof zurück, doch Pender war nicht dort. Was sollte sie tun? Natürlich war Mendark alles andere als hilflos, aber wenn sich eine ganze Bande im Dunkeln auf ihn stürzte, reichte ein glücklicher Schlag, und er wäre genauso schnell erledigt wie jeder andere auch. Tallia hatte jedoch keine Möglichkeit, vor morgen früh zu ihm zu gelangen, selbst wenn sie die ganze Nacht durchmarschierte.

Schließlich kam Pender herein. Tallia gab ihm die Papiere und erklärte ihm die Situation.

»Nun, Chert ist ein desorganisierter, kleiner Schurke. Ich halte es eher für unwahrscheinlich, dass er heute noch weggekommen ist.«

»Aber am Morgen ...«

»Lass uns bis dahin warten, äh! Vielleicht wird das Wetter für ihn morgen ja zu rau sein. Das ist es hier in der Gegend häufig.«

In der Nacht kam ein Sturm auf mit wilden Winden und schwerem Regen. Tallia ging bei Sonnenaufgang zum Ufer hinunter, doch es war niemand zu sehen, und die See sah noch so rau aus wie zuvor. Dann, just als sie sich wieder umdrehte, sah sie eine verstohlene Bewegung am anderen Ende des Hafens. Sie zog sich die Kapuze tiefer ins Gesicht und schlenderte ungezwungen in die Richtung. Nach fünfzig Schritten hielt sie an und ging hinter einem Fischerboot auf einer Helling in Deckung, scheinbar zum Schutz vor dem Regen. Ein Teil der Hülle war bereits freigekratzt. Muschelreste und Wurmröhren knirschten unter ihren Füßen. Bei diesem Wetter würde das jedoch niemand hören. Ja, da war der Mann, den sie bemerkt hatte. Er stand zwischen zwei Booten und spähte zu einem dritten weiter die Bucht hinunter.

Von ihrem Standpunkt aus konnte Tallia nichts Ungewöhnliches sehen; deshalb stieg sie aufs Deck des Fischerbootes. Kalter Regen schlug ihr ins Gesicht. Als sie die Kapuze zurückschob, um besser sehen zu können, lief ihr kaltes Wasser über den Rücken, aber ihr war ohnehin schon kalt. Eine Gruppe von Leuten bereitete sich darauf vor, ein kleines Boot zu Wasser zu lassen, und noch während Tallia zusah, entfaltete sich das Segel, die Leinen wurden losgemacht, und das Boot löste sich träge vom Steg.

Es fuhr dicht am Ufer antlang und kam recht nahe an ihr vorbei. Tallia schlüpfte hinter das Steuerhaus. Ein haariger, brutal aussehender Mann brüllte etwas und schlug seinem Kameraden am Ruder gegen die Schläfe. Das Boot machte eine scharfe Wende und hielt dann aufs offene Meer zu. Tallia konnte Chert deutlich erkennen; dann verschwand das Boot in den Regen und Nebel.

Der Beobachter drehte sich wieder um und ging schnellen Schrittes an Tallias Versteck vorbei. Sie konnte sein Gesicht nicht sehen. Er ging an Bord eines von mehreren Fahrzeugen, die dicht beisammenlagen und allesamt die Flagge von Yggurs Flotte zeigten. Sofort sprang eine Frau auf den Kai und rannte auf den nächsten Gasthof zu.

Tallia lief zu ihrer eigenen Unterkunft. Bei diesem Regen würde sie keine Aufmerksamkeit damit erregen. Als sie schließlich im Gasthof ankam, war Pender bereits weg, und niemand wusste, wohin er gegangen war oder wann er wieder zurückkommen würde. Also hinterließ Tallia ihm eine Nachricht und rannte, so schnell sie konnte, inzwischen völlig verängstigt, über den verschlammten Pfad, der zu ihrem Lager führte.

Kapitel neunzehn

Feuer auf dem Wasser

Mendark hatte vertrauensvoll schon vergangene Nacht mit dem Boot gerechnet, und als es nicht kam, wurde er gereizt und machte sich Sorgen. Mehrere Male hatten sie nun schon Flaggen mit der schwarzen Faust weit draußen auf dem Meer gesehen.

»Sie sind geschnappt worden«, sagte er.

»Gib ihnen noch einen Tag«, grunzte Osseion, der seit dem Verlust seines Fingers noch mehr in sich gekehrt war als zuvor. Oft nahm er seine Hand aus der Tasche und starrte auf die Stelle, wo sein Finger gewesen war. Der Verlust schien ihm das Vertrauen in die eigene Kraft genommen zu haben.

»Kann Yggurs Macht so schnell so weit reichen?«, quälte sich Mendark.

»Viel Macht braucht es nicht, ihr in einer dunklen Gasse einen Sack über den Kopf zu ziehen«, entgegnete Osseion düster. »Es ist sinnlos, länger hier zu bleiben.« Aber er blieb auf seinem Baumstamm sitzen, ein riesiger, melancholischer Schatten vor dem Licht der tanzenden Flammen.

Lilis war entsetzt darüber, wie schnell die beiden offenbar aufgegeben hatten. *Ihr* Leben war immer so gewesen. Zwar hatte sie nie ein Reich oder auch nur eine Stadt verloren, aber ihre Freunde waren einer nach dem anderen weggegangen und nicht mehr zurückgekommen.

»Ich werde Wache halten«, sagte sie zu den gesenkten Köpfen der beiden. Sie zog sich den Ölmantel um die Schultern, denn es nieselte, nahm sich einen Becher Tee und ein Stück Käse und ging den Hang hinunter zu einem großen Schiefervorsprung.

Sie kletterte über den scharfkantigen Stein und setzte sich oben hin. Von dort konnte sie das ganze Ufer hinunter- und weit aufs Meer hinausblicken, wenn es so klar war wie jetzt.

Lilis saß ein paar Stunden auf ihrem Felsen und beobachtete die Muster, die der Wind auf dem Meer erzeugte, und die Boote draußen. Einmal kam ein Fahrzeug dicht an ihren Felskamm heran. Lilis machte sich sofort Sorgen, doch der Mann darin holte nur ein paar Hummerkäfige aus dem Wasser und verschwand wieder gen Norden. Lilis knabberte an ihrem Käse. Das Wetter war nass und windig, aber das war ihr egal. In ihren sauberen Kleidern war ihr warm, und trockene Stiefel hatte sie auch. Sie konnte noch immer nicht verstehen, wie dieses Wunder zustande gekommen war.

Der bittere Tee war inzwischen kalt. Lilis hasste das Zeug ohnehin. Sie goss ihn aus und beobachtete, wie er den Felsen hinunterrann. Die blauen Flecken, die ihr S'Courcys Leute zugefügt hatten, waren weg; nur die Erinnerung daran war noch zurückgeblieben, und manchmal tat ihr die Schulter weh.

Hinter ihr ging die Sonne unter; sie war nur in Umrissen durch die Wolken hindurch zu sehen. Plötzlich wurde es kalt. Lilis wollte zum Feuer zurück, kam aber zu dem Schluss, lieber noch ein wenig Wache zu halten. Mendark hielt den harten Käse für miserabel, doch Lilis schmeckte er. Sie knabberte daran, bis sie das ganze Stück aufgegessen hatte. Weitere Boote fuhren vorbei. Die letzten Sonnenstrahlen fingen sich in ihren Segeln, und das Licht verblasste.

Eine dunkle Gestalt erschien unter ihr. »Lilis, Kind, wo bist du?« Das war Osseion. Er hatte etwas in der Hand.

»Hier oben!«

Er schaute hinauf, erschrak und lächelte dann, als er ihr helles Haar vor dem schwarzen Schiefer sah.

»Ich habe dir etwas zu essen gebracht. Du musst endlich mal was Fleisch auf die Rippen bekommen.«

Sie kletterte herunter. Osseion hielt ein riesiges Brot in seiner lückenhaften Hand: Brotscheiben so groß wie sein Fuß, in Fett getoastet und mit heißem, eingelegtem Fleisch, Zwiebeln und geschmolzenem Käse belegt. Osseion setzte sich mit dem Rücken gegen den Fels. Lilis hockte sich neben ihn und schlug die Beine übereinander.

»Wir sind schon ein seltsames Paar, stimmt's?«

Lilis kaute an ihrem Brot. Sie hatte nichts dazu zu sagen.

»Was wirst du tun, wenn wir nach Zile kommen?«, fragte er.

»Weiß nicht. Was wirst *du* tun?«

»Ich werde herumsitzen und warten, während sie diskutieren, und wenn sie fertig sind, werden wir wieder wegfahren, nehme ich an. Ich bin nur ein Soldat – und das ist auch so ziemlich alles, wofür ich gut bin.«

Er hielt inne. Ein Boot war aus Richtung Ganhafen aufgetaucht. Es segelte langsam auf sie zu.

»Was tun die?«, fragte Lilis.

»Sie suchen nach uns, würde ich sagen. Bei dem Licht sehen die Felsen wohl alle gleich aus.«

»Könnte das Tallia sein?«

»Das glaube ich nicht. Der alte Pender würde die richtige Stelle sofort finden. Das könnten Schwarzfäuste sein«, erklärte Osseion, »oder dieser Schurke Chert. Lauf lieber zurück, und sag Mendark Bescheid.«

Lilis nahm noch einen großen Bissen und sprang auf.

»Keine Eile!«, sagte Osseion. »Selbst wenn sie die richtige Stelle finden, werden sie mindestens eine halbe Stunde brauchen, um hierher zu gelangen. Ich passe auf.«

Lilis lief den Pfad wieder hinauf. Im Lager machte Mendark gerade irgendetwas mit einer der Truhen. »Sie kommen!«, rief Lilis mit vollem Mund.

»Was?«

»Osseion glaubt, es ist der Feind.«

»Sind sie schon gelandet?«

»Nein, sie suchen noch nach uns.«

Mendark beendete, was auch immer er da tat, ging zum Unterstand, kehrte wieder zurück und setzte sich dann scheinbar unbekümmert ans Feuer. Lilis rannte wieder zu dem Felsen zurück.

»Was hat er gesagt?«, fragte Osseion und starrte weiter aufs Meer hinaus.

»Er hat sich einfach ans Feuer gesetzt.«

»Er weiß, was er tut. Mach dir keine Sorgen.«

»Ich mache mir aber Sorgen. Wo ist das Boot hin?«

»Es ist vorbeigefahren, um die Landspitze herum.«

»Schau! Was ist das?«

»Wo?«

»Da drüben an der Spitze!«

»Du hast gute Augen, Mädchen. Sieht so aus, als würden sie verfolgt. Aber ist das unser Pender oder der Feind? Das Boot ist recht klein. Ich glaube, Pender würde in einem größeren kommen. Ein paar Minuten später, und wir hätten es nicht gesehen. Behalte es einfach im Auge. Ich werde gehen und mal mit dem alten Magister reden.«

Lilis schaute wieder nach unten. Es war nun fast vollkommen dunkel. Als sie das Brot wiederfand, aß sie einen weiteren großen Bissen. Das Fleisch war noch immer warm. Oh, zu was für einem Vergnügen Essen für sie geworden war. Sie aß das Brot und wartete. Osseion kehrte nicht zurück. Was hatte Mendark vor? Wenn doch nur Tallia hier wäre.

Tallia war noch Stunden vom Lager entfernt. Der Pfad war tückisch, und an manchen Stellen war er unter Schlammlawinen begraben worden. Die Plankenbrücke war weg, fortgespült von einer nächtlichen Flutwelle. Wäre nicht der Pfad auf der anderen Seite des reißenden Bachs gewesen, niemand hätte je vermutet, dass sie hier gewesen war. Tallia musste ein Stück den Berg hinaufsteigen, um einen Weg hinüberzufinden: einen umgestürzten, mit Moos bedeckten Baumstamm. Die Kletterei, das Hangeln über den tückischen Stamm und das Rutschen und Gleiten wieder den Berg hinunter kosteten sie fast zwei Stunden. Als sie wieder auf dem Weg war, wäre sie am liebsten losgerannt, wohl wissend, dass noch ein vierstündiger Marsch vor ihr lag, und es war schon fast dunkel. Doch das wäre dumm gewesen. Tallia ging schnellen Schrittes weiter und hatte das Gefühl, als würde ihr die Kontrolle über die Ereignisse mehr und mehr entgleiten.

Schließlich kämpfte sie sich jedoch den letzten schlammigen Hang hinauf. Die Schenkelverletzung, die sie vor vierzehn Tagen erlitten hatte, schmerzte sie inzwischen wieder stark. Sie war weit langsamer vorangekommen, als sie gedacht hatte. Der Pfad war ein Sumpf gewesen und zuvor trockene Rinnen reißende Flüsse. Als sie den Gipfel des Hangs erreichte, sah sie Flammen weit unten am Ufer. Es sah aus wie ein brennendes Boot. Das war doch sicher nicht Pender, oder? Er hätte durchaus schon da sein können. Schreie hallten mit dem Wind zu ihr herüber und verklangen dann.

Tallia humpelte durch die Rinne, die zu den Felsteichen und zum Strand führte. Immer wieder rutschte sie auf dem verschlammten Weg aus. Dann stapfte sie den nächsten Kamm hinauf. Je mehr sie sich den Felsen näherte, desto leichter würde sie vorankommen. Mittlerweile war sie recht erschöpft.

Tallia tastete sich durch Gestrüpp und zwischen herausragenden Schieferfelsen hindurch, welche die Kuppe des Kamms markierten. Das Schreien ertönte erneut, erreichte seinen Höhepunkt und hörte auf.

Schließlich erreichte Tallia das Lager. Das Feuer brannte noch immer, und auch die Unterstände standen nach wie vor. Das Lager war jedoch leer. Vorsichtig ging Tallia um die Lichtung herum und dann in die Unterstände. Nichts von Wert war noch hier. Die Truhen waren weg. Tallia stolperte über ein Stück Holz ... nur dass es kein Stück Holz, sondern eine Leiche war. Sie drehte sie um. Es war der namenlose Seemann, der Stumme.

Irgendetwas lag neben dem Feuer auf dem Boden: Lilis' Rucksack! Überall lagen ihre Ersatzkleider, Seife, Kamm und all ihre anderen Besitztümer verstreut. Nichts hätte das Mädchen je dazu bewegen können, die Sachen zurückzulassen. Tallia sammelte sie ein, steckte sie in den kleinen Rucksack zurück und band ihn an ihren eigenen. Dann versuchte sie, das Geschehen zu rekonstruieren. Jetzt machte sie sich wirklich Sorgen. Vorsichtig kletterte sie zum Wasser hinab.

Auch Pender durchlebte einen frustrierenden Tag. Bei jedem Schritt, den er unternommen hatte, war es zu Verzögerungen gekommen: Lieferungen kamen entweder nicht pünktlich oder überhaupt nicht, oder man lieferte ihm schlicht das Falsche. Die Kaufleute und Schiffsbauer von Ganhafen waren sauertöpfisch, starrsinnig und es gewohnt, die Dinge in ihrem eigenen Tempo zu erledigen und nicht auf das Drängen eines fetten Emporkömmlings aus Thurkad hin – wie man ihm mehr als einmal wortwörtlich sagte. Auch war offensichtlich, dass *Die Heimatlose* einen Großteil des Problems ausmachte, obwohl niemand das so sagte.

Zweimal nahm Pender wütend eine Bestellung zurück und ging zu einem anderen Kaufmann, der sich jedoch als genauso widerspenstig herausstellte, und so hatte er gegen Mitte des Nachmittags nicht mehr als etwas frisches Fleisch und Gemüse sowie zwei Fässer Wasser. Die anderen Fässer hatte Pender wieder zurückgeschickt, weil das Wasser darin faul gewesen war. Von dem konservierten Essen war jedoch gar nichts gekommen, und das bestellte Segel, die Taue und Sparren waren noch nicht einmal annähernd fertig. Gleiches galt für das zusätzliche Segeltuch und die Fässer mit Pech ... Die Liste war endlos. Pender hatte auch noch keines der unzähligen Werkzeuge gesehen, die er brauchte, um das Boot zu fahren und in Schuss zu halten. Sie würden unmöglich noch heute zum Auslaufen bereit sein, vermutlich noch nicht einmal morgen.

Pender hatte das gleiche Problem auch mit den Seeleuten, denn *Die Heimatlose* brauchte eine sechsköpfige Mannschaft, um aufs offene Meer hinausfahren zu können. Schließlich fand er vier einschließlich eines verlässlichen Kerls mit Namen Rustibel, der schon vor Jahren mit ihm gesegelt war. Rustibel war ein recht kantiger Mann von gut vierzig Jahren, und seine Haut war so stark von der Sonne verbrannt, dass sie schon beinahe die Farbe von Ziegeln angenommen hatte. Oben war er fast vollkommen kahl; nur noch ein schmaler Rand blonden Haars, das seine Ohren wie Wolle umrahmte, war vorhanden. Dank seiner ungewöhnlich dicken Lippen war er nur schwer zu verstehen.

Zwei weitere Seeleute waren Pender empfohlen worden, und einer war ihm vollkommen unbekannt. Pender hatte noch zwei weitere Namen, doch die Männer waren noch nicht gefunden worden.

Spät am Nachmittag ging Pender in den Gasthof zurück, um rasch etwas zu essen, und da bekam er dann auch Tallias Nachricht. Er stopfte sich den restlichen Fisch in den Mund, steckte das Brot in die Tasche und rannte zum Boot. Rustibel stand am Dock, schrie und wedelte mit den Armen. Regentropfen flogen von seinen dicken Lippen. Ein Mann und eine Frau – ihren dicken Hintern und dem breiten Kinn nach zu urteilen Zwillinge – standen neben einem mit gefalteten Segeln beladenen Handkarren. Ein Segel war entfaltet und lag auf dem Dock ausgebreitet.

»Schau sich einer nur einmal diesen Müll an!«, schrie Rustibel und spie auf das Segel zu seinen Füßen. »Lügner, Betrüger, Diebe allesamt!« Das Tuch war alt, zerschlissen und an mehreren Stellen von Motten zerfressen.

Die Frau hob die Hände. »Der Narr hat das Falsche geschickt«, sagte sie. »Ich bringe es wieder zurück. Aber die anderen sind gut.«

Pender stieg auf den Wagen und öffnete das nächste Bündel. Es war das gleiche Tuch wie das erste, sorgfältig gefaltet, damit man die Schäden nicht sehen konnte.

»Nicht gut«, sagte er. »Bringt sie alle wieder zurück!«

»Wir haben den ganzen Tag gearbeitet«, erwiderte der Mann.

»*Nicht gut!*«, brüllte Pender und warf das Segel ins Hafenbecken. »Die Bestellung ist gestrichen.« Er winkte Rustibel, und sie gingen an Bord.

Im Laufe des Tages hatte der Wind immer mehr aufgefrischt, und die Bedingungen waren nun so rau, dass der Hafenmeister davor warnte auszulaufen; doch Pender lichtete den Anker und fuhr los. Es war eine äußerst ruppige Fahrt zur Bucht hinaus, aber für Pender in diesem Boot nicht gefährlich, und noch vor Mondaufgang fuhren sie in Richtung Süden. Bei Einbruch der Nacht ließ der Wind nach, doch sowohl Wind als auch Strömung waren gegen sie. Sie mussten gegen den Wind kreuzen, was mit so wenig Mann harte Arbeit war, und so kamen sie in der ersten Stunde noch nicht einmal drei Meilen weit voran.

Sie näherten sich noch ihrem Ziel, als Rustibel plötzlich rief: »Schau! Da!«

Irgendetwas brannte am Ufer. Die Flammen schlugen bis zu den Baumwipfeln hinauf. »Was geht da vor?«, fragte Pender. »Das gefällt mir ganz und gar nicht.«

Er starrte auf die Flammen, dachte alle Möglichkeiten durch, fand aber keine Antwort. Pender überprüfte die Position, obwohl er genau wusste, wo das Feuer war: am Treffpunkt.

Rustibel zitterte. »Vielleicht sollten wir lieber wieder zurückfahren.«

Pender war kein tapferer Mann, aber ein ehrlicher. »Ich habe Tallia gesagt, dass ich heute Nacht dort sein würde, und das werde ich auch sein.«

Schließlich kam er gegen die ungünstigen Winde und Strömungen an, wurde dabei aber über den Treffpunkt hinausgetrieben und fuhr langsam wieder zurück. Der Mond kam hinter den Wolken hervor, als Pender den Bug des Bootes um die Landspitze herumschob. Ein paar Balken glühten noch am Ufer. Weiter den Hügel hinauf war das Lagerfeuer hell zu sehen, nicht jedoch das Signal. Pender wagte es nicht, seinerseits eins zu geben. Was war geschehen?

Pender beschloss, geradewegs am Treffpunkt vorbeizusegeln, als käme er hier nur zufällig vorbei. Das tat er dann auch und näherte sich dem Ufer dabei so weit, wie es ihm vernünftig erschien. »Kein Signal!«, murmelte er. »Was ist nur passiert? Die arme, kleine Lilis.«

»Was wirst du jetzt tun?«, fragte Rustibel.

»Wir können nichts weiter tun, als uns bereitzuhalten. Wir warten draußen. Ich kann es nicht mit einem Haufen Bewaffneter aufnehmen.«

Im Lager vergingen angespannte Minuten. Lilis starrte von ihrem Felsen in die Dunkelheit; inzwischen war ihr trotz ihrer neuen Kleider kalt. Sie hielt nach Penders Signal Ausschau, doch nichts kam. Schließlich löste Osseion sie ab. Aus Angst vor Feinden in der Dunkelheit setzte sie sich ans Feuer und drückte ihren wertvollen Rucksack an die Brust.

Ein Topf Brühe köchelte über der Glut vor sich hin. Lilis füllte sich einen Becher damit und wartete ... und wartete ... Die Sterne zogen vorbei, und der Skorpionnebel flammte auf. Der leere Becher fiel Lilis aus der Hand und ins Gras. Sie war eingeschlafen und träumte.

Osseion kehrte wieder zurück, um sich am Feuer aufzuwärmen.

»Kein Zeichen?«

»Nichts, aber ich glaube nicht, dass es noch lange dauern wird.«

Mendark zwirbelte sich den Bart. »Aber wer wird als Erster kommen?«

Mit einem großen Becher Brühe ging Osseion wieder auf seinen Beobachtungsposten.

»Straßenkind!« Irgendjemand schüttelte sie kräftig. Lilis blinzelte. »Zeit zu gehen. Steh auf!« Sie wurde in die Höhe gehoben und auf die Füße gestellt.

»Was?« Sie wollte sich wieder hinlegen; dann fiel ihr plötzlich wieder ein, wo sie war und mit wem. Sie folgte Mendark zwischen die Bäume zu einer Stelle, von der aus sie einen guten Blick auf die Lichtung hatten. Mendark hockte sich hin; Lilis kauerte sich neben ihn.

»Worauf warten wir?«

»Schschsch! Ich muss sie sehen.«

»Kommt Osseion nicht?«

»Er hat etwas anderes zu tun.«

Die Nacht war still. Lange Zeit geschah rein gar nichts. Lilis schickte sich an, noch eine Frage zu stellen, doch Mendark stieß sie schmerzhaft mit dem Ellbogen zwischen die Rippen. Wie hart und knochig er war.

Irgendwo ein Stück weit entfernt bellte ein wilder Hund – doch wenn Lilis genauer darüber nachdachte, hörte sich der Laut nicht ganz richtig an für einen Hund. Der Mond – es war ein paar Tage nach Vollmond – stieg über die Bäume und schien aufs Lager, die Unterstände, das Feuer und die beiden Truhen daneben. Schatten unter dem Segeltuch sahen aus, als würden dort Menschen schlafen. Lilis' Rucksack lag neben den Truhen, wo sie ihn beim Einschlafen hatte fallen lassen.

»Mein Rucksack«, flüsterte sie drängend.

»Still!«

»Aber alles ...«

Kalte Finger legten sich über ihren Mund, und eine Stimme, wilder als sie sie je auf der Straße gehört hatte, sagte ihr ins Ohr: »Vergiss deinen Rucksack! *Still jetzt!*«

Lilis unterdrückte ein Schluchzen. Ein Stein polterte den Hang hinunter. Dann senkte sich wieder Stille über die Szenerie herab. Ein Schatten erschien auf der offenen Seite der Lichtung und verschmolz dann wieder mit der Dunkelheit.

Schatten huschten durchs Lager und zu den Unterständen. Arme wurden gehoben und fuhren dann herab. Ein Mann zischte, und andere rannten zu dem Unterstand. Lilis sah eine erregte, aber leise Unterhaltung von schwarzen Schatten vor dem hellen Mond. Dann wurde der Unterstand geplündert, während zwei Schatten sich an den Truhen zu schaffen machten. Mendark murmelte etwas vor sich hin und schlüpfte in die Dunkelheit. Irgendjemand hob Lilis' Rucksack auf, schüttete den Inhalt auf den Boden, stocherte kurz in dem Haufen herum und wandte sich wieder ab.

Zwei der Eindringlinge versuchten, eine Truhe hochzuheben, doch das war nicht so leicht. Sie rissen daran. Die Griffe brachen ab. Ein Messer wurde unter den Deckel geschoben. Es brach ebenfalls ab. Schließlich schlug jemand ein paar Äste ab, baute daraus zwei Tragegestelle, und die Truhen wurden hochgehoben.

Just in diesem Augenblick ertönte ein Schrei unterhalb des Hügels, und eine Flamme schlug in die Höhe. Die beiden Trägergruppen prallten gegeneinander; die Truhen fielen hin, und irgendjemand kreischte. Weitere Schatten tauchten auf und begannen, miteinander zu kämpfen.

Unmittelbar vor Lilis droschen zwei Gestalten aufeinander ein. Eine war mit einem langen Stab bewaffnet, womit sie die Messerhiebe der anderen parierte. Der Mann schwang den Stab wild umher; der andere duckte sich und stieß mit dem Messer von unten nach oben. Er musste den ersten Mann am Arm getroffen haben, denn der stieß einen Schrei aus und schüttelte die Hand. Dann drehte er sich um und floh geduckt. Er rannte genau in das Gestrüpp, in dem Lilis sich versteckte.

Lilis hatte noch nicht einmal Zeit, sich zu ducken, bevor der Kerl durch die Büsche brach und einfach über sie hinwegtrampelte. Ein mit einer Sandale bewehrter Fuß traf sie an der Schulter und stapfte über ihren Rücken hinweg. Der Mann stolperte, schlug auf den Boden und krabbelte auf allen vieren davon, als der Mann mit dem Messer ihm hinterherstürmte. Lilis wagte nicht, sich zu rühren, denn sie lag in einem kleinen Schatten, während um sie herum alles hell war. Ein großer Fuß traf neben ihrem Ohr auf den Boden. Mondlicht schimmerte auf dem Messer in der Hand des Mannes, eine lange, feine Klinge, gebogen wie ein Kris. Dann verschwand der Mann im Gebüsch. Die Geräusche der Jagd waren noch lange danach zu hören.

Lilis rieb sich die pochende Schulter. Es war die Schulter, die sie sich schon einmal ausgekugelt hatte. Sie schob den Arm wieder in die Schlinge.

»Straßenkind?«, flüsterte Mendark irgendwo zu ihrer Linken.

»Hier«, flüsterte sie zurück.

»Komm! Der Ort hier ist weit gefährlicher, als ich gedacht habe.«

Leise schlichen sie den Hügel hinunter in Richtung der Steinteiche. Mehrere Male versteckten sie sich bei einem Geräusch neben dem Weg im Unterholz. Sie überquerten das Wasser, kletterten die Felsen auf der anderen Seite hinauf und warteten.

Von dort aus konnte Lilis das brennende Boot am Wasser sehen. Während sie zusah, flog ein brennendes Bündel in hohem Bogen durch die Luft und schlug auf einem kleineren Boot auf halben Weg die schmale Bucht hinauf ein. Das Deck wurde kurz erleuchtet, bevor das Feuer vom Deck abprallte und im Wasser verlosch.

»Zu schade«, sagte Mendark ohne allzu große Reue.

Irgendjemand rief etwas. Es kam offenbar von diesem kleineren Boot, und die Antwort erscholl vom Hügel. Die Nahkämpfe dort oben hielten an; dann schoben sich Wolken vor den Mond, und Stille kehrte ein.

Sie hörten ein tiefes, charakteristisches Kichern. »Jetzt fühle ich mich schon besser«, sagte Osseion, der sie im Dunkeln gefunden hatte, ohne dabei ein Geräusch zu machen. »Vier Finger sind offenbar doch nicht so unnütz. Yggur hat jedenfalls seit heute Nacht ein Boot weniger.«

»Schade, das mit dem anderen«, bemerkte Mendark.

»Ah«, sagte Osseion. »Aber während die Wache nach mir gesucht hat, habe ich das Tau gekappt.«

»Das war klug«, sagte Lilis. »Und was tun wir jetzt?«

»Wir verhalten uns ruhig«, antwortete Mendark.

»Wie, glaubst du, sieht es jetzt dort oben aus?«, fragte Osseion.

»Es sah so aus, als hätte Cherts Bande die Schwarzfäuste fertiggemacht.«

Jeder hing seinen eigenen Gedanken nach, bis der Mond wieder zurückkehrte und hell auf das Wasser schien. Dort, genau unterhalb von ihnen, trieb das kleine Boot mit dem Wind am Ufer entlang. Es lief auf einen Felsen, drehte sich langsam und blieb dann stecken, ein silberner Speer im Mondschein.

Mendark fluchte.

»Willst du ...?«, begann Osseion und schaute zum Mond, der nun hoch in einem klaren Fleck am Himmel stand.

»Nein! Sie werden dich sehen und wissen, dass wir uns in der Nähe verstecken.«

»Es liegt genau dort, wo Pender sein sollte.«

»*Wenn* er denn kommt«, erwiderte Mendark düster.

Lilis meldete sich wieder zu Wort. »Ich könnte runterklettern und es wegstoßen. Sie würden mich niemals sehen. In Thurkad habe ich ...«

»Nein«, unterbrach Osseion sie.

Mendark schaute in ihr kleines, schmales Gesicht. »Ja, geh!«, sagte er. Osseion sog zischend die Luft an und schlug sich mit der verletzten Faust aufs Knie.

Lilis hatte große Angst, als sie, ein dunkel gekleideter Schatten, aus dem Gebüsch und auf die Felsplattform rutschte. Eine tiefe Stimme hallte klar und deutlich über das Wasser hinweg.

»Da ist es! Lauft, bevor es wegtreibt!«

Lilis huschte eine Rinne hinunter, nutzte dabei die Deckung der Felsen und lief im Zickzack zu dem feststeckenden Boot. Sie hatte Angst, dass es sich nicht bewegen lassen würde, doch es gab ihrem wilden Rütteln nach, und sie watete hinter ihm her ins Wasser. Es dauerte nicht lange, und das Wasser stand ihr bis zur Brust. So kalt! Lilis schwamm. Die Schlinge behinderte sie dabei; also zog sie den Arm heraus und stellte fest, dass sie sie ohnehin nicht mehr brauchte.

Der Wind drückte das Boot immer wieder in Richtung Ufer zurück. Lilis war nicht stark genug, es in die Bucht hinauszuschieben, wo es vielleicht von einer Strömung erfasst werden würde. Sie spähte ums Heck herum. Ein großer Mann stapfte entschlossen über die Felsplattform. Er stolperte und fluchte.

Lilis trat wild mit den Beinen. Das Boot glitt hinaus und trieb dann langsam wieder zurück. Sie trat erneut. Das Boot kroch ein paar Spannen in die Bucht hinein. Nun war der große Mann schon nahe. Er watete ins Wasser, und im Mondlicht konnte sie ihn deutlich sehen: ein schlanker Mann mit kurzgeschnittenem schwarzem Bart.

Er rutschte aus, fing sich wieder und streckte den Arm aus, doch das Boot war zu weit weg. Er versuchte es noch einmal. Just in diesem Augenblick kam Lilis mit den Füßen wieder auf einen Felsen. Sie stieß so hart sie konnte; das Boot bewegte sich von den ausgestreckten Fingern des Mannes weg, und er fiel mit lautem Platschen in eine tiefe Rinne. Er begann zu schreien und um sich zu schlagen. Offensichtlich konnte er nicht schwimmen.

»Hilfe!«, brüllte er.

Lilis trat mechanisch, aber das schien auch keinen Unterschied zu machen. Die Kälte war ihr bis in die Knochen gedrungen, sodass jede Bewegung so langsam war wie in einem Traum.

Nach viel Platschen und Schreien zog der große Mann sich schließlich wieder auf die Felsen. Als Hilfe ihn erreichte, war das Boot schon vom Ufer weggetrieben und in den sanften Sog der

Gezeiten geraten, der es in die Bucht hinaustrug. Der zweite Mann verfluchte den ersten und versetzte ihm einen Schlag auf den Hinterkopf. Dann zog er seine Kleider und Stiefel aus und schwamm unbeholfen und keuchend hinaus. Schließlich erreichte er das Boot, zog sich übers Heck an Bord und fluchte über die Kälte und seine nutzlosen Kameraden.

Lilis versank im Wasser. Sie klammerte sich an das Tau. Sie hatte schreckliche Angst, war aber noch nicht bereit aufzugeben. Allerdings glaubte sie nicht, dass sie von hier aus gegen die Strömung ans Ufer schwimmen könnte. Ihr Zähne klapperten vollkommen unkontrolliert.

Ein Wieselkopf schob sich über den Bug, und eine harte Hand packte Lilis' hochgereckten Arm. Sie wurde mit Leichtigkeit aus dem Wasser gezogen und ins Boot geworfen.

»Wass iss dass denn?«, lispelte eine unangenehme, nasale Stimme. Der Mann lachte und zeigte dabei eine dunkle Höhle voller verrotteter Zähne. »Eine von Mendarkss kleinen Ratten. Wir werden unss bald um dich kümmern.«

Das Mondlicht strahlte nun mit voller Intensität. Lilis wandte den Blick von der drahtigen, haarigen Nacktheit des Mannes ab. Sie zitterte krampfhaft. Der Mann fand ein Paar Riemen und begann, das Boot unter lautem Platschen und einer Flut von Flüchen wieder ans Ufer zu rudern. Nach einer Weile rührte Lilis sich, doch ein dreckiger Fuß trat ihr auf den Knöchel.

»Bleib liegen«, knurrte der Mann, »ssonsst hau ich dich. Heute Nacht gibt ess keinen Ärger mehr.«

Der Kiel schabte über den Uferfelsen. Irgendjemand schnappte sich das Tau. Der haarige Mann wuchtete Lilis über die Seite.

»Was ist das denn? Ein Kind?«, rief der große Mann, der ins Wasser gefallen war.

»Ja, blödess, kleiness Ding«, sagte der haarige Mann. »Sspäter werden wir unsseren Sspaß mit ihr haben!« Er band Lilis die Arme mit einem Seil auf den Rücken und versetzte ihr einen kräftigen Stoß, sodass sie hart auf den Schiefer fiel. »Bleib liegen! Rühr dich nicht!«

Lilis war im Griff einer tiefen schwarzen Kälte, eines lähmenden Schreckens. Mendark und Osseion wussten nicht, wo sie war, und sie glaubte auch nicht, dass Mendark das kümmerte. Diese Halsabschneider (denn sie hatte keine Zweifel, dass das *nicht* Yggurs Leute waren) konnten mit ihr tun und lassen, was sie wollten.

»Habt ihr die anderen fertiggemacht?«

»Ja!«, antwortete ein dritter Mann. »Heute Nacht bricht in Thurkad das große Jammern aus. Wie viele haben wir eigentlich erledigt?«

»Drei von ssechss oder ssieben. Der Resst rennt noch immer.«

»Und wen haben wir verloren außer Ban?«

»Torquil und den Kerl, der verbrannt isst. Ich habe sseinen Namen vergesssen.«

»Ist jetzt ja auch egal. Seine Gans ist gut gebraten. Ha!« Der Scherz rief lautes Gelächter hervor.

»Ah, aber Torquil war ein guter Mann. Ein guter Freund.«

»Gold ist ein besserer Freund, und unser Anteil hat sich gerade verdoppelt.«

Kapitel zwanzig

Nordwärts

Es war spät am Nachmittag des Tages nach dem Streit zwischen den Hlune und den Telt. Karan hatte vor lauter Sorge kaum geschlafen, und als sie schließlich doch eindöste, wurde sie von Albträumen geplagt. Nach dem Aufwachen konnte sie sich zwar nicht mehr an sie erinnern, aber sie war gereizt.

Der Tag war nicht viel besser gewesen. Es war sehr kalt; oben schneite es sogar. Die brennenden Flecken waren heute ausgesprochen aggressiv gewesen, und nun ließen sich Karans geschwollene Finger kaum noch bewegen. Auch ihre Füße schmerzten, und sie hatte furchtbaren Hunger, denn das *Pan* bescherte ihr immer noch Magenkrämpfe; also aß sie davon nur so wenig wie nötig und versuchte, sich mit Arbeit abzulenken.

Ein Gruppe verschleierter Hlune tauchte in der Öffnung auf, die als Tür diente. Sie sahen wütend aus – soweit ihre Gesichter überhaupt so etwas wie Gefühle zeigten –, aber entschlossen. Karan stand auf und packte ihr Messer. Sie hatte das Gefühl, dass die Hlune sich diesmal durchsetzen würden. Die Telt legten ihre Werkzeuge beiseite, und Cluffer trat vor. Ein wütender Streit entbrannte. Karan konnte ihrer schnellen Sprache noch immer nicht folgen, aber es war klar, dass es sich mit ihrer Zuflucht erledigt hatte. Sie hörte mehrere Male den Namen Yggur und schloss daraus, dass sie an ihn ausgeliefert werden sollte.

Wieder bildeten die Telt eine Reihe quer durch den Raum zwischen Karan und den Hlune, woraufhin der vorderste Hlune mit den Fingern schnippte und seine Gefährten kurze Messer zückten.

Cluffer versteifte sich. »Ihr brecht den Pakt«, sagte sie klar und deutlich.

»Das werden wir«, bestätigte der Hlune, »wenn ihr sie uns nicht übergebt.«

Cluffer drehte sich zu ihren Leuten um. Sie sah aus, als würde sie geradewegs in ihren Untergang marschieren.

Karan zerriss es das Herz. Die Telt waren so arm und standen dennoch treu zu ihrem uneingeladenen Gast. Das war ein größeres Opfer, als Karan annehmen konnte. »Nein!«, sagte sie. »Ich werde gehen.«

Cluffer schüttelte elend den Kopf.

»Gastrecht!«, sagte Karan und hob die Hände. »Ihr könnt mich nicht aufhalten.«

Cluffer schaute beschämt und erleichtert zugleich drein. Karan trat zwei Schritte vor, blieb dann stehen und schaute nach unten auf ihre geschwollenen Füße. Was würde nun mit ihr geschehen? Yggur war kein freundlicher Mann. Sie wusste, dass er sich an ihr für den Diebstahl des Spiegels rächen und dann ihr Talent missbrauchen würde, bis sie ein gebrochenes, nutzloses Ding war. Ihr Leben war vorbei.

Ihr Blick zuckte durch den Raum auf der Suche nach einer Fluchtmöglichkeit, doch es gab keine. Der Anführer der Hlune trat vor und packte sie mit eisernem Griff am Ellbogen. Karan schaute ihm in die Augen, doch dort sah sie auch nur die Furcht des Mannes vor Yggur. Sie hatten keine Gnade mehr, die sie hätten gewähren können.

Plötzlich hörte sie unerwartet Shands Stimme vor der Tür. Ihr Herz machte einen Sprung. Dann ging seine Stimme in den Klickschreien der Hlune unter, und der Lärm wurde immer größer, bis draußen ein Lärm herrschte wie in einem Hühnerstall.

Ein Schrei durchdrang den Tumult, gefolgt von einem mächtigen Donnern; dann herrschte Stille. Karan versuchte, sich loszureißen, doch der Hlune gab nicht nach. Er hielt sie so fest gepackt, dass ihr Arm vom Ellbogen abwärts taub war.

»Shand?«, schrie sie. »Bist du in Ordnung?«

Draußen stöhnte jemand. Karan war sicher, dass sie ihn getötet hatten.

Shand erschien in der Tür mit rotem Gesicht und keuchend, aber ansonsten gesund. Der Hlune, der Karan den Arm hielt, sprang aus dem Weg und rief nach seinen Kameraden draußen. Ein nasales Stöhnen antwortete ihm.

Karan sank zu Boden und rieb sich den Ellbogen.

»Nimm sie und geh!«, schrie der Anführer der Hlune. Er winkte in Karans Richtung und stakste davon; die anderen folgten ihm.

Die Telt kehrten auf ihre Plätze zurück, nahmen die Arbeit jedoch nicht wieder auf. Shand sah Karan, und ein Lächeln schlich sich auf sein altes Gesicht. Als er jedoch näher kam, verschwand das Lächeln wieder, doch der Schaden war ohnehin schon angerichtet. Karan war inzwischen außer sich vor Wut: Sie war wütend darüber, allein gelassen worden zu sein, wütend über die Kälte, die Angst, aber vor allem war sie wütend über den Verlust an Würde und auf ihn, der sie halbnackt und mit Quallenresten bespritzt sah.

»Du hast gesagt, es würde nur ein paar Stunden dauern«, sagte sie kalt. »Das war vor fünf Tagen.«

Der amüsierte Ausdruck kehrte wieder auf sein Gesicht zurück. »Ich habe mein Bestes für dich getan«, erwiderte er in sanftem Tonfall. »Die Hlune haben dich doch recht freundlich behandelt. Sie haben dir zu essen und Ersatzkleider gegeben, die du offenbar verloren hast, und ehrliche Arbeit, damit du dir deine Mahlzeiten verdienen kannst. Du bist weder vernachlässigt noch hart behandelt worden, und sie haben dir nicht mehr auferlegt, als sie selbst tun. Und sie haben dich versteckt, weil ich sie darum gebeten habe. Sie haben dich vor Yggur beschützt, der dich jagt.«

»Wären die Telt nicht gewesen, dann hätten sie mich ihm schon gestern ausgeliefert«, sagte sie wütend.

Shand versuchte, sein Entsetzen zu verbergen. »Mir war nicht klar, dass es schon so weit gekommen war. Aber du bist nicht ausgeliefert worden, und das ist in diesen Zeiten keine geringe Gunst für eine Fremde – besonders für eine so undankbare, wie du es bist. Ihre eigene Existenz ist nämlich noch immer in größter Gefahr, so elend sie auch sein mag. Aber das ist ja nun alles vorbei. Wir verlassen Thurkad. Jetzt.«

»Verlassen! Wie?«

Karan war nicht sicher, ob sie erleichtert oder verängstigt sein sollte. Ihre bisherigen Erfahrungen mit Shand waren jedenfalls furchtbar gewesen. Sie legte ihr Messer weg, wusch sich in Meerwasser und verneigte sich dann vor den Telt und dankte ihnen für ihre Gastfreundschaft. Sie lächelten sie an. Cluffer lachte sogar freundlich und umarmte sie. Anschließend wandten die Telt sich wieder ihrer Arbeit zu, und Karan folgte Shand hinaus.

»In der letzten Woche ist viel passiert«, berichtete er. »Ich schulde dir in der Tat eine Erklärung.« Er war nun ganz anders als der verschrobene, nervöse alte Mann, den sie kennen gelernt hatte. Was war mit ihm in den vergangenen Tagen geschehen, dass er sich so verwandelt hatte?

»Ungefähr zu der Zeit, als ich dich hier zurückgelassen habe, ist die Zitadelle gefallen. Zu unserem Pech hat sich Mendark ebenfalls in der Kaistadt versteckt, und das hat alles verändert. Ich bin nach Thurkad zurückgegangen, um ein Boot aufzutreiben, und kam dann nicht mehr in die Kaistadt hinein. Es tut mir leid. Aber nun gehen wir ja.«

»*So* kann ich nirgendwo hingehen.«

»Ich habe Kleider für dich«, sagte er fröhlich, »und Stiefel und auch alles andere, wovon ich geglaubt habe, dass du es brauchen könntest.«

Kurz darauf erreichten sie einen kleinen Lagerraum am äußeren Rand der Kaistadt. Dort hatte Shand seinen schweren Rucksack versteckt und auch einen neuen für Karan.

»Da drin wirst du alles finden, was du brauchst, um deine

Würde zurückzuerlangen«, sagte er, »auch wenn es vielleicht nicht sonderlich bequem ist. Mach dich bereit. Bei Einbruch der Dunkelheit kommt ein Boot.« Er zündete eine Kerze an und ging hinaus.

In der Erwartung, schlecht sitzenden Plunder zu finden, schüttete Karan den Rucksack aus; doch Shand hatte seine Sache gut gemacht. Da war so gut wie alles, was sie sich hätte wünschen können. Sie fand mehrere weite Hosen von der Art, die ihr gefiel, wie auch eine besonders dicke und ein paar dicke Wollsocken. Am Boden des Rucksacks lagen zwei Paar Stiefel, die ihr ein wenig zu groß waren (ein Extrapaar Socken würde das Problem lösen), ein paar weiche Hemden und ein dickes, ein langer Kapuzenmantel, der innen mit Wolle gefüttert und außen gewachst war, und Unterwäsche, so weich, dass sie aus Seide hätte sein können. Dazu kamen dann noch Dinge wie Messer, Becher, Teller, eine Schüssel, Seife und andere nützliche Sachen. *Die Götter mögen ihn segnen,* dachte Karan.

Rasch zog sie sich die wärmsten Kleider an, zwei Paar Socken und dann die Stiefel. Die Sachen fühlten sich einfach wunderbar an. Das Lendentuch hing Karan über einen Dorn an der Wand, und schließlich schnappte sie sich ihren Rucksack und ging hinaus. Es wurde allmählich dunkel. Der Wind wehte kräftig aus Richtung Süden, und Wellen schlugen gegen das Pier. Ein kleines Boot wartete unten, dunkel gestrichen und mit einem dunkelblauen Segel. Shand war bereits an Bord.

Karan stand einen langen Augenblick lang oben an der Leiter und fragte sich, was sie tun sollte. Der Wind wehte ihr die schwarzen Locken aus dem Nacken. Sie musste nicht mit ihm gehen. Sie war schwach, krank, hatte kein Geld und wurde gejagt, ja! Aber das hatte sie auch früher schon erlebt. Wenn sie musste, kam sie durchaus allein zurecht. Sie brauchte nur ein wenig Geld.

»Komm schon!«, rief Shand gereizt. »Das ist kein Ort, an dem man länger bleibt.«

Eine wütende Antwort kam ihr in den Sinn, doch bevor sie sie aussprechen konnte, hörte sie eine vertraute Stimme aus dem Boot.

»Komm rasch, äh! Sie suchen am ganzen Ufer nach dir.«

Das erinnerte Karan an ihren letzten Aufbruch. »Du hast mich hierher gebracht«, knurrte sie und trat einen kleinen Schritt auf die Leiter zu. »Und du hast gesagt, hier sei es sicher.«

»Ich habe gesagt, ›ein guter Platz zum *Verstecken*‹; aber das hat sich jetzt ja wohl geändert, äh! Also bringe ich dich wieder weg an einen besseren Ort.«

»Weg von Thurkad?«

»Weit weg.«

Karan traf eine Entscheidung. Das Unbekannte war dem Bekannten deutlich vorzuziehen. Überall war es besser als in Thurkad. Sie kletterte ins Boot hinunter, und sie glitten in die Dunkelheit davon.

Das Boot brachte sie unsichtbar aus Port Cardasson, weg von Thurkad und trug sie zwischen den großen Felszähnen der Mündung hindurch aufs offene Meer hinaus.

Als sie schließlich aus der Bucht heraus waren, öffnete Shand seine Abblendlaterne. Es war tatsächlich Karans alter Bootsmann am Ruder, und sie war froh, ihn zu sehen.

»Pender«, sagte sie, umarmte ihn und küsste ihn auf seine fetten, unrasierten Wangen. »Du bist der erste Freund, den ich seit Ewigkeiten sehe.«

Pender wand sich verlegen, aber er lächelte. Karan war freundlich zu ihm gewesen, und er mochte sie auf seine Art. Klugerweise erwiderte er jedoch nichts darauf, sondern fragte nur: »Was ist mit deinem Haar passiert, äh?«

Karan verzog das Gesicht und deutete mit dem Daumen auf Shand. »Wo fahren wir hin?«, fragte sie.

»Ich kann euch die Küste raufbringen«, sagte Pender, »aber nur so weit wir in dieser Nacht kommen. Morgen muss ich nämlich wieder zurückfahren.« Und diesmal meinte er das auch so. »Ich habe noch einen anderen Auftrag. Bietet mir gar nicht erst Geld an, äh! Ich kann wirklich nicht weiter.«

»Ich habe auch kein Geld«, sagte Karan, »nicht ein Kupferstück.« Sie drehte sich zu Shand um. »Und? Hast du *diesmal* wenigstens etwas zu essen mitgebracht?«

Shand lächelte. »Dafür hat Pender gesorgt. Er ist äußerst zuverlässig, was die Verproviantierung betrifft.« Er griff unter die Bank und zog einen großen Sack heraus.

»Das beste Essen gibt es stets am Tisch eines fetten Mannes«, sagte Karan respektvoll und griff nach dem Sack. »Aber Pender ... du hast ja ein neues Boot.«

Shand behielt den Sack für sich, griff hinein und holte zwei kleine Dinge heraus, die Trockenfrüchte zu sein schienen. Er legte sie vor Karan auf die Bank. »Iss nur wenig auf einmal, bis du dich wieder daran gewöhnt hast.«

»Das andere war ein Flussboot«, erklärte Pender. »Für das Meer von Thurkad brauchte ich etwas Größeres und Stabileres. Und hier ist sie: *Die Tanzende Gans.* Und eine Mannschaft hätte ich auch mitgenommen, wenn eure Fahrt nicht so geheim gewesen wäre. Sollte ich weiter aufs Meer rausfahren, brauchte ich sogar ein noch größeres. Aber zuerst einmal muss ich mir das Gold dafür besorgen, äh!«

»Ich hoffe, du bekommst es«, sagte Karan. Dann funkelte sie Shand so wild an, dass er selbst in dem trüben Licht erschrak. Sie riss ihm den Sack aus der Hand und schüttete den Inhalt ins Boot.

»Was hast du letzte Woche gegessen?«, fragte sie kalt. Shand wandte den Blick ab. »Nun, *ich* habe Quallen gegessen. *Quallen!*«

»Du hast *Pidgon* gegessen?«, rief Pender. »Kein Wunder, dass du so dürr wie ein Hering aussiehst.«

Karan aß eine Stunde lang in der von Sternen erhellten Dunkelheit: Brot, Käse, Zwiebeln und Räucherfleisch; eingelegtes

Gemüse, Trockenobst und Pilze; Nüsse, Pasteten, rohes Gemüse und alle möglichen Arten von Obst, die im Umland von Thurkad zu bekommen waren. Es war die größte Mahlzeit, die sie je gegessen hatte, und selbst Pender schaute ihr voller Ehrfurcht und Bewunderung zu. Nur eines rührte sie nicht an: eine Flasche mit Rotwein.

»Dafür bin ich noch nicht bereit«, erklärte sie, steckte die Flasche wieder in den Sack zurück, legte sich zurück und schloss die Augen.

»Sind deine Frau und deine Kinder noch immer in Sith, Pender?«, fragte sie verschlafen lange Zeit später.

Mit dem Thema traf sie einen wunden Punkt, doch Pender antwortete ihr dennoch nach einer Weile. »Ja. Ich habe erst vor zwei Tagen eine Nachricht von ihnen bekommen. Sie sind in Sicherheit. Sie leben im Haus von Dirhan, dem Zöllner. Er ist ein alter *Freund* von ihr.« Die Betonung war eine Warnung, nicht zu neugierig zu sein, und Karan erinnerte sich an die Kälte, die zwischen Pender und seiner Frau geherrscht hatte.

Sie schlang ihren Mantel enger um die Schultern, zog die Kapuze über den Kopf, legte sich mit der Wange auf ein gefaltetes Segel und seufzte zufrieden. Sie schloss wieder die Augen. Abgesehen von Schmerzen in ihrem viel zu vollen Magen, die sie nicht zugeben wollte, fühlte sie sich richtig gut. Karan schlief, warm, gut ernährt und sicher. Die Zukunft, selbst das Morgen, war eine große Unbekannte, doch das kümmerte Karan nicht. Wenn Pender gewusst hätte, wie sehr sie ihm vertraute, er hätte nicht schlecht gestaunt.

Das Boot glitt im Sternenlicht über die Wellen. Shand kauerte sich aus dem Wind und der Gischt. Er war mit seinen eigenen Gedanken beschäftigt. Pender saß aufrecht auf der Bank, die Hand am Ruder und den Fuß auf Karans Rucksack. Der Wind wehte gleichmäßig von hinten, und das Segel musste nur selten neu ausgerichtet werden. So verging die Nacht. Ein-, zweimal sahen sie weiße Segel in der Ferne, wurden jedoch nicht angerufen.

Dank des starken Winds kamen sie rasch voran. Acht, neun Stunden flogen sie förmlich in Richtung Nordosten über das Meer von Thurkad, und ein paar Stunden vor Sonnenaufgang kamen sie an einer Flussmündung vorüber, wo Lichter eine Stadt verrieten. Der Wald reichte in dieser Gegend bis zum Ufer hinunter. Eine weitere Stunde verging; dann wendete Pender scharf nach links und brachte sie um eine Felsformation herum, die vage an einen gekrümmten Finger erinnerte, an dem sich die Wellen brachen. Von dort hielt er auf einen halbmondförmigen, kleinen Strand zu und setzte das Boot auf Grund.

»Das hast du gut gemacht«, sagte Shand. »Das da hinten war die Mündung des Troix, nicht wahr?«

»Ja, wir sind besser vorangekommen, als ich erwartet habe, äh!«, sagte Pender. »Wir sind bis auf gut sechzig Meilen an euer Ziel herangekommen. Das da ist der Nordteil des Waldes von Elludore. Euch steht ein harter Marsch von gut einer Woche bevor.« Er reichte Shand das Gepäck hinaus und drehte sich wieder zum Segel um. »Lebt wohl.«

»Pender!«, rief Karan, und er hielt inne. Das Sternenlicht schimmerte auf seiner Stirn.

»Hast du irgendetwas von Llian gehört?«

Pender grunzte ein kaum hörbares »Nichts« und spie über die Seite. Karan wartete und starrte ihn nervös an. Schließlich sagte er widerwillig: »Nicht einen Ton. Wo auch immer er hingegangen ist, ein Boot hat er nicht genommen.« Er winkte Shand, der den Bug festhielt. Shand schob, und das Boot glitt über den Kies. Pender ruderte bis in tieferes Wasser, setzte das Segel, und nur wenige Augenblicke später waren er und sein Boot in der Dunkelheit verschwunden.

»Leb wohl!«, rief Karan in die Nacht hinaus.

Kies knirschte unter ihren Stiefeln. Shand half ihr, den Rucksack anzuziehen. Er fühlte sich schwer an, obwohl er nur ihre Kleider und eine Wasserflasche enthielt. Außerdem hatte sie den Großteil der Fahrt über geschlafen, und nun fühlte sie sich erfrischt, belebt vom Wind und der salzigen Gischt in ihrem Gesicht, doch sie hatte keine Kraft in den Beinen.

»Ich habe keine Ahnung, wohin wir gehen oder warum, aber lass uns einfach losmarschieren«, sagte sie.

»Wir gehen nach Norden«, erklärte Shand und verstaute den Proviantbeutel in seinem Rucksack. »Weg vom Krieg. Ah, es tut gut, wieder aus Thurkad raus zu sein.«

»Das sehe ich genauso. Ich wollte ohnehin nie dorthin.«

Shands Augen glitzerten, dann ging er in den Wald voraus. Nicht mehr lange, und die Sonne würde aufgehen. Es wurde bereits heller, und es versprach ein klarer, windiger Tag zu werden.

»Wer sind die Telt, Shand?«, fragte Karan. Diese Frage spukte ihr schon seit Tagen im Kopf herum.

»Das ist eine seltsame Geschichte«, antwortete er, während er sich einen Weg zwischen den Bäumen hindurch suchte. »Vor langer Zeit haben sie in den Marschen und Sumpfwäldern am Rand der Bucht gelebt, in Pfahlbauten. Doch als Thurkad wuchs, wurden die Sümpfe trockengelegt und die Wälder abgeholzt. Die Telt drohten, in ihrem Elend langsam auszusterben, denn sie sind ein furchtsames Volk, und sie konnten nichts dagegen tun. Die Hlune, ein Volk von Händlern, boten ihnen an, dort zu leben, wo niemand sonst leben wollte. Sie boten ihnen den Kai an, wenn sie sich ihnen ihr ganzes Leben lang verpflichteten.

Jedes Kind hat die Möglichkeit, sich im Alter von zehn Jahren dieser Verpflichtung zu entziehen; doch nur wenige tun das, denn sie wissen nicht wohin, und können nicht allein leben. Die Telt mögen die Hlune nicht, aber sie sind aufeinander angewiesen.«

Sie stiegen langsam einen Hang voll dunkler, mehrschichtiger Felsen hinauf. Die Bäume hier waren winzig und vom Wind verdreht, und als die Sonne schließlich über den Horizont stieg, fanden sie sich auf einer kahlen Kuppe wieder, von wo aus sie die gesamte Küste hinauf- und hinuntersehen konnten.

»Stopp!«, keuchte Karan und ließ sich auf alle viere sinken. Mit dem großen Rucksack sah sie wie eine Schildkröte aus.

Shand nahm ihn ihr ab. »Wir werden hier rasten. Das war ein schwerer Aufstieg.«

»Zu schwer für meine nutzlosen Beine«, erwiderte Karan und rieb sich die Schenkel, rappelte sich aber bald wieder auf. »Was ist das für ein Ort da unten?«

»Ich habe eine Karte. Willst du sie sehen?«

»Nein, sag es mir einfach.«

»Das ist die Mündung des Troix.«

Karan schaute sich um. Der Wald jenseits des Troix, in Richtung Thurkad, erstreckte sich so weit sie sehen konnte. Im Norden drückten die Berge den Küstenwald förmlich ins Meer hinein. Das war der zerklüftete, wenig einladende Weg, den sie nehmen würden. Im Osten lag das Meer von Thurkad. Hier war es am breitesten, gut einhundertzwanzig Meilen. Nur ein paar von Schaum umschlungene Inseln waren in weiter Ferne zu sehen. Das Meer – das wusste Karan – erstreckte sich in Richtung Nordwest auf einer Länge von mehreren hundert Meilen bis zum Großen Ozean.

In der entgegengesetzten Richtung wand es sich ebenfalls mehrere hundert Meilen, wurde aber immer schmaler, bis man schließlich in Gnulphafen einen Pfeil von einer Seite des Meers zur anderen schießen konnte. Allerdings war die Strömung dort so stark, dass man die Meerenge so gut wie gar nicht durchfahren konnte. Jenseits von Gnulphafen öffnete sich der Kanal wieder in die eisige, nebelverhangene Inlandsee, das Karama Malama oder Nebelmeer. Das war das Meer von Thurkad, das die Insel Meldorin vom großen Kontinent Lauralin im Osten trennte.

Hinter ihnen, im Westen, konnte Karan zwar nicht über den nächsten Kamm hinwegsehen, aber sie wusste, dass die Berge ununterbrochen von der Nordostspitze Meldorins südwärts an der Küste entlangliefen. Dann beschrieben sie einen großen Bogen landeinwärts und umschlossen die Länder von Iagador, einschließlich ihres geliebten Heimatlandes Bannador. Shazmak lag hoch in den Bergen, wieder mehr in Richtung Meer von Thurkad von Sith aus gesehen. Der entsprechende Gebirgszug führte in südöstlicher Richtung bis zum Karama Malama.

Es waren nur wenige Segel auf dem Meer zu sehen und eine kleine Rauchwolke nahe der Stadt Troix-am-Meer; das waren jedoch die einzigen Zeichen von menschlichem Leben.

»Und was jetzt?«

»Frühstück, wenn du noch Platz im Bauch hast. Dann werden wir marschieren, bis du wieder müde wirst. Ein wenig höher müsste es einen Pfad geben. Dem folgen wir dann nach Norden an der Küste entlang, so schnell du kannst.«

»Wird der Weg nicht von Patrouillen überwacht?«

»Könnte sein, obwohl nur wenige Menschen in dieser Gegend leben – nur ein paar Jäger und Hirten. Der Boden ist zu schlecht für Ackerbau. Ich glaube eigentlich, dass wir hier recht sicher sind.«

Karan dachte an ihren Vater, den man in den Bergen hinter Gothryme überfallen und wegen ein paar Münzen erschlagen hatte. Sie zitterte. Und mit diesem Gedanken kehrte ein Hauch ihres Albtraums wieder zurück ... das Gefühl, von einem Kreis Ghâshâd beobachtet zu werden. Das ließ sie schaudern, obwohl sie sich nicht so recht daran erinnern konnte warum. Sie fand ein Messer in ihrem Rucksack, prüfte die Schneide, hing es sich um den Hals und ließ es im Hemd verschwinden.

»Dann also Frühstück. Ich fühle mich so leer wie ein alter Weinschlauch.«

Shand machte sich daran, Feuerholz zu sammeln.

»Was ist mit Llian, Shand? Hast du irgendetwas über ihn herausgefunden?«

»Es gibt ein Gerücht, dass er mit Tensor gegangen sei ...«

»Mit Tensor *gegangen*«, rief sie. »*Gegangen!*« Allein schon das Wort und die Art, wie er es betonte, trieb sie zur Weißglut. »Nein, das werde ich *nicht* glauben. Er mag ja entführt worden sein; aber freiwillig ist er niemals mitgegangen.« Nach längerem Schweigen fügte sie hinzu: »Warum sollte er auch?«

»Mendark hat gesagt, dass Tensor ihn mitgenommen habe«, wiederholte Shand in sanftem Tonfall. »Ob das nun freiwillig geschehen ist oder nicht ... wer weiß?«

»Vor einem Moment hast du noch gezögert. Hegst du irgendeinen persönlichen Verdacht gegen Llian?«

»Nein. Nicht mehr. Und doch ... Nein, es ist nichts.«

»Ich muss es wissen, wenn du etwas gegen ihn hast. Ich *muss* es wissen.«

»Zu Anfang, in Tullin, da habe ich mir Sorgen gemacht ... und jetzt das. Das beunruhigt mich. Aber weshalb machst du dir Sorgen?«

Karan schaute in ihren Schoß, wo sie die Finger verschränkt hatte. »Wir sind lange zusammen gereist, und gemeinsam haben wir viel erduldet. Das habe ich dir bereits erzählt. Natürlich will ich wissen, was mit ihm geschehen ist.« Als Chronist war Llian fasziniert von der sich entfaltenden Geschichte des Spiegels. Das war eines der ersten Dinge, die Karan an ihm aufgefallen waren. Nun hatte Shand einen hässlichen Verdacht geäußert: dass Llian freiwillig mit Tensor gegangen war, um die Geschichte weiterzuverfolgen.

»Aber du zweifelst auch an ihm, oder?«, fragte Shand.

»*Nein!* Llian ist mein Freund.« *Und ich stehe zu meinen Freunden,* dachte sie und schob ihr Misstrauen beiseite. *Ich posaune ihre Schwächen nicht in die Welt hinaus. Und ich weiß ein Geheimnis zu bewahren. Einem Fremden würde ich nie etwas erzählen – besonders nicht einem Fremden wie dir.* »Er ist mein bester Freund«, erklärte sie und betonte jedes einzelne Wort auf eine Art, dass Shand keine Zweifel daran hegen konnte, wie sie das meinte. Und leise fügte sie hinzu: »Fast mein Geliebter, und das ist nichts Flüchtiges, was man einfach so abtut.«

Kapitel einundzwanzig

Ein seltsames Bad

Eine Stunde später machten sie sich auf den Weg weiter den Hang hinauf, den Bauch voller heißem Tee und mit Trockentrauben, Honig und Butter angereichertem Brei. Karan hatte zwei ganze Schüsseln davon gegessen, bis sie zu platzen drohte, und nur widerwillig hatte sie sich schließlich den Rucksack wieder über die Schulter geworfen. In diesem steilen Gelände konnte sie nur ein paar Minuten gehen, bevor sie sich wieder ausruhen musste, und kaum hatten sie mit dem Aufstieg begonnen, da ordnete Shand auch schon wieder eine Rast an. Nach gut zwei Stunden erreichten sie plötzlich einen breiten Pfad. Den Spuren im Schlamm nach zu urteilen, wurde er offenbar viel benutzt. Der Pfad wand sich über den Hang gen Norden und Süden. Nach einer kurzen Rast machten sie sich auf den Weg nach unten.

Als sie schließlich aus den Bäumen herauskamen, bemerkte Karan, dass Wind aufgekommen war, und auf dem Meer schäumten die Wellen. Regen schlug ihnen in die Gesichter.

»Das wird noch schlimmer werden«, bemerkte Shand und schaute in Richtung Thurkad zurück. »Ich bin froh, dass wir jetzt nicht mehr draußen auf dem Meer sind.«

»Ich hoffe, Pender kommt sicher zurück«, murmelte Karan.

Gegen Mitte des Nachmittags schätzte Shand, dass sie gut drei Meilen vorangekommen waren. Karan wankte inzwischen. »Es reicht für heute. Lass uns einen Lagerplatz suchen.«

Der Boden war steil und steinig, und abseits des Weges war er von einem wahren Netz aus Rinnen und Löchern durchzogen.

Über ihnen ging es genauso steil weiter bergauf. Shand deutete in diese Richtung.

»Hinter der Kuppe, denke ich, außer Sichtweite der Straße. Kannst du noch so weit gehen?«

Karan lehnte sich an einen Baum und rieb sich die Wange mit den kalten Fingern. Sie nickte; zum Sprechen war sie zu müde. Oben teilte sich der Kamm, getrennt durch eine flache Rinne.

»Schau!«, sagte Shand und deutete auf einen grünen Fleck am Fuß der grauen Felsen. »Das ist eine Quelle. Wir schlagen unser Lager auf der anderen Seite auf, just außer Sichtweite von der Straße aus.«

Der Boden der Rinne war verschlammt, doch die Quelle war klar und sauber. Sie füllten ihre Wasserflaschen und wuschen sich Hände und Gesicht, bevor sie zum zweiten Kamm hinaufstiegen. Ein flaches Stück Boden mit grobem Gras und scharfen Steinen, geschützt von kleinen, wie Schirmen geformten Bäumen lud sie zum Bleiben ein. Karan ließ sich auf den Boden fallen und rieb sich die Füße, während Shand sich um das Lagerfeuer kümmerte.

»Meine Knie werden mich nicht mehr lange tragen«, sagte Karan. »Es tut mir leid, dass ich dir nicht helfe, aber ich muss mich wirklich ausruhen.«

»Ja, das solltest du, sonst bist du morgen nutzlos. Abgesehen davon war ich in meinem Leben schon so viel allein unterwegs, dass es kein Problem für mich ist.«

Nichtsdestotrotz war Karan schon bald wieder auf den Beinen, sammelte Äste und Zweige und brach sie in eine geeignete Größe für später; dann ging sie zur Quelle, um einen Topf mit Wasser zu füllen. Als sie zurückkam, hatte Shand sich auf alle viere niedergelassen und blies in den glühenden Zunder. Er staunte über den Unterschied zwischen Karan und Llian, der selbst in seinen besten Zeiten nicht mehr als ein gutmütiger Drückeberger war. Was sah sie nur in ihm? Doch dann erinnerte sich Shand daran, dass Llian in der Tat über eine bemerkenswerte Fähigkeit verfügte. Flammen schlugen aus dem Zunder. Shand legte Holz nach und machte sich dann daran, das Zelt aufzubauen.

Karan schleppte ein paar schwere Äste herbei, untersuchte sie auf alles, was beißen oder stechen konnte, und setzte sich dann ans Feuer. Kurz darauf stand sie jedoch schon wieder auf und ging unsicheren Schrittes zum Zelt, um sich eine Decke zu holen. Die schlang sie sich um die Schulter und legte sich auf den Boden.

»Ich bin zu müde zum Sitzen«, sagte sie, als sie Shands Blick bemerkte.

Er grunzte und rührte weiter in ihrem Abendessen herum: einem Eintopf. Die Sonne ging unter. Karan döste. Der Eintopf kochte vor sich hin. Wasser spritzte zischend ins Feuer und wirbelte Asche auf. Ein Stück Holz explodierte und sandte Funken in alle Richtungen. Karan setzte sich rasch auf und schlug Funken von ihrer Decke.

»Was brennt denn da?«, fragte sie gereizt.

Shand griff herüber und schlug ihr ein glühendes Stück Holz aus den grauschwarzen Haaren. »Es scheint nicht viel Schaden angerichtet zu haben.«

»Und selbst wenn, wäre das auch egal. Es ist ohnehin ruiniert.«

Auf dieses Thema wollte Shand sich gar nicht erst einlassen. »Essenszeit«, verkündete er und rieb sich die Hände.

Dieser Gedanke vertrieb alle anderen in Karans Kopf. Sie hielt die Schüssel hin, bis sie bis zum Rand mit heißem, würzigem Eintopf gefüllt war, und sagte kein Wort mehr, bis das gegessen war und sie sich noch eine halbe Schüssel Nachschlag genommen und anschließend auch noch alles mit einem Stück Brot saubergemacht hatte. Dem Eintopf folgte ein dickes, süßes, gelbes Getränk, das nach Vanille und Nelken schmeckte.

»Was ist das?«, fragte Karan.

»Das nennt man *Mil.* Man trinkt es im Osten, wo ich als junger

Mann gelebt habe. Na ja … jedenfalls war ich damals jünger als jetzt. Die Schoten kann man an ein, zwei Stellen in Thurkad kaufen, obwohl sie meist schon alt sind. Aber wenn man friert und müde ist, ist das genau das Richtige; aber es kann einen auch schläfrig machen, wenn man nicht daran gewöhnt ist.«

Karan stürzte ihren *Mil* förmlich hinunter. Dann erhitzte sie Wasser in einem Topf und schrubbte sich die Haare, bis sie die Arme nicht mehr heben konnte. Als sie das Wasser in hohem Bogen wegschüttete, war es grau, doch ihr Haar war noch immer dunkel.

»Gib ihm Zeit«, sagte Shand. »Ich finde, so schlecht sieht das gar nicht aus. Außerdem wird die Farbe irgendwann schon wieder rauswachsen.«

»Warum sollte es mich wohl kümmern, wie du das findest? Es ist mein Haar, und es sieht furchtbar aus. Es ist der beste Teil von mir, und du hast es ruiniert!«, schrie sie und trat vor lauter Wut den Topf vom Feuer. Dampf- und Aschewolken stieben auf. Der Topf polterte den Hügel hinunter, und Karan musste ihm hinterherhumpeln. Der Lärm hallte noch eine ganze Weile durch die Nacht; dann schleppte sich Karan wieder den Hügel hinauf. Der Topf war nun ziemlich verbeult, und ein Griff war abgebrochen. Karan stellte ihn neben das Feuer und setzte sich auf einen Stein.

»Ich habe es getan, um dir das Leben zu retten«, sagte Shand.

»Es tut mir leid«, erwiderte Karan. »Ich weiß nicht, was über mich gekommen ist. Bitte, glaub nicht, dass ich undankbar wäre.« Sie legte den Kopf auf die Arme und schaukelte vor und zurück. Der Feuerschein glitzerte auf ihrem Haar, und Spuren von Rot waren zwischen dem Grauschwarz zu sehen, obwohl das vielleicht auch von den Flammen kommen konnte. Karan saß ein paar Minuten so da und erhob sich dann unsicher.

»Ich bin ja so müde.« Ohne noch einen Blick zu Shand zu werfen, schlurfte sie ums Feuer herum, kroch ins Zelt und schlief die ganze Nacht durch.

Shand blieb noch bis spät in die Nacht am Feuer sitzen, trank seinen *Mil* und den Wein aus dem Schlauch, den Karan nicht hatte haben wollen. Er dachte nach und schaute zu den Sternen hinauf. Dabei blieb er die ganze Zeit über wachsam. Ein-, zweimal ging er in den Wald und lauschte auf alles Ungewöhnliche. Auch wenn diese Gegend nur dünn besiedelt war, wusste er, dass man allein auf der Straße nicht wirklich sicher war. Kurz nach Mitternacht wickelte er sich dann in seine Decke und döste bis kurz vor Sonnenaufgang.

Am Morgen war er bereits auf den Beinen und hatte Brei aufgesetzt, als Karan erschien. Der Geruch hatte sie aus dem Zelt gelockt, und nun stand sie nur mit einem Hemd bekleidet und mit nackten Beinen da und rieb sich die Augen. Es war ein mieser Tag. Der Wind wehte noch genauso stark wie am Tag zuvor und trieb nach wie vor den Regen vor sich her. Karan starrte Shand mit leeren Augen an, als wisse sie nicht, wer er war oder was er da machte.

»Guten Morgen, äh ...«, sagte sie und versuchte, sich an seinen Namen zu erinnern. Seit dem Konklave war sie oft so aufgewacht; im Schlaf fiel sie wieder in den Zustand zurück, in dem Shand sie gefunden hatte. Karan runzelte die Stirn und zwang den Namen schließlich wieder in ihr Gedächtnis zurück. »... Shand!«

Sie ging zur Quelle hinunter, um sich zu waschen. Sie blieb nur zehn Minuten weg, doch als sie zurückkam, sah sie wieder ganz wie sie selbst aus, und mit Schüssel und Löffel bewaffnet und einem fröhlichen Gruß auf den Lippen setzte sie sich ans Feuer. Als sie den Topf mit Brei sah, kicherte sie und fragte: »Was ist denn mit dem passiert?« Dann erinnerte sie sich. »Oh ... Habe ich das getan? Das tut mir leid.«

»Egal«, erwiderte Shand und fragte sich, ob sie sich wirklich erholte. »Ich werde ihn schon wieder flicken können. Wie fühlst du dich heute?«

»Besser, auch wenn meine Beine wund sind.«

»Wir werden es heute Morgen langsam angehen lassen. Und es tut mir leid wegen deinem Haar.«

Sie schüttelte ihr Haar aus. »Vielleicht bilde ich es mir ja nur ein, aber das Schwarz scheint zu verblassen. Mit was zur Hölle hast du es eigentlich gefärbt?«

Er lachte. »Das Färbemittel habe ich unter anderem aus Immergrünwurzeln angemischt. Aber die Farbe daraus war ziemlich mies – mehr braun als schwarz, und das Rot schimmerte noch immer durch. Also habe ich auf die Schnelle einen neuen Versuch mit Kartographentinte gewagt. Oh, was war das für eine Sauerei. Und ich bin mir so dumm vorgekommen, das zu tun, während du wie scheintot auf dem Bett gelegen hast. Ich wusste, dass es nicht lange halten würde. Es gibt natürlich bessere Färbemittel, aber die muss man kochen. Doch wie auch immer, es hat seinen Zweck erfüllt.«

Karan sprang unvermittelt auf.

»Was ist los?«, fragte Shand.

»Da kommt ein Boot ans Ufer, dort, wo wir gestern gelandet sind.«

»Das ist ein guter Landeplatz. Bei diesem Wetter gibt es nur wenige Stellen, die so geschützt sind.«

»Sie fahren unter Yggurs Flagge«, sagte Karan nervös. »Können sie uns über das Meer verfolgt haben?«

»Wenn ich recht gehört habe, bist du die Expertin, was das betrifft. Ich würde das bei diesem Wetter eher für unwahrscheinlich halten.«

»Ich weiß nichts über das *Sehen*«, erklärte sie gereizt. »Das gehört zu den Geheimen Künsten.«

»Nun, er kann unmöglich gewusst haben, dass wir hier landen würden.«

Natürlich hast du recht, dachte Karan, aber sie wurde das Gefühl nicht los, dass man sie verfolgt hatte, und auch in den folgenden Tagen legte sie ihre Nervosität nicht ab. Und dieser Gedanke führte sie wieder zu Llian, doch sie fühlte nur Rennen,

Tag und Nacht, ohne je anzuhalten. Inzwischen dachte sie die ganze Zeit über an Llian, eine sinnlose und elende Beschäftigung.

Wieder einmal beendeten sie ihren Marsch bereits am Nachmittag. Am Abend schrubbte sich Karan noch einmal das Haar mit heißem Wasser und Seife; allerdings nützte das genauso wenig wie zuvor. Müde war sie jedoch nicht, und so setzte sie sich nach Einbruch der Nacht noch ein wenig ans Feuer. Mehrere Male bemerkte Shand, wie sie ihn anschaute und abschätzte. Schließlich sprach sie.

»Warum hilfst du mir? *Was willst du von mir?*«

»Ich habe gute Gründe dafür, aber ich will nicht darüber sprechen. Sagen wir einfach, Yggur hat dich gejagt, und ich habe nicht eingesehen, warum er dich bekommen sollte.«

Am nächsten Tag machten sie weiter wie bisher. Karans Appetit war unvermindert. Als sie die dritte Schüssel Brei in sich hineinschaufelte, begann Shand zu lachen. »Langsam! Wenn du so weitermachst, werden wir schon lange vor Ganhafen keinen Proviant mehr haben. Und vorher können wir nichts mehr kaufen.«

»Da unten gibt es jede Menge zu essen«, erwiderte Karan und deutete zum Meer hinunter. Es war recht nah, denn Shand hatte den Bergpfad inzwischen verlassen und war auf einen überwucherten Pfad an der Küste entlang abgebogen. Es war ein gewundener Weg, länger als der Hochpfad, aber auch leichter.

Im Laufe der Nacht hatte das Wetter sich wieder verschlechtert, und nun wehte ein eisiger Wind vom Meer heran und trieb den Regen unter die Bäumen. Zum Glück hatten sie den Wind wenigstens im Rücken. Später an jenem Tag saß Karan gerade auf einem Baumstumpf und rieb sich die wunden Füße, als sie plötzlich nach Shand rief.

»Ist das nicht Penders Boot da draußen?« Ein Fahrzeug mit kleinem dunklem Segel kämpfte sich nicht weit vom Ufer entfernt durch die Wellen gen Norden.

Shand kniff die Augen zusammen, um besser sehen zu können. »Könnte sein. Es hat aber ziemlich Schlagseite. Mit Sicherheit kann ich das aber nicht sagen.«

»Ich bin sicher. Ich frage mich, was er wieder hier oben macht.«

Shand verspürte nicht das Bedürfnis, sie aufzuklären. Der Wind trieb das Boot weiter durch die Wellen. »Bei Pender ist es wohl besser, wenn man das nicht weiß. Im Augenblick verdient er sich seinen Lebensunterhalt auf recht gefährliche Art.«

»Ich weiß. Die See ist sein Leben, und er giert nach Gold, um es wieder zurückzubekommen. Und warum sollte er auch nicht?«

»Wenn der Krieg so weitergeht, wird er schon bald genug beisammenhaben – falls er denn seinen Kopf behält. Ein guter Seemann kann verlangen, so viel er will.«

An diesem Nachmittag sammelten sie Muscheln, Austern und Seetang von den Felsen, denn ihre Vorräte gingen tatsächlich weit schneller zur Neige, als Shand erwartet hatte. Daraus kochten sie dann eine Suppe zusammen mit dem Wein und ein wenig wildem Knoblauch, den Karan an diesem Morgen am Wegesrand gefunden hatte. Während das Abendessen vor sich hin köchelte, ging sie zum Meer hinunter und schwamm in dem kalten Wasser. Als sie zurückkam, war sie von oben bis unten blau und zitterte am ganzen Leib.

»Du wirst dich noch umbringen«, bemerkte Shand. »Schau! Dort oben schneit es sogar. Warum übertreibst du es nur so?«

»Das kann nur jemand fragen, der noch nie in seinem Leben hilflos war«, erwiderte sie knapp.

»Niemand weiß mehr, was es heißt, hilflos zu sein, als ich«, sagte Shand mit solch einem Gefühl in der Stimme, dass es Karan erschreckte, obwohl er eindeutig von einer anderen Zeit sprach.

Danach saßen sie schweigend beieinander. Shand legte Karan eine Decke über die Schultern und holte ihr eine Schüssel Suppe und dann noch eine, als die erste gegessen war. Nachdem sie sich satt gegessen hatte, gönnte sie sich zum ersten Mal einen kleinen Becher Wein.

Die folgende Nacht war sehr kalt, doch Karan bemerkte das kaum, so gemütlich war es in ihren Kleidern und Decken. Der Wind rüttelte die ganze Nacht am Zelt, warf Sand und Blätter dagegen und auch ein wenig Schnee, allerdings nicht genug, als dass er liegen geblieben wäre. Kurz vor Sonnenaufgang flaute der Wind allmählich ab, doch der Himmel blieb grau und drohte mit Regen, und das Meer war jenseits der Brandung rau. Die Wellen krachten gegeneinander, während sie sich wieder auf ihren täglichen Marsch machten.

Jeden Morgen oder jeden Abend schwamm Karan im kalten Meer. Dabei kämpfte sie sich jedes Mal weiter hinaus, und eines Tages schwamm sie so weit hinaus, dass Shand ihren dunklen Kopf in den grauen Wassern aus dem Auge verlor. Zehn Minuten vergingen, ohne dass auch nur eine Spur von ihr zu sehen war. Shand machte sich allmählich Sorgen und dachte sogar darüber nach, die Kleider abzustreifen und ihr hinterherzuschwimmen, obwohl er keine Ahnung hatte, wo er suchen sollte, und ein guter Schwimmer war er auch nicht. Dann sah er sie. Sie war ein gutes Stück von der Stelle entfernt, an der er sie zum letzten Mal gesehen hatte. Gelassen schwamm sie am Strand entlang auf ihn zu, bis ins flache Wasser hinein.

Shand warf ihr den Mantel über die Schultern. Sie schaute in sein ernstes Gesicht und sagte: »Ich liebe das Schwimmen. Dabei habe ich jedes Mal das Gefühl, als würde das Wasser die Vergangenheit wegspülen und mich erneuern. Und die Kälte macht mir nichts aus.« Als wolle sie ihre eigenen Worte Lügen strafen, fuhr ein krampfhaftes Zittern durch ihren Leib.

Shand war klug genug zu wissen, wann er besser schweigen sollte. Also nickte er schlicht in Richtung Feuer. »Dann koche ich jetzt etwas Tee. Soll ich?«

Am neunten Tag ihrer Reise erreichten sie den Fluss Gannel, eine riesige braune Flut. Zu diesem Zeitpunkt hatte Karan den ganzen Proviant vertilgt und sich zumindest körperlich vollständig erholt. Nun kamen sie bis zu zwölf Meilen am Tag voran. Der Marsch durch die Hügel war weit leichter als durch die Berge; nur konnten sie die kurzen Wintertage nicht voll ausnutzen, da sie noch vor Einbruch der Dunkelheit zum Fischen und Muschelsammeln anhalten mussten. Und die ganze Zeit über sprachen Karan und Shand kaum ein Wort miteinander. Was auch immer sie über den jeweils anderen dachten, sie behielten es für sich.

Der Gannel hatte Hochwasser vom Winterregen. Er war viel zu reißend, als dass man ihn hätte durchschwimmen können, doch Shand kannte ein Dorf am Ufer, wo sie vielleicht eine Fähre bekommen würden. Sie gingen einige Stunden lang flussaufwärts, bis sie die Siedlung fanden. Sie lag an der Hauptstraße, die aus dem Süden kam. Das Dorf war arm und schäbig, nur eine Ansammlung von Hütten, die im Winter von Schlamm und im Sommer von Staub bedeckt waren. Sie kauften sich eine Schüssel durchweichter Nudeln.

»Der Gannel!«, sagte Karan. »In der Nähe von Chanthed gibt es einen Fluss gleichen Namens – einen kleinen allerdings.«

»Das ist auch derselbe Fluss, und er muss wahrlich uralt sein, denn er hat sich durchs ganze Gebirge gegraben, um nach Ganhafen zu kommen.«

»Gut. Lass uns dorthin gehen.«

»Warum die Eile? Kannst du meine Kochkünste schon nicht mehr ertragen?«

»Dein Essen ist gut genug, aber es gibt da ein paar Sachen, die ich kaufen muss.«

»Was denn für Sachen?«

»Oh, nun … Einen Kamm zum Beispiel. Ein Buch zum Schreiben. *Sachen* eben«, antwortete Karan, und ihre Augen funkelten. »Und außerdem will ich ein heißes Bad.«

Shand war das gleichgültig. »Ganhafen ist nicht Thurkad,

noch nicht einmal Tolryme. Ich bezweifele, dass es dort Bücher zu kaufen gibt.«

Er ging los und fand alsbald einen kleinen, kahlen, alten Mann, der sie zu einem kleinen Boot führte, das unter einem Dach aus Zweigen vertäut war. Sie gingen an Bord und wurden über den Fluss gerudert. Als sie auf der anderen Seite im Uferschlamm standen, drückte Shand dem Alten ein Kupferstück in die schwielige Hand. Der Mann nickte und ruderte stumm wieder zurück. Sie wanderten am Nordufer des Gannels entlang, mal zwischen hohen Bäumen hindurch, mal durch Schilf, und folgten bis Sonnenuntergang einem breiten Pfad. Zu diesem Zeitpunkt konnten sie bereits die Lichter einer recht großen Stadt sehen.

Dank der Fischerei und des Handels war Ganhafen verhältnismäßig wohlhabend, obwohl die Straßen fast leer waren, als sie die Stadt erreichten. Gelegentlich sahen sie Soldaten in der Ferne, Truppen in Yggurs Farben, doch niemand hielt sie an. »Was hat das zu bedeuten?«, sinnierte Shand. »Ist der Krieg schon so weit nach Norden gekommen? Aber sie sehen nicht wie Besatzungstruppen aus. Lass uns trotzdem vorsichtig sein und keine unnötige Aufmerksamkeit auf uns lenken.«

Die Nacht war kalt, klar und dunkel; der Mond war noch nicht aufgegangen, doch harter Frost legte sich über das Land. Sie fanden einen Gasthof mit Namen *Die Vier Fische.* Es war ein recht trostloses Haus, ja fast schon heruntergekommen. Obwohl Karan lieber in einen besser aussehenden weiter die Straße hinunter gegangen wäre, beharrte Shand auf diesem hier.

»Er ist weniger auffällig«, sagte er.

Die Wirtin war eine winzige, faltige alte Frau mit einer gewaltigen Nase und ohne Kinn. Ihre Augen starrten stets in zwei Richtungen zugleich, und ständig zuckte ihr Kopf auf dem dürren Hals herum wie der einer Gans.

»Ihr werdet unser Bad ausprobieren wollen. *Die Vier Fische* sind für ihr Bad berühmt. Es ist das beste in ganz Ganhafen«, zwitscherte sie. »Hier gibt es das heißeste Wasser und die wohligsten Salben und Öle. Es wird wieder Farbe in deine teigigen Wangen bringen, junge Frau, und deine Lederhaut aufweichen, Herr.«

Shand lehnte ein Bad ab, doch Karan war ganz erpicht darauf. Der Preis war fast so hoch wie der für das Zimmer. Ihre Gastgeberin erklärte das lang und breit mit den Kosten für Feuerholz und dem Lohn der Diener. Karan musste eine Stunde warten, bis genügend Wasser in einem riesigen Kessel erwärmt worden war.

Der Baderaum war klein und zugig. Er war hinten an den Gasthof angebaut und die steinernen Wände nicht verputzt, sondern nur mit Grassoden abgedichtet. Die alte Frau schlug mit dem Besen nach zwei Rüpeln, die in der Ecke herumlungerten, und die beiden zogen mit düsteren Blicken davon. Karan fielen ein paar Lücken in den Grassoden auf, was darauf schließen ließ, dass hier jemand die Badenden durch die Wand hindurch beobachtete. Das sogenannte Bad selbst bestand aus unglasierter Töpferware, die so schlecht gebrannt war, dass der Rand bereits bröckelte. Es glich mehr einem Brunnen, und man konnte sich nur im Stehen waschen.

Außerdem war es oben recht schmal. Eine schwangere Frau oder ein sehr dicker Mann hätten Mühe gehabt, wieder hinauszukommen. Auf halber Höhe lief eine Holzplattform um es herum, und einen Holzstöpsel konnte man mit einer Kette lösen. Karan inspizierte es zweifelnd und fragte sich, wie sauber es wohl wirklich war, denn der Raum roch modrig, und ein paar Holzplanken waren verfault.

»Sehr sauber, sehr sauber«, zwitscherte die schielende Wirtin und ließ ihren Kopf wild hin und her zucken. Und um ihre Worte zu beweisen, wirbelte sie mit einem Mopp über den Boden und hielt ihn dann Karan unter die Nase. »Sauber! Hab ich doch gesagt.«

Dieser Test war allerdings nicht schlüssig, denn der Mopp war so fleckig und ausgefranst, dass man damit gar nichts beweisen konnte, außer dass er arg muffig roch.

Karan schob ihn beiseite und sagte schwach: »Nun gut … Dann bring mal Wasser.«

Zu ihrer Überraschung trug die alte Frau das Wasser selbst herbei, obwohl sie ausgesprochen zerbrechlich wirkte und mehrere kräftig aussehende junge Männer im Gasthof herumlungerten. Mit einem Holzeimer in jeder Hand wankte sie herein und verschüttete überall Wasser, sodass die Eimer nur noch halbvoll waren, als sie die Wanne erreichte. Sie stellte sie mit einem Knall auf den Boden, wankte, wischte sich die Augen ab und schüttete dann den ersten in die Wanne, wobei sie wieder die Hälfte vergoss. Ohne sich davon beirren zu lassen, griff sie nach dem zweiten; doch Karan, die schon fürchtete, auf diese Art überhaupt nicht mehr zu einem Bad zu kommen, hob ihn für sie hoch.

»Ist schon gut«, sagte Karan. »Geh nur und kümmere dich um deine anderen Gäste. Ich werde mir das Wasser selbst holen.«

Die Wirtin wirbelte entschlossen zu ihr herum. »Unsinn!«, rief sie. »Hier in den *Vier Fischen* sind wir stolz auf unsere Dienstleistungen.« Und sie trottete mit den Eimern wieder davon.

Karan folgte ihr hinaus, fand zwei Eimer in einem mit Dampf gefüllten Nebengebäude, das unter anderem als Wäscherei diente, und füllte sie, nachdem die alte Frau wieder gegangen war. So gingen sie ein paar Mal gemeinsam hin und her. Trotzig ignorierte die alte Frau Karan. Als das Bad schließlich zur Hälfte mit dampfendem Wasser gefüllt war, füllten sie den Rest mit kaltem auf.

»Seife?«, fragte Karan in spöttischem Ton. »Wundersame Essenzen? Entspannende Öle für strapazierte Haut?«

Die alte Frau murmelte etwas vor sich hin, schlurfte hinaus und kehrte kurz darauf mit einer schmalen Flasche wieder zurück, die sie mit einem Knall auf den Rand der Wanne stellte. Tonsplitter fielen ins Wasser.

»Nur so viel«, sagte sie und schüttete ein wenig davon in ihre

Hand. Dann nickte sie Karan zu, wünschte ihr kalt viel Vergnügen und stapfte hinaus.

Karan setzte sich und zog Stiefel und Socken aus. Dann stopfte sie je einen Socken in die größten Löcher in der Wand und zog sich aus, wobei sie sich jedoch immer noch beobachtet fühlte. Sie hatte sich schon dem Bad zugewandt, als sie einem Instinkt folgend einen Strohhalm aus einem Besen zog und ihn durch das dritte, kleinere Loch stieß. Sie hörte einen Schrei und ein Krachen, als wäre jemand von einem Hocker gefallen, dann noch einen Schrei und schließlich wieder Stille. *Ich hoffe, die Aussicht war es wert,* dachte sie und ließ sich geschickt über den rauen Rand der Wanne gleiten. Das Wasser war wunderbar heiß. Karan ließ sich weiter hinunter, stützte sich mit den Armen ab und tastete mit den Zehen nach dem Boden. Als sie ihn schließlich fand, stand ihr das Wasser bis zum Kinn. Dort stand sie also und genoss die Hitze.

Die Flasche enthielt eine ölige, ätzend aussehende Substanz, mit der man vermutlich sogar Wagenfett hätte beseitigen können. Sie besaß einen unangenehmen Duft. Karan schüttete sich ein wenig davon in die Hand, schnüffelte daran, zuckte mit den Schultern und rieb es sich ins Haar. Es schäumte nicht, denn ihr Haar war voller Salz. Karan tauchte unter, wusch sich das Zeug wieder raus und kippte sich den gesamten Inhalt der Flasche über den Kopf. Nun tropfte doch Schaum aus ihrem Haar, und wenn sie sich bewegte, schwappte Wasser mitsamt dem Schaum aus der Wanne. Sie schrubbte sich das Haar immer und immer wieder, bis es selbst nach ihrem Verständnis sauber war, ihre Kopfhaut juckte und sie von der Hitze schon leicht benommen war.

Auf dem Weg hinaus sah sie eine lange Schlange von Leuten vor der Tür, und in dem Glauben, dass das ebenfalls Spanner waren, ging sie hocherhobenen Hauptes an ihnen vorbei. Wieder im Schankraum, berichtete sie Shand entrüstet davon, doch der lachte nur.

»Sei doch nicht dumm«, sagte er. »Die haben nur auf ihr Bad gewartet. Unsere Wirtin verkauft das heiße Wasser mindestens zehn Mal.«

»Du meinst, bei dem Preis, den ich ... den du gezahlt hast ... *Sie verkauft schmutziges Badewasser!* Diese gierige alte Kuh. Und wenn ich daran denke, dass ich auch noch das Wasser für sie getragen habe!«

»Warum sollte sie das denn nicht tun? Du hast dein Bad gehabt. Auf diese Art verdient sie das Dreifache, und jeder, der nachkommt, bekommt sein Bad billiger als der zuvor. So sind alle glücklich.«

»Das ist ja widerlich!«, erboste sich Karan und trank einen tollkühnen Schluck aus dem Weinbecher. »In meinem Land würden wir nie im selben Wasser baden, in dem schon ein Fremder gebadet hat. Nun, dann habe ich ihnen wohl den Spaß verdorben. Beim Rausgehen habe ich nämlich den Stöpsel gezogen.«

»Das hast du nicht!«, rief Shand

»Oh doch!«

»Zum Glück habe ich für unser Zimmer bereits bezahlt, sonst würden wir jetzt wieder auf der Straße sitzen.«

»Warum das?«

»Du hast dir die Wirtin zum Feind gemacht. Jetzt muss sie wieder Wasser kochen, und sie wird nicht vergessen, was du sie gekostet hast. Die Menschen hier sind verdammt nachtragend. Tatsächlich hegen sie ihren Groll sogar mehr, als dass sie nach Geld gieren. Morgen wird jeder in der Stadt über dich reden: über die Frau, die das Badewasser weggeschüttet hat. Die Frau, die mit schwarzem Haar ins Bad gegangen und mit rotem wieder rausgekommen ist. Verschwenderisch und verdächtig.«

»*Was?*«, schrie Karan. »Bist du sicher?« Sie schüttelte ihre Locken vor dem Licht. Die Farbe war mit jedem Waschvorgang ein wenig mehr verblasst, und dank der aggressiven Seife und dem heißen Wasser war sie schließlich gänzlich verschwunden.

Zwar hatte ihr Haar noch nicht jenes prachtvolle, rauchige Rot zurückgewonnen, das seine natürliche Farbe war, aber es war rot. »Oh, Shand«, sagte Karan, beugte sich über den Tisch, schlang die Arme um ihn und küsste ihn auf die stoppelige Wange. Mit dem Ellbogen blieb sie dabei an der Weinflasche hängen, die daraufhin vom Tisch fiel und zerschellte. Ein scharlachroter See breitete sich auf dem Teppich aus. Alle im Raum starrten sie an.

»Oh«, sagte sie und sackte auf ihrem Stuhl in sich zusammen. Ihr Gesicht war so rot wie der Wein auf dem Teppich.

»Das wird ja immer schlimmer und schlimmer«, sagte Shand barsch. »Um die Beleidigung zu vergrößern, zerschlägst du jetzt auch noch das Geschirr, ruinierst den Teppich und stellst in der Öffentlichkeit eine ungesunde Lust für jemanden zur Schau, der alt genug sein könnte, um dein Großvater zu sein.«

»Oh!«, sagte sie wieder, starrte ihn an und schlug die Hand vor den Mund.

»Für die Leute hier wird das in jedem Fall so aussehen. Die meisten werden nie weiter als ein paar Meilen von Ganhafen weggekommen sein, und man weiß ja, dass Fremde, vor allem Rothaarige, von Grund auf verdorben sind. Du solltest dir besser rasch eine Geschichte ausdenken.«

Just in diesem Augenblick kam die alte Frau in den Raum. Ihr Gesicht war puterrot vor Wut und Anstrengung, woraufhin die Gäste am Tresen sofort riefen, sie solle ihnen den neuesten Skandal erzählen. Dann richteten sich alle Augen auf Karan, und das Stimmengewirr verstummte wieder. Karan, deren Gesicht inzwischen fast so rot war wie ihr Haar, wäre am liebsten zum Sterben unter den Teppich gekrochen.

Kapitel zweiundzwanzig

Eine faule Geschichte

»Oh!«, sagte Karan nun schon zum dritten Mal. »Nein, das ist beschämend, unerträglich.« Sie schaute Shand in die Augen. »Gib mir deine Börse.«

Shand gab sie ihr unter dem Tisch. Karan steckte sie sich in die Tasche und stand auf. Langsam, aber würdevoll ging sie zu der alten Frau, deren Kopf wild in ihre Richtung zuckte, obwohl ein Auge gleichzeitig vorwurfsvoll zu Shand zu schauen schien. Karan beugte sich zum Ohr ihrer Gastgeberin; der Gesichtsausdruck der alten Frau veränderte sich. Sie zog Karan durch eine Tür und außer Sicht. Minuten vergingen. Shand nippte an den Resten seines Weins. Ein Diener sammelte die Scherben ein und wischte den Teppich mit einem grauen Tuch. Eine neue Flasche wurde gebracht. Die Leute im Raum wandten sich wieder ihren eigenen Angelegenheiten zu.

Die alte Frau kam wieder heraus. Ihr faltiges Gesicht hatte wieder seinen ursprünglichen gelassenen Ausdruck angenommen. Karan folgte ihr, legte die Hand auf den Tresen und sagte leise etwas zu der Wirtin. Dann kehrte sie wieder zu ihrem Tisch zurück und setzte sich. Shand schaute sie fragend an.

»Es ist vorbei. Eigentlich ist ja auch gar nichts passiert. Wir sind jetzt Freunde. Kannst du es glauben?«

»Wenn du es glaubst, wer bin dann ich, es in Zweifel zu ziehen?«, erwiderte Shand trocken. »Obwohl ich mich frage, ob du wirklich weißt, wie stark dieser Wein ist. Was hast du ihr erzählt?«

»Du hast mir gesagt, ich solle mir eine Geschichte ausdenken.«

»Oh, ja?«, sagte Shand und schüttete seinen Wein hinunter.

»Es ist eigentlich eine recht dumme Geschichte. Zuerst wollte mir nichts einfallen, dann ist meine Zunge mit mir durchgegangen.« Sie lachte. Karan schien ihren schelmischen Humor zurückgewonnen zu haben, für den sie einst bekannt gewesen war.

Shand runzelte die Stirn; dann lehnte er sich mit dem Becher in der Hand auf seinem Stuhl zurück. »Du solltest es mir besser sagen.«

»In den schmutzigen und verkommenen Tavernen des degenerierten Thurkad, habe ich ihr erzählt, wo man Butter in den Tee und noch andere Dinge tut, die viel zu widerlich sind, als dass man sie aussprechen könnte, wo noch nicht einmal der Magister öfter als einmal im Jahr badet und wo die Nacht in einem Gasthof so prachtvoll wie die *Vier Fische* ein Vermögen kosten würde – wenn es denn einen solchen Gasthof gäbe ... An diesem widerwärtigen Ort, so erklärte ich, hätte ich zumal wegen des Krieges nur ein Zimmer in einem Gasthof mit dem entehrenden Namen ›*Zum Furzenden Esel*‹ gefunden. Das Zimmer, erzählte ich weiter, hätte ich mir mit einem Mann und einer Frau teilen müssen, die sich ihren Lebensunterhalt als Hundeausbilder verdienten, und sie hatten all ihre siebzehn Hunde dabei. Diese Tiere nun verhielten sich passend zum Namen des Gasthofs, und weder Mensch noch Tier hatten sich seit der Gründung von Thurkad gewaschen. Auch auf den Kissen war der Dreck so dick, dass man ihn mit dem Messer abkratzen konnte, was ich dann auch getan habe, bevor ich schlafen gegangen bin. Doch trotz all meiner Vorsichtsmaßnahmen, habe ich der Frau erzählt, hätte ich mir die schrecklichen, blutsaugenden Kopfläuse von Thurkad eingefangen, die überall auf dem Leib herumkriechen, wo auch immer Haare wachsen – aber natürlich nicht in meinem Fall –, und mit jedem Biss ihrer blutverschmierten Schnauzen verursachen sie ein solches Jucken und Brennen, dass Leute sich in ihrer Verzweiflung schon sämtliche Haare ausgerissen haben sollen. Um sie also loszuwerden, sagte ich, hätte ich mir jedes einzelne Haar mit Bitumen aus den Teergruben von Snizort im eisigen Süden eingeschmiert. So hätte ich es dann nicht weniger als zwei Wochen belassen. Nach dieser Zeit kann man es und die toten Läuse dann mit heißem Wasser wieder auswaschen.«

Als sie kurz innehielt, um Luft zu holen, klopfte ihre Wirtin mit einer Münze auf den Tresen.

»Man kann Bitumen nicht mit heißem Wasser auswaschen«, sagte Shand. »Man braucht dazu Terpentin. Aber spaßig ist die Geschichte schon. Ich hoffe, sie weiß sie zu schätzen.«

»Oh, was ich ihr erzählt habe, war noch ein wenig ausgefeilter. Ich habe nicht schlecht über meine eigene Fantasie gestaunt. Sie hat mich sogar einmal angelächelt; allerdings nicht ohne mich nicht zugleich darauf hinzuweisen, dass ich auch Seife für zehn verbraucht hätte.«

»Still jetzt. Ich glaube, sie will sich an ihre Kundschaft wenden.«

»Verehrte Gäste«, zwitscherte die Frau, und ihre Augen schienen jeden im Raum zugleich anzusehen, »meine geschätzte Freundin«, sie deutete auf Karan, »die vor dem Krieg den ganzen Weg aus Thurkad hierher geflohen ist, der übelsten aller Städte ...«

»Aye! Unheilig! Verkommen! Pervers! Unaussprechlich!«, stimmten die Gäste ihr zu, und während das Geschrei weiterging, flüsterte Karan Shand ins Ohr: »Und ich habe ihr auch gesagt, dass ich nach zwei Wochen in die *Vier Fische* gekommen sei, ins Juwel aller Gasthöfe, und hier hätte ich mir dann den Bitumen aus den Haaren gewaschen. Aber ich wollte die anderen Gäste nicht anstecken, mit keiner einzigen toten Laus. Deshalb hätte ich das ganze heiße Wasser in den Abfluss zum Gannel geschickt, um die Fische damit zu füttern. Den Verlust würde ich ihr natürlich ersetzen, habe ich gesagt, und natürlich auch all die anderen Schäden begleichen, die durch meine

Freude darüber entstanden sein sollte, dass das Ungeziefer endlich verschwunden war. Ein wenig extra sei da natürlich selbstverständlich.«

»Hm«, sagte Shand. Seine Lippen zuckten. »Deshalb siehst du also so selbstzufrieden aus, ja? Du glaubst, du hättest den Ärger jetzt hinter dir. Ich frage mich, was sie wohl ihren Gästen sagen wird.«

»Nichts, hoffe ich«, sagte Karan. Allmählich wurde sie nervös. »Außer dass sie auf meine Kosten trinken können.«

Die alte Frau sprach weiter. »... geflohen aus dem üblen Thurkad mit jenem Graubart dort drüben, ihrem ehrenwerten Großvater ...«

»Großvater, ha! Dreckiger, alter Lüstling!«, rief eine einzelne Stimme aus dem hinteren Teil des Raums nahe dem Feuer.

Der Kopf der Frau zuckte kurz nicht mehr, während sie versuchte, den Störenfried zu identifizieren. Eines seiner Augen war blutunterlaufen, und er hatte eine frische Beule auf der Stirn. »Blegg, du Schurke! Hast dein Auge wohl ein bisschen spät vom Loch weggenommen, was? Werft ihn raus, Jungs.«

Zwei kräftige Kerle packten Blegg, einen pickeligen Zwerg mit Ohren wie Kohlblättern, und warfen ihn aus der Tür.

»Ehrenwerter Großvater, nennt sie ihn, und wer bin ich, dass ich an ihrem Wort zweifeln würde? Sieht sie nicht wie eine ehrliche Frau aus? Wie eine vertrauenswürdige, wahrheitsliebende und sittsame Person? Sieht sie nicht genauso aus wie jeder von uns?«

Die Gäste, allesamt üppig gebaute Matronen und korpulente Bürger mit schlammfarbenem Haar, das ihnen in die Augen fiel, starrten Karan unverhohlen an.

»Sie«, und hier beschrieben die Finger des alten Weibs wilde Bögen in der Luft, bis sie auf Karan zur Ruhe kamen, »hat mir erzählt, dass sie gequält vom Thurkad-Sumpffieber hierhergekommen sei, das alle Eingeweide in Wasser verwandelt. Ich will euch nicht mit Einzelheiten über jene schreckliche Seuche quälen, nur lasst euch gesagt sein, dass lediglich die Verruchten solch eine Krankheit bekommen. Und seht, wie krank und zittrig sie ist, wie dürr und schwach, wie teigig ihr Gesicht, wie gelb und glasig ihre Augen, wie die eines toten Fischs, wie rattenhaft ihr Haar, wie ...« An diesem Punkt zögerte sie. Offenbar fiel ihr schlicht nichts mehr ein, oder sie hatte vergessen, was sie sagen wollte. »... so litt sie also unter dem Fieber und anderen Heimsuchungen der kriechenden, krabbelnden, juckenden und quälenden Art, die ich nicht beschreiben will, um sie nicht zu beschämen ...«

Ihr Geist ging wieder auf Wanderschaft. Ihr Kopf hüpfte auf und ab, und ihre Augen kreisten voneinander getrennt in ihren Höhlen. Shand stieß ein ersticktes Schnauben aus, nur unzureichend gedämpft von seiner Hand.

»So entschuldigt sie sich also demütig für das, was sie in ihrer Verzweiflung getan hat. Und mit alldem Wein, den sie getrunken hat, hat das nichts zu tun, rein gar nichts ... Doch seht nur, wie rot ihr Gesicht wird. Das klare Merkmal eines Säufers, und ich muss es wissen, denn ich führe diesen Gasthof nun fast sechzig Jahre. Sie entschuldigt sich dafür, nicht betrunken, kein bisschen, über unsere Tische gefallen zu sein und auch auf andere Weise gegen unsere Sitten verstoßen zu haben. Und meine liebe Freundin – und das wird sie immer sein – bittet euch großzügig – großzügig! Seht diese winzige Münze – mit ihr zu trinken, bis dieser Silbertar aufgebraucht ist.«

Sie hielt die Münze ins Licht und ließ sie mehrmals auf den Tresen fallen, um auf den Klang zu lauschen, während der ganze Raum beunruhigend schwieg und sie anstarrte. Dann drehte die alte Frau das Geldstück mehrmals zwischen den Fingern und prüfte es schließlich mit den Zähnen. Zu guter Letzt war sie zufrieden, nickte, ließ das Geld in ihrer Tasche verschwinden und funkelte Karan an. »Bis dieser kleine Tar vollends aufgetrunken ist«, sagte sie. »Dieses winzige Stück Silber.«

Die Gäste jubelten rau und drängten zum Tresen.

»Sie wollte noch einen«, sagte Shand nach längerem Schweigen. »Eure Freundschaft ist wirklich bemerkenswert.«

Karan war wie erstarrt. Sie schaute nach unten, und zunächst war ihr noch nicht einmal bewusst, dass sie stumm weinte. Die Tränen liefen ihr über die Wangen und tropften auf den Tisch. Shand, der glaubte, dass sie die Lektion verstanden hatte, zeigte nun ein wenig Mitgefühl.

»Wie konntest du nach all den Reisen, die du schon unternommen hast, nur so naiv sein? Aber egal ... morgen sind wir weg und kehren nie wieder zurück. Auf Reisen erwarten einen viele Demütigungen.«

Shand hielt kurz inne, als irgendein Rüpel vorbeikam und den Becher vor Karan hob. Er hatte einen Mund so groß wie ein Eimer mit nur noch drei gleichmäßig darin verteilten Zähnen. Im ganzen Raum grinsten ebenso drollig aussehende Kerle sie an, winkten ihr zu und hoben die Flaschen und Becher zum Spottbild eines Toasts.

»Und ist denn noch was in der Börse, nun da jeder in der nördlichen Hemisphäre von Meldorin weiß, wer du bist und wo du herkommst?«

Sie warf sie Shand über den Tisch hinweg zu. »So viel leichter ist sie nicht«, entgegnete sie wild, »und meine alte Farbe ist ohnehin wieder zurückgekommen.«

Shand grunzte. Sie blieben noch eine Weile im Schankraum sitzen, doch das dümmliche Grinsen und die lüsternen Blicke wurden allmählich störend und Karan so trübsinnig, dass sie sich schließlich leise auf ihr Zimmer zurückzogen. Dorthin brachte man ihnen dann auch nach schier endlosem Warten ihr Abendessen. Es war kalt, zerkocht und geschmacklos. Als sie damit fertig waren, setzte sich Karan auf den einzigen Stuhl und starrte mit leerem Blick ins Feuer. Da er erkannte, dass er sie am besten sich selbst überließ, ging Shand leise in die Nacht hinaus. Kurz nach Mitternacht wurde er von einem Sturm wieder zurückgetrieben, der unvermittelt aus Süden gekommen war. Das Zimmer war dunkel. Shand zündete eine Kerze in der Glut des Feuers an. Karan hatte sich auf dem großen Stuhl zu einem Ball zusammengerollt und den Mantel über den Kopf gezogen. Eine Hand hing neben dem Stuhl herab.

Shand dachte darüber nach, sie zu wecken, aber sie schien es recht bequem zu haben. Also zog er seinen eigenen Mantel und die Stiefel aus, verriegelte die Tür und kroch in dasjenige der zwei Betten, das nicht ganz so wackelig aussah. Er schlief sehr schlecht, denn in seiner Matratze wimmelte es von Flöhen – es waren fast so viele wie in Karans Geschichte.

Am nächsten Morgen war Karan ausnahmsweise einmal vor Shand auf den Beinen. Sie war bereits unten in der Küche gewesen und hatte Frühstück bestellt, das dann auch schon nach einer Stunde kam: lauwarmer Haferschleim und geschmackloser, selbst für Karans süße Zunge viel zu süßer Tee. Keiner von beiden erwähnte die Ereignisse der vorangegangenen Nacht, doch Karan sagte säuerlich: »Das ist das letzte Mal, dass ich dich den Gasthof aussuchen lasse. Gehen wir!«

Shand verzichtete darauf, ihr zu sagen, dass sie kein Geld hatte, während seines vielleicht mehrere Monate würde reichen müssen.

»Und wohin sollen wir gehen?«, fragte er und kratzte sich die Flohbisse.

»Geschieht dir recht«, sagte Karan. »Wohin? Überallhin, nur weg von hier.«

»Also gut; aber wickele dir bitte ein Tuch um den Kopf.«

Karan erkannte den Sinn darin. Sie schlang ein grünes Tuch um ihren Kopf wie einen Turban und setzte darauf dann auch noch den Schlapphut, den sie im Rucksack hatte. Eine Stunde lang gingen sie durch die Stadt, ein unangenehmer Spaziergang in dem wilden Wetter. Dabei gingen sie auch am Hafen entlang, und schließlich setzten sie sich auf einen leeren Steg und beobachteten, wie sich die Wellen an den Außenmolen brachen. Ganhafen war groß genug, dass niemand von ihnen Notiz nahm. Shand ging schon nach kurzer Zeit wieder ein wenig spazieren, während Karan blieb, wo sie war. Sie hatte das Gefühl, an einem Wendepunkt angelangt zu sein, oder zumindest an einer Stelle, da sie eine neue Richtung suchen musste. Schließlich kam Shand wieder zurück. Er pfiff vor sich hin.

»Und was tun wir jetzt?«, fragte Karan und ließ ihre Beine über das Wasser baumeln.

Shand ließ sich mit der Antwort Zeit. »Ich hatte gehofft, du würdest mir einen Hinweis geben«, erwiderte er schließlich.

Karan schaute ihn verständnislos an.

»Ich weiß, dass du eine Empfindsame bist.«

»Ich *hatte* mal ein wenig Talent«, sagte Karan, »allerdings habe ich es nie sonderlich oft benutzt. Dir würde es ohnehin nichts nützen. Es hat mich schon auf dem Weg nach Sith verlassen, oder vielleicht habe ich es auch ausgesperrt – ich kann mich nicht erinnern. Ich weiß nur, dass es nicht da war, als ich es am meisten gebraucht hätte, nämlich als Emmant gekommen ist. Ich kann mich kaum noch daran erinnern, wie es war, obwohl ich den Verlust schon fühle. Aber ich habe immer gewusst, dass es gefährlich war, sich darauf zu verlassen.«

»Ich war zu Winteranfang in Tullin, als Llian aufgetaucht ist«, sagte Shand und beobachtete sie aufmerksam.

Bei der Erwähnung von Llians Namen nahm ihr Gesicht einen sanften Ausdruck an, und sie wandte sich ab. »Llian«, sagte sie nachdenklich und genoss den Namen in ihrem Geist. Dann bemerkte sie Shands Blick, und sie setzte ihre Maske wieder auf.

»Du hast in der Nacht, in der er nach Tullin gekommen ist, gesendet«, fuhr Shand fort. »Selbst ich habe es empfangen, und ich bin nicht empfindsam. Und selbst ich wusste, dass du zu ihm gesendet hast.«

»Wie konntest du so etwas wissen? Ich habe noch nicht einmal von seiner Existenz gewusst.«

»Hast du nicht? Willst du mir damit sagen, dass du ihn nicht beim Festival in Chanthed gesehen hast?«

Karans Wangen nahmen einen leicht rosafarbenen Ton an. »Natürlich habe ich ihn *da* gesehen. Aber als ich gesendet habe, habe ich nicht gewusst, dass er in Tullin war. Wie hätte ich auch?« Dann kam ihr ein anderer Gedanke.

»Ich sehe, was du von mir willst«, sagte sie und schaute ihn an wie ein getretener Hund. »Du hast mich gesucht und mich gesund gepflegt, damit ich Tensor für dich finde und du dir den Spiegel holen kannst. Ich hatte gehofft, dass wenigstens du mich nicht benutzen wolltest.«

»Das will ich auch nicht«, erwiderte Shand in sanftem Ton. »Als ich dich aus der Großen Halle geholt habe, habe ich noch nicht einmal gewusst, dass auch Tensor bei dem Großen Konklave war. Wie ich dir gesagt habe, bin ich so schnell wie möglich nach Thurkad geeilt und habe mit niemandem auf dem Weg gesprochen. Vor langer Zeit habe ich meine Macht aufgegeben und geschworen, dass ich sie mir nie wiederholen würde. Nein, es gibt viele Gründe, warum ich dir geholfen habe, doch der stärkste soll genügen. Ich habe es lange genug vor mir hergeschoben. Verzweifelt habe ich versucht, den Deckel über der Vergangenheit wieder zu schließen, den du und Llian in Tullin aufgebrochen habt. Als ich dich dort auf dem Boden habe liegen sehen, mit deinem kleinen, runden Gesicht so weiß und deinem zerzausten roten Haar, da habe ich mich sofort an das letzte Mal erinnert, als ich dich gesehen habe.«

Karan erschrak.

»Das letzte Mal habe ich dich beim Begräbnis deines Vaters gesehen«, fuhr Shand leise fort. »Ich kannte deinen Vater gut; tatsächlich waren wir sogar Freunde. Du musst damals sieben oder acht gewesen sein, nehme ich an. Du hast aber schon genauso ausgesehen.«

»Acht«, sagte Karan, und die Tränen liefen ihr aus den Augen. Die Wunde war so frisch, als wäre es erst gestern gewesen. Oh, wie sehr sie sich danach sehnte, etwas über ihren Vater zu hören; doch Shand fuhr fort:

»Ich habe dich für tot gehalten! Aber selbst tot ... wie hätte ich dich dort liegen lassen können? Mein Leben ist voller Fehler, die nie wiedergutgemacht worden sind, nicht zuletzt, als ich Llian allein hab nach dir suchen lassen. Was war ich nur für ein Freund! Es war an der Zeit, das Richtige zu tun. Ich stellte fest, dass du noch lebst; also habe ich dich über die Schulter geworfen und weggebracht: um dich entweder ins Leben zurückzuholen oder dich anständig zu begraben. Und auf dem Weg bist du aus dem Koma erwacht.«

»Du kamst mir schon die ganze Zeit irgendwie vertraut vor«, sagte Karan. »Aber all das liegt nun hinter mir. Vielleicht wird mein Talent ja nie wieder zurückkehren.«

Shand lenkte das Gespräch auf ein dringenderes Problem. Da er wusste, wie unabhängig und einfallsreich sie vor ihrer Krankheit gewesen war, fühlte er sich genötigt, die Angelegenheit vorsichtig anzusprechen.

»Wirst du deiner eigenen Wege gehen oder mit mir kommen?«

»Wo willst du denn hin?«

»Irgendwohin. Wo auch immer du hinwillst.«

»Ich will wieder nach Hause«, sagte sie wehmütig. »Gothryme braucht mich, und ich vermisse es schrecklich.«

»Ich bin auf dem Weg nach Thurkad durch Tolryme gekommen«, sagte Shand. Tolryme war die Stadt, die dem heruntergekommenen Gut am nächsten lag.

Karan packte seine Hand. »Ist Gothryme ...?«

»Der Krieg ist noch nicht in diesen Teil Bannadors vorgedrungen; allerdings hat das südliche Tiefland furchtbar unter den Kämpfen gelitten, und ...«

»Erzähl mir von Gothryme«, unterbrach sie ihn aufgeregt. »Rachis, mein Verwalter, ist sehr alt. Er war ziemlich verärgert, als ich mit Maigraith nach Fiz Gorgo gegangen bin. Ich habe ihm gesagt, ich wäre in zwei Monaten wieder zurück, und das war vor einem halben Jahr. Ich muss ihm eine Nachricht schicken!«

Shand schwieg. Er starrte sie nur an.

»Das geht nicht, stimmt's?«

»Nein!«

»Schon vor sechs Monaten hat Gothryme unter der Dürre gelitten«, sagte sie elend.

»Im Herbst hat es geregnet«, berichtete Shand, »genug für die Ernte. Noch verhungern sie nicht. Aber wenn der Krieg so weitergeht ...«

»Ich will einfach nur nach Hause«, flüsterte Karan.

»Du weißt, dass du das nicht kannst. Du wärst eine genauso große Gefahr für sie wie der Krieg.«

»Ich weiß«, sagte sie mit schwacher Stimme. »Mir bleibt keine Wahl in dieser Angelegenheit.«

»Dann solltest du besser mit mir kommen.«

»Ich habe kein Geld. Wie kannst du dir mich leisten? Du, ein armer, alter Mann, der in einem Gasthof ohne Gäste aushilft. Gothryme wird den Krieg vielleicht nicht überleben, und dann bin ich bettelarm.« Karan legte den Kopf in die Hände. Die restlichen Worte kamen nur noch gedämpft. »Ich wünschte, ich wäre wieder zu Hause; nur nach Llian sehne ich mich noch mehr ... oder vielleicht auch nicht. Ich weiß es nicht.«

»Ich war nicht immer so, wie ich heute bin«, sagte Shand. »Ja, ich kann mir dich leisten. Das heißt ... Das heißt, äh ...«

»Was?«, fragte sie besorgt.

»Das heißt, solange du nicht zu viele heiße Bäder nehmen willst.« Er lachte, und nach einem Augenblick lachte auch sie, wenn auch nur, um höflich zu sein.

»Dann werde ich mit dir kommen. Mein Leib ist schon fast völlig erholt, aber mein Inneres ist leer und verwirrt. Ich brauche Hilfe, und außerdem habe ich mich mittlerweile an dich gewöhnt.«

Shand sagte nichts zu ihrem widerwilligen Einverständnis. »Wir sollten uns besser organisieren«, sagte er stattdessen. »Ich habe einige beunruhigende Neuigkeiten gehört, als ich vorhin ein wenig rumgelaufen bin.«

»Oh?«

»Gannish – das ist der Name dieses Landes – hat vor zwei Tagen vor Yggur kapituliert, obwohl seine Armeen noch nicht einmal die Grenzen überschritten haben. Und deine Vorstellung gestern Abend hat Aufmerksamkeit auf uns gelenkt.«

Karan schaute ihn panisch an. »Wir müssen laufen!«

»In der Tat ... aber wohin? Wenn die Armee hierherkommt, werden sie eine Liste mit Namen dabeihaben, und da wirst auch du draufstehen. Empfindsame schweben besonders in Gefahr, vor allem in Zeiten wie ...«

»Du bist nicht der Erste, der mir das sagt«, unterbrach sie ihn gereizt.

»Dann hör auf mich! Yggur ist nicht der Einzige, der dich wegen deines Talents versklaven würde.«

»Es kann nicht gelenkt werden. Es ist ziemlich unzuverlässig.«

»Das wissen sie aber nicht. Und vielleicht kann es ja von jemandem, der mächtig genug ist, in eine entsprechende Richtung gezwungen werden. Nach letzter Nacht wirst du leicht zu finden sein. Am besten gehen wir übers Meer, denke ich. Die Länder östlich des Meeres sind so riesig und leer, dass du dich ewig dort verstecken könntest.« Er zog seine Börse heraus und schüttete etwas Silber auf die Planken, genug Münzen, um Karan über Monate hinweg zu versorgen. »Du wirst Geld brauchen. Nimm das.«

»Das tue ich, aber ich will in niemandes Schuld stehen.«

»Das tust du bereits – und jetzt nimm! Nichts wäre demütigender, als jedes einzelne Mal zu fragen, wenn du etwas brauchst.«

»Ich kann es dir nicht zurückzahlen. Nach dem Krieg wird Gothryme vielleicht in Trümmern liegen. Alles Geld, worüber ich verfüge, wird für den Wiederaufbau verwendet werden müssen. Für meine trivialen Bedürfnisse bleibt da nichts mehr übrig.«

»Überleben ist kein triviales Bedürfnis. Ich mag ja viele Dinge auf dieser Welt brauchen, aber Geld gehört nicht dazu.« Karan bemerkte, dass seine Augen feucht waren. »Eines Tages werde ich vielleicht deine Hilfe brauchen«, fuhr er fort. »Falls ja, dann werde ich dich darum bitten, und du wirst deine Schuld begleichen, wenn du kannst. Falls nicht, dann gib das Geld jemandem, der es braucht, wenn die Zeit reif ist. So dreht sich die Welt immer weiter.«

Karan schob das Geld wieder über die Planken zurück.

»Wenn ich Geld haben will, dann werde ich danach fragen. Falls mich das in meiner Würde verletzt, dann werde ich das ertragen, denn das ist Geld, das du dir im Schweiße deines Angesichts erarbeitet hast. Und wenn es so weit ist, werde ich es dir in jedweder Währung zurückzahlen, die du verlangst. Mehr könnte ich auch nicht von jemandem verlangen, der sich von mir etwas leiht.« Sie wechselte das Thema. »Ich habe Angst, Shand. Letztes Mal konnte ich mich auch nicht vor den Whelm verbergen.«

»Was haben sie wirklich gewollt? Dich oder den Spiegel? Shazmak und Thurkad werden sie eine Weile beschäftigen. Und Yggur! Dein Talent ist wertvoll, aber nicht so wertvoll, dass sie dich so weit jagen würden.« Doch noch während er das sagte, erinnerte sich Shand an die Worte ihres Vaters: *Sie ist etwas sehr Besonderes. Ich werde es dir bei Gelegenheit erzählen.* Vielleicht würden sie ihr ja *doch* so weit folgen.

»Ich wäre glücklicher, wenn ich auf der anderen Seite des Meers von Thurkad wäre«, sagte Karan. »Ich sehne mich danach, nach Osten und Norden zu reisen, bis hin an die Ufer des Meers der Trockenheit.«

Shand schaute sie besorgt an, ließ es aber auf sich beruhen. »Dann lass uns zum Meer der Trockenheit gehen«, sagte er und war zufrieden.

Sie warfen ihre Rucksäcke wieder über die Schultern und gingen zu den Fischerbooten, um dort vielleicht jemanden zu finden, der sie übers Meer bringen würde. Es gab eine Menge Boote im Hafen, doch niemand wollte sie an Bord nehmen.

»Da drüben gibt es nichts für uns«, lehnte der zweite Kapitän fast exakt mit den gleichen Worten ab wie der erste. Er hatte weißes Haar und keine Zähne, obwohl sein Gesicht nicht alt aussah. Er lächelte, als er die unbändigen roten Strähnen sah, die unter Karans Turban hervorlugten. »Nicht solange die Bamundi ziehen. Vielleicht in ein oder zwei Wochen, wenn das Wetter mitspielt.«

»Es gibt hier doch sicher noch andere Boote, die in der Lage sind, das Meer zu überqueren, oder?«

»Es *hat* sie gegeben«, erwiderte der Mann, »aber die meisten sind vor dem Krieg nach Norden geflohen. Wir Fischer folgen nun den Bamundi. Schaut euch die Wellen an. Um diese Jahreszeit bräuchtet ihr ein stabiles Boot und eine gute Mannschaft. Wartet noch ein oder zwei Wochen.«

Shand ließ nicht locker. »Und was würde mich eine Fahrt nach Granewys kosten?«

»Jetzt? Fünf Goldtell wären kaum genug dafür. Aber nach der Bamundisaison vielleicht ein Tar pro Person. Wir transportieren allerdings nicht viel Passagiere.« Er wandte sich wieder dem Flicken seiner Leinen zu.

Shand und Karan gingen weiter. »Fünf Tell!«, sagte sie »Das ist ein Vermögen.«

»Das ist genug, um uns ein oder gar zwei Jahre auf der Straße zu ernähren«, pflichtete Shand ihr bei. »Wir müssten schon wirklich verzweifelt sein, bevor ich bereit wäre, das zu zahlen.«

Sie starrte ihn erstaunt an. »Du würdest fünf Tell für *mich* bezahlen? Du *hast* fünf Tell? Woher hast du so viel Geld? Ich habe nicht ...«

»Schschsch! Sprich niemals über solche Dinge auf der Straße. Ich habe dir doch gesagt, dass ich nicht immer das war, was ich heute bin.«

»Lass uns weiter die Küste hinaufziehen. Es gibt noch andere Städte, andere Boote.«

»Wenn wir denn so weit kommen! Warte mal eine Minute.« Shand drehte sich wieder zu den Fischerbooten um. Karan lief ihm hinterher. »Fahrt ihr zu den Inseln raus?«, fragte er den Fischer.

»Natürlich. Das ist sogar unsere Basis.«

»Was kostet die Überfahrt?«

»Ein Tar für euch beide, da wir sowieso dorthin fahren, aber so schnell, wie wir wollen. Allerdings werdet ihr vielleicht auch mal mit anpacken müssen, wenn der Fang gut ist.«

»Und wann brichst du auf?«

Der Mann schaute aufs Meer hinaus. »Vielleicht morgen. Wahrscheinlicher aber am Tag danach. Es ist nicht die See, die uns Kopfzerbrechen bereitet, weißt du? Wir fischen in jedem Wetter Bamundi, je wilder, desto besser. Aber wir können nicht zur Bucht hinaus, bevor der Wellengang nicht nachgelassen hat.«

»Dann kommen Yggurs Galeeren also auch nicht herein, ja?«

Der Seemann spie über die Seite seines Boots. »Das sind Schönwetterschiffe. Wir werden schon einen Tag zum Fischen draußen sein, bevor sie es auch nur wagen, ihre Nase in unseren Hafen zu stecken.«

Shand nickte und führte Karan wieder weg. »Ein Tar. Das hört sich schon besser an. Lass uns aus diesem Wind rausgehen.«

Eine Zeit lang beobachteten sie noch die Wellen, die sich an der südlichen Landspitze brachen; dann drehten sie sich wieder zur Stadt um und suchten sich einen anderen, angenehmeren Gasthof. Am nächsten Tag hatte der Wind deutlich an Kraft verloren. Es war ein klarer, sonniger Tag, doch die Wellen waren noch genauso hoch. Shand und Karan bummelten ein, zwei Stunden am Hafen entlang. Karan kaufte sich einen Kamm und eine kleine Flasche mit Limonenparfüm. Dann tranken sie vor einer Taverne Kaffee, stockten ihre Vorräte auf, und als es am frühen Nachmittag wieder zu regnen begann, eilten sie in ihren Gasthof zurück. Karan holte Schlaf nach, während Shand den Nachmittag mit seinen Karten verbrachte.

Am folgenden Morgen war es wolkig und nass, doch die gefährlichen Wellen hatten deutlich an Höhe verloren. Sie gingen an Bord eines der größeren Schiffe, nicht zu dem, mit dessen Kapitän sie gestern gesprochen hatten.

»Der Rotschopf!«, rief der Kapitän, als sie die Planke hinaufgingen. »Wie war dein Bad?«

»Weiß denn jeder in Ganhafen über meine Angelegenheiten Bescheid?«, rief Karan verärgert.

Der Kapitän, eine dickleibige Frau mit pockennarbigem Gesicht, schnaubte: »Das ist wenigstens mal was anderes, als ständig über das Wetter und Fischen zu reden. Außerdem ist uns jeder willkommen, der es mit dem alten Gänsegesicht aufnimmt, der gierigen, alten Runzelrübe! Kommt an Bord. Mein Name ist Tessariel, aber alle nennen mich Tess.« Sie trug Kleider aus schwerem, gewachstem Leinentuch: Hose, Hemd und Kapuzenmantel. Selbst ihre Stiefel waren aus dem gleichen Tuch, und ihre Kleider rieben bei jedem Schritt geräuschvoll aneinander.

Karan empfand eine geradezu überwältigende Erleichterung, als sie Ganhafen endlich hinter sich ließen, obwohl sie schon bald mit ihrem Magen zu kämpfen hatte, denn das Meer war noch immer rau. Ihr Schiff, das eine Flotte von gut einem halben Dutzend anführte, fuhr zu einem halbmondförmigen Felsen, den man Horninsel nannte, einer von einer ganzen Inselgruppe im Meer. Bei diesem Wetter war es ein langer Tag auf dem Meer.

Als sie sich ihr näherten, sah die Insel unbewohnbar aus, denn die Ostseite bestand aus glatten, steilen Felshängen mit Gipfeln an beiden Enden. Doch auf der Karte waren noch eine ganze Reihe von kleineren Inselchen an der Süd- und Nordspitze des Halbmonds zu sehen. Als sie sich an jenem Abend der Horninsel näherten, sahen sie Schnee auf dem Südgipfel funkeln.

Karan fragte sich laut, warum solch ein ödes Eiland als Basis für eine Fischerflotte diente. Tess, die das hörte, kam zu ihr.

»Es gibt nur wenige sichere Häfen nördlich von Thurkad«, erklärte sie mit rauer Stimme. »Die meisten Häfen auf der Westseite des Meeres sind flach, während jene im Osten den Winterstürmen ungeschützt ausgesetzt sind. Du hast gesehen, wie lange wir haben warten müssen, um aus der Bucht herauszukommen. Die Horninsel ist zwar öde, hat aber einen wunderbaren Hafen. Und wichtiger noch: Sie liegt in der Nähe der tiefen Kanäle, durch die die Bamundi ziehen, und es gibt keinen besseren Fisch in ganz Meldorin, wie du sicher weißt. Er bringt einen guten Preis ein. Allerdings nicht dieses Jahr«, fügte sie traurig hinzu. »Dieser üble Krieg! Wir werden in Thurkad dieses Jahr nur wenig Bamundi verkaufen, oder im Süden, und im Westen kann man den Preis nicht zahlen. Und gepökelter Bamundi ist nur ein Schatten seiner selbst.«

Karan antwortete nicht sofort. Sie beobachtete eine kleine Kreatur, die an einen Affen erinnerte, nur mit einem Stummelschwanz. Das Tier kletterte in der Takelage herum. Jetzt begann es, an einer Hand vor und zurück zu schwingen, und starrte Karan mit harten dunklen Augen an, als wolle es sie abschätzen. Die Finger der anderen Hand hatte es in sein seidiges Fell gekrallt. Der Affe stieß ein trauriges Zirpen aus. Er öffnete die Hand, und ein Büschel goldenen Haars trieb mit dem Wind aufs Meer hinaus.

»Hübsche kleine Dinger«, bemerkte Tess. »Die Seeleute bringen sie aus dem Norden mit. Sie sehnen sich jedoch nach ihren Wäldern zurück, und nach einer Weile beginnen sie, sich das Fell auszureißen, und sterben. Vorsicht!« Sie packte Karan am Arm und zog sie aus dem Weg. »Stell dich nicht unter sie. Die dreckigen, kleinen Kerle lieben es, auf Besucher zu scheißen.«

Karan verlor rasch das Interesse an dem Affen. »Ich habe Bamundi noch nie gegessen«, sagte sie. »In Gothryme können wir uns solchen Luxus nicht leisten. Der einzige Fisch, den ich kenne, ist Pidgon, und der hat mich nicht gerade auf den Geschmack gebracht.«

»Pidgon!«, rief Tess. »Du übertreibst ... Du weißt wirklich verdammt wenig, wenn du das einen Fisch nennst. Pidgon würden wir noch nicht einmal als Köder verwenden! Später sollst du einen schönen Bamundi haben. Ich betrachte es als meine Pflicht, dich von deiner abgrundtiefen Ignoranz zu heilen. Ah, meine Knochen sagen mir, dass das eine gute Nacht zum Fischen sein wird. Die Horninsel wird warten müssen, und damit auch ihr.« Sie drehte sich um und brüllte ihre Mannschaft an.

Überall auf dem Schiff wurden Laternen entzündet. Langsam segelten sie nach Süden in die Dünung hinein, während ein in Segeltuch gekleideter Seemann am Bug immer wieder das Lot hinabließ und die Wassertiefe in den Wind rief. So ging das stundenlang weiter. Mal war es tiefer, mal flacher, doch nie richtig.

»Wir suchen nach Tiefseekanälen«, erklärte Tess, »Klüfte am Meeresboden, durch die die größten und fleischigsten Bamundi ziehen. Aber die Kanäle sind schwer zu finden, und die alten Bamundi, diese gerissenen Fische, beißen nur bei rauem Wetter. Selbst wenn man solch einen Kanal findet, ist es schwer, dort zu ankern, und noch schwerer ist es, den Anker wieder herauszubekommen. Ich glaube jetzt doch nicht mehr, dass wir heute Nacht Glück haben werden, obwohl die Umstände absolut perfekt für Bamundi sind.«

Sie brüllte dem Mann am Bug zu, es sei genug. »Wir drehen nach Norden ab. Kleine Bamundi sind besser als gar kein Fang.« Dann schrie sie aus Leibeskräften, »*Alle Mann an die Leinen!*«, und Seeleute rannten hektisch übers Deck. Nach nur einer Minute fuhren sie auf Kurs Nordnordost und zogen lange Leinen hinter sich her, jede mit zehn Haken und Ködern daran.

Karan schaute zu, bis der erste Fang eingeholt wurde: drei fette, fleischige Fische mit blassgelbem Rücken. Jeder war so lang wie ihr Arm. Dann ging Karan unter Deck, um sich in ihre Hängematte zu legen. Sie döste unruhig. Das Schaukeln des Schiffs machte sie benommen – ein Gefühl, das sie an die Nachwirkungen der Empfindsamkeit erinnerte.

Shand blieb an Deck, um den Fischern weiter zuzusehen. Kleine Bamundi wurden ständig eingeholt wie auch ein, zwei andere Fischarten und kurz nach Sonnenaufgang zum Erstaunen aller ein Oktopus so groß wie der Kopf ihres Kapitäns und mit Armen so lang wie ihre Beine. Die Arme waren mehrere Male um die Leine und einen kleinen Bamundi gewickelt, der schlaff daran hing. Als sie den Oktopus von der Leine lösten, entrollte sich elegant einer der Arme und tastete in der Luft herum. Der Oktopus war oben cremefarben und unten reinweiß. Er hatte unzählige, winzige Saugnäpfe an jedem Arm, umrahmt in leuchtendem Blau.

»Je größer die *Achtarme* sind, desto schmackhafter sind sie auch, im Gegensatz zu den meisten Fischen«, sagte Tess genussvoll. »Du solltest deine Freundin wecken. Sie wird so etwas vermutlich nie wieder sehen. Tatsächlich habe ich in dreißig Jahren auf dem Meer von Thurkad noch nie einen von dieser Größe und dieser Art gesehen.«

»Vielleicht ist er vom Großen Ozean auf dem Meeresgrund hierher gekrochen«, sagte Shand.

»Vielleicht.«

Shand ging nach unten, um Karan zu wecken.

»Sind wir schon da?«, fragte sie verschlafen.

»Nein. Sie sind aber gleich mit dem Fischen fertig. Sie haben einen Oktopus herausgeholt, den größten, den ich je gesehen habe. Komm und sieh ihn dir an.«

Karan kletterte aus der Hängematte, rieb sich die Augen und folgte Shand barfuß hinauf. Die Mannschaft hatte sich um die Kreatur versammelt. Ein Mann stieß ihn immer wieder mit dem

Bootshaken an, um ihn endlich von der Leine zu bekommen. Der Leib sackte in sich zusammen, doch das Tier hielt sich noch immer mit zwei Armen fest. Die anderen Arme hatten sich inzwischen um die Reling gewickelt. Shand fiel auf, dass die Ringe um die Saugnäpfe viel heller geworden waren. Der Affe starrte die Kreatur ebenfalls an. Er schwang an einem Tau vor und zurück und schnatterte vor sich hin. Karan starrte den Oktopus entzückt an.

»Geh nicht zu nah ran«, sagte ihr Shand ins Ohr, als sie einen Schritt vortrat. »Siehst du den Schnabel? Das Tier kann furchtbar zubeißen. Und sie sind recht stark, wenn sie erst einmal etwas haben, woran sie sich festhalten können. Tatsächlich kann ich mich daran erinnern, mal einen kleinen mit blauen Ringen wie diesen hier gesehen zu haben. Das war an der Nordküste von Faranda, weit weg von hier, und mit seinem Biss übertrug er ein tödliches Gift. Das sollte ich besser Tess sagen.«

Er ging weg. Karan schaute weiter staunend zu. Sie hatte noch nie in ihrem Leben einen Oktopus gesehen.

Dem Mann mit dem Bootshaken war es inzwischen gelungen, alle Tentakel bis auf eines von der Leine zu lösen, doch das letzte erwies sich als ausgesprochen störrisch. Frustriert warf der Mann den Bootshaken weg und versuchte es mit den Händen. Sofort schoss aus dem Nichts ein weiteres Tentakel heran, schlang sich um sein Handgelenk und zog. Der Affe schwang über ihnen, schnatterte wie wild und krallte nach dem Oktopus; dann schoss ein weiteres Tentakel vor und pflückte ihn förmlich von seinem Tau. Der Oktopus, dessen Ringe nun ein irisierendes Purpur waren, zog den Affen zu seinem Schnabel und biss ihm in den Nacken. Der Affe schrie fürchterlich und zuckte dann so heftig, dass er aus dem Schnabel und auf die Planken fiel. Der Seemann, dessen Handgelenk noch immer umschlungen war, rutschte auf dem Deck aus und wurde auf den Oktopus zugezogen.

Karan hatte sofort das Messer in der Hand, doch der Kapitän

schrie: »Bleibt zurück!« Dann rammte sie eine Harpune mitten durch die Kreatur. Die Ringe verblassten; das Tier schauderte, und die Tentakel zuckten und hingen alsbald schlaff von der Reling. Der Affe schrie noch eine weitere Minute. Eine rote Schwellung wuchs auf seinem Nacken; dann war er plötzlich ebenfalls tot.

Karan war viel zu entsetzt, um zu sprechen; doch die Seeleute, für die das nichts Besonderes zu sein schien, warfen den toten Affen rasch über Bord und widmeten sich wieder der Fischerei.

»Danke«, sagte Tess zu Shand und löste die Tentakel von der Reling. »In all meinen Jahren ist mir noch nie ein giftiger untergekommen. Was für eine Schande. Gegrillter Oktopus ist eine Leidenschaft von mir.«

»Es ist nicht gefährlich, sie zu essen«, erwiderte Shand, »solange man die Giftdrüse entfernt. Ich werde dir helfen, sie rauszuschneiden, wenn du willst.«

Sie begannen, das Tier auseinanderzunehmen, und unterhielten sich dabei angeregt über große Fische, die sie in ihrem Leben bis jetzt gefangen hatten. Über Nacht waren die Wellen deutlich niedriger geworden. Der neue Tag war klar, und kein weiteres Boot war in Sicht. Plötzlich läuteten die Alarmglocken in Karans Kopf so laut und schrecklich, dass sie nicht anders konnte, als zu schreien: »Aaah! *Hilfe!*«

»Was ist?«, rief Shand und sprang mit dem blutigen Messer in der Hand auf.

»Sie kommen mich holen!« Karan rannte von einer Seite des Schiffs zur anderen, spähte hinaus und zitterte vor Angst am ganzen Leib.

»Ich kann nichts sehen«, sagte Shand, nachdem er sich selbst ebenfalls gründlich umgeschaut hatte.

Es kostete Karan einige Mühe, sich wieder zu beruhigen. »Es ist nichts …«, begann sie, dann war im Licht der aufgehenden roten Sonne eine dunkle Galeere zu sehen, die von Süden direkt auf sie zuhielt. Es war ein schlankes Kriegsschiff, und als es näher kam, konnte man den schwarzen Tiegel im weißen Kreis erkennen. Karan zog die Kapuze über ihr Haar. Shand trat zwischen sie und das andere Schiff.

Tess verstand sofort. »Sie suchen nach euch!«

»Nach ihr«, sagte Shand. Karan nickte stumm. »Fünf Tar, wenn du sie versteckst.«

Tess brauchte keine Sekunde, um sich zu entscheiden. »In den Laderaum! *Benn! Fenn!*«

Zwei Seeleute, die wie Brüder aussahen, hörten sich kurz Tess' Befehle an und scheuchten Karan dann unter Deck. »Du!«, sagte Tess zu Shand. »Zieh das an!« Sie warf ihm eine mit Blut und Schuppen bedeckte Fischerjacke zu. »Und fang an, das Deck zu schrubben.«

Shand warf sich die Jacke über, zog die Kapuze über den Kopf, warf Stiefel und Socken in einen Korb und ließ einen Eimer an einer Leine ins Wasser hinunter. Als er ihn wieder hochzog, war er bis zum Rand gefüllt und schlug gegen die Planken. Shand schüttete das Wasser übers Deck und machte sich mit einer Bürste ans Werk.

Shand schrubbte, nicht zu hart, aber leicht machte er es sich auch nicht, als ein Kutter längsseits ging. Ein Mann im Bug rief sie an. Sie holten das Segel ein und krochen mit Rudern heran, bis der Bug des Kutters die Seite des Fischers touchierte, woraufhin ein Mann geschickt über die Reling sprang. Er war schlank und hart, groß und dunkelhaarig, ein Berufssoldat. *Ein Mann mit Autorität,* dachte Shand. *Er ist es gewohnt, Befehle zu erteilen, und seinen Augen wird nichts entgehen.* Der Kinnbart des Mannes war zu einem dicken Zopf geflochten, der in sechs kleinere auslief, was ihn als Hlune und verdienten Offizier auswies.

»Ich bin Kapitän Zareth«, sagte er zu Tess, »und ich bin auf besonderen Befehl von Fürst Yggur hier.« Er zeigte ihr ein Stück Pergament.

Shand war nicht nahe genug, um zu hören, was sie danach

sagten. Die beiden gingen gemeinsam übers Deck, und Tess öffnete jede Kiste, während der Hlune alles genauestens überprüfte.

Der Laderaum war bereits voll mit großen, viereckigen Körben voller ausgenommener Bamundi, sorgfältig gestapelt, um den wertvollen Fisch vor Schaden zu bewahren.

»Hier runter«, sagte Fenn und stieg hinab. Er war ein kantiger Kerl mit langen goldenen Locken und einem schelmischen Grinsen. Er reichte Körbe zu seinem Bruder hinauf, einer schlankeren Version von sich selbst, bis er ganz unten angelangt war; dann nahm er vorsichtig den Fisch aus dem letzten Korb.

»Da rein«, sagte er, hob Karan hoch, als würde sie gar nichts wiegen, und steckte sie in den Korb. Er drehte sie so, dass ihr Gesicht in der Ecke war und sie Platz zum Atmen hatte. Dann zog er ihr die Arme über den Kopf und schüttete mit einem herzhaften Lachen den Fisch wieder hinein.

Es wurde dunkel. Der Fisch drückte schwer auf Karan, und wie aus weiter Ferne hörte sie, wie die anderen Körbe wieder aufeinandergestapelt wurden. Kaltes Wasser tropfte auf ihre Wange und in ihren Nacken. Die Planken knarrten. Irgendetwas Klebriges tropfte ihr ins Ohr. Tropfen. Jucken. Tropfen. Jucken. Die Klappe zum Laderaum fiel mit einem Knall zu. Jetzt war es vollkommen finster.

Karan spürte die Vibration, als die beiden Boote einander berührten. Sie fragte sich, was oben an Deck wohl passierte. Vielleicht kehrte ihre Empfindsamkeit endlich wieder zurück. Ihr Ohr juckte so sehr, dass sie am ganzen Leib zu zittern begann. Das Boot schaukelte, und ein Fisch glitt über ihre Wange. Sein gummiartiges Maul kam in ihrem Nacken zu liegen. Während das Boot auf den Wellen tanzte, fühlte es sich an, als würde der Bamundi ständig das Maul schließen und wieder öffnen … als würde er ihr den Hals küssen, wie ein ungewollter Liebhaber.

Sandalen hallten über das Deck über ihr. Deckel wurden mit

lautem Knall zugeworfen. Dann flog die Klappe zum Laderaum auf. Karan hörte Stimmen und Schritte auf der Leiter. Das Boot schaukelte erneut. Wasser rann aus dem Maul des Bamundi und in Karans Hemd. Sie spürte, wie sich langsam ein Niesen seinen Weg durch ihre Nase bahnte. Sie biss sich so hart auf die Zunge, dass sie Blut schmeckte.

»Macht diese Körbe leer. Kippt sie aus.« Die Stimme war nur ein paar Spannen über ihr.

»Nein, nicht da.« Das war Tess' Stimme. »Das ist der beste Bamundi. Wenn ihr die in die Bilge kippt, sind sie ruiniert.«

»Dann hol neue Körbe, und beeil dich. Ich habe heute noch andere Schiffe zu durchsuchen.«

Tess rief etwas nach oben, und jemand kam die Leiter hinuntergerannt.

»Mehr?«, fragte Tess.

»Ja, mehr. Bis zum Boden. Macht sie alle leer!«

Karan fühlte, wie sich ein kalter Schrecken in ihr ausbreitete. Man würde sie entdecken und nach Thurkad zurückschaffen, und es gab nichts, was irgendjemand dagegen hätte tun können.

Glossar der Namen, Orte und Begriffe

Aachan: eine der Drei Welten, die Welt der Aachim und, nach der Eroberung, der Charon.

Aachim: das menschliche Volk, das auf Aachan heimisch war und von den Charon erobert worden ist. Die Aachim sind ein kluges Volk, große Kunsthandwerker und Ingenieure; aber sie sind auch melancholisch und neigen zur Überheblichkeit. Nachdem sie nach Santhenar gebracht worden waren, blühten sie auf, wurden im Kataklysmus jedoch verraten und ruiniert, woraufhin sie sich aus der Welt und in ihre riesigen Bergfestungen zurückgezogen haben.

Aachimning: Bezeichnung für einen ›Freund der Aachim‹.

Alcifer: die letzte und größte Stadt Rulkes, entworfen von Pitlis, dem Aachim.

Almadin: ein trockenes Land jenseits des Meers von Thurkad.

Altmenschen: die ursprünglichen Menschen auf Santhenar und noch immer bei weitem die zahlreichsten.

Asper der Heiler: ein Aachim aus Tensors Trupp.

Asrail: Tochter von Ulice, einer Tavernenwirtin in Thurkad und gute Freundin von Shand.

Aufzeichner, der: die unbekannte Person, welche neben anderen Erzählungen die Geschichte der vier großen Schlachten zwischen Faelamor und Yalkara niedergeschrieben hat. Man glaubt, dass er den Spiegel nach Yalkaras Sieg und Flucht genommen und versteckt hat.

Alyz: Llians kleine Schwester.

Ballade vom Silbersee: eine epische Romanze, welche die Geschichte der Eroberung des winzigen Staates Saludith erzählt.

Bannador: ein langes, schmales und hügeliges Land auf der Westseite von Iagador. Karans Heimatland.

Benbow: ein zerstörtes Dorf in den Bergen zwischen Chanthed und Tullin.

Berenet: der zweite von Mendarks Stellvertretern, ein Geck.

Bibliothek der Historien: berühmte Bibliothek im Kollegium der Historien in Chanthed.

Bibliothekar, der: Nadiril der Weise. Er ist auch ein Mitglied des Rates von Iagador.

Blustard: ein Trunkenbold, der alles weiß, was in Thurkad vor sich geht.

Booreah Ngurle: Der brennende Berg, oder Feuerberg, ein Vulkan in den Wäldern östlich von Almadin. Die Charon hatten dort einst eine Feste.

Callam: Llians ältere Schwester.

Carstein: die Stadt, die Fiz Gorgo am nächsten liegt.

Chaike: einer von Yggurs Offizieren, ein dünner, nervöser Mann.

Chanthed: eine Stadt im nördlichen Meldorin, in den Ausläufern der Berge gelegen. Das Kollegium der Historien befindet sich hier.

Charon: eines der vier Menschenvölker, das Herrenvolk der Welt von Aachan. Sie flohen aus der Leere, um Aachan von den Aachim zu übernehmen. Ihren Namen haben sie von einem eisigen Mond in der äußersten Ecke der Leere übernommen. Sie haben seltsame Augen, indigoblau oder karmesinrot oder manchmal auch beides zusammen, je nach Licht.

Chert: Mitglied von Penders Mannschaft auf der *Tanzenden Gans.*

Chronist: ein Historiker; ein Absolvent in der Kunst und der Wissenschaft des Aufzeichnens und Bewahrens von Historien.

Crayde: eine Stadt in Iagador.

Darsh: ein unübersetzbares Schimpfwort der Aachim.

Direktor von Chanthed: gegenwärtig Wistan. Der Direktor des Kollegiums der Historien ist zugleich das nominelle Oberhaupt von Chanthed.

Dirhan: Zollmeister in Sith und Freund von Pender und Hassien.

Dolodha: ein Botenmädchen, eine von Yggurs Dienerinnen.

Drei Welten, die: Santhenar, Aachan und Tallallame.

Droik: Idlis' Hund.

Düsternis: siehe *Geschichte der Düsternis.*

Elienor: eine große Heldin der Aachim aus der Zeit, da die Charon auf Aachan einfielen.

Elludore: ein riesiges Waldland, nördlich von Thurkad.

Emmant: ein Halb-Aachim, Bibliothekar von Shazmak. Er ist auch als Flacq verkleidet gereist.

Erzähler: jemand, der das rituelle Erzählen der Geschichten beherrscht, die in ihrer Gesamtheit die Historien von Santhenar bilden.

Faelamor: Anführerin des Volkes der Faellem, die kurz nach Rulke nach Santhenar gekommen ist, um über die Charon zu wachen und das Gleichgewicht zwischen den Welten zu erhalten. Maigraith' Herrin.

Faellem: das Menschenvolk, das die ursprünglichen Bewohner der Welt von Tallallame darstellt. Sie sind ein kleines, düsteres Volk. Ihre Sitten verbieten den Faellem den Gebrauch von Maschinen, besonders den von magischen. Andererseits sind sie die Meister der Verkleidung und der Illusion. Faelamors Gruppe wurde von der Düsternis auf Santh gefangen und sucht seitdem ständig nach einem Weg nach Hause.

Faichand: der Name, den Faelamor angenommen hat, als sie sich vor der Welt verbarg.

Farsh: ein milder Fluch.

Festival von Chanthed: ein jährliches Fest in Chanthed, auf dem die Historien von den Meistern und Studenten des Kollegiums erzählt werden.

Fiz Gorgo: eine Festungsstadt in Orist, in uralter Zeit überflutet und nun wieder aufgebaut. Yggurs Feste.

Flöte, auch **goldene Flöte, die**: ein in Aachan auf Rulkes Geheiß hin von dem genialen Schmied Shuthdar gefertigtes Gerät. Shuthdar stahl sie jedoch und brachte sie nach Santhenar. Wenn sie von einem Empfindsamen benutzt wird, kann man damit den Weg zwischen den Welten öffnen. Zur Zeit der Düsternis von Shuthdar zerstört.

Folc: ein flaches, trockenes Land nördlich von Chanthed.

Fyrn: der Familienname von Karan von Bannador, mütterlicherseits.

Gabe von Rulke, auch **Fluch von Rulke**: das Wissen, das Rulke den Zain gegeben hat, um ihre Widerstandskraft gegen die den Geist zerstörenden Kräfte der Aachim zu stärken. Sie hinterließ ein Stigma, das die Zain als solche identifizierte.

Gah: Beleidigung für einen Altmenschen, die für gewöhnlich als niederes Volk betrachtet werden.

Galardil: ein Waldland östlich von Orist.

Galliad: Karans Vater, ein Halb-Aachim. Er wurde getötet, als Karan noch ein Kind war.

Gannel: ein Fluss, der nahe Chanthed entspringt und durch die Berge bis zum Meer bei Ganhafen fließt.

Garr: der größte Fluss in Meldorin. Er fließt von Shazmak bis zum Meer von Thurkad östlich von Sith.

Geächtete Experimente: magische Prozeduren, um einen Fehler in der Düsternis zu finden und Rulke für immer zu verbannen. Gefährlich, weil Rulke die Kontrolle über den Experimentierenden übernehmen kann.

Geheime Kunst: der Gebrauch magischer Fähigkeiten (Wirken). Eine Kunst, die nur wenige verwenden können, und dann auch nur nach langer Ausbildung. Erwähnenswerte Wirker sind Mendark, Yggur, Maigraith, Rulke, Tensor und Faelamor. Jeder von ihnen hat seine eigenen Stärken und Schwächen. Tallia ist zwar recht geschickt im Umgang mit der Geheimen Kunst, hat aber noch Mängel in der Ausbildung.

Geheimnis der Charon: die Methode zur Herstellung und Verwendung der Flöte.

Gellon: eine Frucht, die wie eine Mischung aus Mango und Pfirsich schmeckt.

Gerechten, die: die für Einhaltung und Durchsetzung der Gesetze Verantwortlichen im Großen Konklave von Thurkad.

Geschichte der Düsternis: größte aller Großen Geschichten. Sie erzählt von der Zerstörung der goldenen Flöte durch Shuthdar. Die Düsternis schottete Santhenar von den anderen beiden Welten ab.

Geschichten der Aachim: eine uralte Zusammenfassung der Geschichte der Aachim, verfasst kurz nach der Gründung von Shazmak.

Ghâshâd: die uralten Todfeinde der Aachim. Sie wurden verdorben und schworen Rulke die Treue, nachdem die Zain rebelliert hatten; doch als Rulke ins Nachtland verbannt wurde, vergaßen sie ihre Identität und gaben sich einen neuen Namen: Whelm. Sie zerstörten Shazmak kurz vor dem Großen Konklave.

Gistel: ein Diener von Faelamor in Sith.

Gothryme: Karans verarmtes Gut nahe Tolryme in Bannador.

Große Berge: die größte und höchste Bergkette von Santhenar. Sie umschließen den südöstlichen Teil des Kontinents von Lauralin.

Große Bibliothek, die: gegründet in Zile von den Zain zurzeit des Reiches von Zur. Die Bibliothek wurde niedergebrannt, als die Zain ins Exil gingen, später jedoch wieder aufgebaut.

Großer Fluss: siehe *Garr*

Große Geschichten: die größten Geschichten aus den Historien von Santhenar; traditionell auf dem Festival von Chanthed erzählt und überall bei wichtigen, zeremoniellen Ereignissen. Eine Geschichte kann nur durch einstimmige Entscheidung der Meisterchronisten zu einer Großen Geschichte werden. In viertausend Jahren ist das nur bei zweiundzwanzig der Fall gewesen.

Großes Konklave: ein Forum, das in Thurkad einberufen werden kann, um große Krisen der Stadt zu meistern. Das letzte Konklave wurde einberufen, um die Eigentumsrechte am Spiegel von Aachan zu klären, doch Tensor setzte einen Machtzauber ein und stahl ihn.

Großes Projekt: ein Weg, den der Rat beschritten hat, um die Charon für immer aus Santh zu verbannen.

Hakasha-ka-najisska: ein verbotener Machtzauber (ein den Geist zerstörender Spruch), den die Aachim zum Kampf gegen die Charon entwickelt haben. Zain mit der Gabe von Rulke sind dagegen immun.

Hassien: Pendus' Frau, die ihn in Sith verließ.

Hennia: eine Zain. Sie ist Mitglied des Rates von Iagador.

Hetchet, Tor von Hetchet: ein Ort im Westen von Chanthed, einst eine große Stadt.

Hintis: ein extrem großer Aachim mit wolligem Haar.

Historien: die riesige Sammlung von Aufzeichnungen, die über mehr als viertausend Jahre niedergeschriebener Geschichte Santhenars berichten. Die Historien bestehen aus historischen Dokumenten, geschrieben von Chronisten, sowie aus den Geschichten, Liedern und Legenden der Völker von Santhenar und der eingedrungenen Völker der anderen Welten; erzählt von Erzählern. Die Kultur von Santhenar ist untrennbar mit den Historien verbunden, und die größte Sehnsucht eines jeden Menschen ist es, dort erwähnt zu werden.

Hlune: die schlaksigen Menschen, die die Kaistadt von Thurkad regieren und den gesamten Handel dort kontrollieren.

Hochweg: eine Nord-Süd-Straße, die mitten durch Meldorin hindurchführt.

Hythe: der Mittwintertag. Der vierte Tag der Endre, der Mittwinterwoche. Ein Tag der bösen Omen.

Iagador: das Land, das zwischen den Bergen und dem Meer von Thurkad liegt.

Idlis: der niederste der Whelm, lange Zeit Jäger von Karan. Auch ein Heiler.

Iennis: eine von Tensors Aachim.

Jark-un: der Anführer eines Trupps von Whelm.

Jepperand: eine Provinz auf der Westseite der Berge von Crandor. Heimat der Zain. Llians Geburtsort.

Kalash: eine Droge, die Faelamor Maigraith gibt, um deren Augenfarbe zu verbergen.

Kandor: einer der drei Charon, die nach Santhenar gekommen sind. Er wurde einige Zeit nach dem Ende des Kataklysmus getötet. Kandor ist der einzige Charon, der auf Santhenar gestorben ist.

Karama Malama: das Nebelmeer, südlich des Meers von Thurkad.

Karan, Karan von Bannador: eine Frau aus dem Haus von Fyrn, aber mit dem Blut der Aachim von der Seite ihres Vaters Galliad sowie der Altmenschen und der Faellem von Seiten ihrer Mutter. Das macht sie zu einer Triune, obwohl sie das nicht weiß. Sie ist überdies eine Empfindsame und lebt in Gothryme.

Kataklysmus: eine Reihe von Kriegen zwischen den Charon und den Aachim, die sich über mehr als tausend Jahre hingezogen haben und fast zur vollständigen Zerstörung von Santhenar geführt hätten.

Kette von Tychid: ein Band von sieben ungewöhnlich hellen

Sternen und vielen schwächeren, das im Winter in südlichen Breitengraden deutlich zu sehen ist.

Kollegium der Historien: das älteste der Kollegien für die Ausbildung jener, die Chronisten oder Erzähler der Historien werden wollen oder auch nur niedere Barden oder Königssänger. Es wurde kurz nach der Zeit der Düsternis in Chanthed errichtet.

Konstrukt: eine Maschine, die teilweise von der Geheimen Kunst angetrieben wird.

Lasee: blassgelbes Getränk, leicht berauschend und typisch für Orist, fermentiert aus dem süßen Harz von Sumpfbäumen.

Lauralin: der Kontinent östlich des Meeres von Thurkad.

Leuchtkugel: ein Gerät aus Kristall und Metall, das ein sanftes Licht abgibt, wenn man es berührt.

Lilis: ein Straßenkind in Thurkad, dessen Vater Jevi zur Seefahrt gepresst worden ist.

Llayis: Llians Vater, ein Schreiber.

Llian: ein Zain, Meisterchronist und Geschichtenerzähler. Ein hervorragender Student der Historien.

Magister: ein Wirker und Oberhaupt des Hohen Rates von Iagador. Mendark hat diese Position schon seit tausend Jahren inne, abgesehen von einem kurzen Zeitraum, da er illegal von Thyllan gestürzt worden ist.

Maigraith: eine Waise, großgezogen und ausgebildet von Faelamor für einen unbekannten Zweck. Eine Meisterin der Geheimen Kunst.

Malien: eine Aachim, Raels Mutter, einst Gefährtin von Tensor.

Malkin: provisorisches Oberhaupt der Versammlung von Thurkad und ein elender Feigling.

Mantille: eine Aachim, Karans Großmutter väterlicherseits.

Meer von Thurkad: der lange Meeresarm, der Meldorin von Lauralin trennt.

Meisterchronist: einer, der das Studium der Historien gemeistert und mit der höchsten Ehrung am Kollegium der Historien abgeschlossen hat.

Meldorin: die große Insel im Westen des Meers von Thurkad und des Kontinents Lauralin.

Mendark: Magister des Rats von Iagador. Ein Wirker von großer Macht und List, obwohl er in letzter Zeit zunehmend beunruhigt ist ob des Aufstiegs seines langjährigen Rivalen Yggur.

Nachtland: ein Ort fernab der Wirklichkeit, wo Rulke gefangen gehalten wird.

Nadiril: Oberhaupt de Großen Bibliothek und Mitglied des Rates von Iagador.

Narcies: tragische Heldin der *Ballade vom Silbersee.*

Narne: eine Hafenstadt am beschiffbaren Teil des Garrs.

Nekroturg: jemand, der mit den Toten in Verbindung steht.

Nelissa: Mitglied des Rates von Iagador und Oberste Gerechte des Großen Konklaves von Thurkad.

Neyd: siehe Neydsee.

Neydsee: ein See im Sumpfwald nahe Fiz Gorgo, wo sich die halbversunkenen Ruinen der Stadt Neyd befinden.

Nilkerrand: eine befestigte Stadt jenseits des Meers von Thurkad. Thyllans Zuflucht.

Orist: ein Land voller Sümpfe und Wälder im Südwesten von Meldorin; das Land von Yggur. Fiz Gorgo liegt dort.

Orstand: ein Richter und Mitglied des Rates. Mendarks ältester Freund.

Osseion: Hauptmann von Mendarks Leibwache, ein riesiger, dunkelhäutiger Mann.

Pash-lar: Bezeichnung der Whelm für den Spiegel von Aachan.

Pellban: fünfter Direktor von Chanthed und Autor der *Ballade vom Silbersee.*

Pender: ein Meisterseemann, der Karan und Llian erst über den Garr nach Sith und dann weiter nach Thurkad gebracht hat.

Pidgon: eine Qualle, die man nur essen sollte, wenn man wirklich Hunger hat.

Pitlis: ein großer Aachim aus ferner Vergangenheit, durch dessen Torheit die große Stadt Tar Gaarn an Rulke verraten und die Macht der Aachim gebrochen wurde. Er war als Architekt für den Bau von Tar Gaarn und Alcifer verantwortlich. Erschlagen von Rulke.

Port Cardasson: der Hafen von Thurkad.

Preddle: befestigte Stadt am Hochweg.

Quilsin: ein Land südlich von Orist.

Qwelt: ein stark vernarbter Mann, der in einem Stall in Preddle gearbeitet hat.

Rael: ein Aachim, Halbvetter von Karan, Sohn von Malien und Tensor. Er ertrank, als er Karan half, aus Shazmak zu fliehen.

Rat, der, auch **Rat von Iagador, Rat von Santhenar, Großer Rat, Hoher Rat**: eine Allianz der Mächtigen. Gemeinsam mit den Aachim hat er das Nachtland erschaffen und Rulke dorthin verbannt. Anschließend diente er zweierlei Zwecken: der Fortsetzung dieses Projekts und der Bewachung von Rulke.

Rulke: ein Charon von Aachan. Er lockte Shuthdar nach Aachan, damit dieser dann dort die goldene Flöte anfertigen konnte, und so begannen alle Probleme. Nach dem Kataklysmus wurde er im Nachtland gefangen gesetzt, bis ein Weg gefunden werden würde, ihn nach Aachan zurückzuverbannen.

Rustibel: Angehöriger von Penders Mannschaft auf der *Heimatlosen.*

Santhenar, Santh: die geringste der Drei Welten, bewohnt von den Altmenschen.

Schreckensgarde: die Whelm.

S'Courcy: ein Verbrecher, der die labyrinthartigen Gassen und die Unterwelt von Thurkad beherrscht. Eine kränkliche, aufgedunsene Spinne von einem Mensch.

Sendung, Senden: eine Botschaft, Gedanken oder Gefühle, die von einem Geist zum anderen geschickt werden.

Shalah: eine junge Aachim, Zwillingsschwester von Xarah.

Shand: ein alter Mann, der im Gasthof von Tullin arbeitet und mehr ist, als er zu sein scheint.

Shazmak: die vergessene Stadt der Aachim in den Bergen westlich von Bannador. Sie wurde von den Ghâshâd eingenommen, nachdem sie aus ihrem langen Schlaf als Whelm aufgewacht waren.

Shuthdar: ein Altmensch von Santhenar, Erschaffer der goldenen Flöte. Nachdem er die Flöte und sich selbst vernichtet hatte, kam die Düsternis und schloss den Weg zwischen den Welten.

Sith: eine freie Stadt und Handelsnation auf einer Insel im Fluss Garr im südlichen Iagador.

Skeet: ein Botenvogel, grau oder blaugrau. Groß, hässlich und übellaunig.

Skretza: eine unübersetzbare Beleidigung.

Slukk: ein Schimpfname der Whelm (sehr beleidigend).

Spanne: die Entfernung zwischen den ausgestreckten Armen eines großen Mannes. Ungefähr sechs Fuß oder etwas weniger als zwei Meter.

Spiegel von Aachan: ein Gerät erschaffen von den Aachim in Aachan, um damit in die Ferne zu sehen. In Santhenar hat es sich verändert und die Wirklichkeit verzerrt; deshalb haben die Aachim es versteckt. Der Spiegel hat ein Gedächtnis entwickelt und bewahrt Abdrücke der Dinge auf, die er gesehen hat. Yalkara hat ihn gestohlen und benutzt, um eine Verzerrung in der Düsternis zu finden und so nach Aachan zurückzukehren.

Stassor: eine Stadt der Aachim im östlichen Lauralin.

Stimme, die: die Fähigkeit großer Erzähler, jedwedes Gefühl bei ihren Zuhörern zu wecken, das sie wollen, und das nur aufgrund der Kraft ihrer Worte.

Sundor: eine einst stolze Stadt im zentralen Meldorin, heute nur noch ein Dorf.

Syndikatoren, die: regierender Rat der Aachim, manchmal auch Richter. Niemand kann in einem formalen Prozess vor ihnen lügen.

Tallallame: eine der Drei Welten, die Welt der Faellem. Eine schöne, gebirgige Welt, bedeckt von Wäldern.

Tallia bel Soon: eine von Mendarks zwei Stellvertretern. Sie ist eine Wirkerin und Meisterin der Kampfkünste mit und ohne Waffen. Tallia stammt aus Crandor.

Tar: eine Silbermünze, die in Meldorin weit verbreitet ist. Ein Silbertar reicht, um eine Familie mehrere Wochen lang zu ernähren.

Tar Gaarn: Hauptstadt der Aachim in der Zeit des Kataklysmus. Sie wurde von Rulke vernichtet.

Tell: eine Goldmünze im Wert von zwanzig Silbertar.

Telt: ein kleines, furchtsames Volk, das in der Kaistadt von Thurkad lebt und sich den Hlune ein Leben lang verpflichtet hat.

Tensor: Anführer der Aachim. Er betrachtet es als sein Schicksal, die Größe der Aachim wiederherzustellen und schlussendlich Rache an Rulke zu nehmen, der sie verraten und in den Ruin getrieben hat. Er ist so stolz, dass es schon an Torheit grenzt.

Tess, Tessariel: Kapitän eines Fischerbootes aus Ganhafen.

Thel: einer von Tensors Aachim.

Thurkad: eine uralte, stark bevölkerte Stadt am Fluss Saboth und dem Meer von Thurkad. Sie ist für ihren Wohlstand, aber auch für ihre Verderbtheit bekannt. Sitz des Rates und des Magisters.

Thyllan: Kriegsherr von Iagador und Mitglied des Rats. Er intrigiert gegen Mendark und stürzt ihn kurzzeitig als Magister.

Tiltilluin und **Tintilluin**: Zwillingsberge, die den Pass von Tullin nach Bannador bewachen.

Tintinnuin: ein Vulkangipfel südlich von Tullin.

Tiriel: Geliebter von Narcies, der tragischen Heldin in der *Ballade vom Silbersee.*

Tirthrax: Hauptstadt der Aachim in den Großen Bergen.

Tolryme: eine Stadt im nördlichen Bannador, nicht weit von Gothryme entfernt, Karans Familiensitz.

Torgsted: einer von Mendarks Gardisten. Ein fröhlicher, zuverlässiger Kerl.

Triune: ein Doppelmischling – jemand mit dem Blut aller Drei Welten, aller drei menschlichen Spezies. Triune sind außerordentlich selten und fast immer unfruchtbar. Sie können über bemerkenswerte Fähigkeiten verfügen. Karan ist eine Triune.

Troix: ein Fluss nördlich von Thurkad.

Trule: ein Aachim aus Tensors Trupp.

Trusco: Hauptmann der Kollegiumswache und Wistans einziger Freund.

Tullin: ein winziges Dorf in den Bergen südlich von Chanthed. Shand lebt dort.

Turlew: ein verbitterter, gescheiterter Chronist, jetzt Seneschall von Wistan.

Ulice: Besitzerin einer Kellertaverne in Thurkad. Sie kann alles besorgen . . . für einen gewissen Preis.

Vartila: Anführerin eines Trupps von Whelm und Rivalin von Jark-un.

Verbindung, Verbinden, auch **Talent der Verbindung**: ein Zusammenschluss menschlicher Geister, durch den Empfindsame ihre Gefühle und Gedanken teilen oder Unterstützung bieten können. Bisweilen auch zur Beherrschung anderer missbraucht.

Versammlung, die: Marionettenregierung von Thurkad, die vom Magister einerseits und dem Statthalter andererseits beherrscht wird.

Vuula Fyrn: Karans Mutter, die sich nach Galliads Tod selbst das Leben genommen hat.

Wahn Barre: die Krähenberge. Yalkara, die Herrin der Täuschung, hatte dort ihre Feste, Havissard. Ein Ort, der nichts Gutes verheißt.

Walf: ein Schmuggler, der Maigraith und Karan nach Fiz Gorgo geführt hat.

Weg zwischen den Welten: die geheimen, sich auf ewig verändernden, ätherischen Pfade, welche den schwierigen Übergang zwischen den Drei Welten ermöglichen. Durch die Düsternis verschlossen.

Whelm: gegenwärtig Diener von Yggur. Auch bekannt unter dem Namen Ghâshâd.

Wirker: ein Zauberer oder Hexer; jemand, der die Geheime Kunst gemeistert hat.

Wistan: der siebenundvierzigste Direktor des Kollegiums der Historien und von Chanthed.

Xarah: eine junge Aachim, Zwillingsschwester von Shalah.

Yalkara: die Dämonenkönigin, die Herrin der Täuschung. Die letzte der drei Charon, die nach Santhenar gekommen ist, um die Flöte zu finden und nach Aachan zurückzubringen. Sie nahm den Spiegel, um eine Verzerrung in der Düsternis zu finden; dann floh sie von Santh und ließ den Spiegel zurück.

Yetchah: eine junge Whelm, die Llian von Chanthed bis nach Tullin gejagt hat.

Yggur: ein großer und mächtiger Wirker. Einst ein Mitglied des Rats, nun ein Ausgestoßener. Er lebt in Fiz Gorgo. Seine Armeen haben den größten Teil des südlichen Meldorin überrannt.

Zain: ein gelehrtes Volk, das einst in Zile gelebt und die Große Bibliothek erbaut hat. Sie schlossen einen Pakt mit Rulke, und nach seinem Untergang wurden sie niedergemetzelt. Die wenigen Überlebenden gingen ins Exil. Nun leben sie in Jepperand und gehen keinerlei Bündnisse mehr ein.

Zareth der Hlune: einer von Yggurs Stellvertretern.

Zile: eine Stadt im Nordwesten von Meldorin. Einst Hauptstadt des Reiches von Zur. Jetzt hauptsächlich für die Große Bibliothek berühmt.

Zitadelle, die: Palast des Magisters in Thurkad, ein riesiges, stark befestigtes Gebäude.

Zophy: Llians Mutter, eine Buchmalerin.

Zureanisches Reich: ein uraltes Reich im Norden Meldorins. Zile war die Hauptstadt.

Erster Teil des Zyklus DIE DREI WELTEN

Ian Irvine
DER SPIEGEL
DER ERINNERUNG
Roman
384 Seiten
ISBN 978-3-404-20569-1

Drei Welten, einst durch Magie miteinander verbunden
Vier Völker, die keinen Frieden kennen.
Und ein Spiegel, der alles zerstören könnte.
Die Magiebegabte Karan soll ein uraltes Relikt stehlen: den Spiegel von Aachan – einen seltsamen, trügerischen Gegenstand, der niemals vergisst, was er einmal gesehen hat. Gemeinsam mit dem brillanten Chronisten Llian begibt sie sich auf die Suche, ohne zu ahnen, welche Gefahr von dem Spiegel ausgeht. Denn er birgt ein uraltes Geheimnis, das den Völkern helfen kann zu überleben … oder das sie vernichten könnte.

Zweiter Teil des Zyklus DIE DREI WELTEN – epische Fantasy allererster Güte

Ian Irvine
DAS MAGISCHE RELIKT
Roman
416 Seiten
ISBN 978-3-404-20576-9

Drei Welten, einst durch Magie miteinander verbunden
Vier Völker, die keinen Frieden kennen
Und ein Spiegel, der alles zerstören könnte

Die Magiebegabte Karan soll ein uraltes Relikt stehlen: den Spiegel von Aachan – einen seltsamen, trügerischen Gegenstand, der niemals vergisst, was er einmal gesehen hat. Gemeinsam mit dem brillanten Chronisten Llian begibt sie sich auf die Suche, ohne zu ahnen, welche Gefahr von dem Spiegel ausgeht. Denn er birgt ein uraltes Geheimnis, dass den Völkern helfen kann zu überleben … oder sie zu vernichten droht.

Bastei Lübbe Taschenbuch

»Atemberaubend, bittersüß und völlig unvergesslich.«

KIRKUS REVIEWS

Garth Nix
JENSEITS DER MAUER
Roman
304 Seiten
ISBN 978-3-404-20579-0

Nicolas Sayre würde alles tun, um über die Mauer zu kommen, zurück ins Alte Königreich. Er träumt von der anderen Seite, wo die Magie nicht schläft wie in seiner Heimat Ancelstierre. Die Hindernisse, die Nick überwinden muss, sind nicht immer menschlichen Ursprungs und besitzen eine seltsame Macht, die aus Nicholas selbst zu kommen scheint ...
Mit der Geschichte »Nicholas Syre und das Geschöpf im Koffer«, erforscht Garth Nix die magische Welt der beliebten Abhorsen-Trilogie weiter. Die verschiedenen anderen Erzählungen beweisen eindrucksvoll, warum er in kurzer Zeit zu einem der führenden Fantasy-Autoren der Gegenwart wurde.

Bastei Lübbe Taschenbuch